岩　波　現　代　文　庫

物語の作り方

ガルシア＝マルケスのシナリオ教室

G. ガルシア＝マルケス
Gabriel García Márquez

映画テレビ国際学園
ESCUELA INTERNACIONAL DE CINE Y TELEVISIÓN
(E.I.C.T.V.)

木村榮一［訳］

文芸 367

岩波書店

CÓMO SE CUENTA UN CUENTO

by Gabriel García Márquez

LA BENDITA MANÍA DE CONTAR

by Gabriel García Márquez

〈Series Taller de Cine〉
directed by Gabriel García Márquez

First published 1996, 1998 by Escuela Internacional
de Cine y Televisión (E.I.C.T.V.),
San Antonio de los Baños
and Ollero & Ramos, Editores, S.L., Madrid.

First Japanese edition published 2002,
this paperback edition published 2025
by Iwanami Shoten, Publishers, Tokyo
by arrangement with
Agencia Literaria Carmen Balcells, S.A., Barcelona
through Japan UNI Agency, Inc., Tokyo.

物語の作り方——目次

お話をどう語るか

Cómo se cuenta un cuento

シナリオ教室の参加者

「ガボ」　ガブリエル・ガルシア＝マルケス

＊

「マルコス」　マルコス・R・ロペス（アルゼンチン）

映画テレビ国際学園（E.I.C.T.V.）で学ぶ。プロのカメラマン。

「マノーロ」　マヌエル・F・ニエト・アランゴ（コロンビア）

テレビ番組の脚本を執筆。ドキュメンタリー『忘れられた地理』ではある賞を受賞した。

「デニス」　デニス・ピーニョ・フランサ・デ・アルメイダ（ブラジル）

女優として何本かの映画とテレビ番組に出演。ドキュメンタリー番組の制作も手がける。

「エリッド」　エリッド・ピネーダ・アルサーテ（メキシコ）

映画のシナリオを書き、短編映画を何本か制作している。

「セシリア」　セシリア・ペレス（メキシコ）

メキシコ国立自治大学で働くかたわら、テレビ番組の脚本を執筆している。

「ビクトリア」　ビクトリア・エバ・ソラーナス（アルゼンチン）

映画『タンゴ　ガルデルの亡命』と『スール』の制作に加わった。

「グロリア」
グロリア・サロー・ベニート(スペイン)
マドリッドの情報科学学院で映像と音響を学ぶ。TVドラマの監督。

「ソコーロ」
マリア・デル・ソコーロ・ゴンサレス・オカンポ(コロンビア)
メキシコの映画研修センターで映画の脚本を学ぶ。フリーの脚本家。

「レイナルド」
レイナルド・モンテーロ・ラミレス(キューバ)
グループ〈テアトロ・エストゥディオ〉のメンバー。映画のシナリオを書き、戯曲、詩、小説を出版している。

「ロベルト」
ロベルト・ジェルビッツ(ブラジル)
脚本家であり、音響技師であり、また吹き替えのディレクターでもある。『旧年《アノ・ヴェーリョ》おめでとう《フェリス・》』をはじめ何本かの長編映画を監督した。

[セッション・エディター]
アンブロシオ・フォルネット(キューバ)
編集者、批評家。一九七九年からキューバ映画芸術産業庁(ＩＣＡＩＣ)の文学コンサルタントをつとめる。

イントロダクション

雨傘の謎

ガボ〔ガルシア＝マルケスの愛称〕　最初の経緯から話すと、あるテレビ局に呼ばれて、中南米を舞台に十三のラブ・ストーリーを書くように依頼されたのがそもそものきっかけなんだ。当時メキシコに自分のシナリオ教室があったので、さっそくそちらへ行って、脚本家たちに、「三十分番組用のラブ・ストーリーが十三本いるんだ」と伝えたところ、翌日にはもう十四ものアイデアが持ち込まれたんだが、これにはびっくりしたよ。というのも、それまで一時間番組のストーリーを書こうとしていたのに一本も書けなかったんだからね。それで、三十分というのは理想的な長さなんだということに気がついたんだ。結果はともかく、打てば響くように返事がかえってきたんで、それならと手はじめに十三本のラブ・ストーリーをシリーズもので作って、その後、コミカルなもの、ミステリーもの、ホラーものといった具合にいろいろなシリーズをつづけていこうということになったんだ……。教室で仕事をする場合、アイデアを思いついたのがひとりの人間——うちの教室は、脚本家がほとんど女性だから、ひとりの女性と言いかえてもいいんだが——であっても、みんなで力を合わせてそのアイデアを発展させていくというやり方をする。最終的にはひとりの人間が書き上げるんだが、この場合もアイデアを思いついた人が書くこともあれば、教室の別のメンバーが書くこともある。というのも、物語の全体像はみんなで作り上げるとしても、それを台本にする時はひとりの人間が責任を持ってあたることになっているからね。

それで、いくつかのテレビ局に十三本の物語を売り込んでみたんだが、間もなく向こうの買い値がひどく安いことに気がついた。テレビ局というのは脚本には金を出さないんだ。それならこちらで制作会社を作って、そこで作ったものを売り込めばいいんだということになって、向こうに伝えると、よろしい、買いましょう、ただし、全作品にあなたの名前を入れてくださいと言われたんだ。一見嬉しい話のようだけど、これほど屈辱的なことはないよね。何しろ、ひとりの人間が商品扱いされているわけだからね。しかし、背に腹は替えられない。共同作業で十三の物語を作り、それぞれの作者に全権をゆだねて脚本を書き上げてもらい、そのうえで、すべての作品に《ガルシア＝マルケスのシナリオ教室》といった頭書きを入れることで意見が一致したんだ。そうして仕事に取りかかったんだが、いざやってみると、これが面白くてね、十三本のシリーズ物をこれからもどんどん作っていこうということになったんだ。

そんなわけで、わたしからひとつ提案がある。つまり、三十分ものの番組を作り、それを売って得たお金はすべてここ、サン・アントニオ・デ・ロス・バーニョス映画テレビ国際学園〔サン・アントニオ・デ・ロス・バーニョスはハバナ近郊の町。学園の正式名称ではない〕の運営資金に充てたいと思っているんだが、どうだろう？　わたしは毎年、この学園のシナリオ教室で仕事をしているんだが、ここの教室で力を合わせて物語を作り、それをメキシコにある教室が引き継いでやっていけばいいんじゃないかと考えている。当然、向こうの教室も人を必要としている。とりわけ、ここのワークショップ、つまりこの学園のシナリオ教室で鍛えられて、少々のことでは泣きを入れたり、動じたりしない人材を必要としている。ここでは歯に衣を着せずに自分の意見を述べなくてはならないし、少しでもおかしいと思ったら、それを口に出して言わなければならない。集団セラピーを受けているようなもので、互いに面と向かって本音をぶつけ合い、作業を進めていくやり方を覚えなくてはならないんだ。

わたしにとって何よりも大切なことは、創作のプロセスなんだ。人にいろいろな話を語って聞かせたいという気持ちがひとつの情熱に変わり、そのためなら、つまり目で見、手で触れることのできないことをするためなら、空腹や寒さ、理由は何であれ、その情熱のために死んでもいいとまで人に思わせるのは、いったいどういう神秘によるものなんだろう？　しかも、その情熱なるものはつぶさにみると、何の役にも立たないものなんだよ。以前に一度、もう少しで創造の神秘が見つかる、あるアイデアが思い浮かぶ瞬間が見えると思ったことがある、というか、より正確にはそういう幻想を抱いたことがある。しかし、時がたつにつれてだんだんそういうことがなくなってきてね。このワークショップでみんなと一緒に仕事をするようになってから、アイデアが思い浮かぶ瞬間を見つけ出そうとして数知れないほどテープを聞き、無数の物語に目を通してきたけど、だめだったな。いつそれが起こるかわからなかったんだ。けれども、そうこうするうちに、この教室での仕事が本当に面白くなりはじめたんだ。みんなで力を合わせて物語を作り出す作業が、わたしには止みがたい悪徳のひとつになってしまってね。

先日『ライフ』誌を繰っていたら、一枚の大きな写真が目に入ったんだが、よく見ると昭和天皇の葬儀の模様を写したものだった。そこには、今上天皇の妃にあたる皇后の写真が出ていて、写真の中では雨が降っているんだ。焦点のずれた後景には、白いレインコートを着た警備員の姿が見え、その後ろに雨傘をさしたり、頭の上に新聞紙や布きれをのせている群衆がいて、中景には、黒い喪服に全身を包み、黒いヴェールをかけ、黒い雨傘をさしているほっそりした皇后がひとり立っておられる。そのすばらしい写真を見たとたんに、胸にずしんとくるものがあって、まず最初にここには何か物語があるにちがいないと感じたんだ。思い浮かんだのは、写真に出ている昭和天皇の死にまつわる物語ではなく、別の三十分ものの物語だったんだが、そのイメージが脳裏に焼きついて、頭の中をぐるぐるまわり続けていた。やがて背景を消去し、白いレインコートを着た警備員と群衆をすべて消し去った……。雨の中に立っておられる皇后のイメージだけが残ったんだが、そのイメージも消して、雨傘だけがあとに残った。今でもその雨傘の中にひとつの物語があると固く信じている。わたしたちのワークショップが現在とちがう目的で仕事をしているんだったら、わたしはためらうことなくあの雨傘をもとに長編映画を作ろうと提案するよ。しかし、わたしたちが作ろうとしているのは三十分もののドラマだからね。それでも、制作の過程できっとあの雨傘に出会うことになるだろうと思っているんだ。いや、何も君たちに暗示をかけているわけじゃない。

ちょっと待ってくれ。ついうっかりしていたんだが、ここに三十分ものの脚本がある。コンスエロ・ガリードが書いたものだ。この物語は読んでおいたほうがいい。そうすれば、自分たちが何をすればいいのかいっそうよくわかるからね。口であれこれ説明するよりも読んだほうが話が早い。口で説明するのは、読むのとはまったく違うからね。コンスエロがこの台本をこのワークショップに持ってきた時は、『夜の泥棒』というタイトルだったんだが、最終的に『土曜日の泥棒』でいこうということになったんだ。で、誰が最初に読む？

『土曜日の泥棒』

週末だけ仕事をする泥棒のウーゴが土曜日の夜に一軒の家に忍び込む。不眠症に悩んでいる三十代の美しい主婦のアナは泥棒が忍び込んだ現場《イン・フラガンティ》を押さえる。銃で脅されて彼女は宝石や高価な品をすべて差し出すが、その時に三歳になる娘のパウリには近づかないように懇願する。しかし、女の子はウーゴと顔を合わせてしまう。彼は手品をやって見せて、女の子の心をとらえる。その時に、ウーゴは「居心地のいい家だから、少しゆっくりしていくか」と考える。週末をその家でゆっくり過ごして、心ゆくまで楽しめばいいんだ、どうせ主人は商用で出かけていて、日曜日の夜まで帰ってこないんだからな——彼は、一家の暮らしぶりを前もって調べ上げていたのだ。泥棒は迷うことなく主人のズボンをはくと、アナに夕食を作ってくれ、酒蔵にワインがあるはずだから、それを持ってくるんだ、それに音楽がないとさみしいから、食事の時に何かいい曲があればかけてくれと注文をつける。

　パウリのことが気がかりでならないアナは、夕食の用意をしながら、男を家から追い出す手立てはないだろうかとあれこれ考える。しかし、電話線はウーゴに切られていたし、隣の家は遠く離れているうえに、夜でだれも訪れてきそうにないので、手の打ちようがない。アナはウーゴが飲むワインのグラスに眠り薬を入れようと考える。平日は銀行の夜警をしている泥棒はラジオ番組が大好きで、毎晩欠かさず聞いているが、夕食をとっている時に、アナが自分の大好きなポピュラー・ミュージックの番組のDJだということに気がつく。ウーゴは彼女の大ファンなので、二人でカセットテープから流れてくる大ベニー〔キューバの歌手〕がうたう《過ぎ去りし時《コモ・フエ》》を聴きながら、音楽のことやミュージシャンの話をする。ウーゴが意外に物静かな男で、自分を傷つけたり、乱暴する意志がないとわかって、彼女はグラスに睡眠薬を入れたことを後悔する。しかし、睡眠薬はすでにグラスの中に入っており、泥棒がそのワインをおいしそうに飲んでしまったので、どうすることもできない。けれども、ひとつ手違いがあった。睡眠薬はアナが飲んだグラスの方に入っていて、彼女はあっという間に眠り込んでしまう。

翌朝アナが寝室で目を覚ますと、着衣はそのままで、上からちゃんと毛布が掛けてある。庭の方を見ると、ウーゴとパウリが楽しそうに遊んでいて、朝食の用意もできていた。アナは思わぬ成り行きにびっくりし、泥棒が思いのほか魅力的な男だということがわかって、うれしくなる。アナは今まで感じたことのない幸福感を覚える。

その時、彼女の女友達がやってきて、一緒にジョギングをしようと言う。ウーゴはひどく不安そうにしているが、アナは娘が病気だといって、急いで女友達を追い返す。三人は家で楽しい休日を過ごすことになる。ウーゴは口笛を吹きながら前の晩に壊した窓と電話線を修理する。アナは彼がとても上手にダンソン〔十九世紀にキューバで生まれたダンスの一種〕を踊ることに気がつく。彼女もダンスが大好きなのだが、一緒に踊ってくれるパートナーがいなかったのだ。彼が一緒に踊らないかと言ったので、二人はペアを組んで午後遅くまでダンスをする。パウリはそんな二人の姿を眺め、拍手をし、やがて眠り込んでしまう。そのうち二人も疲れてリビングルームのひじ掛け椅子に倒れこむ。

主人の帰る時間が近づいてきたので、楽しいひとときは終わりかけていた。アナが持っていっていいと言ったのだが、ウーゴは盗んだ品をほとんどすべて返すと、二度と泥棒に入られないようにとあれこれ忠告を与える。彼は悲しそうな顔をして母親と娘に別れを告げる。アナが彼を見送る。ウーゴの姿が見えなくなる直前に、彼女は大声で彼の名を呼ぶ。彼が引き返してくると、その目をじっと見つめて、次の週末も主人は商用で出かける予定だと言う。

土曜日の泥棒は黄昏時の光に包まれた街路を踊りながら幸せそうに帰っていく。

1

デュエット、トリオ、仮装舞踏会の仮面

El dúo, el trío y el antifaz

ガボ　さて、『土曜日の泥棒』をばらばらに解体しようか……。

レイナルド　ひとつ問題があるんです。ストーリーは全員知っているんですが、脚本の方はみんなが読んでいるわけじゃないんです。

ガボ　想像すればいいさ。

マルコス　この台本は女性が書いたものでしょう。ですから、どうしてもその感じが抜けないんです。

ガボ　ひょっとして前もって知っていたわけでもなかったのに、そうだと気がついたのかい？

マルコス　ええ。

ガボ　それは全体的な印象、それとも具体的にそういう箇所があったということ？

マルコス　読みはじめた時から、何となく切ない感じがしたんですが、あれはやはり女性

的なものじゃないかと。

ガボ　コンスエロが聞いたら喜ぶだろうな。そういえば、たしかにこの物語は女性の視点から語られているね。女性が主人公だからな。提出された物語のなかでこれがいちばん出来がよかったわけじゃないんだが、いちばん模範的な感じがしたんだ。いずれにしても、われわれが目指している作品であることはまちがいないよ。視聴者が喜びそうな「売れ筋」の作品だからな。実際、テレビ会社はこの物語を買うことに決めたんだ。質の高い、いい作品だから、きっと視聴者に気に入ってもらえると思うよ。

先日の夜は、びっくりさせられたよ。向こうのシナリオ教室で働いている女性のひとりが、家に電話をかけてきて、「5チャンネルをつけてください。コンスエロのストーリーとまったく同じものが放送されています」と言ってきたんだ。で、5チャンネルをつけると、男性が石けんの泡に包まれて入浴しているシーンが映っていた……。ヒチコックの映画だったんだが、あれは土曜日の七時半だったかな。一瞬目の前が真っ暗になったね。「こんなばかなことがあるか。コンスエロはどうしてあんな台本を書いたんだ？　彼女のとそっくり同じストーリーがどうして映っているんだ？」とつぶやいたよ。だけど、心配することはなかった。映画を見ているうちに、今回のドラマと関係のないことがわかったんだ。テレビをつけて映画を見る時は、誰しもいい映画であってほしいと思うもんだが、あの時ばかりは、どうかくだらない映画でありますように、世界一くだらない映画でありますようにと祈ったね。まったく別の映画だとわかるまで、そう祈りつづけたんだ。画面に映っている家に盗みに入ったのは泥棒じゃなくて、脱獄囚だった。その男が主人公を恐怖に陥れるんだが、結局彼女は殺されたくなかったので、男に従うふりをする……。最後に脱獄囚が家の外に出ると、警官隊が外で待ち受けていて、捕まってしまうんだ……。あんなにほっとしたことはなかったな。まったく関係のないストーリーだったからね。しかし、今回の作品には少し手を入れないといけないだろうな。辛いけど、入浴シーンはカットしよう。入浴シーンというのは絵になるんだけどな。まあ、残してもいいんだけどね。ゴマンとある物語のどれにもまったく似たところのない物語なんか書けるわけがないよ。しかし、やはりあのシーンはカットしよう。

『族長の秋』を書いている時も、今と同じように現実にひどい目にあわされたことがある。独裁者の乗る車のトランクにダイナマイトを仕掛けるというのはありふれているから、もっとちがったテロ行為はないだろうかとあれこれ考えた末に思いついたのが、夫人が夫の車で買い物に出かけた時に、車が爆破されて、車体が市場の屋根まで吹き飛ばされるというものだった。宙を飛ぶ車というイメージは我ながら独創的な感じがして、これはいけると安心していたんだ。ところが、その三、四カ月後にまったく同じやり方でカレーロ・ブランコ〔スペインの首相。一九七三年テロの犠牲になった〕が吹き飛ばされたんだ。あの時は腹が立ったね。当時わたしがバルセローナにいて小説を書いていることはみんな知っていたはずなんだが、あのテロ行為が、わたしがずっと以前に考えついたのとまったく同じやり方だと言っても、誰も信じてくれなかったんだ。で、仕方なくまったく違った方法を考え出した。特別に訓練した獰猛な犬を市場へ連れていき、独裁者の妻が市場へ買い物に行った時に襲わせて、ずたずたに引き裂くというアイデアを思いついた。車の爆破ではひどい目にあったんで、あのアイデアが生まれた時はうれしかったね。今でも、いいアイデアだと思っている。犬を使ったテロというのはなかなか独創的だし、小説の雰囲気にもぴったりだしね。しかし、こういうことはあまり気にしないほうがいい。あるシーンがうまくいかなかったり、失敗したりした時は、別のを捜せばいいんだ。妙な話だけど、その方がかえっていいシーンが見つかるものなんだ。最初に思いついたシーンで満足すると、その後はたいていうまくいかない。最初にいちばんいいものが見つかると、その後決まってやっかいな問題が生じてくる。だって、そうだろう、その後何もすることがなくなるじゃないか。いいものかどうかを見定める方法は、スープの出来具合を見るのと同じで、とにかく口に入れてみることだ。よく似たシーンに話を戻すと、物語の本質的な側面と関係がない限り、別に気にすることはない。まったく違うストーリーなのに、似たところがたくさんあるという例はいくらでも見つかるからね。

とにかく、捨てることを学ばなくてはいけない。いい作家というのは、何冊本を出したかではなく、原稿を何枚くずかごに捨てたかで決まるんだ。ほかの人は気づいていなくても、本人はくずかごに放り込んだもの、つまり何を捨てて、何を残したかはちゃんとわかっているからね。捨てることが、作家になるための王道だよ。ものを書く時は、セルバンテスよりも自分の方が上なんだと言い聞かせないといけない。とにかく理想を高く掲げて、一歩でもそれに近づこうとすることだ。それに、しっかりした考えを持つこと。削除すべきものを削除し、他人の意見に耳を傾けて、それについて真剣に考えるだけの勇気を持たなくてはいけない。そこから一歩踏み出せば、自分たちがいいと思っているものをいったん疑ってかかったり、それが本当にいいものかどうか確かめられるようになる。さらに言えば、誰もがいいと思っているものを疑ってかかれるようになる。これはたやすいことじゃない。何かを破棄しなければならないと考えはじめると、とたんに「自分がいちばん気に入っているものをどうして捨てなければならないんだ?」と考えて、守りに入ってしまう。しかし、分析してみて、物語の中でそれが実際にうまく機能しておらず、構造から見ても浮き上がっていて、人物の性格とも矛盾し、ストーリーが別方向に向かっていきそうだとすれば……破棄せざるを得ない。最初の日は……たしかに胸が痛むよ。次の日になると、少し楽になる。その次の日になると、もう少し楽になり、四日目にはさらに痛みが和らぐ。五日目になると、きれいさっぱり忘れている。そんなものだ。しかし、捨てるかわりに大切にしまっておいた場合は用心したほうがいい。というのも、題材が手もとにあると、別なところで生かせないかと考えて、何かあるとまた引っぱり出してしまう危険があるんだ。この選択をひとりでやるのはむずかしい。ここのワークショップで仕事をしているわれわれの場合、脚本を書くのはひとりでやることになるけど、その時はひとりぼっちだ。物語はみんなで力を合わせて作るけど、脚本はひとりで書くわけだから、自分の考えで取捨選択しなければならないんだ。

　脚本家というのは、そういった決断力だけでなく、大きな謙虚さも求められる。脚本家は、自分が監督の補佐役でしかない、つまり、監督の口述筆記者、もしくは監督がものを考える時にその手助けをする人間だということをわきまえている。物語を書いたのは自分だが、いったん映画化されれば、もはやそれは監督のものなのだということがわかっているんだ。わたしの場合も自分の書いた脚本がいくつも映画化されたけれども、これは自分のものだと言えるようなものはただの一コマもないね。これまでたくさんの脚本を書いてきたが、その中には出来のいいものもあれば、悪いものもある。しかし、自分のイメージ通りの映像がスクリーンに映し出されたことは一度もない。いつもそうだが、スクリーンに映し出されるのは、自分が考えていたのとはまったく違う構図なんだ。時には、監督のところへ行って自分が思い描いている構図、あるいはシーンを絵に描き、さらに口頭で「いいかい、カメラがここにある、この人物が前景にいて、もうひとりが背中を向けている。で、カメラがこちらに向かって移動してくると、もうひとり別の人物が後景に姿を現すんだ」といったように説明したこともあるけど、いざ映画ができあがってみると、まったく違う構図になっている。つまり、監督が自分の考えにしたがって撮影したんだ。もし脚本家として仕事を続けていこうと考えているのなら、そういうことに耐えなくてはいけない。たいていの脚本家は監督になりたいと夢見ているけど、それはいいことだ。というのも監督なら脚本のひとつも書けて当たり前だからね。監督と脚本家が力を合わせて、台本の最終的な仕上げをするというのが、本当は理想なんだ。

だけど、監督と脚本家のデュエットだけじゃまだだめだ。そこにプロデューサーが加わって、トリオにならないとだめなんだ。この学園の創設時には、ぜひクリエイティヴ・プロダクション・コースを作るようにと言ったんだ。一般にプロデューサーというのは、映画を完成させる前に監督が予算を使い切ってしまわないように目を光らせている人間だと思われているが、これは大間違いだ。できあがった映画が失敗作だとわかってはじめて、制作面に問題があったと気がつくんだ。最近聞いた話だけど、あるプロデューサーが監督に厳しい予算枠を課して映画を作らせたんだが、それでも何とかできあがったというので大喜びしたそうだ……。で、その映画を見せてもらったんだけど、ケチるもんじゃないと思い知らされたよ。まず役者を切ることからはじめたわけだけど、監督はこの二人ならぴったりだと思われる一線級の俳優の代わりに、あらゆる意味で……もっと値の安い役者を二人選ばざるを得なかったが、結果は一目瞭然だった。一目見れば、金のかかっていないことがわかるし、むろん映画としても失敗作だよ。よく言われる、安物買いの銭失いってやつだ。プロデューサーは自分が単なる企業家でもなければ、資金を出す人間でもないということをわきまえていないといけない。彼の仕事は想像力とイニシアティブ、それにいい映画を作るために必要不可欠なわずかばかりの創造性が要求されるんだ。

どうしても脚本を書きたいと思っているなら少々のことでくじけてはだめだ。脚本家の運命というのは辛いものがあるけど、その見返りに名誉がついてくる。できあがった後、監督の手でずたずたにされるとわかっていても、脚本家というのは最高の台本を書かなきゃいけない。繰り返しになるが、いい本を書くには数え切れないほどの原稿をボツにして、くずかごに捨てることだ。それしかないんだ。ヘミングウェイの言う「忌々しい発見者《シット・ディテクター》」、つまり自己批判のセンスと呼びうるものがないとだめなんだ。一緒に仕事をしていちばん楽しいのはルイ・ゲーラだな。彼はわたしだからといって遠慮したりはしない。言うべきことは歯に衣を着せずに言うし、頭の回転も早い。むろん、わたしも言いたいことを言わせてもらっているがね。監督としての彼を高く評価しているけど、言うべきことは遠慮せずに言わせてもらっている。誰の書いたものだろうが、だめなものはだめなんで、捨てるより仕方ない。そういうものを映画にしちゃいけないんだ。

『土曜日の泥棒』は一見そうは見えないけど、独創的な脚本だよ。こういう物語はこれまで読んだことも、見たこともないからね。先の読めるストーリーにはちがいないけど、気にすることはない。ストーリーに合った語り口、つまり物語にぴったりの語り口を見つけ出さなければいけないんだが、ここでたいていの人は過ちを犯す。物語を思いつくと、それですべて片づいたように思い込んでしまう。ところが、いざ書き出してみると、語り口、というか文体をまちがえるんだ。そうなると、必ず袋小路に入り込んでしまう。ただ、幸いなことにわたしたちの中には小型にした頭のいいアルゼンチン人が棲みついていて、そういう場合にどうすればいいか教えてくれるんだ。今、「幸いなことに」と言ったのは、脚本を書くやり方はいくらでもあるけど、本当を言うと、どういう書き方をしてもだめなものはだめなんだ。ひとつひとつの物語にはそれぞれ独自の語り口というのがあって、脚本家の仕事はいかにしてそれを見つけ出すかということなんだ。

『土曜日の泥棒』に検討を加えるのはたぶんこれが最後になるだろう。このあと監督に渡すことになっているからね。泥棒のキャラクターから考えて、コミックものにでてくる泥棒がつけている仮装舞踏会用の半仮面をつけさせるといいんじゃないかと思うんだけどね。

選択肢はいくらでもある

Hacia otras opciones

レイナルド　このストーリーは多分にコミカルなところがありますね。
ガボ　この種のものは、それでいいんだ。
レイナルド　登場人物は善人として登場しますよね。だけど、最初は平然と人を殺しかねない極悪非道な人間だと思わせておいて、小さな女の子が出てきて、しゃべったとたんにころっと人が変わるという風にした方が面白いんじゃないですか……。サンタクロース風の人物というのも悪くないですが、泥棒がパウリに陶器の鳩を渡すところがあるでしょう、その鳩を見てあの子が、これは自分の家にあったものだと気がつくんじゃないですか。

ガボ　もともとあの人物には手品をさせるつもりなんだ。あの家のものではない何か品物を隠し持っていて、それを取り出すことになっている。今の話からすると、あの泥棒が最初から「善人」として登場するということは、コメディーだということを示しているわけだ。ただ、君が言うように、それが後でわかるようにしてもかまわない。最初のシークエンスで冷酷な人間だと思わせておいて、その後優しい人間に変身させていけばいいわけだ。ただ、コンスエロは最初からコメディーだとわかるものにしたいと考えていたし、それは大事なことなんだ。どういう種類の作品かをほのめかしておくと、まず失敗することがない。視聴者には、自分が今見ているのがドラマなのかコメディーなのかを最初から知らせておくほうがいいところは、どういう作品かをうまく暗示しているところだよ。コメディーのトーンがだいいんだ。香りづけはあとからすればいい。そこが脚本家の腕の見せどころだ。この脚本のんだん強くなっていくだろう。鏡の出てくるシーンでわたしはそのことに気がついたんだ。奥さんは鏡に映った泥棒を見て、とてもいい男だと思う。そして、その後男は家を出て帰っていく。今回は帰っていくが、次回はおそらく帰らないだろう。あの人物はこちらが思っているとおりの行動に出るんだよ。

レイナルド キス・シーンがどうも気に入らないんですが。

ガボ そうだな。最初はいいと思ったんだが、やはりだめだな。当然のことだが、細部を詰めていくと、ストーリーの欠点が目につくようになるんだ。

レイナルド 人物の扱いなんですが、登場人物は全員、いつも本当のことしか言わないでしょう、あれがかえって嘘っぽく思えるんです。たとえば、アナがそうです。最初から彼女は、夫は日曜日の夜にならないと帰ってこないと言いますし、そのあとも、「わたしたち、一緒に外出したことなんてないんです」と打ち明けますよね。どうしてああ正直に言うんでしょう。あそこは嘘をつくべきです。そうしたら、あとで彼女は嘘をついていたんだなってわかるでしょう。視聴者が彼女の嘘を自分で気がつくようにした方が面白いと思うんです。

ガボ 確かにそのとおりだが、ひとつ問題がある。時間だ。これは三十分番組だ。もっと正確に言うと、二十七分しかない。人物造型に時間をかけると、長時間番組を作っているように一からはじめなくてはならない。そうすると、あとで一気に事件を展開させていかなくてはならない。三十分もののストーリーには独自の法則があって、それは守らなければならないんだ。小説家の場合、四百頁の物語を書くとなると、あらかじめプランを立てるわけだが、二章目か三章目で種が尽きてしまって二進も三進も行かなくなることがある……。こうなるとことは深刻だ。あとでまた取り上げることになると思うけど、作品の全体的な構成が崩れて、まともな物語が書けなくなってしまう。物語のほかの要素についても同じことが言えるんだ。物語のトーンが決まっていないと、構成は何の役にも立たないし、一貫性のある文体がなければ、トーンの意味がなくなってしまう、霊感が欠けていれば……。

レイナルド　あの泥棒がすべてを知っているという風にしたらどうでしょう？　彼女が「夫は明日帰ってくるの」と言うと、彼が「帰ってくるのは日曜日だね」と言い返し、彼女が「わたしたちはしょっちゅう外出するの」と言うと、「一緒じゃないだろう。二人で外出することなんてないじゃないか」とやり返す。つまり、彼はプロの泥棒としてすべてを知っているんです。

ガボ　そうなると、彼女はいっそう泥棒を尊敬することになるだろうな。

ソコーロ　あの泥棒はプロじゃないような気がするの。そうなりたいとか、そう思わせたいと考えているんでしょうけど、細かく見ていくと、とても甘いところがあるわ。

ガボ　アナの描写がもっとほしいね。

グロリア　アナの性格はふたつに分けられると思うの。眠り込んでしまう前の彼女は、目覚めたあとの彼女とはまったくの別人だわ。夜、グラスに入ったワインを飲むまではガードを堅くして、電話をかけようとしたり、ナイフをつかんだりするけれど、次の日になると……。

ガボ　彼女は負けたんだ。彼の側に立って言えば、うまく料理して、すっかりくつろぐことができたってわけだ……。わたしはグラスの入れ替わるところがどうも気になるんだ。使い古された手だからな。しかし、コメディーだとああいうありふれた手法も許されるんだろうな。だって、みんなそう真剣に見ているわけじゃないからな。

ビクトリア アナはお金持ちの奥さんのように思えるの。ラジオのDJをしていて、人気番組を持っているというのが、どうもしっくりこないのよね。

ガボ ストーリーがいじれるあいだは、おかしいなと思ったことはそのままほうっておかないほうがいい。自分たちの物語を守るのか、それとも別のに書き換えるという誘惑に身をまかせるかのどちらかしかないんだ。

ビクトリア 女友達が一緒に走ろうって誘いにくるシーンがあるでしょう、あそこがとても気に入ってるの。ああいうのって、お金のある裕福な階級の人たちがよくやるじゃない。そういうことが気になっていたから、あの女性がお金持ちの奥さんだって考えてしまったの。

ガボ 話をそちらにもっていくと、長時間もののドラマになってしまうんじゃないかな。短いストーリーを引き延ばすというのがいちばんよくないんだ。いや、何もこのストーリーを弁護しようとしているんじゃない。しかし、ストーリーをより面白いものにするのはいいが、変えてしまうのはどうかなと思って言ったまでだ。何もこのまま触らなくていいと言っているんじゃない。たとえば、女の子の年齢だけど……。

ソコーロ 女の子は三歳よね。

ガボ もう少し年齢を上げてみたらどうだろう。三歳だと使いにくいんじゃないかな。とくにああいう状況だと。

ソコーロ　それ以上の年齢だと、親戚にどういう人がいるかも知っているから、これはおじさんよと言ってごまかすわけにはいかないと思います。

ガボ　正直言って、三歳の子というのがどういうものかよくつかめないんだ。三歳前の孫がいるんだが、あの子が来年になったらしゃべれるようになるとは思えないな。

ソコーロ　そんなことはありません。三歳だともう大人と十分に意思の疎通ができるようになっています。だから、ドラマで使えるはずです。

ガボ　脚本のここのところに、彼が「ドアの枠《キシオ》のところにいる」、アナの方に目をやる、と書いてあるけど、脚本家なら用語にもっと注意しないといけない。この場合の枠というのは、ドアがとりつけてある枠組《マルコ》みのことだよ。彼女はドアの枠のところじゃなくて、開いたドアのところでキスをするんだ。鴨居というのはドアの上の部分で、下は敷居だ。ドアのとりつけてある構成全体を枠という。だから、ここはやはり開いたドアのところで、としなくちゃいけない。彼女についてわかっているのは、開いたドアのところにいるということだけなんだ。年齢はいくつで、白人なのか黒人なのか、金髪か黒い髪か、感じのいい人か陰気な人かわからない。それに服装も、パジャマ姿かガウンを羽織っているのかもわからないだろう。脚本の技術上のミスだ。キャスティングをまかされた人間は頭がおかしくなるんじゃないかな。これじゃあ、ブレイク・ダウン、つまり制作の細部をまかされている人間は衣装ひとつ決められないじゃないか。

レイナルド　彼女が睡眠薬を使おうと思いつくのが、薬戸棚を開いた時だということも、脚本にはっきり書いておいたほうがいいですね。より正確には、薬戸棚を閉める時なんです。彼女の行動を追っていくと、まずバスルームに入り、薬戸棚を開く、そしてそれを閉めようとしてためらい、扉をいっぱいに開き……睡眠薬を取り出す、という風になるはずでしょう？

ガボ　しつこいようだけど、グラスの入れ替わるところにまだこだわっているんだ。しかし、あれしかないだろうな。

マルコス　彼がグラスを取り替えるようにしたらどうでしょう。彼女はそのことに気がついたものの、どうしても飲まざるを得ないんで、ヒステリーの発作が起こったふりをして、グラスを床にたたきつける。

グロリア　それだと、彼が自分のグラスを彼女に差し出す可能性があるわ。すると、彼女は彼のためにもう一度ワインを入れにいかなきゃいけないでしょう。だけど、そうすると睡眠薬を取りにもう一度バスルームに入らなければいけなくなるわね。

ビクトリア　彼がプロの泥棒なら、ああいう状況に置かれると、「そちらのグラスで飲ませてもらえるかな」と言いかねないわ。

ガボ　グラスでなく、ボトルに睡眠薬を入れるというのはどうだろう。そうすると、ワイン全体に薬が溶け出すことになる。彼女はふだん飲みつけていて抵抗力があるから、彼が眠り込んでも、自分は大丈夫だと思っているんだ。実際は逆に、彼は眠らないんだけどね。ご都合主義的だけど、こちらの方が創造的だよ。

ソコーロ　あるいは、彼女が飲まなくてもいいように言い逃れをするというのはどうかしら……。

ガボ　たしかに選択肢はいくらでもある。しかし、いろいろな要素を取りいれていくうちに、それらの要素がまだ固まっていない、「柔らかい」ものだと感じられるようになる。そうなるとやりにくいから、あまり大きく変えない方が賢明だ……。絵を描いている時に手を加えるだろう、あれと同じで、ここにもっと厚みがほしいなと思ってさらに手を入れるように、今のストーリーをもとにして、それに手を加えるようにすべきなんだ。彼女が睡眠薬を常用していて、効き目があるんだったら、そもそもワインなど飲まないだろう……。

ソコーロ　あの男が酒好きだということを彼女が知っているとしたらどうかしら？　彼女が嘗めるようにして飲んでいるのに、彼の方はグイグイあおっていく……。

レイナルド　僕は、彼がわざとグラスを取り替えるという風にした方がいいと思うけどな。

ガボ　わかったぞ！　彼はすでにグラスを手にしている。どうしてかは訊かないでくれ。で、立ち上がると、そこにボトルがないので、彼女のグラスを手に取る。睡眠薬のことは忘れるんだ。どちらのグラスに薬が入っているかわからない。彼女はワインの入ったグラスをふたつ持って登場すると、それをテーブルの上に置く。睡眠薬はふたつのグラスのうちのひとつに入っているが、どちらかはわからないんだ……。

ソコーロ　彼女がトレイを持って登場すると、彼がそばに行って礼儀正しく「ぼくが運びますよ」と言うの。そして、トレイを受け取る。彼女は「結構です。わたしが運びますから」と言えずに、トレイを渡してしまう。彼が後ろを向いた時に、グラスの位置が入れ替わってしまうの。あるいは、そのせいで彼女はどちらのグラスに睡眠薬が入っているのかわからなくなる。わたしたちも、薬が効いてどちらかが床に倒れるまで、誰が睡眠薬入りのワインを飲んだかわからないの。

ガボ　視聴者にもどちらのグラスが安全かはわからない、そこのところが大切なんだ。彼が一口飲む。彼女も用心しながらちびちび飲む。何も変わったことがない。ふたたびグラスに口をつける。やがて、ふたつのグラスが空になる。睡眠薬はまだ効いていない。視聴者は二人のうちのどちらかが眠り込むはずだと思って見ている。しかし、二人の会話は弾んでいる。脚本にまちがいがあったのだろうか？　どうして二人ともあくびひとつしないのだろう？　うん、このアイデアがいちばんいいようだ。何よりも創造的だよ。この創造的という言葉はこのワークショップでこれから何度も耳にすることになるはずだ。創造的という言葉は、単に技術的でないような解決が見つかった時のためにとっておこう。カメラをどの位置に据え、どの俳優が最初に登場するのか、あとで画面から消えるのは誰かといった問題は技術的なものであり……そのおかげで、最も有効な形でこちらが伝えたいと思っていることを伝達する助けになってくれる。しかし、基本的な理念、物語を前へ進めてゆく理念は、創造の領域に属しているんだ。

2

限界を追い求めて

En busca de los límites

ガボ　『土曜日の泥棒』でやったことが次の三十分番組を作るうえで役に立つかどうかやってみよう。今度は誰が三十分ものの面白いストーリーを聞かせてくれるんだ？　そうか、ここはあまり怖がっていないのは誰だ、と訊くべきだな。いや、心配しなくていい。いちばん怖がっているのはこのわたしなんだ。口火を切るのは誰だっていやだろうから、わたしがやろう。ひとりの若い男がほかの人たちと一緒にエレベーターに乗り込む。エレベーターが上へのぼっていき、ある階でその人たちが降りる。エレベーターがふたたび上がりはじめるが、中にはその若者と若い女の二人しかいない。と、突然エレベーターがガクンと止まり、階と階の間で停止する。若い女の子はひどく不安そうにしている。男はそんな彼女を落ち着かせようとして、「心配いりません。すぐに動きはじめますから。実を言うと、ぼくは閉所恐怖症なんですが、我慢しているんです……」と言う。彼は非常ベルを押す。こういう場合たいていベルは鳴らないものだが、その時はベルの音が長々と響きわたる。若い男が「もう大丈夫です。ぼくたちがここに閉じこめられていることが伝わりましたから」と言う。ビルの中で騒々しい物音が聞こえる。「もう一台のエレベーターで昇ってきているんです」と若い男が言う。「機械室が上にあって、滑車でこのエレベーターを動かしているんですよ」。突然上の方から人の声が聞こえてくる。「誰か中にいるのか？」「ええ、二人乗っています」「心配しなくていい。すぐに出してやるからな」。若い男はほほえみながら彼女の方に向き直る。「ほら、言ったとおりでしょう」。ハンマーの音がエレベーター・ボックスまで聞こえてくる。突然人の声が聞こえる。「心配しなくていいぞ。今、技師を呼んでいるところだ。それでだめなら、消防士に来てもらう。すぐ戻ってくるから、待っていろ」。しかし、時間だけが過ぎていく。と突然、上の方からふたたび人の声が聞こえる。「悪いが、技師が見つからないんだ。明日まで待ってくれ。消防士を呼ぶと、すべてをぶちこわしてしまうんで、呼ばないことにしたんだ。焦らず、落ち着いているんだぞ」。若い男がこう叫ぶ。「こちらは寒くなりはじめたんだ」。上から返事がかえってくる。「天井のところに換気口の網蓋がついているだろう。鍵を使ってそのねじをはずしてくれ……」。若い男は言われたとおり金属製の蓋をはずす……。天井にぽっかり穴が開く。「そこから必要なものを下ろすから待っていてくれ」。エレベーターで一夜を過ごすのに必要な毛布や水とサンドイッチの入った籠がロープを使って下ろされる。その頃になると、若い男女の間には今までになかった親密な関係が生まれている。翌朝、上から声がして二人は目を覚ます。「今技師がやってきた。もう出られるからな」。しかし、いたずらに時間が過ぎていくだけで、何も起こらない。長い溶暗《ディゾルヴ》がくる。次に映った時、若い女性は妊娠している。二人はあの狭い空間の中でひどく快適な生活を送っているが、何かとうるさく注文をつけるようになっている。「テープレコーダーはどうなっているんだ？　ずっと音楽を聴いてないいんだ」「わかった、わかった、すぐに下ろすよ」という声が聞こえ、天井の穴から届けられる。ふたたびディゾルヴ。今では二人の間に子供がひとりいて、あの女性は二人目の子供を身ごもっている。エレベーターの片隅には小さなマットレスがあり、反対側には小さな調理台が置いてある。壁には絵と花を生けた花瓶が飾ってある。そこは小さな楽園になっている。男は一冊の本を読み終える。その本を籠に入れると、ロープを引っ張る。「二巻目を下ろしてくれないか」と叫ぶ。籠が上の方に消え、間もなく頼んだ本が届けられる。そしてとうとうある日、上の方から物音や話し声が聞こえる。ついに消防士がやってきたのだ。やっとのことでエレベーターがグイッと引き上げられ、次の階で止まる。扉が開くと、……中は小さな楽園になっている。若い男女は外に出ることを拒否する。「外に出る？　大気は汚染しているし、騒音で耳が痛くなる、そのうえ通りは車でひしめき合っている、そんなところに出られないよ……」。二人はそう言うと、扉を閉める。「ここには二度と来ないでくれ」。彼らはそう叫ぶ。これでおしまい。物語全体の流れを書かなければいけないし、まだ完成してはいないんだが、時々このストーリーで長いものが作れるかもしれないと考えることがあるんだ。

マルコス　あとは、どこまで現実味のあるものにできるかということですね。で、バス、トイレはどうするんです？

ガボ　その点は解決済みだ。ビニールの小さい袋を使うんだよ。知らないかな、日本じゃ人糞を肥料にしているんだ。ビニール製の袋を各家庭に配布し、次の日にその袋を回収するようになっている。契約でそうしているんだ。

マルコス　細部までちゃんと考えているんですね。

ガボ　まだ辻褄の合わないところが何カ所かあるが、細部を詰めていけば、うまくまとめられるはずだ。ところで、この教室でも話題になった便にまつわる別の話を聞いてないかい？　とても面白いうえに、三十分ものにちょうどいい長さなんだ。舞台はボリビアのある村なんだが、そこの村人が大勢アメリカへの移住を希望する。そのためには医師の検診を受けなければならないんだが、調べてみると、全員体内にアミーバがいるんだ。当然移住はできないんだが、中にひとりだけアミーバのいない男がいる。この男が、便、つまり自分の便を売ってやればいいんだと思いつく。こうして、全員が便の検査にパスして、大喜びしてアメリカに移住することになるが、彼らの体内にはアミーバがいっぱいいるってわけだ。三十分ものにちょうどいい長さだな。ほかにも、長年の夢だった十九世紀の鏡を買った若い娘を主人公にしたストーリーもある。娘が部屋の壁にその鏡を飾った時、鏡の中に誰かいることに気がつく。鏡の中の男は十九世紀に生きていて、鏡の外にいる彼女は二十世紀に生きている。互いに違った時代に生きているために会うことのできない二人の男女の不可能な愛を語った三十分もののドラマになるはずだよ。子供も孫もいるけれども、まだ美しい体型を保っている初老の女性を描いたものもある。ある日、郵便配達人が彼女のもとに奇妙なものを届ける。その頃、市内の郵便ポストが新しいものに取り替えられたんだが、その時に古いポストに貼りついていて見つからなかった手紙が発見された。その手紙は三十五年間ものあいだポストの中で眠りつづけていたんだ。表書きを見ると、たしかに自分宛になっている。それを開いて読んでみると、重大なことが書かれている。彼女の恋人が、水曜日の午後五時にこれこれのカフェで待っている、二人して町を出ていこうという文面なのだ。彼女は彼を夢の中でも愛し続けたし、彼女が愛したたったひとりの男性だった。彼女は変わることなく彼を愛し続けたが、ある日彼が姿を消したために、彼女の人生は大きく変わり、以前とはまったくちがう生活を送るようになった。その後いろいろなことがあり、彼女は結局三十五年ぶりに……待つ人がいるはずのない待ち合わせの場所へと出かけていく。と、彼が待っている。彼は毎週水曜日の午後五時になるとそこへ行って、彼女を待ち続けたんだ。永遠の愛は存在するんだよ。

こういうストーリーは、現実というのはどの程度までたわめ、歪めることができるのか、本当らしく見える限界というのはどのあたりにあるのかといったことを知ることができるので、わたしは大好きなんだ。本当らしさの限界というのは、われわれが考えているよりも広がりのあるものなんだ。ただ、そういう限界があることはわきまえておかないといけない。ちょうど、チェスをするようなものだ。視聴者、あるいは読者とゲームの規則を決めておく。つまり、ビショップはこう動き、ルークはこう、ポーンはこう……といったようにね。で、いったんその規則ができあがったら、もう変えてはいけない。一方が途中でそれを変更しようとしても、もう一方は受け入れてくれないからね。すべてのキーは大いなるゲーム、つまりストーリーそのもののうちにあるんだ。相手が君のゲームを受け入れてくれれば、なんの問題もなくゲームをつづけていけるというわけだ。

3

狂気に駆られて

En estado de locura

ガボ　いつだったか、アレハンドロ・ドリア〔アルゼンチンの映画監督〕がブエノスアイレスから電話をかけてきた。そう若くない女優と一緒だったんだが、その時に彼が「四十代の女性にちょうどいいような長時間もののストーリーがほしいんだ」と言ったんだ。それを聞いて思わずかっとなって、「服の生地を十メートルばかり注文するような、そんな頼み方はないだろう」と言い返したんだが、それっきりそのことは忘れてしまった。一週間後、ちょうどその頃書きかけていた本のコピーをとりはじめたんだが、ひどく時間がかかるんで、妻のメルセデスに手伝ってもらうことにした。妻がコピーをとり、わたしがそれを整理していたんだが、ふと気がつくと第四章がそっくりなくなっているんだ。で、妻に「おい、第四章がないぞ」と言うと、妻は「なんですって？　おかしいわね。たしかにコピーをとってそこに置いたはずよ。第五章はここにあるでしょう」と言ったんだ。二人で捜したが、どこにも見あたらない。「仕方ない、第四章をコピーしよう。たしかにコピーしてもらったのをこの目で見たんだけどな」。その前に書類や草稿を破り捨てたんだが、どうやらその時に第四章も一緒に破ってしまったらしいんだ。そこで妻に、「おい、心配しなくていい。第四章はここにある。気がつかずに破り捨ててしまったんだ」と言った。妻は私の顔をじっと見て、こう言った……。「お願いだからこういうまちがいはしないで。こちらまで頭がおかしくなるわ」。それを聞いて、突然アイデアが浮かんだんだ。それも完全な形でね。「アレハンドロの頼みにぴったりの話だぞ、これは」と思わず独り言を言った。出だしから結末まで完全にできあがっていたんだ。ただ、その後、結末のところが気に入らなくなってね。ひとつは、ヒチコックの映画『めまい』の影響を受けていることで、もうひとつはその結末のところで苦労するのが面倒になってきたんだ……。あの頃、どういう仕事だったか忘れたが、ルイ・ゲーラと一緒に仕事をすることになっていたので、彼に「この物語の結末を一緒に考えてくれるんなら、君と一緒にやってもいいよ」と言うと、彼はいいだろうと言ってくれたんだ。

この物語はある科学者と結婚した女性が主人公になっている。子供たちと一緒に暮らしているが、子供たちはすっかり大きくなっている。夫というのは面白みのない男だったが、科学者としては天才といってもいい人物なんだ。エレクトロニクス関係の仕事をしてることになっているが、その辺はまだはっきり決めていない。彼女はある日、家の中のものが移動していることに気がつく。ここにグラスを置いて部屋を出て戻ると、グラスはあちらに移動している。コンロに火をつけてその上に鍋を置く。戻ってみると、鍋を置いたコンロの火が消えている。どうもおかしいと思って彼女は気持ちを引き締める。彼女は少々のことで動じたりはしない中年女性なんだ。けれども、現実感覚がだんだん薄れていっているように感じている。そこで、女友達の精神科医に相談すると、その医者が、別に異常なことじゃないわ、あなたくらいの年齢で、それまで一生懸命働いてきた人にはよくあることよ、と言ってくれたので、ほっと胸をなで下ろす。ある日、いつものように家族のものが出ていく。つまり、夫は仕事へ、子供たちは学校へ行く……。その時にひとりぼっちになったような気持ちに襲われる。孤独感にさいなまれて、ショック状態に陥るが、何とかそれを乗り切る。しかし、ある日夫に女がいることがわかる。今、自分の身に起こっていることから考えて、夫は自分を狂人に仕立てようとしているのではないだろうか？　事情を調べてみると、愛人というのが自分に瓜二つの女性だということがわかる。瓜二つと言うよりも、彼女自身なのだ。映画では、女優がひとり二役をすればいいだろう。彼女はその女性が市場へ行ったり、通りを歩いたりする日常的な行動を追いはじめるが……その女性が自分とまったく同じ行動をとっていることに気がつく。まるで、自分のコピーのように思える。そこまできて、われわれは例の話だなと気がつく。つまり、妻の頭がどうかしていると夫が感じはじめるのは、決まって夫自身がすでにおかしくなってる場合なんだ。観客であるわれわれは、彼女がまだ気がついていないことを知っている。つまり、彼女の夫はもうひとりの女の家のなかに自分自身の家庭をすでに作り上げているのだ。だから、同じ女性が二人いて、同じ家がふたつあるわけだ。

生活もほぼ同じと言っていいが、ひとつちがうのは、夫にとっては後の家庭の方が最初の家庭よりも大切なものだということなんだ。愛人との生活が妻との生活よりも大事だということだ。夫はかつて妻と過ごした幸せな日々をもう一度愛人と過ごしてみたいと考えているのだ。彼は愛人と相談して、妻の精神をおかしくすることにした。二人はそのために時間をかけ、ついに妻を狂人に仕立て上げる。こうして夫は、妻が気が触れているとの理由で、離婚にこぎつける。望みどおり、誰ひとり罪に問われることはない。無事に離婚が成立する。今、あのカップルは幸せに暮らしている。とりわけ、彼女は追い払うべき相手がいなくなったので満足している。彼女はもはや愛人ではなく、妻の座におさまっている。幸せな思いを噛みしめているが……それも家の中にあるものが移動しはじめるまでの間でしかない。

物語はそこで終わっているんだが、実はまだ書き上げていないんだ。といっても、最低九十分はかかる長い番組用にと思って考えたものだから、このシナリオ教室でわれわれが作ろうとしているものとしては使えないけどね。その後しばらくして、フランスで『幸せな人妻は午後六時に自殺する』といったタイトルをつけたくなるような研究のあることがわかったんだ。ある人が、幸せな結婚生活を送っているように見える女性が、これといった理由もないのに自殺するケースをいくつか調べて、研究を行なったんだが、その人はさらに調査をつづけて、自殺に三つの共通点のあることを発見した。ひとつはどの自殺者も幸せそうに見えるということ、ふたつめは全員が四十五歳以上の女性だということ、三つめは自殺はつねに午後六時に行なわれるということなんだ。その後の研究で、なぜそうなるのかということが解明されたが、その話はまた機会があったら話すことにするよ。次の話に移らなくてはいけないからね、今度はたしかエリッドのものだったよな？

展開のない物語

Cuando no pasa nada

エリッド　粗末なベッドがひとつ入るだけの狭い部屋の中で、男がひとり寝ているの。名前はXとしておきます。彼はブルーのつなぎを着て、目出し帽で顔を隠しています。テレビの横の壁に人形がひとつぶら下がっています。テレビは電源が入っているんですが、画面には何も映っていません。突然、その画面にとても人間のものとは思えない奇怪な顔が現れて、起きるんだ、明かりをつけろ、人形をつかむんだ、などといった指示をXに与えます。Xは背中から人形をぶら下げて、バスルームに向かいます。そこで目出し帽を脱ぎますが、鏡がないので顔は見えません。カーテンで隠されている浴槽の中にはいくつか瓦礫が転がっています。そこから、突然男がひとり飛び出してきます。男は同じブルーのつなぎを着ていますが、顔を隠していません。Xは、男を見てびっくりします。Xがほかの人間の顔を見たのはそれがはじめてなのです。突然現れた男が、Xの前に鏡を置いて自分の顔を見ろと言うので、Xの驚愕はいっそう大きくなります。すると突然、画面からふたたびあの声が聞こえ、外に出るように指示します。例の男はXに、目出し帽を脱ぐんだ、顔を隠すのをやめて、反逆するんだと言います……。さらに、男は画面の人物に向かって罵りの言葉を浴びせます。非常ベルが鳴り、あの声が警備員を呼びます。Xは部屋から飛び出して、走り出します。人気のない路地や壊れたビルを通り抜け、階段をのぼり、何かにつまずいて倒れます……。画面に映っているのは、家のベッドで横になっているXの姿です。妻が、「遅刻するわよ。さあ、起きて」と彼に言っています。Xは起きると、自分が見た夢を妻に話そうとしますが、妻は「ぐずぐずしてると、遅れるわよ」と言うだけで、彼の話に耳を貸そうとしません。Xは一度バスルームに入り、そこから出ると、ゆりかごの中で眠っている子供の顔をのぞきます――子供の顔は先に見た人形の顔にそっくりです――、その後彼は昏睡状態に陥ります……。Xは逃げながら、ほかの人の顔を――誰も顔を隠していないのです――見ます。そして、壁の向こうに隠れます。子供の泣き声が聞こえます。彼は目を開けます。すると、子供がゆりかごの中で泣いています。Xは服を着、鏡の前でネクタイを締めはじめます。その時、鏡の中の自分がブルーのつなぎを着ていることに気がついて、ふたたび逃げ出します。迷路のように入り組んだ階段の中に潜り込み、屋上に出るんですが、その彼のそばに警備員が近づいてきます。彼は狭い部屋に隠れますが、突然警備員が足でドアを蹴破る、ドンという音がします。しかし、開いたのは自分の部屋のドアで、そこから妻がぶつぶつこぼしながら入ってきます。「どうしたの？　朝食はもうできているのよ。冷めてしまうじゃない」。妻が後ろを向きますが、遠ざかっていくかわりに、姿が消えます。ここはもちろんカメラワークでやればいいと思います。妻はある場所にいて、背中を向けていますが、突然煙のように消えてしまいます。Xは口をぽかんと開けています……。

手短に話します。警備員は瓦礫の後ろに隠れているXをついに発見すると、彼に向かって発砲します。Xは悲鳴を上げますが、次のシーンではベッドの上で起き上がろうともがいている彼の姿が見えます……。彼はある病院のベッドの上にいて、ロープで縛られています。彼は口を開け、あえいでいます。近くに白衣を着け、髭を生やした謎めいた人物がいます。その人物はXに注射しようとしています。「落ち着いて、何も心配はいりません」と話しかけます。Xがここはどこなんですかと尋ねると、医者は研究所だと答えます。「心理学研究所だよ、覚えていないのかね？　自分から進んで実験台になると申し出たのは君なんだよ」「そうなんですか。すると、あれが夢で、こちらが現実なんだ」とXはつぶやきます。注射を打とうとした男が奇妙な笑みを浮かべて、「本当に信じているのかい？」と尋ねる。そして注射を打っているあいだに、その姿が消えていく。何もかもが消えていく。もう天井も壁もなくなっている。Xはベッドの上に横になり、うつろな目で星空を眺めている。その映像で終わるんです。

ガボ　さて、映画を一本見せてもらったわけだが、ストーリーがどうなっているのか今ひとつわからないんだ。内容はどうなっているんだ、エリッド？　要するに、男が精神医学の実験台にされているということなのかい？

エリッド　そんな風に考えられますね。

ガボ　いや、それじゃあだめだ……。映画のストーリーを考えた脚本家は君なんだから、せめて君だけでもちゃんと内容を把握していないといけない。

エリッド　ですが、私にとって興味があるのは、Xがついに現実と夢の区別がつかないまま終わるということなんです……。

ガボ　観客にもわからないのかね？

エリッド　わかる必要はないと思うんです。それぞれが好きに考えればいいんです。これを見て、自分の人生はどの程度現実的なんだろうかとか、自分の生きている現実はどちらなんだろうと考えればいいんじゃないでしょうか。

ガボ　君はオーウェル〔一九〇三―五〇。イギリスの作家〕を読んでいるよな？　あのテレビの画面はビッグ・ブラザーを思わせないかい？

エリッド　ええ、そうですね。ですが、オーウェルの『一九八四年』を思わせるのはあそこだけだと思うんです。

ガボ　いや、画面だけじゃない。画面に対して反乱を起こさなければならないというところも、よく似ているよ……。

ソコーロ　アクションがふんだんにあって、展開も予測がつかないんだけど、物語全体に一貫性をもたらす問題提起が欠けているような気がするの。提起された問題を中心にして起承転結のある物語が組み立てられるわけでしょう。

エリッド　Xが逃走し、ほかの人たちと出会うでしょう。その時に彼は現実と夢の区別がつかなくなりはじめるんだけど、そこのところをはっきりさせておくべきだったわね。彼は自分が夢と現実の区別がつかなくなったことに気づいているの。夢があまりにも現実的なものに思えて、現実と区別できなくなるの。わたしはそういうあいまいさを伝えたいのよ。観客に向かって、現実はこちらですよというようなことはしたくないの。

ソコーロ　つまり、よく見ると何も起こっていないのよね。言い換えると、事件が次々に起こっているように見えて、実際は何も起こっていないの。Xはなぜ反逆者になったのか？　彼の内面の葛藤はどのようにしてわたしたちに伝えられるのか？　中心となる闘争とはどのようなものなのか？　ひょっとするとこの物語全体が闘争なのか？

ガボ　そうなんだ。わたしもそこが問題だと思う。起承転結のある、一貫性を具えた物語じゃないね、これは。

レイナルド　われわれは何の前置きもなしにあのストーリーを追っていかなければならな

いが、そこが問題じゃないかな。最後になってやっと、Xが自分から進んで実験台になると申し出たということがわかるわけだけど、じゃあそれまでのことは何なんだ、ということになる。観客は前置きなどなくても、最後まで辛抱強くついてきてくれる、そう信じていいのかな？　新しい事件が起こるたびに、観客はますます混乱していくことになるんだ。

ガボ　エリッド、自分の生活の中にもっと素直に語れるような出来事があるはずだから、それを掘り起こすことからはじめたらどうだい。そこからはじめるべきだよ。実体験に基づいた物語をたくさん書いたうえで、この手のストーリーを書くのはかまわない。つまり、創作の源泉とも言える自分の生活体験をすべて書き尽くしたと感じたのなら、別の方向を模索するのもいいだろう。だけど、最初からこういう方向に向かうというのは、順序が逆のような気がするんだ。

ロベルト　きっとこれは十五分もののストーリーを引き延ばしすぎたんだよ。

ガボ　十五分ものでももっと短く語れるものがあるよ。『サマーラの死』を覚えているかい？　召使いが真っ青な顔をして主人の家に帰り、「ご主人様、先ほど市場で死神を見かけたのですが、やつはわたしに脅すような仕草をしたのです」と言う。主人は召使いに馬と金を与えて、「サマーラへ逃げなさい」と言う。召使いは馬に乗って逃げ出す。その日の午後早くに、主人は市場で死神を見かけた。「今朝方、お前はうちの召使いを脅しただろう」と言うと、「いや、脅したんじゃない、びっくりさせただけだ。サマーラから遠く離れたこんなところで見かけたものだからね。今日の午後にも、向こうへ行ってあの男をつかまえなきゃいかんのだ」と答える。この話で長いものが作れると思うかい？　やれないことはないだろうけど、よほど無理をして引き延ばさないといけないだろうな。前にも言ったが、物語を意味もなくただ長く引き延ばすというのはいちばん悪いやり方だ。すでに言ったと思うが、原稿用紙一枚で語るなり、要約できないようなら、その物語には余分なものがあるか、何かが欠けているということなんだ。わたしはそう確信している。わたしが書いた小説『迷宮の将軍』は、「彼はマグダレナ川に沿って長く苦しい旅をした末に、友人たちにも見捨てられてサンタ・マルタで亡くなった」という一文から生まれてきた。この一節を中心にして二八〇頁の本を書き上げたのは、コロンビアの歴史家たちが誰ひとり発展させようとしなかったエピソード、それを補って完全なものにしたいと考えたからなんだ。彼らがあのエピソードを展開させなかったのは、この国が現在のような悲惨な状況に追い込まれた秘密のすべてがそこに秘められているという単純明快な理由によるものなんだよ。

4

『サマーラの死 II』

La Muerte en Samarra II

マノーロ　ハイウェーを一台のバスが走っている。窓の外には熱帯の風景が広がり、むせ返るように暑い。乗客は全員海岸地方の人間で、シャツ姿でバスに乗っている。その中に黒いラシャのスーツにネクタイを締め、帽子をかぶり、雨傘を持った五十がらみの男性が混じっているが、いかにも場違いな感じがする。

ガボ　ボゴタ出身の、きちっとした身なりの男だな。どこへ行こうとしているんだ？　バリェドゥパルか、それともベネズエラかね？

マノーロ　バリェドゥパルです。男は窓の外の景色を眺めているようですが、実はその日にあったことを思い返しているんです。男は社会保険局の病院で検診の結果を聞くために家を出た時のことを思い返しています。そこの女医から、もう手の施しようがありません、よくもってあと半年でしょうと宣告されます。

ガボ　どうしてもっとストレートに書かないんだ？　その辺のところはあとでムーヴィオ

ラ〔編集用のカメラ〕を使って好きなように編集すればいいんだ。

マノーロ　わかりました。すり切れたラシャのスーツを着た五十代の男がボゴタにある社会保険局に入っていく。検診をした医師が、あなたの病気はもう手の施しようがありません。残された命はあとわずかですと告げる。男はそこを出ると、通りかかった最初のバスに飛び乗るが、そこには《カルタヘナ行き》、あるいは《クルマニー行き》と書いてある。

ガボ　どうしてバスに乗るんだ？

マノーロ　過去の生活を捨てて、どこかへ逃げようと決心したんです。彼はこれまで二十年間勤め人として働いてきました。同じ事務所で二十年間公務員として仕事を続けてきたんです。

ガボ　それじゃあ、病気に救われたようなものだな。

マノーロ　バスに乗っている彼の姿がふたたび映し出される。うとうとまどろんでいる時に、かわいい女の子の夢を見る。ある町でバスが停車する。男が目を覚まして窓の外に目をやった時、若い女の子を見かける、というか見かけたように思う。あわててバスから降りるが、その子はどこにも見当たらない。最初からいなかったのだろうか？　バスは男を残して走り去る。町の人に宿はないかと尋ねると、ドーニャ・リーナの宿を教えてくれる。彼がそこを訪れて、ドアをノックすると……ドーニャ・リーナの姪に当たる、夢に出てきた少女がドアを開ける。ドーニャ・リーナは六十代の盲目の夫人で、まるで芸者のように厚化粧し、おしろいをはたいている。彼女はベッドに横になったまま、やってきたばかりの男に、あんたは都会の人だね、こんなところへ何をしにきたの……といったことをあれこれ根掘り葉掘り尋ねる。彼は思いつくまま口から出まかせを言うが、結局泊めてもらうことになる。こうして男と少女の間にロマンスが生まれるが、それは嘘で塗り固めたものなんです。男は、自分は危ない橋を渡っていて、毎日が不安と感動と危険に満ちているのだと若い娘に告げる。しかし、われわれの知っている現実の男は、毎日決まり切った単調な生活を送っている公務員でしかない……。彼女はそんな男、空想の世界に生きる男にどうしようもなく惹かれる。そしてある日、一緒に逃げて、二人して町を出ましょうと言う。彼女は一度も町から出たことがなかった。これまで、叔母の目となり、手足となって働いてきた……。金が必要だが、叔母がたんまり持っている。彼女が隠し場所を知っているので、その夜盗み出すことにする。

ガボ　彼は医者から不治の病だと宣告されたわけだが、彼女はいつそれを知ることになるんだ?

マノーロ　彼はそのことを打ち明けないんです。切り出す勇気がなかったので。

ガボ　しかし、君はそのことを知っておかないといけない。われわれにそのことを伝える必要があるんだ。というのも、それが彼の置かれている状況や行動の一部を作り上げている要素になっているからね……。

マノーロ　彼女はあの男と夜の何時にこれこれの場所で会いましょうと約束して、叔母の金を盗んだあと、そこへ行くけれども、彼はいない。彼は待ち合わせの場所へ行かなかった、とそこまでは考えてあります。

ガボ　それじゃあここでもう一度粗筋をたどってみよう。ひどく単調で退屈な毎日を送っている五十代の男が、あとわずかな命しか残されていないと宣告される。そこで彼は旅に出る決意をする。そのことによってまわりの雰囲気も多少変わるだろうし、いつもとちがうことをすれば、思いもかけない事件が起こるかもしれないと考える。で、行き先も確かめずにバスに飛び乗る……。

セシリア　あの人物の外見だけど……ひどく場違いな服装をしているわね。

ガボ　あの男は都会人なんだが、彼らはみんなああいう服装なんだよ。コロンビアにはちがった服装の人間が住んでいる土地があるということさえ知らないんだ。で、男はこれといった理由もないのにある町でバスから降りると、一軒の家のドアをノックする。彼は夢なんか見ていないんだ。ただ、ドアをノックするだけなんだ。と、若い娘がドアを開ける。そこからマノーロが話してくれたような事件が展開することになる。ただ、男がなぜ待ち合わせの場所へ行かないのか、その点だけが納得できない。物語はもうできあがっているんだ。あとは結末をどうするかだけだ。

ロベルト　ぼくは彼女を死神だと考えたんですけどね。

ガボ　なるほど、『サマーラの死』と同じだな。彼は望んでもいないのに死神に会いにいく羽目になるわけだ。それを結末にしてもいいな。死神から逃れようとしたのに、なんらかの理由で逆に死に近づいていくことになる。予想通り、彼は病気で死ぬのではなく、自分から死を求めていくことになるわけだ。

レイナルド　彼はひとりものなの？

マノーロ　結婚はしたけど、子供はいない。裁判所につとめているんだ。

ガボ　話の内容から、男やもめのような感じがしたな。都会人というのは、いかにもやもめという感じがするんだ。いや、昔の都会人のことだよ。今はちがう。今の都会人は明るくて陽気だし、ダンスも海岸地方の人間よりもうまいくらいだ。男は裁判所、あるいは公証人事務所で書記をしている。字が上手で、一字一句おろそかにしない実直なタイプで、上司は急ぎの仕事があると必ず彼に回すようにしていた。官僚の中の官僚というタイプだ。もしやもめなら、娘がいるが、一緒に暮らしておらず、となりのアパートに住んでいる。こうした細々したことまで画面に出す必要はないと思うが、彼の行動や決意を説明するうえでは役に立つはずだよ……。どうして彼をやもめにしたんだ、マノーロ？

マルコス　妻帯者だと、奥さんに黙って姿を消すわけにいかないからでしょう。

マノーロ　そう、そうなんだ。

ガボ　じゃあ、誰にも別れを告げずに姿を消すのかい？　やはり誰かに知らせたほうがいいんじゃないかな。それを起点にして、物語が進行しはじめるはずだ。黒澤の映画『生きる』はどうなっていたかな？

ソコーロ　主人公は待合室にいて、ほかの患者の症状から自分が癌におかされていることに気がつきます。そして、診察室に入らないまま帰っていくんです。

ガボ　わたしなら人物が医師の宣告を聞くところからはじめるけどな。ともかく、この場合男に家族がいるのといないのとでは、どちらがいいだろう？

ソコーロ　家族がいるのなら、奥さんに別れを告げてから姿を消すべきだと思います。それまで長年連れ添ってきて、靴下を洗ったり、身の回りの世話をしてくれたわけでしょう、そんな妻をあっさり見捨てることなんてできないはずよ。やもめだとしても、なんらかの期待なり思い違いがあって、あまり健全とは言えない関係にある女性、そうね、家政婦か、部屋の掃除をしてくれる女性がいないとおかしいと思いますけど。

ガボ　そうなると、三十分の中でどこかに登場させないといけないわけだ。だったら、彼がスーツケースをとりに戻った時にしたらどうだろう。

セシリア　だけど、彼は荷物を持たずにバスに乗るんでしょう……。

マルコス　マノーロと二人で、男の病気は肝硬変がいいんじゃないかと考えたんです。男は医師、あるいは女医から「あなたはアルコール中毒にかかっていますか？」と尋ねられて、いいや、お酒はもうやめましたと答えるんです。女医は首を横に振って、もう手の施しようがありませんねと言います。彼はがっくり首をうなだれて社会保険局を出ると、妻に電話をかけて、そのことを伝えようとします。しかし、妻の方は彼の話に耳を貸そうとせず、人のうわさ話をはじめるんです……。彼女は夫が医者の診察を受けたことを知らないんです。

ガボ　苦労して酒をやめたのに、何にもならなかったのかと彼は考える。いずれにしても、彼は肝硬変で死ぬ運命にある。死の宣告を聞いて、彼がまずすることはバルに入って一杯やることだ。「なんてことだ。あれほど苦労して酒をやめたのに、何にもならなかったんだからな」。

マルコス　男はバルに、最初に目に入ったバルに飛び込む。店の主人とは面識がなかったが、「こんなひどい話はないよ……」といった調子で、自分の悲惨な身の上話をはじめる。

ガボ　そう、それだ。酒場の主人というのは聴罪師なんだ。酔っぱらいはいつだって酒場の主人に告解する。

レイナルド　バルならどこでもいいってわけじゃなくて、彼が毎日コーヒーを飲みにいく店でないとだめです。店の人とはもう何年も前から顔見知りの仲で、彼は店に入ると、いつもの席に座ります。黙っていてもコーヒーが運ばれてきますが、彼は身振りでコーヒーはいらないと伝え、「何か強いものをくれ」と言います。店の主人は訳がわからず彼の顔をじっと見つめます。

マノーロ　彼はまず奥さんに電話をして、そのあとバルに入り、ついでバス・ターミナルへ行って「次のバスはどれです?」と尋ねるんです。すると、「クルマニー行きだよ」といて、彼は切符を買うんです。

ガボ　バス・ターミナルはバルのちょうど向かいにある。だから、バスに乗ろうと考えるわけだ。大勢の人が出入りしているのを見て、自分もバスに乗ってどこかへ行こうと考えね。

マルコス　次々に事件が起こるのは、それからあとなんです。彼は自分の身に降りかかったことを酒場の主人に話す。そこから、事件がはじまる。

ガボ　よし、それでいこう。すると、観客は余計な憶測をしなくて済む。男が自分の身に起こったことを酒場の主人に語って聞かせる。それで観客にも事情が飲み込めるというわけだ。男はこう切り出す。「なあ、わたしは恩給をもらって老後を平穏無事に送りたい、それだけを考えてある事務所で三十年間働きつづけてきたんだ。それなのに、こんなことになってしまって、やりきれないよ！　もう二度とあの事務所にはもどらん！　家にも帰らない！　あんたにとっても忘れられない思い出になるだろうから、今日の勘定は払わずにおくよ！いいな！」。彼は通りに出ると、そばを通りかかったバスに飛び乗る。そのあとのことはみんなも知ってのとおりだ。これでいい。もうできあがったようなものだ。あとは、物語をどう展開させていくかということ、それに細部をきちんと辻褄が合うように調整して三十分で収まるようにすればいい。

グロリア　どうして奥さんに電話しないのかしら、わたしには理解できないわ。

ガボ　彼が電話するかどうかはまだ決まっていない。わたしの言ったことが受け入れられたとしても、はっきりしているのは先に述べたことだけで、それ以外には彼が酒のグラスを前にすると、心が浄化されたようになるということくらいだ。彼は強制されて酒のグラスを前にするわけじゃないからな。ああいう状況に置かれたら、誰でも真っ先に誰かをつかまえて自分の身に起こったことを話すもんだ。そして、自分の一生はまちがいだったと言って、すべての人間をののしるんだよ。この話は気に入らないかい？　だったら、わたしにまかせてくれ。自分で脚本を書くから。冗談で言ってるんじゃないよ。

ロベルト　ひとつ引っかかることがあるんです。というのは、事件は口頭で語られていますし、込み入った事情が解決されるのも言葉によってですよね。そうしたことをもとにして映画を作るのは無理なような気がするんです。

ガボ　まだ駆け出しの若い監督だからそんな風に考えるんだよ。もっと年をとると、観客はかならずしも筋書きを理解しているとは限らないということに気がつくはずだ。だからこそ、ストレートに語らなきゃいけないんだ。少なくともわたしは観客のそういう寛容さをありがたいと思っているけどね。わたしはいつも映画を見ながら眠ってしまうんだ。小さい頃から暗くなったら眠るようにとしつけられてきたせいなんだろうな。明かりが消えたら、眠らないといけなかったんだ。だから今でも、明かりをつけてテレビを見ている時に、誰かが部屋に入ってきて明かりを消すと、すぐに眠り込んでしまう。映画館でもそうなんだ。上映がはじまって明かりが消えると、つい眠り込んでしまう。時々目を覚ましては、画面に映っている俳優を見て、「あれは誰だ?」ってたずねる始末だ。だけど、これじゃああまりにも気まぐれだとか、安直だと言って君がクレームをつけるのも無理はないよ、ロベルト。しかし、イメージを通して物語るというのがどういうことか君にはまだわかっていないんだ。君は俳優を使って物語ることしか念頭にない。だけど、このストーリーの、こういう状況だと、物語の技法がどうこうということじゃなくて、主人公があああいう行動に出るのはごく自然な反応なんだ。男は鬱積した思いをぶちまけたいんだ。酒場のおやじに向かって、つもりつもった思いを洗いざらい吐き出すというのは、あまりにも自然すぎて、陳腐な感じがするくらいだよ。まるで、探偵小説か西部劇みたいなものだ。本当なら、もっとちがった相手にぶつけるべきかもしれないが、彼は今や止むに止まれぬ思いにさいなまれているし、状況も状況だし……。

マルコス　ぼくはやはり、最初に目に入ったバルに飛び込むほうがいいような気がしますね。酒を頼み、店のおやじがグラスを持ってくると、堰を切ったようにしゃべりはじめる……。

ガボ　おやじは、酔っぱらっているな、だったらこの客もお決まりのお題目を唱えるわけかと考える……。

レイナルド　店の主人はまったく表情を変えずに男の話を聞いているが、実は聞いているふりをしているだけで、何も聞いてはいない。

ガボ　肝硬変というのがどうも気になるんだ。だったら、何か治療を受けているはずだろう？

セシリア　わたしは癌か何かだと思ったんだけど……。

ガボ　彼は治療を受けていたが、それ以上つづけるのを拒んだ。「どうして放射線治療といったような化学療法をやらなければいけないんだ。髪の毛が抜けるだけじゃないか。治療なんかクソッ食らえだ！」。なかなかいいじゃないか。死神をあざ笑うってのはすごいよ。死神はごくありふれた形で、つまりきわめて官僚的なやり方で彼の死を準備しているが、彼はその裏をかいて、自ら死を探し求めるわけだ。

レイナルド　一体いつになったらドアにたどり着けるんでしょう？

ガボ　そうか、ドアにたどり着かないと、映画がはじまらないんだな。それで早くしろと言っているわけか。しかし、その前にドアをノックする男がどういう人間か知っておく必要があるんだ。というのも、観客は彼があそこでたとえ束の間ではあっても幸せを手に入れるかもしれない、そうして手に入れたものが死であったとしても、束の間幸せを手に入れるかもしれないと考えるからなんだ。男は死神に一歩先んじて死を手に入れるんだ。今思いついたんだが、ほかにもまだ選択肢はあるね。ドアを開ける若い娘が、実は彼が来るのを待っていたというのはどうだろう？

マノーロ　そうなると、別の物語になりますね。

ガボ　むろんそうだよ。その映画はベッドから起き上がって、家事をはじめる若い女が登場するシーンではじまる。床を拭いたり洗濯したりしなければならない……。彼女は女中なんだ。そんな仕事にうんざりしている。ある日、彼女はこうつぶやく。「もうたくさん。何か変わったことが起こらないかしら？　変えられるものなら、人生を変えてみたい。この家のドアを最初にノックした人と一緒に逃げ出すの、そしてこう言うの……」。と突然、トン、トンとドアをノックする音が聞こえる。こうなると、もう別のストーリーになってしまうな。

マノーロ　長いものになるでしょうね。ぼくは一分で終わるストーリーを知っていますよ。いかにもコロンビアらしい話です。町は荒廃して廃墟と化し、地平線には煙が円柱のように立ち上り、家々は燃えています。また、傷ついた人馬があちこちに転がっています……。そんな瓦礫の中に何か動くものがあります。それは深手を負った若者で、足を引きずりながら何かを捜しています。死体がごろごろしていますが、そんな中突然うめき声が聞こえます。死に瀕している士官がいます。ほこりと石ころに埋もれていますが、階級章ははっきり見えています。若者はその士官のうえにかがみ込むと、敬礼するような仕草をしてこう言います。「われわれの勝利です、上官殿」。

ガボ　わたしも別の話を知っている。映画の出だしのところなんだが、どうしてもそのあとをつづけることができないんだ。大広間があって、そこに若くて美しい女性が二、三十人集まっている。全員素っ裸で、リズミカルに体操をしている。と突然、鐘が鳴り響いて、「さあ、授業はこれで終わります」という声が聞こえる。若い娘たちは一斉に控えの間の方へ駆け出していき、大広間には誰もいなくなる。ついで若い娘たちが衣装をつけて現れる。全員尼僧なんだ。このアイデアはブニュエルが聞いたら喜ぶと思うんだけどな。さて、横道に逸れるのはこれくらいにして、三十分番組に話を戻そう。

ロベルト　ずっと考えていたんですが、男が乗る乗り物をバスでなく、列車にしたらどうでしょう?

ガボ　わたしは風景が次々に変わっていくシーンを思い浮かべていたんだ。バスが山岳地帯から下りていき、カットを通して熱帯地方に入っていく……。そのバスはメキシコで家畜相乗りバス《カミオネス・グアハロテーロス》と呼ばれているいかにもコロンビアらしいバスでね。コーヒー農園を抜け、サトウキビ畑に入っていく……。

ソコーロ　わたしはもうひとりの人物を登場させたらどうかしらって考えたの。バスが熱帯地方に入ると、別の人物が彼の横に座るのよ。

ガボ　男は間もなく死ぬとわかっている。だから彼の周辺で起こる出来事は特別な意味をもつことになるはずだ。そこには何か仕掛けが施されている、と誰もが考えるにちがいないよ。

ロベルト　ぼくはブラジルやペルーで見かける列車を思い浮かべたんです……。そのひとつで、ボリビアで《死の列車》と呼ばれているものに一度乗ったことがあります。ひどく込むだろうと思って、朝早くに駅に行ったところ、ほとんど人がいなかったんです……。で、座席に腰を下ろすと、列車が走り出しました。ぼくはそのまま眠り込んでしまったんですが、明け方目を覚ますと、周りは人でいっぱいになっていました。列車にあんなに大勢の人が乗れるなんて信じられなかったですね。すると、突然インディオの女性がぼくの膝の上に何かの包みを置いて、「ちょっとあずかっててください。すぐに戻ってきますから」と言って、いなくなったんです。あの包みの中身がなんだったのかいまだにわからないんですが、たぶん肉だったんだと思います。

ガボ　その話はそっくりそのまま引き写してもいいな。さて、彼は今バルにいる。彼のことをよく知っているバルの主人が「これからどこへ行くんだね？」と尋ねる。と、彼は、「どこだろうと知ったことじゃない」と答える。カットが入り、次にシュッシュッシュッと走っている列車が映る。

ロベルト　そうですね、列車の方が空間的にも、イメージ的にも面白いでしょうね。ただ、若い女の子をそこに登場させるというのは、ありふれていませんか。若い女性でなく、安定した暮らしをしている成熟した女性でもいいんじゃないですか。人生経験豊かな、中年の美しい女性だといいと思うんですけど。

ガボ　それについては後で考えよう。ともかく今はっきりしていることは、それが女性だということだ。服装倒錯者というわけにはいかないよな。いや、待てよ、それも悪くないか。どうせ死ぬんだ、どうとでもなれというので、彼は変わった経験をしてみたいと思っているかもしれないな。

レイナルド　列車よりもバスの方が親しくなる機会が多いと思うんです。

グロリア　でも、列車の方がいろいろなことが起こるわ。

レイナルド　列車で何が起ころうがどうでもいいんだ。さっきも言ったように、映画はドアではじまるんだ。

ガボ　ソコーロ、君はあの男の横にどういう人物を座らせようとしたんだ?

ソコーロ　黒人の女性で、大理石の板を持ってバスに乗り込んで来るんですが、それが墓碑なんです。彼女は四年前に亡くなった夫の遺骨を掘り起こしてきたところで、それを納骨堂に収め、墓碑を家に持って帰ろうとしています。で、席につくと、ハンカチで墓碑を磨きはじめます。

ガボ　間もなく死のうかという人物のそばに墓碑かい?　あまりにも寓意的だよ。その人物は別の映画のためにとっておこう。今回の映画で使えなかったものを集めて、ファイルしておいたほうがいいだろうな。

ソコーロ　さっきロベルトの話に出てきたように、誰かが男に肉の包みをあずける。男はそれにうんざりしてバスを降りてしまう、というのはどうかしら?

ロベルト　あるいは、包みをあずけた女がなにも言わずに列車から降りてしまったので、男もついうっかりして、「奥さん、包み……」と叫びながらあとを追って降りる。

ガボ　すべてを原因と結果の連鎖でつなぐ必要はないだろう。あの町で降りたのは気が向いたからで、ドアをノックしたのも気が向いたからなんだ。ある行為が次の行動へと人を導いていくという風にすると、新鮮味がないだろう。この作品では、彼の行動が気まぐれに見えるけど、一見気まぐれな行動が結局避けようのない死へと彼を導いていくところに面白さがあるんだよ。

マノーロ　乗客が食事をとるようにとバスが停まる。彼をのぞいてほかの者は全員大急ぎで食事を済ませる。みんなは旅をつづけるためにふたたびバスに乗り込むが、彼だけはゆっくり食事をしている。あわてる様子はまったくない。それだけのことなんです。どの町で置き去りにされようが、彼は全然気にかけていないんですよ。

ロベルト　だけど、彼がどういう決断を下したかはっきりさせておかないといけないよ。男がすべてを成り行きまかせにするのなら、彼の中では何も変わらなかったことになる。いつもそういう調子だからね。だけど、今回彼は死神を出し抜いて、もっと充実した生を送りたいと考えている。彼があの町に残るんなら、そうするだけの強い理由がないとおかしいんじゃないかな。彼がそう望んだから、あの町に残ることになったわけだろう？

ガボ　そこのところをはっきりさせておかないと、観客はわれわれが何かを隠していると考えるだろうな。こういうのはどうだろう、彼はバスの中で騒ぎを引き起こして、停車しろと言う。乗客が、「このあたりには停留所がないんですよ」と言うと、「なんだっていい、わたしはここで降りたいんだ！」とやり返す。

ロベルト　あるいは、線路の上に障害物があって、列車に乗っていた乗客全員が様子を見るために降りる。すると、線路の上に大きな岩がある。彼らは力を合わせてその岩を取り除こうとする。けれども、彼だけはあたりの風景を眺めて、感動したような表情を浮かべる。丘に登ると、小さな町が見えたので、そちらに向かって歩き出す。そのあいだに列車は汽笛を鳴らしながら遠ざかっていくが、彼はそのまま歩き続ける……。

ビクトリア　そこに彼を魅了するような強烈な何かがいるわね。

ソコーロ　ひょっとすると自分の中に未知のもの、まだ経験したことのない感情が生まれてきたのかもしれないわ……。

マルコス　ぼくはむしろ荒涼とした風景を思い浮かべるけどね。大きな山などどこにもない、貧しく寒々としたところ。たとえば、ペルーの海岸みたいなところだ。

ガボ　コロンビアだと、グアヒーラあたりまで行かないとそういう場所は見つからないだろうな。

セシリア　彼の生き方を明確にしておく必要があると思うんです。自分が病気になったのも、もとはと言えばさまざまな規則に縛られ、公務員としての厳しい決まりを忠実に守り、時間通りに働いてきたからだ。しかし、これからは旅行をし、自分の好きなことをするんだと考えるんです。

ガボ　ボゴタのバルの主人をつかまえて、「わたしはこの町から出たことがないんだ。せいぜい日曜日にシパキラーまで足を伸ばして、塩ゆでのジャガイモを食べるくらいのものだった。しかし、今から旅に出るんだ。長年の夢だったからね」と言うんだ。観客はそれを聞いて、ヴェネツィアかどこかへ行くんだろうと思う。ところがちがうんだ。彼は何も考えていないんだ。ただ、以前自分が訪れたことのあるよく知っている土地で彼がバスを降りるんじゃないということを伝える意味で、そこのところをはっきりさせておかないといけない。彼はどこへも行ったことがないんだ。彼の人物像がだんだん形を取っていくような感じがするだろう。

セシリア　マノーロがさっき食事のシーンを取り上げたけど、あそこはこんな風にしたらどうかしら？「えっ、バスが出るのかい？　もういいよ。こっちは食事をしているんだから」、あるいは「バスを停めてくれないか。用を足したいんだ」「それは無理ですよ。ここで停めるわけにはいかないんです」「停められない？　だったらバスの中で用を足すよ」。つまり、彼は生まれてはじめて反抗するのよ。

レイナルド　感情に駆られて行動するようなタイプじゃないから、それは無理があるんじゃないかな。心の中に葛藤があって何かしたいと思っているけど、もう手遅れなんだ。だから、風景を見て心を打たれたり、子供のように腹を立てたりするというのも……彼本来の自然な感情から生まれてくるものじゃないよ。

ソコーロ　どうして？　彼はそれまで見えなかったものが見えるようになり、自分のうちに隠されていたものが表面に現れはじめたことに気づいたのよ。

ビクトリア　何も壮大な風景でなくていいんじゃない。平野の中に埋もれている、ごくありふれたさみしい田舎町でいいのよ。彼は観光客が求めているようなものを捜しているわけじゃないんだから。

ガボ　彼は市が立っていることに気がついて、そういう田舎町のひとつで乗り物から降りる。音楽が聞こえている。子供の頃に乗せてもらえなかったメリーゴーランド、あるいは観覧車に乗る。バスなり列車の車窓から外をのぞいて、それを見るようにしたらいい。ラテンアメリカじゃ、人物が車窓から外をのぞくと、決まって何か見つかるからね。

ロベルト　食事をとるのなら、そこでレストランの主人としゃべっている若い娘を見かけるというようにもできますね。彼は何となく惹かれる。そのあと宿を探しにいくと、ドアが開いて、娘がいる。

デニス　死を目前に控えた男が何かをしようなんて考えたりしないわ。むしろ成り行きにまかせるはずよ。彼自身がどういうことを望んでいるかはっきりさせたうえで、ある状況に置いてやり、どんな風に流されていくかを見るべきなの。いいこと、彼は間もなく死んでいくのよ。そんな人間にとって大切なこととそうでないことの区別なんかあるわけないでしょう。

ロベルト つまり、この男を性格づけるとしたら、ふたつのやり方があるってことだな。反抗的になってすべてをぶちこわしにしてしまうのか、それとも萎縮して、ますます受動的になるかのどちらかだ。そのどちらかを選ばなきゃいけない……。

グロリア わたしたちの知っているこの人物は突然人が変わったように反抗的になるタイプじゃないわ。

ソコーロ そうかしら。わたしはこの人物が反抗的な行動をとる方向でストーリーを組み立てていくことで合意ができているとばかり思っていたわ。彼は公務員というごく平板な人物から、もっと複雑な人物に変わっていくわけだけど、その変化のプロセスを経験することになるの。そうでないと、ストーリーにならないじゃない。何も急に反抗的になる必要はないけど。

グロリア 彼はボゴタで行き先も告げずにバスに乗るわけだけど、その行為自体が反抗なのよ。

ロベルト ひとつはっきりさせておかないといけないことがある。彼が反抗するのは、人生に対して、自分の人生に対してなのか、それとも死に対してなのかということなんだ。

マルコス 自分の人生に対してだよ。

ビクトリア　だからこそあの女性に出会うことになるんでしょう。
ガボ　みんな、悪いけど、どうしてもはずせない用があるんだ。戻ってきたら、映画のストーリーを聞かせてくれ。

人生の勝利

El triunfo de la vida

ロベルト　何か動機がいるんじゃないかな。彼はボゴタでバスに乗る。だけど、たまたま通りかかったバスに飛び乗るわけじゃない。バス・ターミナルまで行き、そこで絵はがきを見ているうちに、モノクロームでとった写真に強く惹かれるんだ。その後バスで走っている時に、写真の風景にそっくりのところが目に入ったので、バスから降りる。そこで空想を逞しくしていろいろなことを考える。うまく説明できないけど、間もなく死を迎えるんだからというので、何かしなければと考えている。
ソコーロ　あなたはメタファーを、何かの対比を生み出したいと考えているのね……。
ロベルト　別にいいだろう。あの場所は彼が自らを解き放つうえで象徴的な場所になるかもしれないんだよ。

マノーロ　ボゴタに伝わる話で「誰も海を見たものはいない」というのがあるんだ。アンデスの山岳地方出身の男が海岸地方のことを話してきかせるんだけど、要するにアンデス山脈から一歩も外に出たことのない男の話なんだ。

マルコス　そうだ、それだ。彼は《紺碧の海観光》という旅行会社の名前に惹かれて旅に出る決意を固めるんだ。

ロベルト　海にはどこか人を惹きつけるものがあるけど、それがぼくの探し求めていたものなんだ。人間の感動や感情と深く関わっているからね。

マルコス　海と絵はがきをテーマ的に結びつけたほうがいいんじゃないかな。

ソコーロ　それなら簡単だわ。バス・ターミナルで彼は海の風景を写した絵はがきを目にする。裏返して、それがどこの海岸か調べる……その後、彼がバスに乗っているシーンを出すようにすればいいのよ。

マルコス　そうだな。彼は絵はがきをじっと見つめ、それを手に取って裏返す。そこでカットが入り、次のシーンで彼は列車に乗っているという風にすればいい。ぼくはやはり列車にこだわりたいんだ。

マノーロ　ぼくは逆にバスが捨てられないんだ。その場合はカットが三回入る。まず、バスの中を映し、窓からは山岳地帯の風景が見えている。ついで、バスは山を下っていき、最後に海岸に出る。そこでは波が岩礁に打ち寄せている。男は海岸にある小さな町でバスを降りる。

ソコーロ　彼はスーツ姿でネクタイを締め、帽子をかぶっている……。突然靴を脱いで、打ち寄せる波に足を浸す……。そうなると、若い女の子は登場してこないわね。いつ登場させるの？

レイナルド　ぼくが聞きたいのもその点なんだ。一体いつになったらドアにたどり着けるんだい？

グロリア　男はある安宿の食堂で食事をするの。そこで娘に出会う。彼女はそこの食堂で働いているんだけど、主人と口論をはじめ、皿を床に叩きつけると、食堂を飛び出していく。男は彼女のとった行動を見て、びっくりし口をぽかんと開けている。

ロベルト　問題はふたつある。ひとつはいかにして男を町に入らせるか、もうひとつは、女性と海をどう結びつけるかだ。

レイナルド　現実の海が絵はがきの海とはまったくちがうものだったとしてもいいんじゃないかな。彼は海岸に着いて、海を眺める……。しかし、絵はがきの海とはまったくちがうんだ。彼はあの絵はがきをもとに自分なりのイメージを作り上げていたんだ。ここまできたけど、さて、何をすればいいんだろうと考える。そして、絵はがきを投げ捨てる。と、そこに女性が現れるんだ。

ロベルト　海を見て感動するという風にしてもいいんじゃないかな。ただ、その感動がどれくらいつづくかが問題だ。いずれ、これから何をすればいいんだろうとつぶやくことになるんだからね。その後、歩きはじめるが、その時彼の中に何かが生まれてくる。何かはわからないが、あるものが自分の中で生まれつつあることに気がつく……。

ソコーロ　アクションがないわ。そもそも商業映画を作ろうということではじめたわけでしょう。

レイナルド　内面的なアクションがあるじゃないか。まず、彼は絵はがきを見て心を動かされる。だから、海を目指して旅に出るんだろう。次に、彼は自分の空想と現実を比較するけど、これもまたアクションだよ。第三に、失望を感じて、絵はがきを海に投げ捨てて歩きはじめる。映像的に言うと、海を見た彼は、心を打たれる。靴を脱ぐと、足を水に浸し、絵はがきを取り出してじっと眺める。足を水に浸したまま黄昏の海を見つめる。もう一度絵はがきに目をやると、海に投げ捨てて立ち去っていく、となるだろう。

マルコス　彼は腹を空かせているから、何か食べなきゃいけないよ。

ソコーロ　女性と出会うのよね。

ロベルト　その女性は海の中にいて、おぼれかけているんだ。

マルコス　人魚だね。

ソコーロ　彼は泳げないのよ。

ロベルト　だけど、海は単なる風景じゃない。別の役割も担っている。だから、女性は海と特別な関係を持つことになるんだ。
ビクトリア　だったらそこで出会うようにすればいいのよ。
グロリア　彼は海岸のそばで食べ物を売っている店に行き、中に入るけど、そこで彼女と出会うようにしたらどうかしら？
マルコス　漁師の娘でもいいんだ。
ソコーロ　じゃあ、争いはないの？　やはり緊張感があったほうがいいと思うんだけど。
グロリア　だから、さっき食堂で喧嘩をさせればいいって言ったのよ。彼女はかっとなるところがあって、皿を床に叩きつけて割ってしまうの。
マノーロ　小さい船が桟橋について、彼女がそれに乗っている。パラソルをさし、花柄の服を着ている。海岸に住む美しい婦人なんだ。
ロベルト　婦人だって？　若い女の子じゃなかったの？
グロリア　そうよ、若い女の子よ。彼女はもう毎日の生活に耐えきれなくなっているの。
ビクトリア　彼は最初海で彼女を見かけ、その後居酒屋でまた出会う、というのはどうかしら？　それだと、出会った時、二人はすでに一度顔を合わせていることになるでしょう。
グロリア　どうして彼女だとわかるの？
ロベルト　さっき君が言ったじゃない。エネルギーだよ。彼女の美貌、肉感性に惹かれるんだ……。

マルコス　すると、ソニア・ブラーガ〔ブラジルの人気女優〕のような女優だな。

ビクトリア　彼女が死神だということを忘れちゃだめよ。どちらがどちらに目を留めるの？　彼が彼女に、それとも彼女が彼に？

ロベルト　彼女が彼に目をつけるんだ。彼は例のおかしな服を着たまま海岸を歩いている。漁師の娘の彼女は反対方向からやって来る……。彼の格好を見て、笑いをこらえながら、「そんな格好で、そこで何をしているんです？」と尋ねる。

グロリア　そこから彼女はあれこれ尋ねて、彼の泊まっている宿を聞き出すのね。

ロベルト　考えてみれば、何も彼女の方から積極的に出る必要はないんだ。女友達なり誰か別の人物と一緒だっていいわけだ。そうすると、二人をおかしな状況に置かなくて済むじゃないか。

デニス　彼の方から働きかけて、彼女との間になんらかの関係が生まれるようにした方がいいんじゃないかな。彼女のために何かしてあげるというのはどうかしら。

ロベルト　それは海にまかせておけばいいよ。彼は海にやって来る。すると、海はそのお返しにあるもの、つまり女性をもたらすんだ。

ソコーロ　私たちは象徴的な作品を作ってるってわけね……。

マルコス　ある種の感情と同じで、それは深く秘められたものなんだ。

セシリア　最初に出会った時、彼女の方からなんらかの行動に出るわけでしょう。言ってみればそれは種子のようなものだから、その行動が実を結んだものが最後の行動になるようにしなきゃいけないわ。彼女が死神の象徴なら、最初の瞬間からあの出会いは単なる偶然の産物ではない、彼女はずっと前から彼が来るのを待っていたんだということを観客にわからせないと。

ロベルト　そして彼を誘惑する。

ソコーロ　セクシュアルな意味でそうするんじゃないの。彼女は彼を魅了して、連れ去るのよ。

ロベルト　この場合、死神は生命そのもののような外見をしているから、彼は惹かれるんだ。

レイナルド　男は若い娘に、「この町にどこか泊まれるところはないかな?」と尋ねる。

ソコーロ　彼の服装をもっと生かさなきゃいけないわ。あのあたりではひどく浮き上がって見える奇妙な服装なんだもの。

ビクトリア　彼は食事をするために食堂に入って、椅子に腰を下ろす。ウエイトレスの彼女がやってきて、じっと彼を見つめた後、「どこからそんな服を引っぱり出してきたの?」と尋ねる。

マルコス　あるいは、食堂の窓越しに彼がやって来るのを見て、店に入ってくるまで食い辺のところを最後までわからないようにすればどうだろう。
ロベルト　どうして食堂やバルにそんなにこだわるんだ。海岸を歩いている時に、彼女とばったり出会う。そうしたら別の場所を設定しなくてもいいじゃないか。
ソコーロ　いろいろな意見が出たけど、この辺で一度整理して、並べてみたらどうかしら。まず最初、グロリアの意見に従うと、二人は食堂で出会うけど、騒ぎ、あるいは喧嘩のせいで、あの二人の対照的な性格が浮かび上がってくるわね。二番目のロベルトの意見だと、二人は海岸で出会うけど、彼女が彼をからかうので、二人の関係がふざけたものになるわ。三番目のマルコスの意見だと、彼女は食堂のウエイトレスをしていて、彼がやって来るのを遠くから見かけることになっている……。
マルコス　彼がやってきて腰をかけると、彼女がテーブルのそばまで行って、「魚料理しかできないんですけど」と素っ気ない口調で言う。それで、二人の間に距離があり、あの出会いがとげとげしいものだということが伝わるだろう。何なら、彼女がうっかりして彼の服の上にソースを少しばかりこぼすという設定にして、話をふくらませてもいい。「あっ、すみません。すぐに拭き取りますから、こちらに来てください」、そう言いながら、彼女は店の奥の方を指さす。
レイナルド　店にはほかに客がいないほうがいいだろうな。あるいは、テーブルのひとつに客がいるけど、彼らはビールを飲み、カードかドミノをしていて、うるさく騒ぎ立てている。だから、彼女が店からいなくなっても別に問題はないんだ。

グロリア 彼女を一目見たとたんに、生気にあふれたその姿に惹かれ、ショックを受けるはずだったのに、その話はどこかに消えてしまったわね。

ロベルト 店の奥に入ると、彼女は彼の服の襟を拭きはじめるが、その時からかうような口調で、「こんな服を着て、この辺で何をするつもりなの?」と尋ねる。その後、彼は町に滞在することになるが、彼女はそんな彼を誘惑して、徐々に変えていくんだ。ある夜、彼女は彼を誘って海岸へ行く。そこの砂の上で二人は愛し合うんだけど、彼は達することなく、死んでしまう。どういう死に方かはわからないが、とにかく死ぬんだ。

マルコス いくら何でもかわいそうだよ。生涯でたった一度美しい女性と出会えたというのに、死んでしまうなんて。

ソコーロ 彼女は海岸地方出身で、今まで見たことのないような美貌に恵まれているので、彼は強く惹かれるのよ。

ビクトリア そこでカットが入り、次のシーンで店にいる彼は座って食事をしている。

マルコス 少し前に彼女は魚を買うために浜まで行っていた。その後食堂に戻り、裏口から中に入る。その時、窓越しに彼がやって来るのを見かける。

マノーロ すると、シークエンスは三つになるわけだ。彼が海岸を歩いている。彼女は魚の一杯入った籠を持って通りかかるが、思わず見とれるほど美しい。彼は食堂へ行き、腰を下ろす。彼女は魚を揚げている。料理を出す時に、あやまって服にシミをつけてしまう。ほかの客がいるのもかまわず、その場でシミを拭き取る。その時に、「こんなに暑いのよ……どうして服を脱がないの？」とからかうように言う。その気のおけない態度に彼は惹かれる。勘定を払って店を出る。どこか泊めてくれるところはないかと町を歩き回って捜す。一軒の家のドアをノックする……すると、その家のドアが開くが、ドアを開けたのは彼女なんだ。

マルコス　ガボが来たぞ。ちょうどいいタイミングだ。

ガボ　映画のストーリーはできあがったか？　で、どうなったんだ？

マノーロ　何カ所か変更があったんです。男は海を見たいと考えて、列車かバスに乗ってボゴタを出ていきます。

ロベルト　そのきっかけになったのが一枚の絵はがきなんです。

マノーロ　その場合、男の働いているオフィスに絵はがきがあってそれを見るのか、交通機関のターミナルでそれを見つけるのかのふたつの可能性が考えられます。彼はその場所、あるいはそこに似た場所へ行こうと決心します。実を言うと、海を見たいと思っているだけなんですけどね。ただ、途中でどういうことが起こるのか、彼は列車を使うのか、バスで行くのかといったことはまだはっきりしていません。ひとつはっきりしているのは、彼が向こうの海岸で女性と出会うということだけです。

ガボ　ドアはどうなった？　彼はドアをノックしないのか？

マノーロ　ええ、しません。

ガボ　すると、別の映画になったということだな。

マノーロ　そうなんです。海が出てきてから、別の映画になってしまいました。彼は今浜辺を歩いています。すると、彼女が魚のいっぱい入った金盥《かなだらい》か籠を持ってやってきます。二人はすれ違う。その後、彼は食堂に入るんですが、その時にウエイトレスをしている彼女があやまって彼の服にシミをつけたために、最初の接触がはじまります……。

ガボ　ということは、ショーツやビキニ姿の人間に囲まれて、彼だけがちゃんとしたスーツを着ているわけか……。

マルコス　いや、そうじゃないんです。ショーツやビキニは出てきません。そこは漁師町で、浜には人がいないんです。

マノーロ　彼女はシミを取るために彼の服を脱がせます。その時に、これはあくまでもひとつの可能性なんですが、彼女の旦那が現れて、ひと悶着持ち上がります。名前をつけた方がイメージがわきやすいと思うので、一応ナターリオとしておきますが、そのナターリオが殴り倒されて気を失うんです。気がつくと、彼女が看病しています。男がどういう死に方をするかについては、ふたつの可能性が考えられます。ひとつは、彼女の夫が彼を殺すというもので、もうひとつは彼女が絵はがきに気づいて、この場所なら知っているわ、よかったら案内しましょうかと言う。で、彼はそこで死ぬんです。死に方まではまだ考えていません。ですが、このストーリーはぼくが先に出したものとちがったものになっています。男にしても、海を見たいといってボゴタから出ていくわけですからね。別に問題はないんですが、その後……。

ガボ　全体に漠然としていて、テーマが浮かび上がってこないな。まあ、いい、問題は構成だ。

ロベルト　二人の絡みでテーマが浮かび上がってくると思います。

ガボ　それだと、全体が宙に浮いた感じがするんだな。前のシナリオだと、彼はドアをノックしただろう、あれはやはりどう考えてもふつうじゃない。君がドアをノックする、すると目の前に生命が現れるんだ。しかし、それは見せかけで、実は死なんだ。あの話には特別な力、不条理の力が具わっているよ。

マノーロ　あなたのおっしゃったことをもとに考えたんですが、彼の乗っているバスが田舎町の入り口で停まる。そこには市が立っていて、バスの外では音楽が演奏されている。それまでうとうとしていた彼ははっと目を覚まします。窓の向こうに目をやると、真正面に若い女の子の姿が見える。ちょうど窓の高さのところに。というのも、その女の子は女友達と一緒に観覧車に乗っていて、ボックスがたまたまバスの窓とほぼ同じ高さのところで停まったから……。女の子とその友達は笑い出して、恥ずかしそうに彼をからかいはじめる。男は窓から顔を出すが、その時観覧車が動きはじめて、女の子は上の方にあがっていって見えなくなる。それを見て、男は座席から立ち上がると、あわててバスから降りる。

ガボ　彼女が死だってことを忘れちゃだめだ。観覧車の話を聞いて、黒澤の『生きる』を思い出したな。あそこにぞっとするような場所に作られた児童公園が出てきただろう。主人公はそこのブランコに腰をかけて歌をうたいはじめるんだが、カメラはそんな主人公を正面から映していく。男は日本語で歌をうたっているんだが、死の歌だから一度聞いたら忘れられないんだ。『生きる』を見たら、あの歌とぞっとするような公園のことは忘れられないよ。われわれが作っている物語でも、彼女が死だということを頭に入れておかないといけない。いずれそれは必要でなくなり、忘れてしまうはずだけど、さしあたりそう考えておくほうがいい。その分、人物にふくらみが出るからね。

ロベルト　結局、彼がドアをノックするというアイデアがぼくたちにはしっくりこなかったんです。

ガボ　それはよくわかるよ。ドアの映画というのは、外からやって来る人間の映画じゃなくて、家の中にいる人物の映画だからね。つまり、自分の身には何も起こらない、だけど突然運命がドアをノックすると感じている人物の物語なんだ。運命、死、まあ何でもいいんだけどね……。

ロベルト　絵はがきと海のアイデアはインパクトがありますよね。男は絵はがきをちらっと見て、海が写っているのに気がついて、訪れてみたいと思う。彼は死ぬ前に一度海を見たいと思っていたんです。で、漁師町でバスを降りて、きちんとしたスーツ姿のまま人気のない海岸を歩いてゆき、はじめて海を目にします。その時、彼女が通りかかるんですが、その肉感的な姿に心を惹かれる。彼女は生命の姿をした死なんです。で、そこから彼女が彼を誘惑しはじめます。

ガボ　彼女がずっとイニシアティブをとるわけか？

ロベルト　そうです。マノーロは、男が捜している絵はがきの場所へ彼女が案内するという風にしたほうがいいんじゃないかと言っています。これが彼にとっては死出の旅になるんです。ぼくは、彼が海へ行くと、そこ、つまり海なんですが、そこから女性が現れるというアイデアのほうがいいと思うんです。男はそれまでずっと自分のいろいろな思いや感情を押し殺して生きてきた。ようやくそうした感情を表に出して、自分の好きに生きられるようになったわけなんですが、そこで死に遭遇するんです。結局彼は生きている時と同じように、死ぬ時も挫折感を味わうんです。

セシリア　登場人物としての若い女の子には大きな問題があるわ。彼女は死の象徴なんでしょう。それなのに、死を象徴するだけの強さがないのよ。もっと強く訴えかけるものがないといけないわ。

ガボ　彼女は歩いてばかりいるだろう。それ、つまり、いつも歩いてばかりいるというのが問題なんじゃないかな。

セシリア　たえず動き回っているけど、何もしてませんよね。彼女が死の象徴なら、異常な行動を取るべきなんです。彼女も二人の出会いももっとインパクトのあるものにしなければいけなかったのに、それができなかったんです。

ガボ　ここは出会いよりも衝突にすべきだ。出会いがしらに頭をぶつけるようなものにね。昔の映画を見ると、こういうところでダーン、とかタラタラタラターンなんて音楽が入るんだよな。枠組みとしては、彼が自分の行動をどのように方向づけていくべきかという決断に迫られている、そこに彼女が登場してきて、すべてが一変してしまうという風にしたらいいんじゃないかな。

エリッド　彼はきちんとしたスーツ姿で海岸にやって来る。そこで靴と靴下を脱いで、足を水に浸す。彼女は遠くからそんな彼を見ている。彼女は男が自殺しようとしているんじゃないかと考える。彼は海の中に入っていき、一瞬ためらった後、ふたたび浜辺に戻る。そして、砂浜で眠り込む。目を覚ますと、自分の上にかがみ込んでいる巨大な女性の姿が見える。彼はびっくりして……。

ガボ　死神が、まだその時ではないと考えて、彼を死から救うというのは面白いね。彼女は異様で、啓示的、突発的、決定的な何かとして出現しなければいけない。ただ、ロケーションが問題だな。海岸はどこも同じだろう。

ロベルト　ここは漁師町なんです。
ガボ　女性は黒人のほうがいい。神話的な雰囲気をたたえた、いつも歌をうたっているでっぷり太った黒人女性だ。映画の中では、別に歌をうたわなくてもいいけどね。
マルコス　歌をうたってもかまいませんよ。マリーア・ベタニア〔ブラジルの歌手〕みたいな女性ですね。
ガボ　黒人女性のイメージがだんだん固まってきたぞ。といっても、今はそれがどんな女性なのか、どこから来て、どこへ行くのかはまだわからないけどね。
ソコーロ　みんなの意見がまだ一致していなかったので、自分たちの考えを一度整理してまとめてみようと思ったんです。全体的なことに関しては、いくつか提案があったんですが、全員がストーリーに関してスタンスの取り方がちがうんです。
ガボ　そんな風にして脚本ができあがるんだ。そのためにこのシナリオ教室があるんだよ。でなきゃ、ワークショップなんていらないよ。今アイデアが浮かんだんだけど、こういうばかばかしいアイデアを思いつくのも、このワークショップがあるおかげだよ。で、そのアイデアなんだが、あの女性が彼と同じバスに乗っていくというのはどうだろう。二人は向こうで出会ったり、顔を合わせたりするんじゃなくて、同じバスに乗り合わせているんだ。
ソコーロ　あの女性が存在していることを別なやり方で知らせたらどうでしょう？　彼が海岸に着いた時に、彼女の声、あるいは歌を聴くといったように。言ってみれば、彼女はハメルーンの笛吹き男のような存在なんです。彼はその声に魅せられ、彼女に導かれるようにして、岩の向こうで魚を洗っている女性と出会う。

ガボ　なるほど、理想化されたイメージや幻想的なものでなく、ごくありふれた日常的な形で出てくるわけだ。

レイナルド　絵はがきの海と現実の海とが似ているかどうかという話が出ましたよね。あそこに戻りましょう。「さあ、海に着いたぞ。で、これから何をすればいいんだ？」と彼は自問する。その時、魚の頭を切り落としている彼女を見かける。

ガボ　子供の頭でもいいんじゃないか。

レイナルド　えっ、なんですって？

ガボ　このストーリーにはきちがいじみたところがない、そう言いたいんだ。君たちはまじめすぎるんだよ。

ロベルト　ですが、ガボ、あなたの言うように彼女をバスに乗せると、彼女が海からやって来る、あるいは彼は彼女に会うために海へ行くという案と矛盾してきますよ……。

ガボ　君はギリシア的なロマン主義者、地中海人なんだよ。ブラジル人というのは例外なく地中海人だね。

マノーロ　絵はがきのアイデアは残しませんか？　モノクロームの絵はがきのことなんですけど。

ガボ　視覚的にもいいね。海やジャングル、山の絵はがきがある……。彼はたくさんある絵はがきを見て、その中から海の写っているものを選び取る。実を言うと、今の話で気がついたんだが、わたしはあの人物をあてどなくさまよわせるところだったよ。やはり、どこかへ行こうと決心させるべきだ。なるほど、そうか、で、彼は海へ向かうわけだ。自分では気づかずに、死に場所を選び出した。そして、死ぬ前に何か起こるだろうと思って冒険の旅に出るんだ、騎士道小説のようにね。

ロベルト　海岸はまだ死に場所じゃないと思うんです。彼が絵はがきを選んだのは、これと決まった場所へ行きたいからではなく、ただ海を見たいと思ったからなんです。

エリッド　彼がばかげたことをやらかすという意見には賛成ね。というのも、この人物は冒険の旅に出るんだけど、結局バスに乗る以外のことは何もしないんだもの。

ガボ　まあ、そう焦るなよ。絵画を見ると、絵の具が何重にも塗ってあるだろう。まず最初絵の具で絵を描くんだけど、一度塗ると、それが乾くのを待ってまた手を加えるじゃないか。あれと同じだよ……。バスか列車の中で何か事件を起こすとしても、それは大した問題じゃない。技術的に解決できる。

エリッド　旅の終わり方なんですけど、海を前にしているか、海岸を歩いているだけで何もしていないでしょう。

ガボ　それをこれから考えていくんだ。で、そのあと何をさせるんだ？

エリッド　今までしたことのないようなことをさせればいいと思うんです。誰かがさっき、女性の働いているバルか食堂に男たちがいて、ドミノをしていると言っていたんですが、それをもらって、彼はそのあと男たちのそばへ行って、「どこへ行けばラム酒が買えるんだね？」、あるいは「このあたりに売春宿はないのかね？」と尋ねる。そして、その売春宿でダンサーに出会って……。

ガボ　今じゃもう、映画で売春宿は使えないんじゃないかな。

ソコーロ　彼女が魚を洗い、頭を切り落としている絵があったでしょう……。

ガボ　うん、服を血に染めてね。あれはいい絵だ。人物造型がうまくいかない時は、まずイメージを見つけることだ。

ロベルト　彼をからかいの種にするというアイデアをもう一度生かして、そこからストーリーを組み立て直したらどうでしょう？　きちんとしたスーツ姿の彼を見て、彼女は……。

ガボ　彼はからかいの種にされて死んでいくんだ！　つまり、彼は黒いベストを着て漁師町を訪れる。みんなからからかわれるが、血腥《ちなまぐさ》いものでなく、無邪気なものなんだ。しかし、みんなでばかにしているうちに、そのつもりはなかったのに、結果的には彼を殺す羽目になる。誰も彼を傷つけようとは思っていないのに、結局そうなってしまうんだ。『追い越し野郎』〔ディノ・リージ監督。一九六二。イタリア映画〕を覚えているか？　あの主人公が死ぬことになるとは誰も思っていない、だからこそインパクトがあるんだ。

マルコス　そう言えば、こんな話がありますね。あるアメリカ人がパンパを訪れる。人々はそのアメリカ人にマテ茶の飲み方や馬の乗り方を教え、何事もなく時間が過ぎていく。しかし、最後にマテ茶沸かし〔通常木製で、火にかけることができない〕を火にかけるんです。

ガボ　いたずらなんだ。スーツ姿の彼がやって来るのを見て、漁師のひとりが「あいつをからかってやろう」と言うんだ。

ソコーロ　町の子供たちまで彼をからかうのね。

ガボ　子供たちは彼をあちこち引きずり回し、倒れると起こす……。

ソコーロ　彼を引きずっていって、海に投げ込む……。

ガボ　これで俄然面白くなってきたぞ。

ロベルト　彼女と漁師たちは進んで彼が捜している場所へ案内する。先へ進むにつれて、道はますます曲がりくねってくる。そしてついに道が終わって、岩と海と空しかなくなる……。最初は面白半分ではじめたことが、だんだん悪夢に変わっていく。向こうに着くと、男はすでに死んでいる。漁師たちは「どうなっているんだ？」と言って騒ぎ立てるが、彼女だけは事情を知っている。自分が彼を死へ導いたことを知っているんだ。

デニス　どうしてそんなことをするの？

マルコス　悪意だよ。

マノーロ　コロンビアの大西洋岸にタガンガという漁師町がある。山に囲まれた狭い湾があって、漁師たちはそこに網を張って漁をするんだ。

ガボ　どうして世界一美しい湾だと言わないんだ？　そこまで言い切る自信がないのかい？

マノーロ　波が静かで水が澄んでいるので、漁は岸からやる。断崖の上に男たちが立って海を見張っていて、湾内に魚が入ってくると、漁師に網を閉じろと合図を送る。そういう見張り人のことをハヤブサと呼んでいるんだが、ナターリオをふつうじゃとても行けないようなハヤブサの巣のひとつに登らせてみたらどうだろう。悪ふざけでね。

ガボ　集団でやる悪ふざけが集団犯罪につながるわけだ。

マノーロ　そういう状況におかれてあの男がどう行動し、どんな風に苦境を脱するか見てやろうというので、彼をそこに放置する。次の日、見張りのひとりが魚の群が入ってくるのを見ようと断崖に登ると、魚の群の上にスーツをきちんと着たままあの男が浮かんでいる。

ガボ　ベストを着たままの遺体が潮に流されて湾内に入ってくるわけだ。

マノーロ　胸の上には閉じた雨傘がのっている。

ガボ　雨傘は開いていてもいい。いい絵になるよ。きちんとした身なりの男が澄みきった水の上をぷかぷか浮かんでいる。うん、これで結末は決まった。あとは、そこまでをどう埋めていくかだ。ひとついいかな？　まだ映画化されていない脚本にそれに似たイメージがあるんだ。池でおぼれ死んだ副王のイメージなんだが、いや、その話はもういい、やめておこう。

ソコーロ　子供というのは無邪気なんだけど、ひとつまちがえるととても残酷になるのよね。それに、あの町の人たちはある梱包会社が所有している土地に住んでいて、男は政府から派遣された役人で、調停の仕事をすることになっているの。土地の人たちに親切にしてもらったものだから、感激した彼は思い切った決定を下すんだけど、それがもとで会社は被害をこうむる。おかげで漁師たちは奪われたものを取り返すか、あるいはそれまで自分たちのものだといってきたものを取り戻す。ところが、彼が調停人でないことが露見してしまう。漁師たちが返還を拒んだために、会社の代表は直接彼に仕返しをするの。

ガボ　今の話だと長くなるよ。われわれが作ろうとしているのは、ひとつの夢なんだ。

レイナルド　彼らは男を慈善家と勘違いする。彼がやってきたのを見て、人々は「とうとう来たぞ！　やはり思っていたとおりだ」と言う。真実は最後までわからず、彼はおぼれ死んで、盛大な葬儀が営まれる。だけど、彼らは誰と取り違えたんだろう？　上院議員だろうか？

ガボ　彼らは愛するあまり彼を殺すことになるんだ……。

レイナルド　彼は偽善者なんですが、聖人として葬られるんです。

グロリア　彼の死は笑劇《ファース》の一部なのね。

ガボ　自分では笑劇の主人公になりたくなかったんだが、むりやりそうさせられたんだ。

マノーロ　漁師たちは彼が自分たちのためにしてくれなかったことに対して復讐するんです。彼の葬儀を行なったのは、復讐だったんです。

ガボ　彼を死に導いていくメカニズムさえはっきりすれば、映画は完成だ。残された問題はそれだけだ。

ロベルト　彼は栄光の頂点に達するわけですが、その時点で自分を神だと認めさせるようなことを何かしなくてはいけないでしょうね。彼は自分を神だと感じています。死後も忘れ去られることのない何か壮大なことをしようとします。というのも、自分の死が避けがたいものだとわかっているからです。

ガボ　放射線治療や化学療法を受けながら病院で死を迎えるのとはまったくちがう凄絶《せいぜつ》な死だな……。

ロベルト　だけど、その願いは実現しません。

ガボ　どうしてだ？　それじゃああまりにもかわいそうじゃないか。せめて死ぬ前に最後の喜びを与えてやればいいだろう。彼は犠牲になるようみんなから求められているが、それで死なせるのは残酷すぎるよ。

ロベルト　なんの犠牲になるんです。

ガボ　さあな。

エリッド　漁師町全体としては彼が来てくれたことを喜んでいる。けれども、問題が解決されると困るという連中もいて……その連中が彼を殺すんです。

ガボ　それはだめだ。われわれは今、神話の領域に入り込んでいる。首までどっぷり神話にひたっているから、日常的な世界に戻れないんだ。梱包会社も敵対するグループも存在しない。神話が、運命《ファトゥム》が彼を殺すんだ。

マルコス　男は生き埋めにされる。

ガボ　ちがう。男は磔にされるんだ。自分が待ち望んでいた人物だと人々に思い込ませることで、喜ばせようとする……。そうだということを証明するために、彼はためらうことなく自分の命を危険にさらす。結局死んでしまうが、目的は達成するんだ。

マルコス　だけど、磔になるんでしょう。

ガボ　ああ、磔になる。それでいいんだ。ドラマティックな状況というのは三十六通りしかない。これはそのうちのひとつだ。

ロベルト　彼が十字架にかけられるのは、どういう意味があるんです？　目的を達成するために自ら犠牲になるんですね。

ガボ　デ・シーカが主役をやったロッセリーニの映画『ロベレ将軍』（一九五九。イタリア映画）を覚えているかね？　今話そうとしているストーリーがあれと同じだということに気がついたんだ……。あの映画を高く買っているわたしとしてはうれしい限りだがね。以前に、自分が見た映画の中でもっともすぐれた作品として『戦艦ポチョムキン』（S・M・エイゼンシュテイン監督。一九二五。ロシア映画〕と『市民ケーン』〔オーソン・ウェルズ監督。一九四一。アメリカ映画〕、それに『ロベレ将軍』の三つを挙げたことがある。これはイタリアの監獄、政治犯用の監獄に投獄された哀れな男の話なんだ。ほかの囚人たちは彼を自分たちのリーダーであるロベレ将軍だと勘違いする。なんらかの理由で、みんなは男があの将軍だと思い込んでしまうんだ。本物の将軍も同じところに投獄されているんだが、殺されてはいけないというので別人になりすましている。そこへ突然、自分の名をかたる男が現れる。というのも、囚人たちは将軍を説得して、別人として通すようにと言ったからなんだ。加えて、彼自身も囚人たちを失望させては悪い、彼らのために尽力してやらなければならないと考える。で、結局彼はロベレ将軍として押し通すことになるんだ。

ロベルト　黒澤の『影武者』にも似たところがありますね。

ガボ　しかし、イタリア人の作った映画の方が真実味があるよ。ともかくこれでストーリーはできあがった。あとは好きにしていい。なんなら、クレタ島を舞台にギリシア風のドラマを作ってもいい。男は、人々が自分を必要としていることに気がつき、人々は人々で彼のうちに誰もが求めている何かがあることに気がつくんだ。

ソコーロ　彼らは、あの男を奇跡の医師ホセ・グレゴリオ・エルナンデス〔ベネズエラの聖職者、医師〕のような人間だと思うんですね。

ガボ　そうなんだ。これは顕現だよ。彼は聖人なんだ。どこの家の祭壇を見ても、町にやってきたばかりの男の像が飾られ、ロウソクがともされている。人々はその聖人を崇拝していたんだが、ある日その聖人に生き写しの男がやって来る。まさに奇跡だ。

レイナルド　男はやがて自分が聖人だと思い込む。

ガボ　どこの家庭でも崇拝されているその聖人は、驚いたことに彼と瓜二つなんだ。いい話だよ、これは……。

セシリア　彼が聖人に似ているんであって、その逆ではないんでしょう。

マルコス　その日、つまり彼が町にやってきた日がちょうどその聖人の日なんだ。

レイナルド　聖人は町の人たちのために奇跡をはじめさまざまな喜ばしいことをやったんだ。

ガボ　そこへ話をもっていくと、長いものになるぞ。

マノーロ　聖人は漁師たちの守護聖人なんです。

ガボ　彼は何も死ぬことはない。最初の奇跡を起こしたところで映画が終わってもかまわない。最初の奇跡までたどり着くのに、三十分以上かからないだろう。

レイナルド　だけど、そのあと話がどう展開するのか、結末はどうなるのか、見た人は気になると思いますよ。

ガボ　それだと、どうしても長くなるよ。とりあえず、一本作ってみて、聖人の映画を考えるのはそのあとにしよう。

ソコーロ　彼は誰にも見られずに町にやって来るのよ。
ガボ　どうやって、どこからやってきたのか誰にもわからない。すてきな映画になるぞ。われわれが思っている以上にいいものになるはずだ。
ロベルト　で、最後に男は死ぬんですか。
ガボ　いや、死なない。さっきは男をどう扱っていいかわからなかったから、死ぬように設定したんだ。
ロベルト　ぼくはやはり死ぬべきだと思いますね。
ガボ　この映画にケチをつける気なら、ここから追い出すぞ……。ここまで来るのにさんざん苦労してきたんだ。君は敵なのか、味方なのか、いったいどちらなんだ?
ロベルト　わかりました。じゃあ、大急ぎで奇跡を二つ、三つ起こさせればいいんでしょう。
ガボ　人々が勝手に奇跡だと思い込み、それを彼のおかげだと考えるんだ。
ロベルト　そして、彼は自分が奇跡を起こしたと考えるようになる。自分に奇跡を起こす力があると信じ込むわけですね。
ガボ　足の萎えた人を歩かせるんだ。
ロベルト　彼女が水の中に入っていき、彼はあとを追う。実を言うと、彼は海の中に入っていくんですが、まるで水の上を歩いているように見える……。聖書的なイメージです。そして、かき消すように姿を消す。

レイナルド　ぼくはほほえみを浮かべている聖人を見たことがないんです。ですから、男がカメラの方を向いてほほえみかけて……奇跡を起こすところで映画が終わる、という結末を考えたんですが、どうでしょう?

ガボ　シーンを次々に展開させていって、どのあたりまでいけるか見ることにしよう。結末は気にしなくていい、あの男が死のうが生き続けようが、どちらでもいいんだ。大切なことはストーリーができあがっているということだ。ストーリーはだいたいこんな風になるだろう。ボゴタに住む公務員が医者から死を宣告されて、それなら生き方を根底から変えようと決意し、ひと目海を見たいという長年の夢を実現しようと考える。漁師町に着くが、そこで聖人、奇跡を起こした医師ホセ・グレゴリオ・エルナンデスとまちがえられる。町を訪れると、どの家にも自分の像、つまりそれほどよく似ているということなんだが、それが飾ってある。その像を見ているうちに、ついには自分は聖人だと考えるようになる。以上がストーリーだ。細部はあとで詰めていけばいい。今はとにかくこのストーリーが三十分以内に収まるようにすることだ。それ以上長くなると、ボツだ。それと祭壇の像を聖グレゴリオにあまり似せて作らないように気をつけるんだ。というのも、民衆は彼を聖人に列しているからね。バチカンは、ああでもない、こうでもないと言ってまだ列聖の決定を下していないが、民衆の声が教会の手に負えないほど高まっているから、もうどうしようもないだろう。そういう聖人を映画に使ったりすると、信者はいい顔をしないからな。

レイナルド　そういう状況に追い込まれたという風にしたらどうでしょう？　誰かが彼に、病人を治療してください、これこれの場所に手を置いてくださいと頼む。男は最初ためらうが、最後に言われたとおりにする……と、奇跡が起こる。

ガボ　そこで終わればいい。男はやりたくないと答えるが、自分が聖人に生き写しのうえに、信者たちにどうしてもと言われる。彼のもとに病気にかかっているか、死にかけている子供が運び込まれ、その子の体に手を置く……と、奇跡が起こる。何が起こったのか、どういうことになったのか事態が飲み込めずとまどったような表情を浮かべる。その男の顔をアップで撮ったところで終わればいいだろう。この映画は子供が主人公じゃないから、その子が助かろうが、死のうがどちらでもいいんだ。大事なことは主人公があの男で、彼が信じられないような聖性をあらわすということなんだ。彼がやりましょうと言って、病人の体に手をのせる。その瞬間にラテンアメリカ的な言い方をすれば、とんでもないこと《レチンガーダ・カラッハ》をやってのける。

ロベルト　男が死を宣告されたというストーリーはどこかへいってしまったようですね。

ガボ　このストーリーに出てくる死は、彼が旅立とうと決意するきっかけになっているにすぎないんだ。それまで灰色の人生を送ってきた男がどのようにして聖人としての生活を送るようになったかが興味の中心なんだ。

ロベルト　すると、別の話になっているわけですね。それだともっと手を加えたほうがいいんじゃないですか。

ガボ　最初のところで、肝硬変がどうこうという話が出てきたが、あれはもう必要ない。男と医師が次のような会話を交わすところからはじめればいい。「あとどれくらい生きられるんでしょう？」。それに対して医師が、「さあ、三カ月かもしれませんし、三年かもしれません」と答える。それだけで二人の会話は終わりだ。

セシリア　女性があの町の、海のそばで待っていたはずよね。

レイナルド　そうだ、海のことを忘れていた！

セシリア　黒人の女性のことは覚えてる？　彼がやって来ると、彼女が、「みんな、あなたが来られるのを心待ちにしていました」と言う。死神かどうかはわからないけど、彼女はとても印象的な雰囲気をたたえているの。

ガボ　あの女性はその辺をふわふわただよっているだけだ。だから、今回のヴァージョンでは必要なくなったんだ。大切なのは彼の不安なんだ。「自分にはあとどれくらい時間が残されているんだろう？」「死ぬ前は苦しむんだろうか？」と考える。

ロベルト　つまり、重要なのは過去の人生ではなく、残された人生だ、というわけですね。

ガボ　そうじゃない。彼があのような決断を下したのは、過去のああいう生活があったからなんだ。だから、治療を受けるために病院に入ったり、家に閉じこもって看病をしてもらうんでなく、すべてをなげうったんだ。
ソコーロ　彼の身に起こったいちばんいいことがそれなのね。
ガボ　彼自身が考えていた以上にいいことなんだ。彼は権力と栄光、すべてを手に入れるんだよ。
ロベルト　偶然それが実現するわけですね。そのつもりもないのに、自己実現する、それがストーリーですね。
ガボ　さまざまな偶然をテーマにした映画だ。下手をすると三十分を越えるかもしれないが、見ている人間が瞬きひとつしないようになんとしても三十分で収めなきゃいけない。というのも、瞬きさせると、たちまち「なんだこれは……？」「どうしてこんなことになるんだ……？」という声が出てくるからな。
マノーロ　このストーリーはもうこれ以上いじる必要はないと思うんですが。
ガボ　じゃあ、これまでの議論を踏まえて君が書き上げてくれ。で、一応できたら、われわれに見せてくれればいい。
マルコス　別のストーリーを考えてあるんですが。
ガボ　そうか。あの男の話はこれで《死んだライオン》だ。いやね、ヘミングウェイは書き上げた本のことを、死んだライオンだ、と言っていたんだ。じゃあ、マルコスの考えたストーリーとやらを聞かせてもらおう。わたしの本が出版されると、新聞記者たちは決まってこう尋ねるんだ。「で、今はどういうものをお書きですか？」。そういう時は、「いいかげんにしてくれ。少し休みたいんだ」と答えるようにしている。君たちの顔を見ていると、このあたりでひと息入れた方がよさそうだな。十五分でいいだろう。

5

密林の叫び声

El llamado de la selva

マルコス　まず冒頭のシーンからはじめます。カリブ海の海岸に建つ五ツ星ホテルのテラス。青空、ヤシ林、つまり、古典的なステレオタイプの情景です……。ちょうどサント・ドミンゴのヒルトン・パレス・ホテルのような感じなんです。前景に五十代の女性がいます。彼女は瞼にカット綿をのせて日光浴しながら、ウォークマンで音楽を聴いている。と、突然上空に轟音が響きわたり、テラスにいる人たちの何百本もの手が小旗を振って一機のヘリコプターに歓迎の挨拶をおくっているんです。機体はホテルのヘリポートに静かに着陸する。それが最初のイメージで、そこから映画がはじまります。

ストーリーは以下の通りです。その女性はアルゼンチン人の心理学者で、カリブ海でバカンスを過ごそうと思ってやってきました。それまで恋人はいなかったんですが、突然二人の男性を同時に愛しはじめ、アヴァンチュールを経験することになります。ひとりは黒人のミュージシャンで、ホテル専属のサルサのオーケストラでマラカスを演奏している。もうひとりは有名な白人で、ボディーガードとともに自家用ヘリコプターであのホテルにやってきたんです。不感症のように思われる心理学者はその二人を狂ったように愛する。正直に言うと、このストーリーを思いついた最初の動機はロケーションなんです。ホテル、浜辺、風景、そうしたものをバックに一度映画を撮ってみたいと思っていたんです……。できれば、そこにいくつかラテンアメリカ的なステレオタイプを組み合わせてみたいというのが動機になっています。サルサとマリアッチのオーケストラの楽団員……庶民的な雰囲気……あのマラカス奏者は絵に描いたような地区に住んでいて、彼女はそこを訪れる。

ガボ　彼女はどういう人間で、経歴はどうなっているんだ？　そこへはどういう理由でやってきたんだ？

マルコス　自分の国で見つけられなかったものを見つけ出したいと思ってカリブ海までやってきたんです。半ば不感症で、それまで恋人はいませんでした。ダンスもできないし……。十五日間のツアーでカリブ海にやってきたんです。着いてから二十四時間たつんですが、彼女はホテルから一歩も外に出ていません。「外に出ると、ひったくりにあうかもしれないから気をつけたほうがいいよ」と言われて、こわくなって浜へ降りていけないんです。だから、ホテルのテラスでひとり日光浴をしています。男性に対して自分の方から積極的に出られなかった女性が、突然二人の男性を相手に恋をし、情熱に身を焦がすというのは、なかなか魅力的な話でしょう。

ガボ　マルコス、君が言っているのはストーリーじゃなくて、アイデアだ。そこからストーリーをひねり出せるかみんなでやってみよう。もう少し詳しく話してくれないか。あの女性がアルゼンチン人の心理学者、あるいは精神科医で、不感症で内気なタイプだということはわかった……彼女はもちろんブエノスアイレスに住んでいる……どういう経緯でツアーに参加することになったんだい？

マルコス　カリブ海ツアーから帰ってきたばかりの知り合いの女性患者から、「先生、お疲れのようですね。お休みをとらなくてはいけませんよ。カリブ海へ行かれたらいかがです、空も人間も、こちらとはまったくちがいますから……」と言われたんです。

ロベルト　だったら、心理治療のシーンからはじめればいいじゃないか。

ガボ　わたしも今そう言おうと思っていたところなんだ。カウチに横になった女性患者がカリブ海を旅行した時の話をする。精神分析医は気のない様子で話を聞いているが、患者がいなくなったとたんに、「そうだ！　カリブへ行こう！」と考える。で、マルコス、君はこのストーリーをどう展開させるつもりなんだ？　ドラマにするのか、コメディーにするのか、どちらなんだ？

マルコス　コメディーです。

ガボ　それなら、カウチがちょうどいい。患者が向こうのむせ返るような熱気、生い茂る植物、黄昏を思い出している……。すると、彼女が「で、男性とエロティックな関係を持ったの?」と尋ねる。「それが、先生、あちらは何もかもまったくちがうんです……。ハンモックの上で愛し合うんですけど、あれは最高ですわ」。こんな風にすれば、きれいにいくじゃないか。二人のやりとりを通して状況全体を浮かび上がらせればいいんだ。

ロベルト　女医は精神科医としての本来の自分を徐々に失っていき、白昼夢の世界に入り込んでいく。

ガボ　彼女はどんどん感情を高ぶらせていく。と、そこでカットが入り、次に飛行機に乗っている彼女が映し出される。彼女はもう別人のようになっている。精神分析の効果が逆に出たんだ。つまり、患者が女医を精神分析したってわけだ。

ロベルト　彼女の性格をこと細かに描写する必要はない。診察室の雰囲気や壁の色、全体を非個性的で冷たい感じのものにすることによって、その人物像を浮かび上がらせればいいんだ……。

マルコス　ぼくとしては、ラテンアメリカ固有の、それもステレオタイプ化されたいくつかの文化的特徴をホテルの中でひとつに混ぜ合わせたいんです。

ロベルト　それなら、彼女の生きている世界と、よりダイナミックで官能的なカリブ的現実とを対比させればいい……。

マルコス　彼女があのマラカス奏者を部屋に引っ張り込んだ時に、そのことを肌で感じるという風にしたらどうだろう。

グロリア　だけど、あの女性はぎすぎすした五十女でしょう、その女性がどうやって男性を自分の部屋に引っ張り込むのか、そこが問題ね。

ガボ　それはわれわれの問題であって、彼女の問題じゃない。

ソコーロ　彼女は結局思いもかけなかった、おそらくあまり自分の好みではない男性と寝ることになったってわけね。

セシリア　単に寝るだけじゃなくて、自分の身の上話を語って聞かせるのよ。彼女はそれまで人の身の上話ばかり聞かされてきたわけでしょう。だから、自分のことを話したくて仕方ないのよ。二人、あるいは三人の男性と寝るのがどうこうというのじゃなくて、今ようやく別の選択に向かって自分を開いたの。

レイナルド　彼女は患者から話を聞いて、自分も真似してみよう、同じ経験をしてみようと心に決める。けれども、思惑とは裏腹に何をしても裏目に出る。マラカス奏者と大物実力者との関係も思ったようにいかない、そこからコメディー・タッチになる。

ガボ　ここは技巧を凝らしてもいいな。患者がカウチに横になっている。精神分析医が質問をはじめる。女医の顔が映し出されている中で、患者の声が聞こえてくる。やがて女医の目が輝きはじめる。徐々に気持ちが高ぶっていくのがわかる。と、カットが入り、女医は飛行機に乗っている。カット。空港に着く。カット。映画はそのまま続行していくが、質問はなく、患者の声だけがオフ〔画面に出ない人物の声だけが聞こえること〕で聞こえてくる。画面に映っているのは声が語りかけてくる内容ではなくて、その逆、もしくはカリカチュアでしかない。精神分析医が何をしても、すべて裏目に出る、だからといって別に最悪の事態にならなくてもいいんだがね。最後に、ブエノスアイレスの診察室がふたたび画面に出てくる。患者が最後に質問に答えるんだが、それを聞いて精神科医の目はこれまでにないほど輝く。彼女は、「明日、カリブへ行こう!」と考える。そこで映画が終わるんだ。われわれが目にしたのは、予兆、あるいは大いなる回想でしかない。それが現実なのか、空想なのか区別がつかないんだ。

マルコス　このストーリーが使えるかどうか、要約してみる必要がありますね。

ガボ　使えるよ。問題はまだ君の中で構成ができあがっていなくて、有機的なつながりのあるものになっていないということなんだ。つまり、アイデアでしかないんだよ。精神科医の質問やオフで入る患者の声が、手がかり、君が必要としている導きの糸になってくれるはずだ。だけど、彼女が何をしても裏目に出るというおかしなところは残しておいたほうがいいだろうな。それと、彼女がいったい何を求めているのかということもわかるようにしておいたほうがいい。これはむずかしいことじゃない。彼女がホテルに着いたとたんに、ポーターを食い入るように見つめる、とすればいいんだ。

マルコス　ストーリーは次のように要約できると思うんです。つまり、それまで一度も燃えるような恋をしたことのない中年女性が、カリブの豪華ホテルに観光客として滞在している。その時に誰もがびっくりするようなアヴァンチュールを経験することになる。それも、二人の男性を同時に愛する。すごいことには違いないけれども、ある意味では耐え難いことです。ツアーは二週間で終わるわけですから、いずれにしてもそういう状況はいつまでも続くわけではありません。

ガボ　映画は三十分で終わるよ……。脚本を書くには二通りのやり方がある。ひとつは要約からはじめる方法だ。つまり、まだストーリーの骨組みはできていないし、どう発展するかもわからない。だから、物語の核心部分だけを語っていくやり方だ。もうひとつは、出来事をひとつひとつ書き込んでいくやり方だ。つまり、ひとりの女性がベッドから起き上がって外出する。街角で女友達とばったり出会い、バスに乗る……といったように書く方法だ。わたしは、人物がどういう行動をとるかまずはっきりさせておいて、ついでそれを冷静にいくつかのパラグラフに要約し、そこから物語を進めながら分析していくというやり方が、いちばんいいと思うけどね。

マルコス　わかりました。じゃあ、そこからはじめてみます。主人公はアルゼンチン人の精神分析医で、相手役はカリブのミュージシャン、つまり、マラカス奏者です。男はあるオーケストラで二十五年間マラカスを演奏してきました。

ガボ　なるほど。で、その男は二十五年の間に、アルゼンチン出身の精神分析医を何人つまみ食いしてきたんだ。五十人は下らないだろう。あの男は要するにジゴロなんだよ。

マルコス　いや、あの人物はまったく別の経緯で生まれてきたんです。ある夜、ハバナのホテル・カプリのキャバレーで、十五人ほどのオーケストラが古いボレロを演奏していたんですが、それを聴いている時に思いついたんです。ミュージシャンのひとり、むろんマラカスを演奏していた男ですが、その男はマラカスをただチャカチャカならしているだけなんです。宙の一点を見つめたまま、けだるそうにマラカスをチャカチャカならしているんですが、そんな男を見ているうちになんだかこちらまで切なくなってきましてね。たぶんあの果てしなくつづくチャカチャカという音に自分でも耐えられなかったんでしょうね。あのミュージシャンはおそらく「文化庁」に所属していて、毎月二五〇ペソの給料をもらっていたんだと思います。

ガボ　なるほど。すると、映画のマラカス奏者は退屈している暇などないはずだな。女性観光客の人気の的で、年も比較的若いからな。例の患者が女医に向かって、「先生、これこれのホテルにすてきなマラカス奏者がいるんですけど、その人はこんな風に演奏するんです」と言う。その言葉を通して、われわれはあのミュージシャンのことを知ることになるんだ。どうだ、これでストーリーが動き出すだろう。

ソコーロ　熱帯地方に着くと、精神科の女医は海の匂いやそよ風、熱気、食べ物の味……を五感で感じ取る。で、鳥肌が立つようなぞくぞくする思いに襲われる。

ガボ　そのまま本題に入ればいいんだ。マラカス奏者の話を聞かされていたので、彼女は向こうに着くとすぐに男を捜す。

マルコス　そのために、つまり恋をするために彼女はカリブに来たんですからね。

ガボ　マラカス奏者の話を切っても面白いだろうな。かわりに女医はアルゼンチン人の男性と親しくなるんだ。その男もブエノスアイレスに住んでいる。やがて、お互いが隣近所といってもおかしくないほど近くに住んでいることがわかる……。映画は二人が仲良くアルゼンチンに帰っていくところで終わる。

ソコーロ　でも、彼女はちがったものを探し求めていたんでしょう。アルゼンチン人の男性としゃべりたいなんて考えてもいないはずですよ。

ガボ　それがありきたりのアルゼンチン人じゃないんだ。ヘリコプターでやって来たのがそのアルゼンチン人なんだよ。彼女は、「なんてことかしら。はるばるこんなところまで来て、アルゼンチンの人と親しくなるなんてばかげているわ」と考える。しかし、マラカス奏者とはうまく近づきになれず、もうひとりの方に少しずつ接近していく……。そして、最後に彼女とヘリコプターで帰国することになる。

レイナルド　ドタバタ喜劇ですね。

マルコス　そういうのを書きたいんだ。アルゼンチン人だって、エロティックなものだけでなく、いろいろなアヴァンチュールを楽しみたいというので、ブラジルまで行くじゃないか。

ガボ　彼女をもう少し若くしたらどうだろう。何も五十歳にしなくていいんだ。年齢を四十二歳にして、これまでさんざん患者から身の上話を聞かされ、人の人生を生きてきたものだから、彼女も同じように欲求不満に陥っている。ドラマは何もひとつじゃなくて、ふたつあってもいい。つまり、男の方も「こんな熱帯まで来て、アルゼンチンの女といい仲になるなんて、いったい何をしているんだろうな」と考える。しかし、二人はほんの目と鼻の先に住んでいて、それぞれ欲求不満になっている。その二人が偶然ホテルで出会い、幸せを手に入れるんだ。

グロリア　男が有名人だと、すぐに誰だかわかるから、まずいんじゃないですか？

ビクトリア　それに同じ地区に住んでいるという設定にも無理があるわ。

マルコス　このドラマは情熱と権力のどちらを選ぶかというのがテーマになっているんだ。

ガボ　一方が権力で、もう一方は潜在的な力だよ。さまざまな状況が織り上げるコメディーの中核はもうできあがっている。彼女はマラカス奏者に目をつけるが、彼はほかのことに関心が向いていて、彼女が何をしてもうまくいかないんだ。彼はおそらくホモなんだよ。

セシリア　そんなはずはないわ。彼女はマラカス奏者がどういう趣味をもっているかちゃんと調べ上げているはずよ。

ガボ　彼女が知っているのは、彼がかさばった一物を持っているのは、何のために必要なのかということだけなんだ。患者はカウチに寝そべって、幻想のカリブについてあれこれ話をしたんだよ。

ビクトリア　あの患者はたぶんそういう女の子、空想癖のある女の子で、自分の満たされない欲求の償いをつけようとして、さまざまなアヴァンチュールをでっち上げる。精神科の女医は医者だというのに、患者のその話を聞いて羨ましくて仕方がない。で、患者がカリブで過ごしたバカンスの話を事細かに話すのを聞いて、「カリブへ行こう！　誰が何と言おうがカリブへ行くのよ！」と考える。

ガボ　今の話を聞いて、『ニュートンの夜』というタイトルをつけたエピソードを思い出したよ。ニュートンというのはブラジル人の友人で、メキシコ大使をしていたんだ。彼がある日やってきて、こう言ったんだ。「アムステルダムへ行くんだって？　僕も近々あちらに行くことになっている。どうだい、十七日の木曜日の夜に、カナル街のこれこれという街角にあるバルで一杯やらないか？　君には想像もつかないほど明るくて陽気な店だ。まちがいなく来るんだぞ」。わたしは約束の日にその店に行って、テーブルの前に座った。ニュートンがまだ来ていなかったので、まわりを見回してみたんだが、まるでお通夜みたいな感じでね、客は黙りこくったまま、じっと動かず、まるでロボットみたいに酒を飲んでいる……。何とも退屈で息の詰まりそうな雰囲気なんだ。と、突然すべてが目覚めた。話し声が聞こえ、音楽が鳴り響き、笑い声がする……。何があったんだろうと思って目をやると、ニュートンが来たんだ。バルは地下にあるんだが、ニュートンがそこの階段を降りてきた。彼の姿を目にしたとたんに、店中が急に活気づき、明け方まで騒ぎがつづいたんだ。あのバルはたしかにいい店だが、ニュートンは自分がいない時、あの店が死んだように静かだということに気づいていなかった。あの店に活気をもたらしていたのはニュートンだったんだ。つまり、今回の映画でも同じことだよ。ホテルをはじめあちこちで起こる事件は、すべてあの患者が引き起こしているんだ。精神科医も同じホテルに泊まるが、そこでは何も起こらない。自分の身に何も起こらないということに気がつくんだ。

マルコス　果物を食べ、ジュースを飲むが、おいしいとは感じない。

ガボ　そのあいだも、患者の「すごくおいしいフルーツ・ジュースがあるんです……」という声がオフで入る。

マルコス　だけど、何か事件が起こらないといけませんね。

ガボ　ストーリーが欠けているんだ。だから、ある状況なり、雰囲気からストーリーを作り出そうとしているんだ……。

ロベルト　さしあたり、彼女は同国人の男性と出会って、いらだたしい思いを抱く。

ガボ　彼の方から、「今夜一緒に散歩しませんか？」と誘いかける。すると、彼女は「でも、考えてもみて……」と答える。

ビクトリア　「考えてもみて」って、なれなれしすぎません？

ガボ　いいじゃないか。舞台はカリブ海なんだから。「考えてもみて……何もこんなところまで来てあなたと散歩することはないと思うの」。

マルコス　おっしゃるとおりです。男は彼女に興味はないんです。彼が捜しているのは白人と黒人の混血なんですよ。

ガボ　いや、それはまずい。彼女が黒人の男性を、彼が混血の女性を追っかけるというのはあまりにも意図的な感じがするよ……。彼はほかの用件で来ているんだ。向こうには知り合いがいないので、彼女に声をかけて散歩に行こうと言うんだ。彼女の方は彼の考えていることが読めているので、断る。「でも、二人で散歩しても意味がないわ……」。けれども、最後に彼女は落ちる。運命《ファトゥム》なんだ。

ロベルト　せっかくアルゼンチンから逃げ出してきたのに、同国人のプレイボーイに出会ったものだから、彼女はひどく気落ちする。彼を避け、できるだけ顔を合わさないようにする。けれども、最後に二人は結ばれ、しかも互いにブエノスアイレス市内のすぐ近所に住んでいることがわかる。

ガボ　「えっ、リバダビア街四十六番地なの？　信じられないわ。わたしは四十八番地なの」。ストーリーがふくらんでいきそうな感じがするな。ひとつ忘れてならないのは、われわれが見ているのは悪夢だということだ。

マルコス　考えてみると、彼女は何も精神科医でなくったっていいわけですよね。月々お給料をもらっている公務員で、カリブの豪華ホテルで一週間ばかり過ごしたいという夢をかなえるために爪に火をともすようにしてお金を貯めたんです。

ガボ　それはだめだ。彼女はアルゼンチン人の精神科医でないといけないよ。そもそも彼女にそういう夢を吹き込んだのは、カウチに横になっている患者なんだから。

ロベルト　「アルゼンチン人の精神科医」というのはステレオタイプですから、そのキャラクターははずしたほうがいいんじゃないですか。ありふれていますよ。

ガボ　いや、はずさなくていい。これは勘違いのコメディーなんだ。どういう種類の作品を作るかは最初からきちんと決めておかなくてはいけない。最初はドラマを作るつもりでいたのに、できあがってみるとコメディーになっていたというような、そのつもりもないのに生まれてきたコメディーというのが最低、最悪なんだ。それにこのテーマはやはりコメディーに向いているよ。

ロベルト　いろいろ説明していただいて、ありがとうございます《オブリガード》。ですが、人物はあくまでも人物であって、カリカチュアじゃありません。彼女は医者なんですよ、それなのに患者と同じ経験をしてみようと考えたりするでしょうか？　ちょっとしたことに心を動かされるとしても、それだけのことです。精神科医の仕事というのは、患者が自分の歩むべき道を見つけ出す手助けをするだけのことですからね。

ガボ　説明していただいて、どうもありがとう《ムイト・オブリガード》。

レイナルド　彼女はそんなにいい医者じゃない、凡庸な精神科医だという設定はどうだろう？

ビクトリア　彼女は一流の精神科医で、同時に未知のものに惹かれているのかもしれないわ……。

レイナルド　密林の叫び声、だね。

ガボ　彼女は前もって思い描いていたアヴァンチュールを経験することになるんだ。

デニス　医者の質問からはじめてもいいわね。カウチに横になっている患者、女医の顔、突然カットが入って、彼女は機中の人になっていて、オフで声が流れる。

ガボ　女医がマラカス奏者と出会った時のことを空想しているのに合わせて、オフの声が彼のことを語る。いや、このふたつは別に一致しなくてもいいんだ。声が描き出していくマラカス奏者は女医が目にしている人物と同じじゃない。

エリッド　同じじゃないんですか？　両者は一致しないんですね。

デニス　精神科医が出会うマラカス奏者は現実に存在していて、患者の語るマラカス奏者は空想の産物なのよ。

マルコス　じゃあ、男は？

ガボ　男って？

マルコス　あのアルゼンチン人です。

『アルゼンチン人が世界に侵入した日』

El día que los argentinos invadieron el mundo

ガボ　彼女がホテルにチェック・インする時に、男に出会う。男がフロントのカウンターで宿泊カードに必要事項を書き込んでいると、彼女がやって来るのが見える。「あなたはこれこれの便で来られたんですか?」と尋ねられて、彼女はびっくりしたような表情を浮かべる。

ソコーロ　それからというもの彼女はひたすら彼を避けつづける。けれども、結局最後に顔を合わせることになる。

ガボ　彼は三〇三号室で、彼女は三〇五号室に入ることになる。そうとわかって彼女は、「申し訳ないけど、部屋を変えていただけないかしら?」と言う。「ええ、よろしいですとも」。次の日、彼女が廊下に出ると、向かいの部屋から彼が出てくる……。「でも、どうして?……あなたは別の階じゃなかったの?」「ええ、だけど、エアコンがきかなかったものですから、部屋を変わるように言われたんです」。

セシリア　ホテルには、宿泊客のことに気を配っている接客係がいるの。つとめて愛想よく振る舞っているその接客係が、二人ともアルゼンチン人で、しかもカップルじゃないと知って、何とか二人を結びつけようとするの。

ガボ　たしかにホテルには、お客さんの一人ひとりに相手を、それも理想の相手を見つけてやろうという方針のようなものがあるね。

セシリア　彼女は患者から、大勢の人が向こうで生涯の伴侶を見つけたという話を聞かされていたのよ。

ガボ　ホテル側は、彼女がアルゼンチン人で、しかもひとりで来ていると知って、何とかしてやろうとする。「このホテルにはアルゼンチンの方が大勢泊まっておられるというのに、おひとりなんですか」、それなら、タンゴのオーケストラを呼びましょう。サルサなんかどうでもよろしい。マラカスや、マラカス奏者、カリブなんてクソッくらえです……。タンゴでなきゃいけません！　接客係はタンゴを演奏させることにする。タランタンタン、タンタンタラン……。それを聞いて、彼、つまりあのプレイボーイが彼女のテーブルに近づいて、ダンスに誘う。

ソコーロ　《我が愛しのブエノスアイレス……》ね。

マルコス　《逃げて、逃げて、逃げていることはわかっている……》。

レイナルド　最後のシーンで、二人はまるで呪われてでもいるように、あきらめきった表情でダンスをする。

ガボ　そうじゃない。二人は実にみごとなダンスを披露し、満ち足りて、幸せそうにしている。人生、自分たちの本当の人生はあちら、アルゼンチンにあるんで、何もこんなところまで来なくてもよかったのだということに気がつく。その線でいくのなら、後は隙間を気の利いた場面で埋めていけばいい。

ロベルト　最初の場面は、満員のダイニングルーム。二人は偶然入り口のところで出会い、同じ席に案内される。「ご一緒ですか？」とボーイ長に尋ねられて、男はあわてて説明する。「いいえ、そうじゃないんですが、別にかまいません……。つまりその、あなたさえよければ」。彼女としても、いやだとは言えない。最初のうちは澄ましてしゃべっているが、そのうちいらいらしはじめる。「申し訳ないんですけど、せっかくのバカンスを同じ国の人と過ごすのはどうも……」。

ガボ　「この二週間はアルゼンチン人と顔を合わせたくない、そう思ってここに来たんです……」。

ロベルト　二人はそこで別れを告げる。その後彼らは互いに相手を避けるが、結局はまたしても顔を合わせることになる。

ガボ　あれほどマラカス奏者に会いたいと思っていたのに、結局は近所に住んでいる男性と結ばれる。

ソコーロ　彼女はマラカス奏者に会えないのね。
レイナルド　黒人は結局彼女に応えてやれないんだ。約束している相手がたくさんいるからね。
ガボ　彼女はある夜マラカス奏者と一緒に出かける。けれども、マラカス奏者が例のアルゼンチン人にも声をかけていたことに気がつく。「あなたを驚かせようと思って、友人のアルゼンチン人にも来るようにと声をかけたんです。昨夜二人で一緒にラム酒を飲んだんですが、本当に感じのいい人ですよ……」。
マルコス　どうしてそんなことをしたんです？
ガボ　マラカス奏者は自分一人だと、彼女を退屈させるんじゃないかと心配だったんだ。で、アルゼンチン人のあの男を呼べば、彼女も気が紛れるだろうと考えたんだ。危険なことは危険だけどね。
マルコス　どういう危険があるんです？
ガボ　アルゼンチン人を主人公にしたコメディーになってしまうだろう。
ロベルト　状況を変えてみたらどうでしょう。サッカーの試合が行なわれることになっていて、アルゼンチン選抜チームがホテルに宿泊している。滞在中の選手団全員がダイニングルームで夕食をとっている……。
デニス　そうなると、「ひとりぼっちのかわいそうなアルゼンチン人」と接客係の出番がなくなるんじゃない？

ロベルト　接客係って？

デニス　男女を結び合わせてカップルを作ろうとする、ホテルの従業員のことよ……。

ロベルト　ああ、その点は大丈夫だ。彼にも出番がある。接客係がこう言うんだ。「同じ国の方がいらっしゃいましたよ。サッカー選手です」。そして、二人を選手たちに引き合わせる。

デニス　そうなると、笑い話だわ。

ロベルト　ぼくたちは込み入ったコメディーを作っているんだよ。

レイナルド　精神科医とあの男は別々に行ったんだ。そこにサッカー選手たちがやって来る。さらに、その跡を追ってアルゼンチン人の観光客がどっと押し掛けてくる。

ガボ　ホテルが同国人でひしめいているのを見て、彼女はホテルを変える。男の方もアルゼンチン人が大挙してやってきたのに我慢できなくなって、ホテルを変える。運命、偶然、まあ何でもいいんだが、その力でまたしても同じホテルに泊まることになったと知って、二人は笑い出す。そのせいで気持ちがほぐれたのか、仕方がないとあきらめたのか、どちらでもいいんだが、彼が彼女にこう言う。「浜辺のレストランで食事をしません？」。すると、彼女は、「ええ、いいわね……」と答える。

デニス　そこでジ・エンドにしてもいいわ。

ロベルト　二人でサッカーの試合を見にいくんだよ。

レイナルド　どうやら全員サッカーの試合を見にいったらしくて、ホテルにはアルゼンチン人がほとんどいない。その隙に二人はバーへ行って、クーバ・リブレのグラスを前に静かな会話を楽しむ……。しかし、試合の模様がテレビ中継されていて、バー・マンや何人かのアルゼンチン人を含むすべての人がテレビの前で釘付けになっている……。

マルコス　そうなると、たぶん国歌をうたわなくてはいけないだろうな。

ガボ　グラウンドでは歓迎式典が行なわれている。サッカー選手たちは気をつけの姿勢をとり、国歌をうたいはじめる。そこで終わってもいい。バーにいた彼女はこらえ切れなくなって、立ち上がると、一緒にうたいはじめる。

マルコス　できれば、カリブで、アルゼンチン人を大勢使って映画を作りたいんですが、そうなると、何十人ものアルゼンチン人が必要になりますね。

ガボ　何十人じゃすまないだろう。向こうのホテルへ行って石ころを持ち上げて見ろ、その下には必ずアルゼンチン人がいるよ。だけど、なにも心配することはない。可能な限りいろいろな状況を考えてみよう。後で編集すればいいんだよ。役に立つものを残して、だめなものは捨てればいい……。ともかく、ここで諦めちゃだめだ。

ロベルト　十人のアルゼンチン人を乗せたエレベーターが途中で停まる。彼らは自分の国の置かれた状況について議論をはじめる。ああだと言うものもいれば、こうだと言うものもいる、あれはきちがい沙汰だと言うものもいる……。いかにもアルゼンチン的な情景ですよ。

レイナルド　カリブでも同じだよ。

ガボ　そんなに話を広げちゃだめだ。ともかく、今画面いっぱいにアルゼンチン人が映っている。もうこれ以上画面に入りきれなくなった時に、サッカー・チームがやってきて、サポーターを引っさらっていく。サポーターはサポーターで旗やTシャツといったチームのシンボルを持って後を追いかける……。それらは大量生産された、どれもこれも同じものなんだ。そうした映像を撮るのがアルゼンチン人のマルコスってわけだ。

マルコス　映画にひとつ入れたいものがあるんです。肉とソーセージを専門にしているレストランです。ビーフステーキ、天井からつるされているハム……。

ガボ　ヘリコプターはどうなったんだ、マルコス？　忘れたのか？　そういうアイデアは大切にしなきゃ。あのヘリコプターには誰が乗っているんだ？　彼女がホテルのテラスで日光浴していると、突然ヘリコプターがやって来る……。誰が乗っているんだ？　ヘリコプターに乗って賑々しくやってきた重要人物というのは誰なんだ？

ロベルト　マラドーナです。

マルコス　いや、彼じゃ個性が強すぎて、ストーリーの流れが変わってしまうよ。

ガボ　どうやら少し前進したようだな。まだ構成はできていないが、患者と、患者から本当の人生はアルゼンチンから遠く離れたカリブ海にあると説得された精神科医という導きの糸がある……。精神科の女医はホテルに到着して、チェック・インする時にアルゼンチン人の男性をはじめて目にする。二人は会話を交わさないし、ほとんど目を合わすこともない。けれども、彼女はホテルのフロント係が「いらっしゃいませ、リバローラ様。お部屋は二〇三号室で、鍵はこれでございます」と言うのを聞く。男がスーツケースを持ったボーイの後を追って立ち去ると、フロント係が彼女に向かって「いらっしゃいませ、リコビックス博士。お部屋は二〇五号室でございます」「下の階はいやなの、もっと上の階にしていただけないかしら」。そうしてあの男から逃げる。しかし、次の日、部屋を出ると、男が向かいの部屋に入っていくのが見える。部屋を変えざるを得なくなったんだ。二〇三号室のバスルームにトラブルがあったか、エアコンが壊れたかしたんだ……。

マルコス　オフの声がどこかへいってしまいましたね。

ガボ　いや、そんなことはない。話が終わった時にまた練り直せばいいんだ。さっき考えたのとは逆に、まずストーリーを展開させていって、その後患者の話をつけ加えればいい。

ロベルト　そうそう、『甘い生活』〔フェデリコ・フェリーニ監督。一九六〇。イタリア映画〕を覚えているかい？　あの映画は彫像を運ぶヘリコプターではじまっているんだ。

ガボ　キリストの像だ。

ロベルト　ロープで縛ってありましたね。われわれも縛った雄牛をヘリコプターで運ばせてもいいですね。なかなか暗示的でしょう？

マルコス　いい考えだ。あの女性が目を開けると、雄牛が空を飛んでいる。
ロベルト　空から落下する雄牛だ。
ガボ　アルゼンチンの雄牛だな。その夜食べることになる生きた雄牛。アルゼンチンの最上の肉。雄牛の首からは「極上のアルゼンチン牛肉」という札がかかっている。
ビクトリア　「世界最高の肉」ね。
ロベルト　彼女は自分の目を信じることができない。しかし、そこに焼き肉が……まだ生の焼き肉用の牛肉がある。
ガボ　大大的な焼き肉大会。その夜は焼き肉大パーティーが催されるんだ。
レイナルド　パンパの夜。泊まり客全員に「今週土曜日の《壮大なパンパの夕べ》をお見逃しなく」という連絡がいき渡る。
マルコス　サルサの楽団がいるといいんだけどな。たとえば、《ロス・バン・バン》だ。《ロス・バン・バン》の歌手ペドリートのような人物がほしいんだ。みんな知っているだろう？
ガボ　それならいるじゃないか。マラカス奏者が。
マルコス　身長六フィート、非の打ち所のないみごとな体型で、口ひげをたくわえ、金歯を入れ、つば広の白い帽子をかぶっている混血のペドリート、その姿が目に浮かびますね……。
ガボ　《イラケーレ》という、また別のいいオーケストラがあるよ。その最高のナンバーのひとつがトロンボーンの伴奏でブルースをうたう黒人の女性歌手の歌なんだ。絵としてもすばらしいし、楽器としてもトロンボーンの方がマラカスよりも視聴者に訴える力が強いよ。

ロベルト　あの動きからすると、ペニスのシンボルですね……。

ガボ　そういう品のないほのめかしはよくない。

マルコス　観光客はサルサの楽団が登場するのを今か今かと待っている。そこへタンゴのオーケストラが現れる。司会者が紹介をはじめる。「紳士淑女のみなさま、今宵はみなさまを驚かせようと……」。

ロベルト　オーケストラが演奏をはじめようとした時に、ダンス・フロアを何頭かの家畜が行進しはじめる。そういうのをブラジルで見たことがあるんだ。牛が高級ホテルの中を行進したんだ。泊まり客は優雅に着飾っていて、ご婦人方は宝石を身につけている、テーブルにはレースのテーブルクロスがかかっている、そこに突然牛がモゥーッと鳴きながら現れるんだよ。衝撃的な絵になるね。

ガボ　ここは例の雄牛でいこう。アルゼンチン産の牛だ。その牛が美人コンテストの時のように、首に花輪を飾ってサロンを横切っていく。その直後に、まっぷたつに切り裂かれ、掛け鉤にぶら下げられ、あばら骨から血を滴らせている牛の絵が入るんだ。その後きれいに切り分けられる。そして、最後に焼き肉になって、泊まり客の胃袋におさまる。後は何が残っているかな？　タンゴだ。精神科の女医とあの男はみごとなダンスを披露する。二人は出会えたことを心から喜んでいる。これで、三十分は埋まるだろう。面白そうだろう？

マルコス　ぼくはいいと思います。雄牛をつるして町の上を飛んでいるヘリコプターを撮影している自分の姿が目に浮かぶようです。

ガボ　雄牛が下ろされる。彼女はその牛が庭園の片隅に姿を消すのを目にする。その後、われわれはそういうことがあったのを忘れてしまう。そして、夜になると……《アルゼンチン週間》の宣伝にと、美々しく飾り立てられた雄牛が登場する。そうなんだ、あのホテルでは、《アルゼンチン週間》の催しをすることになっていたんだ。

ロベルト　サッカーの試合を入れるんですね。そうなると、舞台はどうしてもメキシコということになりますね。

ガボ　アカプルコでいいんじゃないかな。

マルコス　カリブの島にしましょう。

ガボ　メキシコ領のカリブということになると、カンクンだな。

マノーロ　ダイニングルームから出ていく時に、彼女はまちがえて調理場に通じるドアを開ける。と、そこに解体された雄牛がいる。

ガボ　アルゼンチン人から逃げ出したのはいいが、その後包丁を片手に牛をさばいている料理人に出くわしたというわけだ。その後、登場人物全員がビフテキをもぐもぐやるんだ。彼女に相手役の男性、雄牛、サッカー・チーム、これだけ役者がそろえばいいだろう。三十分番組を作るのならこれで十分だよ。後はどう組み立てるかだ。

ロベルト 肉をたらふく食べて、ワインをたっぷり飲んで、ディナーを済ませた後、彼らはエレベーターに閉じこめられるというのはどうだろう？

レイナルド ご婦人方がいるので、何なんですが、彼が女性のうなじのところで思わずおくびを出す、というのはどうでしょう。

ガボ ディナーの後、オーケストラがタンゴを演奏し、ダンス・フロアはカップルでいっぱいになる。あの二人はみごとなダンスを披露して、《黄金のアルゼンチン人》賞を獲得する、いや、アルゼンチンというのは語源的な意味だと銀を意味しているから、ここは《銀のアルゼンチン人》賞とした方がいいな。その夜はそんな風にして終わる。その時、彼女はみんなと一緒にアルゼンチンの国歌を高らかに合唱するんだ。

マルコス アルゼンチン人として言わせてもらいますが、ああいうところではタンゴをうたわないと思うんですけど……。

ガボ 『輝き』のラストシーンを覚えていないか？　一枚の古い写真——そこに写っている人たちは全員死んでいるんだけど——が出てきて、美しい歌で終わるんだ。歌で終わるというのは君のお気に召さないかい？　だったら、この台本はこのワークショップにまかせてくれ、われわれはアルゼンチン人が納得するような形で、つまりアルゼンチン人抜きで脚本を仕上げるからさ。

マルコス　ぼくが言いたかったのは、タンゴはいらないんじゃないかということなんです。

ガボ　君にできることがひとつある。映画の途中で君が顔を出して、こう言うんだ。「観客のみなさん、これからタンゴが出てきます。ぼくとしては承伏できなかったのですが、仕方なかったのです。本当に申し訳ありません」。それでどうだい？　それくらいのことをやらなきゃだめだよ。

デニス　ストーリーに話を戻して、到着するシーンを考えてみましょうよ。飛行機が着陸する、彼女は空港の税関を通り過ぎる……。

ロベルト　タクシーを拾って、ホテルに向かう。そこで雰囲気作りのために、町を撮った方がいいだろうな……。

ガボ　ちょっと待ってくれ。もし通しでやるんなら、最初から、つまり診察室、精神科の女医、安楽椅子、女性の患者といったところからはじめなければいけないだろう……。誰がノートを取るんだ？　当ったものはきついぞ。何しろこのワークショップの書記になるわけだから、時間をとられて、脚本づくりにほとんど参加できないんだ……。しかし、誰かがそれをやらないとな。

ロベルト　ホテルに到着するまでのところはもうできあがっているんでしょう。話は変りますが、彼女は冬にアルゼンチンを発つようにしたいんです。

ガボ　向こうが冬ということは、こちらの夏にあたるんだな。じゃあ、七月にすればいい。

マルコス　アルゼンチンの建国記念日は七月九日です。

ガボ　タクシーに話を戻すと、飛行機が着陸する、するとタクシーのカットが入り、彼女がタクシーの中から町の様子を眺める。またカットが入り、彼女がホテルに着くシーンになる。フロントに近づくと、前でチェック・インしているのがアルゼンチン人だということに気がつく。ホテルマンが彼に鍵を渡す時に言った言葉が耳に入ってくるんだ……。

ソコーロ　ここまでオフで声が入っていたんでしょう。それがこの場面で消えるわけですね。

ガボ　彼女が主人公になった時点で、声が聞こえなくなる。少なくとも当面はそうだ。

ロベルト　ブラジルでは、飛行機が観光地に着く前に、スクリーンが降りてきて、そこに観光地の写真が映し出されるんです。ここでもそうしたらどうでしょう。すると、飛行機が着陸する前に、彼女はそういう写真をすでに見ていることになりますから……。絵はがきに出てくるような、典型的なステレオタイプの写真でいいんです。

ガボ　ストーリーをつくりあげるこの教室では、登場人物がとる行動のアウトラインを明確にしたうえで、最初の段階でより入り組んだものにしていくといいんじゃないかな。そのために、まず映像的にどういう風に並べるかを決めなくてはいけないが、その点に関してはこのワークショップが大いに役立つはずだ。というのも、誰かがストーリーの流れを見たうえで、どういうやり方をするかを決定すれば、後はひとりでもできるんだからね。それじゃあ、われわれはホテルのフロントに戻ることにしよう。二〇五号室の鍵を受け取った時、彼女はこれは危ないと感じて、ためらうことなく、「部屋から海が見えるかしら？」と尋ねる。「いえ、申し訳ございませんが、見えません」「だったら、もっと上の階の、海の見える部屋にしていただけない？」「そうしますと、少しお高くなりますが」「かまいません」「でしたら、八〇七号室が空いております」。

レイナルド　上の階にあがって、バルコニーから外を見ると、町の全景が目に入る。それは観光用のパンフレットに出ている写真とあまり似ていない。

ガボ　窓からのぞくと、町の裏側が見えるというようにしてもいいんだ。ああいうホテル――むろん、正面からだけど――に行った時は、町の裏側にどういう光景が広がっているか考えもしないんだ。現実はそういうところ、つまり後ろ側にあるんだけどね。

レイナルド　リオにあるシェラトンの前にはスラム街が広がっているんです。片側に海が広がり、反対側にバラックが建ち並んでいます。

マルコス　男はすぐに部屋を変わるんだ。彼女が部屋のバルコニーに出ると、彼が隣の部屋のバルコニーから外を見ている。二人はとまどったように顔を見合わせる。「失礼ですけど――彼女は下の方を指さしながら言う――あなたは下の階に……」「ああ、あなただったんですか。いえね、エアコンが壊れていたものですから、部屋を変わることになったんですよ」。

ガボ　そろそろ決断を下した方がいいようだな。このストーリーはこちらの想像力を刺激して、次々に新しいアイデアを生み出してくれるんだが、そこがまた困ったところでもあるんだ。

マルコス　じゃあ、この回で仕上げるんですか?

ガボ　いや、われわれはプロデューサーじゃなくて、作家なんだ。だから、必要なだけ時間をかけよう。

ソコーロ　ストーリーは、精神科の女医がフロントで別の部屋にしてくださいと頼むところまで進んだのよね。

ガボ　そして、部屋に落ち着いた時に、ふたたびあの男と顔を合わせるんだ。しかし、その間の隙間を埋めないといけないな。男がエアコンが動いていないことに気がついて、部屋を変えてくれと言い、新しい部屋に入ってバルコニーから外をのぞくまでのシーンを入れないと。

ソコーロ　彼女は部屋に入って、ゆっくりくつろぐ。クローゼットに服をしまい、遊泳しようと決めていたので、下に降りてゆく前に水着を二着試着してみる。

レイナルド　遊泳?

ソコーロ　要するにプールで泳ごうと考えたのよ……遊泳でも、水浴びでも何でもいいのよ。

マルコス　部屋の壁には巨大な写真が貼ってある……。
ソコーロ　海岸、逆光で撮ったヤシの木……。
マルコス　いや、そうじゃない。アンデス山脈、アルゼンチンのパンパ……。
グロリア　ぞっとするわね。
レイナルド　マチュ・ピチュの写真なんかどうだろう？
ガボ　そういうことは監督が決めるから、まかせておけばいい。
セシリア　その時、突然隣の部屋で物音が聞こえたので、彼女はバルコニーに出る……と、そこにあの男がいる。
マルコス　彼女はまずラジオをつけるんだ。すると、ムード・ミュージックが流れてくる。
ガボ　それはボーイの仕事だ。「奥様、こちらが部屋の明かりになっております。これがエアコンで、こちらがお湯、水はこちらです……」。うんざりした彼女は、ボーイを追い出そうとして、「ええ、わかったわ、どうもありがとう」と言う……。しかし、ボーイはしつこく食い下がる。というのも、そうしないとチップがもらえないからね。彼女はたしか冬服でやってきたんだったな？
セシリア　たぶんボーイがホテルで行なわれる夜のイベントのプログラムを彼女に渡したのね、彼女は椅子に腰をおろしてそれに目を通すの。
グロリア　話の流れがつかめなくなったわ。そのあいだ彼はどこにいるの？　部屋を変わったんじゃないの？

ガボ　彼が先に上の階にあがったんだ。何分か時間があったわけだから、そのあいだに部屋を変わったことにすればいい。

ソコーロ　えっ、ここはパラレル・モンタージュ（同時性のモンタージュとも呼ばれる映画の技法）を使うんじゃないんですか？

ガボ　いや、そうじゃない、時間の計算をしているだけだ。彼女は画面から消えることはない。

セシリア　バルコニーで彼と顔を合わせなくてもいいんじゃないですか。彼女は服を着替え、身繕いをして部屋を出る。そこで、ボーイと一緒に隣の部屋に入っていく彼の姿を見かける。彼の方が気がついて、軽く挨拶をするんだけど、彼女は我慢できなくてこう尋ねる。「あなたは下の階じゃなかったんですか？」。

グロリア　説明する必要はないんじゃない？

ガボ　時間は十分とってある。ボーイが部屋を出ていって、ひとりきりになると、彼女は派手なブラウスにサングラス、それに麦藁帽といった、いかにも熱帯地方を訪れた観光客といった服装に変える……。そのあと、バルコニーに出て、カリブの潮風を胸一杯吸い込む……と、突然男の姿が目に入る。男はアルゼンチンから到着した時の服装で、隣のバルコニーにいる。男は彼女に気がついて挨拶するが、頭ではほかのことを考えている……。彼はたぶん、カリブ海地方でエアコンの機器を販売している会社の重役なんだ。

ロベルト　次のシークエンスでは、彼女が部屋を変わって、別の部屋でくつろいでいる。そして、新しいボーイが先ほどの手順を繰り返している、となるでしょうね。

ガボ　もとの部屋にいて、変わらないほうがいいだろう。でないと、猫とネズミの追っかけっこのようになってしまう……彼女は部屋を変わらないで、運命を徐々に受け入れていき、結局あきらめてしまうんだ。

グロリア　そのほうがいいでしょうね。さりげないちょっとした状況、ウィンク……。コメディーはあまり引っ張らないほうがいいと思うんです。

ガボ　彼女はあの部屋から動かない、これが第一番目の決まりだ。

レイナルド　中に入った彼女は、部屋を変えてもらおうとして受話器のところまで行く。フロントの番号を回すが、相手が出る前に、受話器をおろす。

マルコス　彼女はあきらめるんだ。だけど、彼のほうも彼女と親しくなりたいと思っているわけじゃない。彼も熱帯の恋をしたいと考えているんだ。

グロリア　彼女と会う時はつねに紳士的な態度で振る舞うんでしょう。でも、彼女のほうはきっぱり拒絶する……。そうすると、状況がいっそうコミカルになるわ。

ガボ　どうも状況が多すぎるような気がするんだな。通しでやってみて、時間を計る必要がある。これはやりにくいドラマだ。話が入り組んでいるんで、どのあたりまで進んでいるのか見当がつかないんだ。今で半分ばかり進んだんだろうか、それとも三分の一あたりなのかな……。

ロベルト そんなにいっていません。時間にして五分か七分くらいでしょう。

マルコス それじゃあ、ドラマがはじまって五分くらいたったところで、彼女は運命を受け入れるわけだ。

ガボ 《南米人としての運命》をね。もう逃れることはできない。そこでカットが入り、ホテルのキャバレーの場面になる。サルサの楽団が演奏している。彼女はマラカス奏者をじっと見つめている。つまり、なんとかものにしようとしているんだ。ここでふたたびオフの声が入って、その人物の理想化されたポートレートが説明される。

エリッド マラカス奏者じゃなくて、別の楽団員になったんじゃなかったんですか？

レイナルド それにカリブ風の音楽を演奏するミュージシャンに変えてタンゴの楽団を出すことになっていたよね。

エリッド サッカー選手はどうなるの？

ガボ 何もかもごたまぜにしないで、ひとつずつ片づけていくんだ。最初にふたつの出会いがある。つまり、カリブ海とあのアルゼンチン人との出会いがそれだ。そして、あの男はやがて彼女に数々の不幸をもたらす……。

エリッド 出会いは逃避でもあるのよね。というのも、彼女はアルゼンチンとアルゼンチン人から逃れようとして、まず最初にあの男に出会うわけでしょう。

マルコス　彼女はすでに服を着替えていて、エレベーターに乗ると、まっすぐバーに向かう。患者からカリブの話をさんざん聞かされていたので、バー・マンの前に立つと、気さくな態度でモヒート〔ラム酒にライム果汁、砂糖、ミントなどを混ぜあわせたカクテル〕を注文するんだ。

レイナルド　コルタサルが日本語だと言っているカクテルの、ダイキリにしよう。

ガボ　で、次にどうなるんだ、マルコス？　何かアイデアがあるかい？

マルコス　たいていの観光客はそういうことをすると、自分がその場を仕切っているような気持ちになって、俄然元気になるんです……どうだ、このあたりのことに詳しいだろう、とふんぞり返ってしまうんです。

ガボ　なるほど、何か飲み物を注文すると、カルメン・ミランダみたいなゴブレットが運ばれてくる。つまり、あの女優の帽子みたいに、上にフルーツや葉っぱ、花の飾ってあるやつがね。外の現実は観光客用にすっかり変えられてしまうんだ。『族長の秋』を書いている時に、マルティニーク、グァドループ、アンティグア、バルバドス、トリニダード、トバゴといった小アンティル諸島を回ったことがある……。島から島へと巡り歩いたんだが、その時に島々とそこにあるホテルはまったくの別世界だということに気がついた。ホテルでは、外の現実の一部を取り入れて、変えてしまう。たとえば、外の世界では炭火の上で肉を焼くんだけど、ホテルでは海賊に扮装した黒人たちがばかでかいフライパンを持ってきて、それに火をつけると、ものすごい炎をあげて肉を焼き、給仕するんだ。アメリカ人観光客、みんな五十歳以上だけど、彼らは生きる喜びを味わい、そこでなければ見ることのできないものを見て、実に嬉しそうに顔を輝かせている。つまり、外側にある現実をビジネスとして再現しようとすると、どうしてもあざといほど誇張しなきゃいけない。ただ、映画も誇張が好きだから、われわれにとっては都合がいいんだけどね。しかし、誇張ということになると現実にはとても太刀打ちできないよ。

ロベルト 彼女とあの男がホテルに着くと、ホテル内は混乱状態で、しかも事情がわからないんです。つまり……。

ガボ ……つまり、許された三十分のうちの十分を使ってしまったわけだ。まず、非常に単純な形でストーリーを展開させて、そのあと木がねじれながら育っていくように、話を入り組んだものにしていけばいい……。

セシリア 視聴者の心をぐっとつかむような事件が何かあるといいんですけどね。例のマラカス奏者をもう一度登場させたらどうでしょう？　軽口ばかりたたいていて、誰とでも気軽に口をきくカリスマ的な人物……。

ガボ 彼女は豊饒の角、つまりカルメン・ミランダ風のゴブレットを前にしているんだが、マラカス奏者の姿はほとんど見えない。葉っぱとフルーツを掻き分けないと、彼の姿を見ることができないんだ。その時点で彼女はもう人工的な世界にどっぷり浸っている。外に目をやると、バナナやマンゴーの木があちこちで葉を茂らせているし、向こうにはパイナップルも植わっている。しかし、ホテルの中ではそうしたものがごっちゃになっていて、結局何も見えないんだ。

マルコス　ショーが終わると、彼女はマラカス奏者と話をしようと思って、まっすぐ楽屋に向かうんです。

レイナルド　彼女はそこまで積極的に行動するようなタイプには思えないけどね……。

ガボ　ムード、というか雰囲気をうまく使わないといけない……その夜、彼女はどうするんだ？

デニス　むろん、アルゼンチン人のあの男と過ごすことになります。偶然出会って……。

レイナルド　彼女はテーブルについています。それを見たアルゼンチン人がサロンを抜けて、そばに行くと、丁重な態度でダンスに誘う。そうか、彼女を自分のテーブルに招くようにしてもいいな。

マノーロ　彼女はマラカス奏者を捜しにいく、……すると何と彼はあのアルゼンチン人と話をしてるんだ。

ガボ　パントマイムのドラマを作っているんじゃないんだから、そろそろ彼女とアルゼンチン人の二人を話させてやってもいいんじゃないか。彼がその時に、「熱帯地方のこんなところで出会うなんて、本当に偶然ですね」と言うと、彼女は素っ気なく、「私が南米大陸を縦断してきたのは、同国人と会うためじゃなかったんです」と答える。

マルコス　アルゼンチン人は内気なところがありますから、そういうことは言わないと思うんです。

ガボ　アルゼンチン人のことならよく知っているけど、別に内気なことはない。それに気まぐれなところがあるな。以前、アルジェリアでひとりのアルゼンチン人と知り合ったことがあるが、その男は自分はペレイラという名前だが、そのスペルは Pereira ではなくて、Pereyra と y が入るんだとわざわざ説明してくれたことがある。このドラマに出てくるアルゼンチン人も、精神科の女医をダンスに誘うという気まぐれを起こすんだ。ところが彼女のほうは、マラカス奏者が演奏を終えたら、すぐにそばに行ってしゃべろうと思っていらいらしている。それなのに、あの同国人がうるさく言い寄ってくるものだから、せっかくの夜や今回の旅行、何もかもが台無しになりかけるんだ……。

マルコス　ああいうホテルのキャバレーでは、ナイトショーのあと、お客さんに前の人の腰をもって一列にならんでダンスしてくださいと言いますね……。

ガボ　マルコス、君は今、コンガがどういうダンスかアルゼンチン風にうまく説明してくれたよ……。

レイナルド　一列になるのは、前の人を押し倒すためなんだ。コンガの場合、踊るのではなく、前の人を押し倒すんだ。

マルコス　すると、彼は偶然自分の前にいるあの女性を押し倒すことになるわけだね。

ガボ　その夜に、二人の関係がはっきりしたものにならないといけない。彼もやはりアヴァンチュールを求めていて、できれば黒人の女性か混血の女性と関係を持ちたいと思っている。しかし、そういう女性が現れなければ、ブエノスアイレスの女性で我慢しようと考えている。マルコス、そこに座って書きはじめてくれ。その夜の一連の出来事を書くんだ。次に、プールのシークエンスに移るんだが、そこでわれわれは彼女といっしょにヘリコプターがやってくるのを目にすることになる。

ソコーロ　前日の夜に戻るんですが、ショーが終わると、彼女はマラカス奏者に会いにいきますよね。そこで彼女は、あのアルゼンチン人にでくわすんです。彼女はアルゼンチン人に会いに来たのではなく、アンティル諸島を満喫したいと思っているんです……。でも、マラカス奏者が楽屋から外に出ると、あの二人が親しそうに話しているので、親密な間柄なんだと考えて、彼女のほうを見ないで立ち去っていきます。

グロリア　ブエノスアイレスの精神科の女医が自分からマラカス奏者に会いに行くというのは、ちょっと考えられないわ。

ガボ　例の患者がいただろう、あの患者を使えばいいんだ。精神科医は、「わたしはアルゼンチン人です。これこれの女性があなたによろしくとのことですので、お会いできるといいのですが」と書いたメモをマラカス奏者に届けさせるんだ。

ソコーロ　金ボタンのボーイがそのメモを届けるんですね。

ガボ　マラカス奏者はそのメモに目を通したあと、彼女のテーブルまで行くと、「申し訳ありません。ぼくはペドリートじゃなくて、その代役なんです。ペドリートは今仲間といっしょにベネズエラの方へ巡業に行っています」と言う。その夜の計画が台無しになったのでがっかりしている彼女の顔がカットで入る。ついで、翌日のカットになり、プールで日光浴をしている彼女の姿が映る。そこにあのアルゼンチン人が近づいてくる。二人が最後に顔を合わせたのはあのバルコニーのシーンだったな、といってもロミオとジュリエットのシーンとは大違いだけどね。彼はさりげなく誘いをかけるが、彼女は「いいこと、わたしはタンゴを踊るためにこんな所まで来たんじゃないの……」とにべもなくはねつける。彼女は心の中でまだマラカス奏者をあきらめきれないでいる。マラカス奏者でありさえすれば、別の人間でもかまわないとまで思っているんだ。

レイナルド　彼女が最後に言った言葉がキーワードになりますね。というのも、結局二人がタンゴを踊るシーンで映画が終わるんですからね。

マルコス　どうもみんなタンゴにこだわっているみたいですね。

ガボ　《アルゼンチン週間》の雰囲気を出すためには、どうしてもタンゴがいるんだ。まず、サッカー・チームが到着する、ついでサポーターが押しかけてきて、小旗が振られるというシーンからはじまる……。

マノーロ そんなにいろいろなシーンを混ぜ合わせると、混乱しませんか。

ガボ 彼らが到着する日のシーンはもう解決済みだろう。その夜はキャバレーのシーンではじまる。マンボ、グァラーチャ、チャ・チャ・チャといった強烈なショーが行なわれているが、そんな中、彼女はひとりぽつんとテーブルにつき、腰をおろしてマラカス奏者を見つめている。と突然、バルコニーのシーンでは見かけなかったあのアルゼンチン人が近づいてきて、「隣の部屋に宿泊しているものですが、よろしいですか」と言って返事も聞かずに腰をおろす。そこからさっき言った、「いいこと……」というやりとりがはじまるんだ。彼女はオーケストラが休憩時間に入ったのに気づいて、ボーイにメモを渡してほしいと頼む。すると、マラカス奏者がそばに来て、「申し訳ありません、ぼくはペドリートじゃなくて、その代役なんです」と切り出すんだ。

マノーロ アルゼンチン人がそこにいれば、彼女にはまだ選択肢が残されていることになりますが、そうでないと、彼女はアルゼンチン人とマラカス奏者の両方を失うことになりますね。

ガボ 正直なところ、わたしはあのマラカス奏者を消したいんだ。精神科の女医をカリブ海に引き寄せる要因にはなったが、それだけの役どころでいいだろう。

ソコーロ ここまでで何分くらいかかりました？

ガボ　七分くらいかな。

マルコス　ガボの言うとおり、マラカス奏者はもう必要ありませんね。あとは、精神科医とあのアルゼンチン人の関係がどうなるかです。

ガボ　マラカス奏者のおかげで、ストーリーにふくらみが出たが、このあたりで退場してもらおう……。精神科医のエロティックな妄想も消滅する、というか、別なものに変わるんだ。みんなも似たような経験があるだろう。つまり、マラカス奏者みたいにエロティックな妄想をもたらす人物が、これまでに何度も現れては消え、現れては消えしたはずだ。

マルコス　ひとつはっきりさせておきたいんですが、代役のマラカス奏者がペドリートは現在カラカスへ巡業に行っていると言いますが、その後突然カットが入って、プールのシーンになるわけですね。

エリッド　マラカス奏者の話を聞いて引きつったような表情を浮かべている彼女の顔が大写しになる。ついで、ヘリコプターが飛んできたのを見て顔をこわばらせている彼女が写し出されるのよ。

セシリア　彼女はプールのそばにある折り畳み式の寝椅子の上で気持ちよさそうに寝そべっているの。

ガボ　まず最初、うとうとまどろんでいる彼女の顔がカットで入り、そのあと強風と騒音にビックリしている表情が写し出されるんだ。

グロリア　彼女は雄牛の目を見るんだけど、その目はまるで自分を見つめているように感じる。その時はじめて、雄牛がヘリコプターからつり下げられていることに気がつくの。

ガボ　これで決まりだ、マルコス。そのシーンではじめるといい。

マルコス　ヘリコプターの巻き起こす風のせいで、パラソルやテーブルが飛ばされる……。

ガボ　ハリケーンみたいだ。強風にたたかれているヤシの木の上を、雄牛が通り過ぎていくが、まるで幻覚を見ているようなんだ……。マルコス、もう一度『甘い生活』を見ておくといい。あの映画の使えそうなところを、そこから借りてきたとはっきりわかる形で使わせてもらうんだ。疑われたりしないよう、借りてきたとはっきりわかる形で使うんだ。ところで、あの雄牛をどう始末するんだ。

ソコーロ　ああいう動物はホテルの人には扱えないでしょうね。

エリッド　いっそのこと牛を放して、泊まり客がパニックに陥るというのはどうかしら？

ガボ　彼女のことも気にかかるんだ。あの場から立ち去るようにするにはどうすればいいだろうな？　プールサイドで日光浴をしている人間を動かすというのは、けっこうむずかしいんだ。あのアルゼンチン人がいると助かるんだがな。

グロリア　動揺していた彼女は自分を取り戻すと、ホテルのフロントへ行って鍵を受け取る。その時、正面玄関からサッカー・チームがなだれ込んでくるというのはどうかしら？

セシリア　その前のところで、彼女のしゃべり方を聞いて、マネージャーが大声でこう言うのよ。「奥様はアルゼンチンの方でいらっしゃいますね。それなら、あの雄牛を庭から追い出す方法を教えていただけないでしょうか？」。

ガボ　そういうのは主催国の仕事だよ。今回のイベントを企画立案したのが、あのアルゼンチン人ならいいわけだ！　そうか、あのアルゼンチン人が《アルゼンチン週間》を企画したんだ。

ロベルト　雄牛の騒ぎが収まったあとも、彼女はまだテラスにいるんです。すると、通りのほうから騒々しい物音が聞こえてくるので、何だろうと思って塀から外をのぞくと、サッカー選手がやって来るのが見える。そして、その後ろからアルゼンチンからやってきた何百人もの観光客がアルゼンチンの国旗を振りながら歩いて来る。いや、彼女が外をのぞく前に、塀の向こうを小旗の行列が通るのが見える、という風にした方が面白いでしょうね。

マルコス　ヘリコプターが着陸して、テラスに雄牛をおろす。その時、風で帽子を飛ばされた彼女は、タオルをとってターバンのように巻くと、部屋にあがっていく。そこからでも通りの騒ぎが聞こえる。テレビをつけると、驚いたことにあのアルゼンチン人が写っている。ちょうどインタヴューをしているところで、それを見てあのイベントを企画したのが彼だとわかるんです。そのテレビではじめて、彼がどういう人間か明らかになります。

ガボ　それはそうだが、その前に彼女はサッカー・チーム、サポーター、小旗を振りながらやって来る観光客を見るんだろう……。

ロベルト　テレビのシーンはいらないでしょう。テラスにいる時に、サッカー・チームがやってきて大騒ぎになるのを目にする。そのあと、部屋にあがって花火や騒々しい物音を耳にする。で、バルコニーからのぞいてみると、下では大勢の人間がひしめき合っているのをふたたび目にする。それでいいんじゃないですか。説明的な絵よりも、アクションを起こさせるほうがいいと思うんです。放っておくと、あなた方は雄牛にでもインタヴューしかねませんからね。

ガボ　「アルゼンチン人がやって来る」というシークエンスを思い出してみよう。まず、ヘリコプターと雄牛だろう。ついで、サッカー・チーム、そのあと彼女がフロントまで行って、自分の部屋にあがっていく。その間に、サポーターを満載したバスが次々に到着する。帽子、笛、Tシャツ、小旗……。突然、彼女のまわりはアルゼンチン共和国一色で塗りつぶされる。

ソコーロ　あの男が今回のイベントの立案者だったら、自分の時間なんてないんじゃないですか？

ガボ　別に立案者でなくていいんだ。今回のイベントにかかわっているか、何らかの形で加わっていればいい。何なら、あの雄牛を売りつけた業者であってもかまわない。イベントはまだはじまっていないし、サッカー・チームも到着していないので、暇を持てあましてホテルの中をうろついているんだ。

ロベルト　彼女はあのホテルに我慢できなくなるでしょうね。
ガボ　しかし、ホテルを変えようにも、町中のホテルはどこも空き部屋がないんだ。
セシリア　それでも彼女はホテルを変わろうとする。けれども、どこも満室で、空き部屋がないの。
マルコス　ホテルを変えるんなら、どのクラスのホテルか考えておかないといけないですね。あやしげな安ホテルにすると、二人でタンゴを踊る最後のシーンが撮れなくなりますから。
マノーロ　ホテルを変える必要はないんじゃないですか。
レイナルド　いや、ホテルを変えようとするのはいいんじゃないかな。
ガボ　誰かメモを取っているかい？　細かなことをきちんとメモにとっていないんなら、作品に組み込まないほうがいい。まず、しっかりした構成を作って、そのあとゆっくり細部を詰めていけばいい。
マルコス　彼女は部屋にあがると、守衛室に電話をかけ、「いったい何があったのか説明していただけるかしら？」と言う。その一方で、テレビをつけると、歓迎式典の模様が映っているんだ……。
マノーロ　従業員が事情を説明し、テレビには式典の様子が映し出されている。彼女はバルコニーからのぞいて、何が起こっているのか自分の目で確かめる。

ガボ　あるいは、もう少し整理して、テレビを見、電話で説明を受け、窓から眺めるとしてもいいだろうな。

マルコス　たったひとつの情報を得るのに、三通りもの方法を用いるというのは、まったくのむだじゃないですか？

ガボ　そうすると、流れがはっきり浮かび上がるんだ。

レイナルド　あのシークエンスはサッカー・チームがやって来るので、ただでさえごたごたしますからね。何しろ、アルゼンチン対全世界の対戦ですから、誰だってひと目見ようとしますよ。

ガボ　アルゼンチン対世界選抜チームの試合だ。ブエノスアイレスに戻ったら、命をねらわれないよう気をつけろよ、マルコス。これがシリアスなドラマでなければ、あの雄牛がぼたぼた糞をたれる、そのとたんにプールサイドにいた精神科医がびっくりして目を覚ますという絵を入れてもいいんだけどな。

マルコス　映像だけでなく、彼女の体に何か影響がでるようにしてもいいでしょうね。

レイナルド　突風が吹いて、帽子が飛び、パラソルが宙に舞うじゃないか……。

ガボ　牛の糞の話はもう忘れていいよ、マルコス。彼女の体に緑色のパスタのようなものがかかる。その臭いをかいで、彼女はあわててバスルームに飛び込むんだ。その場にいた人たちも右往左往して逃げまどう。そこでカットになり、部屋のバスルームから出てくる彼女の姿が映るんだ。

レイナルド　彼女は電話で説明を求める。けれども、カメラは移動しなくていいんじゃないですか。プールサイドのバーにはもちろんテレビや電話がありますから。

ガボ　ともかく、彼女の仕事は終わった。で、その間あのアルゼンチン人はどこにいたんだ？　といっても、今となっては彼女とあのアルゼンチン人はどこかにいってしまって、彼女とアルゼンチン人、つまり彼女とすべてのアルゼンチン人との対決がテーマになっているけどね。

セシリア　事情がわかったので、彼女は部屋からタクシーを頼むんです。けれども、空車はないという返事が返ってくる。

ビクトリア　そこで、電話帳をくり、別のホテルに電話を入れるんだけれど、満室だと言われる。

グロリア　彼女はホテルのフロントに電話をして、事情を説明してもらおうとする。応対に出た従業員の説明は画面からは聞こえてこないけど、テレビのアナウンサーが彼女の質問に答える形で状況の説明をする。下があまり騒がしいので、彼女は窓からのぞく。最後にホテルを変わろうとするけれども、うまくいかないの。

ガボ　この分だと、一日でストーリーは終わってしまいそうだな。

デニス　ヘリコプターではじまり、彼女があのホテルから逃げ出そうとするストーリーの流れはここまでなんでしょう。

ガボ　必要な情報は従業員から聞くという形にすればいいんだ。「いったいわたしどもにどうしろとおっしゃるんです？　あなたの国が全世界を相手に試合をするんですよ」。

マルコス　その後どうなるんです？　次に何が起こるかわからないまま脚本を書いているわけですよね。

ガボ　そのために頭がついているんだ。このドラマの出だしをどうするかも最初はわからなかったじゃないか。

レイナルド　ひと息ついて、現在の状態について考える時間が彼女には必要だと思うんです。彼女は自分がいくぶんパラノイアックになっているように感じはじめています。まわりを包囲されているんですからね。町全体が侵入者によって占領されているんです。

ガボ　まさにその通りだ。アルゼンチン人が世界に侵入した時に、あの不幸なアルゼンチン人女性に何が起こったのか、それを語らなければいけない。だからといって、タイトルを『アルゼンチン人が世界に侵入した日』とするわけにはいかないしな。

マルコス　その点については一応考えておきます。ぼくが今気になっているのは、あのアルゼンチン人の男性はいったいどこにもぐり込んでしまったのかということなんです。それが気になって仕方ないんですよ。

『カリブ海最後のタンゴ』

El último tango en el Caribe

セシリア　彼はテレビ局のインタヴューを受けているのよ。
グロリア　仕事が忙しくて、自由な時間がないのね。
ロベルト　彼女はまだ部屋にいて、テレビのインタヴューを見ている。
ガボ　椅子に腰をおろしてテレビを見ている……そのシークエンスで必要な情報をすべて伝えればいいんだ。
マルコス　少なくとも、それであのアルゼンチン人がどういう人間かわかりますね。
ガボ　彼はサッカー・チームの広報課長なんだ。イメージとして思い浮かんだままを言うと、彼は彼女の部屋に入っていくわけだろう。だとしたら、メロドラマの語り手として気になるのは、彼がそこまで親しくなるのにどれくらい時間がかかったのかということだよ。
セシリア　あのインタヴューで、彼がオヤッと思うようなことを言うの……で、彼女は、この人はまんざらばかじゃないんだと思うんです。

ガボ　彼がサッカーの試合の結果を予測する……むろん試合の模様を映すんだ。後で盛大なパーティーをして、にぎにぎしくお祝いしなきゃいけないからね。
ロベルト　しかし、アルゼンチンは負けるんでしょう？
ガボ　アルゼンチンが負けることはあり得ないよ。
マルコス　その試合を撮るのはむずかしいですね。フィルム資料館で探すんですか。
レイナルド　どちらが勝つかはわからない。試合が行なわれるのは翌日で、ドラマの最後で行なわれるパーティーは歓迎パーティーなんだ。
ガボ　いずれにしても、せっかくの熱帯の旅は悲惨な結果に終わる。
エリッド　熱帯がアルゼンチンになってしまったわけですね。
ガボ　マラカス奏者はもういないし、外に出るわけにもいかない……。ただ、あのアルゼンチン人に関しては、幸いなことに何も問題はない。隣の部屋に泊まっているから、何らかの形で二人は顔を合わせることになるからね。
エリッド　彼女はホテルを変わろうとしたけどうまくいかなかった。おかげで、すっかり落ち込んでしまうんです。
ガボ　そんな彼女をあのアルゼンチン人が慰める。
マルコス　というところでドラマは終わる。
ガボ　どういう終わり方をするんだ？

マルコス　彼女はフラストレーションを感じています。つまり、ハッピーエンドで終わるはずなんです。

ガボ　しかし、彼女は打ちのめされ、気落ちしているんだぞ、そんな彼女にいったい何をしてやれると思う？　君ならどうする？

レイナルド　彼女はすっかり気落ちして部屋にいる。テレビを切ったけれども、窓から外の物音が聞こえてくる。その時、一瞬静かになる……と、突然誰かがドアをそっとノックする。誰だと思います？

ガボ　むろんあのアルゼンチン人だろう。彼女をパーティーに招待するためにやってきたんだ。彼女は断るが、彼は食い下がる……。

マルコス　結局彼女は根負けするんですね。たぶんその時にテレビのインタヴューを見ましたわと言うんでしょうね？

セシリア　彼女はあきらめて招待に応じるの？　それとも彼のことをすてきな人だと思ったのかしら？

ガボ　それよりも、彼女が招待を受けるというのが大事なことなんだ。さもないと、せっかくのドラマが台無しになってしまうからな。

グロリア　最初の時は巡業に行っているせいであのマラカス奏者に会えなかったし、今回はせっかくの休暇をアルゼンチン人に囲まれていやいや過ごす羽目になるなんて、彼女もかわいそうね……。

ガボ　そう簡単に彼の招待を受け入れないで、多少抵抗してもいいんだ。

レイナルド　彼女はいくぶん相手を見下したように、「けっこうですわ、他に約束がありますから……」と言う。そこでカットになって、次にナイトドレスを着て、パーティー会場に入っていく彼女の姿が映るというのはどうでしょう。

ガボ　まだ彼女は下に降りていかないんだ。ホテルのグランド・サロンではすでにパーティーがはじまっている。みんなが大騒ぎしている中を、雄牛がのしのし歩いていく。彼女は自分の部屋で……何をしてるんだ？

マルコス　テレビでパーティーの模様を見ているんです。

ガボ　いや、そうじゃない。彼女はパーティーの模様や出席者のことなど知りたいと思ってはいない。とにかく眠りたいんだ。精神的にまいっているからね。で、睡眠薬を飲んで、ベッドに横になる。けれども、バルコニーからパーティーの騒々しい物音が聞こえてくる。と、突然気が楽になり、ある声が耳に入ってくる。われわれが忘れていたあの声、例の患者の声が聞こえてくるんだ。あなたは何をしたいんですか？と言ってその声が精神科医の精神分析をはじめる。そして、パーティーに出席するように説得する。精神科の女医は抵抗するが、結局オフの声に説き伏せられる。彼女はタオルを投げ捨てると、立ち上がって、クローゼットからナイトドレスを取り出す……。

デニス　……あの雄牛がサロンの中央でカメラマンに囲まれている時に、彼女がパーティー会場に入ってくる。

レイナルド　彼女が体を堅くしてベッドに横になっているというのは面白いですね。先に診察室のカウチが出てきたので、うまく符合します。

セシリア　それに二人の対話も有機的に結びついているから、自然な形で出せるわ。

ソコーロ　立場が逆になった対話ね。

セシリア　ねじを逆に戻してもいいわね。つまり、患者との対話が終わったところで、ノックの音が聞こえる。ドアを開けると、制服を着たボーイが贈り物を持って立っている。彼女のもとを訪れた時に、あのアルゼンチン人は彼女が落ち込んでいることに気づいて、贈り物をしたの。花束なんかどうかしら?

グロリア　ちょっと見え見えじゃない。

セシリア　アルゼンチン人が喜びそうな特別料理を作らせるのよ……そこに挟んであるメモを見ると、またしてもパーティーに出席してくださいと書いてあるの。懲りないのよね、あの人。外ではまだ騒々しい音がつづいている。カットで落ち込んでいる彼女とにぎやかなパーティーとのコントラストを出せばいいのよ。

ガボ　あのアルゼンチン人は本当に魅力的な男なんだ、それを忘れちゃいけない。彼女が下に降りて、パーティー会場に入っていく。友人たちとテーブルについていた彼はそんな彼女を見つけて、さっと立ち上がると、そばに行き、こちらのテーブルにいらっしゃいませんかと言う。彼らは同じテーブルについて腰をおろし、とりとめのない話をしたり、ほほえみを浮かべる……で、めでたし、めでたしというわけだ。ドラマはそこで終わるんだ。

ソコーロ 彼女はバーの片隅にひとりぽつんと腰をおろして、患者と空想の会話を交わすという風にしてもいいんじゃないでしょうか。部屋に閉じこもって、自分から行動しないというのが気に入らないんです。彼女は落ち込んだ気分を振り払おうと思って、バーに降りていって、お酒を飲むんです。

セシリア その時はカクテルのモヒートでなくて、ダイキリでいいんじゃない。

ソコーロ お酒を飲んで気分が良くなった彼女は、部屋に戻ると、服を着替えてパーティーに出るんです。

レイナルド 患者としゃべっているうちに、彼女は自分がアルゼンチン人だと改めて確認し、思わず涙をこぼす。

ガボ ちょっと待ってくれ、この映画はアルゼンチン人をからかっているんじゃなくて、彼らの愛国心をほめたたえるものなんだ。

エリッド 彼女は打ちのめされて部屋に閉じこもっている。そんな彼女のもとに彼が特別な料理やその国の民芸品を贈るといったやさしい心配りを見せる、という風にしたほうがいいと思うんです……。

デニス　彼女は部屋に閉じこもっている、そう考えたから彼は料理を部屋まで運ばせるんでしょう。

ガボ　ノックの音が聞こえたので、ドアを開けると、カートを押している制服姿のボーイが立っている。彼女が「注文した覚えがないけど、何かの間違いじゃないの……」と言うと、「いいえ、間違いではありません……この部屋にお届けするようにとうかがっています」という返事が返ってくる。処理し、片づけなければならない仕事が山のようにあるというのに、時間を盗んで自分のためにこんな心配りをしてくれて、と彼女は感激する。料理皿の蓋を取ると、焼き肉がのっている、それを見て彼女は少し考え……クローゼットの所に行くと、一番すてきな服を取り出す。そして、「何もひとりで食事をすることはないわ」と冷静に自分に言って聞かせる。

エリッド　ちょっと待ってください。あのアルゼンチン人の男性が直接部屋に行くのでなく、カートで料理を運ばせるんですか？　わたしは彼女が落ち込んでいるのを彼が自分の目で確かめようとして部屋に行く、という風にしたほうがいいと思うんです。

グロリア　別の方法で知ったとしてもいいんじゃない。

エリッド　だけど、彼女がアルゼンチン人の招待を直接断るという風にするほうがいいわ。

ガボ　あの男性がドアをノックして、招待状を渡す。彼女はそれをはねつける。しかし、まもなくどこにも行くところがないことに気がつく。どこへ行ってもアルゼンチン人でごった返している。あの男とそのあと、たとえばバーなんかでふたたび顔を合わせる。気が狂うんじゃないかと思って、彼女は部屋に駆け戻って閉じこもる。彼女は焼き肉を見つめ、鏡に映る自分の姿を眺め、ベッドに倒れ込んで泣き崩れる……そこにオフの声が入る。

ロベルト　カートが届き、オフの声と対話を交わす、それだけで彼女のような女性が自分の敗北を認めるでしょうか？

ガボ　三十分で終わらなければ、一時間に延ばし、それでもだめなら、一時間半にすればいい。ただ、とにかく、どこかで終わらせなきゃいけない。

レイナルド　すべてその方向を向いていますよね。空想の対話、あの男の優しい心配り、敵意に満ちた雰囲気……。

ガボ　彼女は四方を囲まれている。下に降りていくのは、彼に会うためではなく、自分の感情に駆られてのことだよ。ばかなことをしているとわかってはいるが、最後まで逃げつづけるわけにはいかないだろう。

エリッド　後戻りすることになるんですが、ひとつうかがいたいんです。というのは、あのアルゼンチン人の男性がテレビのインタヴューを受けますけど、もしそうなら、彼は直接彼女の部屋へ行って、パーティーに招待することはできませんよね……。

グロリア　インタヴューはあらかじめ収録してあって、それを流しているようにすればいいのよ。

ガボ　全体の流れを見失わないようにしないといけない。まず構成をしっかりしたものにしておいて、あとどれくらい時間が残っているのか計算し、そのうえで三十分でうまく収まるように空いた所を埋めていくんだ。で、彼はいつ招待状を届けるんだ？　夕方かな？　そうすると、自分の部屋に戻る時間がないから、正装して彼女の部屋を訪れることになる。

ビクトリア　えっ、するともう夜なんですか？

ガボ　プールの時もそうだったが、言葉の問題がある。さっき、彼らは「食事をする《コメール》」と言ったけど、コロンビアで食事をすると言えば、「夕食をとる」という意味になる。夜は「食事」で、昼は「昼食をとる《アルムエルサ》」と言うんだ。

マルコス　面白いのに、途中でどこかに消えてしまったアイデアがあるんですが、それをもう一度取り上げてみたらどうでしょう。熱帯の夢が実現しなかったために、あの女性は部屋に閉じこもりますよね。ここまでは一応大筋で合意できていると思うんです。そのあと、彼女がどういう決断をするかというところで変わってくるんです。彼女はホテルを出て、単に海岸を散歩するだけなんです。それまで海岸を見たことがなかったので、彼女はその時初めて海岸を目にするんです。今回のカリブ旅行の目的のひとつがそれだったんです。年の割に派手なビーチウェアを着て廊下に出るんですが、そこで彼とばったり顔を合わせます。彼は彼女が先ほど泣いていたことに気づいていて、こう言うんです。「泣いておられたようですが……どうかなさったんですか？」。その時に彼女をパーティーに招待するんです。

レイナルド　彼女は四方をアルゼンチン人に囲まれていて、外に出られないんだ。

ロベルト　しかし、出ようと努力すべきだよ。

グロリア　彼女はホテルを変わろうとしたんじゃなかったの？　逃げ出そうとしたけど、うまくいかなかったんでしょう。

ガボ　彼女は下に降りたところで、アルゼンチン人のグループを見かける。あわてて逃げ出そうとして、間違えてキッチンに通じるドアを開ける。中ではちょうどあの雄牛を解体しているところで、ぞっとするような光景が目に入る。

ソコーロ　コメディーでなくなってしまいますね。

ガボ　それはやり方次第だ。コメディーの中にひどく落ち込んだ女性が出てきても別に問題はない。

レイナルド　ブラック・ユーモアですね。

ガボ　作品の構成を考えている時は、ジャンルのことを忘れてもいいんだ。あとで調整できるからね。

マノーロ　彼女が逃げ出すというのがどうもしっくりこないんです。

ガボ　次の展開への布石だよ。逃げ出そうとして失敗したりすれば、彼女は完全にあきらめてしまうだろう。ドラマを作る場合、失敗するならするで、それなりの理由がいるんだ。さもないと、意味のないものになってしまうからね。

デニス　キッチンのシーンは気味が悪いですね。それに、たいして重要でなかった雄牛がここで重要な役割を担うようになるんですね。

ガボ　雄牛は最初ヘリコプターでつり下げられて登場し、そのあとクチナシの花飾りを首からぶら下げてサロンを闊歩し、最後にキッチンで解体されるんだ。

マルコス　そうなると、時間が問題になりますね。

ガボ　今はとにかく結末まで話を進めて、構成がしっかり固まっているかどうか確認しているところなんだ。起承転結のあるしっかりした構成ができあがったところで、時間の長さを調整すればいい。

マルコス　ペレに出演してもらったらどうでしょう？

ガボ　撮影中に彼があのあたりにやってきたら、依頼するのはまかせてくれ。どういう風に話をもっていくかわかるかい？　アルゼンチン・チームへの歓迎の挨拶を頼むんだ。おそらく喜んで引き受けてくれるだろう。

マルコス　彼女が下に降りたものかどうか迷っている間に、パーティーがはじまるんです。ペレが歓迎の祝辞を述べるんですが、その時にアルゼンチン対世界選抜チームの試合がどういう意味を持つのか強調するように頼みましょう。

ロベルト　ブラジル人は怒るだろうな。

マノーロ　世界選抜と戦って勝つ可能性があるのは、ブラジル・チームだけだからな。

ガボ　皮肉や冗談はそれくらいにして、映画に集中しよう。

マルコス　さっき言いかけてやめたんですが、あの夜のパーティーはリオのカーニバルよりも派手でにぎやかなものになるんでしょう。

ガボ　パーティーは地下の鉱脈みたいなものだから、別撮りして、演説でも気球でも、旗、笛、雄牛の練り歩き、何でもいいから好きなものをぶち込めばいいんだ……。ただ、パーティーは明け方、タンゴとともに終わるようにしてくれ。参加者全員がタンゴを踊り、最後に国歌を合唱する。全員が正装しているんだが、サッカーの選手だけはユニフォーム姿だ。

マルコス　パーティーは国歌の演奏ではじまります。一方、キッチンでは雄牛が解体されているんです。

ガボ　しかし、雄牛の解体は彼女の目から見た絵にしなければいけない。

マルコス　もちろんです。ぼくはただ、パーティーが国歌ではじまり、タンゴで終わるようにしたいと言いたかったんです。最初彼女はその場に居合わせないんですが、最後に姿を現します。

ガボ　《銀のアルゼンチン人》として表彰されるという形であの二人が勝利の瞬間を迎える、タンゴはそのためだけのものなんだ。それを見て、出席者は全員、ランーラーランと国歌をうたいながら満足そうに部屋に引き上げていく。タンゴで終わるのと、国歌で終わるのとでは話が違ってくる。タンゴで終われば、見ている人は何かまだ言い残したことがあるにちがいないと感じるはずだよ。

マルコス　しかし、明け方の二時に国歌を演奏するというのは、どんなものでしょうね。

レイナルド　出席者は全員胸に手を当てて、気をつけの姿勢をとり、国歌を斉唱する。みんな感動しているんだ。

セシリア　絵に描いたようなナショナリズムね。

マルコス　それだと、話の流れがすっきりしないように思うけどな。

ガボ　彼女は寝室にいる。下の物音、つまりパーティー、あるいは祝賀会の騒音が聞こえてきて、寝つけない。いや、パーティーは十階下で行なわれているから、そんなことはあり得ませんなんて言わないでくれよ、マルコス。頭を働かせるんだ。監督が、サウンドトラックなり何なりを使って、うまく処理するはずだ。そこで彼女はホテルから逃げ出そうとするが、できない。どこもかしこも通行禁止になっている。仕方なく、エレベーターに乗り込んで、地下室のようなところに出る。《非常口》と書かれた掲示が目に入ったので、ドアを開け、廊下に出ると、右に曲がり、またドアを開く……すると、キッチンに出る。そこで、雄牛が解体されているのを見る。そこからは外に出られないので、引き返してもう一度エレベーターに乗り、自分の部屋に戻ると、ベッドに倒れ込む。と、突然ノックの音が聞こえる。例のアルゼンチン人が注文した料理をのせたカートが目に入る。

ロベルト　パーティー会場では出席者が国歌を斉唱し、キッチンでは雄牛が解体されている、そういう絵をパラレル・モンタージュを使って出してみたらどうでしょう？
ガボ　それで何を伝えるんだ？
ロベルト　あの国のイメージのようなものです。
ガボ　それで何を伝えるんだ？
ロベルト　それがわかっていれば、イメージでなく、言葉で説明します。
ガボ　わかっていれば、言葉にできるだろう。
ロベルト　いつもうまくできるとは限りませんよ。
ガボ　わかった。じゃあ、そのイメージについて話してくれ、そうすれば何を語ろうとしているのかわかるかもしれない。
ロベルト　彼女が地下室に降りて、最後の廊下を通り抜けたところで、国歌が聞こえてきます。国歌が自分をどこまでも追いかけてくるような気がして、逃げようとするのですが、自分の国を象徴するいろいろなものがどこまでも追いかけてきます。キッチンにたどり着くと、そこでは雄牛が解体されています。料理人が出てくる血なまぐさい場面を二つ、三つ入れればいいと思うんです。そこから逃げ出した彼女は、サロンにもぐりこみますが、そこではみんなが気をつけの姿勢をとって国歌をうたっています。彼女の顔に浮かんでいるのが驚きの表情なのか嫌悪感なのかはわかりません。いろいろなことを考えさせる暗示的なものになると思うんですけどね。

ガボ　しかし、そうなると最初のアイデアは変更されるし、ジャンルも台無しになる。その上、意味のないパラレル・モンタージュを用いるので、語り方も変わってしまうだろう。すっきりしたコメディーにするには、妙な技巧を用いずに物語るほうがいいと思うけどな。

ビクトリア　最後で国歌をうたうのは、賛美の意味がこめられているからでしょう。それなら、あのカップルが決定的な出会いをもったことを祝う賛歌とも考えられますね。国歌の《天空翔る戦いのワシ》というくだりをうまく生かして、二人が飛行機に乗って帰国するシーンを撮ってもいいですね。

ガボ　全体の構成を忘れちゃいけないよ。とにかく、まずしっかりした柵をつくって家畜が逃げ出さないようにしなければならない。その上で、何でも好きなシーンを入れればいいんだ。

マルコス　彼女はキッチンへ行き、そのあと廊下に出て食べたものをもどし、自分の部屋に引き上げるんです。

ガボ　雄牛は何も象徴していないが、イメージとしては強烈だ。彼女は騒音や大勢の人、テレビと電話を通して伝えられるさまざまな情報で追いつめられたように感じている……。まわりをとり囲まれているように感じている。と、突然先ほど天使のように空を飛び、美人コンテストの女王のようにサロンを練り歩いていた例の雄牛がバラバラにされているのを目にする。彼女は耐えられないほど強いショックを受ける。まるで、レディ・ディ〔ダイアナ妃を指す」がバラバラに解体されるのを見ているような気持ちにおそわれるんだ。

マルコス　一方で、肉をさばいている男たちは笑い転げています。

エリッド　彼らは本国から派遣されてきたアルゼンチン人なんだから、当然ね。彼らもやはり祝い酒を飲んでいるのよ。

ガボ　あの料理人たちは、肉をさばくために特別にアルゼンチンから呼ばれたんだ。アルゼンチン流の切り方というのは、ほかの国とはちがうからね。

ビクトリア　彼女は気分が悪くなって部屋に戻るんですね。

ガボ　結局メタファーの世界に入り込んでしまったな。雄牛の解体は直ちに軍事独裁を想起させるだろう。彼女は血を見て、恐怖に駆られ、精神的に落ち込んで部屋に閉じこもる。その時、あのアルゼンチン人がドアをノックする。小旗やそのほかの飾りといっしょに料理をのせたカートを押してきたんだ。「山がマホメットに近づいていかないのなら……」というわけだ。彼が料理皿の蓋を取ると、大きな肉の切り身がのっている。彼女はおびえたようにそれを見つめる。彼女が気分よく食べられるように彼は一歩後ろに下がると、改めてパーティーに招待する。それを聞いて彼女は考え込む。自分は患者から吹き込まれた幻想、妄想を追いかけてここまでやってきた。けれども、思いも寄らないほど幻想的な現実に巻き込まれてしまった。逃れようのない人生がその宿命的な歩みを進めていく以上、真正面から立ち向かうしかない。彼女はそう考えて立ち上がる。着替えのシーンは出てこない。カットになり、パーティー会場にいるあのアルゼンチン人が映し出され、会場に現れた彼女の姿が彼の視点から捉えられる。彼は立ち上がると、自分のテーブルの席を彼女に勧める。その時、オーケストラがタンゴを演奏し、出席者が全員ダンスをはじめる。二人のダンスがあまりにもみごとだったので、みんなは彼らを取り囲み、ダンスができるようフロアを空けてやる。最後に拍手がわき起こる。スポットライトが二人を照らし出す。その瞬間の彼女は《アルゼンチンの淑女》の名をいただいた偉大なアルゼンチン人女性として輝いている。突然、国歌の斉唱がはじまり、彼らもいっしょになってうたう。そこで終わるんだ。この映画がだめなら、つまり売れないようならということだが、どうしていいかわからないよ。

ソコーロ　オフの声はまだ生きているんですね。

ガボ　まだ何とも言えないが、たぶん生かせるだろう。彼女が鏡をのぞき込んだ時、オフの声が聞こえてくる。その声は複数なんだ。というのも、おぼえていると思うが、彼女自身もしゃべるだろう、したがって自分の声も聞こえてくるんだ。精神分析を行なった時の対話を頭の中で再現するんだが、その時医者と患者が入れ替わっている。したがって、結果も逆になって、医者が患者に説得されることになるんだ。ただ、まちがった行動をとるんではなく、彼女は自分の責任で現実を受け入れ、自分の人生を生きていくことになる。

マルコス　下の階で行なわれているパーティーに出席しようと考えるのはどうしてなんですか？

セシリア　彼女が自分自身を分析したからよ。

ロベルト　どうもすっきりしないんですけどね。問題はあの二人の最初の出会いにあると思うんです。その点はまだ解決していませんよね。

ガボ　彼女が下の階まで降りていくのは、あのアルゼンチン人が好きになったからではない。彼女はおそらく彼と寝たあと好きになるんだ。だけど、彼女が今探しているのは誰とでも寝るような男なんだ。

エリッド　あのアルゼンチン人のうちに自分が捜し求めていたマラカス奏者を見つけ出したわけですね。

ロベルト　誰かと寝る必要はないんじゃないですか？　少なくとも今のところは。この映画ではその必要はないでしょう。あのアルゼンチン人が本当はどういう人間なのかわかっていませんし、その点をどう解決するのかもはっきりしていないわけですから、二人の最初の出会いからあとの展開がうまくいかないんだと思います。

ガボ　しっかりした構成ができあがった時に、新たに暗示的な場面を入れればいいんじゃないかな。さもないと、せっかくみんなで合意に達したものを一分とたたないうちに捨てざるを得なくなるが、それだけは避けたいんだ。君たちは家畜を集めてはきたけど、肝心の囲い場をまだ作っていないんだよ。

セシリア　これまでの話をすべてメモにとってあるんです。ここの、13番目のメモを見ると、「彼女が部屋にもどると、焼き肉料理をのせたカートがやってくる、彼女は鏡を見て、最後にあきらめて……」となっています。

ガボ　彼女は下の階のパーティーに行き、彼と会い、いっしょにタンゴを踊る……。

ロベルト　国旗によく似たブルーと白の衣装を身につけた彼女は輝くばかりに美しい……。

セシリア　メモ14、「会場に現れる彼女を、アルゼンチン人の視点から映す……」。

レイナルド　彼女はようやく自分を見つけたんだ。今の彼女をリベルタッド・ラマルケ〔アルゼンチン出身でメキシコで活躍した女優〕、いや、インペリオ・アルヘンティーナと呼んだほうがいいだろうな。

ガボ　映画のタイトルは『カリブ海最後のタンゴ』としよう。

レイナルド　ヘリコプターは『甘い生活』から借りてきたんだから、ダンスはロドルフォ・ヴァレンティーノから借りてきたらどうでしょう……。つまり、ヴァレンティーノが横を向いてさりげなくポーズをとっている、そこにカメラが近づいて、アップになる……あのシーンは評判になりましたよね。

ガボ　全員がダンスをはじめるが、最後に二人のためにフロアを空けてやる……。それでどうだ。まだどこか気に入らないところがあるかい?

『恐ろしい地獄』

El infierno tan temido

マルコス　彼女は気持ちを切り替えて、パーティーに出る決心をしますが、そこのところがどうもひっかかるんです。あそこで彼女は解体された雄牛を目にしたとたんに、吐き気を催し、取り乱して部屋に戻ります。しばらくして、焼き肉をのせたカートがくるんですが、その焼き肉を見て食べたものをもどし、ベッドに突っ伏すと自分はこの上もなく不幸な女だと考えてわっと泣き出します……鏡の前で対話をはじめるのはその時なんですか？　ああいう状況に置かれた人物が気持ちを奮い立たせ、服を着替え、身だしなみを整え、にこやかにほほえみながらパーティーに出席するためには……どうも精神分析を行なうだけでは十分ではないように思えるんです。

レイナルド　いろいろな事件が次々に起こるので、大切なものを見失ってしまったんだ。彼女が本当の危機に見舞われるのは、解体された雄牛を目にした時で、それ以前じゃない。おかげで、あのコメディーがひどくシリアスなものになってしまうけどね。

セシリア　全体のバランスが崩れないようにしないといけないわ。どういじっても、あのコメディーはあまりにもシリアスなものになってしまうでしょうけど。

ガボ　マルコス、君の言うシークエンスにはちゃんと起承転結があるんだろうな？

エリッド　鎖の輪が一連の出来事をつなぎ合わせているわけですけど、鏡のシーンでその輪がこわれているように思えるんです。あれでは十分な動機にならないんじゃないですか？

ガボ　しかし、彼女はどうなんだ？　精神科医の彼女はわれわれとは比較にならないほどすぐれた内観力を具えている。あのような危機的な状況にあっても、自分について深く考えるだけの力に恵まれている。でなければ、人物の設定を間違えたということだ。

マノーロ　焼き肉をのせたカートは言ってみれば、小型にしたトロイの木馬で……彼女はそれを見て、自分のプライバシーがおかされ、自分だけの世界に他人が侵入してきたように感じるんです……。

ビクトリア　アルゼンチン共和国が自国出身のか弱い精神科医を押し倒し、陵辱するんです。

グロリア　彼女はキッチンをあとにすると、自分の部屋に戻り、危機的な状況と向き合います。そのあいだに、下ではあの雄牛が焼き肉料理になり、彼女は冷静さを取り戻して、患者を相手に空想の対話をはじめるんです。

ガボ　あの対話についてはまだ何も考えていないから、どういうものになるかはわからないよ。

ソコーロ　それはカートがくる前なんですか、それとも後なんですか？

レイナルド　後だよ。カートが着いたのを機に、彼女はあのアルゼンチン人に心を動かされる。というか、彼女と一般のアルゼンチン人と特定のアルゼンチン人との関係がはじまるんだからね……。それを通して、彼女は外の世界と和解することになる。彼女が料理皿の蓋をとり、肉を見ておいしそうだと思うのは、そのせいなんだ。彼女はたぶん肉を食べて、それを機にいろいろなことを考えはじめる……。

ソコーロ　さっき肉を見て食べたものをもどしたんでしょう、それを口にするの？

レイナルド　さっきのは血の滴っている生肉だったけど、今度のはおいしそうに焼き上げたアルゼンチンのビーフステーキなんだ。

マルコス　テンポが問題だと思うんです。彼女に考える時間を与えてやらないといけないんじゃないですか。彼女は恐ろしさに震え上がってキッチンとホテルをあとにして、浜辺を散歩しはじめる。そのシーンに、まるで最初の計画を思い出しているかのように、熱帯の黄昏、ヤシ林、逆光の中に浮かび上がるシルエットといったステレオタイプの絵を入れる。と、突然オフの声が入る。

レイナルド　彼女をホテルから外に出すのはまずいんじゃないかな。

ガボ　その通りだ。彼女がホテルから逃げ出すというのは、自分の問題から逃避するということだよ。

マルコス　彼女が発作的に何もかも捨て去るというのがどうも納得がいかないんです。

ガボ　もっといい考えがあれば、この場で説明するんだが、思い浮かばないいんだ。われわれは気づかないうちに別々の道を辿っているのかもしれない。君がきわめてドラマティックな結末を見つけ出そうとしているのに、われわれのほうはコメディーにこだわっているのかもしれないな。

ロベルト　いい味のブラック・ユーモアを作り出すこと、それが今必要なんじゃないですか。

ガボ　アルゼンチン人の肉料理人がいて、実に楽しそうに仕事をしている。軽口をたたき合ったり、愉快な話をしながら雄牛を解体しているんだ。

ソコーロ　食べたものをもどすシーンがあるでしょう、あそこがどうもひっかかるんです。

ガボ　嘔吐のシーンは撮らないいんじゃないかな。監督は吐き気のシーンまでは我慢するとしても、嘔吐となると二の足を踏むよ。もし撮るとしても、ムーヴィオラで編集するはずだよ。

マルコス　ぼくはそういう細かなところは気にならないんです。

ガボ　彼女がパーティーに出る決意をした理由が何なのか、それが気にかかっているんだろう?

マルコス そうなんです。われわれはある瞬間に、「よし、これでいこう」と決心しますよね。だけど、ぼくはそういう瞬間を感じ取ることもありませんし、それを信じることもできないんです。

エリッド 彼女はたしかに内観に馴れているけど、カリブへ行こうと心に決めた時点で、精神科医であることをやめて、わくわくするようなアヴァンチュールに胸を躍らせているか弱いひとりの女になっているのよ。つまり、理性よりも感情の勝っている女にね。自分の思惑がはずれて、退路を断たれた時に、彼女は初めて以前の自分を取り戻すの。

ビクトリア 自己防御のメカニズムが働いたのね。

レイナルド 死の床に横たわっているドン・キホーテみたいだね。いろいろなことを考えているうちに、彼女は出発点である診察室に戻るわけだ。

ロベルト 患者が診察室で、「人は自分の生まれる土地を選べない」、あるいは「誰も自分の生誕地を指定できない」といったことを言い、あのアルゼンチン人も同じようなことを口にするという風にしてもいいんじゃないかな。

ガボ その逆のほうがいい。彼女が患者に向かってそう言うんだ。そして、今になって自分の言った言葉を思い出す。「食事とともにノスタルジーがはじまる」という、チェ・ゲバラの美しい言葉があるけど、たしかにゲバラの言うとおりだ。祖国から遠く離れた土地で、子供のころに食べていたものを口にしたいと思いはじめると、急に身を嚙むようなノスタルジーに駆られるものなんだ。

マルコス　「自分にできそうもないことを口にしているけど、精神科医としてはどうなのかしら」と彼女は考えるべきです。

デニス　「言うは易く、行なうは難し」という意味深い諺があるわね。

ガボ　彼女としては、「悪いのは自分であって、祖国ではない」という結論にたどりつかざるを得ないだろうな。変わらなければならないのは、自分の方なんだ。そう考えてはじめて、彼女は祖国の偉大さと悲惨さに対して自らを開くことになる。

マルコス　パーティーの席で、彼女は同国人たちに長年祖国にいなかったかのように、突然アルゼンチンのことをあれこれ尋ねはじめるんです。

ソコーロ　そして、サッカーの試合で自国のチームが3対1で勝つと考えて熱くなる。

エリッド　あのアルゼンチン人が届けさせたカートにカードが添えてあって、それを読んで心を動かされるの。

ガボ　例のマラカス奏者がカラカスから帰ってくるから、みんな気持ちを引き締めてくれよ。彼女はあのマラカス奏者が思ったほど魅力的な男性ではない、ほかの女性ならいざ知らず、自分とは合いそうもないと考える。要するに、あれは患者の下らない妄想でしかなかったんだ。

マルコス　今思い出したんですが、マラカス奏者で映画を撮ろうと言い出したのはぼくなんです。ですから、ぼくがノスタルジックになっても当然ですよね。

ガボ 君の気持ちはよくわかるよ。ずっと以前わたしは、マグダレナ川の旅について何か書こうと考えたことがあって、そこから生まれてきたのがシモン・ボリバルの生涯なんだ。マグダレナ川の旅行記を書こうと思っていたのが、一冊の本になってしまった……歴史学の翰林院《アカデミー》と言語学の翰林院も顔負けするほどの材料を詰め込んだ本がね……。幼いころからあの川の旅を夢見ていて、どうすればいいかあれこれ考えていたんだが、ある日ふと、「そうだ、シモン・ボリバルを登場させればいいんだ」と考えた。で、ボリバルがどういう人間で、どういう性格かを調べた……。ようやく机の前に座ってあの旅について書きはじめたわけだが、何年もあとになってボリバル最後の旅が誕生したんだ。マルコス、君もヘリコプターと雄牛のイメージを大切にしておくといい、それが出発点になってきっと何か生まれてくるよ。

マルコス 最初がヘリコプターのイメージで、そのあとに雄牛が出てきたんです。

ガボ それが出発点になってここまできたんだよ。最初のイメージがどのようなものであっても、何かを語りかけているから、大切にすることだ。たいていの場合、それが何かを語りかけるのは、イメージの中にその何かが内包されているからなんだ。みんなもおぼえていると思うが、最初の日に話した雨傘、例の雨傘をわたしが大切にしているのもそのせいなんだ。

ロベルト こだわるようですけど、あのアルゼンチン人は必ずしも不可欠の人物じゃないような気がするんです。

グロリア 今回のストーリーはハンサムな男性とうら若い乙女のラブ・ストーリーじゃなくて、精神科の女医が自分自身と祖国に対してどう向き合うかという難しいテーマを扱っているんでしょう。だから、あのアルゼンチン人は作品の一要素、〈アルゼンチン・コネクション〉の単なるひとつの結び目でしかないのよ。

ガボ しかし、彼がいないと映画が作れないんじゃないのかな。彼が行動するせいで、彼女が思索しはじめるわけだからな。

ロベルト くどいようですけど、彼の行動が起爆剤になるとは思えないんです。

グロリア 彼の行動が起爆剤になるんじゃなくて、その要因になるだけよ。本当の起爆剤は、彼女が患者と交わす対話なのよ。

ロベルト それじゃ文学だね。

ガボ そのどこがいけないんだ？

ロベルト いけないと言っているわけじゃありません。ぼくも文学は好きですよ。

ガボ だったら、どうして文学を軽視するんだ？

ロベルト ぼくたちが作っているのが映画だからです。

ガボ われわれが作っているのは脚本だよ。

グロリア 二人の人物の対話が出てくるからといって、あっさりこれは「文学」だと決めつけるのはおかしいわ。言葉のほかにも、あの精神科医にいろいろと考えさせる一連の状況や感情の動きがあるんだもの。
ロベルト いろいろなことを考えるのは観客で、彼女じゃない。
ガボ だったら、あのアルゼンチン人を消してしまったらどうなるだろう?
マルコス 同じです。グロリアが先ほどうまい言い方をしたように、彼は映画に登場する副次的な人物でしかないんです。
ビクトリア ちょっと待って。それなら、誰が彼女をパーティーに招待し、料理をのせたカートを届けさせるの?
ガボ ホテルの客室係だよ。
マルコス 彼女がタンゴを踊る相手は誰でもいいわけですね。
ガボ 最初に踊っていただけませんかと申し出る相手でいいんだ。彼女に話し相手がいるだろうというので、彼を登場させたわけだから、あの人物は不可欠な人物じゃないんだ。
マルコス すると、熱帯はもちろん、南極とも関係のない映画になるんですね!
ガボ ある女性が楽園を見いだせると思って熱帯に行き、そこではじめて自分が暮らしていたところが実は楽園であった、もしくは地獄だったということに思い当たるというストーリーになるだろうな。真の楽園、あるいは地獄はほかでもない自分の心の中にあるんだ。このストーリーにはいろいろなタイトルをつけてきたけど、例の《あなたを愛したいの、お願いだから、わたしの心を騒がせないで……》という歌詞の出てくる『恐ろしい地獄』としてもいいな。
レイナルド　すると、今回の映画は、ひとりの女性が地獄から逃れようとするが、地獄がどこまでも追いかけてくるという内容になりますね。
セシリア　『サマーラの死』のニュー・ヴァージョンになったわけね、なんだかおかしいわね……。
ガボ　ここまでみんなでよくやってきたよ。われわれの仕事はそれが使いものになるかどうかは別問題にして、何らかのストーリーを組み立てることではないんだ。それよりもむしろ、あるストーリーができあがっていくプロセスに検討を加えることなんだ。その意味で、大事なのは探求することだ。ストーリーを追いつづけていけば、必ず方法が見つかるはずだよ。
ビクトリア　つまり、探求のメカニズムを研究するわけですね。
ガボ　その通りだ。だけど、わたしは何も今回のストーリーがだめだと言っているわけじゃない、その点は、はっきりさせておいたほうがいいだろう。もし君たちが気に入らないというのなら、このストーリーをプレゼントだと思ってわたしがいただくよ。これをもとにどういうものが作れるか、わかっているんだ。
マルコス　それはだめですよ。このストーリーはほぼできあがっているんですから。ヘリコプターに雄牛、サッカー・チームに国歌でしょう、材料はそろっているんです……。

ガボ　すべてそろっているね。だけど、たとえばパーティーひとつとってみてもわかるように、展開させないといけないところもあるんだよ。

グロリア　マルコス、あなたはこのストーリーを自分のものだと思っているの？　これでいいと思っているの？

ガボ　ストーリーのあちこちに欠陥があるのを承知のうえで先に進み、あとになってどこが悪かったかわからなくなってしまう、そんな風になるんじゃないかとわたしは心配なんだ。ひとつはっきり言えるのは、構造的に見てこのストーリーに大きな欠点はないということだ。そこが大事なんだ。ただ、明確にし、磨きをかけ、ちゃんと辻褄の合うものにしなければならないところもある……。ボクシングと同じで、物語の中にもいろいろレベルやクラスがあるんだ。

マルコス　クラスというのはよくわかります。

ガボ　われわれは金のために、それも自分の懐に入るわけでもない金のためにテレビ向けの娯楽番組を作っている。だからこそ、恥ずかしくないものを作らなきゃいけないんだ。今回の作品が恥ずかしくないものだということはわかっている。ただ、『将軍』〔ジェリー・ロンドン監督。一九八〇。アメリカ映画〕のようなシナリオを作っているわけじゃないんだ。マルコス、君が自分の『将軍』を制作したいと考えているのなら、何も問題はない。いっしょに作ればいいんだ。少しばかり苦労するかもしれないが、最後にはできあがるはずだ。ただ、そうした計画を実現するつもりなら、ヘビー級なみにやらなくてはならない、つまりヘビー級のボクサーのようなパンチを出さなければならないということだよ。

マルコス　それなら、精神科の女医がテレビ向けのコメディーにふさわしい人物かどうかを問い返すことからはじめなくてはいけませんね。

ガボ　問いかけは探求の一部だから、当然そうすべきだ。テレビ局にコメディーを売りつけるにせよ、『市民ケーン』を撮影するにせよ、創造的な仕事をするのであれば、問いかけは絶対に必要だ。恥ずかしくない試合をするためには、ウェルター級であっても、ヘビー級で戦う場合と同じように最上のコンディションにもっていかなければならない。『市民ケーン』のようなアイデアが本当に魅力的に思えるのなら、ともかく手がけてみるといい、そうすれば『市民ケーン』に劣らないような作品がそれなりにできあがるはずだ。しかし、最初のアイデアが今ひとつ納得がいかないようなら、つまり、そのアイデアでは生涯の作品と言えるような映画が作れないようなら……。

マルコス　その点は自信があります。このストーリーには自分の生涯の作品に含まれるはずの要素がたくさんありますから。

ガボ　それなら、君が作る最初の映画は満足のいくものになるはずだ。自分のことになるが、処女作の『落葉』を書き上げた時に、何人かの友人に見せたんだ。彼らは厳しい批評眼の持ち主だったが、その彼らがわたしに「とてもいい作品だけど、すぐれた小説とは言えないね」と言ったんだ。そのあとあわててこうつけ加えたところを見ると、わたしの顔色が変わったことに気がついたんだろうな。「いや、誰が書いても、処女作にすぐれた作品というのはないんだよ」。わたしはひどい絶望感に襲われて、「もうおしまいだ。自分にはあれ以上のものはとても書けやしない」と考えたよ。目の前が真っ暗になったように感じ、何度もこう繰り返した。「もうおしまいだ、もうおしまいだ……」とね。

マルコス　その点、ぼくは助かっていますね。何しろ、みんなでやった仕事に満足しているわけですから。

ガボ　しかし、君の顔には疑わしそうな表情が浮かんでいるよ。ともかく、今頭を痛めているのはストーリーじゃなくて、君のことなんだ。ひとまずゆっくりするといい。部屋に戻って、ひと息入れて、音楽でも聴いて考えをまとめることだ。そのあと、また話し合おう。

マルコス　わかりました。

ガボ　君の生涯の映画は三十分には収まらないだろう。オーソン・ウェルズの『不滅の物語』〔一九六八。フランス映画〕のように一時間ものになるかもしれないな。自分の家に帰っていく船乗りの話なんだが、相手役の女性はジャンヌ・モローだ。すばらしい映画だよ、みんな、見たかい？

ロベルト　分析しているうちにわれわれはひどく重要なものを見失ってしまったと思うん

だけど、誰かおぼえていないかな……それがこの映画のキーになっていなければいいんだけどね。

グロリア　薔薇のつぼみ《ローズバッド》〔オーソン・ウェルズ監督の映画『市民ケーン』で主人公が死ぬ時に口にする言葉。主人公が母親と一緒に暮らしていた時に愛用していたソリの名前で、作品のキーワードになっている〕のようなものね。

ガボ　この粗筋を書いた台本の14番のメモには、何か欠けているような気がするんだ。一応シークエンスになっているけど、不完全なんだ。そのせいで、構造的にひどくもろい感じがするんだな。マルコス、君がもしここで行きづまったら、あとでその理由がわからなくなってしまうと思うんだ……。

ビクトリア　脚本の面から考えると、最初の案、つまり「それまで一度も恋愛経験のない精神科の女医がカリブ海のある島で突然二人の恋人に出会う」という案は捨てるべきじゃないと思うんです。あのアルゼンチン人とのアヴァンチュールはたしかに本質的なものではないでしょうけど、自国であこがれの王子様に出会えなかった彼女が、カリブ海であのアルゼンチン人とアヴァンチュールを経験し、同時に祖国とも和解するという話は面白いですよね。自分の国とはまったく違う世界で、そうした矛盾が解決されるというのはメタファーとしても魅力的ですしね。

デニス　以後、彼女にはもはや《苦しみも忘却もないだろう……》となるわけね。

マルコス　彼女はカリブ海で愛を見いだすんだ。
ガボ　カリブ海だけじゃない、自分の家のそばに住んでいるあの男のうちにも愛を見いだすんだ……。それでいいだろう、マルコス。最初君のイメージにあったのは、プールサイドで日光浴をしている女性がヘリコプターがやってくるのを目にするだけだったろう。それが、正統的なタンゴの出てくるところまで話が進行したんだからな。
マルコス　本当に、何も言うことはありません。
ソコーロ　わたしたちは別に何もしたわけじゃないけど、もらい物にけちをつけるなって言うし……。
マルコス　これから構成についてよく考えてみます。何か問題があれば、あとで議論できますからね。
ガボ　しっかりした構成さえ見つかれば、あとは何とでもなる。君たちは『オイディプス王』のストーリーをおぼえているかい？　テーバイに通じる道を旅している哀れな男、それがオイディプスだ。数人の盗賊が襲いかかってくる。オイディプスはそんな男たちを殺害する。テーバイに着くと、人々は報償だといって彼を夫を亡くしたばかりの女王と結婚させる。かくして、オイディプスは王になる。そのあと、テーバイにペストが流行したために、オイディプスは女占い師のもとへ相談に行く。占い師は、「先の王を殺した犯人を見つけなさい。そうすれば、ペストは終息するでしょう」と言う。調べを進めたオイディプスは、いろいろなこと、つまり本来テーバイの王位を継ぐのは自分であり、盗賊だと思って殺した男たちの中に父親が交じっていたこと、また、結婚した女王とは自分の母親にほかならないといったことを知る。オイディプスが生まれた時に女占い師は、王の息子であるこの王子はいずれ父親を殺し、母親と結婚することになるだろうと予言している。そのような事態を避けるために、父親の王はその子を殺すように命じる。王子の殺害を命じられた男はその子が哀れでならず、命令に背くんだ。どうだ、亀裂も凹凸もない完璧な構成だろう。この中にはどんなものでも詰め込めるんだ。実際四五〇年前から、それが行なわれ続けているんだ。わたしも、『オイディプス村長』という映画の脚本を書こうと考えているんだ。コロンビアのある村の村長に任命された男が、何とか暴力をなくそうとする。いろいろ努力するんだが、最後になって暴力をあおり立てていたのがそれをなくそうとしていた自分だったということに気がつくという内容なんだ。

グロリア　われわれは構成について案を出しましたよね、それを要約してみたらどうでしょう。まだきちんと整理されていないように思うんです。

セシリア　メモの13番と14番のところで、彼女はパーティーに出席する決心をしますよね。その決心を彼女の敗北ととらえたわけですけど、そのこととパーティーに出席してからのこと、その辺のところが問題だと思うんです。

エリッド　合意に達したところや達しなかったところがいろいろあったと思うの。たとえば、彼女をホテルから外に出すべきかどうか、あのアルゼンチン人を消してしまっていいのかどうかといったところが……。

マノーロ　そうなると、また粗筋を書いた台本を一から書き直さないといけないよ。彼女と患者の対話を出しながら、一方で雄牛の解体シーンを入れるという、パラレル・モンタージュの話が出たけど、あれがどうもぼくには納得できないんだ。

デニス　その点についてはは合意も何もなかったんじゃないの。

レイナルド　パーティーには昼の部《マチネ》と華やかな夜の部のふたつある。雄牛は昼の部で会場をのし歩き、夜の部で出席者の胃袋に収まるわけだ。

セシリア　つまり、雄牛がのし歩いている時、彼女は部屋にいて、ホテルを変わろうとして電話をかけている。そして、テレビであのアルゼンチン人のインタヴューを目にする。

ソコーロ　そのあと彼女はホテルから逃げ出そうとしてキッチンに迷い込むんだけど、そこでは牛の解体がはじまっている。彼女は逃げるように自分の部屋にもどると、睡眠薬を飲んで眠るか、うとうとする。細かなところをはしょって、そのあと彼女が廊下に出ると、焼き肉をのせたカートがやってくる。

レイナルド　次に、彼女はあれこれ考え、鏡の前で対話する……。

デニス　その前にあのアルゼンチン人が彼女をパーティーに招待しているのね。

セシリア　彼女がホテルから逃げ出そうとして下に降りかけた時に、彼が彼女を自分の部かな夜のパーティーに招待する。

屋に引っ張っていく。

レイナルド　彼はちょうど昼の部のパーティーに顔を出すところだったので、彼女を華やかな夜のパーティーに招待する。

ロベルト　いずれにしても、人物の行動と時間とをうまく合わせなければいけないな。

ガボ　マルコス、そろそろ仕事にかかったらどうだ。構成はできているから、これ以上議論する必要はないだろう。むろん、構成はストーリーじゃない。しかし、構成ができてさえいれば、ストーリーが妙な具合に薄まったり、横道にそれたりすることはない。ここで構成を変えたりすると、全体ががたがたになってしまうよ。もっとも、それがわれわれの遊びが目指しているところでもあるから、やってみてもかまわないがね。このシナリオ教室は遊び場なんだ。ここでわれわれは、力を合わせてダイナミックな形で芸術作品を制作することを学んでいる。つまり、映画の種になるようなストーリー、アイデア、イメージ、何でもいいがそういうものをもとにブレイン・ストーミングをやるわけだよ。ここではみんなお互いのことをよく知っている。一人ひとりが何を考え、どういうことに感動し、その才能、ひらめき、教養、経験、能力がどういうところでいちばんよく発揮されるかわかっている。議論を通して、ちょうどジグソー・パズルをするように、すべてのパーツが欠けたところを補い合ってぴったり収まるのを見ることになる。それがチームワークだよ。小説を書くという仕事はどこまでも個人的なものだから、小説家にはそういうことはできない。映画監督がカメラを持って街に出て、俳優を前に立たせて映画を作る時代がいつか来るんだろうか？　そうなると、映画も大きく変わるだろうな。ただ、脚本がなければ映画ができないというのであれば、映画、少なくともフィクションとしての映画は文学に従属せざるを得ないだろう。どれほど目立たないものであっても文学的な基盤がなければ、映画は作れないいんだ。脚本家がいなければ、映画、つまりストーリー性のある映画を作ることはできないと言いたいところだが、そこまで言うと脚本家の仕事を過大評価することになるだろうな。脚本家の仕事は大半が技術的なものだからね。現在映画には大きな欠陥があるが、世界的に見てその欠陥は技法的なものではないんだ。むろん、欠陥は創造的な技法である脚本家のそれでないことは言うまでもない。問題はオリジナルなアイデアが欠けていることなんだ。欲求不満に陥っている女性がプールサイドで日光浴していると、突然ヘリコプターが飛来してくる、そうしたことを思いつく人間が今の映画には必要なんだよ。誰でも思いつくわけじゃない。ただ、それだけではだめなんだ。ヘリコプターや雄牛の出てくるシーンを思いついたけれども、そこから一歩を踏み出せない人間もいる。また、そういうアイデアを思いついた時に、「これは完璧なアイデアだ、誰にも言わず、人と話し合ったりしないで、隠しておこう」と考えたとたんに、そのアイデアは死んでいくんだ。ここのようなワークショップは、そういう考えを持たない人間のためにあるんだからな。

6

要約 I

Recapitulaciones I

ガボ　君たちは毎晩のように脚本について話し合っているそうだな。ひとつ忠告させてもらうが、ワークショップから一歩外に出たら、翌日まで仕事のことは一切考えないで、忘れることだ。

マノーロ　そうしようと頑張っているんですが、うまくいかないんです。

マルコス　最初はほかの話をしているんですが、気がつくとその話になっていましてね。困ったものです。

ガボ　自分をコントロールしなきゃいけない。わたしの場合、目が覚めると、真っ先に自分が誰なのかを一生懸命思い出す。で、自分が死すべき運命にあるごくふつうの人間だということに気がつく。そこで、完全に目が覚めるんだ。そのあとすぐ、昨日仕事がどこまで進んだかを思い返す。そう、そう、あそこまでいったんだとわかったところで……シャワーを浴び、朝食をとる。そのあとスタジオへ行き、椅子に腰をおろして、午後の二時半か三時まで休憩しないで仕事をする。コンピュータの電源を落として、椅子から立ち上がったら、翌日まで仕事のことは一切考えない。そうしないで、ああでもない、こうでもないと頭の中で考えつづけていたら、翌日になると疲れが出て、嫌気がさしてしまう。すると、ストーリーの流れが止まって、後をつづけることができなくなるんだ。これはここに入れたほうがいいだろうか？……いや、こちらのほうがいいかな、といったようにね。一日中仕事をしても疲れない人もいるよ。だけど、わたしは、そこまでしなくていいだろう、そこまでしたからといって必ずしもいい結果が出るとは限らない、と考えているんだ。

ロベルト　最近使われるようになった言葉に、英語のワーカホリックというのがありますが、それなんでしょうね。

マノーロ　われわれの考えたストーリー、例の聖アンテーロのストーリーに関しては、いくら考えても疲れないような気がするんです。だけど、あの作品はぼくにとってもう《死んだライオン》のようなものです。

ガボ　あの哀れな伊達男は聖アンテーロという名前なのかい？

マノーロ　いいえ、ナターリオという名前です。ただ、村の守護聖人にそっくりだったものですから、取り違えられてしまうんです……『聖人』というタイトルをつけようかと思っています。

ガボ　最初は木の像だった聖人が、本物の人間になって現れるという内容だったな。村人たちの心に聖人のイメージが刻みつけられていたので、彼を見て、みんながあの聖人だと思い込む、たしかそんなストーリーだったな。

レイナルド　奇跡が起こって、聖人がこの世に顕現したと考えるんです。

ガボ　彼に奇跡を起こすように頼み、できないとわかると、ペテン師だと言って石を投げて殺してしまうんだろう。

レイナルド　そこまでストーリーを詰めていました？

ガボ　死ぬことはまちがいない。いずれにしても死ぬんだが、ばかばかしい死に方をするはずだよ。ところが、そのあと童貞で殉教者の聖アンテーロのように、高徳の誉れを残して死んでいく。彼は、自分が思ってもいなかった死を迎えて、幸せな思いに浸るんだ。

レイナルド　ぼくは彼が奇跡を起こすというアイデアを採ったんです。奇跡が起こって最初にびっくりしたのが本人なんです、つまり、彼だけが驚くんです。ストーリーはそこで終わります。

ガボ　それなら、わたしは自分の考えを君たちに押しつけることになるから、謝らなくてはいけないな。実は、自分の考えたストーリーで、『ローマの奇跡』という映画を一本撮ったんだ。ひとりの少女が死ぬ。父親はその子の体がいつまでも腐敗しないので、聖女だと考える。ところが、最後になってまわりの人たちが、「聖人はあなたなのです」と彼に言うという話なんだ。

ロベルト　ワーカホリックに話をもどしますけど、マルコスとぼくはあのあともずっと彼の考えたストーリー、つまりアルゼンチン人の精神科医のストーリーについて議論してきたんです。

ガボ　マルコスは、まだ結論の出ていないあのシークエンスを気にかけていたからな。

ロベルト　ぼくが気になって仕方ないのは、精神科の女医の性格なんです。それについてもう少し詳しく描き出す必要があるんじゃないでしょうか。

マルコス　ロベルトは、あの精神科医は君自身だって言うんですよ。

ガボ　それは仕方ないだろう。いくら隠そうとしても、程度の差こそあれ、主人公はつねにストーリーを考えた人間と重なり合うものなんだ。

レイナルド　フローベールも「エンマ・ボヴァリーはわたしだ」と言っていますからね。

ガボ　グロリアがいらいらしているぞ。ガリシア人の彼女がどういうストーリーを考えてきたのか、聞こうじゃないか。

グロリア　わたしはガリシア人じゃありません。わたしのストーリーは、「第一ヴァイオリンはいつも遅刻する」という一文に収まるんです。

マルコス　言うまでもないと思うけど、君が言っているのはオーケストラの第一ヴァイオリンのことだよね。それが映画のタイトルなの？

ガボ　そう、それがタイトルだ、きれいなタイトルだよ。ただ、たいていの場合ストーリーがタイトルを作り出すから、前もってタイトルをつけないほうがいいけどね。ストーリーが展開していくにつれて、もっといいタイトルが見つかる可能性が出てくるものなんだ。

『第一ヴァイオリンはいつも遅刻する』

El primer violín siempre llega tarde

グロリア　ストーリーを話します。ラジオの目覚ましタイマーが作動して、ヴィヴァルディの音楽が流れてきます……。

ガボ　ヴィヴァルディか、縁起が悪いな。ヴァイオリニストだったらアルビノーニ〔一六七一―一七五一。イタリアの作曲家〕に変えたほうがいいよ。

グロリア　……そして、夫と妻の二人がベッドから起き上がります。夫はバスルームに向かい、妻は台所へ行きます。彼らは機械的に体を動かしています。カット。二人は朝食を終えると、彼はケースに入ったヴァイオリンを持って外に出て車に乗ります。妻はドアのところから手を振って別れの挨拶をします。カット。妻が電話をかけると、劇場の舞台裏にいるある人物が、「いいえ、奥様、まだ見えておりません。第一ヴァイオリンは金曜日にはいつも遅刻されます」という返事がかえってきます。カット。びっくりしたような表情を浮かべている妻が映し出されます。

ガボ　夫が家を出た後、彼女が劇場に電話をかけるわけだが、その間にどれくらい時間がたっているんだ。今の説明だと、連続して一連の行為が行なわれているように思えるんだけどな。

マルコス　それだと、ヴァイオリニストはまだ劇場に着いていないわけですから、電話をかけるというのはおかしいですね。

ガボ　彼がヴァイオリニストだということはどうしてわかるんだ？

グロリア　彼がケースに入ったヴァイオリンを持って家を出たことからもわかりますし、電話をかけた時に彼女が……。

ガボ　待ってくれ、その話は聞いてないな。君が言ったので、今はじめて知ったんだ……。それに彼女が誰かに電話をかけたというのを聞いて、わたしは夫のいない間に愛人と密会しようとしているんだなと考えたんだ……。

セシリア　ひどい勘ぐりですね。

グロリア　ヴァイオリニストの車はある通りに停まっています。彼は車から降りると、楽器店に向かいます。店にはピアノや見慣れない楽器、蓄音器、レコードなどが並んでいます……。男は中に入ると、店員に挨拶し、そのまま店の奥に進み、ほとんど目につかない小さなドアを開けます……。カット。その小さなドアが開いて、ヴァイオリニストと別の男の二人が出てきますが、二人ともケースに入ったヴァイオリンを手に持っています。店を出ると、通りを横切って車に乗り込み、どこかへ走り去ります。カット。二人はあるホテルに着くと、ヴァイオリンを下げたまま、フロントに向かい、ごく自然な態度で鍵をもらうと、エレベーターに乗り込みます。言うまでもありませんが、二人は泊まり客なんです。カット。二人はホテルの部屋に入ります。ケースに入ったヴァイオリンをベッドの上に置くと、ケースを開けます。中にはヴァイオリンではなく、サイトスコープのついたライフルが入っています。

セシリア　ライフルは二挺あるのね。

グロリア　一挺よ。バラバラにしたライフルの部品が二つのヴァイオリン・ケースに分けて入れてあるの。もうひとりが窓からこっそり外をのぞいているあいだに、ヴァイオリニストはライフルを組み立てる。ヴァイオリニストはもうひとりの男のそばに行くと、銃口をあげて狙いをつける……サイトスコープの向こうに通りの片側にしつらえられた演説会場が見え、そこに旗を飾り椅子を並べた演壇があるんですが、人影は見えません。

ガボ　舞台になっているんだな。彼らはテロ行為をしようとしているんだ。

グロリア　公的な行事が行なわれ、そこから誰かが演説をすることになっている。ヴァイオリニストは弁士が立つ位置を照準器で正確に狙いをつける。引き金を引くカチリという音がする。銃口を下げ、ふたたびライフルをばらしはじめる。その間、もうひとりの男が時計を見ながら時間を計っている。二人は満足そうにしている。カット。ヴァイオリニストはケースから出したヴァイオリンを手に持ち、オーケストラがリハーサルをしている舞台へ急ぎ足で上がっていく。指揮者は不機嫌そうな顔で彼の方を見る。ヴァイオリニストは、習慣的に第一ヴァイオリンのためにとってある特別席に腰をおろすと、黙ってリハーサルに加わる。カット。夜になっている。ヴァイオリニストは家に入っていく。妻は居間に座って彼の帰りを待っている。彼が家に入ったとたんに、彼女はとがめるような口調で、「どこに行っていたの？　電話したのよ……」と言う。けれども、彼はその言葉に耳をかさず、ケースに入ったヴァイオリンをソファの上に置くと、一言も口をきかずに居間を横切って自分の部屋に入っていく。カット。ラジオのタイマーが作動して音楽が鳴り始め、二人はベッドから起き、いつもと同じことを繰り返す……。

ガボ　フレーミングは変わるんだろう。

グロリア　いくつか前とちがうところがあります。たとえば、今回彼女はドアのところまで見送りに行きません……。しかし、劇場に電話をかけます。ふたたび前と同じ「いいえ、奥様……第一ヴァイオリンは金曜日にはいつも遅刻されます」という返事がかえってきます。

ガボ　金曜日か土曜日には、だろうな。

グロリア　今回の二人の行動パターンは前回とちがって次の週のパターンなんです。

セシリア　だったら、そこのところをはっきりさせないといけないわ。

グロリア　途中までは前回の繰り返しなんですけど、ヴァイオリニストが窓から外をのぞくと、その時に演説がはじまっていることに気がつくんです。そこでサイトスコープで弁士に狙いをつけ、彼が大きなジェスチャーをした瞬間に引き金を引く。照準器を通して、その演説をしている人間が倒れ、壇上が大混乱に陥るのが見える。ホテルにいるヴァイオリニストと仲間の男は平然としていて顔色ひとつ変えない。二人はライフルを分解すると、それぞれのケースに部品をしまって、部屋を出ていくの。

ガボ　そんな風に平気な顔をしてホテルを出ていっても、止められたり、尋問されたりしないのかい？

グロリア　ええ、彼らは宿泊客なんです。何日も前からそこに滞在しているので、ホテルの人たちとは顔見知りの仲なんです。

レイナルド　しかし、そういう状況で、ヴァイオリンのケースを持ってたりしたら、怪しまれないかな……。

グロリア　そこまでは考えませんでした。このシークエンスはテロ行為で終わらせようと思うんです。そこからカットでふたたびふだんの生活に戻ります。つまり、目覚まし時計の音楽が鳴り響き、朝食をとって、ヴァイオリニストが出かけていく、といったように……。ただ、今回は奥さんが家で待っていないで、夫のあとをつけるんです。夫が車で出かけるのを見届けると、自分の車で後を追う。カット。彼はあの楽器店でふたたび仲間と会います。

が、ヴァイオリンのケースを開けると、仲間が慎重な手つきで中に爆弾を収めます。彼はヴァイオリンが入っているような顔をしてケースを持って外に出ると、通りを横切り、車に乗り込んで走り出します。カット。近くに車を停めていた妻は、夫の車が走り出したのを見て、すぐに後を追いかけます。カット。彼は劇場に向かって車を走らせ、着くと横の通りに車を停め、ヴァイオリンをふたつ持って車から降ります。むろん、ヴァイオリンはケースに入っています。彼女は夫のそばに駆け寄ると、通りの真ん中で「何があったの？　どうしてそんなに秘密めかすの？　毎週金曜日になるとどうして……？」と言って彼をとがめる。けれども、彼は妻の言葉を最後まで聞かず、そのまま歩き続けます。彼は一言もしゃべりません。映画では、最後まで二人は言葉を交わさないんです。

ガボ　君が話しているのはストーリーであって、構成じゃないね。

グロリア　出だしから終わりまで完全な形でストーリーを思いついたんです……あと少し残っているんです。夫が自分の言うことにまったく耳をかそうとしないので、妻はカッとなって後ろから近づくと、夫が手に持っているヴァイオリンのひとつを奪って逃げます。夫はどうしていいかわからず狼狽するんですが、結局そのまま劇場に入っていきます。カット。華やかな演奏会。楽団員は全員フロック・コートに身を固めて舞台裏で待機しています。劇場内は満席で、コンサートがいよいよ始まろうとしています……。楽団員たち――その中にはむろんあのヴァイオリニストも含まれています――が次々に席につきます。ついで、指揮者が登場します。突然、一階席の中央通路にケースに入ったヴァイオリンを抱えた妻が姿を現します。彼女は舞台の方に向かって歩いていきます。オーケストラは全員立ち上がります。第一ヴァイオリンは舞台の前の方にいます……妻は手を伸ばせば届くほど近いところにいる夫の顔をじっと見つめ、「このヴァイオリンではもう二度と演奏できないわよ……」といったようなことを言うと、ケースに入っているヴァイオリンを床に投げつけます。とたんに、すさまじい爆発が起こり、画面全体が炎と煙に包まれます。

ガボ　今日はいつもとちがうやり方をしなければならないだろうな。ストーリーに関しては連続性を考える必要はないだろう。必要なのは分析だ。ただ、今日は脚本家が何人か欠席しているので、出席者だけで補足的な作業を行なわざるを得ない。

グロリア　わたしとしては、今の構成を変えたくないんです。

ロベルト　あの爆弾がどうも真実味がないんだ、あそこが問題だよ。中に爆弾の入っているケースを奥さんが奪うんだろう。だったら、夫が平気でいられるわけがないんじゃない？

グロリア　わたしは、彼が劇場に着いて、持ってきたケースを開ける。その時はじめて中身がヴァイオリンだとわかって、びっくりするという風にしたかったの。というのも、ケースはまったく同じ形で、重さもほとんど変わらないのよ。

ロベルト　なるほど。彼は誰かにヴァイオリンを借りて、妻のことはさしあたり忘れる。家に戻った時に、話し合えばいいと考えたわけだ。しかし、妻が劇場に姿を現し、手にケースを持って通路を進んでくるのを見たら、なんというか、うまく言えないんだけど、逃げるなり、大声を上げるなり……するんじゃないかな。だって、彼女が持っているのは爆弾なんだよ。

グロリア　でも、彼女が床にケースを投げつけたりするとは考えもしないのよ。それに、たとえ床に投げつけたにしても――というか、そうしちゃうんだけど――、爆発しない可能性だってあるわけでしょう。

セシリア　でも、ケースに入っているのがヴァイオリンなのか爆弾なのかわからない、爆弾にしても爆発するかどうかわからない、これじゃちょっと不確定要素が多すぎない？……。

ソコーロ　あの男性の人物像をもう少し明確にする必要があるんじゃないかしら？　彼はヴァイオリニストじゃない、というかより正確には、ヴァイオリニストでテロリストなわけでしょう。相手が大臣であっても顔色ひとつ変えずに殺害するような人なのよね。だったら、もう彼を愛していない奥さんも何かのついでに始末したっておかしくないじゃない。あれじゃ、まるで母親みたいだわ。

レイナルド　彼はプロなんだろう。つまり、プロの殺し屋なわけだ。そんな彼が、爆弾の入っているケースを妻に奪われて、知らん顔をしているとは考えられないな。

グロリア　だったら、奥さんを殺そうとしてあの爆弾を仕掛けたとしたら、どうかしら？

セシリア　まず演説をしている人間を殺して、そのあとすぐに奥さんを始末するの？

マルコス　テロ行為を行なう前のところまで戻ったらどうだろう？　演説をする人が演説を行なう会場で、オーケストラが演奏するようにしたほうがいいんじゃないかな。その人物は組合の指導者で、演説会場に彩を添えるためにオーケストラが演奏するんだ。

ガボ　ヴァイオリニストは遅れてやってきたので、弁士はすでに殺されたあとなわけだ。

ビクトリア　グロリア、ヴァイオリニストはいくつくらいなの？

グロリア　四十歳から四十五歳くらいね。

ビクトリア　奥さんがあんなに愛しているところを見ると、きっとすてきな男性なのね。だって、朝食を用意し、ドアのところまで送っていって、焼き餅まで焼くんでしょう……。でも、旦那様が振り向いてくれないので、自分では不幸な女だと思っているのね。

レイナルド　最後に爆弾が出てきて、オーケストラが粉々に吹き飛ばされるわけだけど、あそこがどうもオペラみたいで気に入らないんだ。

ガボ　グロリア、君が語りたいと思っていることを正確に教えてくれ。

グロリア　ある夫婦、互いに相手のことを知らないカップルのストーリーなんです。夫は妻に関心がないので、妻のことを知らない。妻の方は、夫が二重生活を送っていて、危険でドラマティックなもうひとつの生活を一切妻に明かそうとしないので、夫のことを何も知らないんです。

ロベルト　そこが彼のアキレス腱になるんだ。つまり、妻をなおざりにしたばかりに……。

レイナルド　……で、結局奥さんが彼の命取りになる、妻のせいで危険な目に遭うわけだ。
ロベルト　彼がそのことに気づいた時は、もう手遅れなんだ。
ガボ　このストーリーがもし探偵ものだとしたら、問題があるね。まだ誰も訊いていないので尋ねるけど、ホテルの部屋は誰の名前で借りているんだ。ホテルのオーナーもやはりテロリストのメンバーなのかい？
グロリア　部屋はオーケストラ、というかオーケストラのマネージャーの名前で借りています。ホテルの部屋は静かなので、あの二人のヴァイオリニストのリハーサル用に借りているんです。
ガボ　重要人物が殺されたのに、そのあとのフォローがない、そういう映画は作れないよ。遺体を埋葬して、はいおしまいってわけにはいかないんだ……銃弾はあのホテルの、あの部屋から飛んできたもので、その部屋を借りていたのはどこそこの誰それだ……。
グロリア　サイトスコープのついたライフルで、遠く離れたところから撃ったんですから、そんなに簡単にわからないはずです……。
ガボ　それがわかるんだ。弾道分析をすれば、どの方角から銃弾が飛んできたのか正確にわかるんだ。
グロリア　最初のヴァージョンでは、あのヴァイオリニストの後をつけるのは奥さんではなくて、警察だったんです。警官はヴァイオリンのケースを持ってあの男が楽器店から出てくるのを目にします。そのあと、車を停止させ、ケースはひとつしかないはずだと考えて、中を調べるんです。男はいかにも自信ありげにもうひとつのケース、本物のヴァイオリンの入った方を取り出して、それを見せます。ですが、本物のヴァイオリンが入っていると思っていたのは間違いで、実はふたつのケースが同じものだったので、ふたを開けてみると……中に爆弾が入っていた。そこで映画が終わるんです。

ガボ　最初に君が話してくれたのはある犯罪、つまりテロ行為にまつわるストーリーだったけど、何もかも未解決のまま放っておくわけにはいかないだろう。警察の捜査を通して犯人を見つけるようにしないといけないよ。

グロリア　だけど、彼は決して捕まらないんです。

ガボ　すると、どうして逮捕されなかったのか、そこのところを語らないといけないよ。

グロリア　そうなると、もう一本映画を作らなくてはいけないでしょうね。

ガボ　テロ事件だけで別に一本撮らなくてはいけないだろうな。それとタイトルだけど、いかにもヴァイオリニストのアリバイとして使えそうな感じがするね。あの日、彼が劇場に着くと、テロ事件がすでに起こっていて、そのニュースが町中に広まっている。事実、オーケストラの楽団員たちもその話をしている……。やがて、警察が調査をはじめ、あのホテル、部屋、ヴァイオリニストを突き止める。その日にあのヴァイオリニストが遅刻するのなら、オーケストラのリハーサルや演奏会はアリバイにならないんじゃないのかい？

グロリア アリバイ証明は奥さんがするんです。彼女は、あの日、車が動かなくなり、後ろから押さなければならなかったので、家を出るのが遅くなったと証言します。

ガボ 彼女はそれが嘘だということを知っている。だから、話の辻褄を合わせる必要がある。まず、奥さんだが、彼女は嘘の証言をしたが、夫がそれに気づいていることを知っている。困ったことに彼女は、夫がすでに勘づいていると知ってるんだよ。そこが問題なんだ、わかるだろう？

グロリア ええ。それがわたしが語りたいと思っていたストーリーだと思います。

ガボ しかし、最初に君はある大統領を殺害し、そのあと殺し屋と彼の妻のストーリーの方にも関心を持つように言っているわけだ……。

ソコーロ 大統領じゃなくて、組合の指導者じゃないんですか？

レイナルド いずれにしても、政治的な犯罪だから、いろいろ尋問が行なわれるよ。

ガボ わたしの考えを言おうか？ 彼が妻を殺すんだ。うんざりしたからじゃない、彼女に勘づかれたから、つまり彼がテロ事件の犯人だということが知られてしまったからなんだ。彼女は警察に密告するだろうか？ そんなことはしない。自分が知っていることを武器にして彼を脅迫するんだ。

ソコーロ 彼女は夫の首根っこを押さえようとして事実を隠そうとするわけですね？

ガボ プロットとしては次のようなものが考えられる。つまり、テロリストの組織に属しているヴァイオリニストがテロ行為を行なうことになる。そのためにこれまで周到、かつ慎重に準備をしてきた……何ひとつ手がかりを残していないし、アリバイも完璧だ。男はヴァイオリンがうまいだけでなく、犯罪のプロでもある。しかし、予測もしなかった事態が起こる。妻に勘づかれてしまった。すべてを知られてしまったのだ。いよいよという時になって、妻は警察に事実とは逆のことを言う。「はい、わたしはあの朝主人を車にのせ、これこれの時間に劇場の入り口で降ろしました」。妻が突然、何の前触れもなく夫の共犯者になる。後天的《ア・ポステリオリ》な共犯者なんだ。夫はその時になって、妻が何もかも知っていることに思い当たるんだ。

ソコーロ　でも、警察がどうして彼に疑いをかけるんです？

ガボ　弾道計算をしたらあのホテルにたどり着き、あのホテルでヴァイオリンのケースを持っていた泊まり客が割れて、そこから単純に彼らが犯人だということになったんだ。

グロリア　ホテルのオーナーも共犯者だから、そういうことは教えないんじゃないですか。

ガボ　警察は彼を疑っているんだ。ああいう犯罪はそう簡単に隠し通せるものじゃない。

ロベルト　ひとつ選択を間違えると、話は最初の案からどんどん逸れていきますけど、そういうことにならないよう注意したうえでストーリーを変えていくべきだと思うんです……。捜査のシーンを入れると、刑事物の映画になってしまうので、なるべく入れないほうがいいと思います。テロ行為がなかったらどうなるんでしょうね？　テロは失敗する、それも奥さんのせいで失敗するんです。

ガボ　三十分もののドラマだと、そのほうがいいだろうな。粗筋はこうだ。奥さんは毎週金曜日になるときまって遅刻する、一見害のない好人物のヴァイオリニストの夫があるテロ事件の犯人だということに気がつく。彼女はたぶん夫を脅迫しようとしてのことだろうが、そのことを夫に伝える。自分の正体がさとられたと知って、夫は彼女を殺害する。グロリア、君の考えたストーリーはこういうのじゃないのかい？　もしそうなら、グロリア流の語り口でそのストーリーを語る手伝いをするには、われわれはどうすればいいんだろう？

グロリア　どう答えていいかわかりません。

ロベルト　グロリア、君のストーリーだと全員が死んじゃうけど、こちらの方だと死ぬのはひとりで済むね。

グロリア　爆弾を出すと、死ぬのは彼女ひとりだというわけにはいかないでしょうね……。

ガボ　爆弾が出ると、そこから次々に問題が生じてきて、収拾がつかなくなるだろうな。あのヴァイオリニストはいつもヴァイオリンに触れているわけだから、その重さを体で覚えているだろう。だったら、爆弾の入っているケースを持っただけで、ああ、こちらに入っているなとわかるはずだ。

ロベルト　やはり爆弾はやめましょう。彼女は嫉妬に駆られてリボルバーで夫を撃ち殺す。夫が毎週金曜日に遅刻するのは、ほかの女性と会っているせいにちがいないと勘ぐったからなんです。

ガボ　いずれにしても、二人の仲が冷え切っている点は、はっきりさせておいたほうがいい。二人の仲がうまくいっていれば、夫がテロ事件を起こそうとしていると妻が知っても、またちがった行動に出るはずだ。夫は妻を不安がらせてはいけないと考えて、何も言わなかった。しかし、彼女に勘づかれた以上、ふたつの可能性しかない。つまり、彼女が口をつぐんで夫をかばうというのがひとつ、もうひとつは妻が何とか夫を思いとどまらせようとするものだ。後の場合、そこからまたふたつの可能性が出てくる。つまり、夫は妻の言葉に耳をかさないが、それでも妻はかばおうとするというのがひとつ、もうひとつは自分の言うことに耳をかさない夫を密告するというものだ。

エリッド　そして、最後のケースの場合に妻を殺すんですね。

レイナルド　テロ行為にこだわると、ストーリーがどんどん横道に逸れていくんじゃないですか。

ソコーロ　でも、テロ行為は行なわれないんでしょう。

レイナルド　いずれにしても、そうなるんじゃないかと思わせるべきだ。結果的にはそうならないんだけど、期待感を抱かせる必要はあるよ。登場人物はヴァイオリニストじゃなくて、機械工か、技師にすべきだろうな。

グロリア　第一ヴァイオリンじゃないとだめよ。絶対に！

マルコス　奥さんもヴァイオリニストだという設定にしてもいいんだ。彼女は家でリハーサルをしようとして、間違えて夫のヴァイオリンのケースを開く。すると、中に爆弾が入っている。それを見て、夫がテロ行為をしようとしていることに気がつくんだ。

グロリア　彼のようなプロのテロリストは家に武器や爆発物を持ち帰ったりしないはずよ。

マルコス　いや、そういうテロリストだということにすればいいんだ。木曜日の夜、奥さんはケースの中にバラバラに解体してある銃を見つける。金曜日の朝、夫がトイレに行った隙に、彼女はケースを別なものと取り替える。夫はケースの中を改めないで家を出ていくが、それというのも前の晩にちゃんと中を確認してあったので、その必要はないだろうと考えたんだ。そうしてホテルに着き、窓から外をのぞくと、演説がすでにはじまっているので、ケースを開けてライフルを取り出そうとする……と、驚いたことに中に入っているのはヴァイオリンなんだ。で、結局テロ行為は行なわれなかった。

ガボ　出だしをこんな風にしても面白いだろうな。つまり、一台の車がスーパーマーケットの前に停まる。手にスーツケースを持った男が車から降りる。男はスーパーマーケットに入ると、適当に品物を選び、スーツケースを棚に近い床に置く。そのままレジに向かい、金を払って店を出ていく。車が走り去ってしばらくすると、ドーンという爆発音がして、スーパーマーケットが吹き飛ばされる。彼は顔色ひとつ変えずに劇場へ行き、オーケストラの自分の席に腰をおろす。ちょうどリハーサルをしているところで、指揮者が遅刻したことをとがめると、彼はいいわけめいたことを口の中でぶつぶつ言って、平然とリハーサルに加わる。警察が捜査するが……スーパーマーケットを爆破した犯人は見つからない。しかし、妻が勘づく。テレビでニュースを見ていて、彼女は夫がかかわっているにちがいないと感じ……。

グロリア　どうして夫があやしいと考えるんですか？

ガボ　それはこちらで考えなきゃいけない。夫がスーパーマーケットに入っていく時に、パラレル・モンタージュを使って、妻が劇場に電話をかける。「第一ヴァイオリンですか？」「いいえ、まだいらしてません。第一ヴァイオリンは金曜日にはいつも遅刻されます」。彼女は家の中を残らず調べ上げ、いくつかの細部から妙なことが起こっていることに気がつく。はじめは嫉妬に駆られてそういうことをしたのだが、あの夜、夫と一緒にテレビのニュースを見ている時に、落ち着いた態度で夫の方に向き直ると、こう言うんだ。「あのテロ事件の犯人はあなたね」。どうだ、これなら警察の捜査は必要ないだろう。あの夫婦の関係からすべてが明るみに出るんだ。

ロベルト　ぼくにはまだ納得がいかないんですが、本当のところ、ぼくたちは何をしようとしているんですか？

ガボ　グロリアが選択できるように、いろいろな案を出しているんだ。

ロベルト　選択肢はふたつ、つまり夫が妻を殺すか、あるいはその逆かのどちらかですね。ぼくは最初の、夫が妻を殺すというほうがいいと思います。しかし、そうなると弁護士がよく言う、予謀と計画性のある殺人ということになりますね。理由ですか？　つまり、妻をテロ行為の共犯者に仕立て上げ、目いっぱい利用した上で切り捨てることになるからです。

ソコーロ　自分は罰を受けずに妻を始末するというわけね。

ロベルト　彼が立てた計画では、妻が爆弾になるんです。本人はもちろん、視聴者にも予測のつかない展開になるでしょうね。

ガボ　そのストーリーは完全な形にしておいたほうがいい。

グロリア　彼女はたった一晩でテロリストに変貌するわけですよね、でもどのように説得したらそんな風に変われるのか見当がつかないんです。

ソコーロ　彼女は別にテロリストになるわけじゃないのよ。夫が二重生活を送っていることに気づいて、夫を愛している彼女は何とか助けたいと思うの。だけど、一方で、それがうまくいけば夫を支配できる、それが無理でも少なくとも夫を引き留めておくことができると考えるの。夫は妻の行動がどうも気になって仕方がない。彼は頭の切れる人なので、妻に事実を知られた以上、場合によっては自分を警察に売りかねないという潜在的な危険があると感じている。そうした選択を前にして、彼は妻に二重生活をやめて、ふつうの生活に戻ると信じ込ませ、一方で気づかれないように彼女を逃げ場のない罠におとしいれるのよ。

セシリア　最後の瞬間まで、彼女は何も知らないわけね。

グロリア　正直言って、状況がよく飲み込めないの。

ガボ　彼が奥さんに大きな仕事を頼みたいんだが、聞いてもらえるだろうかと言い、妻がそれを聞き入れる。彼の頼みというのは包みをある場所に置くだけなんだが、その中には爆弾が入っていて、それを運んでいる時に爆発するように、彼があらかじめ設定しているんだ。むろんそれは彼も一枚嚙んでいるある作戦なんだ。彼は変装し、車の中で妻の安全を見守っているふりをして、実は監視している。彼女は車から降りると、急ぎ足で指定された場所に向かう。爆弾が爆発する。彼はかつらをゆっくり取ると、車のアクセルをふかし、その場から立ち去る。

グロリア　スーパーマーケットに話をもどしますけど、たしか彼はあそこで買い物をしましたよね。床にスーツケースを置く前に……。つまり、奥さんが家の中であるもの、スーパーマーケットの買い物袋なんですけど、それを見つけたせいで足がつくんです。袋にはスーパーマーケットの名前と住所が大きな文字で印刷してありますからね。

ガボ　スーパーマーケットには電子監視装置が設置してあって、防犯カメラが店内の様子を細大漏らさず撮影している。そのビデオテープから犯人らしい人物が特定され、その映像がテレビを通して流される。しかし、変装しているので、容疑者がどういう人間なのかはわからない。次の日、奥さんがスーパーの袋に入っている変装用の道具、かつら、つけ髭、サングラスなどを見つける……。

レイナルド　テレビの画面で容疑者の映像を見て以来、奥さんは夫ではないだろうかと疑っています。はっきりしたことはわからないんですが、チックとか、ちょっとした仕草、首の動かし方といった夫の特徴ある動作を見逃さなかったんです。

グロリア　アイデアはすてきだけど、説得力に欠けるように思えるの。

ガボ　そうとも言い切れないよ、グロリア。たしかに、母親でも見抜けないほどうまく変装することは可能だよ。だけど、それは正面から見てのことで、後ろ姿を見ればすぐに見分けられる。このストーリーでは、奥さんが容疑者は自分の夫だと見抜くか、あるいは少なくともそうらしいと考える。しかし、そのことは口に出して言わず、心に秘めたまま調査をはじめる……。

グロリア　ようやく筋道が見えてきたような感じがします。

ガボ　実を言うと、最初はストーリーを君が望んでいるような方向に導くことは絶対に無理だろうなと考えていたんだ。全体につかみ所のない感じがしたんでね。だってそうだろう、テロ事件から生じるさまざまな問題をどう解決していくのかとか、劇場の前で妻が夫の手からケースを奪い取るところがあったけど、あの時の二人の行動をどういう風に描けば本当らしく見えるか、あるいは手に爆弾を持って舞台に近づいてくる妻を見て、夫がとる行動をどう解釈するかといった問題があったからね。それが今ではストーリーとしてそれらしい体裁を取りはじめている。夫が妻を殺す方法についてはあまり心配していないんだ。技術的な問題だからどうにでもなる。大切なのはその前段階だ。つまり、妻が夫の正体に気がつく、そうと知って夫が、相手に気づかれないで罠にかけようとして蜘蛛の巣を張りめぐらしていくわけだ。あの男は冷酷な人間だが、それが彼の長所でもあるんだ。こういったストーリーなら三十分でうまく収まるだろう。

グロリア　最初考えたストーリーでは会話がまったく出てこないんですけど、それはどうなるんでしょう？　会話のないストーリーというのを考えたんです。

ガボ　それでいこう。まったく言葉の出てこない映画を作ればいい。

グロリア　テレビのシーンだけは別です。あそこではニュースキャスターがしゃべりますから。

レイナルド　ニュースキャスターが、ビデオテープに映っている人は全員自主的に警察に出頭するか、あるいは居場所がわかっています……ただ、ひとりだけ誰だかわからない人がいます、と言うとその人物の映像がスローモーションで映し出されるんです。奥さんはそのテレビを見て、夫にちがいないと考えます。

ガボ　そこまでいくと話が込み入ってくるよ。警察は現在この人物を捜しています、とニュースキャスターに言わせればいいだろう。

ロベルト　グロリア、今思い出したんだけど、最初のヴァージョンには対話のシーンがあったはずだね。彼女が劇場に電話すると、向こうの人が「いいえ、奥様、第一ヴァイオリンは金曜日にはいつも……」と答える……。

グロリア　この映画で会話が出てくるのはそこだけだったのよ。

ロベルト　映画の中に簡潔でインパクトの強い対話をほんの少し入れておけば、視聴者は無声映画を見ているような気持ちになるはずだ。

ガボ　その通りだ。完全な無声映画にしてしまうのは技法的に見てもやりすぎになる。

ロベルト　奥さんはテレビで容疑者の映像を目にして、ひょっとして夫ではないだろうかと思いつつも、まだ確信が持てない。そうすれば、彼女は犯人が夫だと気づいているんだろうか、というので緊張感が出てくると思うんです。

ガボ　彼女が家の中を嗅ぎまわりはじめた時に、緊張感が生まれる。さらに、夫が彼女をおとしいれるための罠を仕掛けていると視聴者が感じ取った時に、緊張感はいっそう高まってくる。

ロベルト　同時にふたつの方向で緊張感を高めていったらどうでしょう？

ガボ　話が入り組んでくるだろうな。それにそこまで苦労しても意味がないように思えるんだ。

ロベルト　しかし、いずれにしてもストーリーは込み入ったものになりますね。

グロリア　夫は次のテロの準備を着々と進めるが、今回は妻の助けを借りるつもりでいる。しかし、その時はまだ奥さんが犠牲者になるとはわかっていない。

ガボ　彼女は亡くなり、警察が遺体を確認する。警察は当然のことだが、事件があったことを夫に伝える。しかし、その時はまだ彼を疑ってはいない。けれども、あることがきっかけになって……。

グロリア　夫が犯人だとわかるような細かな仕掛けをするんですね。それだと、ヴァイオリンと関係のある何かだといいでしょうね。

ガボ　映画の中で、夫は完全犯罪の準備を進めていくが、表面的には妻を作戦の中心に据えてテロの準備をしているという風になっている。夫はむろん「悪いけど、この服を洗濯屋にもっていってくれるかな」といったようなことを言ったりしない。彼女が聞き入れざるを得ないような重要なことを依頼するようにもっていかなければだめだ。組合の指導者をターゲットにしたらどうだろうと考えていたんだ。それなら、彼としても妻に手伝ってほしいと言えるだろう。

レイナルド　《日常的テロリズム》という、多少残酷で常軌を逸したアイデアをもっと展開させていくと面白いと思うんです。彼は今週の金曜日にスーパーマーケットを爆破し、次の金曜日にある人物を抹殺する……それも、音楽家――この場合は、ヴァイオリニストということになりますが――そのヴァイオリニストが習慣的に今日はシューベルトを演奏し、明日はベートーベンを弾くように、テロを行なうんです。日常的な行動と常軌を逸した行動とがひとつに結びついている点を強調したら面白いでしょうね。

グロリア　全体的に抽象的な感じがするわね。

レイナルド　これはアイデアだからね。
グロリア　具体的なことを知りたいの。たとえば、何があの女性を突き動かしているのか？　嫉妬、それとも夫がスーパーマーケットを爆破した犯人ではないだろうかと疑っているからなのか、といったことを知りたいの。
レイナルド　最初は嫉妬に駆られたんだよ。
グロリア　彼女は夫に愛人がいるのではないかと疑う。それを確かめようとして調べていくうちに、夫は女たらしではなく、実はテロリストだということに気がつくわけね。
ガボ　後戻りしてはだめだ。今度の映画はスーパーマーケットのシーンではじまるという点で意見が一致していたはずだ。たしかに恐ろしい違法行為にはちがいないけれども、司法による捜査のプロセスまで出さなくてもいいだろう。
グロリア　捜査のシーンはないほうがいいんじゃないですか。
ソコーロ　捜査はあるわ、なければおかしいじゃない。だけど、なにも画面に出す必要はないのよ。スーパーマーケットのビデオテープに映っていた不審な人物を見て、彼女は行動しはじめるの。
ガボ　彼がスーパーマーケットに入ったちょうどその時に、彼女が劇場に電話を入れる。そこで、「いいえ、奥様、金曜日には……」というやりとりがある。その時点では嫉妬が主な動機になって行動を起こしていいわけだ。彼女はそのあとすぐ犯罪の証拠品が隠されていないかと夫の持ち物を調べはじめるんだろう？　そこで偶然かつらや化粧品のケースを見つける。夜、テレビのニュース番組で不審者の姿が映し出されると、彼女は食い入るように見つめる。彼女はなにも言わないが、その不審人物が自分の夫だと直感的に感じる、というか見抜いてしまうんだ。

ロベルト　嫉妬に駆られて夫の身の回りを調べた彼女が、夫がテロリストだと気がつくというのは、いいアイデアですね。

ガボ　嫉妬を動機にするんなら、それだけでもう一本映画を作らない限り、それで長く引っぱれないよ。

レイナルド　週に一度テロ行為を行なうというアイデアは、はずさないでおきましょう。たしかに多少グロテスクですが、テロリズムの冷酷で非人間的な性格がそれでうまく出せると思うんです。

ガボ　そういうことはこれから研究していくことにしよう。今はまず、われわれの心を惹きつけ、ストーリー展開にもっともふさわしいものを選びとることが先決だ。

マルコス　今思いついたんですが、スーパーマーケットの爆破犯が帽子をかぶっていたとしたらどうでしょう。その夜、あのヴァイオリニストと奥さんが部屋でテレビを見ている。その時に容疑者の後ろ姿が映るんですが、それを見て……奥さんはすっと席を立ち、クローゼットのところに行くと、帽子の入っている箱を取り出してふたを開ける……中に入っていた帽子がなくなっているのを見て、「あなた、冬用の帽子はどうしたの？」と尋ねる。奥さんからそう尋ねられて、彼は「嘘をついてもだめよ、あなただということはちゃんとわかっているんだから」と言われているような気持ちに襲われるんです。

ガボ　そうなると、話の流れが変わってきて、彼女は家の中を調べる必要がなくなってしまうな。

ビクトリア　嫉妬に駆られているせいで、妻は五感が鋭くなっているとしたらどうでしょう？　夫が何か隠しごとをしている。毎週金曜日になると、朝早くから何かごそごそしているようだけど、どうもおかしいと考えるんです。で、金曜日の夜にテレビを見ていると、帽子をかぶった容疑者の姿が映し出される……。

ガボ　それを見て彼女はたぶんほっとするだろうな、自分の疑念……つまり、夫に女がいるのではないかという疑念が根も葉もないものだとわかって、夫に許しを乞うんだ。

ビクトリア　彼女は嫉妬に駆られて家捜しをし、ついに証拠になるものを発見する。口紅のついたハンカチ、スリーピースの服の襟についた金髪……。そうして調べていくうちに、奇妙なものを発見する。うまく言えないんですが……。

セシリア　それが女性の用いる身の回りの品で、彼が同時に別の目的で使えるようなものならいちばんいいんでしょうけどね、たとえば……。

ガボ　できればスーパーマーケットのシーンではじめるといいんじゃないのかな、そうすれば本物のドラマで映画がはじまり、結末につながっていくと思うんだけどね。嫉妬に駆られてどうこうというのはうわべの諍い、見せかけでしかないんだ。数分間はいかにもそれらしく見えていたんだが、テレビを見るシーンになったとたん消えてなくなってしまう。つまり、起爆装置みたいなもので、それを機に夫の正体が明らかになる。残された時間内で、妻を抹殺しようとして夫があれこれ手を尽くすところを撮ればいい。そういうストーリーを三十分に収めればいいんだよ。

ロベルト　正体がばれたとたんに、彼はかつてないほど妻を愛しているようなふりをするんです。妻をテロ計画のメンバーに加えることによって仲間として、また女として再発見したような顔をします……。二人は二度目の新婚生活を、人生でもっとも幸せな時期を迎えるんです……しかし、それはすべてあらかじめ仕組まれたことなんです。

ガボ　政治的な犯罪と愛情から生じる犯罪とが混同されそうで心配だな。

ロベルト　この場合は、そのふたつの要素が絡み合っています。

ガボ　簡潔明瞭に語れる出来のいいストーリーがあれば、なるべく入り組んだものにしないほうがいい。このヴァイオリニストは、たとえ妻を愛しているにしても、彼女を殺さざるを得ない状況に追い込まれている。自分の身の安全を確保するためには、感情的なものも含めてすべての思いを捨て去らなければならない。そうすればストーリーはいっそうドラマティックなものになる。

ソコーロ　彼の視点からするとたしかにそうなんですけど、嫉妬と偽りのロマンスを要素として加えれば、女性の人物像にふくらみが出ると思うんです。

ガボ　ふたつの選択があるんだから、それを別々に展開させてみたらどうだろう。一方は二重の見せかけというふたつの流れを追っていき、もう一方はプロのテロリストが自らに課せられた義務を果たすというひとつの流れだけを追求していく。このふたつを展開させてやれば、それぞれがはらんでいる問題点が浮かび上がってくるだろう。

グロリア　おっしゃるように、あの男が冷酷非情で、どんなことでも平気でやってのける人間だというのでいいと思います。

ガボ　一言で言えば、どうしようもない人間のくずだということだね。

ロベルト　突然妻を愛しているふりをするという点を考えると、それ以下の人間と言えるかもしれませんね。

ガボ　彼女を殺害するのに、なにもそこまでする必要はない。爆弾を運ばせるためなら、別に愛しているふりをする必要はないよ。狂信的なタイプで、大義を至上のものと考えている人間なんだ。

レイナルド　一流のテロリストである彼は、目的のためならいかなる手段も許されると考えています。そして、必要なら自分の妻を「犠牲者」にすればいいと感じているんです。

ガボ　心の底では妻を愛しているということだな。

ソコーロ　相反する感情を出してもいいんじゃないでしょうか。今日は妻を愛しているけれども、明日になると愛しているふりをする……それでもいいんじゃないですか？　あり得ることですから。男はもともと冷酷で無慈悲な人間なんですが、突然妻がいとおしくてたまらなくなるんです。といっても、そういう感情もすぐに消えてしまうんですけど……。そうすれば、あの女性像にふくらみが出ると思うんです。

ガボ　ともかく、彼は妻を殺すんだ。完全なアリバイを作ったうえで殺害する。何がなんでも、愛情を踏みにじってでもそうする、このアイデアはいいと思うよ。あの男が無慈悲で、彼女の死に様が無惨なものであればあるほど、いっそうインパクトが強くなる。

グロリア　どうかあなたに神様のお許しがありますように。

ロベルト　思わぬ計算ちがいで、爆弾が彼を吹き飛ばすというのはどうでしょう？

レイナルド　それにどういう利点があるんだい？

ソコーロ　犯罪は割に合わないということがわかるでしょうね。

レイナルド　あるいは、神の裁きは存在することが理解できるだろうな。

ガボ　男が組織のメンバーと会い、「妻に知られた」と報告すると、「それなら、始末するしかないだろうな」と言われる。

グロリア　それがいいです。妻を殺害する決定を下すのがテロリストの組織だというのはいいですね。そうすれば、すべてがより冷酷非情で、非人間的な感じがします。彼はロボットのように命令を忠実に実行するだけなんです。
ガボ　彼は、「君が手を下すか、あるいはわれわれの手で始末するかのどちらかだ」と言われる。そして、彼はその言葉が何を意味しているかよくわかっている。
ロベルト　みんなが言うように、彼女をそれほど愛しているのなら、どうして彼女を連れて逃げないんです？
ガボ　残酷な内容の映画だからだよ。
グロリア　メモが山のようにできたので、これから仕事にかかります。

ある復讐の物語

Historia de una venganza

ロベルト　実は入り組んだストーリーがひとつあるんだ。
ビクトリア　タイトルはついているの？
ロベルト　いや、牢を出たばかりの囚人の話なんだが、タイトルはまだつけていない。四十五年間牢に入っていて、もうよぼよぼの老人で、名前はジョアンにしてみようと思っている。

ビクトリア　年齢は何歳くらいなの？

ロベルト　六十五歳か七十歳くらいかな……。刑期を終えたばかりで、監獄を出てまだ何時間も経っていない。行く当てがなくて、町、サンパウロのような大都会の町はずれにある地区を不安そうに歩いている。騒々しい物音や通りを走る車、都会の喧騒にジョアンは耐えられない……、一軒のバル、大理石のテーブルと木製の椅子が並び、鏡があちこちに取りつけられている古い酒場なんだが、それが目に入ったので、ジョアンはようやく探していた避難所を見つけたような気持ちになり、ほっとため息をもらして中に入っていく。椅子に腰をおろし、飲み物を注文する。何気なく鏡に映った自分の姿を見ると、皺だらけで白髪頭の老人が映っている。その姿を見たとたんに彼は、「若返ってもう一度人生を一からやり直せるのなら、どんなことでもするんだがな」とつぶやく。するとその声が鏡の奥でこだまのように、死神のうつろな声のように響く。ジョアンにはその同じ声が、「過去のことを忘れるという条件を呑みさえすれば、お前の願いをかなえてやる。過去の世界には亡霊たちが棲んでいる。その亡霊たちがお前をつかまえた時点で、わしはお前を迎えに戻る」と語りかけているように感じる。ジョアンはそれを聞いて茫然自失し、ボーイが彼のグラスを持って近づいてくるのを見ても、何と言っていいかわからない。ジョアンはグラスの酒を一口飲み、物思いにふけりながら「わかった」とつぶやく。ふたたび鏡に目をやると、そこに若い男が映っている。その若い男は自分の後ろにいるのだろうと思って、びっくりしてまわりを見回すが、誰もいない。映っているのは彼自身なんだ。しかし、四十歳ほど若返っていて、二十五歳の昔に戻っている。ジョアンは自分の目が信じられない。身分証明書を取り出してみると、誕生日と写真が二十五歳の若者に変わっているんだ。

ビクトリア　それは四十年前の彼であって、別人じゃないのね？

ロベルト　ああ、本人なんだ。牢に入ったばかりの頃に戻っているんだ……。ジョアンはバルをあとにすると、安宿に泊まり、近くで働き口を探しはじめる。失業者が増えているので、何日も長い列の後ろに並ばなければならなかったけど、ようやく近くの工場で技能工として働くことになる。

ビクトリア　何の工場なの？

ロベルト　時計工場だ。そして、ある日工場主、あるいは工場の経営者に呼ばれる。ちょうど工場では大勢の工員が首を切られているんだが、経営者は社員名簿にジョアンの名前、彼の洗礼名と名字だけど、それを見て、彼と話をしたいと言い出したんだ。誰もが妙だなと思う。というのも、大きな工場の経営者が一工員、それも最近雇い入れたばかりの職工と面談したいと言ったんだからね……。

ソコーロ　そんな風に工員の首を切っているんなら、どうしてジョアンを雇ったりしたの？

ロベルト　臨時雇いだよ……工場に急ぎの注文が入って、組立ラインで人が必要になったんだ。ジョアンは経営者をひと目見て、すぐに誰だか見抜く。経営者は彼と同年輩、つまり彼の実年齢とほぼ同じ七十歳くらいの男なんだ。ひと目であの男だと気づいたんだけど、おそらく何十年ものあいだずっとあの男、つまり若かった頃のあの男のことを考え続けてきたんだろう……。ジョアンは動揺を抑えようとする。彼の耳に、「過去のことは忘れるんだ」という死神のくぐもった声が聞こえてくる。必死になって気持ちを静める。経営者はにこやかな笑みを浮かべながらジョアンに向かって、君の姓名がわたしの昔の友人とまったく同じだったものだから、わざわざこちらに来てもらったんだ。その友人とは若い頃に別れたきり会っていないんだがねと言ったあと、妙な話だが、君はわたしの友人の若い頃にそっくりなんだ、とつけ加える。「ボナイレで過ごした青春時代の話だが、そのころ君はまだ生まれてなかったんだな……」。経営者は亡き友人を偲ぶ意味で、君にわが社の正社員になってもらうつもりだと言うんだけど、まるで彼の友人がすでに死んでしまっているような口ぶりなんだ。すべては老人の気まぐれ、あるいは奇妙なエピソードのように思われる。ジョアンは自分の正体を明かさないまま経営者と別れる。

ビクトリア　だけど彼はその老人が誰だかわかっているし、老人の年齢はジョアンの計算とぴったり合うのね……。

ロベルト　日が経つにつれて、ジョアンは耐えられなくなってくる。休日を利用して生まれ故郷の町ボナイレに戻ると、図書館へ行き、古い地方紙をひっくり返して調べる。そこには強盗事件、三人組による銀行強盗の記事が出ていて、町の名士だった判事がその時に殺害されたという記述がある。彼、つまりジョアンが殺人の罪に問われたが、銃を撃ったのは、あとの二人のひとりだということははっきりしているというのに、そのどちらかはわからないのだ。

ビクトリア　そうした情報を手に入れるために、なぜボナイレまで行かなければならなかったの？

ロベルト　彼は銀行を襲った時に逮捕されたので、その後のことをまったく知らない。だから、今になって調べてみようという気を起こしたんだ。つまり、あとの二人はどうなったのか、とりわけ不当にも自分が罪に問われることになった判事殺しの件について知りたいと思った。けれども、わかったのは銃を撃ったのは自分ではないということだけだった。

ソコーロ　彼は記憶をなくしたわけじゃなくて、本当に何も知らないのね。

ガボ　牢に入れられたので、仲間がその後どうなったのかわからなかった……。彼は家族もいない孤独な人間だったので、牢に入ってからも事件については何ひとつ知ることができなかったんだ。

グロリア　あとの二人が姿をくらまし、以後その足取りがつかめなかったので、彼がひとりで罪をかぶったわけね。

ビクトリア　だけど、鏡は彼に向かって過去のことは忘れるんだ、と言ったんでしょう。

ロベルト　そこが問題なんだ。彼は忘れたいと思っているんだが、どうしても忘れられないんだ。

ガボ　死神の言葉に背いたりしたら、たいへんなことになるぞ。

ロベルト　ジョアンは腕のいい工員で、ほかのものは気づいていませんが、人生経験も豊かなんです。そのうえ、経営者にも気に入られているので、工場、あるいは会社での地位も上がり、今では重い役職に就いています。ある日、経営者が彼を呼んで、君の仕事ぶりには感心しているよ、ちょっと外に出て、一杯やらないかと言います。みんなももう気づいていると思うけど、判事を射殺した真犯人はあの経営者なんだ。彼は自責の念に駆られて、昔の仲間を思い出させるあの若い男を通して罪の償いをしたいと考えている。ジョアンと彼は町に向かう。驚いたことに経営者は鏡のあるあのバル、ジョアンが若返ったあの店へまっすぐ向かっていくんです。二人はワインをボトルでもってきてくれと頼みます。経営者はぐいぐい飲むんですが、ジョアンはほとんど口をつけないで、相手が酒を飲み、しゃべっているのを眺めています。それどころか、いかにも興味ありげな態度をとって相手がしゃべるようにしむけます。このシークエンスでは悪夢のような感じを出したいんです。バルは客でひしめいており、地獄のような喧騒が渦巻いています。また、鏡があるせいで客の数が二倍に膨らんで見えるんです。経営者は止めどなく飲み、しゃべり続けます……。その時突然ジョアンの耳に経営者の声、というか厳しく問いかける声が聞こえてきます。ある男が友人を裏切り、その友人の人生をぶちこわしてしまったが、そんな人間が救われるためには何ができるだろう……「何もできはしない。許しがたいことをしたんだから、何もできないんだ」。弁護士のよく言う、間接的な告白、代理の証言です。

ソコーロ　ジョアンは疑ってはいたけど、確信は持てなかったんでしょう？

ロベルト　いや、もう確信していたんだ。だから、それから数日後に、事務室でひとりきりになると、デスクの引き出しから当時の新聞のコピーを取り出して眺め、もう一度目を通しはじめるんだ……その中には、彼が手錠をかけられて監獄に連行されるコピーもある。ジョアンは経営者に電話をかけ、どうしても見せたいものがあるので、こちらの事務室の方に顔を出してほしいと言う。経営者が部屋に入り、壁一面に貼られた新聞の切り抜きやコピーを見てすべてを悟るんだけど、本当のところは何もわかってはいない。これはどちらでもいいんだけどね。ジョアンはすでに銃を取り出していて、引き金を引く。致命傷を受けた経営者は椅子に倒れかかる。その前に座っているジョアンは黙ったままじっと彼の顔を見つめている。と、突然彼の顔、つまりジョアンの顔にしわが寄りはじめ、髪の毛が白髪に変わっていく。その様子を経営者は恐怖に顔を引きつらせながら見つめている。友人、監獄で死んだとばかり思っていた友人がもし生きていたら、今はこんな顔になっているだろう。経営者が息を引き取ると、ジョアンも死んでいく。

ソコーロ　どうして死んじゃうの？
ロベルト　死神が迎えにきたからだよ。ジョアンは契約をやぶったんだ。
ソコーロ　奇妙な映画ね。
ロベルト　復讐の物語なんだ。
ガボ　問題は三十分で収まるかどうかだな。
グロリア　大きな矛盾があるわ。ジョアンは死神にもう一度チャンスがほしいと言うんでしょう、それなのにすぐにその契約を破棄するじゃない。契約を結んだのに、すぐにそれを破棄するわけね。
ロベルト　ジョアンはすべてを忘れて働こうとするんだけど、運命がふたたび彼を過去と向き合わせるんだ。
ガボ　ロベルト、このストーリーは三十分じゃ収まらないよ。
ロベルト　大丈夫ですよ。
ガボ　じゃあ、やってみるか。
ビクトリア　ジョアンは職にありついて、うまく出世していくんだけど、そこのところが何となくしっくりこないの。
ロベルト　彼は技能工なんだ。たぶん監獄で時計の修理をしていたんだろう……彼が時計工場を選んだのは決して偶然じゃない。というか、このストーリー全体は時間とかかわっている。彼の昇進に関しては、すでに説明したと思うけど、罪の意識に駆られた経営者が彼を推しているんだ。

ガボ　そんな風に出世コースを一気に駆けのぼる人物の話なら、三十分で語るのはむずかしいだろう……オフの語り手を使わないといけないんじゃないかな。

ロベルト　たしかにこの映画は一風変わった性格を具えています。その意味で、どういう雰囲気にするか考えなくてはいけないでしょうね。

ガボ　できればしっかりした構成を考えておいたほうがいい。このストーリーを三十分で語れるような構成を作っておかないと、この先どうなっていくのか見当もつかないと思うんだ。

レイナルド　まずストーリーをすっきり整理してみたらどうでしょう？　ジョアンはボナイレまで出かけていって地方紙をひっくり返して昔の記事を調べますよね、あそこをカットしてもいいんじゃないですか。その部分を表に出さずに、彼はボナイレへ行って、新聞の切り抜きをすでに手に入れているとしたらどうでしょう。

ロベルト　しかし、あそこでジョアンは死神との契約を破棄するんだよ。つまり、あれは過去への旅なんだ。

ビクトリア　だったら、そこでジョアンが死んでもいいんじゃないの。すると、映画は五分しか持たないでしょうけど。

レイナルド　ジョアンは新聞の切り抜きを持って出獄する。身の回りの品を入れた包みを持っているんだけど、その中に切り抜きが入っている。で、安宿に泊まった時に――彼はすでに若返っていて、以前とはまったく違う生活を送っているんだ――包みの中の品を取り出してタンスにしまうんだが、その時に黄ばんだ色になっている切り抜きを見る。それは記憶から消し去って忘れてしまおうとした彼の過去なんだ。だから、彼はそれを破ってくずかごに捨てようとするんだけど、考え直し、丁寧に折り畳むと、引き出しにしまう。これが大きな間違いなんだ。

グロリア　あらゆる悲劇に出てくる致命的な過ち、古典的な過失ね……。

レイナルド　しかし、人生はつねに人間の予測を裏切る。若いジョアンは幸運に恵まれる。彼は出世コースを歩みはじめる。何も語り手を出さなくても、その過程ははっきり目に見える形で描き出せると思うんだ。以前、柔道を学びたいと思って懸命に老師のもとに通う少年の映画を見たことがあるんだけど、師範はその少年を弟子として受け入れる。そのあと、少年が成長していく過程が単純に、つまり少年の性格の変化が目に見える形で描き出されていく。最初は厳しい練習に打ち込み、そのあと伸び伸びとやるようになる。ついで、自信にあふれ、さらに傲慢になる。そして、最後に師範のように堂々とした威厳が具わるようになるというものなんだ。この映画でも、連続する映像を単純につないでいくことで、どん底から頂点へとのぼりつめていく若者のたどった軌跡を描き出せるはずなんだ。

ロベルト　テレビの視聴者というのはいつ何時ザッピング、つまりチャンネルを変えるかわからないから、テレビ向けの映画は視聴者の目を釘付けにするようなものでなければならない。そう考えて、ストーリーを切れ目のないものにするために苦労したんだ。

ガボ　しかし、テレビ小説のテクニックはまた別だよ。あそこでは、何も起こらない。というか、今にも何か起こりそうな印象を与えなくてはならないんだ。そうすれば、チャンネルを変えられずに済むからね……。

ロベルト　アメリカ映画ではいつも何か事件が起こりますね。シークエンスごとに何か事件が起こるんです。

ガボ　囚人のストーリーではそうはいかないよ。たしかに恐ろしい事件は起こるけど、それまでに長い時間が経っているからね。

ロベルト　別のストーリーに変えてもいいんですけど。

ガボ　そう簡単にこのストーリーをあきらめてはだめだ。これはわれわれに突きつけられた挑戦状だよ。ただ、彼の人生を語るのに三十分しか使えないというのが、気がかりなんだ。ジョアンは牢に入っているあいだ復讐することだけを考えていて、牢を出ると共犯者、つまり真犯人のところにまっすぐ向かったというのなら、話は簡単なんだけどね。

ロベルト　復讐が目的ではなかったんです。ジョアンを苦しめているのは、牢に入っているあいだに年をとり、人生を棒に振ってしまったというのが悔しくて仕方ないんです。失った歳月を取り返すためならどんなことでもするつもりでいます。だから、昔の自分に戻って、人生をやり直したいと考えるんです。

ガボ　しかし、ここで逆転するのは時間ではなくて、主人公の年齢だろう。時間は確実に過ぎていったんだ。ジョアンは、四十歳若返りはしたものの、すべての人の前を、彼自身の前さえも通り過ぎていった現実の時間を生きてきたんだ。ただ、彼の外見だけが変わったにすぎない。彼はふたたび若者の姿に戻りはしたが、所詮それは仮面でしかない。彼の記憶と彼の性格は以前と少しも変わっていない。

ロベルト　ジョアンは生まれ変わりたい、過去を忘れて新しい人生を生きたいと切望します。亡霊たちから逃れようとするんですが、結局捕まってしまいます。人は亡霊から逃れることはできない……。

ガボ　彼は契約を守らないで、死神を罠にかけるんだろう?

ロベルト　いや、死神が彼を罠にかけるといってもいいでしょうね。

ガボ　ジョアンは時計工場で働くことになるわけだが……ひょっとして彼は昔の共犯者がその工場の経営者だということを知っていたんじゃないの?

ロベルト　それはあり得ません。

グロリア　四十年間牢に閉じこめられていたジョアンは、その間一度も共犯者たちがどうなったかを調べようとしなかったの?　新聞で何らかの情報を得られなかったの?

ロベルト　新聞社は何も知らなかったんだ。彼がたったひとりの犯人だからね。
グロリア　たとえば、友人を通して……。
ロベルト　友人？　共犯者たちをのぞいて、ジョアンには友人も、親戚もいないんだよ。
ソコーロ　彼はほとんど終身刑に近い罰を受けたわけでしょう、それなら長い裁判があったはずよね？　だったら、その審理のなかで共犯者の名前や、彼らの足取りが……。
ロベルト　ジョアンは口を割らなかったんだ。
ソコーロ　警察は彼らの足取りをつかめなかったの？
ロベルト　大地にのみ込まれでもしたように、どこかに姿を消してしまったんだ。
ソコーロ　自分が犯してもいない罪でジョアンは長年牢につながれていたわけだけど、誰も何も言わなかったの？　銀行強盗でそんなに長い刑に服するのはおかしいわ。
ガボ　ストーリーが本当らしく見えるかどうかはどうでもいいんで、大事なのはわれわれがそれを信じることなんだ。ただ、ロベルトのストーリーに関して言うと、わたし自身はまだ信じるところまでいっていない。ジョアンが二十五歳の青年に若返るところがあるけど、わたしが信じているのはその箇所だけだね。受け入れるかどうかはともかく、これはいわば取り決めで、わたしはその取り決めを受け入れるということだよ。
ロベルト　あそこからあとは一切の束縛から解放されて、好きなことが書けるように思えるんです。

ガボ　いや、それはだめだ。むろん好きなことを書いていいんだけど、それはあくまでも君が自分自身に課した枠内でのことだよ。ちょうどチェスと同じだ。ビショップがなぜ横に動けるかというと、そういう取り決めを前もって受け入れたからなんだ。それ以降は、自分の好きに駒を動かすことはできないんだ。

ロベルト　ジョアンが自分の会社で働いていると知って、経営者は彼に会おうとしますが、実を言うとあの箇所が気に入らないんです。あそこがどうもうまくいかなくて……。

ガボ　あそこの展開がひどく安直だということは、君自身が自分に対して甘すぎるということだと思うよ。すべてが夢の中の出来事のように対立も抵抗もなく進んでいくよね。それとも、あれは夢そのものなのかい？

ロベルト　いいえ、ちがいます。本当ならもっと時間をかけて語らなければいけないストーリーを三十分に収めようとしたからだと思います。

ガボ　君はジョアンが経営者とはじめて顔を合わせるところがどうも自信が持てないと言っているけど、たしかにその通りだよ。工場の経営者、あるいは大きな会社の社長が、社員のリスト、それも五十人に上る解雇者のリストまでついている社員のリストの中から、たったひとりの社員の名前に目を留めるんだから、それなりの理由がないとおかしいよ……たとえば、クアウテモック・オルトドクソ〔クアウテモックはアステカ帝国最後の王の名前。オルトドクソは、「正統の」を意味する〕といったような……。

ソコーロ　たとえば工場に新しい部署ができるとか、作業場が拡張されることになって、社員が祝賀パーティーに招かれる。そこに経営者が出席して……。

ロベルト　だけど、あの二人が偶然顔を合わせるとか、ジョアンが会おうと決意するといんじゃまずいんだ。あそこでイニシアティブをとるのは経営者でないといけない。

ガボ　経営者はジョアンの正体を知らないんだよな？

ロベルト　最後の、死の瞬間になってはじめて気がつくんです。

ガボ　つまり、その時はじめてジョアンの本当の顔を見るわけだ。『ドリアン・グレイの肖像』みたいだな。

レイナルド　ジョアンが経営者を殺すというところがどうも気になるんです。経営者は真実を知って、驚愕のあまり死んでしまうとしたほうがいいんじゃないでしょうか？

ソコーロ　ドリアン・グレイの本当の顔を見たために、心臓発作を起こすというわけね。

ロベルト　真犯人が死ぬのに、ジョアンが手をこまねいてそれを見ているというのもおかしいよ。やはり、彼が自らの手で裁きを下すべきだよ。

ガボ　若くないと復讐できないわけじゃないだろう？　若返りというのは滅多に用いられない手だけど、それを使うんなら、もっとうまい使い方をしたほうがいいんじゃないかな。

ロベルト　あれを用いたのは、まず第一にジョアンがいくらそう願っても過去から逃れられないということを伝えたいからなんです。次に、そこから生じてくる結果なんですが、誰も自分の影から、自分の作り出した亡霊から逃れることができないということを明らかにしたいと思って……。ぼくが伝えたいのは復讐の物語ではなく、救済の物語なんです。ただ、見てのとおり救済は不可能だということになるんですけどね。

ガボ　しかし、君はきわめて特異な方法を用いている。つまり、自分の意図に合うようにすべてをねじ曲げているよ。

ロベルト　みんなそうしているんじゃないですか？　創造というのはそういうものでしょう？

ガボ　だけど、説得力がないといけないよ。

ロベルト　このストーリーの細部はそうなっていると思うんですけどね。

ソコーロ　経営者がジョアンを呼びつけるところがあるけど、あそこでジョアンは「はい、わたしの名前は祖父と同じなんです。祖父と同じ名前で呼ばれています」と言ってもいいのよね。それを聞いて経営者が、「すると、君は若い頃ボナイレに住んでいたジョアン・カブラルのお孫さんなのかね？」「ええ、そうです」。経営者はびっくりしたような表情を浮かべる。「世間は狭いものだな」と考えてこうつづける。「で、おじいさんはその後どうなさったんだね？」「牢で亡くなりました」。ジョアンはためらわずにそう答える。「そうなのか、それはお気の毒なことをしたな」と経営者が言う。「あの悲しい出来事が起こる前、君の祖父とわたしは仲のいい友達だったんだ」……。

グロリア　その時に経営者が、「ところで、君の祖父とは親しくさせていただいていたので、そのお返しはさせてもらうよ」とつけ加えてもいいわね。

ソコーロ　言葉通り、彼が援助の手をさしのべたので、ジョアンはどんどん出世していく。その時に彼が恩人である経営者を呼んで、真実を告げる。「ぼくはジョアン・カブラルの孫ではなく、ジョアン・カブラル本人なんだ」。

ガボ　『モンテ・クリスト伯』〔フランスの作家アレクサンドル・デュマ（一八〇二―七〇）の小説〕に出てくる、「わたしはエドモン・ダンテスだ」というのと同じだな。

レイナルド　ひとつ気になるところがあるんです。経営者は判事殺しの罪を犯したわけだけど、牢に入れられた友人を見捨てた点も罪に問われるんじゃないんですか。

ロベルト　ジョアンは判事殺しの罪を着せられたうえに、その罪で牢につながれているわけだから、経営者は二重の罪を犯したことになるね。

レイナルド　だけど、銀行を襲ったのは三人だろう。だったら、第三の男が犯人だとも考えられるんじゃないかな。

ロベルト　そうだね。だけど、ジョアンは経営者が告白するまで、銃を撃ったのが彼だとは知らなかったんだ。

ソコーロ　それをわからせるのね。言葉にしないでそうだと知らせるんでしょう。

ロベルト　もうひとりの共犯者はどこかに姿をくらましてしまって、どこにいるかわからないんだ。

レイナルド　経営者は判事を撃ち殺したことや友人が牢に入る羽目になったことではなく、何十年も監獄につながれている友人のところに面会に行かなかったことで、罪の意識に駆られている可能性はあるね。

ソコーロ　四十年でしょう。そういうことを考える時間はたっぷりあったはずね。

レイナルド　それはそれで筋は通っているね。だけど、三人の男が悪事を働き、そのうちのひとりが捕まって、あとの二人のことを吐こうとしないんだろう。それなのにのこのこ刑務所に面会に行ったりしたら、われわれが犯人ですと言いにいくようなものじゃないかな。

ロベルト　その気になれば、メッセージくらいは届けられるだろう。それに金の問題もある。あとの二人が盗んだ金を持ち逃げして、ジョアンの取り分まで自分たちの懐に入れたんだ。

ガボ　銀行強盗の件がそういう形で片がついたとなると……当然ジョアンは復讐を考えるだろう。ということは、あの経営者に出会ったのはけっして偶然じゃない。彼は四十年間、いつかあの男を見つけ出して、復讐してやると考えつづけたんだ。つまり、エドモン・ダンテスのストーリーと同じなんだ。

ロベルト　ジョアンは別にあの男を捜し求めてはいません。高齢者になったというのに自分の居場所もなければ、自分がどういう人間なのかもわかっていないんです……。さらに、繰り返しになりますが、あとの二人の共犯者のうちのどちらが判事を殺したのかも知らないんです。

ガボ　サンパウロには数え切れないほど工場があるはずだから、その中から彼があの工場を選び出したというのは偶然にしてはできすぎだよ……。

レイナルド　彼が選んだんじゃなくて、彼を試そうとして死神が彼をそちらへ押しやったんです。

ロベルト　そうなんです、そういう物語、つまり死神によって厳しい試練にさらされる人物の物語を語りたいと思っているんです。

レイナルド　言ってみれば、ある方法で解けると思っているのに、実際は別の方法でないと解けない謎のようなものなんです。

ガボ　しかし、予言が暗号のようにあいまいな表現になっているのは、はずれてはまずいからなんだ。つまり、はずれることはあり得ないようになっているんだよ。たとえば君が予言を信じているとする。その君が、今日ここを午後一時十分に出たら、頭の上にレンガが落ちてくるといったような具体的な予言を聞いたとしたら、当然君は今日ここにはやってこないだろうし、もしきたとしても、午後の一時十分にはここから出ていかないはずだ。したがって、予言というのは現実のものになってはじめて、その正確な意味が明らかになるんだ。それが実現されたあと、というかより正確には起こるはずだと考えられていたことが実際に起こったあとになって、ああ、そうかと思い当たるんだ。オイディプスの話は知っているだろう。あの予言が具体的な表現で表されていなかったら、そう長くはもたないよ。ここにノストラダムス本人がやってきて、君に、「三月二十七日、教会の入り口で虎に食われるだろう」と予言する。すると、君は三月二十七日にはベッドに寝そべってのんびり本を読んでいるだろうし、おかげで虎は君を食いそこねてしまうわけだ。

ロベルト　ひとつ提案があるんです。ぼくが自分の案にこだわるので、話が前に進まないようですから、別のストーリーをもってきたほうがいいと思うんですが、どうでしょう。

ガボ　だめだ。

ロベルト　ぼくは頑固なところがあるので、このストーリーに関しては最後まで譲らないと思います。長い時間をかけて考えたストーリーなものですから。

ガボ　君が頑固であればあるほど、われわれにとっては好都合なんだ。ここにみんなが集まったのは傑作を作るためじゃない。手仕事で何かを作るためなんだ。架空の物語を、ハンマーをふるって釘を一本一本打っていくようにして作り上げていくことを学ぶためなんだ。この楽しい家具づくりの喜びをわれわれから奪っちゃだめだよ。しかし、そのためには、まずカンナをかけて、節を取り除いていかなくてはな。さあ、誰か口火を切ってくれ。

マルコス　あの工場に、たとえば株式会社ファン・ペレスといったように経営者の名前をつけたらどうでしょう。そうすれば、出獄したジョアンはそのまま真っすぐあの工場へ働きにいくことになるでしょう。

ロベルト　そうすると、あのバルのシークエンス、映画の中でもいちばんいいところを削らざるを得なくなるよ。

ガボ　ロベルト、ひとつ訊きたいんだが、主人公が意識しているかどうかはともかく、復讐がこの映画の隠されたテーマになっているんだろう？

ロベルト　ええ、そうです。

ガボ　ジョアンは復讐するための時間がほしいと死神に言う……。

ロベルト　いや、死神はそのような時間を彼に与えようとはしません。ジョアンが死神をペテンにかけるんです。死神はこう言います。「本当は何が望みだ、生きることか、それとも復讐なのか？」。すると、彼はこう答えます。「生きること、もう一度人生をやり直すことです」。

ビクトリア　ジョアンが死神をペテンにかけるというのは面白いわ。死神が彼に「自分の過去を忘れるのだ」と言う。彼は「はい、わかりました」と答える。けれども、それは口先だけなのね。

レイナルド　契約に違反するというのと、遊びのルールに違反するというのはまったく別の話だ。ジョアンは契約を踏みにじることはできても、遊びのルールを踏みにじるわけにはいかないんだ。

ガボ　ジョアンはファウストのように悪魔に魂を売ったんだよ。

ロベルト　ジョアンはすべてを忘れると約束するんだけど、その時は真剣にそう考えているんだ。みんなもそのことを考慮してくれているので感謝している。彼は人生を新しくやり直したい、自分の失敗、激しい憤りを捨てたいと真剣に考えるんですが、うまくいかないんです。実は、死神はそうと知っていたんです。ですから、だますのは死神の方なんです。

ガボ　エドモン・ダンテスは神にも悪魔にも身をゆだねないけど、ジョアンと同じように善良な人間の仮面をつけることに成功している。もっとも、彼の場合はそのために多少苦労しているけどね。君たちはあの小説をおぼえているだろう？　ダンテスは若い船乗りで、マルセイユに恋人がいる。ある金持ちの男が彼女に目をつけ、自分のものにしようと考え、二人の仲間と共謀して、ダンテスはナポレオン主義者だといって政治的な理由を種に中傷する。あわれな船乗りは裁判にかけられ、長期刑を宣告される。監獄は城、つまり昔要塞だったところで、彼はそこで服役することになる。監獄は岸から遠く離れた海に浮かぶ島にあるので、脱獄は不可能なんだ。作者のアレクサンドル・デュマはそれまで文学の世界で誰ひとり思いつかなかった驚くべき方法を考え出す。彼は現実的な要素をねじ曲げずに、あわれな船乗りを賢者でしかも途方もない大金持ちに仕立て上げ、さらにあっと驚くような仕掛けで脱獄させるんだ。どうやったのかというと、やり方はいたって簡単だ。もうひとりの人物、ファリア神父を創造して、その神父を同じ監獄の別の獄房に入らせたんだ。ファリア神父は年老いた陰謀家で、賢者でもあるんだ。莫大な宝石の隠し場所を知っていて、ひそかに脱獄しようとしている。ある日、獄房にいるダンテスの耳に、壁の向こうから地面を掘っている音が聞こえてくる。彼も同じように掘りはじめ、しばらくするとトンネルが通じて、ファリア神父と顔を合わせる。「計算ちがいだったな」と神父が言う。「これこれの場所に出るはずだったんだが、失敗だった。この歳ではもう一度やり直すのは無理だ。それまで命がもたないだろう。しかし、君はまだ若くて元気だから、わたしの知っていることをすべて教えよう。それに、モンテ・クリスト島に隠されている財宝のありかを示す地図も与えよう。君も知っての通り、ここでは人が死ぬと、看守たちは遺体を袋に詰めて、海に投げ捨てる。だから、わたしが死んだら、死体をトンネルに隠し、ナイフを持って君がその袋の中に入るんだ。海に投げ込まれたとわかったら、ナイフで袋を切り裂き、岸まで泳ぎ、逃走するんだ。そうすれば、君は晴れて自由の身になり、巨万の富を手に入れて、賢者として生きていけるだろう」。それから何年もの間ダンテスは神父からいろいろなことを教わり、老人が亡くなると、指示されたとおりにする。モンテ・クリスト島に行くと、財宝を掘り起こし、人に知られることなく別の人物になりすます。彼はモンテ・クリスト伯爵と名乗り、復讐の計画を実行に移す……。どうだね？　ドラマティックな構成という視点から見れば、死神に若返らせてくれと頼むよりもこちらの方がむずかしいだろう。デュマにできたんだから、われわれにだってできなくないはずだ。

レイナルド　その秘密がどこにあるのかわかればいいんですがね。

ガボ　探してみることはできるよ。デュマはあの人物を船乗りにしているけど、どうしてそういう職業にしたのか前々から気になっていたんだ。おそらく海と結びついていることを強調したかったんだろう。船乗りなら泳ぎに自信はあるだろうし、ロープを結んだりほどいたりするのはお手のものだ。それに海に投げ落とされても方向がわからなくなることはない……。ダンテスの脱獄が本当らしく思えるのはそのせいなんだ。彼は袋に詰められ、城の塔の上から投げ落とされる。けれども、彼はおぼれたりはしない……。つまり、デュマは貧しくて字も満足に読めない船乗りに五十年という長期刑を科して牢に入れ、脱獄させるんだけど、やがて金と知恵と権力に恵まれた人物に生まれ変わるんだ……。お見事というほかはない。無名の人間からモンテ・クリスト伯になった彼は、自分をおとしいれた三人の男たち一人ひとりに復讐していく。後半の部分はそれだけが語られる。最初の男に復讐するが、まだ二人残っている。二人目の男に復讐し、あとひとりになる……。彼をおとしいれた連中は誰ひとり彼の正体を知らない。名士で権力になじんでいる彼らは、何年も前に自分たちが牢に入れたあのあわれな船乗りのことなどおぼえていない。それどころか、彼らはモンテ・クリスト伯爵のことを知ったとたんに、何とかして近づきになろうとする。パリにやってきたばかりなのに、伯爵は社交界の寵児になる。伯爵は彼らをひとり、またひとりと破滅させていくが、そのたびに「わたしはエドモン・ダンテスだ」と名乗る。男たちはそれを聞いて、驚きの声を上げながら倒れていくんだ。

ビクトリア　名前を変えてみたらどうでしょう。ジョアンをエドモンにして……。

ガボ　たしかに状況としては似通っている。ダンテスは別人に生まれ変わって誰だか見分けがつかなくなり、ジョアンは若返ったせいで彼だとわからなくなっているんだからな。ただ、ひとつだけ言っておきたいことがあるんだ、ロベルト。つまり、今回の映画の中に復讐のストーリーも織り込むつもりなら、人物を牢から出した後行くあてもなくさまよわせてはだめだ。彼が牢を出る時は、心の中で復讐を誓っていないといけない。死神が条件をつける場合、ふたつの可能性が考えられる。ひとつは、彼がその条件をのんで、本当に過去のことを忘れるというケースだが、この場合復讐することはないし、当然映画化するのも無理だろう。もうひとつは、条件をのむふりをして死神を出し抜いてやろうとひそかに考えているというケースだ。さらにもうひとつあって、これはその気になって条件を受け入れるんだが、偶然経営者に出会って自分の感情を抑えられなくなり、約束を破るというものだ。

ロベルト　その最後のがぼくの考えたストーリーです。

ガボ　ドラマティックな構成という点から考えると、エドモン・ダンテスとジョアン・カブラルのストーリーには大きなちがいがある。ダンテスを中傷した三人の男たちは、彼が牢に入ったとたんにそのことを忘れてしまう。彼らにとってあのあわれな船乗りは無害でとるに足らない人間なので、気にかける必要はまったくない。しかし、ジョアンの場合はちがう。

というのも、罪を犯したのは彼の友人であり、仲間なんだ。そして罪を犯した当人は、友人が犯してもいない罪で終身刑を宣告されて監獄に入っていることを知っている。罪を犯した人間は、自分が自由の身でいられるのは、友達が自分のことを警察に密告しなかったからだということを知っているんだ……。考えてみれば、今でこそ経営者におさまっているが、以前銃で判事を撃ち殺したあの悪党に対してジョアンがそこまで義理を尽くすというのはおかしいんじゃないかな。

ロベルト　それがならず者の掟で、ああいった連中は仲間を売ったりしないんです。

ガボ　それだと問題はない。ただ、経営者の立場に立って考えると、彼はおそらくジョアンのことを片時も忘れなかっただろうな。ドラマがふたつあるとすると、経営者のそれの方が入り組んだものになるはずだよ。

ソコーロ　ジョアンがまもなく出獄すると知って、経営者は彼を抹殺しようとする。若い男は危険が迫っているように感じるが、最後まで黒幕が誰なのかわからない……という風にしたらどうかしら。

ロベルト　悪くはないけど、そうなると別にもう一本映画を作らなくてはいけなくなるから、無理じゃないかな。それに、三十分じゃとても収まらないだろう。

ガボ　ストーリーの本質を変えるわけにはいかないよ。基本になるものを変えずに手持ちの材料をうまく組み合わせていかなければいけないんだ。

ロベルト　監獄から出た時点で、ジョアンはまだ復讐を考えていないんです。ただ、事実を知りたいと思っているだけなんです。

ガボ　なるほど、するとジョアンが出獄してから経営者と出会うまでのところはそんなにこだわらなくていいんだな。ジョアンは経営者が昔の仲間だということをすでに知っている。あとは、ジョアンが死神との契約を破ってはいけない、過去のことは忘れようと懸命になって努力するんだが、結局は復讐することになる、その経緯を考えていけばいいんだ。

ビクトリア　過去のことを忘れようとしたのに、ふと気を許したために復讐する方向へと引きずられていくわけですね。

セシリア　死神が汚い手を用いるのよ。

ガボ　ジョアンはあの男が経営する工場へは行かない。別の工場で働いているんだ。ところが、ある日レストランで彼女といっしょにいるところに男が入ってくる。その男を見て、それが判事を殺したと思われるかつての共犯者だということに気がつく。とたんに、今までの努力が水の泡になって、誓言を忘れてしまう。そこで彼はどうやって死神を出し抜いてやろうかと考えはじめて、最後に男に会いにいくと、「わたしはジョアン・カブラルだ」と言う。

ロベルト　新聞の切り抜きは映像的に見て、効果があると思うんですが、そこはカットされますね。

ガボ　切り抜きなんか必要ない。ジョアンにとって若さを取り戻すことが最良の復讐になる、われわれがそう理解してはじめて死神との契約が本当らしく思えてくるんだ。

ロベルト　ジョアンが復讐を誓って牢から出るのなら、観客にそれまでの経緯を伝えて、事情を説明しなければならないでしょうね。

ガボ　今のところは君が知っていれば十分だ。このあとストーリーを展開させていくなかで、どうしたらいいか考えよう。それよりも、彼の置かれた状況の中軸になるものをはっきりさせないといけない。死神は彼に向かって選択肢はふたつ、忘却か復讐かのどちらかだと告げる。「復讐という常軌を逸した行動をとるのか、過去をすべて忘れるという条件で、失った時間を取り戻してもう一度一からやり直すのか、そのどちらかだ」と言う。人間の本性からすれば、ジョアンはおそらく時間稼ぎのために、つまり、二十五歳の若者に戻って、自分の計画を実行に移すだけのエネルギーを手に入れようとして、契約を結んだのだろう。しかし、死神は何の見返りもなしに契約するわけじゃない。ある日、ジョアンの前にあの経営者が現れるんだが、それは死神が仕組んだことなんだ。経営者は今では金と権力に恵まれ、誰からも尊敬され、賞賛されている。ジョアンは一目で彼だと見抜き、わが身と引き比べて、これではあまりにも不公平だと考えて耐え難い気持ちにおそわれる。そこで彼はあの男の工場で働かせてもらおうとする。その時点で契約を踏みにじったことになるから、彼は破滅することになる。すると、当然次のような疑問が生まれてくる。つまり、死神はなぜ最後まで彼の思い通りにさせておくのだろう？

ロベルト　それがあるものですから、経営者が実は昔の共犯者だったということがわかるのを遅らせて、結末でジョアンが裏切られていたのだと気がつくようにしたんです。

ガボ　そうすると、君の考えているようにより入り組んだものになるな。しかし、話が入り組んでくるからといって、別に心配することはない。ばかげていると思われるかもしれないが、ひとつ訊きたいことがあるんだ。死神は彼を若返らせたわけだが、あれはかわいそうだと思ってしたことかね？

セシリア　きっと彼の人生が奪われ、不当にも青春を台無しにされてしまったせいじゃないですか。

ガボ　なるほど。すると、死神が親切にも彼を若返らせたのは正義感に駆られてのことなんだ、つまりジョアンに対して正しいことをしたわけだ。じゃあ、わたしの質問も自分で思っていたほどばかげてはいなかったんだ。死神は正しいことをしたが、「過去のことを忘れるという条件で、失った時間をあなたに返してあげましょう」と言っているんだから、何の見返りも求めなかったわけじゃない。

ビクトリア　そこまでは何の問題もないんですが、そのあとが……。

セシリア　偶然あの工場で働くことになったことや、社員の名簿、出世コースをひた走るといったことが……。

ロベルト　そういうところがいいかげんな思いつきのように思えるってことなのかい？

ガボ　ドラマ作りの点から見ると、やはり問題だろうな。気まぐれに見えなくはないけど、ストーリーの持つインパクトという点から考えると、効果はあるよ。ただし、このケースはまた別だ。

ロベルト　バルで死神が「新しい人生をはじめる手助けをしてやろう。まず、これこれの工場へ行って、仕事を探すがいい」という風にしてもいいんですけど。

ガボ　しかし、それだと死神には節操も何もないじゃないか。それはまずいよ。死神がジョアンと契約を結ぶのは、悪魔と契約を結ぶ場合の必須条件《シネ・クア・ノン》である相手の自由意志を尊重しているからだよ。その後は何をどう選んでも自由なんだ。ただ、そのゲームにおいては負けが決まっているんだけどね。

ロベルト　あと、ジョアンがどういう経緯であの工場で働くようになったのかという問題は残っていますね。

ガボ　それよりも重要な問題がまだ残っている。彼はどうやって復讐にこぎつけるのか、復讐のメカニズムがここではどういう形で働くのかという問題だ。というのも、わたしは工場、あるいは会社におけるジョアンの職歴に関して長く時間をとりすぎているんじゃないかと考えているからなんだ。

マルコス　その問題は簡単に片づくと思いますよ。物語の舞台を地方、たとえばそうですね、北東部の農場にすればいいんです。ジョアンはガウチョ〔アルゼンチンの大草原パンパで暮らしているカウボーイ〕で、真犯人の男は農場主という設定にすればいいんじゃないですか。

ロベルト　死神はやはり鏡の奥にいないとおかしいよ。それに、ぼくは都会人だから、地方を舞台にしたストーリーは考えられないんだ。

ガボ　ものを書く場合は、自分の知らないことや、身近に感じられないことは書くべきじゃない。

ロベルト　それに、ぼくは工場が好きなんです。あそこは言ってみれば閉じられた世界じゃないですか。

ガボ　ジョアンは時計工、あの工場でも腕のいい職人なんだ……その雰囲気を思い浮かべて、彼の仕事をもっと生彩のあるものにすべきだな。

ロベルト　ぼくの考えている工場は厳密に言うとリアリスティックなものじゃないんです。

ガボ　何だって、すると君は鏡の論理にふさわしいような工場を想像しているのかい……。

ロベルト　それだけでなく、このアイデアにふさわしい美学も出したいんです。空想的な美学ではないんですが、自然主義的なものでもない、そういう美学です。

グロリア　だったら鏡工場がいいんじゃないかしら。

ガボ　それだと、みんな気が狂ってしまうよ。

ロベルト　映画ではあれ以上鏡を入れようがないと思います。

ガボ　いずれにしても、ジョアンが迷路の中を、有無を言わせぬ力で経営者のもとに導かれていくような状況にあることはまちがいない。

ロベルト　そのことで逆に経営者のジョアンに対する罪の意識は和らぐんじゃないですか。たとえば、ジョアンが何とかして逃げよう、できるだけ工場から離れようとしながら、結局最後に何らかの形で経営者を殺害してしまう、というのなら話は別ですけど。

ガボ　そうなると、避けがたい運命を描いた『サマーラの死』と同じだな。

ソコーロ　ジョアンがもし経営者が昔の共犯者であり、しかも判事を殺した犯人だと最初から知っていたら……。

ロベルト　それだと、ぼくの考えている映画は無意味なものになってしまうだろうな。

セシリア　『モンテ・クリスト伯』の焼き直しってことね。

ガボ　ジョアンが自分はあなたの友人の孫ですと言うと、経営者はその言葉を信じるんだ。その瞬間はインパクトのあるシーンにしなくてはいけない。というのも、経営者は二十五歳のあの若者を見て、自分が裏切った当時の友人にそっくりだということに気がつくわけだからね。彼にとって若いジョアンは亡霊なんだ。考えてみれば、あの経営者の前に死神が現れたようなものなんだよ。その瞬間に彼の頭の中を無数の疑問が飛び交うはずだ。

デニス　オイディプスが父親を殺したように、ジョアンもひょんなことからあの経営者を殺してしまうという風にしたらどうでしょう？

ソコーロ　むろん最後になって気がつくんでしょうけど、ジョアンは自分でも気づかずに復讐を果たして、また牢に舞い戻ることになるのね。死神は約束したのとは逆のもの、つまり復讐するまでの短い時間しか与えなかったわけね。

ガボ　ストーリーの本質的な部分が変化しないように気をつけないといけない。ロベルトがストーリーを出してくれたんだから、できるだけ一貫性のある魅力的なものになるように知恵を出し合うのがわれわれのつとめだ。

デニス　話を聞いていると、工場であの二人が出会うところがどうも引っかかるんです。

ソコーロ　工場はあれでいいのよ。ジョアンの昔の友達、共犯者、彼の運命を変えてしまった張本人が社長、あるいは経営者だというのが問題なの。

ガボ　ロベルトがさっき新しいアイデアを出して、工場は少々現実離れのした風変わりなものであってもいいと言ったよね。その手の工場だと、映像的にも、ドラマ的にも実に扱いやすいんだ。そういう雰囲気だったら、ジョアンがあの男と偶然に出会ってもちっともおかしくない。おそらくあの経営者は何かを注文するために工場にやってきた得意先なんだ。工場を案内してもらい、腕のいい職人たちの仕事ぶりを見学する。われわれは最初から二人の出会いには偶然の要素はまったくなく、すべては死神が仕組んだものだということを知っている。死神はわれわれが思っている以上の語り手で、牢を出た後すぐジョアンをあの工場で働かせるといったような過ちを犯したりはしない。逆に自由に行動させる。そして、死神が予測したとおり、彼は自分の意志であの工場へ行って働くことになる。

レイナルド　映像にするとこうなるんじゃないですか。つまり、工場で働いているジョアンの背後でつぶやき声が聞こえる。振り返ると、死神がいて、彼をじっと見つめている。その時、死神が中央のドアのほうに目をやる。その視線を追っていくと、工場長といっしょにあの得意先が入って来るのが見える。もちろんジョアンもあの男を目にして、ひと目でぴんとくる。そして、「あいつだ」とつぶやく。

グロリア　そうすると、死神が陰険な性格だということがはっきりするわね。ジョアンを罠にかけるんだもの。

マノーロ　彼を試しただけだよ。

ガボ　少なくともジョアンの目には、あの得意先は一種神秘的な雰囲気をたたえているように映り、何となく不安を覚える。ジョアンの過去について、われわれはまだ何も知らない。しかし、どういうわけか彼とやってきたばかりの男との間に何かつながりがあるように感じられる。ある男の話を今思い出したよ。その男がバスに乗ろうとする。と、運転手が「席はひとり分しか空いてませんよ」と言う。ひとりと言われても客は彼しかいないんだが、運転手の表情と口振りから男はなんとなく乗りそびれてしまう。バスはそのまま走り出すんだが、角を曲がったところでドカンと爆発する。運転手がどんな顔をしたのか、彼を乗せまいとした運転手の顔に男は何を見いだしたのかはわからないんだ。

ロベルト　ぼくが今回映画を通して伝えたかったのがそういう感じで、一種の仮面遊戯のようなものなんです。

ガボ　ジョアンがはじめてあの経営者を見かけるのが鏡越しというのはどうだろう……。いや、だめだ。技巧に走りすぎだ。それに、われわれが求めているのはもっと別なもの、ちがった方向性だ。忘れてならないのは、作劇法、技巧、文体、雰囲気といったストーリーを作り上げているさまざまな要素が全体として統一のとれたものになるようにしなければならないということだ。

ロベルト　ジョアンはバルではじめて死神に会うわけですが、その時に鏡の奥から死神が話しかけてきますよね。あれが幻覚なのか、現実的なものなのかを観客に知らせないほうがいいと思うんです。あの映像はインパクトがあるので、何度か使いたいと考えています。

ガボ　誰にでも死神だとはっきりわかるようにしたらどうだ。たとえば、大鎌をもった骸骨にするとか……。

ロベルト　死神はジョアンをほんの少しデフォルメしたようなイメージにしたいんです。

レイナルド　《われわれはわれわれの死そのものだ》というケベード〔一五八〇―一六四五。スペインの詩人・作家〕の詩があったな。

ロベルト　契約が成立したところでカットが入り、ジョアンがバルを出ていく時は、すでに四十歳若返っているんです。ジョアンがだんだん若くなっていく過程はカットしていいと思います。それに、アメリカ映画に出てくる狼男を見ると、全身に毛が生えていき、爪が伸びていくんですけど、あれはどうもぞっとしないんです……。

ガボ　ジキル博士とハイド氏もそうだな……それにロンドンの狼男もそうだ……。

ロベルト　バルを出ていくジョアンはすでに若者になっています。町の中を歩く彼は異邦人のようなものです。四十年のあいだに実に多くのものが変わってしまいました。車もそうですし、服装もすっかり様変わりしています……。若いジョアンにとって、見るもの聞くものすべてが異様に思えて不安になります……。

マノーロ　監獄の中にいる時はテレビを見ていないしね。映画にしても、五〇年代以降すっかり変わってしまったからな。

ガボ　ジョアンが感じる違和感は、彼の表情やジェスチャーを通して部分的にわれわれに伝わってくるだけだ……それがどれほど強いものか、本当のところはわからないんだ。それを心から感じ取れるのは彼だけだよ。

デニス　ジョアンが契約を結んだ相手が悪魔でなく、死神だとどうしてわかるの？

ロベルト　契約の内容からわかるだろう。それに、彼は恩恵をこうむるんだからね。

ガボ　悪魔と契約を結んでも、同じことだと思うよ。

グロリア　鏡の中から語りかけてくる人物は恩恵を施してくれるんでしょう。だったら、神という可能性もありますよね。

ガボ　つまり、神でも悪魔でも、太陽の大地でもかまわないんだ。ひとつはっきり言えるのは、それはわれわれにとって重大な問題じゃないということだ。このストーリーが抱えている難問はあの二人が出会う場面なんだ。というのも、われわれはそこでジョアンが忘れると約束した例の過去を知ることになるんだからね。

ロベルト　経営者が君の祖父のことを知っているよと言って、それ以上触れないという風にしてもいいんですよね。そう考えたものですから、新聞の切り抜きを出したんです。あれなら、銀行強盗、判事の死、ジョアンの逮捕、仲間の逃走、強奪された金といった必要な知識はすべて伝えられますから……。

ソコーロ　すっかり忘れていたけど……彼らはお金を強奪したのよね……ジョアンは当然分け前をもらえなかった……。

マルコス　そりゃあそうだよ。まさか、刑務所に届けるわけにもいかないだろう。

ガボ　だからといって、本質的なことが変わるわけじゃない。今われわれにとって問題なのは観客にどうやって必要な情報を伝えるかということなんだ。できるだけフラッシュ・バックを使わないでそうしたいんだ。

ソコーロ　バルにいるジョアンは死神が姿を現すまで心の整理がつかず、銀行に押し入って逮捕された時のことを思い返しているんです。あるいは、裁判の中で検事の言った言葉がオフで聞こえてくる……。

デニス　彼の回想が鏡の中で交錯する……。
ガボ　鏡をスクリーンに変えたり、過去を映し出す道具にしないほうがいいよ。
グロリア　ジョアンが刑務所を出ていくシーンを出すとしても、それで彼が何年つとめあげたかわからないわけでしょう。そのことを誰が観客に伝えるんです？
ガボ　情報をそれらしく伝えるには、二人が出会うシーンをうまく生かす必要があるだろうな。もちろん、フラッシュ・バックを使えば簡単だろうが、できれば使いたくない。あまりにも陳腐だし、こういった映画には向かないと思うんだ。
レイナルド　文体上の純粋さを保つんですか？
ガボ　いや、そうじゃない。フラッシュ・バックを使うと、頭のいい観客は、ははん、ほかにいいアイデアが浮かばなかったんだなと考えるだろう。実はここ数カ月間、セルヒオと昔の話がよく出てくる脚本づくりにかかっていたんだが、そこではフラッシュ・バックを一切使っていない。過去の聖遺物と言ってもいい、今は引退している娼婦にまつわる物語で、彼女は現在では存在していないアナーキーな時代のバルセローナで華やかな栄光に包まれていた。パラレロ地区で活躍していたのだが、その女性の人生と時代について語ろうとすると、最低十回は回想シーンを使わなくてはならないんだ。そのアイデアを思いついたのはたしかリチだと思うんだが、テレビの人気番組に生放送のインタヴューがあって、その番組への出演依頼が年老いた彼女のもとに届く。年老いた老婆は番組の中で「この町にはどういういきさつでいらっしゃったんですか？」と尋ねられて、無邪気に「カルナンブーコで暮らしていたんですが、十二歳の時にトルコ人の船員に買われてこの町に連れてこられ、パラレロ地区に置き去りにされたんです」と答える。「当時のバルセローナはどうでしたか？」「とってもすばらしい町だったわ。ランブラスを通って港の方へ下っていくと……」。老婆は当時のことを思い返していろいろな話をする。しかし、番組をドラマティックな形で盛り上げようとしてインタヴュアーは次々に失礼な質問を浴びせ、彼女の私生活のことを根掘り葉掘り聞き出そうとする。それまで威厳のある態度を保っていた老婆もついに切れて、生番組だというのにあらゆる人に向かって悪態をつきはじめる。そのせいで、番組を中断してコマーシャルを入れざるを得なくなる。時間にして三分ほどなんだが、それだけで伝えたいことはすべて伝えられるよ。登場人物の老婆が実にいいんだ。立派な奥様のように美しく着飾って出演した老婆は、堂々とした態度でベル・エポックのことを話しはじめる……しかし避けて通れない話題、つまり話をドラマティックなものにするためにどうしても必要な話題に話が及び、インタヴュアーが彼女の私生活についてあれこれ尋ねはじめると、突然怒り出して全員をののしりはじめる、というストーリーにしたんだが、結局最後までフラッシュ・バックを使わなかった。自分としてはとても満足しているよ。というのも、フラッシュ・バックを使うというのは、ボクシングでいうとタオルを投げ入れるようなもので、想像力の敗北を認めることだからね。最初に誰かがやれば、二人目、三人目とつづいて……そのうち誰にでもできるようになるはずだよ。

ソコーロ 彼が刑期を終えて牢から出ていくシーンではじめることはないんじゃないですか。フラッシュ・バックを使わないで、裁判所の評決を聞くところからはじめてもいいと思うんです。まだ若いジョアンが警官に両側を固められ、立ったまま宣告を待つ。裁判所の書記が判決文を読み上げる。「……当法廷は、本年何月何日に銀行を襲い、その際に最高裁判所判事なんのなにがしを殺害した罪により、被告人ジョアン・カブラルに終身刑を言い渡す」。そこでカットになり、次は四十五年後にすっかり老いさらばえた姿で彼が刑務所をあとにするシーンになる。

ガボ その最初のシークエンスで二、三分とっているが、そんなむだなことをしなくてもいいだろう。どこかで、ジョアンに「わしは四十五年間刑務所暮らしをしてきたんだ」と言わせれば、それで問題は解決するじゃないか。ジョアンは犯してもいない罪で告発され、あの男――オーナー、社長、得意先、経営者、なんと呼んでもいいが――、その人物に復讐しようとしている、そのことを観客に伝えなければいけないし、それが一番大切なんだ。

ソコーロ 公文書、裁判所の記録をすべて読み上げる必要はないと思うんです。短い言葉をふたつばかり入れればいいんです。まず、なぜジョアンが有罪判決を下されたのかということ、次に、彼が「自分は神に誓って無罪だ」と抗議するだけでいいんじゃありません？

ロベルト 裁判所と評決というのはひどくありふれているし、それをもとにした法廷ものというジャンルもあるくらいだよ。

ガボ　しかし、そういう意見にも耳を傾けたほうがいい。ここでは誰もが自由に自分の考えを口に出すようにするほうがいいんだ。

マノーロ　法律的な観点から言うと、あれだけ時間がたつともう時効が成立していて、経営者は罪に問われないんです。したがって、あとはモラルの問題だけなんです。

ロベルト　良心の問題だな。

デニス　時間がたって時効が成立しているうえに、刑期の方は別の人間が身代わりになってつとめあげたってわけね。

ガボ　ロベルト、四十五年前に何があったのかはっきりさせてくれないか。何かの役に立つというわけでもないんだが、知っておく必要はある。それとも、映画が放映されるまで待たなきゃいけないのかい。

ロベルト　それについてはもう説明しなくていいと思っていたんですけどね。つまり、三人の男が地方の小都市にある銀行を襲います。町の名前は、ぼくの記憶ちがいでなければ、たしかボナイレにしたはずです。

ガボ　君の言ったことを聞いて、ベルトルート・ブレヒトの《銀行を襲撃するのと、銀行を創設することとはどうちがうんだろう?》という言葉を思い出したよ。

ロベルト　事件があった時に犠牲になった判事は銀行の得意先で、あの地方の名士として尊敬されていました。銀行強盗だとわかってびっくりした判事は何とかしなければと考えて、抗議の声をあげ、外に飛び出すか何かしようとしたんです……銀行を襲った連中は気が立っていたものですから、それを見て判事を撃ち殺してしまいます。

ガボ　ということはあの三人組はプロじゃないんだ。

ロベルト　彼らはいわゆる犯罪者ではなくて、あの銀行襲撃がはじめての犯行だったんです。警察にマークされてもいませんでした。三人はハンカチ、あるいは目出し帽で顔を隠し、銀行に押し入ると、金の入った袋を奪ったんですが、その時に判事を殺害したために、パニックにおちいります。三人のうちの二人はうまく逃げのびるんですが、三人目のジョアンが警察に捕まってしまいます。

マルコス　まだ納得のいかないところがあるんだけど。その時銀行にいた客は、銀行強盗のうちのひとりが判事にむけて銃を撃ち、さらにそのあとひとりが逮捕されるのを目撃したわけだろう。彼らはそのことを供述しなかったのかい？　逮捕された男と銃を撃った男は別だと言わなかったの？

グロリア　三人で銀行を襲ったんでしょう。だったら、二人が中に入り、ひとりは外に停めてある車の中で仲間が出てくるのを待っていたはずね。

ガボ　政治的なグループのメンバーじゃないのかい？　待てよ、四十五年前というと……四〇年代のはじめだな。だったら、ちがうな。当時はまだそこまでひどくなかったよ。手がつけられなくなるのはそのあとだ。

ビクトリア　グロリアが言うように、三人のうちのひとりが車の中で待ち、ジョアンと彼の仲間が銀行に押し入る。そして、二人のうちのひとりが判事を殺害する。ジョアンはもうひとりの仲間が殺したことを知っている。彼らがお金の入った袋を持って外に出ようとした時に、警察がやって来る。そして、ジョアンは傷ついて逮捕され、あとの二人は逃走するわけね。

ソコーロ　警官が近づいてくるのを見て、ジョアンも銃を撃つの。そうしないと、硝煙検査をした時に、陽性の反応が出ないでしょう。

デニス　万がいち真犯人がわからなかったら、映画は謎の探求ということになるでしょうね。

マノーロ　ぼくも話の枠組みを少し変えてみたんだ。つまり、今では経営者におさまっているあの裏切り者は、共犯者にはちがいないんだが、実行犯のひとりではないんです。彼は銀行で働いていて、今回の襲撃がうまくいくように必要な情報を仲間に流している。金の入った袋がカウンターの上にのせられ、すべてが計画通りに運ぶかに思える。しかし最後の土壇場であの男が非常ベルを押し、すぐに警官が駆けつけてくる。そこで大変な騒ぎになるんだが、その時にジョアンが怪我をし、もうひとりは逃走する。そして、あの男が金の入った袋を独り占めするんだ。

ロベルト　そんなことはできないよ。袋をどこに隠すんだい？　それに金を持ち出すこともできないはずだ。銀行で働いているんなら、金を持ち出すのは無理だ……。

ビクトリア　そうしたら誰が判事を殺すの？

ガボ　細かいことはストーリーの中に組み入れるか、捨てればいい……だけど、あの男が銀行で働いている銀行員だというのは面白い発想だ。男はジョアンの共犯者なんだが、もうひとりの仲間はそのことを知らない。で、最後になって男は何らかの形でジョアンを裏切る……。

マノーロ　銀行員をしている未来の経営者が、公金を横領していたという別の可能性も考えられますね。友人たちが、心配しなくていい、おれたちが銀行を襲撃してやるよ。そうすれば、金がどれだけ奪われたのかわからなくなるから、横領も発覚せずに済むはずだと言うんです。その計画が実行に移され、男はそのあと何らかの形でジョアンを裏切るんです……。

レイナルド　金が奪われるかどうかはどうでもいいんだ。問題は判事殺しなんだよ。

ガボ　銀行強盗から四十五年たったあとに、経営者、あるいは銀行の得意先が若いジョアンに向かってこう言う。「亡くなった君のおじいさんとは大の親友だったが、あの人には衝動的なところがあってね。銀行強盗という嘆かわしい事件を起こした時に、判事に向かって発砲したが、あれはいくらなんでも考えがなさすぎたね」。ジョアンはそれを聞いて、相手の目をじっと見つめて「銃を撃ったのは祖父じゃなくて、あんたなんだ」と言う。

ロベルト　ですが、二人が出会った時にそういうやりとりをさせるわけにはいかないでしょう。だから、最後にもってきたんです。

ガボ　われわれは今、いくつかの点をはっきりさせようとしているんだ。すべてを一挙に解決するわけにはいかないからね。

ソコーロ　この事件には、ジョアンの知らない事実があって、そのせいで彼は長年刑務所で刑期をつとめあげるんでしょう。それなのに、突然それが明らかになるというのはどういうことなの？

ガボ　ドラマを作り上げている基礎の部分に大事な結び目が欠けているんだが、それを知ることが何よりも大切なんだ。われわれのクリエイティヴな作業に対する挑戦なわけだけど、必ず解決法が見つかるはずだ。

ロベルト　こういう閉じられたストーリーを持ち出してきて、申し訳なく思っています。みんなが熱心にやってくれているのに、水を差すような結果になってしまいましたね。議論も、これまでやってきたものに比べて、あまり生産的ではなかったんですが、それもこれもぼくのストーリーに柔軟性が欠けているからなんです。議論の過程でも、ぼくの対応は柔軟性を欠いていました。

ガボ　あるプロットをもとに三十分番組の構成を考えるというのが、このシナリオ教室本来の理念なんだ。しかし、脚本を書く人間がいつもできあがったプロットを持ってくるとはかぎらない。時にはすでにできあがったストーリーが出てくることもあれば、時にはまた海岸でヘリコプターが飛んでくるのを眺めている女性のイメージといったようなこともある……。今度のはあまりいいとは言えないけど、けっこう面白いよね。ここはどんなものにでも対応できるワークショップで、必要とあれば改作、粗筋を書いた台本、あるイメージから出発して作るプロットといったようにどんなことでもやるんだ……。そして、必要に迫られれば、テレビ映画も制作する。

ロベルト　二人が出会うシーンについてもっとよく考えてみます。

ガボ　わたしの考えだと、あのシーンがキーになるね。二人の男がじっと見つめ合ったまま話をしている。「亡くなった君のおじいさんは運が悪かったんだ」と悲しそうな顔で経営者が言う。「悪かったのは運じゃなくて――とジョアンがやり返す――仲間です……あんたが裏切ったんだろう、この悪党め！」。

7

要約 II

Recapitulaciones II

ソコーロ　グロリアが、びっくりするような話があるんですって。
グロリア　例のヴァイオリニストのストーリーを変更したんです。
ガボ　変えたって？　どんな風に？
グロリア　今度のは、彼女、つまり女性がテロリストになっているんです。
ガボ　前々からあのガリシア女は危険だと思っていたんだ。われわれに許しも得ないで勝手にストーリーを変えたのかい？
グロリア　グループの人たちに話したら、面白そうだという返事がかえってきたんです。
ガボ　権威《エクス・カテドラ》に頼ってというのはだめだよ。
グロリア　変えたのは登場人物の職業なんです。彼女がヴァイオリニストで、彼はある会社で働いています。
ガボ　『女性の第一ヴァイオリンはいつも遅刻する』というタイトルか。まったくしょうがないな。

グロリア　それ以外は以前とまったく同じです。

ガボ　ああ、そうだろうな。しかし、すべてをやってのけるのは、つまりヴァイオリンを弾き、嘘をつき、人を殺すのは彼女なんだろう……。グロリア、君には一杯食わされたよ。男性を信じ切っているふりをしていたが、あれは見せかけだったんだな。今回は彼女が夫を殺すんだ。あのあわれな男にヴァイオリンを劇場に届けさせ、彼女がその中に爆弾を仕掛ける……そして、彼はその犠牲になるわけだ。

グロリア　夫はある平和運動の組織のメンバーなんです。そして、組合の指導者、おぼえておられるでしょう、あの指導者が今回は組織の指導者になっていて、平和運動の大きなイベントを企画しています。

ガボ　なるほど、言われてみると顔色ひとつ変えずにそういうことができるのは男性よりも女性の方が向いているな。しかし、明日になるとまた考えが変わるんじゃないか？

グロリア　もう変えません。これでいきます。

ガボ　最後には、これまでの登場人物を全員集めてひとつの話を作れるかもしれないな……登場人物たちがいろいろな映画から飛び出してきて、夜、人気のないところに集まってそれぞれに自分の意見を述べるんだ。「あなたは今、聖人なんですって？　すてきね。わたしなんか売春婦よ」「わたしは精神科医なんだけど、一度シナリオ教室へ行って、テレビのアナウンサーに変更してくれないかと言おうと思っているの」「いくらなんでもひどいよ。ぼくは妻に爆弾で殺されるんだ。しかも、妻の方は涼しい顔をしてヴァイオリンの演奏をしているんだぜ」。それぞれの人物にできればやりたいと思っていた役どころを与えて、映画を作るんだ。主人公が十人、いや、十二人、十三人と出てくるんだ……どうだい、そういうのは？

マルコス　ぜひ見たいですね。

マノーロ　グロリアの気持ちはよくわかります。いろいろな選択肢がある中で、ひとり部屋にこもって考えはじめると、どれを選んでいいかわからなくなるんです。それに映画は昔のように白黒じゃないでしょう。カラーだし、いろいろなニュアンスが出せて……。

ガボ　選べるものなら選んだほうがいいんだが、いつもうまくいくとは限らないからな。そうそう、一九八二年にカンヌ映画祭で審査員長をさせられた時のことを思い出したよ。あの時は二作が同時に受賞したんだが、あれはひどかったな。どういう作品、どういう映画でも、そこには当然、審査員一人ひとりの好みが決定的な要素として働くとわたしは考えていたんだ。審査員は公平《エクス・アエクオ》の原則にのっとって賞を決めるんだが、実はこれが泣きどころでもある。いよいよ決定ということになったんだが、その時に大賞を『路』〔ユルマズ・ギュネイ監督。トルコ・スイス映画〕にするか『ミッシング』〔コスタ・ガヴラス監督。アメリカ映画〕にするかで意見がまっぷたつに割れてね。最終日の朝六時にとうとうわれわれは公平原則に従って匙を投げたんだ。そもそも審査員になろうと考えたのは、あの年『サン・ロレンツォの夜』(タヴィアーニ兄弟監督。イタリア映画)、『フィツカラルド』(ヴェルナー・ヘルツォーク監督。ドイツ映画)といったすばらしい映画があったせいなんだ……招待を受け入れたのも実はどういう映画が出てくるかわかっていたから、「これは面白そうだ」と考えたからなんだよ。で、問題はあの二作品で、質的な面で比べようがなかったんだ。ちがいすぎていて比較のしようがなく、結局どちらがすぐれているかという理由づけができずに、最終日の朝六時にわれわれは敗北を認めざるを得なくなった。さて、話をもどそう……で、デニス、どういう話を持ってきてくれたんだ?

デニス　ストーリーというよりも状況といったほうがいいものなんです。恋に悩む若い女の子の苦闘の物語です。

ガボ　苦悩の恋かい?

デニス　というか、あいまいな恋なんです。

ガボ　そのほうがいいな。

『あいまいな恋』

Amores equívocos

デニス 物語の舞台はリオ・デ・ジャネイロです。舞台俳優が主人公で、ひとりは有名な俳優のエンリケ・ドゥアルテで、もうひとりはしばらくしてエンリケからテレと呼ばれるようになるテレサ・デ・カルヴァーリョです。エンリケとテレは演技試験の時にはじめて顔を合わせるんですが、その日、舞台監督が応募者の中から次の公演に出演させる女優を選ぼうとしています。テレはおずおずとエンリケのそばに近づいて行くんですが、それというのも彼がスターであるだけでなく、彼女にとってあこがれの人でもあるからなんです。そして、最初の出会いで二人はキューピッドの矢で射られる、つまり一目惚れしてしまいます。劇場を出ると、エンリケはテレを家に誘います。彼女はためらうことなく誘いに応じます。二人で音楽を聴き、お酒を飲み、おしゃべりをし、お互いにとてもよく似通っていることに気がつきます……しかし、それだけなんです。愛し合うこともないし、キスさえしないんです。テレは、エンリケが内気な性格だから、もう少し時間をかけてアタックしようと考えます。

けれども、最初の日と同じことがそのあとも繰り返されます。テレは絶望感に襲われて自分が悪いんだろうかと考えます……そして、エンリケがついに自分はホモなんだと打ち明けます。実を言うと彼女もひょっとしてそうじゃないかと思っていたんです。しかし彼に対する気持ちは変わりません。心から彼を愛するようになっていた彼女は、不安のあまり気が狂いそうになっています。そして、そのつもりはないのですが、無意識のうちに彼を喜ばせようとして男の子のような格好をするようになります。髪を短く切り、男っぽい態度をとる……。

ガボ　もうストーリーができあがっているじゃないか。

デニス　これで終わりじゃないんです。テレは、エンリケがホモの相手を求めてしょっちゅう出入りしている場所にしばしば足を向けるようになります。彼女はまるで別人のようになっていて、道で会っても彼女とわからないほど変貌しています。そのあとの展開はまだはっきり決めていないんですが、結末はできています。つまり、突然エンリケが見るからに女性的な感じのするすばらしい美人といっしょに出かけるようになるんです。テレの方は自分を見失ってしまい、自分は男の子だと錯覚するようになり、気が狂ってしまうんです。

ガボ　で、それが状況なのかい？　完璧なストーリーになっているじゃないか？　ひとつ訊きたいんだが、二人はともに恋に落ちたわけだけど、どちらが先に動いたの？　つまり、どちらから先に積極的に働きかけたの？

デニス　エンリケです。リハーサルの時に、テレは自分の考えを述べるんですが、それを聞いてエンリケが「あの子はだれだい？」と尋ねるんです。その時、彼女に印象づけられます。

ガボ　そうでないとね。彼女は経験はないけど、知的ないい役者なんだ。それに美人なんだろう？

デニス　というか、人を惹きつける魅力的な女性なんです……。二十五歳で、彼の方は三十五歳から四十歳くらいで、十歳から十五歳年上です。

ガボ　三十五歳の方がいい。彼女より十歳年上なんだ。最初に出会った時にひとり住まいをしている自分のアパートに連れていくのかい？

デニス　ええ。だけど二人でどこかのバルへお酒を飲みに行き、少しおしゃべりをし、互いに相手のことがわかるようになる……。

レイナルド　彼らがリハーサルしているお芝居は、二人がこれから経験することになる葛藤と何らかの結びつきがあるんだろう……。

デニス　その点はまだはっきりしていなくて、テレは結局お芝居に出るのをあきらめて、リハーサルのあいだ客席からエンリケの演技を見る、という風にしようかとも考えたんです。

ガボ　エンリケとテレの恋のシーンをドーンと出して、映画をはじめればいいんだ。最初はそれが現実のように思えるんだけど、そのうち演技、つまりお芝居だということがわかる。

デニス　そうすると、テレはお芝居に出演し続けて、毎晩彼と恋のシーンを繰り返すことになるでしょう……。そういうシーンの後だと、映像的にも二人が接近していくプロセスを出すのはむずかしいと思うんです。
ガボ　君のストーリーで重要なのは二人の接近ではなくて、別離だろう？
デニス　愛し合うシーンは彼女のエロティックな妄想だという可能性もあります。
ガボ　役をもらえるかどうかでテレがテストを受けているんだったら、ほかにも何人か応募者がいるはずだ。彼女たちはエンリケを相手にそのシーンを演じるわけだが、それがつまりテストなんだ。応募者のひとりの若い女の子が最初のせりふを口にすると、とたんにエンリケが不快そうに顔をしかめる。たぶんその子のせりふ回しがひどく大仰か、わざとらしく感じられたからなんだ……。ということは、落ちたということだ。その後、テレの番がくる。彼女は口を開け、ほほえむだけだが、エンリケは魅せられたように彼女をじっと見つめる。それが本当の愛の告白になるんだ。テレは役をもらうが、彼女がいちばんよかったからなのか、エンリケがそう望んだからなのかはわからない。
レイナルド　お芝居は古典、それとも現代劇ですか？
ガボ　どちらだっていい。人の人生を創造できるんだから、すばらしい仕事だよね。
レイナルド　その芝居の中に出てくる葛藤はテレとエンリケが経験するものと似通っているほうがいいですね。それに、舞台上の出来事はテストではなくて、リハーサルにするほうがいいんじゃないですか。つまり、二人はこれから実際に起こることをリハーサルしていて、主人公がテレなんです。

ガボ　キス・シーンがいるね。

デニス　どんなキスですか？

ガボ　男女が愛し合うシーンはふつうキスで終わるだろう？　役をもらおうと応募してきた最初の女の子に対して、エンリケは形だけのおざなりのキスをするけど、テレに対しては……で、ぶつぶつ言う声が聞こえてきたので、舞台監督は手をポンポンと叩くと、大きな声で「もういいよ、エンリケ、ありがとう。お嬢さん、ありがとう……さて、次はだれかな？」と言う。

ソコーロ　あの役者はホモなんでしょう。だったらちょっと熱が入りすぎじゃないですか？

セシリア　一風変わったホモなのよ。

ロベルト　最後に、テレは雲の上をふわふわ歩いているような足取りで劇場を出ていく……。彼女はまさか自分のような女の子が大物俳優のエンリケ・ドゥアルテの目に留まるとは夢にも思っていなかったんです。

ガボ　大物俳優のエンリケ・ドゥアルテも劇場をあとにすると、テレサ・デ・カルヴァーリョに追いついて、お祝いを言う……。というのも、もう役を射止めたも同然だったからね。二人でお祝いをしようと言うと、彼女も同意する。二人で例のバルへ行くんだけど、エンリケが入っていくと、店は大騒ぎになり、若い女の子がサインをねだりに寄ってくる。それで、彼が有名な俳優だということがわかるはずだよ……。実はロバート・レッドフォードといっしょにいた時に、そういう場面に出くわしたことがあるんだ。いつだったか、彼の運転する車でドライブした時にふと買い物がしたくなって、そう言うと、彼は親切にも、「だったら、ぼくもいっしょに行くよ」と言ってくれたんだ。しかし、店に入ったとたんに君たちには想像もつかないような騒ぎが持ち上がってね。内気な性格のレッドフォードはかわいそうにもう少しで窒息するところだったんだ。

デニス　エンリケがテレに、自分の家へ行ってゆっくり話をしようというのは、たぶんそのせいなんですね。

ガボ　その通りだ。そして、彼はふだん女性を自分の家に連れていったりしない。そのことをほのめかしてもいいね。彼女は特別扱いしてもらったわけだ。

デニス　そうすると、テレはこの人はホモじゃないかって疑うんじゃないんですか？

グロリア　大勢のファンに追い回されている有名な俳優なら、ホモであることは隠し通せないでしょう。むずかしいと思うわ。それに、彼女も女優の端くれで、彼の生きている役者の世界に飛び込んでいったわけだから、そのことを知らないはずはないわ。

デニス　万がいち、エンリケがホモだとわかって、彼自身もそのことを否定しないんなら、彼女が一目惚れするというのはおかしいんじゃないかしら？　それとも、単純な化学反応のようなものなの?

ガボ　ロック・ハドソンはホモだったけど、映画の中ではマッチョぶりを発揮していたよね。自分はエイズにかかっていると彼が告白するまで、だれひとり本当のことを知らなかったんだ。

デニス　テレはエンリケがホモだということを知らないんです。知っているはずがありません。

ガボ　知っているかどうかはどうでもいい……いずれわかることだから。

マルコス　その点をさらに推し進めて、テレの変身と結びつけたらどうでしょう。あの俳優はオートバイ、それに黒い革のジャケットを着た若いライダーが好きなんです。

ガボ　やがてテレもオートバイを一台買うんだ。エンリケと親しくしているので、彼の好み、つまり若い男の子タイプが好きだということがわかる。

ソコーロ　それだと二人が彼の独身者用アパートへ行った時に、彼が性的な関係を求めるというのも筋が通りますね。

デニス　彼はそうせざるを得ないのよ。彼女は彼とベッド・インするのが当然のことだと思っていて、そのことを別に隠さないの。

ソコーロ　エンリケは試みるんだけど、うまくいかない。テレはそれを緊張しているせい、初めてなので神経質になっているせいだと考える。

ロベルト　じゃあ二度目はどうなるんだい？　彼は二度と挑戦しようとしないのかい？

ガボ　何もそんなに急がなくてもいいだろう。エンリケが有名な俳優で、テレサは美しくて才能に恵まれているけど、経験のない女優であり、二人は顔を合わせたとたんに愛し合うようになった、そういう情報を前もってどうやって伝えるかがいちばんの問題だったけど、それはうまくやってのけたわけだ。二分もかけないで登場人物がどういう人間で、どういう状況に置かれているかをちゃんと伝えたんだ。あとはエンリケがホモだということをどう伝えるかだが、これはそんなに頭を悩ませる問題じゃない。流れにまかせてストーリーを展開させ、その時がきたら明らかにすればいい。彼が男の子が好きだと知ったテレは、それなら自分がそうなればいいんだと考える。この映画はほかでもないそれがテーマなんだ。

デニス　わたしの考えを整理してみます。まず第一に、エンリケとテレが出会い、一目見て愛し合うようになる。第二に、自分たちがとてもよく似ていて、好みも同じだということに気がつく。第三に、彼は一生懸命やるけれども、満足のいく形で愛し合うことができない。第四に、彼女は彼がホモだということに気がつく、あるいは彼が自分からそうだと告げる。第五に、彼女は彼の心をつかむために自ら変身しようと決心する。

ガボ　エンリケは彼女を誘い、三度目の挑戦を試みるけれどもうまくいかない。その時にテレが、この人はインポテンツか、あるいはホモにちがいないと考える。わたしとしては、エンリケ自身がそのことを打ち明けるという風にしてもいいんじゃないかと考えている。それに時代は現代で、二人の生きている世界も……エンリケを中年の男にしてもいいんじゃないかな。何も内気で、経験のない若い男性にしなくてもいいだろう……。

ソコーロ　彼はホモなんですけど、テレを愛しているんです……その一方で、彼には恋人がいて、その恋人は焼き餅を焼いています。これがエンリケが直面している葛藤なんです。

ガボ　最初の夜、バルを出たあと、エンリケはテレを自分のアパートに誘わないで、彼女の家に行くんだ。彼女は車を持っていないので、彼が「送っていくよ」と言う。ところでデニス、エンリケは運転手付きの車に乗っているの、それともスポーツカーを乗り回しているの？

デニス　スポーツカーです……テレの家に着くと、彼女が「寄っていきません？」と訊きます。

ガボ　バルを出ると、二人はエンリケのポルシェに乗り込む。彼が「家まで送ろうか？」と言うと、彼女が「いいんですか」と答える。「住所はどこ？」と彼が訊く。それだけでもう少なくともその夜……どういう結末が待ち受けているか、テレには想像がつくだろう。

ロベルト　だけど、その時になって、テレは失望させられるんですね。

ガボ　その夜二人が交わす対話が、いろいろな雰囲気の中で展開していくようにしても面白いだろうな……エンリケがあるバルで何か尋ねる。テレがそれに答えるんだけど、場所は別のバルなんだ。対話がつづいていき、そのたびに背景が変わっていくんだ。

ロベルト 最後までそれをつづける必要があるでしょうね。で、カットが入って次の日がはじまると、観客は二人が一夜を過ごしたんだと理解する。

ガボ 対話はすっきりしたものにするといい。たとえば、若い男が女の子を映画に誘うと、女の子が「悪いけど、今日はだめなの」と言うように、少々ぶっきらぼうなくらいがいいんだ。「住所はどこなの?」「これこれのところです」。車がその建物の前に着く。「じゃあ、明日また」「さようなら」。今話しているのはテレの視点から見たストーリーなんだけどね。

マルコス その夜はそこで終わるんですが、次の日エンリケが母親に会ってくれないかと言い出します。二人で母親の家に行き、昼食をいっしょにとるんですが、お母さんは息子がはじめて恋人を連れてきたというので、大喜びしているんです。

ガボ 母親がもし自分の息子がホモだと知っていて、嬉しさのあまりテレの前でつい本当のことをぽろりともらしたらどうなるんだろう?

セシリア 彼女と二人きりになると、母親はすかさずテレにこう言うんです。「エンリケが恋人を家に連れてきたのはこれが初めてなものだから、わたしは嬉しくてね……」。

マルコス 母親というのはたいてい何も知らないんだ。というか、気づくとしてもいつも最後になってからだよ。

ガボ そんなことはない。母親は何でも知っているよ。それどころか、手助けをするくらいだ。そうすることで、息子を手もとに引きつけておくんだ。

マルコス　テレの家族はできれば女優になってほしくないと考えているんです。どちらかといえば、ブルジョア的な家庭です。

デニス　しばらく前から、テレは家族と一緒に暮らしていません。女友達と一緒にアパートに住んでいます。

ガボ　レスビアンだと思われないように注意しないといけないよ。時間は三十分しかないし、その間に何もかも説明するわけにはいかないから、ちょっとしたミスも許されないんだ。

デニス　エンリケが劇場に向かう道の途中にテレの家があるんです。ですから、その夜彼はテレに、「よかったら明日の朝ここを通るときに拾っていこうか？」と言います。

ガボ　そして、劇場では愛し合うシーンが繰り返され、二人は空想の中で互いに相手に身をまかせる……。リハーサルが終わると、エンリケが「送っていこうか？」と言う。

ロベルト　二人が愛し合うシーンは何度か出したほうがいいでしょうね。最後のシーンはそれまでとちょっとニュアンスがちがうんです。二人の間に何かあった、何かがこわれてしまったんです……。

ガボ　ずっと同じシーン、同じキスで通したほうがいい。十分ごとに繰り返したとして、三回同じシーンが出てくるんだ……。

セシリア　最初の日の失敗が繰り返されるように、このストーリーでは何度も同じことが繰り返されますよね。エンリケは車でテレを彼女の家まで送っていく、あるいは独身者用の自分のアパートに連れていく、そして愛し合おうとするけれども、結局うまくいかない。
ガボ　その前にオカマ・バーへ彼女を連れていってもいいんだ。
デニス　そんなに早く連れていくんですか。サディスティックじゃありませんか？
ロベルト　テレは今のような関係を続けていくわけにはいかないと考えて、こう言うんです。「今の関係には耐えられないんです。もう、会わないでおきましょう」。ある日、劇場を出た時に、若い男性が彼を待っているのに気がつく。たぶんそれまでも待っていたんでしょうけど、その時にエンリケの方から会おうとしたことが明らかになるんです。
セシリア　だけど、あの二人、つまりテレとエンリケは、その後もリハーサルで顔を合わせなきゃいけないんでしょう。
グロリア　最初の段階からテレは彼がホモだということを知っていないとおかしいわ。二人でバル巡りをした時に交わす最初の会話でそのことをほのめかしたらどうかしら。だって、もし彼女がそのことを知らないで、劇場を出たところでエンリケを待っているきれいな男の子と突然顔を合わせるとしたら……。
ソコーロ　たぶんテレはエンリケと深い仲になりたいと思っているだけなのよ。
デニス　そんなことはないわ。彼女は本当に恋しているの。激しい情熱よ。そうでないと、変身しようとするわけがないでしょう。
ガボ　急がずにやろう。たっぷり時間をかけないといけないよ。一日あけて、十四時間ぶっつづけで議論しよう、そうしてたまったエネルギーを吐き出せばいいんだ。

グロリア　テレはエンリケがホモだとわかっても、希望を失わないの。

ガボ　彼女の立場に立ってこのドラマを考えてみると、どんな犠牲を払ってでも彼を自分のものにしたいと思っているんだ。女として攻めてもだめだとわかると、次は自分が男になってやってみようと心に決める。要するに、いたって単純なんだ。

ロベルト　だからこそ、彼がどういうタイプの男の子が好みか知っておかなければならないんですね。テレにはお手本が必要なんです。

ガボ　ひとつ訊きたいんだが、彼女が男の子に変身したとすると、与えられた役をどうやってこなすんだ？

デニス　それは大した問題じゃありません。髪を短く切って、かつらをつければいいんですから。

ガボ　もうひとつ尋ねるけど、エンリケがホモだというのが周知の事実で誰もが知っていることだとしたら、彼女は初めて会った日からあのような態度をとるだろうか？

デニス　ええ、とると思います。

グロリア　わたしはとらないと思うわ。

エリッド　彼女は本当に恋してしまったのよ。

ガボ　彼女は彼がホモだとわかっていながら、彼と深い関係を結びたいという希望を捨て切れないという可能性もあるね。問題は、エンリケが一生懸命がんばったのに、うまくいかない時にどうなるかだ。

デニス ホモだといろいろ言われるようですけど、エンリケはごくふつうの人なんです。それどころか、見かけは男っぽいし、行動も男性的なんです。

ガボ だけど、エンリケがバイセクシュアルじゃないということははっきりさせておく必要があるよ。彼は彼なりに彼女を愛しているんだけど、エロティックな形で結びつくことができないんだ。映画の中で語れるのは、テレが彼を喜ばせようとしてどういう風に変身していくかなんだ。

デニス すべてがセクシュアルなものに結びつくわけではないということを頭に入れておいてほしいんです。あの二人は精神的にとてもよく似たところがあるんです。

ガボ これまでの話は本題に入るまでの助走なんだ。この問題にいつまでもかかずらっているわけにはいかないんで、そろそろ本題に入ろうか。

デニス 二人が似ていることを強調しておく必要があると思うんです。そうでないと、エンリケとテレが互いに惹かれ合う理由がなくなってしまいます。二人が求め合うのは、バルを巡り歩いていろいろな話をし、互いに相手のことを知っていくうちに、この人といっしょにいると楽しいと感じるからなんです。とりわけテレは強くそう感じたんです。だから、彼女は彼のそばにずっといたいと思うんです。

レイナルド それが恋でなければ、神様に地上に降りてきてもらって、見てもらうといい。

ガボ どうすれば時間が経過したことを視聴者に伝えられるか考えていたんだが、案外簡単だな。芝居を通して、つまり愛し合うシーンを次々に出していけばいいんだ。そして、最後は初舞台のシーンで締めくくって、観客の拍手なんかを入れればいいだろう。そこでフィクション、つまり舞台上のフィクションが終わり、舞台の出来事が現実の中で、つまり映画の中の現実のことだけど、そこで起こることの予兆になっているとすればいいんだ。

デニス 先にストーリーを図式化して五つに分けたんですけど、四番のところでまだ迷っているんです。エンリケがホモだということにテレが気づくのか、それとも彼自身が告白することになるのか、どうしたらいいでしょう?

ガボ 彼がごく自然に、自分はホモなんだと打ち明けるようにしたほうがいいんじゃないかな。ホモの世界には一般の人が知らないすごく面白いことがいっぱいあるから、それを入れてもいい。同時に、彼らは非常に率直なところがあるだろう、そこを生かしてあの二人を結びつける絆を強固なものにしてもいいな。エンリケはテレに対して自分の心を開くんだけど、それはお芝居じゃない。ただ、エンリケは自分が同性愛者であるということで引き裂かれている、引き裂かれているという点ではテレも同じなんだけど、そのことで彼は自己実現してもいるんだ。テレはそんな彼を理解しているが、心の底では自分と彼を決定的な形で引き離している状況を受け入れることができない。そこで彼女は男の子に変身しようと決心する。突然髪を短く切るんだ。五〇年代風の言い方をすれば、ギャルソン風にね。

ソコーロ　彼女は自分で髪を切り、ジーンズをはき、ユニセックスのジャケットを着るんでしょうね……。

ガボ　二人の対話は、うまくやれば感動的なものになると思うんだ。三、四十年前ならおそらくひんしゅくを買っただろうが、今ではわれわれもホモの友達としょっちゅう顔を合わしているから、そういう対話も日常的なものになっていると思うよ。連中がきて、平気な顔をして「バイバイ、これからボーイフレンドと会うの」とか、「わたしのハンサム・ボーイを紹介するわ」といった言葉をよく聞かされるからね。二人はまるで婚約しているみたいなんだ。だから、エンリケもテレに対して率直にものが言えるんだよ。気持ちの上では彼は心から彼女を愛している。だけど、彼女の方は最後までいきたい、聖書的な意味で彼を知りたいと願っているんだ。

デニス　わたしとしては、エンリケが努力する、つまり何とかして「彼女を喜ばせよう」とするという風にしたいんです。愛しているふりをするんではなくて、本当に彼女を愛しています。ちょうど鏡と同じで、彼女の欲望がそのまま彼の欲望でもあるんです。それに、彼女を自分のもとに引き留めておきたいとも願っているんです。

ソコーロ　エンリケは三十五歳で、これまで女性に対してそうした感情を抱いたことは一度もなかったんでしょうね。

ガボ　彼はテレに、女性を相手にこんなに深入りしたのは初めてなんだと言うべきだろうな。

ロベルト　デニスが提案した結末についてひとつ言わせてもらいたいんだけど、最後にエンリケが別の女性と出かけるというのはあまりよくないと思うんだ。

ガボ　まあ、そう焦るな。そのうち答えが出るよ。

デニス　あの結末、つまりテレが男の子に変身し、エンリケが別の女性と出かけるという結末がなぜ気に入っているかというと、実は寓話のことを考えているからなの。

ガボ　そこまでこのストーリーが有機的な形で進められるかどうか考えなきゃいけないな。今はまだそれに頭を悩ませる時じゃない。

ソコーロ　ひとつ、くだらないことを訊きたいんだけど、テレが本当に自分を見失い、男の子になってしまうか、あるいは男の子と見分けがつかないようになるとしたら、エンリケはどうして彼女を自分の恋人にしないの？

ガボ　そこが逆説なんだ。テレは女としてエンリケを魅了したわけだが、そこに葛藤がある。ところで、彼女は突然変身するのかい、それとも徐々に変わっていくの？

デニス　わたしとしては徐々に変わっていくようにしたいですね。

レイナルド　ぼくは急激に変わるほうがいいと思うな。彼女は八方ふさがりの状況で、絶望的になってそういう手段に訴えるんだろう。だったら、突然まったくの男の子に変わってしまうべきだよ。髪を短くし、ジーンズをはき、オートバイに乗り、革のジャケットを着る……。

デニス　今思いついたんだけど、テレがひどく惨めな思いをする可能性も考えられるわね。エンリケを引き留めておきたいと思って、男の子の相手を見つけてあげるの。とんでもない話のようだけど、彼女にしてみればエンリケを喜ばせたい一心でしたことなのよ。

ガボ　そうなると長くなって、三十分では収まらないんじゃないかな。

レイナルド　テレが急に変身し、そのせいでエンリケが困惑するというのなら、ワン・シーンであっという間に片づくと思います。つまり、エンリケをびっくりさせてやろうとして、テレは男のような髪型と服装をして、彼の家のドアをノックする。ドアを開けたエンリケはとまどったような表情を浮かべて彼女をしばらく見つめる。自分のいたずらが成功したというので彼女は満足そうに、にっこりほほえむ。彼がこれまで何度となくすてきだと思ったそのほほえみを見て、目の前にいるのがだれなのか気がつくんですけど、一方で落ち着かない気持ちになる。「テレみたいに頭のいい女の子がどうしてこんなばかなことをするんだろう」と考えるんです。

デニス　わたしはまだ、テレの変身は徐々に行なわれるべきだと思っているの。

レイナルド　じゃあ、こうしてみたらどうだろう。たとえば、髪を切って変わりはじめた彼女を見て、エンリケが「その髪型はよく似合っているね」と言うんだ。

デニス　彼女をあおるようなことを言うべきじゃないわ。

グロリア　単なるお世辞よ。エンリケには、テレが何を考えているかわからないの。髪型がすてきだと言ったり、革のそのパンツはいいねと褒めたりしているうちに……。

ソコーロ　髪を切るのは最後にしたほうがいいわ。彼女の段階的な変身はそこで完了するのよ。

デニス　リアリズムの枠から飛び出して、今度は違ったタイプの言語、つまり隠喩的な言語世界に入っていくみたいね。

ガボ　われわれのストーリーは例外なく少しばかりの狂気を秘めていて、それが独特のタッチになっているんだよ。

レイナルド　このストーリーは手法的に見て、とても一貫性があるように思えるんです。まず最初、テレとエンリケの登場する夜のシークエンスでは、二人が対話しながら三軒のちがったバルを次々にまわっていきますよね。次に、舞台の上で二人が愛し合うシーンは三回繰り返すという話が出ました。ですから、テレの変身も髪の毛と衣装、それにオートバイの三つの点で出せばいいんじゃないですか。

ソコーロ　しかも、彼女はそのプロセスを通してイヤリング、ネックレス、化粧といった女性的な装飾を捨て去り、男っぽい行動をとるようになるのね。

セシリア　ホモの人たちの中には、女友達の前で自分の好みをはっきり口にする人が大勢いるわ。「そうなの、わたしはこういったタイプが好きなの」とか、もう少し遠回しに「色が黒くて、背が高くも低くもないこういうタイプが好みなの」と言ったりするのよ。

デニス　エンリケは絶対にそういうことは言わないはずよ。

ガボ　二人の関係の背後には深い苦悩が秘められているんだが、外見にとらわれていると、そういうことを見過ごしてしまうんじゃないかな。

デニス　わたしたちは人物の行動を分析しようとしているんですよね。

ガボ　そうだな、今は構成や細部にこだわらずに、一連の出来事について考えたほうがいいだろう……。まず、エンリケとテレは劇場で出会う。そのあと彼は飲みにいかないかと誘うんだけど、できればホモの連中が集まるバルにしたほうがいいだろう。その後、バルで話し込んでいると、若くてハンサムな男性がエンリケの友達だといって近づいてくる。エンリケはその男性を彼女に紹介する。そして、最後に三人でバルを出ていく……。

デニス　一緒に、ですか？　最初から三人そろうんですか？　わたしはエンリケがテレを独身者用のアパートに連れていくんだとばかり思っていました。

ガボ　映画の話をしているんじゃない。実生活ならそんな風になるんじゃないかと想像したんだ。

グロリア　実生活でエンリケがテレと出会い、彼女に心を奪われたのなら、ホモのバルへは連れていかないと思うんです。

レイナルド　連れていかないだろうな。
ガボ　連れていくと思うよ。
レイナルド　そうなると、どちらともつかないあいまいなところが消えてしまいますね。彼女は最初から彼と恋に落ちることは不可能だと気づくわけでしょう。
デニス　どうして？
レイナルド　そりゃあそうだよ。ああいう雰囲気の店に行くということは、自分がホモだと打ち明けているようなものだよ。それにエンリケの友達まで出てきて、二人のそばにやって来るんだろう……。
ガボ　バルを出ると、エンリケと彼の友達、それにテレの三人はエンリケの車の方に向かう。友達だという若い男は当然のように前の座席に座る。で、テレは仕方なく後部座席に座るんだけど、それを見ただけで彼女はそれほど愛されていない、単なる添え物のような存在でしかないということがわかるはずだよ。
デニス　それはちょっと酷な感じがしません？
ガボ　たしかに酷だけど、あとになって生きてくるんだ。というのも、テレは自分が座りたいと思っていた場所に腰をおろした男がどういう人間なのか思い知らされるわけだからね。その若い男が彼女の手本になるんだ。そのうち、若い男が後部座席に移り、彼女が運転席の横に座ることになるんだ。

デニス　わたしはもっと詩的なことを考えていたんです。テレはひとりでもう一度あのバルへいき、次の芝居の役作りをするような顔をして、ホモの男たちの行動をこっそり観察するんです。

ガボ　彼女のような女優が、動物園へ行ってサルを観察するように、ホモの男たちの行動を観察するというのはおかしいんじゃないかな。彼女の生きている世界を考えてみるといい。今の話だと、ホモの世界を遠くかけ離れた珍奇なものと考えているように思えるんだけど、実際はわれわれの世界の一部になっている……ホモの男たちは社会から切り離されているわけじゃない、特にわれわれの社会からはね。

ロベルト　デニスが言った最初のヴァージョンをもう一度取り上げてみたらどうでしょう。テレとエンリケが次の日にもう一度彼のアパートで会うんですが、今度もまたうまくいかない。で、彼女は会うのをやめるんです。週末は会わずに過ごすんですが、月曜日、二人が劇場を出ると、外でエンリケの友達が待っている。「やあ、よく来てくれた」、エンリケは大声でそう言ったあと、こう続けるんです。「紹介するよ、こちらはすばらしい女優のテレだ。テレ、こちらはぼくの友達のネルソンだよ」。

ガボ　わたしはこんな風に考えているんだけどね。テレはエンリケから自分はホモだと打ち明けられる。だけど、あきらめたりはしない。彼を自分のものにしたいという決意は変わらないんだ。彼がよく通っているバルをのぞいてみると、彼がいるんだけど、彼女がうるさくっつきまとってくるように思ったり、彼女をとがめたりすることはない。それどころか、とても優しい態度を見せるんだ。「よくきたね」とあのネルソンに言ったようなことを言うんだ。「さあ、ここに座って。君のために特別なカクテルで乾杯しよう」と言う。二人の前に泡立ち、煙の出ている何とも奇妙な飲み物が運ばれてくる。彼らは話をしながら楽しいひと時を過ごす。カット。テレが髪の毛を切っている。カット。彼女がバイクで劇場に駆けつける。カット。うーん……こういうカットは用心しないと、グロテスクなものになるからな。問題は時間だな。一時間半だと長すぎるし、かといって三十分では短すぎるんだ。

デニス　これは三十分ものストーリーでしょう。だったら、最初の結ばれることのない愛の苦悩を中心に、そこを引き延ばしてみたらどうでしょう。そして、突然変身するところを最後にもってくるんです。

ガボ　すると、テレが男装してエンリケのアパートに入っていくところで終わるが、そのあとをどうするんだ?

デニス　わたしとしては、「欲望は対象を変える可能性があるから、決して他人の欲望の対象になってはいけない」という教訓を強調するために、できれば別の女性を登場させたいと考えています。その教訓が何らかの形でストーリーの中に含まれていればいいんです。

ガボ　しかし、話をそこまで、つまりエンリケにほかの女性をくっつけるところまでもっていくの?

デニス テレが自分のアイデンティティを喪失し、頭がおかしくなる直前までもっていきたいんです。あまりにもエンリケを理想化し、彼を喜ばせたい一心で自分自身を否定したせいでそうなるんです。

レイナルド 彼女がそこまで子供っぽいとは考えられないんだけどな。

ロベルト 頭がおかしくなるまでには大変な苦しみを味わったはずなんだけど、それが見えてこないんだ。それどころか、自分の置かれた立場をしたたかに利用しているようにさえ思えるよ。

セシリア テレが変身しているのに、エンリケがそれに気づかないとしたら、どうなるかしら?

マルコス ぼくの想像だと、エンリケとテレはバルの、いつものコーナーで待ち合わせする。彼女ははじめて男装してそこで待っている。エンリケがやってきて、窓のガラス越しに中をのぞく……そして後ろを向いて帰ってしまう。彼が気づいたのかどうかはわからない、となるんじゃないかな。

ガボ 入り口からだと彼女だとわからないよ。

デニス それは映画の出だしなんですか、それとも終わりですか?

ガボ まだわからない。どこにくるかは、二人のその出会い、というか行き違いのあと何が起こるのかがはっきりしないと決められないんだ。

マルコス テレの変身は最終的にどうなったんです？　徐々に変わっていくんですか、それとも急に変わるんですか？

ガボ 徐々に変わるほうがいいんだが、そうなると構成が崩れてしまう。急激に変わるのはよくないが、それだと時間の問題が解決される。変身を最後に出すのなら、急激に変わってもいいというのがわたしの考えだ。

ソコーロ テレがうまくエンリケを誘惑してほしい、というのがわたしの考えです。それがトラウマ的なものであってもかまわないんです。

ガボ 誘惑するというけど……女としてなのか、それとも男としてなのか、どちらなんだ？

ロベルト ということは、エンリケが能動的なホモなのか、受動的なホモなのかをはっきりさせないといけないということですね。というのも、受動的なホモだとどうしようもありませんからね。

デニス そんなことよりも、エンリケが最後になってテレを見てもだれだかわからないということのほうが気になるわ。これはラブ・ストーリーなのよ、なのに、外的な理由で二人が行き違いになるなんて……。

ロベルト それほど外的でもないよ……テレは内面的にも、つまり心理学的にも変身するんだからね。

ガボ　エンリケが彼女を見てもだれだかわからない、というかより正確には最後まで気づかないというアイデアはいただけないな。最初は見まちがえるかもしれないけど、さっきも話に出たように笑顔に特徴があるんなら、彼だってよく見れば気がつくはずだよ。それにもうひとつ、テレの変身だけど、ほとんどわからないほど少しずつ変身していくというのはやはり無理があるよ。それには時間が足りないんだ。長尺ものならやってやれなくないけどね。今セルヒオと一緒に仕事をしているんだけど、話し合っているうちに、年老いた女性が若返って二十二歳の若者とゴージャスな雰囲気の中でワルツを踊るというストーリーにしたら面白いんじゃないかということになったんだ。一見愛人のように見えるけど、その若者とは孫といってもおかしくないほど年が開いている。そうしたストーリーを本当らしく見せるには、映画の流れの中で老婆をそれとわからないほど少しずつ若返らせていくしかないんだ。そして、ワルツのシーンになると、女主人公と若者との年齢差はそれほど気にならなくなっている。ただ、そうしたシテュエーションをうまく表現するために、二時間近くかかったんだ。われわれには三十分しか与えられていないし、そのうちの半分は問題提起にあてなきゃいけないんだ。

ロベルト　解決法はありますよ。先日レイナルドが、ぼくの創造した人物ジョアンの話が出た時に、柔道の師範の例を持ち出したんですが……。

ガボ　男性に変身したテレがエンリケの前に現れる、そのシーンのどんでん返しを映像的に、またドラマ的にどう処理するかが今抱えている問題なんだ。あれは決定的な場面だからね。

デニス　こだわるようですけど、わたしはテレが徐々に変身していくべきだと思うんです。

ロベルト　それには時間がないんだよ、デニス、だから二者択一でいくしかないんだ。君の好きなバルのシーンがあるだろう、あそこでテレがホモの男たちを観察するよね。あの場面で彼女は座っている席から動かないで、少しずつ変身していくというのはどうだろう？そうすれば、時間の流れと彼女の意識の流れが同時に出せるじゃないか。テレの変身は外見ではなくて、むしろ心理学的なものなんだ。

マノーロ　映像的にどう処理するんだい？

ロベルト　テレの変身だけど、あそこは彼女の視線をうまく生かせばいいんだ。彼女は自分の「モデル」を選びながら、同時に模倣することでそのモデルに「変身していく」んだ。マノーロ、君が心配している彼女の心理的な変身だけど、それは映像を通して形にできるんじゃないかな。むろんそうするには、メーキャップ係と衣装さんに相談しなきゃいけないけどね。

デニス　女優さんにも訊かないと……。

ガボ　そのショットは、ひとりの女性が食い入るように見つめているホモの男たちという主観的なシーンではじめて、テレが若い男性に変身しているという客観的な映像で終わるようにするといい。

ソコーロ　口うるさい小姑になってもいいでしょうか？

ガボ　ここでは誰かがストーリーを紹介するけれども、それ以外の人間は全員が小姑にならなきゃいけないんだ。

ソコーロ　テレは自分の抑えがたい情熱を実現したいと思い、その障害になる状況に対して激しい戦いを挑むわけでしょう。エンリケもその情熱と無関係なわけではないんですから、挫折するというのは耐えがたいことだと思うんです。言ってみれば、報われてしかるべき情熱なんです。だからこそ、テレの戦いが挫折で終わってはいけないんじゃないですか。エンリケは結局女性として彼女を所有するか、あるいはテレが男性になったところで映画が終わって、結末は開かれているという風にすべきだと思うんです。

ガボ　挫折もまたドラマティックな状況、それもきわめて意味深い状況だよ。たとえ人物が挫折したとしても、ドラマそのものが挫折することはあり得ない。きれいな結末のラブ・ストーリーの場合は特にそうだよ。わたしは何がなんでもハッピーエンドはだめだと考えているわけじゃない。ただし、われわれが今作っているドラマは挫折のドラマなんだ。

ロベルト　エンリケはあるがままのテレを愛しているんです。むろん、彼なりのやり方ですけど。そして、テレが自らのアイデンティティを失う、つまり彼女が彼女自身でなくなった時点で、彼女を愛さなくなる。これがデニスが語りたいと思っているストーリー、教訓を含んだストーリーなんです。

ガボ　それじゃだめだよ、ロベルト。人の書いたストーリーを弁護しているだけじゃないか。

デニス　たとえ同国人からであっても、説得力のある弁護はいつでも大歓迎です。

ガボ　実のところわれわれは自分たちにもよくわからないテーマについて話し合っているんだ。この中にホモなのにそのことを隠しているものがいたら、お願いだから勇気を出して、この難局から抜け出せるように手をかしてくれないか。

デニス　テレはエンリケが完全に自分に身をまかせるにちがいないと確信しているはずなんです……まあ、できればの話ですけど。隠された葛藤を支えているのがこのあいまいさなんです。

ロベルト　はじめてベッド・インする前に、エンリケが彼女に包み隠さず「自分はこれまで一度も女性と寝たことがないんだけど、君となら寝てもいい」と言うんです。

ガボ　言い換えると、彼女に手伝ってほしいと言うんだね？

ロベルト　ええ、だけど過大な幻想を抱いているわけじゃありません。彼女もその点は同じなんです。

ガボ　このストーリーはわれわれにはなかなか理解できないさまざまな感情の起伏を伴ったデリケートなものなんだ。だから、論争の種になるようなところでミスを犯さないよう注意しなきゃいけない。さて、ここでもう一度ストーリーを分析してみよう。テレサにとってエンリケはアイドルであり、彼に対する感情は言うまでもなく異性愛的なものだ。推測できる限りで言うと、二人は同時に恋に落ちる。エンリケは大物俳優だというのに彼女を通りまで追いかけていって、一緒にお酒を飲まないかと誘う。そこまでしかいかないんだが、はじめて一緒に飲んだんだから別に不自然じゃない。一方、彼女も事情を知らないから、当然だと考える。さて、次の日、エンリケはテレに自分のアパートへ来ないかと言い、そこで愛し合おうとするが、うまくいかない。その時に彼は、実は自分はこれまで一度も女性と寝たことがない、ただ、君は別だ、君と一度寝てみたいんだと告白する。そこまでだ。というのも今気づいたんだが、あのような状況になる前に、テレは当然彼にこう言うはずだよね。「ええ、あなたに協力します」。で、どうなるんだ？　どういう風に協力するんだ？

マノーロ　急に説明しろと言われてもむずかしいですね。エンリケはテレに対して性的な魅力を感じる……エンリケは彼女みたいに知的で魅力的な女性を何人も知っています。で、どうなるんでしょう？

ソコーロ　一目惚れというのはそう簡単に説明できるものじゃないのよ。それは心の問題、あるいは神秘的な化学反応なの……。

デニス　わたしの言いたいのもそのことなの。相手の男性の欲望がどの程度のものかわからないのに、その欲望の対象になるのはばかげていると言いたいのよ。

ガボ　男にしても、自分の欲望がどの程度のものかわからない。人は自分で思っているほど自分のことを知らないものだ。たぶんそのせいで、われわれは今動きがとれなくなっている。だから、必要な電圧を加えて、テレとエンリケを動かさないとな。

ソコーロ　これはわたしの考えなんですけど、エンリケの最初の性体験は異性愛だった。たぶん結婚したことがあるんでしょうね。ある時、心に傷を受け、しかも本人はそれが治癒不可能だとは気づいていない。

ロベルト　それに何か意味があるの？

ソコーロ　障害がひとつ消えるでしょう。エンリケにはそれまでに正常な異性愛の経験があって、今回が初めてじゃないの。

ガボ　そうなると、時間的な処理がますますむずかしくなるな。

エリッド　最初の夜、エンリケはテレと正常な関係を結ぶんです。彼女に強く惹かれていたせいで……。

デニス　最初から成功するの？　だめ、それはだめよ。

エリッド　そのあとに葛藤が生まれるの。というのもエンリケには男友達がいて、テレのせいで彼をあきらめきれないの。

デニス　それだと、エンリケはバイセクシュアルだということになるんじゃないの？

エリッド　別にかまわないじゃない。テレはライバルとの競争で自分の旗色が悪いと見て、彼、つまり若い男性に似せて変装するの。

ガボ　エンリケのようなタイプのホモの男性がああいう状況で、そういう行動をとるかどうかはわからないよ。欲望の対象が変わって、今度は女役になりたいから、異性愛でいこうと簡単に気持ちを切り替えられるだろうか？

レイナルド　ぼくとしては、エンリケが努力するけれどもうまくいかないという方にこだわりたいですね。最初の夜に失敗するわけですけど、そのショックが大きければ大きいほど、テレの変わり様が興味深いものになると思うんです。

エリッド　何度か試みるんだけど、だめなんでしょう？　で、彼女はいったい何回それに耐えればいいの？

レイナルド　回数は関係ないんだ。ボレロでうたってるじゃないか。《二十回もだまされつづけたんだもの、一回くらい増えたってかまわない》ってね。

ガボ　ドラマの問題点がどこにあるかわかったよ。われわれは軽率にも視点を変えてしまったんだ。このストーリー全体はテレの視点から語られているのに、少し前からエンリケのまわりをぐるぐる回りはじめたんだ。はっきり言うと、ここで彼の視点を取り込んだら、なにもかも台無しだ。彼女の視点を崩してはいけないんだ。テレは、われわれもよくやる見立て違いをするんだけど、これは気にしなくていい。それよりも、どうしても避けなければならないのは、視点の変化、もしくはふたつの視点を同時に生かして仕事を進めようとすることだ。そうなると、話が込み入ってくる。それに時間も足りなくなる。このストーリーでイニシアティブをとるのはテレなんだ。エンリケのジレンマにはまりこんだら、抜け出せなくなるよ。

デニス　いろいろな細部をうまく使えば、テレの感情的な変化やその前段階も出せるんじゃないですか。たとえば、彼女の部屋にはエンリケの写真と彼が舞台で演じた人物の写真がべたべた貼ってあるという風にすればどうでしょう?

ガボ　最初の夜、テレはエンリケに家まで送ってもらう。彼女が部屋に入ると、壁一面に写真が貼ってある、それでエンリケが以前から彼女のあこがれの俳優だということがわかるだろう。

ソコーロ　変身を逆にする、つまり最初からテレが男の子の姿で登場するようにしたらどうでしょう。彼女は現代的で、パンクで、ユニセックスな感じですから……。

ガボ　そうなると、ストーリーが安っぽくなるだろうな。

セシリア　テレがいい女優だという話は出ましたけど、彼女の想像力や模倣の能力についてはまだ話し合っていませんよね……彼女はエンリケとのロマンスを夢想し、彼を自分のものにするための手段をあれこれ考えている……彼女の空想のモデルは舞台からとってきたものだとしてもいいんですよね。

デニス　その方向でいくと、最初のアイデアから大きく逸れるんじゃないかしら。

セシリア テレは役をもらって、エンリケとラブ・シーンを演じるんでしょう。そんな彼女が役作りのために勉強しはじめるのよ。相手役、といっても彼女の頭の中にはエンリケしかいないんだけど、その相手役の出方をあれこれ空想しているうちに、現実と想像の世界の壁がなくなってしまうの。

ガボ 話としては面白いけど、ストーリーの流れが変わってしまうよ。テレが男装しないのなら、もう別のストーリーだ。その方向で進んでいけば、結局『ハムレット』になるだろうな。出来はそちらのほうがずっといいかもしれないけど、それだとワークショップの存在理由がなくなるよ。

デニス 今思いついたんですけど、細部、たとえば鏡なんかを通して変身させてみたらどうでしょう。

レイナルド おい、おい、まだ鏡の呪縛から解放されていないのかい。

ガボ 好きにしていいんだが、テレが最後まで戦いを続ける、つまり男に変身するまで戦い続けようと決心するのは、追いつめられていると感じた時だということをはずしちゃだめだよ。

ロベルト しかし、そうなると最後が締めくくれなくなりますね。

ガボ だれも締めくくれるなんて言ってないよ。結末はないんだ。

ロベルト たしかにどんでん返しにはちがいないんですが、それだと何も表現したことになりませんね。

ガボ その通りだ。しかし、ほかに選択肢がないのなら、大向こう受けをねらうしかないだろう。

ロベルト ぼくとしては、男装したテレがエンリケの前を通るんですが、彼は気がつかないという方が好きですね。

ガボ しかし、それだと彼が気づいたらどうなるのかという問題は残されるだろう。

レイナルド 最後のイメージは言語学者のよく言う、きわめて強い意味論的な負荷をもっているということですね。

ガボ 少し整理してみよう。テレが変身してバルに足を向ける。エンリケがそばを通りかかるが、彼女、というか今では男の子になっているので、彼と言うべきだが、その彼に目もくれない。ハンサムで魅力的な若者なんだけど、エンリケの好みじゃない。彼女が好かれていないのかというと、そんなことはない。つまり、彼はテレを女性として愛しているんだよ。

ソコーロ ストーリー全体を、エンリケが犠牲者を、つまり自分と共演する女優を相手にやるたちの悪い遊びと考えても面白いんじゃないかしら。エンリケはサド・マゾなの。自分にはできないか、もしくはその気がないとわかっているのに、彼女を愛そうとしているふりをする。で、さりげない口調で変身をほのめかす。相手役の女性は彼を喜ばせようとして変身するんだけど、そのプロセスの中で、役作りに求められている必要条件をなおざりにしてしまい、結局降板させられて、別の女優に取って代わられる……すると、エンリケは次の女優に触手を伸ばす。そこでサイクルが閉じられて、また一から同じことがはじまる。

グロリア　すばらしいアイデアだけど、そうなるとテレではなく、エンリケのストーリーになってしまうんじゃない？　わたしとしては、彼がバルへ行くと、彼女が今までとちがう服装で待っている。そんな彼女を見て、彼は不快そうに「なんてばかなことをしたんだ！」と叫ぶ、という風にしたらいいと思うんだけど。

ロベルト　あるいは、エンリケがバルに着く。彼女はまだ来ていないなと思ってまわりを見回し、近くに座っている男の子がテレだと気づかずに、興味を示すというのはどうだろう？

ガボ　エンリケがすぐにその男の子に近づいていったらどうなるんだい？

グロリア　そばに行って少し話したら、テレだと気がつくんじゃないですか。

デニス　エンリケが男の子に変装した彼女と親しくなったりしたら、教訓にならないわね。

ガボ　テレが変装した場合、ふたつの可能性が考えられる。つまり、エンリケを手に入れるか、彼を失うかのふたつだ。前者の場合、ストーリーとしては扱いやすいが、何となく嘘臭い感じがする。というのも、髪の毛を短くし、外見を少し変えただけで簡単に引っかかるんだから、エンリケというのはよほど軽率な人間なんだなということになってしまうからね。

ソコーロ　あり得ることだと思いますけど。ホモの男性って、とても軽いじゃないですか。

ガボ　さあ、それはどうかな。彼らは深く根を下ろしている道徳的な偏見や規範に対して不信感を抱いていて、たえず浴びせられる嘲笑に立ち向かい、なんとしても自分たちの生存権を守ろうとしている。何のためにそんなことをしているのかと言えば、ホモの男性、少なくとも真の友情、真の仲間意識がどのようなものかも知らずに経験を積み重ねているあのあわれな人間たちの人生には大きな葛藤があると思うんだ……だから、そういう人間を軽率だとか、不真面目だと言えないいんじゃないかな。そういうことに耐えるためには、性格的に強くなければだめなんだ。もっとも、今では社会の中に彼らの居場所が生まれつつあるから、以前ほどでもないかもしれないけど、いずれにしても……。

レイナルド　二人が最後に出会うバルのシーンに戻っていいですか。店の中は客でいっぱいで、テレも若い男のような顔をしてテーブルに座っています。彼女は別に苦労することもなく店の雰囲気にとけ込んでいます。エンリケが彼女の前を通り過ぎるんですが、彼女の方を見ようとしません。正確に言うと、彼女だとわからないんです。彼は近くのテーブルに腰をおろして、彼女が来るのを待っています。テレは席を立つと、まっすぐ彼の方に向かっていき、相手を捜している若い男の子がよくやるようにテーブルの上に両手をつき、ほほえみを浮かべながら「やあ！」と声をかけます。エンリケはそんな彼女を見て、呆気にとられます。そのあと、急に激しい怒りに駆られて、彼女の腕をつかむとバルの外に連れ出して、ののしります。たぶん彼女が身につけているベルト、鎖、なんでもいいんですが、装身具を奪い取ると、地面に投げつけて踏みにじります……。そこまではいくんですが、あとが続かないんです。

ガボ　このあたりで少し細部を整理してみよう。さっきテレは男に変装するという話が出たが、あれは正確じゃない。テレは能動的なホモに変装するんだ。このふたつを混同してはいけない。オカマ・バーに通う客もオカマなんだ。エンリケは若い男に変身したテレを肉体的に受け入れないんだが、女としてなら受け入れるんだろうか？　物語として考えると、やはり結末が必要なんだが、それがまだ出ていないんだ。

マルコス　ドラマとして締めくくれなくても、映像的に処理できるんじゃないですか……。

ガボ　ちょっと待ってくれ。今あることを思いついたんだ。エンリケとテレがリハーサルをしている芝居の台本があったろう、あれを忘れていた。最初に二人が出会うきっかけとして使っただけで……あの台本をストーリーの中に組み込めばいいんだ。結末の鍵になるものが二人の対話のどこかに隠されているという風にすればいい。

ロベルト　ということは、ドラマのテキストを通して、つまり芸術的なレベルにおいてしか二人は意思を疎通することができないわけですか。

エリッド　いろいろな障害があって、自分の本当の人格がつかめずにいる二人の人物のドラマにしてもいいんじゃないですか。

ガボ　いいかい、エンリケはバルに腰をおろしてテレが来るのを待っている。彼女は男の服装でやって来ると、近くの席に座る。エンリケは彼女を見てようやく気がつく。そして、何か、つまりあのドラマの中で彼が口にしたせりふを言い、そのせりふがわれわれの耳にも入ってくる。その言葉に対して彼女が答えるが、予測とはちがう返事がかえってくる。彼女はそこからゲームをはじめるんだが、自分なりのやり方を通す。そうして、二人の葛藤が明らかになるような対話がはじまるんだ。

マノーロ　最初は二人がリハーサルを繰り返す中で、何度も愛し合うシーンが出てくるという話でしたね。

ガボ　そのシーンを思い浮かべて、あとで使えるような対話を考える必要があるんだ。

ロベルト　台本では主人公が自分たちの愛を成就させるんですが、現実の中ではエンリケとテレが……。

ガボ　逆でもいいんだ。ドラマの中で二人は結ばれないが、現実の世界ではうまく結ばれる。

デニス　死のシーンの可能性も考えたんですけど。

レイナルド　死のシーンで終わるの？　それは無理だよ。それじゃあ、『ロミオとジュリエット』じゃないか。

ガボ　対話を反復させ、それを修正するという形式には、詩的な意味で非常に大きな潜在力が具わっているような気がするな。映画は本当の詩と変わりない終わり方をするはずだよ。われわれが二、三度耳にして聞き覚えているせりふをエンリケが口にすると、彼女はどこかで聞いたような気がするけれども、それとはちがう返事をする……そんな風にして対話がつづき、ストーリーは自分の道を歩みはじめる……それがたぶんほかの誰もが、われわれも彼らも疑問を抱くことのなかった道なんだろう。

ソコーロ　すると、二人の愛は挫折しないんですね。ああ、よかった。

ガボ　彼らは自分たちの真実に適合させるために対話を手直ししはじめるが、とたんにわれわれは二人が社会慣習に背を向けていることに気がつく。もっと深い何かが彼らを結びつけているんだ。それまで愛の真実と思われたもの、つまり舞台の上で演じられていた愛の真実のことなんだが、それが実は二人の間に立ちはだかる障害でしかないということが明らかになるんだ。

ロベルト　そうすれば、観客は最後に二人は幸せになるという幻想を抱くことになりますが、一方そのことによって葛藤が解消するわけでもないことが伝わりますね。

ビクトリア　デニス、あなたはさっき結末のところでエンリケが別の女性と一緒に登場するようにしたいと言ったでしょう。その女性がテレだとまずいの？　変装をやめて、女として堂々と登場したらどうかしら。

レイナルド　女としてかい？　どんな風にやるんだい？

ガボ　舞台で演じるドラマがエンリケにとってどれほどドラマティックなものなのかわれわれにはわからないんだが、それがいちばんの問題だと思うんだ。行為が「できる」のか、「できない」のかというのは、それほど重要な問題ではないような気がするんだ。

ロベルト　それだと、何となくコミカルな感じがしますね。

デニス　できればコメディーにしたいんですけど。

ガボ　なんだって！　どうしてもっと早く言わないんだ。

グロリア　まあ、いいじゃないですか……本質的なものを変えないで、そんなに簡単にジャンルを変えていいんですか？

ガボ　ストーリーを作って提案した本人、デニスがそう言っているんだ。

レイナルド　ぼくはてっきり悲劇になるものだと思っていたんですけどね。

ガボ　コメディーにするのなら、結末はどうとでもなるよ。たとえば、男装したテレと女装したエンリケの登場するシーンで決まりだ。そのあと二人は死ぬまで仲良く暮らしました、めでたし、めでたしだ。

ソコーロ　変身するのはテレだけじゃないので、ストーリーとしてはきれいに収まりますね。

ガボ　こういうのはどうだろう。目をみはるほど美しい女に変身したエンリケが登場する。と、若いハンサム・ボーイの中でもひときわ目を引く男性に変装したテレが身振りで鏡の大広間でダンスをしようとエンリケを誘う……すばらしい結末だ。いい映画になるんだったら、どこをどう変えたっていいよ。

ロベルト　何も変える必要はありませんよ……コメディーとしてのこの映画の出だしから結末までがありありと目に浮かびます。

ガボ　ただ、全体の雰囲気だけは変えたほうがいいだろうな。たとえば、二人がバルで出会うシーンなんかがそうだ。テレは髪を短く切り、男装してあのバルへ出かけていく。腰をかけてエンリケを待っていると、女装したエンリケが現れる。むろんすばらしい美女に変身している。というのも、エンリケは名優だから、どんな人間にでも変われるんだ。そうだな、手近な例を挙げると、『トッツィー』〔シドニー・ポラック監督。一九八二。アメリカ映画〕のダスティン・ホフマンみたいなものだ……で、エンリケとテレが向かい合うが、互いに相手が誰だかわからない……と、突然……。

デニス　アナグノリシス〔正体がわかる〕というわけですね。

エリッド　テレをレスビアンにすれば、ぴったり符合するんじゃないですか。

ガボ　おい、おい、せっかくここまで苦労して作り上げてきた映画をぶちこわしにしないでくれよ。

エリッド　レスビアンのテレも彼に知られないようにこっそりあのバルに通っているんです……で、最後に二人の間に子供が生まれる。むろん、彼女が産んだんですけど。

グロリア　冗談はそれくらいにして、これまでの話だとエンリケはホモであるだけでなく、頭のおかしい女ということになりますね。

ガボ　別にいいんじゃないか。彼は変装したり、姿、格好を変えて遊ぶのが好きなんだ……昔の貴婦人の衣装をつけてホモのバルへ行くこともあれば、三銃士に扮装することもある……テレと出会った夜は特に凝った衣装をつけている、そうだな、『ドーニャ・バルバラ』〔ベネズエラの作家ロムロ・ガリェゴスの小説を映画化した作品〕のマリア・フェリクス〔メキシコの女優〕か、『サンセット大通り』〔ビリー・ワイルダー監督。一九五〇。アメリカ映画〕のグロリア・スワンソンみたいにね。

デニス　ああ、気持ちが悪い。

レイナルド　彼らのドラマが何かわかりましたよ、シェイクスピアの『夏の夜の夢』でしょう。テレがタイターニアで、エンリケはロバに変身した男で、彼女としゃべるんです。そこには変身、エロティックな遊びといったようにすべての要素がそろっています……。

ガボ　コメディーという単語が魔法の杖になったようだな。最後のシーン、ダンスのシーンはすばらしいものになるだろう。二人をベッド・インさせる必要はない。彼ら、つまり男女が入れ替わった完璧なカップルがダンスするところを見るだけで、何もかもわかるはずだ。二人は今それぞれ別の人間になっている。つまり、彼らはアンドロギュノスで、ようやく自らの半身に出会うことができたんだ。キューピッドの矢とはそれなんだ。二人がはじめて会った時から互いに惹かれ合うものを感じ、互いに相手を求め合ったのはそのせいなんだが、出会いの場所を間違えていたんだ。

レイナルド　テレは演技のテストを受けるんですが、その時の態度にどこか醒めたところがあって、エンリケはそれを敏感に察知します。二人は双子座の運命に支配されているんです。

ガボ　性のちがいが二人を分かつ障壁になっているんだが、男女が入れ替わったとたんにその障壁がなくなるわけだ。

ソコーロ　それを観客にどう伝えるんです？

ガボ　わからないよ。しかし、エンリケが次から次へと変身していく、それをどんな風に絵にしていくかというのがわれわれの仕事なんだ。エンリケはバルに足繁く通うんだけど、行くたびに別人になっている。いかにも役者らしく、カーニバル的なんだな。正体を隠そうとしているんじゃない。別の人間になるんだよ。口ひげと前頭部にかつらをつける時もあれば、髪の毛をヴァレンティーノ風にかっちり固める時もある。メガネをかけているかと思えば、あごひげをつけることもある……いかにも変装していますという感じなんだが、それでけっこううまくいっているんだ。

エリッド　バルにいる時のエンリケは、テレがリハーサルの時につけている衣装をまとっている、あるいはその逆にしてもいいんじゃないんですか。

ガボ　しかし、リハーサルの時はセーター姿だろう。

エリッド　全体でリハーサルをする時はちがうんです。

ガボ　いずれにしても、どういう作品かわかっているほうがいいだろうな。アンドロギュノスは本来の自分を取り戻すためにつねに自らの半身を探しているけど、そのアンドロギュノスをテーマにしたようなドラマになればいいんだがな。

ロベルト　たとえばベケットの作品のような現代劇であってもいいんでしょう。登場人物たちが止めどなくしゃべり続ける。けれども、結局何も言っていない。あるいは、ほとんど口をきかないか、必要なことしか言わないけれども、ちゃんと意思を疎通し合っているといったのがありますね。

レイナルド　イヨネスコ〔一九一二―九四。フランスの劇作家〕の『禿の女歌手』でもいいんだ。

デニス　わたしはベケットのほうがいいわ。ある人物がこわれたレコードみたいに同じことを果てしなく繰り返ししゃべるというのがあるでしょう。

ロベルト　あれはつらいものがあるね。

ガボ　役者であるエンリケとテレサもそのことを話題にするけれども、奇妙なことに結果的には自分たちにもよくわからないことを口にしているんだ。で、自分たちがオウムにでもなったような気持ちにおそわれる。

デニス　彼らが舞台にかけるドラマはそういうのであってもいいでしょうけど、女優のテストには向かないでしょう。テストにはやはりロマンティックな芝居を使うと思うんですけど、そこで二人が愛し合うシーンを出したらどうでしょう。

ロベルト　テストの時にいろいろ質問が出る。その時にテレがばかげているとも、機知に富んでいるともつかない返答をする。エンリケが「それはどういう意味ですか？」と尋ねると、彼女は「わかりません」と答える。すると彼は笑いながら「わかりました」と答える。

ガボ　その「わかりました」というのは、わからないことがわかったということだね。その遊びを最後のバルのシーンで使ってみるか。二人はばかげたことを言い合うが、実を言うとちゃんとわかっているんだ。どうだい、デニス、この線で進めるかい、それともやめてしまう？

デニス　少し考えさせてください。

ガボ　本質的なものは何ひとつ犠牲にしなくていいはずだよ。ストーリーはすっきりしているし、明るく楽しくて、後味も悪くないコメディーになる。ばかばかしいと言えばそれまでだけど、意味のあるお話だ。それに、これはわたしの考えだけど、ドラマとしても価値があり、モラルに反してもいないし、映像的にも楽しめるというメリットもある。これ以上は望めないよ。

『シダリアとベリンダ』

Sidalia y Belinda

ソコーロ　わたしのストーリーはデニスのとまったく逆で、舞台は田舎町だし、時代も古いんです。

ガボ　古いって、いつ頃？

ソコーロ　一九三〇年代です。

ガボ　ちっとも古くないよ。ほんの一年前じゃないか。最近のことだから、よく覚えているよ。

ソコーロ　二人の姉妹、姉のシダリアと妹のベリンダの話なんです。二人は十五歳離れていて、シダリアは現在五十二歳、ベリンダは三十七歳です。つまり、シダリアは十五歳まで一人娘として育ったんです。一家は地方の貴族で、一時栄えたあと没落するんですが、シダリアは当時のことを覚えています。彼女はとても甘やかされて育ったんですけど、一方で宗教的・道徳的規範に縛られて厳格なしつけを受けました。シダリアが十五歳になった時に、母親はベリンダを産んだんですが、それがもとで亡くなります。ですから、ベリンダは事実上シダリアの娘のようなものです。つまり、シダリアが彼女の母親代わりになったんです。

ガボ　父親は同じなんだね。で、父親はまだ生きているの？

ソコーロ　母親が亡くなった三年後に、アルコール中毒で死んでいます。

デニス　シダリアは当時十八歳だったのね。ベリンダはまだとても小さかったから、一家を襲った悲劇には気づいていなかったんでしょうね。

ソコーロ　二人の姉妹の心の中には、母親のイメージが伝説として生きているんだけど、とても美しくてエレガントな人だったの。町にはじめてヨーロッパの流行を持ち込んだのよ。華やかな衣装を身につけ、スカートをふんわり膨らませるクリノリンの下着をつけ、飾り結びのついた日傘をさし、先の丸いエナメルの靴を履いた彼女の姿はいまだに町の人たちの語りぐさになっているの。シダリアは母親のその衣装を思い出の品として今も大切にしているのよ。

ガボ　シダリアには恋人がいなかったんだ。つまり、彼女は独身で処女のまま母親になっているわけだ。

ソコーロ　それがたぶんベリンダに対する態度となって現れているのだと思います。シダリアは自分が不幸な境遇で暮らすようになったのは妹のせいだと考えているんです。妹が生まれてからは不幸続きで、しかも自分たちの母親は亡くなっています。一家が落ち目になったせいで、シダリアはつらい思いをしますが、両親の愛情と思い出があったので、あまり苦にしていなかったんです。それが今になって自分の屈折した思いをベリンダにぶつけるようになったんです。妹をひどく嫌っていたんですが、同時に残された人生を妹の面倒を見るために使わなければならないとも考えています。というのも、ベリンダにはおかしなところがあるんです。たとえば、まったく口をきかないんです。聾唖者ではなくて、孤児として育ち、まわりの雰囲気がとげとげしかったせいで、それがトラウマになって……口をきかなくなったんです。おそらく、彼女は口を開こうという気持ちになれないんでしょうね。

ガボ　言葉が出てこないんだな……ところで、映画はいつはじまるんだ。

ソコーロ　もう少し待ってください。ふたつ言い忘れていたことがあるんです。ひとつは、二人の住んでいる家が一族の古い屋敷だということ、もうひとつはシダリアが学校の先生をしていて、そのお給料で一家を支えているということです。

ビクトリア　ベリンダもやはり独身で欲求不満なの？

ソコーロ　彼女は家から外に出たことがないの。家ではお手伝い代わりに掃除をしたり、料理を作ったり、部屋を片づけたり、庭の手入れをしているの。そうそう、もうひとつ大切なことを忘れていたわ。ベリンダは歌が好きで、ひとりの時は歌をうたうの。それで、彼女が聾唖者でないことがわかるし、近所の人もそのことを知っている。だけど、シダリアは彼女の歌を一度も聴いたことがないのよ。ベリンダは眠っている時にうなり声をあげたり、何かつぶやいたりするけど、シダリアが耳にしたのはそれだけなの。シダリアにしてみれば、妹はいつも人をいらいらさせる上に、図々しく自分の意志を押し通すことしか考えていない、陰険な利己主義者としか映らないの。けれども、その一方で妹をかわいそうに思ってもいる。シダリアはときどき罪の意識に駆られて、愛情にあふれたやさしい態度で妹に接しようとすることもあるの。

グロリア　愛憎が入り交じっているのね。

ソコーロ　ベリンダは分裂症の一歩手前にいるの。シダリアのほうは学校の先生をしているおかげで、外の世界と接点があり、信仰心が篤くてミサにも出かけるし、告解もするんだけど……それにひきかえ、ベリンダは完全な沈黙、より正確には妄想、幻想の世界に生きている。そして、彼女の幻想の中心にあるのが母親の残したあの衣装なの。ベリンダは異常なまでにあの衣装にこだわっているのよ。

ガボ　シダリアはそのことを知っているんだね？

ソコーロ　衣装はほかの装身具と一緒にシダリアの部屋に大切にしまってあるんです。きちんと畳んで大きな櫃《ひつ》に入れ、虫がつかないようナフタリンと一緒に……。ベリンダがその衣装をつけて鏡の前でコケティッシュなポーズをとったり、部屋の中を歩きながらパラソルをかわいくクルクル回しているところを、シダリアは何度か見かけたことがあるんです。そういう時、シダリアはひどく腹を立てて妹を叱りつけ、むりやり衣装を脱がせると、二度とこんなことをすると許しませんよと言って、その衣装を櫃の中にしまうんです。だけど、一方でそんな妹をかわいそうに思っています。ベリンダをどうしても許すことのできない理由は別のところにあるんです。ある日、妹があの衣装を身につけて自慰行為にふけっているところを見つけたんです。シダリアは頭に血がのぼって、危うく失神しそうになります。

グロリア　ベリンダはその衣装を着ると興奮するのね。

ソコーロ　性的に目覚めるのね。ある理由、要するに胸ぐりの大きく開いた華やかな衣装だから、それを身につけると、とたんに自分の体に触り、愛撫したくなるの。シダリアは心配して司祭さんに相談する。すると、薬剤師のところへ行って、興奮を鎮めるような薬を調合してもらいなさい、わたしに忠告できるのはそれだけですという返事がかえってくる。薬剤師は飲み薬を調合したあと、一定量以上を与えないようくれぐれも注意してくださいと言う。シダリアは何とかしてその薬を飲ませようとするけど、ベリンダはあれを飲むと頭がぼうっとして眠くなると言って、飲もうとしない。シダリアがいちばん恐れていたことがふたたび起こる。ある日、学校から戻ってみると、妹がまたあの衣装をまとって自慰行為にふけっている現場を見つける。頭に血がのぼったシダリアはベリンダに飛びかかると、衣装をむりやり脱がそうとして力まかせに引っ張りはじめる。当然布地が裂けて、あちこちに破れ目ができる。あの衣装、つまり母親のたったひとつの思い出の品がずたずたに裂けてしまったのを見て、シダリアは失神する。床に倒れ、てんかんの発作を起こしたように身をよじり、おかしな具合にけいれんする。ベリンダはうろたえて台所に駆け込むと、棚から薬剤師が調合した薬をとって部屋に引き返す。そして、何とか発作を鎮めようとして薬を大量に飲ませるが、与えすぎたせいで取り返しのつかないことになる。姉のシダリアは危篤状態に陥り、二、三日後に亡くなる。姉を助けようとした時に、ベリンダが何か話しかける可能性も考えられるわね。だけど、シダリアの葬儀には出席しないの。その日の午後、近所の人たちは異様な光景を目にする。ベリンダが家中のドアと窓を全部開け放ち、精一杯おめかしして外へ出ていく。あちこちつくろったせいでつぎはぎだらけになった母親の衣装を身につけ、ぼろぼろになったパラソルをさし、厚化粧をし、ヒールの高い靴にストッキングをはいているの。わたしとしてはそのイメージまで話をもっていきたかったの。あの町に狂女が生まれたのはそういういきさつがあったからなの。

ガボ　起承転結のあるプロットがすでにできているんだな。後はそれを脚色して三十分の枠内に収めるだけだ。しかし、話が話だけに一筋縄ではいきそうもないな。

デニス　ベリンダが自慰行為をしているところですけど、テレビで流せるんですか？

ガボ　それはこちらが心配することじゃない。脚本を書く人間は自分がいちばんいいと思うストーリーを展開させればいいんだ。慣習主義や道徳規範を相手に戦うのはそのあとだよ。とにかく自分がこうすべきだと思ったことをやらなくてはいけない。制作に関しても同じことが言えるんだ。ソコーロ、ストーリーについて聞きたいんだが、シダリアは不感症なのかい？

ソコーロ　ええ、信仰心が厚く、とても慎み深くて、いつも喪服を着ています……。

ガボ　逆にベリンダは生気にあふれているんだ。薬を飲ませても、効かないんだからな。

ソコーロ　たぶんそのせいで飲もうとしないんだと思います。

ガボ　ふだんの生活はどうなんだい？　毎日シャワーを浴び、フォークを使って食べているの？

ソコーロ　食事の時使うのはスプーンだけで、柄のところをこんな風に持って食べるんです。シダリアは以前からテーブルマナーやナイフとフォークの使い方を教えようとしたんですけど、うまくいかなかったんです。ベリンダは勉強も嫌いで、姉が読み書きを教えようとすると、逃げ回るんです。ベリンダが本当に好きなのは花だけです。ですから、庭に出て誰もいないとわかると、歌をうたうんです。

ガボ　人物がどういう外見をしているかというのも大切なことだ。人物のイメージが浮かばないと、いい考えも生まれてこないからな。

ソコーロ　ベリンダはいわゆる身ぎれいなタイプじゃありません。たとえば、母親の衣装を身につけた時に髪に櫛を入れるくらいのものなんです。

ガボ　その女性が突然狂女になって通りに飛び出し、止めどなくしゃべりはじめ、誰も止めることができない、この映画の結末はすごくいいものになりそうだな。狂気のおかげで、彼女は鬱積したものすべてを言葉にして吐き出すわけだ。

ソコーロ　シダリアは通常の形で妹と意思疎通をすることはできないんです。妹といる時は、シダリアがひとりでしゃべり、ひとりで返事をします。

ガボ　さて、困ったな。ストーリー全体を動かしているものが隠れていて見えないんだ。それが見たいんだけどね。

ソコーロ　二人の日常生活を通してそうしたものが見える、というか推測できるようにしたいんです。たとえば、テーブルについている時に、シダリアが「悪いけど、そこの塩入れを取ってくれる」と言い、その後、彼女自身が「ええ、いいですわ、お姉さま」と答えるとか、「ベリンダ、あなたはサラダが好きだったわね？」「もちろん好きですわ、お姉さま」といったようにひとりで受けこたえをするんです。できれば、いくぶん突っかかるような口調のモノローグを通して二人の関係を表したいと思っています。そして、その間ベリンダは一切口をきかないんです。

ガボ　すると、本当に頭がおかしいのはシダリアということになるな。

レイナルド　家には動産がほとんどないんです。たぶんシダリアが売ってしまったんでしょう。女教員の給料ではとてもやっていけませんからね。絵も手放してしまったので、その跡が壁にくっきり残っています。

ソコーロ　ベリンダが部屋にいるシーンが最初のシーンなんです。母親の衣装をつけ、鏡の前で髪の手入れをしています。外で物音がしたので、ベリンダはシダリアに見つかってはいけないと思ってあわてて衣装をしまいます。シダリアが屋敷に入り、庭の鉄格子《てつごうし》の扉を閉め、広間を抜けてベリンダの部屋をのぞきます。彼女はあわてて衣装をしまい、何事もなかったような顔をしています。

ガボ　最初のシークエンスで観客の心をぐっとつかみ、同時にそこで一呼吸入れる。そのあいだに言いたいことを語れるように態勢を整える必要があるだろう。インパクトの強いシーン、どういうのがいいかな、たとえばベリンダが強制服を着せられているところなんかどうだろう？　それで時間稼ぎをするんだ。

ソコーロ　そうなると、ストーリーの展開がいっそう早くなりませんか。

ガボ　ひとりの女性が家の中に入っていく、そのシーンから映画をはじめたらどうだろう。その女性が誰なのかわからない。ただ、学校から帰るところで、生徒から「さようなら、先生……」と言われれば、最初から先生だということがわかる。で、財布から鍵を取り出し、ごく自然な態度で家の中に入っていけば、そこが彼女の家だとわかるだろう。家の中でその女性はある部屋をのぞく。すると、そこに彼女より若い別の女性がいて、服装はそうだな、なんでも好きなのでいいだろう、鏡の前でしなを作っている。服が破れているが、たぶん乱暴に扱ったせいだろう。外から戻ってきた女性は怒りに駆られて、もうひとりの女性をののしり、平手打ちを食わせ、むりやり服を着替えさせる。その後、ロープで両手を縛ると、ベッドの脚、あるいは壁に取りつけてあるハンモック用の輪っかにそのロープを結ぶ。そういうのがわたしの言うハードなシーンなんだ。これで観客はいっそう興味をかき立てられ、次々に疑問が生まれてくるはずだよ。

ソコーロ　いよいよ、仕事がはじまるわけですね。

ガボ　そんなにヤワな仕事じゃない。繰り返しになるけど、なかなかやっかいなんだ。というのも、語り手も対話の相手もいないし、言葉もほとんど使わないでそうした質問に答えていかなければならないんだからね。外から戻ってきた女性はかなり長い間独り言を言うだけで、誰ともしゃべらないんだろう。そのあと司祭さんと話をするわけだけど、手持ちの材料はそれだけなんだ。まあ、最初のシーンから最後のシーンまであまり時間的余裕がないので、あちこち横道に逸れているわけにいかないのがせめてもの救いだよ。つまり、すぐに本題に入らなければならないんだ。二十五分でそれまでの経緯を説明し、姉妹の関係を浮き彫りにし、人物の性格を描かなければならない……最初のシークエンスをインパクトのあるものにしなければならないといったのはどういう意味かわかるかい？　それをうまく生かしたいからなんだ。

ソコーロ　さっき衣装が破れているとおっしゃいましたけど、ベリンダは最初のところで衣装を破ってしまうんですか？

ガボ　最初じゃだめだということは、二度目があるってことなのかい？

ソコーロ　もちろんです。その時にシダリアが思わず服を引き裂いてしまうんです。

レイナルド　シダリアがはじめてベリンダを見る、むろん映画の中でだけど、その時すでに母親の衣装をつけているというのは面白いですね。

ソコーロ　実際はそれまでに何度も同じようなことがあったのよ。

ガボ　ベリンダは鏡の前に立って歌をうたっている。すると、外の庭にある鉄格子の扉が開く音が聞こえたので、急に歌をやめる。それだけで、彼女は口をきけないのではなく、口をきこうとしないのだということがわかるはずだ。

ロベルト　パラレル・モンタージュを用いて、シダリアが学校から帰るところとベリンダが例の衣装をつけるところを撮ったらどうでしょう。ベリンダが衣装を着替えた時に、シダリアが庭の鉄格子のところに着く。その時に、新婦のような衣装をつけているベリンダの弱々しさとシダリアの厳しさを、二人の衣装と歩き方で出せるんじゃないですか。

ガボ　技巧的な問題が気になるんだけどな。ベリンダは口がきけないんだろう。彼女を通してそのことをどう本当らしく表現するかが問題なんだ。シダリアは妹が口がきけないということを知っている。しかし、それを演技と映像を通して伝えるのはむずかしいぞ。

ロベルト　シダリアは妹にしゃべらせるどころか、声を出させることもできないんです。怒りに駆られて、シダリアは妹を叩き、足蹴にします。それでもベリンダは悲鳴もあげない。せいぜいうめき声を立てるくらいです……観客はそれを見て、「彼女は口がきけないんだ」

と思うでしょう。

ソコーロ　だけど、わたしたちは彼女があの衣装を着ている時に、歌をうたうのを聞いたわけでしょう。

ロベルト　そこを変えようと提案しているんだ。

ガボ　あんなに美しいシーンを変えるのかい？

ロベルト　美しいことは美しいんですが、インパクトがないんです。最初のところでしゃべることはもちろん、歌もうたわなければ、声も出さないという風にすると、観客は当然ベリンダは「口がきけないんだ」と考えるでしょう。そのベリンダがある瞬間に突然歌をうたいはじめれば、あっと思うはずです……彼女は口がきけないんじゃなくて、そのふりをしているだけなんです。それを姉のいるところでやるんです。

ガボ　最初のシーンでベリンダは鏡の前に立ち、歌をうたったり、独り言を言う。そして、シダリアが戻ってきたとたんに急に黙り込むという流れのほうがいいと思うけどね。その上、シダリアは妹がまるで口がきけないような扱いをするんだ。

グロリア　その「まるで」というのが決定的ですね。シダリアは妹に話しかけるわけでしょう。ということは耳が聞こえないわけではないと考えているんですね。

ガボ　彼女はベリンダが聾唖者でないことを知っているんだ。

ロベルト　どうしてその点にこだわるんですか？　ここまでで一番重要なことは衣装と姉

妹の関係でしょう。だったら、その点を説明するなり、ほのめかせばいいんじゃないですか。でないと、最初のシークエンスで映画が終わってしまいますよ。

マルコス　ベリンダは姉としゃべろうとしないし、姉は姉でそうした状態を受け入れている、そのことを観客にわからせるのが大変なんだ。問題はどれくらい時間がかかるかだろうな。

ロベルト　ベリンダは口がきけない、観客がそう信じきっているとしてだよ、家でひとりきりになったベリンダがピアノの前に座り、鍵盤をやさしく押さえながら……突然小鳥のように歌いはじめるとしたら、すばらしくきれいなシーンになると思うんだ。そうすれば、最初から彼女はしゃべろうとしないだけだとわかっている場合よりも、ドラマとしてはるかに強烈なインパクトを与えるはずだ。

グロリア　でも、わたしは彼女があの衣装をつけると歌をうたいたくなるという展開の方が好きだわ。ベリンダは衣装をまとうと、心の奥深いところで人が変わったようになり、生きる意欲を取り戻したように感じるの。歌をうたうのはそのせいなのよ。

ロベルト　衣装はやはり優雅さ、官能性と結びつかないとだめだよ……ベリンダが衣装をまとうと、聴覚は別にして、視覚、触覚といった感覚が目覚めたようになる。それは彼女の身に起こることだけど、ぼくたちにも伝わってくる……その衣装をつけたベリンダが鏡に映る自分の姿を見て、腕や腰を愛撫する……。

ビクトリア　たしかに優美な感じはするけど、インパクトが失われるわ。ベリンダが衣装をつけながら歌をうたうと、見ている人は「晴れ着か新婦の衣装なんだな」って考える。そこに、突然降ってわいたようにシダリアが現れる。

ロベルト　しつこいようだけど、そこはやはり歌よりも沈黙の方が雄弁だと思うんだけどな。

ガボ　どちらをとってもいいんだが、沈黙を選んだ場合ひとつ難点がある。展開に時間がかかるんだ。テンポが遅くなるし、雰囲気も叙情的になる……。パラレル・モンタージュのコンテクストで考えないといけない、つまりシダリアが学校をあとにして、家に帰っていく……。日本の皇后陛下が雨傘をさしていたように、喪服を着た彼女も強い日差しを避けるためにパラソルをさしてこちらに向かって歩いてくる姿が目に浮かぶ……そうだ、これが捜し求めていたイメージなんだ……写真を手に入れて、みんなに見せてやらないといけないな。

レイナルド　しかし、皇后陛下がさしていたのは雨傘でしょう。

ガボ　いや、パラソルだ。わたしが見たのはオリジナルの写真ではなくて、白黒の複製だったんだ。だから、間違えたんだ。

ソコーロ　町の噂は司祭さんを通してシダリアの耳に入るんじゃないですか。近所の人たちが、ベリンダはしょっちゅう歌をうたっていると噂しているんですから。

ガボ　話は変わるが、自慰行為のところだけど、検閲の目をくらますためにシダリアを司祭の愛人にしてみたらどうだろう。どうせ検閲官を相手に喧嘩しなければならないのなら、できるだけ派手にやればいい。

ビクトリア　近所の人たちは、ベリンダが庭の手入れをする時に歌をうたっていることを知っているんでしょう。

ガボ　近所の人が知っているんなら、司祭に関わりなく、姉の耳にも入るだろう。誰もが知っていることなんだから。

レイナルド　あの家で手入れが行き届いている唯一の片隅が庭なんです。そこからベリンダがいつも歌をうたっているとわかるはずです。

ガボ　ベリンダと……ベリサ……何かつながりがありそうだな。『ドン・ペルリンプリンとベリサの庭での恋』というのはたしかガルシア゠ロルカ〔一八九八―一九三六。スペインの詩人・劇作家〕の戯曲のはずだが、考えてみると、今回のストーリーはいかにもロルカ的な感じがする。古い屋敷に閉じこめられた二人の狂女、ひとりはいつも黒い服を着、白壁の家が建ち並ぶ町の通りには人影ひとつ見えない……。

ロベルト　そして、石からはまるで地獄のように煙が立ち上る……ブラジルの町には、あまりに暑いので、雨の後、つまりスコールが降った後に、通りから煙の立ち上るところがあるんです。

ガボ　それは助監督に伝えておいたほうがいいな。強い日差しが照り返している通り、そこに雨が降り、水たまりから水蒸気が立ち上る……ソコーロ、メモを取っておいてくれ。「シダリアは敷石を敷きつめた焼けつくような通りを歩いている……両側には石灰を塗った二階建ての家が建ち並んでいる……雨が降り、濡れた大地からもうもうと水蒸気が立ち上る」。その水蒸気が何を意味しているかわからないが、映像的にはとてもきれいだ。

ソコーロ　シダリアは水たまりを飛び越えながら戻っていくんですね。

ガボ　あるいは、水たまりに踏み込んでいくんだ。ああいう女性はちょっとした水たまりくらいなら、避けたりはしないいんだよ。そういうところから人物造型をしていかないとね。

ソコーロ　雨がやんでも、彼女はパラソルを畳もうとしない。

ガボ　彼女はたしか学校の先生だな？　だったら尼僧が教えている学校で教鞭をとっていることにしよう。

レイナルド　登場する最初のシーンで彼女は校門のところで、女子生徒を送り出しているんです、「さようなら、シダリア先生……」。

ロベルト　いや、彼女はじっと立っていて、ほかのものは全員が忙しく動き回っている。女の子たちが日が射している中を帰っていき、彼女はパラソルを広げてそのあとから歩いていく……。

ガボ　そこでふたつの絵が出てくる。ひとつは学校から家までの帰り道で、もうひとつは家の外観だ。シダリアが庭に入っていく、そこでカット。家の中が……。

ロベルト　さらにカット。ベリンダが衣装を身に着けようとしている。ベリンダは相当な美人で、そのベリンダが少々年代物ではあるけれども、とてもきれいな服を着ようとしている。

ソコーロ　ベリンダは母親似の美人なのよ。

グロリア　でも薄汚れていて、髪が乱れているんでしょう。たしかそのはずだったわね？

ロベルト　彼女は鏡の前で髪を整えている。櫃の上あたりの壁に、母親の写真が飾ってある。

ガボ　映画の画面に映らないから、銀板写真はだめだ。油絵の肖像画がいい。あるいは肖像画を二枚にして、一枚を母親、もう一枚を父親にしてもいいんだ。その二枚が客間の壁に並べて飾ってある。母親の肖像画は王冠を頭にのせれば、女王様という感じで、父親の方は将軍の軍服を着ているんだ。

グロリア　それがあの屋敷に残された最後の二枚の絵なんですね。

マルコス　シダリアは毎日同じ時間に学校から帰るんだろう。そんな判で押したような毎日を送っているのなら、ベリンダがいたずらしていても見つからないんじゃないの。

ロベルト　しかし、ベリンダのようなタイプの女性は自分のクロノメーターをもっているから、何分経ったなんて考えたりはしないだろう。

レイナルド　ああいう町ではクロノメーターや時計は必要ないんだ。通りの物音や地面に落ちる影、窓から入ってくるそよ風なんかで大体見当がつくんだよ……。
ガボ　ベリンダがあの衣装をまとったのがその時が初めてだとしたら。
セシリア　それはありません。ベリンダは常習犯なんです。シダリアがカッとなって「いいかげんにしなさい！」と言うのはそのせいなんです。
ガボ　だったらどうして部屋に鍵をかけ、その鍵を胸のところに隠してからあの衣装を着なかったんだ？
ソコーロ　シダリアは櫃に錠をかけたんですけど、開けられてしまったんです。
ガボ　じゃあ、ベリンダが錠を壊したんだな。すると、これで問題がひとつ解決したわけだ。つまり、さっきも話に出たけど、今回が初めてじゃないし、シダリアは妹があの衣装をふたたび櫃から取り出さないよう手段を講じたんだ。シダリアがあんなに怒ったのは、衣装だけでなく、錠前のこともあったからなんだ。
グロリア　シダリアが家に戻った時、ベリンダは歌をうたっているんですけど、誰がうたっているかわからないようオフにしたらどうでしょう。
ガボ　ちょっと待ってくれ。この最初のシークエンスでベリンダが歌をうたうのか、うたわないのかどちらなんだ？
ロベルト　ぼくが映画を撮るんでしたら、うたわないでしょうね。

ソコーロ　あの衣装は花と同じ効果を彼女に及ぼすので、彼女は幸せな気持ちになってつい歌をうたいだすというアイデアは捨てがたいわ。
ガボ　そのふたつの案をもとに映画を撮って、どうなるか比べてみたいな……。
ビクトリア　肖像画に描かれている母親があの有名な衣装をつけているんですね……。
ガボ　その点ははっきりわかるよう表に出さないといけないな。脚本家の中には、「ナイトテーブルの上に砲兵隊大佐の勲章を着けた、軍服姿の父親の写真がおいてあるが、この父親は戦闘で英雄的な死を遂げた」と書く人もいるね。カメラは薄暗いその部屋を映していき、眠っている若い女性の上で停止する……父親については何もわからない。
ロベルト　ベリンダは父親のためにあの衣装をつけるんです。
ソコーロ　そうなの、それがたぶん彼女の夢のひとつなのね……。
ロベルト　彼女には父親の記憶がない。わかっていることといえば、肖像画とシダリアから聞いた話だけなんだ。だけど、父親を愛している。愛しているからこそ、母親の衣装をつけるという儀礼的な行為を通して自分を捧げようとする。
レイナルド　ベリンダが三歳の時に、父親が亡くなっている。だから、漠然としたものであっても多少は父親のことを覚えているよ。
ソコーロ　最初のシークエンスに戻らなくてはいけないわ。あそこで、あの衣装をつけているベリンダを見つけて、シダリアは彼女を叩くんでしょう。

ガボ　あの衣装と錠前のことがあったからだろう。これで二人の関係ははっきりする。ただ、二人が姉妹だということはまだ伝わっていないんだ。

レイナルド　あとでシダリアが告解に行くでしょう、それまでそのことは表に出さなくていいんじゃないですか。視聴者はおそらく、二人を暴君のような女主人と召使いだと思うでしょうね。

ガボ　それが心配なんだ。見ている人が、使用人がこっそり自分の衣装を試着したので、女主人が怒り狂っていると思い込むのがいちばんこわいんだよ。

ソコーロ　二人が姉妹だということをはっきり言わずに、それとなくほのめかすようなうまい対話が必要ですね。

ガボ　対話？　誰と誰の対話なんだ？

レイナルド　モノローグだろう、シダリアの。

ソコーロ　独り言です。シダリアは独り言を言うんです。その後母親の肖像の前に行って、謝るんです。

マルコス　誰に対して謝るの？

ソコーロ　母親よ。衣装のことで母親に謝るのよ。

ガボ　シダリアがひそかに母親を憎んでいるとしたらどうだろう？

グロリア　だったらどうしてあの衣装を大切にしまっているんです？

ガボ　憎しみのせいかもしれないよ。あの衣装には、実に複雑なドラマが隠されているんだ。

ロベルト　シダリアも父親を愛しているんです。ベリンダのように。

ガボ　そこにドラマがあるんだ。

セシリア　シダリアが憎んでいるのは母親じゃなくて、母親にそっくりの妹なんです。シダリアは母親の髪の毛や肌の色を受け継ぎたかったんですけど、実際はそうならなかった。母親の美貌を受け継いだのは頭のおかしい妹の方だったんです。

マルコス　なおいっそう悪いことに、シダリアにしてみれば母親はベリンダに殺されたようなものなんだ。というのも、母親はベリンダを産み落として亡くなっているからね。

セシリア　父親も、「母親に生き写し」といわれる妹の方をかわいがっていたのよ。

グロリア　それに、年をとってからの子供だったものだから、孤児のように思えてかわいそうでならなかったのね。

ガボ　これで動機は完全にそろった。母親の衣装をつけている妹を見て、シダリアがあれほど激しくののしったのはそのせいなんだ。通常の人間ならあのような状況になることはまず考えられない。ベリンダのせいじゃなくて、シダリアがそうしたんだ。

ロベルト　シダリアは母親を憎んでいたのではなくて、うらやましかったんです。あの衣装は彼女の羨望を象徴しています。つまり、自分にはないバイタリティーと美貌を象徴しているんです。シダリアはあのような衣装を持ちたいとずっと思いつづけていたんです。そして、特別な時がきたら身につけようと大切にしまってあるのに、そういう時はけっしてこないんです。

ガボ　最初のシークエンスは、ベッドに縛られているベリンダのシーンで終わればいい。シダリアはベリンダを縛りながら、考えつくかぎりの下品な言葉を吐きかける。そうすれば、シダリアの性格を浮かび上がらせると同時に、家族関係がどういうものかも伝えることができるから、まさに一石二鳥だ。

レイナルド　まず最初シダリアはベリンダの前に立ってこう命令する。「すぐにその衣装を脱ぎなさい」。そのあとすぐにののしりはじめる。

ガボ　そうすれば、ベリンダにあの衣装をどうやって脱がせるかという問題は解決されるな。つまり、彼女が自分で脱ぐわけだ。そして、それが終わった瞬間に……シダリアは切れる。

ソコーロ　ベリンダはミトン、レースの手袋もしていたのよ。

ガボ　彼女はミトンをとらないんだ。シダリアに半裸姿のまま縛られているのに、ミトンはつけている。すごい絵になるぞ。シダリアに縛られ、ののしられているあいだ、ベリンダは一言もしゃべらず、憎しみのこもった目でじっとにらみつける。彼女はしゃべれないわけじゃない。そのことはすでにわかっているが、ここにきてシダリアもそのことを知っていることが明らかになるんだ。「この恩知らず、口をききたくないんなら、そうしていつまでも黙っていればいいわ。だけど、これから言うことをよく聞いておくのよ」。非常に張りつめた状況なので、観客はこれからどうなるんだろうと固唾をのんで見つめている。この緊張感をどう持続させるか、この後どう展開させるかが問題なんだ。

レイナルド　二度目にあの衣装が破られる暴力的なシーンが出てきますよね、ミトンはそこで使ったらどうでしょう。あのミトンだけがそのまま引きちぎられずに残るんです。

ロベルト　監督にとってはそういう暴力シーンが頭痛の種なんだ。アメリカ人はうまく処理するが、ああいうシーンはむずかしいんだよな。

ガボ　三十年前には小説について、「アメリカ人は小説の処理がうまい」と、同じことが言われたものだよ。

ロベルト　ぼくが言いたいのは二人の女性が喧嘩をするシーンを撮るのはむずかしいということなんです。

ガボ　言うまでもないと思うけど、ここでは一方が攻撃するのに、もう一方は弱い動物のように身を守ることもしないんだ……。

マルコス　ベリンダを縛らなくてもいいんじゃないですか。彼女は棒でお仕置きされたあと、部屋の片隅に倒れこむというのじゃだめですか。

ガボ　縛るという行為のうちには狂気が形を取って現れるふたつの方向が隠されているん

だ。ひとつは獣じみた荒々しい行動にでるシダリアの狂気で、もうひとつは強制服と結びつくベリンダのそれだ。

マルコス　ぼくはそのあとのことが気になるんです。シダリアは妹のロープをほどくんでしょうが、いつ、どういう理由でそうするんでしょう？

ガボ　この映画がそのあとどう展開していくかはまだわからないんだ。

ソコーロ　次のシーンは平穏で落ち着いたものになるはずです。シダリアは教会の中でお祈りをあげているか、告解しています。彼女は罪の意識に駆られているんですが、彼女にとってはきわめて深刻な事態で、まるで聖職者の苦行衣を着けて苦行しているような気持ちになっているんです……。

ガボ　このストーリーの大きな問題点は、話がどこまで進んでいくのかわからないことだ……涙のシーンで終わるのか、それとも苦行衣までいくのか、その辺が読めないんだ。

ソコーロ　シダリアは頭がおかしいんですが、外の世界と接触を持っています。これは使えると思うんです。というのも、家の外の世界が映せるわけですから、映像的により広がりのあるものになるはずです。

ガボ　シダリアが告解するんだから、それを通してベリンダが実の妹で、妹の頭がおかしくなっていると考えていると言わせればいいんだ。

ロベルト　シダリアは妹が狂っているとは考えていないんです。そうじゃなくて、悪魔にとりつかれていると思っています。だから、司祭さんに「悪魔を祓うことができるとお考えですか？」と尋ねるんです。

ガボ　そこでシダリアはすべてをぶちまけるわけだ。「神父様、妹はこれまでになくおかしくなっております。この前、櫃の錠前を壊して、またあの衣装を身につけたんです」と訴える。彼女の両親のことをよく知っている司祭はこう言う。「天国に召された信心深いお母様はいつもこうおっしゃっていました……。酒におぼれるまで(どうか神様、あの方をお許しください)、お父様はいつもあなたと妹さんが……」。結局それを通して家族のことがすべて明らかになる。

ソコーロ　そして、シダリアはつねに犠牲者の役どころを演じる。

ガボ　ソコーロ、頼むから、シダリアを告解室にこもらせないでくれ。動きのないシークエンスを出したくないんだ。できれば、彼女と司祭をメリーゴーランドの木馬に乗せて話をさせたいくらいだ。そうすれば、全員頭がおかしい、特に司祭は教区信者よりも狂っているということがはっきりするからね……。

ソコーロ　わたしはこんなシーンを考えているんです。シダリアは大きなキリスト磔刑像の前にひざまずき、お祈りをあげているんですが、たぶんすすり泣いているんでしょう……。その時そばを司祭が急ぎ足で通りかかります。彼女はあわてて立ち上がると、司祭に追いつき、お話ししたいことがありますと言います。司祭は、今は忙しくてあなたのお話をうかがっている暇はないと答えます……それを聞いてシダリアは、聖器室から柱廊玄関まで行く間に胸につかえていた思いを一気に吐き出します。

ガボ それだとすっきりしたカットにならないだろうな。シダリアがベリンダを縛ってから教会でお祈りをあげるまでのあいだにどれだけ時間がたってもかまわないんだが、問題は連続性がとぎれることだ。すっきりしたカットにしようと思えば、縛られているベリンダを撮ったあと、教会の中でシダリアが「神父様、妹がまた同じ過ちを繰り返しました。錠前を壊し、ふたたびあの衣装を着たのです」とつぶやくシーンにすればいい。あえぐような切れ切れの対話だが、そこからいろいろなことがわかるという風にするんだ。そうすれば、その後雰囲気にあった映像を使って静止した時間を入れてもいい。

ソコーロ 何日かたつと、いつもの生活に戻っていたという形で、空白期間をおいてベリンダをロープから解放するという手もありますね。

ロベルト それはまずいよ。シダリアは「神父様のおっしゃることでしたら、妹も耳をかすと思います」と言って、妹にぜひ会っていただきたいと頼むんだ。実を言うと、彼女としては妹にとりついた悪魔を祓ってもらいたいんだよ。

ガボ 司祭はダチョウを相手にしているようにベリンダのロープをほどく。

ソコーロ シダリアは教会の柱廊玄関で、司祭さんが用件を済ませるのを待っている。そのあと二人して屋敷に向かう。「どうかお急ぎください。妹は頭がおかしくなっているんです」。家に着くと、司祭はベリンダの様子を観察し、祝福を与え、お祈りをあげながらロープをほどきはじめる。そしてこう言う。「母親のように面倒を見てくれているお姉さんにどうしてそういう態度をとるんだね？　どうしてお姉さんをそんなに苦しめるのかね？」。

ガボ　場面を急激に変えてもいいんだ。シダリアが妹を縛る。カット。司祭が家のドアをノックする。カット。シダリアがドアを開けて、「よくいらしてくださいました、神父様。妹の状態がとても悪いんです！」。

ソコーロ　誰が司祭さんにそのことを伝えるんですか？

マルコス　シダリアが伝言を頼んだんだよ。ぼくの考えだと、薬剤師をもっと活用したほうがいいと思うけどな。それと、年取ったお手伝いさんを使えば、話を展開させやすくなるんじゃないかな。

ガボ　鎮静剤をもらうためにシダリアが直接薬剤師のもとに出向いていくんだったら、司祭の出番はなくなるよ。

ソコーロ　だけど、ここでは司祭さんがキーパーソンになっています。

ガボ　それはそうだけど、シダリアは妹の心の病気を治したいのか、それとも体を気遣っているのか、そこのところをはっきりさせておく必要があるんじゃないかな。その両方というのはおかしいからね。

ソコーロ　司祭さんは生まれた時からベリンダのことを知っていて、彼女のトラウマにも理解があり、やさしく接しています。ですから、ベリンダはこれまでにも何度か司祭さんと話してみようと考えたことがあるんです。

ガボ　司祭は家につくと、部屋の前まで行って、シダリアにこう言う。「この件はわたしにまかせて、あなたは外で待っていなさい」。

ソコーロ　司祭さんはひとりで中に入り、ベリンダのロープをほどきながら忠告を与える。ロープをほどいてもらったベリンダは駆け出していってどこかに隠れる。

マルコス　あるいはひどく落ち着いた態度で立ち上がると、彫像のように体を固くしてその場に突っ立っている。

ガボ　ひどく落ち着いた態度で立ち上がると……ふたたびあの衣装をつけるんだ！

レイナルド　シダリアは当然あの衣装を櫃にしまい込むでしょうから、それは無理じゃないですか。

ガボ　彼女はしまい込んでいないんだ。錠前の鍵が見つからなかったので、櫃か椅子の上に置いてあったんだ。鍵はベリンダが持っている。そして、ベリンダは立ち上がると、あの衣装を丁寧に折り畳んで櫃にしまい、鍵をかける。司祭が手を差し出して鍵を渡すように言う。ベリンダは隠し場所から取り出して、司祭にそれを渡す。もうすっかり落ち着いていて、いつもの彼女に戻っている。そこでカットを入れてもいいだろう。彼女は今庭で歌をうたっている……。

ソコーロ　姉妹の過去を観客にどう伝えるかといういちばんの難関を切り抜けたんですから……次はシダリアが薬剤師のもとに向かうシーンですね。
ガボ　パラソルをさして行くんだ。たしか雨傘でなくパラソルだと言ったよね。
グロリア　シダリアは薬瓶を持って薬局から出ていく。
マルコス　そこでカット。そして、ベリンダが庭で歌をうたっている。姉のシダリアがまた妹が歌をうたっているところを見つけるの？
ソコーロ　ベリンダは髪に花を挿しているのよ。
ガボ　待ってくれ、その映像は最後までとっておこう。ベリンダは徐々におかしくなっていくんだよ。
ロベルト　司祭に鍵を渡した時点で、ベリンダは負けてしまったんです。少なくとも、その瞬間はね。次は、彼女がその危機をどんな風にして抱え込んでいくのかがテーマになります。ぼくのイメージだと、彼女が部屋の中をひとりで歩いている、そして奇妙な、鳥のさえずりのような声を出す……そして、突然歌をうたいはじめるんです。彼女は自分を再発見しつつあります。すぐにあの衣装を着たいという止みがたい気持ちにおそわれるでしょうね。
ガボ　ひと息入れて、日常生活を少しばかり挿入する必要があるんじゃないかな。
レイナルド　だけど、何となく狂気の匂いがするんです。ぼくのイメージだと、ベリンダは家にいて、庭から摘んできた花を花瓶に活け、その花に話しかけるんです。

ソコーロ　最後のシーンで、彼女がなにか言いながら通りに出ていくという風にすると、インパクトが弱くなるんじゃないかしら。

レイナルド　そうだな、しゃべらなくてもいいだろう。単に訳のわからないことを口にするだけでいい。花に向かって意味のない言葉で話しかけるんだ。

ガボ　ベリンダがしゃべれることはみんな知っているが、彼女がナイフをつかんで、「殺してやる！」と叫んで姉に飛びかかっていくまでは、われわれも、観客も誰ひとり彼女の話す言葉を聞いたことがないんだ。

ソコーロ　いつしゃべるんですか？

グロリア　ベリンダはシダリアを殺そうとしているんじゃないのよ。

ソコーロ　あの屋敷の日常生活に戻りましょう。姉妹が朝食をとっているんだけど、その時にシダリアがベリンダに家事のことで細々とした指示を与えるの。

デニス　……お手伝いさんみたいね。

ソコーロ　そうなの。「ベリンダ、戸棚はきれいに拭いておくのよ……部屋の本棚にはたきをかけるのを忘れないようにね……」と言うの。

ガボ　家でベリンダがひとりきりになるので、衣装を錠前と鍵のついた櫃の中にしまってあるんだ。

エリッド　ベリンダは料理を作り、洗濯をし、貯水槽から水を汲んでくるの……。

デニス　水道はないの？

ソコーロ　一九三〇年代の田舎町だから、電気も、水道も、何もないの。

ガボ　すると、ベリンダはバスルームでマスタベーションをするのかい？

ソコーロ　そうじゃありません。シダリアに見つかって衣装を破られるといったような事件のあった時だけです。

ガボ　だけど、オナニストは「事件のあった時」だけそうするわけじゃないだろう。

ソコーロ　ベリンダは眠っている時に、自分の体を愛撫する癖があるんです。姉妹は同じ部屋で寝起きしているんですけど、シダリアはベリンダが自分の体を愛撫し、体をよじり、切ない声を立てているのを見て……びっくりして十字を切ります。

ガボ　それなら、妹の手首に鈴をつけるくらいの知恵を働かせてもいいはずだけどな。

ソコーロ　もっと病的なシーンにしてもいいんですけどね。ベリンダが眠っている。その乳房をシダリアが愛撫しながら気持ちを高ぶらせる……近親相姦的なレスビアンの絵になりますよね。

ガボ　コロンビアのテレビで、二人の女性が裸になって絡み合うレスビアンのシーンが放送されたことがあるんだが、国会で取り上げられるほどの騒ぎになったよ。

ソコーロ　そこまでスキャンダラスなものにしなくていいと思うんです。間接的な形でほのめかすこともできますから。

セシリア　アングルを変えてもいいんじゃない。たとえば、ベリンダが水浴びをする。シダリアは妹の髪をとかしながら、小さい女の子にするようにとてもやさしく接し、その時に妹を愛撫し、コケティッシュな態度をとる。

ガボ　最初は叩いて、そのあとやさしく愛撫する、この関係はとてもいいね……何もレスビアンでなくてもいいんだ。要するに、シダリアは妹を育てたんだよ。

ソコーロ　実際的な意味で彼女はベリンダの母親なんですね。その彼女が今妹の髪を整え、毛先をそろえ、とかしている……そうしながら思い出に浸って「あなたの髪の毛はわたしのお母様のと同じね……」と言う。

レイナルド　わたしたちでも、お前でもなく、わたしのお母様なんだ。

セシリア　「ママはよく卵の黄身で頭を洗っていたわ。わたしが髪をとかしてあげるととても喜んでいたのよ」。

ガボ　そして、ベリンダはとても落ち着いた様子で姉のなすがままになっている。

マルコス　そのあいだ、音楽が聞こえている。

ソコーロ　あそこにはラジオがないの。ラジオはまだ入ってないのよ。

マルコス　シダリアは、ベリンダが生まれる前に屋敷で催されたパーティーの様子を話して聞かせる。

ガボ　彼女はおろしたての衣装をつけてパーティーに出席した母親のことを話す……二人

の姉妹の間には一種の主従関係のようなものがある。それがどういうものか正確にはわからないが、何となく秘められた狂気の匂いがするんだ。

ソコーロ　シダリアが信心深い女性で、よくヒステリーの発作に見舞われるということを忘れないようにしないと。

ガボ　映画に出てくるのは通常の狂気よりも神秘主義的な感じのするものの方が多いよ。ただ、シダリアの場合、聖なるものとはまったく関係がないからな。

ソコーロ　だけど、シダリアは性的な欲求不満に陥っています。彼女は男性を知らない、つまり恋人もいないまま更年期を迎えたんです……ただ、性欲までなくしているとは考えられません。

ガボ　夫が必要なのはベリンダの方だよ。

ソコーロ　朝食と髪の毛の手入れで、「日常生活」の断片を挟みましたよね。これで、次の場面に移る準備ができたと思うんです。ですから、先へ進みたいんですけど。

セシリア　場面は夜で、ベリンダは自分の体を愛撫しながらうめき声を上げる、それをシダリアが聞きとめるの。

マルコス　そして司祭のもとを訪れ、そのあと薬剤師のところへ行く……。

セシリア　だけど、その日は日曜日で、夜が明けるとすぐにベリンダは服を着替え、ミサに連れていってもらおうと客間で待っている。

レイナルド ベリンダは家から出るべきじゃないよ。シダリアがそれを許さないだろうし。

ガボ シダリアがカトリック教徒なら、日曜日のミサに妹を連れていかないのは罪深い行いだということくらいわかっているだろう。

レイナルド 彼女が外に出るのは、狂女の制服であるあの衣装をつけ、完全に頭がおかしくなってからなんです。

ガボ これで映画は半分ばかりできあがった。あとはこれ以上話を込み入ったものにしないで、もつれた糸を解きほぐしていくことだ。

ソコーロ 二人の愛憎が入り交じった関係、あるいは互いに依存し合っている関係をはっきり浮かび上がらせるような暗示的なシーンがほしいですね。

ガボ こういうのはどうだろう？ シダリアはベリンダに水浴びをさせる。それまでは髪の毛の手入れをしてやるだけだったのが、今では水浴びをさせ、髪をとかし、服を着せてやる……。

ソコーロ そして、タルカム・パウダーをつけ、香水を振りかけてやるんでしょう。そしてこう言うんです。「とってもかわいいわよ。耳だってすてきだし……」。

セシリア 姉に水浴びさせてもらいながら、ベリンダは乳房を、性器を愛撫する……シダリアはそんな妹の手を軽く叩いてこうとがめる。「そういうことをしてはいけないのよ……きれいな女の子はそんなはしたないことをしないの」。

ガボ　そう言いながら彼女は石けんをつけ、妹の体をこすってやる……。すごいシーンになりそうだ！　ソコーロ、もっと暗示的なシーンが必要かどうか正直に言ってくれ。五十代の姉が三十代の妹に水浴びさせる……映画にするんだったらこれで十分だろう？　シダリアは妹にどうして口をきかないの、返事くらいしなさいと言ってとがめる……。

ソコーロ　だけど、シダリアはずっとしゃべり続けるんでしょう？

ガボ　それでいいだろう。君さえよければ、みんなは異存がないよ。

レイナルド　そのシーンはとても啓示的だと思うんです。というのも、ベリンダは掃除や料理、家の片づけができるんでしょう、だったら水浴びだってひとりでできるはずですよね。それができないのは、シダリアがそうさせないからだとしか考えられませんからね。

ガボ　シダリアがそうさせなかったんだ。あのシーンをこんな風に終わらせたらどうだろう。ベリンダは水浴びをし、服を着、髪をとかし、香水を振ってもらう……そのあと前掛けをしてテーブルについているシダリアに給仕をしてやる……。

ソコーロ　給仕が終わると、ピアノの前に座って、演奏しはじめる……。

レイナルド　《キエレメ・ムーチョ、ドゥルセ・アモール・ミーオ》……。

ソコーロ　ピアノは弾くけど、歌はうたわないの。

ガボ　シークエンスの終わり方としては申し分ないね。あとは、シダリアがバスルームに入ってマスタベーションするだけだ。

ソコーロ だめですよ。こういう短い映画で何度もオナニーのシーンを出すわけにはいきません。それに、さっきも言いましたけど、そういうことはほのめかす程度でとどめておきたいんです。

ガボ だめだ！ そういうところを撮ると決めたら、決まり通りにやらなくてはいけない。あるいは、カットするかだ。

デニス ストーリーが追えなくなったんですけど。シダリアはいつ薬局に行くんです？

ビクトリア ここまで作ってきたストーリーをもう一度見直してみたほうがいいんじゃない。

エリッド わたしのノートを見ると、出だしのところは三つの大きなシークエンスに分かれているわ。最初のシークエンスは、シダリアが学校を後にして家へ帰っていき、一方ベリンダは例の衣装を身につけている、そこからはじまって、あの衣装を着たベリンダを見つけたシダリアが彼女をベッドに縛りつけるところで終わるの。二番目のシークエンスは、シダリアと司祭さんの会話ではじまり、司祭さんがベリンダのロープをほどいてやるところで終わる。三番目のシークエンスはシダリアがベリンダに水浴びをさせ、髪の毛をとかしてやるシーンではじまって、ベリンダがシダリアに給仕し、そのあとピアノを弾くところで終わる。

ソコーロ それが物語の中軸で、細部は別に変更してもかまわないのよ。

デニス それで、そのあとどう展開するの？

ソコーロ　シダリアの病的なエロティシズムについてはすでに絵になっているから、あとはベリンダの抑圧されたエロティシズムをどう描くかね。

ロベルト　たしかに、それはまだ見ていないね。

ソコーロ　こんな風にしたらどうかしら。あの姉妹は眠っている、あるいは眠っているように見える。だけど、シダリアは目を大きく見開いて、もうひとつのベッドから聞こえてくる物音にじっと耳を澄ましている。そちらから聞こえてくるあえぐような声がだんだん大きくなり、ついに頂点に達してため息に変わる。

ガボ　シダリアは妹がマスターベーションしていることに気づいているんだ。そして、泣きはじめる。物音ひとつしない中で彼女は涙を流している、文字通り涙にかきくれているんだが、唇をかみしめて一言も口をきかない。

ソコーロ　その瞬間、シダリアはベリンダをとがめたり、叩いたりはしないんです。そういうささやかな秘密が妹にもあって当然だと考えているようなんですね。

ガボ　どうしても許せない、というか我慢ならないのは、母親の衣装を妹が勝手に身につけることだけなんだ。

ロベルト　二人が同じ部屋で寝ているのなら、ベッドは別々でなくてもいいんじゃないですか。

ソコーロ　シダリアは大きなダブルベッドを使っていて、ベリンダはその横の小さなベッドで寝ているの。

ガボ　ソコーロ、そろそろコンテクストをもとにストーリーを分析してみる必要があるんじゃないかな。落ちぶれていく一方の零落した階級、つまり地方の古い貴族階級の世界を舞台にしてストーリーを考えるといい。それさえ決まれば、前置きはいらないよ。それで最後の部分に取りかかれるわけだけど、残された時間はあと十分ほどだ。完璧な映画を作ろうとすると、最後の十分間に導入部とクライマックス、そして結末の三つを入れなくてはならない。加えて、傑作を作らなくてはならない。というのも、そうでなければ何もこんなに苦労する必要はないんだからね。

ソコーロ　ええ、わたしもクライマックスをこれ以上先に延ばすべきじゃないと思います。シダリアはベリンダがふたたびあの衣装を着ているのを見つけます――最初のアイデアでは、衣装をつけてマスタベーションしていることになっていました。そこでつかみ合いの喧嘩がはじまるんですが、今回はベリンダもあとに引かないんです。事実、シダリアよりも彼女の方が力が強くて、姉を突き飛ばし、体をつかんで揺さぶります。ふとしたはずみでシダリアが倒れ、ピアノの脚に頭をぶつけて、動かなくなります。そんな姉を見て、ベリンダは気を失ったと思うんですが、実は……。

ガボ　死んでしまったのかい？　ベリンダは姉が死んだとわかってはじめて櫃を開け、もう一度あの衣装を着るものだとばかり思っていたんだけどな。

ソコーロ　だったら、誰があの衣装を破るんです？

ガボ　衣装？　ああ、誰も破ったりしないよ。ドラマの進行から考えれば、姉が死んだと思って、ベリンダがあの衣装をつけ、通りに出て、狂女のふりをするというほうがずっといいと思うよ。

ソコーロ　わかりました。すると、あの衣装は引き裂かれているのではなく、あちこちつくろってあるわけですね……。だったらその前に、シダリアがあの衣装を手直ししているところを入れてもいいんじゃないですか。先に日常的なと言ったシーンがありましたけど、あそこに入れてみたらどうでしょう。もっとも、あのあと話が入り組んでしまいましたけど……。最初に喧嘩をした時に、シダリア自身が引き裂いてしまったんですね。

エリッド　彼女はベリンダに「脱ぎなさい」と言うんだけど、いかにも人を見下したような言い方なのよ。

ガボ　これで最後の部分に取りかかれるわけだ。ベリンダがマスタベーションしているあいだ、シダリアは声を立てずに泣いている。ついで、翌朝シダリアは一心不乱にあの衣装の破れたところをつくろっている。シダリアが縫いものをしている傍らで、ベリンダがピアノを弾いている。

ソコーロ　でも、同じ構図はすでに出てきましたよね。シダリアが食事をし、ベリンダがピアノを弾いているというのは……。

ガボ　ふたつか三つ前のシークエンスにあったな……。
マルコス　ラジオドラマを聞きながらそんな風にしている、とも考えられますね。
ソコーロ　一九三〇年代なのよ。
ガボ　時代は君の考えに合わせて前後に多少ずらしてもかまわないよ、ソコーロ。ラジオドラマというのも悪くないね。メロドラマのセンチメンタルな雰囲気の中で姉妹が縫いものをしたり、刺繍をしている。その平和な世界が悲劇的な結末を迎えることはわかっている。われわれがアナーキスティックな原則を忠実に守ろうとすれば、そういう結末にならざるを得ないだろう。
ソコーロ　わたしとしては、衣装をつくろうシーンをもっと前にもっていきたいんです。最初のヴァージョンでは、シダリアが食事を終え、ベリンダがピアノを弾き終えると、二人は客間に腰をおろします。そこでシダリアは衣装をつくろい、ベリンダは編みものをする。
エリッド　いつ壊れるかわからない安らぎね。
ソコーロ　ベリンダがマスタベーションする夜を、別のアングルからとらえてみたらどうかしら。シダリアは泣き崩れたあと、眠れなくなる。横ではベリンダがぐっすり眠っている。シダリアは起き上がると、燭台に灯をともし、櫃から衣装を取り出してつくろいはじめる。
ロベルト　そうなると、あの涙が与えるインパクトが弱くなるんじゃないかな。シダリアがいつもの自分を取り戻してしまえば、ドラマティックな力が失われるよ。

ガボ　ああいうシーンの後は、カットを入れて次に移るんだということを示す必要があるんだ。シダリアは泣かないだろうと思っていたのに、あんな風に泣いたわけで、あそこは非常に緊迫した場面になっている。そういう時はひと息入れなければならない。彼女ではなく、われわれがね。劇作法上の法則ではなく、語りの技巧としてだよ。もうこれ以上昇れないところまで行った時は、いったん下まで降りて、もう一度最初からやり直さなければならない。

ソコーロ　カットを通して、その日の明け方、あるいは次の日の明け方を入れて、その時間帯にシダリアがあの衣装をつくろっているというのはどうでしょう……。そうすれば、彼女がしばしば眠れない夜を迎えているということが伝わると思うんです。

ガボ　夜のシーンだと、そういった段階的な変化が伝わってこないんだ。それはわかるだろう……夜のシーンから別の夜のシーンに移っても、観客はそのことに気がつかないんだよ。

ロベルト　翌朝でもいいんじゃないですか。日曜日の朝になりますけど。

ガボ　ちょっと待ってくれ。あの衣装を引き裂き、つくろうのは、最後のシーンでベリンダが大声でわめきながら通りに出ていく時に着せる必要があるからだろう。なるほど、だったらつくろおう。しかし、そうしてつくろうことで、予測していなかった付随的な意味、つまり姉妹が仲良くなるという結果が生じてくるな。今あの姉妹は穏やかな雰囲気に包まれている。シダリアはベリンダの前であの衣装の破れたところを縫っているが、まるで二人は記憶喪失におちいって、あの衣装と裂けたところを見ても何も思い出さないように思われる。

面白いな。そういう状況は十五年前、いや二十年前から繰り返されてきたことにわれわれは思い当たる……喧嘩しては和解し、また喧嘩するというサイクルは果てしなく繰り返されていくんだ。

ソコーロ　だけど、あの衣装が引き裂かれたのはこれが初めてなんです。

ガボ　だからこうして映画化しているんだよ。何度も同じサイクルが繰り返される、そんな中でこのサイクルを選んだのは今回決定的なことが起こるからだ。

ロベルト　たしかに奇妙な話ですけど、あの姉妹が衣装を取り合いするのはそれぞれにちがった理由があるからなんですね。シダリアは母親の思い出の品だからというので、一方ベリンダは……。

ガボ　シダリアはあの衣装が傷んだりせず、きれいなままで大切にしまっておこうとしている。一方ベリンダは傷んでもかまわない、自分が生きている、存在しているのだと確認できればいいと考えている……。その点が理解できなければ、あのやっかいな衣装をどう扱っていいかわからなくなる。

ソコーロ　シダリアがあの衣装を引き裂くんですけど、怒りに駆られて思わずそうしてしまったんです。彼女はそれもこれもすべてベリンダのせいだと考えています。

ガボ　そして、今シダリアは衣装を縫い、ベリンダはピアノを弾いている……。暴力的なものは影をひそめ調和があたりを支配している。

ソコーロ　ベリンダはピアノを弾きながら、衣装のほうを横目でちらっと見る。

ガボ　そのシーンがどこからはじまってどこまで行くのか、つまり連続性を考えておかなくてはいけないよ。その前のシーンでシダリアは泣いていたんだろう。だったら、ピアノの最初の調べは彼女のすすり泣きにかぶせるようにして入れてもいいんだ……そうすれば状況がいっそうドラマティックになるし、それが単なる「効果音」になっているだけでなく、サウンドトラックの前兆になっていることに気がつくはずだよ。その方が物語的な視点から見てもすっきりする。ソコーロ、シダリアはこれで片づいたわけだから、次はベリンダだ。からりと晴れ渡った朝で、日差しが窓から差し込んでいる。ベリンダはピアノの前に座って演奏している……カメラが移動して、縫い物をしているシダリアをとらえる。それでいいだろう。

ソコーロ　溶暗《ディソルヴ》を通してその画面に移るんですか？

ガボ　ピアノの音楽が前の画面の溶暗とかぶさり、このシーンの最初の画面で最高潮に達する。サウンドトラックに関してはそれでいいんだが、映像に関しては注意が必要だ。というのも映画技法には独特の法則があるからね。脚本家はムーヴィオラを使って編集を行ない、実際にモンタージュの作業をやるべきだというのが、わたしの持論なんだ。わたしは映画の勉強をしていた時にやったからね。よかったらあとでまたその話をしてもいい。

ソコーロ　調和に包まれたあのシーンの数分後にベリンダが姉を殺すことになるとは誰も

思わないでしょうね。

ガボ 殺しはするけど、暴力的な形じゃないんだ。

デニス シダリアは毒で死んでしまうとしてもいいんですよね。ベリンダの飲ませた薬が原因で。

ガボ アヘンチンキの服用過多だ……しかし、そんな薬がどうしてあの家にあるんだ?

マノーロ それがどこからきて、どうやってベリンダがそれをシダリアに飲ませたのかが問題ですね。

ガボ ベリンダは料理をつくっているんだな。だったら、スープに少しずつ入れることは可能だ。

ソコーロ シダリアはベリンダがひどく興奮しているといって司祭さんのところへ相談に行く、話を聞いて司祭さんは彼女に薬剤師のところへ行きなさいと言う、最初はそんな風にするつもりだったんです。だけど今となっては、薬剤師はいなくてもいいんですね。司祭さん自身が聖器室にある薬戸棚のところへ行って、薬の入った瓶をシダリアに渡せばいいんですから。

ガボ あるいは、薬は前から家にあったという風にしてもいい。最初のシークエンスの終わりでシダリアがベリンダを縛るところがあるね、その後彼女は台所へ行って戸棚から薬瓶を取り、スプーンでその薬を飲ませるんだ。そうすれば、薬剤師の出演料が節約できるわけだから、プロデューサーは大喜びするよ。

デニス 薬の量はどうするんです？ とりすぎると命を落とす危険があるということを伝えなければいけないでしょう。

ガボ シダリアは直接スプーンから飲ませるんじゃなくて、スプーンの上に慎重に一滴、二滴、三滴……という風に落としていくんだ。

ソコーロ あるいは、家にやってきた司祭さんがベリンダの様子がおかしいことに気づいてこう尋ねる。「薬を飲ませたんですね？ で、何滴飲ませました？」。

ガボ シダリアが失神したのを見て、今度はベリンダがあれだけ苦い薬なら、飲ませればきっと息を吹き返すだろうと考えて、少量のアヘンチンキを飲ませる……。

ソコーロ 観客にどうやってアヘンチンキだと知らせるんですか？

ガボ 知らせなくていいよ。わたしがもし誰かに毒を盛るとしたら、アヘンチンキを使うね。何もほかの毒よりもよく効くからじゃない、アヘンチンキ、とてもいい名前じゃないか、ただそれだけの理由だよ。世間じゃよく砒素、砒素、砒素って言うけど、あれは急激に効くものじゃなくて、蓄積されていくんだ。だから、砒素というのは長時間ものの映画に向いているんだよ。

ソコーロ シダリアは毎日決まった時間にハーブティーを飲む習慣があるんです。便通をよくする煎じ薬です。シダリアはそのせいでまだ頭がぼんやりしているものですから、ベリンダが飲ませてくれているのがそのハーブティーだと勘違いしているのかもしれません。

ガボ　いずれにしても、そんなことを確かめている余裕がない。というのもベリンダが突然いらだちはじめて、スプーンで飲ませようとした薬を姉が本能的に吐き出したのを見て、無理やり口を開けて、瓶に入っているアヘンチンキを半分ばかり飲ませるんだ。それでシダリアはあの世行きだ。

ソコーロ　それだと、あの衣装が破れるのを見てシダリアが失神するというのが伝わらないように思うんです。もとはと言えばそのせいで彼女が気を失い、ベリンダが劇薬を飲ませてそんな姉を目覚めさせようとするわけでしょう。

ガボ　あるいは、シダリアがベリンダにあの衣装を脱ぐように言い、ベリンダが言われたとおりにする最初のシーンでは衣装が引き裂かれないようにしてもいいんだ。ドラマとしてはその方がいいだろう。そうすれば、姉妹の関係がいっそうはっきり浮かび上がってくるからな。

レイナルド　ぼくとしてはあの衣装とマスタベーションをモンタージュの形で結びつける方がいいように思うんです。これはぼくの考えですけど、あの夜の後に、シダリアが破れた衣装を手直ししたので、そこのところがうまく出せたと思うんです。

ガボ　それ以前に衣装は引き裂かれ、つくろわれていてもいいんだ。だからといって何もあのシーンをボツにすることはない。

ソコーロ　シダリアは今回つい勢いあまって、衣装の襟ぐりのところを引き裂いてしまうんです。で、あの不幸な衣装はまたしてもつくろわれる羽目になる。

レイナルド　もう一度あと戻りして、ある意見を修正したいんだ。つまり、ぼくの考えでは、あの衣装をつくろうのはシダリアではなくて、ベリンダの方なんだ。

ソコーロ　ベリンダが縫い物をするの？　ピアノを弾くんじゃなかったの？

レイナルド　そうなんだ、シダリアが厳しい目で見つめている中、ベリンダが縫い物をするんだ。学校で課される罰か宿題みたいなものだよ。先生が目を光らせ、チェックした上で、よろしいと言う……。

ガボ　そうなると、場面転換もまたちがったものにならざるを得ないだろうな。泣いているシダリアから次の日学校で生徒を教えているシダリアに変わる。そうすることで、ベリンダがひとり家に残っているんだと観客に伝える。

ソコーロ　彼女は家で儀式を行なっているんですね。

レイナルド　すると、最初のシークエンスではシダリアが学校を出るところではなく、通りを歩いて家に帰っていくところが映るんですね。

ガボ　前の案だと、彼女が学校を出ていくところが映ったけど、今回は教室の中にいるところが映るんだ。場面は同じなんだが、構図が変わるんだ。

ロベルト　縫い物をするシーンを前にもってきてもいいでしょうね。そのシーンで水浴びのシークエンスを締めくくるんです。

ガボ　ここで映像を溶暗させてもいいんだよ、ソコーロ。シダリアがベッドの上で泣いている。そこで、フェイド・アウト。シダリアが学校で授業をしている。まったく違う世界が浮かび上がる。今ロベルトが言ったように、シダリアがベリンダに水浴びさせ、髪をとかしてやるシークエンスで、二人が仲直りしたことはわかるはずだ。そしてまた、まったく同じストーリーが繰り返される。シダリアが学校にいて、ベリンダは家であの衣装を着ようとしている。スクリーン上には、シンメトリカルなふたつの絵が映る……。

ソコーロ　学校で授業が終了したことを告げる鐘が鳴り終わる。シダリアはすでに通りを歩いている。そこでカットが入り、彼女は庭の入り口に来ている。

ガボ　シダリアはベリンダがあの衣装を櫃から出すことはないだろうと安心している。というのも、鍵は家においてなくて、いつも自分が持ち歩いているんだ。

マルコス　罪深い場所、つまり胸の襟ぐりのところですね……。

ガボ　しかし、ベリンダはその錠前を壊す。

ソコーロ　我慢できなかったんです。

マルコス　危険な遊びだということはわかっているんだけど、もうどうでもいいと思っている。

レイナルド　あの衣装を着るためなら、どうなってもかまわないと思っている。

ガボ　性的な欲求と同じだよ。決まってあとで涙を流し、後悔するんだけど、いったん火がついてしまうとどんな人間でも、人に見つかるとか、殺されるかもしれないといったことから生じる結果を考えなくなるんだ……。

レイナルド　ここでもパラレル・モンタージュを使ってみたらどうでしょう。シダリアが授業をしている。ベリンダは錠前を壊している。シダリアが授業を終えると、ベリンダがあの衣装を着る……。

ロベルト　ここはコントラストを際立たせる必要があるだろう。たとえば、シダリアが生徒たちにナイフとフォークの使い方を教えているといったようにね。

グロリア　尼僧の学校ではそういったことを教えるのよ。少なくとも、学校で食事をとる寄宿生に対してはその教育をするの。

ロベルト　ぼくもそこから思いついたんだ。カトリック系の学校に通っていたんだけど、そこで靴の紐の結び方を教わったんだよ。

マルコス　ナイフとフォークの使い方を教えることに何か意味があるの？

ロベルト　さっきも言ったけど、コントラストを際立たせるためだよ。シダリアはナイフとフォークの使い方、これは文字通り儀式のようなものだよね、それを教えている。一方ベリンダは、錠を開けるものはないかと思って台所に行き、ナイフやフォークを持ってくる。そして、ナイフで……。

セシリア ちょっとやりすぎじゃない。シダリアはやはり音楽と結びつくべきよ。ピアノの授業や発声練習の授業をしているほうがいいと思うの。
レイナルド わかった！ 涙に濡れたシダリアの顔、これは前のシーンに出てくるんだけど、それを溶暗させて、そこに子供たちの合唱をかぶせるんだ。天使のような歌声、カット。次に、シダリアが学校で合唱隊の指揮をとっている。カット。ベリンダが錠を開けようと必死になって道具を探している……。
ソコーロ ピアノの前にいるシダリアは子供たちの合唱隊の伴奏をしながら恍惚とした表情を浮かべている。
ガボ だけど、子供たちは小さな翼やそのほかいろいろなもののついた天使の衣装をまとっているんだ。
ソコーロ 小さな翼、光背、白いガウン……彼らは聖週間にうたう合唱歌の練習をしている。
ガボ ストーリーは想像もつかないほどよじれたものなのに、それが汚れない形で語られる、これはすごくいいよ。
レイナルド メルヴィルも『白鯨』を書き終えたあと、「わたしは悪い本を書いた。そして今、まるで子羊のように無垢な気持ちになっている」と似たようなことを言っていますね。
ソコーロ 白い衣装をつけた男の子と女の子が群青色の空を背景に天使のように宙を漂っ

ている、すばらしいわ。

ガボ　学校のシーンを撮るからには、すばらしい絵にしなければ意味がないよ。シダリアが家にいないことを伝えたいのなら、学校にこだわる必要はないんだ。

ソコーロ　ベリンダは静まりかえった家の中であの衣装を身につけている。学校では天使たちの歌声が響き渡り、あの部屋では物音ひとつ聞こえない。

ガボ　ストーリーはシンメトリカルな形で繰り返された。これからどう展開させていくかを考えるためには出発点に立ち返る必要があるだろうな。

エリッド　彼女が失神するというのがどうもしっくりこないんです。

ソコーロ　シダリアが勢いあまって思わずあの衣装を引き裂き、失神するけど、そのことを言ってるの？

ガボ　彼女にとってはショッキングな出来事だからな。それに、そのことでシダリアがあの衣装をどれほど大切に思っているかも明らかになるというメリットもあるしね。自分があの衣装を引き裂いてしまったんだと考えると、耐えられなくなるんだ。自分を許せなくて、ヒステリーの発作を起こし、失神してしまうんだ。

レイナルド　彼女にしてみれば、あの衣装を傷つけるのは自分を傷つけるのと何ら変わらないわけですからね。

ソコーロ　ベリンダは姉に薬を飲ませたあと、別室にこもって衣装を縫いはじめるのよ。

ロベルト　そんな時間はないだろう。

ガボ　時間を作るんだ。ここはエンディングにあたるところだから、最初のシークエンスと同じように時間をかける必要がある。

エリッド　ベリンダが縫い物をしているあいだ、シダリアは眠っているのか、もうろうとしているのか、死んでしまったのか、どうなんでしょう?

ガボ　ベリンダは姉のためにと思って薬を飲ませたんだ。死なせようと思っていたわけじゃない、それどころか、元気づけてやりたいと思っている。シダリアがいつも看護婦代わりに世話をしてくれているので、同じことを姉にしてやろうと考えるんだ。

レイナルド　ソコーロの最初のアイデアはそうじゃなかったはずですよ。それはいいんですが、ベリンダがあの衣装を身につけるのは、言ってみれば叙任式の儀式みたいなものなんです。だから、その点をはっきり打ち出す必要があるんじゃないですか。

ガボ　最初のところでは服を着るシーンは出てこなかったな。姉が家に戻ると、ベリンダはすでにあの衣装を着ているんだ。

ロベルト　パラレル・モンタージュのところでそのシーンは出てきたんじゃないですか。つまり、シダリアが学校から帰っていくところと、ベリンダが服を着るところを同時に撮っているわけですから。あのシーンは最初から出すほうがいいと思うんです。

ソコーロ　あの儀式はエンディングまでとっておいたほうがいいと思うわ。だって、クライマックスと密接に結びついているんでしょう。

ロベルト　しかし、あの衣装に本当に重要な意味を持たせようとしたら、ベリンダが登場する時点ですでに着ていたら、その持つ意味が失われるんじゃないかな。

デニス　儀式というのははっきりこれだという形で示すんじゃなくて、暗示的に出すべきじゃない？

ガボ　そうなんだ、要するにモンタージュの問題なんだよ。最初の時は、ベリンダが衣装をつけはじめるところで、カットになってシダリアが映る。そんな風に両者をカットで交互に撮っていって、シダリアが部屋に入っていくと、ベリンダはすでに衣装をつけているわけだ。それを今度は、発想を変えてあの衣装をつけるという叙任式のはじまるところ、あるいは終わるところをカットなしで撮るんだ。つまり、最初のシークエンスはシダリアの視点から見たようにして、次のシークエンスはベリンダの視点からとらえたものにすればいいんだ。

ソコーロ　すると、最初のシークエンスでシダリアはベリンダに飛びかかりますよね。そして、次のシークエンスでは、レイナルドが言うように、シダリアが衣装を引き裂くことで自分を傷つけるわけですね。

ガボ　最初のシークエンスでそれとわかる形で薬を強調しておく必要があるな。シダリアはベリンダを縛ったあと、興奮を鎮めるために薬を取りにいき、例の薬をスプーンで飲ませる。その時、何滴入れたか慎重に勘定し、まるで小さな子供に言って聞かせるようにこう言う。「さあ、飲みなさい」。二度目の時は、シダリアが気を失ったのを見て、ベリンダが同じことをしてやる。スプーンに二滴、三滴、五滴と薬を落として……。それでもまだ意識が戻らないのを見て、ベリンダはスプーンを投げ捨てると、瓶をつかみ、それを口に押し込んで無理やり飲ませる。で、シダリアは死んでしまう。それを見て、ベリンダは客間へ行くか、あるいは屋根裏部屋なり別の部屋へ行き、そこに閉じこもって静かに縫い物をはじめる。

エリッド　気を失っている人間にむりやり薬を飲ませるというのは、何となく野蛮というか、グロテスクな感じがしますね。

ソコーロ　あの薬がアヘンチンキだとすると、最初の数滴がとても強く作用するので、シダリアはそれに反応して、我に返り、口に入った薬を吐き出す……それを見てベリンダは、これまでシダリアから何度も言われてきたとおり、「いい子ね、さあ、このお薬を飲むのよ……」と言って、大量の薬を飲ませる。ひと瓶そっくりでなくても、規定量以上与えれば、死んでしまうわ。

ガボ　衣装を縫い終えると、ベリンダは櫃やタンスの中から帽子、手袋、ベールなどいろいろなものを取り出す……それらは母親の肖像画に描かれているものなんだが、同じものじゃない。通りに出ていく時に、ベリンダは絵の前を通るが、その時自分と比べて……満足そうにほほえむ。たしかによく似ているんだ。そこから最後のシーン、つまりどうしても撮らなければならないシーンに入っていけるはずだ。誰もが待ち望んでいたように、ベリンダは狂女の衣装をつけて通りに飛び出し、大声でわめきはじめる。

ロベルト　その場で思い浮かんだこと、ばかげたことを口走るんですね。

ガボ　あるいは詩でもいい。

マルコス　歌はどうでしょう。シダリアの話だと、母親のよくうたっていた歌だそうです。

ソコーロ　たしかにそうね、ベリンダは自分を母親の生まれ変わりだと思っているのよ。だけど、将軍だった父親の精神が乗り移ってもいるの。だから、彼女は突然愛国的な演説をぶちはじめるか、国道からやってくる敵をうち倒すのだとわめきはじめるの。できればそういうシーンで終わりたいわ。

ガボ　花はどうなったんだ？　途中でなくしたの？

グロリア　シダリアは結局死んでしまったの？

ガボ　それはどちらでもいい。ベリンダが姉は死んでしまったと考えさえすればいいんだ。

ソコーロ　庭でベリンダがうたう歌も出てきませんでしたね。

ガボ　歌はなくてもいいんだ。歌はうたわなくていいけど、花は出したほうがいい。

ロベルト　ベリンダが通りに出てする演説は無意味な言葉の羅列でしかない、支離滅裂なものにすべきですね。

ガボ　さっきも言ったけど、要するに威厳に満ちた言葉で支えられているテキストということだから、君の言っているのと同じことだね。

ロベルト　衣装を着たベリンダは母親の肖像画と自分をひき比べるのではなく、肖像画をモデルにしているんです。肖像画が鏡に映し出される、そして彼女はこんな風に鏡の前に立つ……。
ガボ　……そして「下手な写真家ね」と叫びそうになる。
ソコーロ　出だしのところから、アヘンチンキの量を慎重に量るといった具合に、細部までもうできあがっていますね……。
マルコス　今回のヴァージョンは三十分で収まるんですか？
ガボ　それより短くなると思うんだが、確かめてみないといけない。心臓の鼓動で時間をはかるんだ。シーンを見ながら心臓が何回鼓動するか数えるんだ。そうすると、大体の時間がわかるよ。
ロベルト　テンポの遅い映画になりますね。
ガボ　雰囲気、ムードだけで見せる映画になるだろう。ストーリーとしては語りようがないんだ。とにかく見るしかない。それと女優だ。始めから終わりまで女優同士の戦いになるよ、これは。
ソコーロ　ラストで狂女が通りに出ていって、止めどなくしゃべりますね……。
ガボ　彼女にとっては生まれてはじめての経験なんだ。近所の人たちは窓から様子をうかがい、通りでは犬獲りが彼女を取り囲んでいる……すごいエンディングだよ。ソコーロがもってきたあのストーリーを三十分に縮めたんだから、拍手をもらってもいいはずだ。

ソコーロ　断片的に過去のことも入っていますしね。

ガボ　君がそうしろと言ったんだ。フラッシュ・バックを使わないでやるってな。古いメロドラマの特徴を残したまま、四時間ものの大作をみごと三十分に、この三十分には豪華なという形容詞をつけてもいいと思うんだけど、その三十分に縮めるのに成功したんだ。何を笑っている？　そう思わないかい？

エピローグ

良識礼賛

Elogio de la cordura

ガボ　想像力のことを《家に棲む狂女》と呼んだのは誰だったかな？　それはまあいいとして、彼女は自分が何を言っているのかちゃんと理解していたね。それに、われわれもベリンダに対してシダリアよりもずっと良識ある態度をとったしね。つまり、好きにさせてやったけど、行き過ぎにならないようブレーキをかけていた。ソコーロが撮ろうとしているストーリーだと、モンポーソという名のコロンビアの田舎町がぴったりかもしれないな。川と並行して三本の通りが走っているあそこは典型的なコロニアル風の町で、このキューバのトリニダードとどこか似たところがある。また、夜ひとりでベッドに入ったのに、朝目が覚めてみると二人になっていると言われる神の土地モンポックスというのは狂人の多いところとして知られる。人から尊敬されている家族には必ず頭のおかしい人間がいて、とりわけお客さんが来た時には、その人を木に縛りつけるんだ。そういう話を聞くと想像力がかき立てられる。しかし、当然のことだけどそうした想像力はしばしば途中でぷっつり切れてしまうんだ。現実には計り知れないほどの独創性が備わっている。それにひきかえ、ドラマティックな状況の方はあっという間に枯渇してしまう。状況は三十六通りあると言われるけれど、実際はそんなに沢山なくて、人生と愛と死の三つだけだよ。それ以外のものはすべてその中に含まれているんだ。

マルコス　脚本を書く人間を例にとって、理論と実践の関係について話すとおっしゃっていたでしょう。

ガボ　わたしが？

マルコス　ええ、脚本を書くものは自分で実際にモンタージュをやり、ムーヴィオラの使い方をおぼえなければならないと言っておられましたよ。

ガボ　ああ、そうだったな。そう確信するようになったのは学生時代なんだ。脚本の仕事をおぼえようと思って、ローマにある《映画実験センター《チェントロ・スペリメンターレ・ディ・チネマトグラフィア》》に行ったんだが、授業がはじまってみると、脚本コースなんてないんだ。《監督専攻課程》の中に「脚本」という科目が入っているだけでね。教えている内容はひどいもので、とても脚本と言えるようなものじゃなかった。学識豊かな法学博士のような数人の先生が授業を担当していたんだが、教えているのは純粋理論ばかりだ。先生方は、未来の脚本家にとって何よりも大切なのは、ご大層な名称の「映画芸術」だとか「映画の社会経済史」、あるいは「映画言語の理論」といったものを学ぶことだと信じて疑わなかった……。で、法学博士たちは何時間もあきもせずに講義をしながら自分の言葉に聞き惚れていたわけだが、われわれの方は机の前にじっと座っているか、船を漕いでいるだけなんだ。もっとも、この上もなく美しい言葉であるイタリア語の勉強ができたんだから、あの退屈きわまりない演説もまったく無意味ではなかったんだけどね。そのうち、授業に出ても大して学ぶことはないということに気づいたんだ。ところが、授業計画の中に、ムーヴィオラを使っての実習とシネ・ライブラリーの利用というのが入っていてね。地下にすばらしいシネ・ライブラリーがあって、おかげでコロンビアではついに見ることのできなかった古典的な映画を見ることができたんだ。午後はいつもシネ・ライブラリーにこもるか、モンタージュを教えている女の先生のそばに貼りついていた。同級生たちはムーヴィオラの使い方を学んだところで、脚本を書く助けにはならないと考えて、まったく関心を示さなかったんだ。この女の先生というのが実はムーヴィオラの達人でね。自分の仕事を大変誇りにしていたんだ。映画の文法を知るのと同じで、モンタージュの法則を知らなければ、脚本家はシークエンスひとつ満足に書けないといつも言っていた。その先生と知り合ってから授業にはまったく出なくなってね。彼女のもとで連続性について、クレショーフ〔ロシアの映画監督〕なら「モンタージュでいい文章を作成する技法」とでも呼ぶようなことを研究したんだ。ムーヴィオラの演習を丸一年受けたんだけど……機械には一度も触れなかった。というのも、映画のストーリーの中で連続性がどういう働きをするのかを研究するだけにとどめておこうと考えたからなんだ。ムーヴィオラの勉強は脚本家を志す人たちにとって基本的な経験になると思うよ。この話は、ここ、サン・アントニオ・デ・ロス・バーニョス学園でも何回か話したよね。未来の脚本家にとって、ムーヴィオラ、つまり実践的モンタージュのコースは不可欠だ。あるシーンから別のシーンへ移るというのは、一見簡単そうに見えるけど、その操作をドラマと映像にかかわる問題としてとらえていない人にとってはひどくむずかしいことなんだ。愛する先生にならって言えば、「何よりもまず文法を学ばなければなりません」ということになるだろうな。そうすれば、やがてプロとしての目、つまり誤植や書き間違いを一瞬で見抜く校正者のような目が養われるんだ。というのも、無邪気で疑うことを知らない視線が消えて、カットやカメラの位置といった表面に現れていないものを見抜くことができるようになるんだ。わたしは映画を見ているあいだずっと、「窓から車へのカットは少し唐突だったな」とか、「犬が通りかかるのを撮れるようカメラを横手にセットしてあったけど、あれはいいカットだった」、あるいは「トンネルを抜けたところでカットにすべきだ。そこじゃない！」といったようなことをしきりに言うものだから、妻はわたしと映画館へ行くのをいやがるんだ。つまり、ムーヴィオラを前にして、むろんそばには監督がいるわけだけど、そういうところで脚本を書けるようになれば、事態はもっとよくなるはずだよ。そうしたら、ストーリーの一貫性も失われることはないだろう。これまでよく言われてきたことだけど、映画というのは大勢の人間でやる共同作業なんだ。このスタジオを作れと言ったのも、そういうことなんだよ。このクリエイティヴ・プロダクションのスタジオ、というかこのコースのいちばん大切な機能は、未来のプロデューサーに自分たちはソーセージ工場で働いているのではなく、創造的な営みをするチームの一員として仕事をしてるんだということを理解させることなんだ。つまり、彼らがそこにいるのは、監督が自分のものでもない金を浪費、乱費するのを防止し、チームでやる仕事をよりやりやすいものにし、実り豊かなものにしていくことなんだと理解させなければならないんだ。この話はすでにしたと思うけど、プロデューサーというのは、「これは七かかるはずだったんだが、うまく四で抑えることができたよ」と言う時は、実に嬉しそうな顔をする。しかし、そこで、その四で何ができたのか、七と同じものなのか、それとも倍、あるいは半分しかできなかったのかを問いかけることが大事なんだ。それなら、「これは七かかるはずだが、もっといいものができるように九出すことにした……どうだ、いいものができたか?」と言うほうがいいんじゃないかな。知り合いのプロデューサーが、どう見ても必要と思われるよりもはるかに少ない予算枠を厳しく課して、監督に映画を作らせたんだが、彼はその時何とも言えず嬉しそうな顔をしていた。わたしは映画を見て、このシークエンスは二十ペソ足りない、こちらは一五〇ペソ、あのシーンはあと二〇〇ペソ出せばもっといい雰囲気が出せたはずだ、といったようにひと目でどことどこを削ったかわかったよ……。逆にプロデューサーがやってきて、「おい、いいかげんにしろ、離別のシーンであいつは予算をこれこれオーバーしたじゃないか」と言う。画面でそのシーンを見て、たしかにその通りだ、しかし、だからこそああいう雰囲気が出せたんだし、コントラストもきれいに出ているじゃないか、と考えるんだ。つまり、完璧なチーム、いい映画作りに貢献するすべてのファクターの連携が必要なんだ。いろいろなファクターがあるけど、すべては創造という一点に凝集される。さて、もっと慎ましいテーマである連続性に話をもどそう。脚本家というのは、自分の書いているストーリーをとぎれることなく流れる水のように映像化できなければならないし、前後にたえず目を配る必要がある。それができなければ、さまざまな問題を解決するどころか、逆に問題を生み出すことになるんだ。先に言った連続性を方向づけるのはムーヴィオラの仕事なんだ。モンタージュを実践してはじめて、「一秒前、ドアが開くとすぐにカットを入れるんだ。そうしたら、すべてが一変するよ」と言えるようになる。先日、潜水漁法の映画を見たんだが、そこで泣きたくなるようなカットを目にしたよ。サンゴと岩礁を映した光景が出てきて、そこにダイバーが登場し、こちらに向かってくる。ダイバーたちは、たとえばそうだな、このあたりで画面から消えるんだ。ふたたび海底の光景が映るんだけど、当然ダイバーたちはあちらから、わかるだろう、この方向から画面に登場しなければならない。こちらで彼らの脚が消えたんだから、頭は当然この方向から現れなければいけない。なのに、そうなっていない上に、ここぞというタイミングでカットが入っていないので、画面に映った光景が凝固してしまって、ダイバーがふたたび現れるまでに恐ろしく長い時間待たされたような気持ちになったんだ。

デニス　『サイコ』〔一九六〇。アメリカ映画〕を撮った時に、ヒチコックが面白いことを言っていますね。つまり、女性の登場人物が死んで床に倒れるところがどうしてもきれいなカットで撮れないものだから、あのシーンはうまくいかなかったんだ。彼がそう言うと、フィルムの編集をしていた奥さんがこう言ったんです。「ここでカットを入れるべきだったのよ。そうしたら、こちら側から見ているわけだから……」。それで、彼はあのシーンをもう一度撮り直して、カットを最小限にしたそうですね。

ロベルト　編集が下手で、モンタージュに欠陥があると、どんなにいい映画でも台無しになりますからね。それに映画のリズムと上映時間というのは、ストーリーとはまたちがったドラマ的な意味をもっていますし。

ガボ　信じてくれないかもしれないが、それとまったく同じことが活版印刷のテキストでも起こるんだよ。本の組版をする人というのは、古い印刷所の植字工や活版印刷工の末裔なんだけど、この人たちはあるページで文章が中断されるかもしれない、もっと正確に言うと、あるページに一行の半分にも満たない長さの半行が出てくるかもしれないとわかると、パニックに陥るんだ。そういう尻尾のことをふつうは「未亡人」と呼んでいるんだが、あるページ、たとえば章の終わりのページにこの未亡人が顔を出すことがある。そうなると、活版印刷の美学的な理由から、また後で触れる経済的な理由もあって、何とかしてその行を後ろに送ろうとする。つまり、前のページから一、二行、時には三行ほど引っ張ってこようとするんだ。そんな風に相手を見つけてやれば、未亡人は独り身でなくなるんで、みんなもほっと胸をなで下ろすんだが、作者の方はそうはいかない。つまり、何行かを後ろのページに送ると、当然前のページにブランクができる。そこで組版の職人さんはその空白が目立たなくなるよう、パラグラフとパラグラフの間にブランクを「割り付ける」ことになる。読者が気づいているかどうか知らないけど、わたしはひと目でわかるんだ。自分が書いた文章の空白はもちろんぱっとわかるけど、それよりも大きい別の空白があるんだ。それを見ると、ぞっとするね。というのも、ブランクというのは物語の時間と密接に結びついている秘密のコードに対応しているんだよ。そういう時間の経過はたいていの場合ピリオドで調節する。つまり、ピリオドのあとすぐに文章を続けると、時間の経過はそれほどでもない、けれどもピリオドのあと行が変わると、もっと長い時間がたったように感じられる。だから、通常のピリオドから行がえに移るときに、ブランクが二つ、三つ、あるいは単にふつうよりも大きいブランクがあるだけでも、いったいどれほど時間が経過したんだろうと考えてしまうんだ。そういう余計な空白が応答の途中に出てきたりしたら、もう絶望的だね。だってそうだろう、何かを尋ねてから答えが返ってくるまでの間に恐ろしく長い時間が経過したんじゃないかという印象を抱くかもしれない。これは理論的な問題ではなくて、感覚の問題なんだ。読者はそういう空白を敏感に察知するんだ。すでに言ったように、逆のケースもある。ページを節約するために、つまりページ数を減らすために、「未亡人」の一行をまるまる吸収する、つまり、はみ出した行を前のページに組み込んでしまおうとすることもあるんだ。そのために、前のページの行間を狭くしたり、もっとひどい時はピリオドで改行というところを、ピリオドのあとに文章を続けてしまうこともあるんだ。印刷業者はそれで金儲けができるからね。部数が三千部くらいだと大した節約にはならないが、三十万部とか百万部ということになると、何トンもの紙代が浮いてくるんだ。ページを節約して少しでも安く上げようとしてそういう姑息な手を用いるんだが、作者にしてみればとんだ災難だよ。わたしは絶対にそういうことを許さないがね。会社が本を百万部売って、とんでもない額の金を手にするのなら、せめて見返りにテキストの内的な脈動を大切にしてもらいたいね。

レイナルド　映画人よりも作家の方が細部に手を入れやすいでしょうね。それに、作家の犯すミスはそれほど高くつかないでしょうし、簡単に手直しがききますよね。

ガボ　どういう仕事でも、いわゆるプロとして求められる最低限のレベルというのがあるんだ。脚本家の中には、すばらしい才能に恵まれていて、映画の歴史にも詳しいのに、モンタージュのもつさまざまな問題を十分に理解していないために、連続性を無視して信じられないようなミスを犯す人がいて、驚かされることがある。一方、監督の中にはブニュエルのように、脚本の段階で参加するだけでなく、編集でもすばらしい能力を発揮する人がいるね。こういうすぐれた監督は贅沢な話だけど、カメラを回しながら編集までやってのけるんだ。ブニュエルはムーヴィオラをほとんど使わずにカットを入れていた。撮影中にカットまでやってしまうんだよ。シーンをじっと見つめていて、ショットがあるところまできて、ここぞという時になると、すかさず「カット」と言うんだ。そのあと編集室へ行くんだが、あとは細部を手直しするだけだから、仕事は簡単なものだ。あの老監督はムーヴィオラのそばにいつも張り付いていて、「そこまで、あそこまで」と指示を与える。わたしはブニュエルとは世界の見方が違うんだが、あの人のプロとしての一面には感服している。彼自身はこう言っている。「紙の上で、つまりあらかじめカットする場面をこのあたりだと予測しておく」。そして、カメラを回して、つまり撮りたいと思っている場面を撮る一方で、ムーヴィオラを使って編集しながら「あそこのあの部分をこちらに持ってくるんだ」とか、「ドアのショットをここに持ってきて、窓のショットのあとに入れるんだ」と言うだけだから、仕事はいたって簡単だ。

ロベルト　実際に作ってみるまでは、自分が何を求めているのかはっきりわからないし、それに、できあがったものを目にするまでは、自分が何を作っているのか自信を持って言えないんです。

ガボ　その部分が創造的なプロセスと分かちがたく結びついているんだよ。真の創造には危険がつきものだし、だからこそ不安を抱くんだ。本ができあがるだろう、そうすると、不出来なところを見落としているんじゃないかと不安になる。だから、わたしは決して読み返さないんだ。本の売れ行きや批評家の賛辞が目に入ると、ほかの人たち、つまり批評家や読者は間違えている、実を言うと自分の本はクソみたいなものでしかなく、それが白日のもとにさらされるんじゃないかと不安に襲われるんだ。それに、妙に謙遜して言うわけじゃないが、ノーベル文学賞の受賞を告げられた時、「へえー、うまく引っかかったんだな、あのお話を信じ込んだんだ」と真っ先に考えたんだ。自分の仕事に不安を感じるのは恐ろしいことだけど、一方で何か価値のあることをしようとすれば、どこかにそういう気持ちがなくてはならない。すべてを知り、疑うことを知らない傲慢な人間は、結局どこかでつまずき、それがもとで死んでいくんだよ。

語るという幸せなマニア

La bendita manía de contar

シナリオ教室の参加者

「ガボ」　ガブリエル・ガルシア＝マルケス

＊

「モニカ」　モニカ・アグデーロ・テノーリオ（コロンビア）
文学士。テレビ向けの脚本を書いている。作品にテレビ小説『狼の血』がある。

「ピトゥーカ」　リリア・オルテガ・エルブロン（パナマ）
歴史学と政治学を学ぶ。文化雑誌『カルナバル・イ・ビタル』の編集に携わる。

「エリザベス」　エリザベス・カルヴァーリョ・ヴァスコンセロス（ブラジル）
ジャーナリスト。種々の団体から依頼を受けてドキュメンタリーものの脚本の執筆・編集・監修に携わっている。

「ガブリエラ」　マルタ・ガブリエラ・オルティゴーサ・メンドーサ（メキシコ）
テレビサ（テレビ局）所属の脚本家、アダプター。脚本の執筆も行なっている。

「グト」　ルベン・グスタボ・アクティス・ピアッツァ（アルゼンチン）
ドキュメンタリー映画とフィクションものの短編映画の監督、脚本家。一九九三年、コルドバ（アルゼンチン）の〈芸術ビエンナーレ〉において賞を受賞した。

「マノーロ」　マヌエル・ロドリゲス・ラミレス（キューバ）
映画テレビ国際学園（E.I.C.T.V.）を卒業。『改革に道を閉ざされて』によって、ハバナ映画フェスティバルにおいて未発表脚本賞を受賞。

「イグナシオ」

イグナシオ・ゴメス・デ・アランダ・モレイオン(スペイン)

短編映画の脚本家、監督。いくつかのTVシリーズものの作品に協力。

［ゲスト］

セネル・パス(キューバ)

作家、脚本家。これまでに自作の短編『ダビドにとっての恋人』(一九八三)、『崇拝に価する嘘』(一九九〇)、『苺とチョコレート』(一九九三)などをキューバ映画のために脚色。ほかにスペイン映画の脚本をいくつか執筆。その中には、アルムデーナ・グランデスの小説をもとにした『マレーナはタンゴの名前』(一九九六)や『ハバナに残してきたもの』(一九九七)がある。

ホルヘ・アリー・トリアーナ(コロンビア)

映画監督。『死の時』(ガルシア＝マルケス脚本、一九八五)の監督をした。

［セッション・エディター］

アンブロシオ・フォルネット(キューバ)

イントロダクション

ストーリーを語るために

ガボ　実を言うと、こうしてみんなと一緒にシナリオ教室で仕事をするのが一種の悪癖になってしまったんだ。前々からやりたいことがひとつあって、それは自分なりにまずまずやれたと思っている。ストーリーを語るというのがそれなんだが、一方でみんなで力を合わせてストーリーを語るのがこんなに楽しいものだとは夢にも思わなかった。西アフリカの呪術師《グリヨ》や語り部、モロッコの市場で『千夜一夜物語』の中の寓話やあやしげな冒険を朗唱する敬うべき老人たち、こうした一族は百年の孤独に悩んだり、バベルの呪いを受けることはないはずだ。われわれの労苦がこんな風に壁の中に閉じこめられ、あちこちの教室で脚本づくりに参加している人たちだけのものになっているというのが前々から残念でならなかった。で、近々この壁をぶちこわしてやろうと思っている。これまでわれわれは知恵を絞り、議論を戦わせてきたけれども、それをすべてテープにとってあるんだ。そのテープを起こして、本にするつもりだが、第一巻は『お話をどう語るか』というタイトルにしようと思っている。そうすれば、大勢の読者も脚本づくりに参加できるし、われわれとしても印刷されたものを通して、思いがけない飛躍やちょっとした前進と後退を伴った創造的なプロセスをひとつひとつ辿り直すことができるだろう。これまでその動きがつかめなかった想像力をつぶさに跡づけたり、猟師が猟銃の照準器をのぞいて、野ウサギがぴょんと跳び出してくる瞬間をとらえるように、あるアイデアが浮かぶ正確な一瞬をとらえることは、不可能とは言わないまでも、むずかしいと思っていた。ところが、テキストができあがってみると、そうむずかしくないように思えるんだ。つまり、過去にさかのぼって、「ここだったんだ」と言えるからね。つまりあの質問、あの言及、あの思いがけない暗示が出発点になって、ストーリーがらっと変化し、形を取り、一定の方向に向かって動き出したということがわかるじゃないか。

このシナリオ教室が目指しているものに関して思い違いをしている人がいるようだが、ひとつはわれわれは脚本、あるいはその草稿を書くためにここに集まっているというものだ。当然といえば当然のことだけどね。というのも、ここに集まっている人はほとんど全員が脚本家、もしくはその予備軍で、テレビや映画のために台本を書いているか、書きたいと思っている。ここは映画とテレビの学校だから、仕事上身についた習慣を精神面で引きずっているとしても、ちっとも不思議じゃない。たぶんイメージでものを考えたり、ドラマの構成やシーン、シークエンスのことを考えつづけているんだろう。しかし、ここへ来たからにはそうしたものをすべて忘れてもらいたい。われわれが集まったのはストーリーを語るためなんだ。ここで学ばなければならないのは、どうやって物語を組み立て、どんな風に語るかということだ。そうは言っても正直なところ、果たして「学べる」んだろうかという気がしないでもない。せっかくその気になっているのに、水を差したくないんだが、人間というのはふたつに、つまりうまくクソをたれる人間とそうでない人間のふたつに分けられるんじゃないか。この言い方は品がないので、メキシコ風の敬虔かつ婉曲な言い回しを用いて、上手に排便できる人間とそうでない人間に分けられるんじゃないかと思うんだ。つまり、わたしが言いたいのは、ストーリーテラーというのは努力してなれるものじゃなくて、生まれつきのものだということなんだ。もちろん、それだけでは十分じゃない。そうした適性を具えているからといって、それを仕事としてやっていけるとは限らないからね。職業にするためには、それ以外に教養や技巧、経験といったものが求められる……。ただ、一番大切なのは語ることが好きかどうかということだ。そうした適性はたぶん先祖から受け継いだものなんだろうけど、それが遺伝子によるのか、食後の会話の中で身についたものなのかはわからない。生まれつきそうした適性の具わっている人は、自分でも気づかないうちに「語って」いるんだ。たぶん、それ以外の方法では自分の考えを伝えられないんだろうな。手近なところで自分を例にとると、わたしは抽象的な思考がまったくできない。インタヴューなんかで、突然オゾン層についてどう思われますかとか、あなたはここ数年のラテンアメリカの政治の方向を決定づける要因は何だと思われますかと尋ねられても、何かを物語ることでしか答えられないんだ。幸い、今のわたしにはその方がはるかに楽なんだけどね。というのも、それが仕事だし、経験もある、だから話を凝縮して語れるから、人を退屈させずにすむんだ。

わたしは物心がつきはじめた頃からいろいろな話を聞かされて育ったんだが、そうした話のうちの半分は母親から聞かされたものだ。母は現在八十七歳になっているが、文学論や物語の技法といったことをまったく知らないのに、ストーリーの中にどんでん返しを仕掛けたり、帽子からハンカチやウサギを取り出す手品師よりも鮮やかな手並みで袖にトランプのエースを隠すことができたんだ。いつだったか、何かのお話をしている時に、話の流れとまったく関係のない人物を登場させ、その後その人物に触れずに知らん顔をして話を進めた。そして、いよいよ大詰めというところまできて、突然またあの人物を登場させたんだが、今度は言ってみれば中心人物として登場しているんだ。みんなは呆気にとられていたよ。その話を聞いてわたしは、普通なら人が一生かけて学ぶはずの技巧を母はいったいどこで身につけたんだろうと不思議でならなかった。わたしにとって、ストーリーというのはおもちゃみたいなもので、それをいろいろに組み合わせ、組み立てていくのが遊びなんだ。それぞれにちがった個性を持ったおもちゃをたくさん用意して、子供をその前に立たせる。その子はおもちゃで遊びはじめるけど、最終的にはそのうちのひとつを選び取るはずだ。そうして選ばれたおもちゃが、その子の適性と天職を表しているんだ。ある人の才能が生涯にわたって伸び続けていくためにはいろいろな条件が必要だが、そうした条件が与えられれば、どうすれば人は幸せに長生きできるのかという秘密のひとつが明らかになると思うんだけどね。ある日わたしは、自分が本当に好きなのはストーリーを語ることだと気がついたんだ。で、その夢を実現するために必要なことはどんなことでもやろうと心に決めた。これは自分のなすべき務めだ、だから何があろうと、誰が止めようと、絶対にほかのことはしないと誓った。作家になろうと思って、学生時代には君たちが想像もつかないほどいろいろなごまかしやごまり、ペテン、嘘を積み重ねたものだよ。何しろみんなが無理やりほかのことをさせようとしている中で、自分の選んだ道を歩もうとしたんだからね。そして、ついにすばらしく成績のいい学生になることで、そっとしておいてもらえるようになり、本当に好きな詩や小説が読めるようになったんだ。中等学校の四年次の終わり頃、たしかに少し遅い感じがするけど、その頃にこの上もなく重要なことに気がついた。つまり、授業をしっかり聞きさえすれば、別に勉強したり、質問されるんじゃないか、試験をどうやって切り抜けようといったことを考えてたえずびくびくする必要がないことに気づいたんだ。あの年頃だと、集中しさえすれば、どんなものでもスポンジのように吸収できる。そのことに気がついてからの二年間、つまり四年次と五年次は、すばらしい成績を収めた。全教科で5をとったので、天才といって騒がれたくらいだ。わたしがそんな風に頑張ったのは、そうすれば勉強しないで、自分の好きなことに打ち込めると考えたからなんだが、誰もそのことに気づいていなかったよ。こちらは計算ずくでやっていたんだけどね。

別に自慢するわけじゃないが、わたしは一切束縛を受けていないし、人に借りがあるわけでもないので、その意味で世界でいちばん自由な人間だと思っている。そうなれたのも、一生を通じてストーリーを語るという自分の好きなことだけをして、ほかのことは一切しなかったおかげなんだ。わたしは友人のところへ遊びにいくと、必ず何か話をする。家に帰ると、また別の話をするが、たぶんさっき話を聞いてくれた友人たちのことを話題にすると思うんだ。そのあとシャワーを浴び、石けんで体を洗いながら、数日前から頭の中で考えていたアイデアを自分に向かって話す……つまり、わたしは何かを物語りたいという幸せな奇病《マニア》にかかっているんだ。でも、そういう奇病を人にうつすことができるのか、そうしたオブセッションを「教えることができる」だろうか、と考えることがある。しかし、人にできるのは、経験を共有したり、問題を提示したり、自分が見つけた答えやとらざるを得なかった決断について話したり、なぜあれでなくこれを選んだのか、あるいはなぜストーリーからある状況を削除して、新しい人物を登場させたのかといったことを説明したりすることなんだ……。作家が人の書いたものを読む時も同じだよ。小説家が人の小説を読むのは、どんな風に書かれているかを知りたいからなんだ。人の書いた小説を裏返して、ねじをとりはずし、バラバラになった部分をきちんと並べ直してみる。あるパラグラフを切り取り、検討を加えていくうちに、ふと、ああ、そういうことかと気がつく瞬間が訪れるんだ。「こういう書き方をしたのは、人物をここに配置し、あの状況を向こうへ持っていくためだったんだ。というのも、向こうで必要になるから……」。言い換えると、目をしっかり開けて、催眠術にかからないよう用心し、奇術師のトリックを見破るように努めなければならない。技巧、仕事、トリック、こういったものは教えられるし、学ぼうとする人は、そこから役に立つものを引き出せばいい。このワークショップでは、みんなにそれをしてほしいんだ。経験を語り合い、ストーリーを遊びで創造し、一方で遊びのルールを作り上げていってもらいたいんだ。
ここはそういうことをするのに理想的な場所だ。立派な教授が一段高い教壇からにこりともせず文学理論を並べ立てる文学の講座では、作家の秘密を学ぶことなどできないよ。それを学ぶには、本を読み、教室で仕事をするしかないんだ。ここに来れば、ストーリーがどのように成長し、余計なものが削り取られ、袋小路に入り込んだとしか思えない状況の中で突然道が開けていく様子が手に取るようにわかる……。だから、ひどく込み入ったストーリーや練りに練ったストーリーを持ち込んではいけない。というのも、まだしっかり固まっていない単純明快なストーリーを出してもらい、それをみんなでテレビや映画向けの脚本のベースになるようなストーリーに仕上げていくというのが、ここの仕事の楽しいところなんだ。長編映画のストーリーを作るには長い時間が必要だが、われわれにはそんな時間が与えられていない。短編映画、あるいは中編映画向けの単純なストーリーがここではいちばん使いやすいということは経験上わかっている。そういうストーリーだと、仕事にも熱が入るんだ。われわれを待ち受けている最大の危険は疲労と倦怠感だが、単純なストーリーだとそれを回避することができる。われわれの共同作業が本当の意味で創造的なものになるように、みんなで力を合わせなければならない。時におしゃべりがすぎて、ほとんど何も生まれてこないことがある。与えられた時間はあまりにも短く、貴重なものだから、下らないおしゃべりで時間をつぶすわけにはいかない。しかし、だからといって想像力を羽ばたかせてはいけないというんじゃない。というのも、ここでは原則としてブレイン・ストーミングを行なうことになっているからね。ばかばかしい思いつきでも、軽視してはいけない。時には、そのおかげで局面ががらっと変わって、想像力豊かな解決への道が開けることがあるからね。

ワークショップのメンバーであれば、どのような批判も受け入れなければならない。要するにここは切磋琢磨する場所なんだ。だから相手を叩くこともあれば、逆に叩かれることもあるわけで、その心構えだけはしておいたほうがいい。許容範囲を越える一線というのはどのあたりにあるのかというのは厄介な問題で、こればかりは誰にも答えられない。だから、自分で決めるしかないんだ。さしあたりは、自分が語ろうとしているストーリーがどのような内容なのかをしっかり把握しておくことだ。そこを出発点にして、徒手空拳でも何とか自分のストーリーを守るべく戦わなければならない。しかし場合によっては、こだわりを捨てて、自分の考えた内容だとストーリーが、少なくともオーディオ・ヴィジュアルな言語を介した場合展開のしようがないということを認めなければならないこともあるだろう。つまり、徹底的に守り抜くところと柔軟に対応するところがあって、それがさまざまに異なった形をとりはするけれども、作品に反映されることになる。わたし自身を例にとって言うと、小説家と脚本家の仕事は根本的にちがうものだと思っている。小説を書いている時のわたしは、自分の世界に閉じこもっていて、人と何かを共有するということはない。人の意見に一切耳を貸さず傲岸不遜に構え、絶対権を握り、虚栄心の権化と化している。なぜなら、自分の胎児、つまり心の中で懐胎したものを成長発展させていくにはそうするしかないと考えているからなんだ。で、最初のヴァージョンができあがるか、もしくはできあがったと判断したら、人の意見を聞く必要に迫られて、何人かの友人にオリジナルの原稿を渡す。古くからの友達で、彼らの意見には信頼を置いている。だから、わたしの作品の最初の読者になってもらいたいと頼むわけだよ。彼らを信用しているのは、いい出来だとか、すばらしい作品だといってこちらを喜ばせようとするのではなく、何が悪いのか、どういうところに欠点があるのか、といったことを忌憚なく指摘してくれるからなんだ。そういうことが大いに役立つんだよ。わたしの書いたものを読んで、長所しか見ない友人は、本になった時点でゆっくり読んでくれればいい。欠点を見つけて、こういうところがよくないと言えるような友人こそ、本になる「前」に読んでもらいたい読者なんだ。むろん、そうした批判を受け入れるかどうかはこちらが決めることなんだが、たいていの場合そういった批判は無視できないんだ。

今、批評家を前にしたつもりで、小説家とはどういうものかを説明したが、脚本家の場合はその辺の事情がまったくちがってくる。脚本家の仕事を立派にやり遂げようと思ったら、何よりも必要とされるのは謙虚さだ。創造的な仕事にはちがいないが、「同時に」補助的な仕事でもあるんだ。脚本家は台本を書きはじめた時点で、今書いているストーリーができあがれば、とりわけ映画化されれば、もはや自分のものでなくなってしまうということを知っている。たしかに、画面に名前が出るだろうが、その場合もたいていは監督をはじめ映画作りに真剣に加わった仲間たちと一緒に出る。しかし、本人が書いた台本の方は、ほかの人たち、つまりチームのメンバーが作り出した音声と映像にのみ込まれて消えてしまう。それに、いちばんおいしいところをとるのは監督だ。ストーリーを「自分のもの」にし、それと一体化し、自分の才能、仕事上の知識、精魂、すべてを投入して最後にわたしたちが見ることになる映画に仕上げるんだ。映画に決定的な視点を与えるのは監督なんだが、その意味では脚本家や小説家よりも独裁的だ。わたしは、映画を見る人よりも小説を読む人の方が自由だと思っている。小説の読者は、人物の顔や情景、風景といったものを好きなように思い浮かべることができる。しかし、映画の観客やテレビの視聴者は画面に現れる映像を受け入れるしかない。一種のコミュニケーションにはちがいないが、そこに個人的な選択が入る余地はないんだ。わたしがなぜ『百年の孤独』の映画化を許さないか知っているかい？　読者の創造力、つまりウルスラ叔母や大佐の顔を自分の好きなように想像するという何よりも大切な権利を奪い取りたくないからなんだ。

しかし、話が横道に逸れてしまったようだな。脚本家の仕事について話しているんじゃなくて、われわれ全員が多少ともかかわっている語りたくてしようがないという病を養い育てていくためには何をすればいいのかということだったんだ。とりあえずは、シナリオ教室で行なう議論に集中することにしよう。ある人がわたしに、ふたつのことを同時にしてはいけませんか、つまりここに水中カメラのワークショップがあるので、午前中はそちらに出てはいけないでしょうかと尋ねてきたんだが、あまりいい考えじゃないと思うよと答えた。もし作家になりたいのなら、一日二十四時間、一年三百六十五日、その心構えを持っていないといけない。霊感の訪れがある時は、わたしはつねに何か書いていると誰かが言っていたが、その辺のことを理解して言った言葉だ。遊び半分でやっているディレッタントは贅沢にも、何ひとつきわめることなく、蝶のようにひらひら舞いながらあれやこれや手を出すが、われわれはそうじゃない。われわれはディレッタントじゃなくて、ガレー船の徒刑囚のように休むことなく仕事をするんだ。

1

最初はみんなそうだ

Al principio siempre es así

ガボ　こちらはブラジル人のエリザベスだ。今回は彼女が口火を切ってくれる。それにしても、ブラジル人というのはどうしていつも最初のゴールを決めたがるんだろうな？

エリザベス　こういう仕事は初めてなので、ちょっととまどっているんです。

ガボ　最初はみんなそうだ、だけど心配しなくていい、そのうち慣れるから……。

モニカ　ともかく、スペイン語がとても上手だから、スペイン語まじりのポルトガル語で話さなくていいわよ。

エリザベス　わたしはジャーナリストなの。これまでずっとドキュメンタリーものの短編映画ばかり撮ってきたので、フィクショナルな映画はやったことがないのよ。ここで友人たちといろいろ話し合ったんだけど、歴史を通してラテンアメリカが抱えているさまざまな問題を、ドキュメンタリー映画とフィクショナルな映画の技法を混ぜ合わせて映画化したら面白いんじゃないかって考えたの……。

ガボ　神の民の全歴史を一巻の書物に収めるというのは、聖書がみごとにやってのけているじゃないか。しかし、シナリオ教室で仕事をしているわれわれには〈ラテンアメリカ版〉聖書を作る時間なんかないよ。

エリザベス　ええ、だけど要約すれば……。

ガボ　それは預言者たちがすでにやったことだ、それに……。もっと慎ましやかなものにしてもいいいんじゃないのかい？　ここで取り上げるのにちょうどいいような、君の案はないい？

エリザベス　スリラーものですけど、ひとつあります。ブラジルの予算にまつわるスキャンダルを告発した経済学者がいるんですけど、その人についての実話に基づいたものなんです。でも、どんな風にはじめたらいいんでしょう？　フィクションものといったら、グアナバラ湾を舞台にしたドキュメンタリー風のドラマしかやったことがないんです。

ガボ　アイゼンハワー大統領がリオを訪れた時に、湾の上空で飛行機事故があったんだが、その話は知らない？

エリザベス　グアナバラ湾の上空で、ですか？

ガボ　出だしのイメージとしてはとてもいいものだ。アイゼンハワーに同行した楽団が乗った飛行機があの湾の上空で墜落したんだ。飛行機は乗客を乗せたまま海底に沈んだ。けれども、楽器は海面を漂っていて、湾内にはヴァイオリンやトランペット、コントラバス、トロンボーンなどがぷかぷか浮かんでいたんだ……。あの映像は忘れられないよ。新聞に載った写真を見たんだ。グアナバラ湾に関するストーリーなら、あれはとっても美しい一ページになるよ。

エリザベス　その話は聞いたことがありません。

ガボ　だから話してるんだ。君の年だったら覚えていないだろうと思ってね。フレデリック・フォーサイスの小説『ジャッカル』を読んだものはいるかい？　いない！　信じられないな。今じゃ『ジャッカル』を読む人間なんていないんだね。だけど、映画の『ジャッカルの日』〔フレッド・ジンネマン監督。一九七三。イギリス・フランス合作映画〕は見ただろう……。だったらいい、同じだからな。金をもらって殺しを請け負う殺し屋が、ド・ゴール将軍の暗殺を依頼される話なんだ。完全犯罪をもくろんで、男はひとりで計画を練り上げる。ただ、この完全というのは絶対にばれないという意味ではなく、とるに足らないような細部まで考え抜いた完璧な作戦という意味なんだ。最初に読んだ時は、物語のどこにも欠点がないように思えるんだ。どこにも傷が見あたらないというのは、すごいことだよ。ただ、もう一度読み返すと、あちこちにほころびのあるのが目につきはじめるけどね。しかし、はじめて読むと……。で、準備が整うと、男は銃でド・ゴールの頭に狙いをつけて、引き金を引く。しかし、ちょうどその瞬間に将軍が頭を前に傾けたために、銃弾が逸れてしまう。畜生！　これまでの苦労がすべて水の泡だ！　もしあのテロが成功していたら、『ジャッカル』は今世紀の偉大な小説のひとつに数えられているだろうな。この作品は小説、つまりフィクションなんだ。だから、男がねらった獲物をしとめてもいいはずだ。そうなると、二百年ぐらいたったら、ド・ゴールは本当にテロで殺されたのだろうか、といったような疑問が生まれてくるだろう。田舎に引きこもったあの将軍がテレビを見ている時に亡くなったことは誰でも知っている。ただ、ああいう死に方は人々の記憶に残らないんだ。暗殺されたとなると、話は別だ。そうなると、将来子供たちが学校で、ド・ゴール将軍は孤独な殺し屋の手で暗殺されたと教えられる可能性もあるわけだ。そこが文学のいいところで、現実よりも真実味がある……。ところで、何の話をしていたんだった？　どうして『ジャッカル』の話になったんだろうな？

グスタボ　ぼくたちの考えてきた案を出すことになって、エリザベスがスリラーものの話をするところだったんです。

ガボ　ああ、そうか……君はたしかコルドバ出身のグスタボだね……。

グスタボ　みんなからはグトと呼ばれています。コルドバ出身なんですが、五年前からブエノスアイレスで暮らしています。フィクションものの短編をコルドバのビエンナーレに出したところ、賞をもらったんです。その賞のおかげでここに来て、みんなと一緒に仕事ができるようになりました。

ガボ　へえー、そうなのか。わたしは、あなたはこれこれの賞に選ばれましたと言われたことがないんだ。君はモニカだな？　待ってくれ。君は紹介するまでもないだろう。コロンビアでいちばん破廉恥な女性小説家だからな……。いずれ君は立派な理想主義者になるだろう、そう考えてここに来てもらったんだ。で、君はイグナシオだな？

イグナシオ　わたしはマラガ出身です。

ガボ　ここぞという時、われわれはみんなアンダルシア人になるな。

イグナシオ　わたしは映画とテレビの脚本を書いています。はじめての小説を書き上げたばかりで、今は別の作品に取りかかっているんですが、実を言うと短編集なんです。

ガボ　たぶん君のアイデアをいただくことになるだろう。

イグナシオ　ひとつアイデアがあるんです。ある男が町に着き、着いたその日に死んでしまうというものです。テレビの連続ドラマのひとつとして書いたものなんですけど。

ガボ　で、男はその町へ何を探しにいったんだ？

イグナシオ　脚本を書く時に、どこかの町を舞台にするようにと前もって言われていたんです。ストーリーを頼まれた時に、町と死を入れてもらいたいと依頼されたんです。それとツーリスト協会も入れるように言われました。こうしたものをもとにストーリーを書き上げたんですが、そうすればほかの脚本家たちのストーリーと後で辻褄が合うはずだとのことでした。

ガボ　以前メキシコに住んでいた頃に、あるプロデューサーから電話がかかってきて、実はある映画のためにすばらしい結婚式のシーンを撮ったんだが、後で編集してみると、どうもうまく収まらないんだ。だけど、あのシーンは捨てるに忍びないので、何とか生かしたい、そこでそのシークエンスをもとに映画の脚本を書いてくれないかと言ってきたんだ。もちろん引き受けたよ。幸い、当時はまだ自分の書いた脚本をもとに映画を作ってはいなかったんだ。そう、そう、死んだ男に話をもどすけど、あの男は何をしに町にやってきたんだ、イグナシオ？

イグナシオ　彼は三十年前にあの町で暮らしていて、娘がひとりいたものですから、そこで余生を送りたいと考えて、地所を買っていました。

ガボ　それなのに、着いたその日に亡くなるなんて、よほど運の悪い男だな。何があったのか知りたくてたまらないね。

イグナシオ　そのストーリーはここに出すつもりはないんです。

ガボ　君のもだめか、こんな風に泥沼にはまりこんだ時は、セネルに助けてもらうより仕方ない。セネルはティトン〔トマス・グティエレス・アレアの愛称。キューバの映画監督〕の脚本家として仕事をしていた時のことや自分の短編を映画『苺とチョコレート』用に書き換えた時の話をすると約束してくれたんだ。ただ、その話はもっと作業が進んでから聞かせてもらうことにして、後までとっておこう。ところで、セネル、今は何をしているんだ？

セネル　小説を書いています。

ガボ　小説はわたしにまかせておいて、君たちは脚本書きに精を出してくれよ。

セネル　映画と同じことが起こってはいけないので、小説の話はやめておきます。自分としては映画のストーリーを話したいんですが、ぼくが話すと、映画が下らないものに思えるので、友人たちから何もしゃべるなと言われているんです。

ガボ　今日はみんな気分が乗らないようだな。だけど、残された余生を送ろうと思って戻ってきたのに、すぐに死んでしまう男の話はいいね。一緒にこのストーリーを作っていくことで、実際にお話を解体したり、組み立てていく作業がどういうものか学んでいけばいいだろう。たしかに最初はうまくいかないし、進行も遅いと思うけど、アイデアがそれなりの形をとると、その日の作業が終わる数分前にこの方向でストーリーを組み立てようというところまでいくこともあるんだ。以前に一度そういうことがあってね。それまで三十分ものストーリーを順調に作っていって、最後の日にもう終わろうということになったんだが、すっかり調子づいていたものだから、たしかコロンビア人だったと思うが、メンバーのひとりが「まだ三分残っているじゃないか。この三分で、ストーリーを作ってしまおう。囚人の社会復帰を助ける女性視察官がいて、その女性が獄中の若い囚人と知り合うという内容なんだ」と言ったんだ。すると、別のメンバーが「二人は恋に落ちる」とだれもが考えそうなことを言った。と、別のメンバーが「しかし、彼女はどうやって面会の許可を手に入れるんだ？」と尋ねた。すると、別のメンバーが「囚人の妻だと偽れば、家族として面会できるはずだ」

と言った。そうだ、それなら完璧だというので、あとはとんとん拍子に話が進んだ。その二人は自分たちの幸せな時間を少しでも長く引き延ばそうとする。彼女はそのために脱獄の手助けをすることになる。世界の果て、二人を知っているものなどひとりもいない場所で幸せに暮らそうと考える。「しかし、どうやって脱獄するんだ？」という質問が出たんだが、メンバーのひとりがベネズエラで実際にあった独創的で、あっと驚くような脱獄の例を知っていたんだ。で、男はまんまと牢を抜け出し、彼女のほうは万にひとつも見つかる心配のない秘密の隠れ家、愛の巣を用意しておいた。けれども、まもなく二人は思っていたのとは違うことに、つまり以前と同じようにいかないことに思い当たる。話し合ったすえに、男は警察に自首することにする。男はふたたび牢に戻り、そこで妻だと偽って自分に会いにきてくれた彼女との夢のような逢瀬を思い返す。大したもんだろう。わずか三分のあいだに何もないところからストーリーを作り上げるという離れ業をやってのけたんだ。最初は社会視察官というアイデアしかなかったんだよ。少ししゃべりすぎたようだな。さて、何かおもしろいストーリーを聞かせてもらおうか。エリザベス、君が話してくれないか。

エリザベス　話してもいいんですか。

ガボ　スリラーものだったな。失望させないでくれよ。

エリザベス　腐敗した男の物語なんです。年代を追って話します。

ガボ　それがいい。あとで、どういう構成にすればいいかみんなで考えよう。

嫌悪すべき男の信じがたくも真実の話

La increíble y verídica historia de un hombre execrable

エリザベス　一九九三年のある日、ブラジリアに住んでいたジョゼ・カルロス・アルヴェス・ドス・サントスの家が警察の家宅捜索を受け、その時にベッドのマットレスの下から八十万ドルもの大金が発見されます。しかも、そのうちの三十万ドルが偽札だったのです。ジョゼ・カルロス・アルヴェス・ドス・サントスは偽札を所有していた罪で逮捕されるんですが、彼は高名な経済学者で、政府の高官として実質的に国家予算を動かしていました。それに大学でも教鞭をとっています。一九六五年に試験に合格して公務員になると、徐々に出世して、最後には予算委員会の委員長になります。ブラジルが独裁国家だった頃は、だれも国家予算に口を挟めなかったのですが、その後予算委員会が設置されました。国会議員が補正予算を要求したり、自分の選挙地盤に対する予算の割り当てを獲得しようとする時は、その委員会に申請しなければなりません。ジョゼ・カルロスはそうした予算要求を取り仕切っていたのです……。そのせいですっかり有名になり、定年を延長して、議会の法制顧問の職を引き受けさせられました。彼が逮捕され、投獄されたのはその頃のことです。

ガボ　本当はどういう罪状で告発されたんだ？

エリザベス　そこがこの事件の奇妙なところなんです。彼は公金横領や使い込みで告発されたのではなく……妻が失踪したのに、警察への通報を怠ったという理由によるものなんです。

マノーロ　つまり、奥さんは「殺害」されたということなんだね。

ガボ　ちょっと待ってくれ。この教室ではそんな風に先を急がないことにしているんだ。今知る必要があるのは「その時」に何があったかではなく、「以前」に何があったかということだ……。

エリザベス　警察としては証拠もないのに、あの不幸な男を告発するわけにはいかないでしょう？

マノーロ　すると……「殺人事件」はあったんだね？

エリザベス　ここはガボの忠告にしたがって、順を追って話を進めるわ。まず、ジョゼ・カルロスの奥さんが姿を消した、それなのに彼はそのことをすぐ通報せず、警察へ行くまでに必要以上に時間をかけた。そのせいで、家宅捜索を受け、偽札が発見される……。

ガボ　彼が警察に通報するまでにどれくらい時間がかかったんだ？

エリザベス　十二時間か、たぶん十五時間くらいです……。妻が失踪した、というか、彼の言葉によれば、誘拐されたことになっているんですが、ともかくその事件は夜の間に起こり、次の日まで通報しなかったんです。彼は妻の行方がわからないというのに、占い師や透視術師、その中にはミナス・ジェライスの有名な霊媒師《サントン》シコ・シャビエルも含まれているんですが、そうした連中を通して妻の居所をつきとめようとしたんです……。

ガブリエラ　家宅捜索というのがよくわからないんだけど、警察はどうして家宅捜索したの？

エリザベス　信じられないような話だけど、彼が家に来るように言ったの。うっかりしていたのね。じつは誘拐犯から電話で身の代金を要求されているんだが、これがその金なんだと言って、警察に三十万ドル渡したの。彼としては、犯人と交渉してもらおうと思ったのね。だけど、運の悪いことにその三十万ドルのなかに偽札がたくさん混じっていたのよ。

ガブリエラ　その間も奥さんは見つからなかったわけね。

ガボ　ディケンズは謎の失踪事件に関する本を書いている時に亡くなったんだが、おかげでその本は未完のまま終わっている。彼自身もおそらく解答を見つけ出していなかったんだろうけど、誰にも謎を解き明かしていなかったものだから、以後さまざまな解答が考え出されたんだ。しかし、どれひとつとして満足のいくものはなかった。幸いなことにエリザベスはディケンズと違って、生きてこの場にいる上に、いたって元気なので、助かるよ。エリザベス、この後どういう展開になるか気になって仕方ないんだ。

エリザベス　ジョゼ・カルロスの妻は、アナ・エリザベスといってわたしと名前が同じなんです。四十二歳ですばらしい美人の彼女は文部官僚で、彼との間に子供が三人いるんですが、子供たちはみんな一人前になっています。当時は夫に三十歳年下の、とても魅力的な愛人のいることがわかって、離婚しようとしていました。ジョゼ・カルロスの証言によると、事件のあった夜、彼と奥さんは和解しているように見せかけるために外で夕食をとることにしたそうです。

ガブリエラ　むろん彼がそんな風に警察に供述したわけね。

エリザベス　警察に供述したあと、いちばん可愛がっている長女にこのままでは釈然としないので、すべてぶちまけてしまおうと思っていると打ち明けたの。その直後に、ある有名な雑誌の記者のインタヴューを受けるんだけど、その中でマットレスの下で発見されたドルの「謎」の話を持ち出したの。うなるほどお金のある、大金持ちの彼がなぜマットレスの下に金を隠す、というか、しまいこんでおく必要があったのか？

ガボ　そこからスリラーがはじまるわけか。

エリザベス　そうなんです。政治がらみの、本当にあったスリラーなんです。ジョゼ・カルロスは突然、自分は単なる操り人形でしかない、国家予算から金を引き出して、国会議員に分配する組織があり、自分はその組織のスケープ・ゴートでしかないとほのめかします。わかってもらえるかどうかわからないけど、要するに国家の公的機関や官庁と結びついた犯罪なんです。

ガブリエラ よくわかるわ、エリザベス。そうした犯罪はスペイン語だと、贈賄《ソボルノ》、横領《ペクラド》、使い込み《マルベルサシオン》、贈収賄《コエーチョ》、国庫金横領《スプストラクシオン・デ・フォンドス・デル・エラリオ》と言うんだけど……このような行政上の腐敗をさす言葉はいくらでもあるわ。だから、わたしたちよりもあなたがたのほうがそういうことに詳しいと思わなくてもいいのよ。

エリザベス だったら、ジョゼ・カルロスの供述がどういう騒ぎを引き起こしたか想像がつくでしょう。さしあたり、国会議員が四十人、長官が三人、コロル・デ・メロ政府時代の元大臣が四人、イタマル・フランコ政府の大臣が二人巻き込まれたの。

マノーロ ほとんどの政治家がかかわっていたわけだ。

エリザベス 国会議員のうちの七人は予算委員会の委員だったんだけど、彼らはモラルが低いという意味でなく、文字どおり背が低かったので、《七人の小人》と呼ばれていたの。ジョアン・アルヴェスというその中のひとりは、たいへんな実力者で、大金持ちだったんだけど、その人がジョゼ・カルロスを買収する、というか、金を渡す役を引き受けたの。定期的に、ドルがぎっしりつまったスーツケースをジョゼ・カルロスのもとに送っていたのよ。

ガボ ドルがぎっしりつまったスーツケースを？

エリザベス そうなんです。ジョゼ・カルロスの供述によると、初めてスーツケースが届いた時に開けてみると、中に五万ドル入っていたので、腰を抜かさんばかりに驚いたそうです。いったい誰が送りつけてきたのか見当もつかなかった、と本人は言っています。

マノーロ　そんな奇跡のような事件が起こったのに、よく心筋梗塞にならなかったものだな。

エリザベス　「贈り物だろう」と思ったと彼自身は言っています。

グト　彼はなぜ送ってきたのか知っていた……。

ガブリエラ　それにしても気前のいい人がいるものね。

ガボ　ブラジルには最高のカーニバルがあり、最高のサッカー選手がいるんだから、世界一気前のいい泥棒《オス・ラドロネス・マイス・ジェネロソス・ド・ムンド》がいても不思議じゃないよ。

エリザベス　贈り物は定期的に行なわれました。二カ月ごとに、ジョゼ・カルロスの家に差出人不明のスーツケースが送られてきたのですが、その中にはドルが、ときには二十万ドル、ときには三十万ドルものドル紙幣が入っていました……。ブラジルでは、ひと財産です。

マノーロ　ブラジルでなくてもそうだよ。

エリザベス　そうね。で、警察が国会議員たちの手口を調べはじめると、一九八八年から一九九二年までの間に、例のジョアン・アルヴェスの銀行口座の中で三十ビリオンもの金が動いていたんです。

マノーロ　われわれの間でビリオンといえば、十億ではなく、アメリカと同じで一兆をさすんだ。

エリザベス　わたしにとっては、十億でも一兆でも変わりないわ。ともかく、尋問されたジョアンは、その金は宝くじで稼いだ、つまり宝くじでとったものだと落ち着いた口調で答えたの。たしかに天文学的な数字には違いないけど、彼は賞金額を越える金を使って宝くじを買っていたのよ。

グト　よくわからないんだけど、彼は損をしてまで宝くじを買っていたの？

エリザベス　そこには別の要素、つまり金の洗浄という問題が絡んでいるの。彼は莫大な金を使って宝くじを買っていたのよ。賞金額は大したことはなかったんだけど、損をしたことはなかったわ。でも、そんなことはどうでもよかったの。彼にとって大切なことは、たとえ宝くじで損をしてでも、手に入れた金を洗浄しなければならなかったの。

グト　たしかにガボの言うとおりだ、世界中どこを探してもそんな国はないよ。

ガボ　そんなことを言ったかな。

エリザベス　あの男はいつもブラジリアで宝くじを大量に買い込んでいたの。それがとんでもない金額にのぼったものだから、首都での宝くじの売り上げが他の州全部を合わせたよりも大きくなったことがあるくらいよ。

ガブリエラ　アルヴェスがそんな風に自白したの？

エリザベス　調べを進めていくうちに判明したの。釈明を求められた善人のジョアンは、肩をすくめて「神のご加護だ。いつもツキにめぐまれていたんだ」と答えたそうよ。

グト　食えない男だな。

エリザベス　正真正銘の悪党《マランドロ》なの。

マノーロ　ひとつ気になることがあるんだ、エリザベス……。ストーリーは面白いんだけど、うまくまとまらないんじゃないかな。諺にもあるだろう、《二兎を追うものは、一兎をも得ず》って。

エリザベス　まだ、ストーリーはほんのトバ口なの……。実を言うと、刑事ドラマと政治ドラマを平行して語るような映画にしたいと思っているの。もちろん、ストーリーは絡み合うんだけど。

ガブリエラ　たしかにストーリーにはふたつの要素があるわね。

エリザベス　何年か前に、労働党に所属している左翼の政治家が、予算委員会がどういう活動をしているか調査すべきだと強硬に言ったことがあって、それがようやく聞き入れられて、予算委員会の委員に対する尋問がはじまったの。

グト　ジョゼ・カルロスが告発したせいだね。

エリザベス　ええ。これはわたしの考えなんだけど、ジョゼ・カルロスは自分が政治的腐敗がぎっしり詰め込まれているパンドラの箱をあける羽目になるとは夢にも思っていなかったと思うの。よくある話だけど、結局彼が最悪の貧乏くじをひいたのよ。というのも、警察が彼の私生活まで暴き立てて、実に不愉快な事実が明るみに出るとは思いもしなかったんだから。

グト ブーメラン効果だね。

エリザベス ジョゼ・カルロスはとんでもないすけべじじいだったのよ。彼は売春宿をもっていて、そこでよからぬ行為に耽っていたの。彼の電話帳には、百七十人にのぼる女性の電話番号が書いてあり、三十本以上のポルノ・ビデオを隠していたの。そのうちの何本かは、彼が主人公になっていて、たとえばあるビデオのなかで一時間近く、正確に言うと五十一分間ペニスを勃起させることができるということを見せびらかしているの。それでたいへんな騒ぎが持ち上がって、そのニュースが新聞の第一面を飾ることになったわ。

ガボ 当然だろうな。

マノーロ その男はそういうことにうつつを抜かしていて、政府高官としての仕事をしていなかったんだね？

エリザベス 新聞は最初のうち、あの事件の異常なところばかり取り上げていたの。そのうち関心が別な方に向かいはじめて、もうひとつのもっとも重要な側面に関心を向けるようになったんだけど、当初は誰もそんなところまでいくとは思っていなかった。ジャーナリストたちがジョゼ・カルロスを不道徳きわまりない人間、サディスト、性的倒錯者、おぞましい人物だと書き立てたせいで、彼は大衆の批判の的になったの。

グト ビデオに映っているおぞましい人物、そいつがさらし者になったわけだ。

エリザベス　一方で古典的な汚職官僚であり、もう一方で色情狂、さらに妻殺しの嫌疑までかけられている……。
ガブリエラ　マスメディアが喜びそうな条件が揃っているわね。
エリザベス　それを見て、腐敗スキャンダルに巻きこまれた政治屋たちは、「あんな性根の腐った男の言うことなど信じられるものか」「あの悪党《マランドロ》の証言など信用できんよ」と言って、大喜びしたの。
グト　政治家たちはあの事件を葬り去ろうとしたわけだ。
エリザベス　よく考えてみると、あのスキャンダルは目をくらます煙幕でしかなかったのよ。四十人の国会議員が何年ものあいだ国家予算を食いものにして私腹を肥やしてきたというのに、新聞は性的な退廃だけに目を向けていた……。
グト　事件にかかわっていた連中は、そのあいだ幸せに暮らしていたんだ。
エリザベス　でもその幸せは長くつづかなかった。というのも、ある日警察は事務所の書類のなかから重要な文書を発見する、大きなあるエンプレイテイラ……。
ガブリエラ　……　建設会社《ウナ・エンプレーサ・コンストルクトーラ》ね……。
エリザベス　……その書類のなかに、百人以上の国会議員が賄賂を受け取っていたことを証明するものが含まれていたの。国民の怒りがふくれあがって、ついには今にも爆発しそうなところまで緊張が高まり、いつクーデターが起こっても不思議ではない状況になったの。

ガブリエラ　もし政府を倒そうという意図があったら……。

エリザベス　調査委員会が立ち上げられたんだけど、彼らには徹底的に調べ上げる意気込みがなかった、というか、できなかった……。仲介した人たちや共犯の疑いのある人たちの刑事責任を問うこともしないで、事件にもっとも直接的にかかわっていた五十人の国会議員だけを告発したの。

ガボ　その時点で平行しているふたつのストーリーが結びつくんだね。

エリザベス　そうなんです。あのスキャンダル騒ぎが頂点に達した時に、大統領閣下が登場してきたんです。彼も告発された五十人のなかに含まれていたんですが、ほとんどの人は無実だと考えていました。で、清廉潔白な人物である大統領が正式に調査上障害になるものを取り除くことになって……。

グト　そして裁判のほうは、コロル・デ・メロの罷免で片がついたわけだ。

エリザベス　ジョアン・アルヴェスに較べれば、彼なんか小物よ。不正に手にした金は二〇〇万ドルにすぎなかったんだもの。スキャンダルがいくところまでいって、もはや誰も人を信じられなくなり、何があっても驚かなくなった時に……警察がジョゼ・カルロスの奥さんの遺体を発見したの。

ガボ　行方不明者が見つかったのかい？

マノーロ　偶然発見されたの？

エリザベス　ある私立探偵が逮捕されたんだけど、その探偵がジョゼ・カルロスから金をもらって彼の愛人の素行調査をしたと供述したのよ。
ガブリエラ　ジョゼ・カルロスの愛人というと、彼よりも三十歳若い女性のこと？
エリザベス　彼女は大学の教え子なんだけど、どうもジョゼ・カルロスのほうから誘ったみたいね。それに、彼女のことを信じていなかったみたい。
ガブリエラ　自分に自信を持てなかったのよ。いくら精力絶倫だといっても、三十歳という年齢差はどうしようもないわ。
エリザベス　探偵が自白したところでは、若い女性の素行調査を頼まれた数カ月後に、ジョゼ・カルロスに呼ばれて、もっとやっかいな仕事、つまり妻の殺害を依頼されるの。
マノーロ　で、彼は引き受ける。
エリザベス　前金で三十万ドル受け取った探偵は、一緒に仕事をしてくれる仲間を探す。そして、仲間と話し合って、ジョゼ・カルロスが奥さんと一緒に外で食事をとる夜に計画を実行に移すことにする……。
ガブリエラ　……奥さんと和解するためだと言っておきながら、ひどい話もあったものね。
グト　探偵がすべてを話したんだな。
エリザベス　警察に呼ばれた時点で、観念したのね。自分と仲間の二人で彼の妻を殺害し、洞窟のなかに遺体を投げ込んだと供述したんだけど、その時はまだ息があったらしいの。

グト　それじゃ生き埋めにするのと変わりないじゃないか。

エリザベス　あの事件のすべてが明るみに出た時点で、スキャンダルは頂点に達した……。多少好意的な見方をすれば、それまでに犯罪は立証されているし、本人も自白しているというので、国民は疑わしいけれども少しはいいところがあるじゃないかと考えていたの。けれども、探偵の供述であの男が血も涙もない冷血漢だということがはっきりしたのよ。彼が自分の汚職を白状したのは、妻殺しを隠蔽するためだったのよ。

グト　その男が影の張本人だったわけか。

エリザベス　三人の子供の母親で、二十年以上ものあいだベッドをともにしてきた奥さんを平気で人に殺させるなんて、あんまりだわ……。そのとんでもない事実が判明したおかげで、国会議員が犯した犯罪のほうがかすんでしまったの。

ガブリエラ　すると、ストーリーはふたつの出来事をめぐって展開することになるのね。

エリザベス　ええ、行方不明になった奥さんの捜索が行なわれる一方で、責任を追及する委員会の調査も行なわれるの。

ガブリエラ　委員会は結局大半の国会議員を罪に問わなかったたって言ったわね。

エリザベス　調査委員会は、犯罪行為を行なったと考えられる議員はわずか十八名しかいないという結論を出したの。その時点で、十八名のうち六名だけが役職を解かれ、全員が自由の身になったの。悪名をとどろかせたジョゼ・カルロス・アルヴェス・ドス・サントスをのぞいて、全員が無罪になった。どうかしら、これがわたしが語りたいと思っているストーリーなのよ。

ガボ　嫌悪すべき男の真実の物語というわけだ。

エリザベス　悪魔どもがブラジリアの町なかを大手をふって歩いていて、あの男は結局のところ犠牲者のひとりでしかなかった……。そう考えないと、何をしても、身の毛のよだつような犯罪を犯しても許されるんだという風に、一般の人たちが考えるようになるでしょう……。

グト　だけど、そうなると別の話になるよ、エリザベス。より大きな犯罪をごまかし、隠蔽しようとした男の話なんだろう、だったら……。

エリザベス　待って、わたしの言い方が悪かったわ。初めてスーツケースを受け取ってからというもの、ジョゼ・カルロスはその金さえあれば何でもできる、どんなものでも買うことができるし、原則をふみにじってもいいんだと考えるようになるの……。権力の魔に魅入られたのね。これはたしかに展開の枠組みのひとつの可能性、ドラマティックなストーリー展開の中核になるわね……。だけど、わたしが語りたいのはそういうものじゃ「ない」の。もっと入り組んでいるの。ジョゼ・カルロスがある犯罪の主犯、張本人だというのは本当のストーリー、ガボの言葉を借りれば「真実の」ストーリーじゃないと思うの。彼は妻殺しの共犯者でしかないのよ。

グト　何だって？

エリザベス　今言ったとおりよ。彼が告発した人物のなかに、コロル政府時代に大臣をしていた実力者がいるの。リカルドという名前のその人物がある時、離婚問題でジョゼ・カルロスと話し合い、その時に……。

ガブリエラ　ジョゼ・カルロスは離婚するところまでいっていたの？

エリザベス　……彼自身の言葉によると、その時にリカルドがこう言った、というか、こう警告したの。「奥さんにはくれぐれも用心することだ。彼女は知りすぎている。これ以上トラブルを起こさないように気をつけろよ」。

ガブリエラ　奥さんはドルの入ったスーツケースのことしか知らないんでしょう……。

エリザベス　どんな風に考えるかはあなたがたにおまかせするわ……。わたしはこう考えたの。もし奥さんが追い詰められ、絶望的になって何もかもぶちまけると脅したとしたら。そうなると、彼女を抹殺しようと考えて当然でしょう。和解したように見せかけ、誘拐事件をでっちあげ、身の代金の要求がある……。こうしたことはすべて慎重に考えた上で計画された可能性がある。そう考えると、ジョゼ・カルロスの仲間のものたちが彼に偽ドルを渡し、警察に身の代金として渡した時点で、逮捕されるように仕組んだと考えられるんじゃないかしら。

マノーロ　へえー、そこまで考えたんだ。

ガブリエラ　マットレスの下にあらかじめお金を隠しておいた可能性もあるわね……。

エリザベス　警察が家宅捜索するわけだけど、偽札のことはその前から知っていて、身の代金と一緒に置いてあるのを発見する。ジョゼ・カルロスは牢のなかでこれまでの出来事を突き合わせて、自分がある裏切り行為、ある陰謀の犠牲になったことに思い当たる……。その時に彼は、思い切って話してしまおう、娘さんに言った表現を使うと、「すべてを話してすっきりしよう」と心に決めるの。

グト　むろんそれは推測だよね。

ガブリエラ　それがないと、スリラーも推理小説も成立しないでしょう。

エリザベス　わたしは一連の事件を筋道の通るものにしたいと思っているの。

グト　ジョゼ・カルロスの身になって考えてみても面白いね。はめられたと気づいた彼は、身の毛のよだつような恐怖を覚えただろうな。

エリザベス　その時も、自分はもちろん、子供たちも危険にさらされていると感じていたはずよ。それに、ジョゼ・カルロスは報復を恐れて、自分の知っていることをすべて話さなかったと思うの。

ガブリエラ　ひどい話ね。牢に入っても、脅迫されたり、殺されるかもしれないとびくびくしなければならないなんて……。

エリザベス　事実、奥さんの遺体が発見された時、彼は自殺しようとするの。失敗するんだけど。

グト　君はさっき、あの男が妻の居所をつきとめようとして、シコ・シャヴィエルの助けを借りようとしたと言ったよね。

エリザベス　あら、シコ・シャヴィエルを知ってるの？

グト　ああ、予言者として評判の高い霊媒師《サントン》だろう……。

ガボ　ブラジルのああいう霊媒師というのは、インドを別にすれば、世界に類のないものだな。

エリザベス　ジョゼ・カルロスがシコ・シャヴィエルを訪れるところから、ストーリーを、つまり映画をはじめようかと何度も考えたんです。彼の友達に、ブラジリアの連邦議会で働いている役人がいるんですが、その人を通して霊媒師に会うことになるんです。その人の母親が、だったらわたしが案内してあげますといって、ジョゼ・カルロスをミナス・ジェライスまで連れていきます。シコ・シャヴィエルに会うのはとてもむずかしいんです。ミナス・ジェライスに着くと、シコ・シャヴィエルに会う前に心身を清めなければいけないというので、精神修養の旅をするんですが、その中にはカルメル会の修道院へのお参りも含まれています……。彼が部屋に入っていくと、シコ・シャヴィエルが待っているんですが、テーブルにはほかに八人の人がついていました。ジョゼ・カルロスに付き添ってきた婦人が彼を紹介すると、霊媒師は彼のほうを見ないで、横にいる婦人に向かって、その人の娘が夫に殺された時の様子を語りはじめるんですが、ジョゼ・カルロスはそれを聞いて突然泣き出します。シコ・シャヴィエルはそのあと、「わたしたちのなかにとても大きな苦しみを抱えている人がいます。それはこの人です。この人ほど大きな苦しみにさいなまれている人はいません」と言い、その後口を閉ざしてしまいます。

ガボ　エリザベス、君のストーリーは人生が作り上げた完璧なストーリーだよ。もう完全にできあがっているから、こういうところで組み立てる必要はない。あとは、その素材を映画向きにどう脚色していくかだよ。

エリザベス　「脚色する」といっても、どうしていいか……。本を書こうかとも考えているんです。

マノーロ　細部で納得のいかないところがあるんだ……。ジョゼ・カルロスに贋金を送って、彼をおとしいれようと画策した人間がいるわけだけど、どうしてそんなことをしたんだろう？　金を受け取った本人もおかしいと思わなかったの？

ガボ　そうだな、その連中にしても、彼がおかしいと気づいたら、たれ込まれる危険があるわけだ。そんなことをすると、奥さんの命がないぞと脅したのかもしれないな。

マノーロ　連中がこの教室に来てくれれば、あの男を罪におとしいれるためにもっと知的ないい方法を教えてやるんだけどね。

ガボ　奥さんのことをバラすといって、脅したんだろうな。

エリザベス　まだ細部で詰めなければいけないところが残っているんです。
ガボ　何を気にしているんだ、エリザベス。ストーリーはもうできあがっているじゃないか。君の話はとても面白いよ。
エリザベス　でも、脚本にするにはどうすればいいんでしょう?
ガボ　あと必要なのは、構成をしっかりしたものにすることだ。九十分間でストーリーを語れるような構成を考えればいいんだよ。
エリザベス　その通りなんですけど、どんな風に語ればいいかわからないんです。
ガボ　何度も言うようだけど、君が話してくれたストーリーはとても面白かったよ。
エリザベス　そう言われても、まだドキュメンタリーとフィクションの区別がつかないんです。
ガボ　そうか。だけど、プロットはもうできあがっているじゃないか。あとは技術的な問題だけだよ。ストーリーはさっき話してくれたように、時間的な順序にしたがって進めていくつもりなんだろう。
エリザベス　何通りかの構成を考えてみたんです。たとえば、先ほど言ったようにジョゼ・カルロスがシコ・シャヴィエルのもとを訪れるところとか、墓地で、墓穴のなかに棺がおろされていくシーンではじめるといったものですけど。
ガボ　出だしとしてはいい絵だな。遺体が埋められてゆく一方で、事件が掘り起こされていくわけだ。

ガブリエラ　『ツイン・ピークス』〔一九九〇―九一に大ヒットしたTVドラマ〕ね。あそこから思いついたんでしょう、エリザベス。

ガボ　『カサブランカ』〔マイケル・カーティス監督。一九四二。アメリカ映画〕を思い出してみてもいいだろうな。ある男がカサブランカでバーを経営している。そこにスーツに身を固めた男が美しい女性をともなってやって来る……。何も言わなくても、彼らが恐ろしい状況を前にしていることが感じ取れる。やがてナチスが侵攻してくる前に、地下鉄で知り合った仲だということがわかる……。結末からはじまるストーリーにはひとつ利点があるんだ。細部を気にせずに、本質的なことだけに集中できるんだよ。

グト　ぼくだったら、夕食のシーンではじめますね。

エリザベス　ジョゼ・カルロスが妻と夕食をとるシーンのこと？

グト　うん、「最後の」晩餐なんだ。そこからいろいろなことが明らかになっていく。観客はそのプロセスを、一般の人たちと同じように知っていくことになるんだ。

エリザベス　問題は、晩餐には「ふたつの」ヴァージョンがあるってことなの、つまり、ジョゼ・カルロスのそれと、彼の奥さんを殺した男たちのそれね。

ガボ　黒澤の映画『羅生門』では、ひとつの事実にたいして四つのヴァージョンが出てくるね……。だけど、この場合はふたつのヴァージョンのうちどちらが真実なのかをはっきりさせる必要があるだろうな。

グト　くどいようですけど、ぼくは一般の人たちがあの事件のことを知ったのと同じプロセスを通して、観客に情報を伝えるべきだと思うんです。

ガブリエラ　だったら、エリザベスとしては、冒頭から夫の視点をとらざるを得ないわね。

グト　その通りだ。夫は誘拐された妻を見つけ出そうとして必死になっている……。

ガブリエラ　だけど、そうなるとどうしても彼の立場に立って書かざるを得ないわよ、エリザベス……。

グト　好むと好まざるとにかかわらず、彼女はそうせざるを得ないよ。どんな風に語るかを決めた時点で、それを選び取ったわけだから。

ガボ　君がいま直面しているのは、オリヴァー・ストーンが『JFK』(一九九一。アメリカ映画)を撮る時に、ケネディ暗殺に関して彼が直面したのと同じ問題なんだ。ウォーレン報告書と呼ばれる膨大な文書があって、それが事件の全容を語っているんだが……ストーンはウォーレンの資料をもとに、事件はあんな風に起こったのではないということを証明、もしくはほのめかそうとしたんだ……。たとえば、暗殺はひとつではなく、三つあったといったことを……。

エリザベス　いずれにしても、ドキュメンタリーがどこで終わって、フィクションがどこからはじまるかが問題なんです。納得がいくような形で事件を理解するために、グトが言うようにわたしなりにあれこれ推測してみたんです……。わたしが話したいのは、厳格な調査の結果ではないんです。

ガボ　君の話はとてもインパクトがあったから、手を加える必要はまったくないよ。

エリザベス　ええ、わたしも手を加えるつもりはありません……。

ガボ　手を加えると言ったけど、そこには倫理的な含意はまったくこもっていないんだ。単に、何も変える必要はないと言おうとしただけなんだ。

エリザベス　わたしは牢に入っているジョゼ・カルロスにインタヴューをしましたし……彼の娘さんとも話しました……。

ガボ　それなら、映画はいっそういいものになるよ。話を続けてくれ……。

エリザベス　最初はブラジルの政治家と官僚がどれほど腐敗しているかを調べてみようと思っていたんです。そのうち、事態はわたしが思っているよりもはるかに深刻だということに気がつきました。自分としては、ある男がどういう道筋をたどって道徳的に堕落していったかを明らかにしたかったんです。というのも、真の事件はそこにあるわけですから。ひとりの男の子が内陸部の小さな村の貧しい家庭に生まれます。父親の顔を知らないその子を、母親が女手ひとつで苦労して育てます。その子はやがて勉強するためにブラジリアに出るんですが、うまく試験に合格して、国会の仕事をしながら学校に通うようになります。男はやがて国会でも大学でも重要な地位を占めるようになり、さらに知的で美しい女性と結婚して、子供をもうけます……。そして、ある日その男のもとにドル紙幣がぎっしり詰まったスーツケースが届くんです。

ガボ　君は彼にインタヴューしたわけだけど、その時にこの人は本当のことを話してくれる、そして自分はさらに深く事件にかかわっていくことになるだろうと考えたの？

エリザベス　彼には失うものなど何もなかったんです。牢に入れられたのは彼だけでしたし、そこから出られるとは思っていなかったはずです……。

ガボ　しかし、真相がすべて明らかになったら……。

ガブリエラ　それに、彼には失うものがあったはずよ、エリザベス。たとえば、家族だとか……。

エリザベス　それに、いろいろ辻褄の合わないところもあって……。彼だけが……。

ガボ　そうした矛盾が有利に働かなかったのかい？　ひょっとして自分の罪を隠蔽するためにでっちあげたのかもしれないだろう。

エリザベス　矛盾したことを言っているのは彼だけじゃないんです。彼の奥さんを殺した探偵と仲間の二人も互いに辻褄の合わないことを言っているんです。

ガボ　ひとつ訊きたいんだが、ジョゼ・カルロスの裁判はもう終わったの？

エリザベス　まだです。

グト　じゃあ、まだ判決がおりてないんだ。

ガボ　まさに進行中《ワーク・イン・プログレス》というわけだね……。

エリザベス　彼にインタヴューした時に、こちらの手の内をすべて見せて、今回の事件についての本を書くつもりだと正直に打ち明けたんです。すると彼は、そんな本が出ると自分の裁判に不利に働くんじゃないかと言ったんです。わたしは、そんなことはない、その本の中では裁判の模様も取り上げるつもりでいる、これだけははっきり言えるけれども、今回の本の中で裁判は重要な位置を占めることになるはずだ、と言いました。

ガボ　彼は自分の供述が裁判よりも先に出版されることになるんじゃないかと心配しただろうな。

エリザベス　そうなんです。ですから、「あなたに関する本を書くとしても、あなたは証言者のひとりになるにすぎません」と説明したんです。

ガボ　ということは、君はその事件の真相だけでなく、あの男の真実も知りたいと思っているわけだ。といっても、その真実というのが虚偽の可能性もあるけどね。

エリザベス　その通りです。ただ、彼について書く以上、自分としては彼が「登場しない」本は書けないんです。

ガボ　それにしても、彼はどうして君を信じるようになったんだろうな。裁判の前だというのに、打ち明けようと考えたのはどうしてなんだろう？　君が警察に雇われた密告者、あるいは敵のスパイではないという保証はどこにもなかったはずだよね？

エリザベス　甘い幻想を抱いていたわけではないんですが、直感的に感じた、というかジョゼ・カルロスはわたしにすべてを話してくれるはずだという予感めいたものがあったんです。

ガボ　いずれ裁判でそれなりの真実が明らかになり、判決がおりるわけだろう。だったら、あとで君に本当のことを話したところで、何のメリットもないはずだよね。有利なことは裁判ですべて話しただろうし、不利と思えることは口に出さなかったはずだ。だったら、どうして君に話すのか、そこのところがわからないんだ。

エリザベス　だから、フィクションにする必要があると思うんです。そうしないと埋めることのできない隙間があちこちにあるんです。ジョゼ・カルロスの娘さんも今回の事件をもとに本を書こうと考えたそうです……。

グト　何歳なの？

エリザベス　二十二歳よ。

グト　それじゃまだ先の話だな……。

ガボ　フィクションだと、登場人物の名前を変えさえすれば、君の好きに書いていい。さもないと、名誉毀損で訴えられたり、もっとやっかいなことが持ち上がるかもしれないからね。

グト　《このストーリーは実在の人物、および実際にあった事件とは一切関係がありません……》と明記するのを忘れないように……。

ガボ　これまでずっと、事実をどう解釈すれば、裁判に有利に働くだろうと考えてきたんだ。裁判はもう終わったとばかり思っていたんだが、終わってなかったんだな。悲劇の最終仕上げがまだ残っているわけだ。君が作ろうとしている映画がどういうものになるにしても、最後は裁判シーンで締めなければいけないよ。裁判が終わらなければ……。

エリザベス　調査委員会の作業が終われば、また別の裁判がはじまりますから、裁判はふたつあるわけです。国会議員の腐敗を暴くことになったジョゼ・カルロスは牢に入り、職を解かれて当然の犯罪をおかした人たちは大手を振って歩き回っている……。

ガボ　そこはフィクションだね。だけど、君は本をどういう形で締めるつもりなんだい。全員を罰するの?

エリザベス　もちろんです。

ガボ　ひとつ言っておくけど、フィクションを書くつもりなら、裁判の結果がわからないと、「たとえ裁判所が彼らに無罪の判決をくだしても、わたしとしては彼らを罰するつもりです」とは書きにくいと思うんだ。

エリザベス　フィクションにする場合は、二人の国会議員、むろん架空の人物ですけど、その二人が女性の殺害にかかわっているようにしようと思っています。

ガボ　だけど、ブラジル中の人間があの事件のことを知っているんだろう。

エリザベス　別にかまわないんじゃないですか？

ガボ　それはいいとして、どういう形で結末をつけるつもりだったんだい？　裁判の結果、といっても裁判はひとつじゃないけど、それがどういうものになろうと、君の結論と一致する必要はないんだ。裁判所が彼らに無罪を宣告した場合、「犯罪者は罪に問われなかったが、これは腐敗が裁判所にまで及んでいることを物語っている」という風な終わり方をするつもりなのかい。そうなると別の話になるだろうな。

エリザベス　本の場合は、自分が調べることのできる範囲内で、できるだけ事実に忠実であるべきだと思うんです。つまり、本の場合はフィクショナルな要素は入ってこないんです。比較の対象にはならないでしょうけど、わたしが書きたいのは『ジャッカル』のような作品じゃないんです……。

ガボ　そうすると、君が書きたいのはある事件を通して腐敗を告発することなんだと、みんなは考えるよ。だけど、君はさっき自分が語りたいのは、腐敗がどういう風にして生まれてきたのか、その過程だと言ったよね。

エリザベス　ノーマン・メイラーの作品に、ジャーナリスティックなルポルタージュのようなものがありますね……。

ガボ　メイラーは一流のジャーナリストだよ。

エリザベス　『ア・カンソン・ド・カラスコ』という題名の訳本が出たんです。

ガボ　『死刑執行人の歌』だな。
エリザベス　ストーリーは感動的ですし、調査も徹底的にやっていますね。
モニカ　あの作品では囚人との関係が決定的ね。
エリザベス　最後に死んじゃうのね。
ガボ　万がいち君が裁判の前に本を書くつもりなら、事実を無視してフィクションとして書くわけにはゆかないだろうな。
エリザベス　その点は考えてあります。裁判の結果が出るまでは書かないつもりなんです。本と裁判は切り離せませんから。だけど、今は脚本の話をしているんですよね。だったら、このストーリーは内容的に盛りだくさんですし、ドラマティックですから、それで映画は作れるんじゃないですか。
ガブリエラ　だれもそんなことは言ってないわ。あなたの話だと、フィクションはあの男の話の隙間を埋めるためのものでしかないということでしょう、あなた自身そう言っていたものね。つまり、事実や証拠、書類、自白といったものが欠けている部分を……それを埋めるために創造するわけよ。
エリザベス　そう、その通りよ。
ガブリエラ　だったら、現実を操作してもいいんだと考えないといけないわよ。むろん、操作するという言葉をいい意味で使っているんだけど。

ガボ　ストーリー全体を考え直してみたらどうだい。
ガブリエラ　それがいいと思うわ。いろいろな資料やエピソード、推測をひとつに混ぜ合わせればいいのよ……。
エリザベス　それはむりよ。現実から離れるわけにはゆかないもの。
マノーロ　フォーサイスもそうだったね、彼なりに、という意味だけど。
モニカ　わたしは二本の線が出合うのが面白いと思ったの、ふたつの線があってそれを追いかけていくうちにある犯罪事件に導かれていき、さらにそこから別の事件が浮かび上がってくるわけでしょう。そのどちらでもないところがとても魅力的だわ。たとえば、わたしがとんでもない事件を犯したとする。その数日後に、スーパーマーケットでラム酒を一本盗んだせいでつかまってしまう。そのことで尋問されている時に、ひょんなことから自分が犯した罪を疑われる羽目になる。サスペンスとしても最高じゃない。
ガボ　さて、エリザベス、君はこの話に関してふたつの完璧なヴァージョンを持っている。つまり、ジャーナリストのそれと君だけのもののふたつだ。この両者を比べてみると、重要な相違点のあることに気づくはずだよ。あの男が道具として利用された点と、妻殺しの「共犯」だったという点だ。この事件では、妻が殺された事件は政治の腐敗と密接に関係していると思われる、だから君はふたつの話をひとつにして語ろうとしているわけだ。そうすると、あの男が妻を殺さざるを得なくなった、あるいは殺さざるを得ないように仕向けられたのはなぜなのかという大きな疑問が生じてくるだろう。

ガブリエラ　わたしは妻に余計なことをしゃべらせないためだと理解していたんですけど。

モニカ　奥さんの口をふさぐにはほかにも方法があったんじゃない？

エリザベス　ちょっと待って。彼らの関係はずっと以前から壊れつつあったのよ。いい？ジョゼ・カルロスには愛人がいて、しかもアダルト・ビデオまで持っていたのよ。それに女性たち、百七十人にのぼる女性の電話番号をひかえていたでしょう……。

ガボ　ハーレムのことは忘れていたな。

エリザベス　元教え子の愛人までビデオに映っているんです。

マノーロ　新しいタイプの教育映画だな。

エリザベス　よくあるケースで、人間が徐々に堕落していく典型だと思うわ。ジョゼ・カルロスはだんだん自分を見失って、破滅していったの。そこがこのストーリーの魅力的なところだと思うのよ。ある人物が、自分でも気づかないうちに、心の拠り所、人とのつながり、原則を見失い、ついには別人になってしまう、それがよく現れているケースだと思うの。ジョゼ・カルロスは十五年以上も故郷の町に帰っていないし、家族とも会っていなかった。まるで、自分の過去をすべて捨てて、束縛のない世界に入っていこうとしていたみたいね。その世界にいれば、つねに赤い絨毯の上を歩きながら、ブラジリア全体を見おろすことができるのよ。

ガボ　最後は現実の犠牲になってしまう男の人生に関して、君はすばらしいドキュメンタリーを持っているわけだ。しかし、脚本家として考えた場合、その現実からどうやって抜け出すかを考えなければならないだろうな。映画を作る以上、その現実の中にいつまでもとどまっているわけにはいかないからね。それなら、あの男の伝記を書けばそれでいいわけだ。

エリザベス　「現実の犠牲」になる人間なんていない、とわたしは思うんです。

ガボ　前言を撤回するよ。

ガブリエラ　きっと、人間というのはなんらかのコンテクストのなかで動いている。だから、それから切り離して人間を考えることはできないと言いたいんでしょう。エリザベス、あなたは自分自身の持っている資料にこだわりすぎているんじゃない。ジョゼ・カルロスを腐敗した人間の典型とみなしているけど、どの国にもあの手の腐敗した政治屋はいるし、彼らについて似たような話はいくらでも書けるわ……。

エリザベス　だから、みんなに知恵を貸してもらおうと思ってここに来たのよ。

ガボ　われわれにできるのは、「別の」現実を作る手伝いをすることだけだよ。しかし、そちらのほうが現実よりも面白いという保証はないからな。

グト　要するに、ドキュメンタリーものを作るか、最初から最後までフィクションで通すかのどちらかだよ、エリザベス。

マノーロ　アリストテレス老が言ったように、実際にあったことではなく、あり得たかもしれないことを語るんだ。

ガボ　その話を語るのにいちばんぴったりしたジャンルといえば、やはりルポルタージュだろうな。題材が題材だから、ルポルタージュだとすばらしいものになるはずだよ。今はふたつしか例が思い浮かばないけど、ルポルタージュの技法を用いた作品としては、カポーティの『冷血』とメイラーの『死刑執行人の歌』があるね。わたしも今似たようなことをしているんだ。一行一行どの文章も現実に対応しているルポルタージュなんだが、それのいいところは「作られたもの」が一切ないということだ。エリザベス、君はハイブリッドで、つまりなんと言うか「まやかしのルポルタージュ」で押していけばいい。『冷血』は「ノンフィクション」だし、バルネーの『逃亡奴隷の伝記』は「証言文学」じゃないか。まやかしのルポルタージュにすれば、検証可能なことやそうでないものを含めてどんなことでも語れるんだ。ただ、たとえばあの男が自分の妻の殺害を依頼したといったことは書け「ない」けどね。彼はたしかそのことを自白していないよね？

エリザベス　ええ。断固として否定しています。彼の娘は、一生疑念を抱きながら生き続けていかなければならないと言っていました……。

ガブリエラ　でも、彼女も心の底では信じ切れないんでしょうね。

エリザベス　実の父親があのような恐ろしい犯罪を犯したということが、彼女にはどうしても受け入れられないの。彼は何度も自分は妻を殺していないと言い張りました。

モニカ　供述では一貫したことを言っているの？

エリザベス　矛盾したことは一切言ってないわ。いつも同じ話をして、話を切るところまでまったく同じなの。

マノーロ　何度も練習したんだろうな。

ガブリエラ　暗記しているのね。

エリザベス　ひとつだけはっきり言えるのは、彼がそのストーリーを信じているということなの。

グト　彼としては信じる「必要があるんだ」。

ガボ　しかし、それがもし本当のことだったらどうする？　とりあえず、彼は疑わしいとしておこう。エリザベス、彼が君に話したことを正確に教えてくれないか。

エリザベス　ええ。夕食がすんだあと、彼と奥さんは車に乗って、ハイウェーを走ったんですが、その時うしろから一台の車が近づいてきて、大声でタイヤがパンクしているぞと言ったんです。ジョゼ・カルロスは車を停めて、タイヤを調べようとして降りたんですが、それまで一定の距離を保って走っていたもう一台の車が突然Uターンしてきて、彼の前に停まったんです。見ると、銃を持った二人の男が降りてきました。ひとりが彼に銃を突き付け、もうひとりが奥さんを車からひきずりおろすと、もう一台の車の後部座席にむりやり押し込んだんです。彼を車のトランクに閉じこめると、「そこから動くんじゃないぞ」と言ったんです。もう一台の車が走り去っていくのがわかったので、彼はなんとかしてトランクから抜け出そうとするんですが、見ると車のキーがトランクの鍵穴に差してありました。車に乗り込んでみると、カセットテープのケースがなくなっていることに気がつきます。彼はそのまま家に向かって車を走らせます。途中で警察の前を通りかかるんですが、妻が誘拐されたことを通報せずに通り過ぎてしまいます。ブラジリアの警察に要職についている友人がいたので、それから数時間後の明け方に家から電話を入れます。そのあと娘にも電話をするんですが、これはどうみても奥さんが誘拐されて必死になっている男のとる行動じゃありませんよね。

グト　何ひとつはっきりしたことは言えないんだ。彼らが偽札を渡したのは、それで身の代金を払わせて、警察に逮捕させる口実を与えるためだったと考えられるけど、同時に彼が言っているように、妻が余計なことを言わないように口をふさぐために抹殺したとも考えられるね。

マノーロ　たしかにそうだ。その可能性も捨てられないね。

グト　彼がもし無実だとすると、ひどいショックを受けたはずだ。だから、警察署の前を通った時に、車から降りて通報しようと考えなかったのも無理はないよ。ひょっとすると「友人に警察の要人がいて、助けてくれるはずだから、何も自分から警察に出向いて一晩缶詰にされて煩雑な手続きをすることもないだろう」と考えたかもしれないな。

ガブリエラ　もし彼が汚いことに手を染めていたら、実際そうだったんだけど、その場合は友人に助けを求めるだけでは十分じゃないでしょう。当然敵のなかに実力者がいて、彼の動きを見張っているわ。ひょっとすると、その友人も予算にまつわるスキャンダルに巻き込まれているかもしれないし。

エリザベス　それはないわ。その人物は別世界に生きているのよ。

ガブリエラ　別世界ね……わたしたちと同じ世界の人間じゃないんだ。

エリザベス　とても緊張しているんだけど……ここでタバコを吸ってはいけないかしら？

ガボ　だめだ。仕事の時間はまだ一時間残っているし、この部屋に有毒ガスを充満させるのはよくない。よかったらここでひと息つこうか、そのあいだに喫煙者は外で自殺行為にいそしむといい。

マノーロ　ドアを開けて、部屋の空気を入れ替えたらどうでしょう。

ガボ　だめだ、そんなことをすると天使が逃げてしまうよ。衛生や気分の問題じゃなくて、天使をこの部屋、つまりわれわれのそばにできるだけ長い間とどめておかなければならないんだ。

長編恋愛ドラマ《クレブロン》の戦略

Las tácticas del culebrón

ガボ　ガブリエラ、君はメキシコでテレビ関係の仕事をしていて、テレビ小説も書いているんだろう?
ガブリエラ　ええ。オリジナルな作品もいくつかありますし、脚色もしています。たまたま『単にマリーア』〔一九六九—七〇年にペルーで大ヒットした現代のシンデレラ物語のTVドラマ〕をメキシコ風に書き換えたんですが、その時に面白い経験をしました。ストーリーはすぐに終わってしまったんですが、視聴率《レイティング》が下がらなかったものですから、視聴者を喜ばせるためにあと一〇〇章ほど書き足す羽目になったんです。
ガボ　信じられないな。視聴率によって、登場人物が大きく成長したり、姿を消したり、死んだり、生き返ったりするんだからな……。
ガブリエラ　プレッシャーがあるほうがいいんです。というのも、比喩的な意味でも、字義どおりの意味でもわたしは足が地についていないんですから。

ガボ　ラジオの長編恋愛ドラマでいちばん有名なものといえば、フェリックス・B・カイネットの『生まれる権利』だが、あそこにドン・ラファエル・デル・フンコという登場人物が出てくるだろう。その役を演じた声優が、聴取率があがったのに気づいて、出演料を上げてくれと言い出した。役者の言いなりになるのは好ましくないと考えたカイネットは、登場人物から声を奪った、つまり失語症にしてしまったんだ。登場人物が突然これといった理由もないのにしゃべれなくなったので、聴取者の間で、いったいいつになったらドン・ラファエル・デル・フンコはしゃべるようになるんだという声が高まった。結局、出演料の問題が片付くまで、失語症は治らなかったんだ。カイネットは、わたしが成功したのはお涙ちょうだいものを書いたからだと言ったんだけど、この言葉が長編恋愛ドラマの美学を語り尽くしていると思うんだ。彼はこう言っている。「人々は涙を流したがっている、というのがわたしの出発点だ。わたしはそのための口実を与えているにすぎない」。

マノーロ　いつだったかあなたは、『生まれる権利』のせいでボゴタでは何立方メートルもの涙が流されたとおっしゃいましたよね。

ガボ　最初ラジオ小説の形で放送されて、その後映画化されたわけだが、この作品のせいでラテンアメリカではどれほど涙が流されたかわからないよ。

モニカ　コロンビアのテレビで、わたしもガブリエラと同じような経験をしたことがあります。

ガボ　君たちはこのワークショップの偉大なテレビ小説家だ。だから、君たちの話はとても参考になるんだ。視聴者の声にしたがって、ある人物を抹消し、別の人物を重要な人物に仕立て上げていくというのはすばらしいことだよ……。ただ、そういう書き方をした場合、情けないなとか、何となく割り切れない思いをすることはないかい？　というのも、テレビ小説の作家の中には自分の仕事を恥じている人もいるんだけど、それは大きな考え違いだと思うんだ。だってそうだろう、視聴者の生の声を聞いて、現実を自分の好きに料理し、想像力を働かせながらいろいろなストーリーを語ることができるというのは、とてもすてきなことじゃないか。本の場合は、書いてしまえばそれでおしまいで、後はどうにもしようがない。「これこれの人物が死んでしまうところがどうも気に入らなかったんです」と読者から言われても、ああ、申し訳ありません、ですがわたしが蘇らせるわけにはいかないんです、と答えるしかないからね。その点、テレビ小説だったら、ある人物がたとえ死んだとしても、本当に死んだわけじゃない。視聴者にショックを与えるのが目的で、死そのものは取り返しのつかないものじゃない、だから大急ぎで蘇らせることができるんだ……それで万事めでたし、めでたし、ということになる。これこれの人物が蘇ったのは、視聴者の六十二パーセントがそう望んだからなんだ。これはすばらしいことだよ。

モニカ　それがメディア業界の特徴なんです。わたしはテレビ台本コースをとって、ベルナルド・ロメーロの指導を受けたんですが、その時にその話を聞かされてとってもうれしかったですね。あそこでは、中心になる物語をもとに無数に枝分かれしていくストーリーを毎週、毎週、毎月、毎月考えてゆかなければならないんです。なにしろ二〇〇章書けと言われるんですから、想像力を働かせるより仕方ないんです。

ガブリエラ　わたしは制作に携わりたくてこの業界に入りました。最初は、助手の助手の、そのまた助手をしていました。実を言うと、学生時代は人類学を勉強していたんですが、マスター・コースにすすんでコミュニケーション論を選んだんです。その後、ドラマ制作のコーディネーターの仕事をすることになったんですが、自分としてはずっと何か書きたいと思っていました。

ガボ　五〇年代のことだが、わたしは監督になる決心をしてローマへ行ったんだ。当時はテレビなんてなかったから、もちろん映画監督だよ。監督の仕事が世の中でいちばん苦労が多くて、難しい仕事だということは認めざるを得ない。ひどく煩雑な手続きを通して自己表現をしなければならないし、加えて仕事をする際に課せられる条件も半端なものじゃないからね。セットは大勢の人間やチーム、照明であふれ、耐えがたいほど暑いうえに、プロデューサーが目を光らせている。プロデューサーというのは、遅れが出たり、一分でも余計にフィルムを回すと高くつくというので、鞭を片手に目を光らせているんだ。監督が白い馬を用意してくれと頼んだのに、見つからなかったといってプロデューサーが黒い馬を借りてくると、監督は白い馬でなきゃだめだとごねる。すると、プロデューサーはこう考える。「このオカマ野郎は自分をいったい何様だと思っているんだ？　白い馬よりも黒いほうが安くつくから借りてきたと考えているんだな。この男は自分の気紛れで、撮影を中断してもいいと思っているんだろう」。要するに、映画づくりというのは戦争なんだ。そんな中で、ときどき奇跡が起こることがある。自己表現の手段である映画が、私的で個人的なものになることがあるんだ。それは多くの監督とその作品が証明しているとおりだよ。まるで、世界でいちばん静かな場所に腰をおろして、手作りで作ったんじゃないかと思えるような作品が生まれてくる……だけど、その背後にあるのは喧騒と狂気なんだ。で、ローマにある《映画実験センター》へ行ったんだが、映画を作るには資金はもちろんのこと、機材や技術、商業的なことなどもろもろのものが必要だとわかった。そうとわかって、思わず、「なんてことだ！　タイプライターがあってよかったよ……」とつぶやいて、遭難者が波に浮かぶ板切れにしがみつくように、わたしはそのタイプライターにしがみついた。タイプライターで仕事をするなら、インクリボンと紙さえあればいいんだと考えた時は、正直言ってほっとしたね。だけど、映画の虫が心のなかに棲みついてしまったんだ。だから、こうしてここにいるんだよ。映画の学校を作り、このシナリオ教室をはじめたのもそのせいなんだ。

モニカ　わたしはとても早い時期にこれが自分の天職だと気づいたんです。ガボ、あなたは最初の日に自分のお母さんの話をなさいましたよね。それを聞いて、わたしは自分の家族のことを思い出したんです。うちの家族には、伝統をとても大切にしている小さな町ポパヤン出身のものが何人かいます。家族のもの、とりわけ祖母はいろいろな話を聞かせてくれるんですが、「本当にあった話」か「作り話」なのか教えてくれないんです。子供の頃は赤いタイルのうえに寝そべって、祖母が話してくれるお手伝いさんにまつわる話を聞くのが何よりの楽しみでした。黒人のお手伝いさんは降霊術師だったんですが、そのお手伝いさんが青い炎を吹きながらバナナの木の葉のうえを飛び過ぎていったという話をしてくれたんですが、だれもそれが本当の話か作り話なのか教えてくれなかったんです。

ガボ　子供というのは自分が作り出した人物と一緒に暮らすことにすぐ慣れるんだ。家でひとりぼっちでいる子供がこの世でいちばん孤独だよ。大人がそばにいないと、その子は幻想の世界を作り上げて、そこの住人と一緒に暮らすようになる。やがて学校に入ると、その幻想世界は根こぎにされ、両親もそれに手を貸すんだ。運よく祖母がいれば、その小さな炎は消されずにすむんだけどね。

モニカ　ポパヤンではまた、死者たちが死なないで、そこで生きつづけているんです。祖母はよく自分の兄弟やお爺さんと話していたんですが、どういうわけかわたしもその死者たちとの会話に加わることになったんです。おかげで自分を相手に長い時間ひとりで話をする力がついたんです。たとえば、どこかのカフェテリアに入るとします。そこのテーブルに二人の客が座っていると、すぐにどんな会話を交わしているのか想像してしまうんです。その後、ロメーロが指導しているテレビ台本コースをとったんですが、わたしがいくらでも会話が書けると知って、「君はテレビだ」と言ったんです。

ガブリエラ　わたしも似たような経験をしています。たぶん、末っ子だったせいだと思うんですが、いつも上の兄弟に囲まれていたので、トイレに閉じこもってお話を作っていました。もちろん、主人公はわたしなんですけど。

モニカ　わたしにとって、ああした空想の会話は一種の逃避だったんです。学校では、十五年間ずっと教室の窓から外の庭を眺めて、お話や会話を想像していたんですが、おかげで遠くへ飛んでいって、夢想に耽ることができたんです……。

ガブリエラ　わたしはものを書くチャンスを得るために、コーディネーターの仕事を捨てる羽目になったんです。『単にマリーア』の仕事が入って、何人かの作家がそれにかかっていたんですが、一向にまとまらないので、外部からその仕事をコーディネートするようにと呼ばれたんです。で、わたしは狂ったように作品のまとめをしたんです。ある日、キャップがわたしたち全員を集めて、「ここのところの章はだれが整理したんだ?」と尋ねたんです。みんなはびっくりして、やったのはわたしだとあわてて言ってくれました。すると、キャップは「だったら、ガブリエラだけ残って、あとのものは帰っていい」と言ったんです。

ガボ　テレビ小説向きのエピソードがもうひとつあるんだ。脚本家志望の若い女の子がいて、明日自分の結婚式があるのでパリへ帰ることになっていた。そこにテレビ小説を書いてくれないかという依頼が舞い込んでくる。彼女はすべてを捨てて、そのまま帰らずに仕事をするというものなんだ。大いなるはじまりだろう。

モニカ　大いなる結末にもなるでしょうね。

ガボ　メキシコでのことなんだが、ある日、事務所を出たところに、タクシーが走ってきてね。客が乗っているなと思っていたんだけど、近くまで来たのを見ると、最初に見た時とちがって、運転手の横にはだれも乗っていないんだ。で、あわてて手を挙げると、運ちゃんが急ブレーキを踏んだので、それに乗り込んだんだ。急に手を挙げて悪かったな、てっきりだれかが乗っていると思ったんだと言い訳すると、運ちゃんがぼやきはじめてね。「ごらんになりましたか。あいつには困っているんですよ。わたしの横にいつもだれか座っていると言われるんです。以前は夜だけ出てきて、そのせいで客がつかなかったんですが、近頃は昼間まで現れるようになって、手がつけられないんです」。この話をブニュエルにすると、彼は「大いなる出だしだな。しかし、残念ながらそれ以上使い道がないね」と言ったんだ。その後、このエピソードをああでもない、こうでもないと考え続けたんだが、今ではひょっとすると地味だけど、いい結末になるかもしれないなと考えている。運ちゃんは、いつも自分の横に座っている亡霊に手を焼いて、ついに引退を決意するという終わり方はどうだろうな。正直言って、わたしはあいまいなまま終わっていいんじゃないかと思っている。この教室で何度か検討してみたんだが、満足のいく形で展開できなかったストーリーの『身代わり』も似たようなものだな。どうだ、もう一度みんなでやってみるかい。

2

『身代わり』

La suplantación

ガボ　アメリカ海軍の船が入港するところから話がはじまるんだ。髪の毛を短く刈り上げた、若くて見るからに健康そうな海兵隊員の一団がタラップから降りてくる。そこに写真を持った若い女性がいて、降りてくる海兵隊員をじっと見つめている。彼女は写真に写っている男性によく似た海兵隊員を呼び止めると、「楽じゃないけど、とても割のいい仕事があるので引き受けてもらえないかしら」と言う。若い男は興味を持って、やってもいいと答える。港のカフェテリアでなにか飲みながら、彼女は事情を説明する。「ここに写っているのは兄なんだけど、あなたにそっくりでしょう？　まだ小さな子供だった兄を、祖母は家族の誰よりもかわいがっていたんだけど、両親がまだ幼いその子を連れてアメリカへ行ってしまったの。ある日、その兄が死んだという知らせが届いたんだけど、そのことを祖母に伝える勇気がなかった。それどころか、わたしたちの手で手紙を書いて、兄から届いたように見せかけたり、兄から電話がかかってきたふりをしたりしたわ。その祖母ももう長くなくて、可愛い孫の顔をひと目見たい、あの子の顔を見てからでなければ遺書は書かないと駄駄をこねているの。祖母には莫大な遺産があるんだけど、お願いというのは、あなたが兄の身代わりになって、祖母にやさしく接してもらいたいの。そうすれば、祖母も最後に孫の顔を見ることができたというので、安心してあの世へ旅立ってゆけると思うの」。

ガブリエラ　とっても素敵な話ですね。

ガボ　問題はこれをストーリーの冒頭に持ってくるか、末尾でいいのかということなんだ。いくら考えても結論が出なくてね。

グト　始まりでしょうね。

ガボ　ちょっと待ってくれ。ここではまず、ことはそう簡単じゃないということを学んでほしいんだ。結末がわかっていないのに、これは始まりですとは言えないだろう。

グト　直感というか、なんとなくそう思ったんです。

イグナシオ　若い男は孫のふりをし、祖母は偽物だとわかっているのに、気づいていないふりをする。そして最後に老婆は彼を呼んでこう言うんです。あなたはこれこれという母親の息子ではないから、自分の本当の孫ではない。あなたとは血のつながりがないんですよ。

グト　あっという間にメロドラマができあがりましたね。

ガボ　そこまでは考えなかったな。あのアメリカ人が自分のおかれた立場に気がつき、おばあさんをうまく操って遺産を独り占めしようとしはじめる、そこまでは考えたんだけどね。

ガブリエラ　その海兵隊員は、向こうで自分を待っている人がいることを前もって知っていた、としたらどうでしょう？　若い女性は埠頭で「彼を見つけ出した」と思っているけど、彼のほうは自分が選ばれるということを知っているんです。そこを結末にしたらいいんじゃないですか。それまでのところで、祖母と孫の関係を描いていく。別に彼は孫でなくてもいいんですけど、ともかく彼らは深い愛情の絆で結ばれているんです。

ガボ　その場合、孫にあたる男が死んだ時点で、海兵隊員が身代わりになろうとするわけだな。孫があの海兵隊員にすべてを話す、それを聞いた海兵隊員はだったらこの男の身代わりになってやろうと心に決め、うまくことが運ぶように計画を練り上げるわけだ。

ガブリエラ　映画は彼が埠頭に着くところで終わるんですね。

イグナシオ　すると、彼は何の危険もおかさないことになるね。彼を殺してもいいんじゃないのかな。

ガボ　それが映画のいいところだ。邪魔なものはすべて抹殺すればいいんだからな。

エリザベス　その男は自分とはちがう人間としてひとつのドラマを生きることになるんです。ただ、感情移入をしすぎたために、もとの自分に戻れなくなる。つまり、本当に別人になってしまうんです。

モニカ　別の人間になろうとしたあまり、ついには別人になってしまう。面白いわね。でも、その嘘を貫き通すには、まわりの人間にも信じさせないといけないんじゃない？　彼には友達もいるでしょうし、たぶん恋人だって……。

グト　長い時間がたっているので、だれも……。

ガボ　兵役につく年齢だから、そう長い時間じゃないだろう。

イグナシオ　海兵隊の士官にしたらどうでしょう。それなら、二十五歳、あるいは三十歳くらいでもいいわけですから。

マノーロ　ストーリーを逆にしても面白いだろうな。罠を仕掛けるのが彼ではなく、写真を持って彼を待ち受けている人たちなんだ。彼はその連中にはめられるんだ。

ガボ　今のところは何も決まっていないから、どうにでもなるよ。

マノーロ　彼は港に着くと、協力を約束する。祖母の信頼を勝ち取って、これで遺産が転がり込むと思ったその瞬間に、実は自分は操られていた、しかもそこには祖母までが一枚嚙んでいたことがわかるんです。むろん、彼は危険な目に遭います。

グト　しかし、最後になってあの海兵隊員がすでに死んだと思われていた本物の孫だということが明らかになります。そして、復讐を誓った孫が事態を収拾するんです。

ガボ　身代わりの話でいちばん出来がいいのは、『モンテ・クリスト伯』にでてくるエドモン・ダンテスの話だけど、あの二番煎じにならないように気をつけなければいけないよ。

マノーロ　彼はある時、自分は孫ではないと打ち明けるんですが、孫だと信じて疑わない祖母は、なにか裏があるのではと勘繰る。

ガボ　フィクションというのはある決まりにしたがって作るものじゃなくて、例外をもとにして作るものなんだ。ストーリーは偶然が多く含まれていればいるほど、面白いものになる。ただし偶然は独創的で、いかにも本当らしく見えないといけない。人をびっくりさせなければいけない。海兵隊員が到着するところでストーリーがはじまるのか、それとも終わるのかはまだわかっていないんだ。彼はだまされているのか、それとも相手にいっぱい食わせてやろうと思っているのかわからない、ふたつの選択肢があることを頭に入れておかないとね。だけど、三つ目のストーリーもある。祖母自身もそのゲームに加わるふりをするんだが、突然あの男と二人で部屋に閉じこもると、すべてを打ち明けるんだ。ストーリーはそこで完全に逆転する。つまり、あの若い男は祖母の共犯者になって、他のものをペテンにかける。こちらの面白いところは、ストーリーが右にでも左にでも持っていける、つまりどうにでもなるということなんだ。

ピトゥーカ　そうなると遺言の話がどこかへいってしまいますね。

ガボ　それにこだわる必要はない。ストーリーが展開していくにつれて、取り入れていくものもあれば、捨てていくものもあるからね。

ピトゥーカ　それなら、どの話がいちばん人をひきつけるか、あるいは生産的かを考えなければいけませんね。

ガボ　それに語り手がだれなのかも考える必要がある。つまり、どういう視点からストーリーを語るかということだ。

ピトゥーカ　観客の視点じゃないんですか？

ガボ　観客は共犯者になりたいのか、それとも驚かせてほしいのか、それを知る必要があるだろうな。

ピトゥーカ　彼、つまり海兵隊員の共犯者じゃいけないんですか。あの海兵隊員は観客をびっくりさせるはずですよ。

ガボ　少なくとも最初のヴァージョンでは、あの海兵隊員は語り手になっていないはずだ。すでにある話のなかに突然登場してくるんだ。あの時点で事情を知っているのは写真を持った若い女性なんだ。だから、語り手の視点はどれなのか、誰を通してストーリーが語られるのかを考えなければいけない。

ピトゥーカ　だけど、脚本は彼の登場ではじまるわけでしょう。だったら、彼が埠頭で彼女を見つけるという風にしても問題はないんじゃないですか。

ガボ　そうなると別の映画になってしまうよ。あちらよりもこちらの方がいいと言うからには、それなりの理由が必要だが、これといってはっきりした理由はないんじゃないのかな。もちろん好きに映画を作っていいんだけど、仕事を進めていくうえで邪魔になるようではずいから、その点は気をつけないとね。さもないと、映画の始まりがふたつになるという危険が生じてくる。何もほかに可能性がないと言っているわけじゃないけど、作業を進めていくには、まずそこの所をはっきりさせなければいけない。わたし自身は、最初のアイデアがいいんじゃないかと思っている。船が埠頭に着く、水兵たちが下船していき、写真を持った若い女性がその中からこれという人間を探し出す……。そこから始まるのか、それともそこで終わるのかというのは、その後つぎつぎに生じてくる問題と絡んでいるので、始まりか終わりかというのは重要な問題ではあるんだが、今のところはそのままにしておいていいだろうけどね。

イグナシオ 祖母は可愛がっていた孫を含めて、近親者全員がそろうまでは遺産の分配はしないと言っています。あの若い女の子とほかの親族は孫がすでに死んでいることを知っているんです。

ピトゥーカ でも、祖母は知らないのよね。

ガボ いや、知っていて、信じていないふりをしているのかもしれないよ。

イグナシオ で、孫がようやく戻ってきたと聞いて、祖母は遺言状を公表するんですが、そこには全財産を孫に譲ると書いてあるんです。孫になりすました男は、ある奇妙な理由から老婦人のたったひとりの遺産相続人になります。最初、女の子からうまくいけば二、三千ドルあげるわと言われていたのが、気がついてみると大きな遺産が転がり込んでくることになったんです。

ガボ その「奇妙な理由」というのを説明してくれれば、ストーリーは完璧なものになるんだけどね。しかし、ある男の子がベレンに生まれて、ある日外に出て数々の奇跡を起こす、そしてしばらくして「ある奇妙な理由から」その子は十字架にかけられることになった、なんて話はできないだろう。人生が「奇妙な理由」によって動かされているなんて言ったら、ふざけるなと叱られるよ。

イグナシオ　つまり、われわれにもはっきりわからない理由によって動かされている、と言いたかったんです。

ガボ　話の筋道を見つけ出すのは、そう簡単じゃないということを頭にしっかりたたき込んでおいたほうがいい。たしかにそういうことは起こり得るけど、一分間で起こるわけじゃない。いずれにしても、安直な解決法にしがみつかないよう心がける必要がある。まず疑ってかかり、自分を相手にして議論を戦わせないといけない。人々が望んでいるのは、自分たちと関わりのあること、自分の身にも起こり得るようなストーリーを語ってもらうことなんだが、そういうストーリーを見つけ出すのは簡単なことじゃない。

イグナシオ　お話を作る機械はまだできないんですかね。

ガボ　たぶんできていると思うよ。

グト　110ワットでも220ワットでも動かせる機械で……。

マノーロ　停電になると大変だろうな。

ガボ　そうなると、また別の話になるよ。

エリザベス　孫のいないところでは遺言状を公開しないと祖母が言い出したので、彼が契約を結んで孫になりすますことになるというアイデアが捨てきれないんです。彼は孫のふりをして、向こうの家族と何日間か一緒に暮らすんですが、必死になって孫になりきろうとするあまり、本物の孫になってしまうんです。若い女の子も、ほかの親族も、目の前にいるのが本当の孫かどうかわからなくなってしまいます。そこから、あの一家はふたつのグループに分かれるんです。一方に、身代わりになった人物が遺産の一部をもらい、残りを自分たちで分け合おうと考えて、男を支持する人たちがいる。もう一方に、やっかいな事態を解決するにはあの男を物理的に抹殺するしかないと考えている人たちがいるんです。

ガボ　最終的にみんなで共謀して、あの男を殺さざるを得なくなるというアイデアはいいね。しかし、その決断をくだす際の根拠になる理由を考え、彼らがどういった「奇妙な理由」から合意に達したのかをはっきりさせる必要があるだろう。

イグナシオ　それならあると思います。

ガボ　なんだって？　アイデアをまだ発展させてもいないのに、もう答えが見つかったのかい？

イグナシオ　叔父さんにその役を担わせるんです。ですが、遺言状を開けてわかったのは、祖母は彼らのだれにも遺産を譲ろうとしないで……。

ガボ　サン・アントニオ・デ・ロス・バーニョス映画テレビ国際学園に残してくれたんだ

な。

イグナシオ　孫のために巨額の保険をかけているんですが、遺体がないと親族は遺産を受け取ることができないんです。

ガボ　孫が死んだのはどれくらい前なんだ？

イグナシオ　一年前です。保険金を受け取るために、彼らは遺骸を、つまり死体を必要としています。あとはわかりますよね……。

グト　海兵隊員もかわいそうだな。

ガボ　だが、船は埠頭に停泊していて、その日の夕方に帰船したかどうかを確かめるための点呼があるだろう。その点呼の時に彼はいないわけだ。

ガブリエラ　すると、すべてを半日で終わらせなければいけないのね。

ガボ　船は朝の八時に着いて、夕方の六時に出航するはずだ。その間に収めなければならないとなると、かなりむずかしいぞ。

マノーロ　それだけしか時間がないとなると、死んだ孫になりきるのは無理でしょうね。

ガブリエラ　わたしたちは動機のことを考えないでストーリーを作っているわけだけど、あの若い女の子が写真を持って埠頭に行ったのはどういう理由によるの？

ガボ　わたしはいくつかほのめかしたと思うけどね。祖母の気紛れ、遺言状……そういったものが気に入らなければ、変えてもいいんだ。

グト　祖母の最後の誕生祝いをにぎにぎしくやろうとしている、というのはどうでしょう。

エリザベス　ピランデッロ〔一八六七―一九三六。イタリアの劇作家・小説家〕のいくつかの短編をもとに、タヴィアーニ兄弟〔イタリアの映画監督〕が作った映画がありますね……。シチリアが舞台で、字の読めない女性が移民として外国へ行った息子たちに手紙を口述筆記してもらうんです。誰かが手紙を書いて、送っているように見せかけるんですが、もちろん向こうに届くわけがありません。今回の話だと、祖母は可愛くて仕方のない孫とずっと連絡を取り合っているように思っているんですけど、それは作り話なんですね。

ガボ　家族のものは手紙をやりとりし、電話ででも孫と連絡を取り合っているふりをしている……。

マノーロ　祖母は頭が悪いんですか？　なんだかあわれなあのばあさんが憎らしくなってきましたね。

エリザベス　祖母と孫との間にはまちがいなく、エディプス的な関係がありますね。

ガボ　あのおばあさんのイメージを具体的に思い浮かべる必要があると思うんだ。君たちはどんなおばあさんを思い浮かべる？　大きな麦藁帽子をかぶっている頭のおかしいばあさんのイメージかい？

ガブリエラ　若い頃はきっと有名な女優だったんでしょうね。

ガボ　大柄で太った女性で、羅紗のクッションに埋もれていつもベッドに横たわっている……ドイツ人女性なんだ。可愛がっていた孫が戻ってくると、真っ先にキャバレーにひっぱっていく。

ガブリエラ　そういう女丈夫だと、これまで作り上げてきた女性のイメージと合いませんね。

ガボ　みんなは彼女をあわれな女性として扱い、屋根裏部屋に押し込めている。彼女は孫の顔を見て、これまでの埋め合わせをしようと考えて、美しく着飾り、有名なキャバレーのフロアでダンスを踊りたいという前々からの夢をかなえようとする、それも孫の腕に抱かれて。

ガブリエラ　生きる気力を取り戻したわけですね。

ガボ　あの子は六歳か七歳の時に、アメリカに連れていかれたんだが、今ではもう三十歳か、三十二歳になっている。

エリザベス　だれもが、孫の顔を見たとたんに彼女は死ぬだろうと思っていたんですね。

ガボ　ところが彼女は、ベッドから起き上がると、かつてなかったほど元気になっているんだ。そうなると、家族のものとしては毒を盛るよりほかに手がなくなるわけだ。

エリザベス　あのおばあさんは、だれもが噂しているけれども、その顔を見た人がいないレベッカのようなものですね。

イグナシオ　若い女の子が海兵隊員に期待していたのは、おばあさんを殺してくれて、姿を消すことだとしたらどうでしょう？

ガボ　そうなると、写真を持って孫にそっくりの男を探す必要はなくなるだろうな。

イグナシオ　おばあさんを信用させるためにそうしたんです。それだけじゃなくて、海兵隊員の前ではうまい儲け話はしないし、犯罪行為についても孫の役を引き受けるまでは何も言わないんです。

ガボ　しかし、彼は船に戻らなければならないだろう。理由もなく姿を消すわけにはいかないはずだよ。

イグナシオ　一日に一回戻るだけでいいんじゃないですか。

ガボ　そうか、わかった。船は造船所に入ったんだ。修理には何カ月もかかるんだよ。君がやりやすいように考えているんだから、こぼすことはないよ、イグナシオ。

イグナシオ　孫に化けた男が帰ってきたおかげで、おばあさんはすっかり元気になるんです。そこから遺産騒ぎがはじまるわけですが、親族のものは最終的におばあさんを殺してほしいと頼むんです。頃合をみて、おばあさんを殺し、こっそり船に乗り込んで本国に帰る、われわれはその件について一切口外しないことにする、そう言って彼を信用させるんです。

ガボ　彼はどうしてその仕事を引き受けるんだ？　金が欲しかっただけなのかい？

イグナシオ　そうなんです。ただ、彼が警察に捕まるように親族のものがうまく仕組んでいることに気づいていない。つまり、彼ははめられるわけです。おばあさんを殺して、彼は牢に入る。親族のものは遺産を自分たちの懐に収める、というわけです。

ガボ　ほう！　しかし、そんなに簡単にいくかな？　われわれが何年もかかってまとめられなかったストーリーを君はわずか七分で仕上げてしまったんだぞ。
ガブリエラ　われわれがあの家族のことを知らないのは問題だと思うんです。あの一家はいつも悪人の集団として登場してきますよね。だけど、彼ら同士で対立しているんじゃないでしょうか？
ガボ　確かにそうだ。あの一家のものがどういう種類の人間か知っておく必要があるだろうな。それに、あの海兵隊員にしても、どういう人間かわからないよな。彼は、たとえばスペイン語を話すんだろうか？
ガブリエラ　その可能性も否定できませんね。ほかの問題と同じように話し合う必要がありますね。
ガボ　ここまでくると、孫は両親に死に別れた孤児にせざるを得ないだろうな。だから、祖母はだれよりもあの子を可愛がっているんだ。自分の可愛い息子の血を引いているんだからな。
マノーロ　両親はまだ生きているんだけど、離婚していて、互いに連絡を取り合っていないとしてもいいんじゃないですか。
ガボ　それはだめだ。死んでなきゃいけない。話を込み入ったものにしないためには死んでもらうより仕方ないんだ。

ガブリエラ　両親が死んでしまったのなら、どうして孤児になったあの子を親族のものが引き取らなかったんです？

ピトゥーカ　もう子供じゃないからよ。両親が死んだ後、あの子は身辺を整理して、兵役につかなければならなかったの。

ガボ　ストーリーをより本当らしく見せるやり方があるよ。死んだ時、あの孫は海兵隊員だったんだ。だから、親族のものは水兵を探している。祖母は軍服姿の孫の写真を持っているんだよ。

ピトゥーカ　彼は両親が亡くなった時に、海兵隊に入ったんです。その時は十八歳を超えていたはずです。アメリカでは、その年齢から兵役につくことになっています。

グト　おばあさんは、あの男が偽物だということを知っているから、軍服姿の写真は持っていないはずだ。持っているとしたら、何年くらい前に写真を受け取ったんだろう？

ガボ　孫はポラロイド・カメラで撮った写真を送ったんだ。だから、鮮明に写っていないんだけど、似ていることはたしかに似ているんだ。

ガブリエラ　祖母の息子、ここではホセという名前にしておきますけど、長男の彼はアメリカ人女性と結婚したんです。そのホセが亡くなったために、未亡人になった奥さんは子供たちを連れて、アメリカに帰ることにします。祖母は悲しみをこらえて、可愛い孫がアメリカへ行くのを許すんです。

ガボ　そういうことを知っておくのは大事なことだ。というのも、思ってもみない時に、読者、あるいは観客からそうしたことに関する質問が出て、そこから急にストーリーが走り出すことがあるからね。

ガブリエラ　年月がたち、未亡人が亡くなった時に、息子は海軍士官学校に入学できる年齢になります。祖母はそういうことをすべて知っているんです。

ガボ　で、祖母は孫に手紙を書く。「どうしてこちらへ来て、家族のものと顔を合わせないの？」。

ガブリエラ　それで、祖母が孫に対して抱いているおそらくは悲しみの入り交じった愛情が納得のいくものになりますね。それに叔父さん、ひとまずペドロという名前にしておきましょうか、そのペドロの心配が理解できます。この叔父さんというのは、祖母のもうひとりの息子なんです。

ガボ　そのペドロが、やがて祖母殺しをそそのかす……。

ガブリエラ　彼は祖母を愛したことがない、というかより正確には、祖母に可愛がられた記憶がないんです。それにひきかえ、ホセはいつも可愛がられていました。だけど、ペドロの娘は祖母を愛しています。それにたぶん、埠頭で会った時に偽物の従兄を好きになってしまうんです。

エリザベス　つまり、祖母には息子が二人いるわけね。可愛がっていたホセのほうは死んでしまい、結婚相手のアメリカ人女性は未亡人になる。一方ペドロはその間ずっとうらみつづけてきた。これがあの娘の父親にあたるのね。きっと、ペドロと彼の妻がホセとアメリカ人の妻につらくあたったのよ、そのせいでアメリカ人の妻は国に帰ることになる……。そして、今回孫になりすました男が戻ってくることになって、ペドロは悲劇の筋書きを作り、実行に移すことにする。彼と、彼に劣らず欲の深い妻の二人が共謀するの。

グト　祖母殺しの計画を練り上げるのはあの二人なんだ。

ガブリエラ　だけど、あの女の子は何も知らないのよ。それどころか、ひそかにあの若い男を好きになっている。

ガボ　すべては、船が埠頭に停泊している一週間のあいだに起こるようにするといいんじゃないのかな。

ガブリエラ　話はそう込み入っていませんよね。登場人物といっても六人ほどですから。

エリザベス　よくわからないところがひとつあるんだけど。本当の孫が死んでしまったのなら、どうして祖母にそのことを伝えて、心筋梗塞が起こるようにしないのかしら。そうしたら、何もかも一挙に解決するじゃない。

ガボ　あの状況でおばあさんが亡くなると、たぶん遺産がらみの問題が生じてくるんだよ。どういう理由かはわからないが、ともかくなんらかの理由で偽物の孫がそこに居合わせる必要があるんだ。

ガブリエラ　彼らは、祖母が遺産をそっくりあの孫に譲り渡すということを知っているんです。

ガボ　何とも情けない話だ。われわれが作っているドラマは、結局のところ金にまつわる話でしかないわけだ。なにかもっと独創的なアイデアはないのかな。

エリザベス　本物の孫は死んでいないんです。連絡の取りようがないんですが、生きていることはわかっています。さらに、おばあさんには、彼とずっと連絡を取りつづけていると信じ込ませているという最初のアイデアに戻ればいいんです。

ガボ　閃いたぞ。孫など最初からいなかったんだ。ホセとアメリカ人の妻は、自分たちに子供が生まれたように母親に信じ込ませたんだ。それで、誕生祝いのカードを送ったり、よその子の写真を送ったりしていたんだ。

グト　どうしてそんなことをしたんです？　それでどうしようとしたんです？

ガブリエラ　アメリカ人の女性はお腹が大きかったんだけど、向こうで流産したの。でも、そのことをおばあさんに伝えなかったのよ。

ガボ　祖母とのつながりが切れてしまってはいけないというので、孫が生まれたように見せかけたんだ。

エリザベス　でも、そうなると最初のシーン、つまり若い女性が写真を持って埠頭に立つというシーンがいらなくなりますね。

ガボ　いや、そんなことはない。向こうから写真や手紙、贈り物などを送っていたんだよ……。

グト　おばあさんには孫にだけこっそり伝える秘密があるんですが、それを他のだれにも教えようとしないんです。そのこともあって、彼らは海兵隊員を必要としているんです。

ガボ　さっきもそこまではいったんだ。おばあさんには秘密がある。それはそれでいいんだが、では、それはどういう秘密なんだ？　そんな風に考えているうちに、孫が生きていようが、死んでいようが、あるいはもともとこの世に生まれていなかったとしてもいいんじゃないかと考えるようになったんだ。海兵隊員が下船し、若い女の子がそばに行くところから後は、ストーリーが一気に流れ出すんだけどね。

イグナシオ　だけど、前に進めようがないんじゃないですか？

グト　祖母には息子が二人いましたよね。そのうちのひとり、ペドロは本当の息子じゃないという風にすればどうでしょう？

イグナシオ　そうなると孫は必要でなくなるよ。

ガボ　金を引き出すために孫がいるように見せかけているんだ。どう考えても、もし孫がいなければ、祖母はホセとアメリカ人の妻に金を送らなかったように思えるんだ。あのおばあさんはどういう女性なんだろうな？

グト　血も涙もない女性なんですよ。

エリザベス　それに、二十年間もだまされつづけてきたんだから、頭も悪いのよ。

ガボ　孫がいるかのように見せかけた点にはあまりこだわらないでおこう。今頃になってなぜ孫が現れてきたのか、その理由をはっきり示すことが先決だよ。あそこのシーンはこんな風にイメージしているんだ。若い海兵隊員があの家を訪れて、自分は行方不明になっていた孫だと伝える。すると、おばあさんは大喜びして彼を迎え入れる、という風にね。本当の孫は死んでしまったのか、それとももともと生まれていなかったんだろうか？　それはだれにもわからない、観客にもわからないんだ。どういう内容かは別にして、いつ秘密を明らかにするかが問題なんだが、それも実はどうしていいかわからないんだ。このストーリーの核になっているのは、身代わりだ。あの海兵隊員がゲームに加わりさえしたら、あとは問題なくいくんだ。

グト　どうしてです？

ガボ　話の組立が非常に単純になるからだよ。結末は独創的で、人をびっくりさせるようなものにしなければならないが、込み入ったものにする必要はない。

グト　祖母と孫のかわりに、息子と父親の話にしてみたらどうでしょう。海兵隊員は孫ではなくて、父親の身代わりになるんです。

ガボ　それも悪くないな。家族のなかに父親のいない子供がいる。もっと正確に言うと、その子は父親の顔を知らないか、父親の記憶がないんだ。まわりの人たちからはいつも、お父さんは船乗りだから、ずっと船に乗っていると言い聞かされて育った。けれども、いつまでも隠しておけなくなって、とうとうその子のために父親を見つけ出そうと決める。それでもいいわけだ。

グト　偽の父親はどんな風に登場させるんです？

ガボ　家族の友人で、子供が顔を見たことのない人ならだれでもいいから、その人に父親役をやってもらえばいいんだ。

マノーロ　それでわれわれはおばあさんの重荷から解放されますね。

ガブリエラ　わたしたちはぐるりと一回りして、また行き詰まってしまったわけですね。

ガボ　今度もだめだな。

マノーロ　ぼくたちの間では、あるテーマをあれこれ考えなくてはいけなくなると、「ワークショップしなければいけないな」と言うんですが、子供、あるいはおばあさんについて「ワークショップ」をつづけますか？

ガボ　やめよう。わたしは忠告を与えないようにしているんだが、ひとつ頼みがある。つまり、このワークショップを出たら、これまで議論してきたストーリーのことをこれ以上考えないでほしいんだ。というのも、消化不良を起こすからね。ここは大工の仕事場と同じで、終われば道具を片付けて、仕事を家に持ち帰らないようにしてもらいたい……。ここで作業は終わり、次の日まで一切仕事のことは考えない。そうしないと、休むことができないし、あれこれ空想したり、夢想したことで頭がいっぱいになって、次の日は目に隈ができて、頭がボーッとした状態で仕事をはじめなければならない……。しかも、そうして考えたものの中には役に立つものなど、何ひとつないんだ。

マノーロ　すると、時にはあなたも「切り替え」ができなくて、完結していないストーリーが頭から離れないことがあるんですね。

ガボ　間歇的なオブセッションみたいなものはあるね。まわりの状況から共和国大統領になってしまったメキシコの名門貴族の話だとか、これといった理由もないのに自殺する女性の話だとかが……浮かんだり、消えたりするね……。しかし、今は個人的な経験を取り上げるほうがいいと思う。ストーリーを前へ進めるにはその方が簡単なんだ……。どちらがいいとか、悪いという問題じゃなくて、単にその方がやりやすいということなんだ。だれかやってみたいという人はいるかい？

エリザベス　二十年前のことなんですけど、ニューヨークである事件があったんです……。

ガボ　エリザベス、悪いけど、グトも何か話を持っているらしいんだ。彼に譲ってやってくれないか。

エリザベス　もちろんかまいません。ほかにも進んで話をする人がいることに気がつかなかったんです、すみません。

ガボ　じゃあ、グト、君の冒険を話してもらおうか……。

『ソファ』

El sofá

グト　二、三年前、夏に家族のものと一緒にバリローチェ温泉へ行ったんですが、その時にブエノスアイレスから来たといういかにも新婚ほやほやらしいカップルと知り合いましてね。二人ともとても感じのいい人で、一緒に食事をしたり、遠出をしたりして、すっかり親しくなったんです。話を聞いてみると、二人は結婚してもう何年にもなり、子供も二人いるとのことでした。彼らは相手を捜してる男女を対象に紹介斡旋業をしていて……。

エリザベス　孤独な魂の会ね……。

ガボ　それはいい。孤独な魂の会をもとに何か面白い話を作ろう。

グト　それから数カ月後に、ぼくは映画の勉強をするためにブエノスアイレスに引っ越したんですが、その時に両親が会いにきたんです。当時ぼくはあの夫婦が住んでいるアパートの近くの小さなホテルで暮らしていたものですから、せっかくだからピーターに会って、お茶でも一緒に飲もうということになったんです。

エリザベス ピーターというのは、例のカップルの夫のほうね。

グト そうなんです。彼は以前と変わりない気のおけない態度で、実は妻と離婚してね、今はてんでに同じ仕事を続けているんだと話した。彼は二部屋あるアパートで暮らしているんだけど、よかったらぼくのアパートに引っ越してこないか、「ソファをひとつ買って、部屋に持ち込んで寝ればいい」と言ってくれてね。ぼくの泊まっているホテルは小汚いわりに値段が高かったので、その話に飛びついて、さっそくソファを買い込むとあの家に運んだんだ。すると、ピーターが「よく来たね。ただ、ひとつだけ守ってほしいことがある。正午にこのアパートを出て、夜の十時過ぎまでは戻らないでほしいんだ。というのも、昼間はここを知り合いの精神科の女医が診察室として使っているんだ」と言った。で、ぼくは毎日正午にアパートを出ると、友達のところへ遊びにいったり、ブエノスアイレスの町を知ろうと思ってあちこち歩き回ったりした。また、勉強するために上京したわけだから、学校にも通って、夜の十一時まで授業を受けた。だから、アパートにはいつも真夜中頃に戻っていたんだ。

エリザベス それで何事もなかったわけね。

グト 何の問題もなかったし、すべてうまくいっていたんだけど、ある夜、いつもの時間にアパートにもどり、エレベーターに乗って部屋のある階に着き、鍵を取り出してドアを開けると……なんと、ポルノ映画のセットそのままの情景が目の前でくり広げられていたんだ。

ガボ そんなことだろうと思ったよ。

グト 本当ですか？ そんなことになるとは考えてもいませんでした。

ガボ 君はまだ子供なんだ。内陸から来ているからむりもないけどね。

グト ええ、その点は認めざるを得ませんね。見ると、ぼくのソファが……。

ガブリエラ 自分のソファが使われていたので、カッとなったのね。

マノーロ 精神分析を実践する集まりだったんだよ。

グト それにしてもあんなに驚いたことはなかったな。一度紹介されたことのあるピーターのガールフレンドが、二人の男とソファの上でからみ合っていて、そばには会ったことのない女性が別の男と一緒にひざまずいていたんだ。ぼくは茫然と眺めていたんだが、そのうち彼らがふりかえって、まるで亡霊でも見るようにこちらを見たんだ。ぼくはやっとのことで、「失礼」と言うと、ドアを閉めたんだけど、体の震えが止まらなかった。その時に、「ひょっとして階を間違えたんだろうか？」と考えたんだ。

ガボ そこにあったのが自分のソファだということはわかったんだろう？

ガブリエラ そんなにいじめてはかわいそうよ、ガボ、最後まで話させてあげましょう。

グト ぼくはひどいショックを受けていました。エレベーターのところまで走っていって待っていると、ピーターのガールフレンドが上半身裸のまま廊下に出てきて、こう言ったんです。「ごめんなさい、グト。お友達とパーティーをしようと思って、ピーターからこの部屋を借りていたの……。あの人たちがあなたを引き込んだら悪いと思って、声をかけなかったのよ」。

マノーロ　引き込むって？

グト　どういう意味かわかると思って言ったんだけど。

マノーロ　ひどいな。悪い冗談だよ。

グト　とても問いただす気にはなれなかったんだ。彼女は廊下に立ったまま、パーティーはもう終わったから、一緒にお茶でも飲まない？、と言ったんだ……。

ガボ　君を交えてお遊びをつづけようと思ったんだな。

グト　エレベーターが来たので、彼女にお別れを言って、下に降りたんです。ロビーを横切っている時に、時計を見ながらピーターがこちらにやって来るのが見えました。どうもぼくが帰ってくるのを下で待っていたようなんです。だけど、彼がその場を少し離れた隙に、ぼくが帰ってきたみたいでした。

ガボ　君の帰りを待っていて、上にあがらせないようにしようと思っていたんだ。

グト　彼はなにか気がかりなことがあるような顔をしていました。で、ぼくにこう言ったんです。「グト、どこかでビリヤードでもして、ジンを一杯ひっかけよう」。あんな時間にですよ。で、三ブロックばかり下がったところにあるビリヤードの店に入りました。ぼくが先ほど目にしたことを話すと、こう答えたんです。「そうなんだ、君に言うのを忘れていたよ。あのガールフレンドが、パーティーをしたいので部屋を貸してほしいと言ってきたんだ」。

ぼくたちはそこに一時間ばかりいました。アパートに戻った時に、必要なものがあったのを思い出してキッチンに入ったんですが、食器類の入った引き出しを開けると、中に束にした八十ドルばかりの紙幣が入っていました。ぼくは彼に気づかれないようあわてて引き出しを閉めました。部屋にはピッツァの空箱がいくつもあり、空になったシャンパンの瓶が転がっていました。彼はそしらぬ顔をして、そばに来るとこう言ったんです。「見てくれよ、ひどいもんだ」。そう言いながら彼は食器類の入った引き出しを開けると、ぼくがすでに見つけていたとも知らないで例の金を取り出したんです。

エリザベス　あの男はアパートを売春宿がわりに使っていたのね。

グト　あのアパートで暮らしている女の子たちを、相手を捜しているさびしい女だと思わせて、初心な男をだましていたんだと思うんだ。

ガボ　売春宿《ギャルソニエール》がわりに使わせて金をとっていたんだ。君のおかげでソファはただで手に入ったしな。

マノーロ　グト、君もコミッションをもらえばよかったんだよ。

エリザベス　いずれにしても、ピーターの売春宿《ギャルソニエール》は、ジョゼ・カルロス・アルヴェス・ドス・サントスのそれに比べれば、かわいいものね。

グト　たしかにそうだな。話を戻すと、その一週間後に、短編映画を作ろうということになって、アパートに仲間たちと集まったんだ。そこにあの女性から電話がかかってきて、こう言ったんだ。「あら、グト、あなたってとっても素敵よ……わたしたちを見つめていた時の顔が何ともいえずかわいかったって、お友達と二人で話しているところなの。あなたってとてもかわいいわね、どう、一緒にお茶でも飲まない」。それを聞いてぼくはこわくなって、あとでまたこちらから電話しますと言って電話を切ったんだ。もちろん、電話をかけたりはしなかったけどね。実を言うと、あの時彼女のところに電話をかけていたら、なにか恐ろしいことが起こったような気がするんだ。

ガボ　恐ろしいことか、素敵なことのどちらかだろうな。

エリザベス　ひょっとすると、危険な目にあっていたかもしれませんね。

グト　ぼくはすっかりこわくなって、一カ月もたたないうちに別のところへ引っ越したんだ。下宿屋にね。

エリザベス　その後ピーターとは会う機会がなかったの？

グト　彼には二度と連絡をしなかった。あの時は、「お茶でも飲まない」という誘いにのっていたら、どうなっていただろうとそればかり考えていたんだ。

ガボ　とても面白い話だし、独創的だよ。余計なものをつけ加えると、この話はだめになりそうな気がするな。

グト　このままで終わっていいんですか？

ガボ　コメディーにするのなら、君が質屋にソファを持っていくと、そこの女主人があの女性だというシークエンスで終わってもいいよ。

グト　真面目な話、結びはいらないんですか？

ガボ　推理もののストーリーとして考えてもいい。髪に白いものがのぞいている初老の紳士が、いい相手が見つかるかもしれないと考えてあやしげな紹介斡旋業者のところへ行く。そこで、罠にはまるんだ。

グト　どんな罠なんです？

ガボ　さあな。なにか奇妙な罠、というかおかしな状況に追い込まれるんだよ。

マノーロ　おかしな状況に追い込まれたのが紳士なら、警察へ行ってアリバイを証明してもらえるんじゃないですか。

ガボ　これだけは言えるけど、君は二度とああいうとんでもない目にあうことはないよ。

グト　五つの顔がぼくをじっと見つめていたんですが、あの顔を見ることはもう二度とないでしょうね。

ガボ　五つの顔は目と鼻の先にあったんだろう。カメラのズームで見ているようなものだよ。

マノーロ　顔を五つ入れようと思ったら、広角レンズを使わないといけないでしょうね。

ガボ　このストーリーで映画を作るのなら、タイトルは『ソファ』がいいな。

ガブリエラ　『グトのソファ』でもいいでしょうね。

マノーロ　『ソファの五人』はどうでしょう。

グト　ともかく、引っ越した後、ソファを取りに戻ったんだけど、その時にあること、つまりソファの端に口紅がついていることに気づいたんだ……あの女性がそこを嚙んでいたんだよ。

ガボ　そこでやめておいたほうがいい。さもないと、『七人の侍』の最初のヴァージョンのように五時間ものの映画になってしまうよ。

グト　ここへ来るまでだれにもこの話はしていないんです。

ガボ　コメディー・タッチの話にするために手を加えているんだろうけど、実際は君の身にとんでもないことが起こっていても不思議じゃないんだよ。

エリザベス　『ソファ』は加入礼のストーリーにもなりそうですね。内陸の町で生まれ育った世間知らずの若者が首都に出てきて、人間の心の奥底にひそむ深淵をのぞき見るという内容です。

マノーロ　当時君は何歳だったの？

グト　十八歳だよ。

ガボ　ひとつ訊きたいんだが、ピーターというのは何者なんだい？　君をどうしようとしたんだろう？　あやしげなことをしているのに、どうして一緒に住もうと言ったりしたんだろうな。

グト　たぶん光熱費や電話代を折半にしたかったんでしょうね。いつも金がないとこぼしていましたから。歳はもう四十歳を過ぎていて、完全なアルコール中毒にかかっていました。毎日ジンを二リットルから三リットル飲んでいたんです。

エリザベス　だけど家賃を払っていたんでしょう？

グト　払ってなかったんだ。ただ、電話代や光熱費は折半にしていたけど……。

ガボ　どうして君にあのアパートで暮らすように言ったのかがわかれば、ストーリーとしては申し分のないものになるんだけどね。バリローチェから君に目をつけていたんだろうな。

グト　どういう意味です？

ガボ　あの男は時間配分を考えてアパートを使い、精神科医やガールフレンドなどいろいろ気をつかわなければいけない問題を抱えていたわけだろう。そんな男が部屋を貸してやるというのは、おかしいと思わないかい？　それに、彼の奥さんだけど、その後ブエノスアイレスで会ったことはあるの？

グト　ええ、彼女は子供たちと一緒に暮らしていました。前の夫との間にできた二人の子供と、新しい夫との間にできたまだ小さい子供の三人です。

ガボ　君がまだ生きているのは奇跡みたいなものだよ。あの時君はネズミの巣におとなしく入っていって、騒ぎを起こさなかったわけだけど、ひとつまちがえばもっとささいなことでも、八つ裂きにされた上袋詰めにされて、どこかに投げ捨てられていたっておかしくないよ。
エリザベス　あの男はホモじゃないって言い切れるの？
グト　それはないよ、逆にいつもガールフレンドを部屋にひっぱりこんでいたからね。
マノーロ　ガールフレンドと言っているけど、女装趣味の男かもしれないよ。たぶん、あの男は両刀使いなんだ。
ガボ　売り飛ばそうと思って君を太らせていたのかもしれないな。
グト　ぼくを売り飛ばそうとしたんですか？　だれにです、あの女性たちにですか？
ガボ　これだけははっきり言えるが、あの男は完全に頭がいかれているよ。君は十八にもなって、そういう男にひっかかったんだ。
グト　たしかにちょっと変わったところはありましたけど、別に危険な人間じゃなかったと思います。それに、ほんの二カ月か三カ月のことでしたから……。その後ぼくは身の回りの品を持って、下宿屋に移ったんです。トイレは共用で、ネズミが走り回っていて……。
ガボ　しかし、自分だけが使うソファは持っていったんだろう。
グト　エリザベス、すまないけど、君の話をしてくれないか……。
ガボ　そうだ、今度はエリザベスの番だ……。君は二十年前にニューヨークでどういう経験をしたんだ？

種の退化について

Sobre la involución de las especies

エリザベス　ディズニーランドのような大きな遊園地、あるいは博覧会場のようなところで実際に体験したことなの。会場内を小型の列車が走っていて、それに乗って宇宙船や望遠鏡、エレクトロニクスを使ったおもちゃ、銀河戦争などのステージがしつらえてある未来世界をめぐるようになっていて……本当に楽しいところだったわ。そこから少し離れたところに、アフリカ大陸を紹介する一種の動物園のようなところがあって、そこの巨大な檻にゴリラが一頭いたの。ゴリラがホモ・サピエンスのような格好で石の上に座っていたので、何だろうと思ってそばに寄っていったんだけど、そのゴリラは観光客の姿を見ると、そばまで来て、鉄格子をつかんでなにか叫びはじめるの。それを見てわたしは恐くなったんだけど、ゴリラの叫んでいる言葉がわかったとたんに、恐怖が驚愕に変わったわ。「ピンダモニャンガーバ、カラグアタトゥーバ」と叫んでいた……それを聞いて、心臓が口から飛び出しそうになった。というのも、それはある土地、ブラジルの町の名前だったのよ……。今でこそ、みんなと一緒になって笑っているけど、あの時はすっかり動転してしまって、どうしていいかわからなかったわ。あのゴリラ、というかホモ・サピエンスもどきの人間が自分と同じ国の人間だとわかって、急に気が滅入ってしまったの。悲しみ、怒り、恥ずかしさが同時にこみ上げてきて……。ようやく気を取り直したんだけど、その時にこれは映画にできるかもしれないと感じたんです。

ガボ　まず、その男がだれなのか、ブラジルでどういう暮らしをしていたのか、どういう経緯があってニューヨークでゴリラに変装するようになったのか、そういったことを知っておく必要があるね。わかるだろう？　裏返しにしたダーウィンだ。ゴリラが人間に進化したのではなくて……。

エリザベス　種の退化ですね。

ガボ　ひとつ訊きたいんだが、その男は何と叫んでいたんだい？

エリザベス　原住民の言葉なんです。サンパウロのそばの海岸にピンダモニャンガーバ、カラグアタトゥーバという土地があるんです。ですから、あのゴリラがそう叫ぶのを聞いて、「何てことかしら、わたしは類人猿の言葉がわかるんだわ！」と考えてびっくりしたんです。

ガボ　ゴリラが自分の同国人だとわかった時、そばへ行って、なにか話しかけようと思わなかったの？

エリザベス　いいえ。体が固まったようになって、話しかけるどころではなかったんです。ちょうどその時、次の小型列車がやって来たので、一刻も早く逃れたいと思って飛び乗ったんです。列車の中で、あのかわいそうな男はどうやってここまで来たんだろう？　あのあわれなブラジルの黒人は、アメリカのような国で生き延びていくための方法をどうやって見つけたのだろう？　といったことを考えたんです。どこかトチ狂っていて、シュルレアリスティックですよね。

ガボ　君はそのゴリラと結婚してもいいと思うかい？

ガブリエラ　相手はゴリラですか、それともゴリラのぬいぐるみをきた男ですか？

ガボ　いや、今、檻の中にいるのが人間ではなくて、ゴリラだという可能性はないだろうかと考えていたところなんだ。ちゃんとした教育を受け、礼儀正しくて、人間の言葉が話せるゴリラなんだ、そのゴリラがパラバンブーボだかそういった土地で生まれたとする……君が檻に閉じこめられたそのゴリラを発見すると、ゴリラは君に自分の悲しい身の上話をする……そうなったら、君はどうする？

エリザベス　わかりません。いずれにしても、わたしが話したいと思っているストーリーではありませんね。

ガボ　この問題の中で自分がもっとも興味をもっている側面、つまりデラシネ、孤独といった側面を、不条理なところまで推し進めてみようとしただけなんだ。

ガブリエラ　檻に閉じこめられて、類人猿として見せ物になっている人間というのは、とってもいいメタファーだと思うんです。

ガボ　アフリカの黒人奴隷の悲劇を考えてみよう。ある朝、男は妻と子供たちを小屋に残して狩りに出かける。そして、その日に捕まり、縛られ、海岸まで運ばれて、鎖につながれ、船底に押し込まれる……。妻や子供たちとは会えないし、川や木々、よく知っている小鳥たちをふたたび目にすることもないんだ……。家族はどうなっただろう？　ライオンに食われてしまったんだろうか？　悪魔にさらわれてしまったんだろうか？　そして、船底に押し込まれた彼が二、三カ月の航海に耐えて生き抜き、船からおろされ、売り飛ばされ、農園に連れていかれるとわかったら、どんな気持ちになるだろう……？

人夫頭が鞭を振るう中で、朝から晩まで働きづめに働かされる。ほっとくつろげるわずかな時間には、どんな思いが頭の中を駆け巡るんだろう？　驚愕、苦い思い、悲しみ、ノスタルジー、そういったものがどっと押し寄せてくる……。許しが出た時に、歌をうたい、太鼓を叩き、狂ったように踊ったりしたのもむりはないよ。その恐怖を追い払わなければならなかったんだ。自分の思いを伝え、お互いに意思を疎通し合えるような言語を見つけなければならなかったんだ。

ガブリエラ　むりやり自分の世界からひき離され、新しい状況を理解し、そういうものだと納得するために具体的なことを何ひとつ教えられずに放り出されたんですから、むりもありませんね。彼らの言語では、おそらく奴隷や別離、ノスタルジーといった観念をはっきり理解できなかったと思うんです……。完全に虚ろな世界の中を突然ふわふわ漂うことになったんですから、さぞかしつらかったでしょうね。

ガボ　いつか、それをもとに恐怖映画を作らなければいけないだろうな。今風の変に洗練された怪物や、子供に悪夢を見させることくらいしかできないぞっとするようなロボットなどが出てこない作品をね。

モニカ　組織的に恐怖を操作しているんですね。それで、莫大な利益が上がるんですから。

ガボ　われわれの子供の頃の可愛い怪物たちの世界に戻ってもいい。そこに少しコショウをきかせるんだ。たとえば、『赤ずきんちゃん』をポルノ風にして、狼がおばあさんに変装して、赤ずきんちゃんに襲いかかるという風にしたらどうだろう。

マノーロ　で、どんな風に終わるんですか？

ガボ　それをみんなで考えるんだ。

3

コロンビアのオイディプス

Edipo en Colombia

ガボ　今日は、『オイディプス村長』の脚本家として謙虚に教えを乞おうと思ってやってきたんだ。ここにいるのはその作品を映画化するにあたって監督をしてもらうことになっているホルヘ・アリー・トリアーナだ。みんな、台本は読んでくれただろう？

グト　ひとつ気になることで、誰もが知りたがっていることがあるんです。つまり、脚本でもソフォクレスの人物名がそのまま使われているんですが、あれはどうしてなんですか？

ガボ　手持ちのカードをすべてさらけ出して、きれいなゲームをしたいと思ったんだ。例外はオイディプス本人だけど、彼の名前はどうも響きが悪くてね。

セネル　だけどタイトルにはその名前が出ていますね。

グト　イオカステはイオカステですし、クレオンもそのままクレオンになっていますから、映画の観客は前もってどの登場人物がだれなのかわかるようになっていますが、それでいいんですか？

セネル　グト、君が言いたいのは、観客はすでにあの悲劇を読んでいることが前提になっているということなのかい？

ガボ　その点については監督とも話し合ったんだが、まだ結論が出ていないんだ。

ホルヘ・アリー　これはぼくの考えなんですけど、登場人物の名前をそのまま使うと、観客から驚きを奪ってしまうことになるし、映画をもとにして自分なりにストーリーを組み立てていく可能性も奪うことになると思うんです。グトがいみじくも言ったように、観客がすでにソフォクレスを読んでいた場合、次に何が起こるかわかってしまうんじゃないですか。

ガボ　理論的にはたしかにそうだ。だけど、オイディプスの物語は異本も含めて、何世紀も繰り返し使われてきたし、いまだに愛されているわけだろう。われわれは時代と国を変えて『オイディプス王』をそのままの形で書き換えようとしているだけなんだ。何かを隠したり、人をだましているわけではないから、人に尋ねられたら、はっきり、ええ、そうなんです、これはソフォクレスです、ただほんのすこし違うところがあります、と答えればいい。登場人物の名前がどうも耳障りだというのなら、考え直してもいいよ。だけど、たとえばイオカステやライオスという名前はこれ以上ないほど美しいと思うけどね。映画の中にそういう名前が出てきた場合、どういう効果が生まれるかわからないけど、名前を変えてストーリーを書くことができなかったんだ。それに、正直に言うと、人物の名前を決めるのにいつもひどく時間がかかるんだ。だから、よし、これでいい、これならいけそうだという名前が見つかるまで、何度も名前を変えてみるんだ。そうしてはじめて、人物が命を得て、自分の脚で歩きはじめる。『オイディプス王』を読んで、ソフォクレスがそこで使っている名前を見たとたんに、これはいい、これ以外にないと思ったんだ。若い頃に『オイディプス王』をはじめて読んだんだが、その時からそこに出ている名前に慣れてしまっているんだ。国王を殺害した犯人を捜査していくうちに、彼だということがわかる、それだけのことなんだ。あの物語を読んで、あまりにも深い感銘を受けたものだから、彼らが別の名前で行動するというのがどうしてもしっくりこないんだ。付け加えておくと、映画の制作者とも言える監督はソフォクレスがつけた名前とはちがう名前で登場人物を思い浮かべることができるというこの上ない幸運に恵まれている。だからその監督が名前を変えると言えば、わたしとしては嫉妬のあまり息ができなくなっても、受け入れるしかないんだ。

イグナシオ　名前というのは、登場人物の腕や髪の毛と同じで、人物の一部ですよね。ですから、三千年前の人物を現代に持ってくるというのはたいへん勇気のいることだと思うんです。ですが、オイディプス、あるいはクレオンという名前の人物が現代の現実の一部になり得るかどうかというのはむずかしい問題だと思います。ぼくにはちょっと考えられないんです。

グト　ソフォクレスがわれわれの現実とわれわれとの間に立ちはだかっているんです。あの名前が障壁になって、ぼくにはコロンビアの話だと思えないんです。

ガボ　ストーリーをソフォクレスから取ったというのは、長所になりこそすれ、欠点にはならないと思うんだ。これはポジティヴな要因になるはずだよ。

イグナシオ　しかし、監督の考えはまた別なんでしょう？

ガボ　監督の意見を聞くことにするが、その前にひとこと言わせてもらうと、わたしとしては自分があの本を読んで感じたのと同じ感動を観客にも味わってもらいたいんだ。大げさな言い方かもしれないが、『オイディプス王』は生まれて初めて大きな知的感動を与えてくれた本なんだ。当時わたしは作家になろうと考えていたが、読んだ時真っ先に「自分が書きたいと思っているのはこういう作品なんだ」と考えた。すでに短編をいくつか発表していたんだけど、その一方で新聞記者をしながら、長編小説を書こうとしていた。グスタボ・イバーラ・メルラーノという友人がいたんだけど、彼は詩人であるだけでなく、関税法に関してはコロンビア一詳しい男なんだ。その友人がある夜やってきたので、二人で文学の話をしていた。その時に彼が、「作家として大成したければ、ギリシアの古典を読まなければいけないよ」と言ったんだ。その言葉に打たれて彼の家までついていったら、ギリシア悲劇を一冊手のうえにのせてくれたんだが、それが『オイディプス王』だったんだよ。部屋に戻ると、横になって、最初のページから読みはじめたんだが、あの時はこんな作品があったのかとびっくりしたな。そのまま読みつづけた。読みはじめたのが二時ごろで、気がつくともう夜が明けかけていた。とにかく読めば読むほど面白くなっていくんだ。以来わたしはあの聖なる本をずっと読みつづけているような気がする。あの作品はもう暗記してしまっているから、脚本を書くに際しても読み返す必要はなかった。今わたしは脚本家としてこう考えている。「わたしがあの本を初めて読んだ時に感じた感動、その感動を映画を通してたったひとりでもいいから感じてもらえないだろうか」。よく言われるように、それができれば、死んでも本望だよ。

グト　ぼくたちが言っているのもそのことなんです。あなたがめくるめくような感動を覚えたのは、その作品を前もって読んでいなかったからでしょう。だけど、観客は……。

ガボ　そんな単純なものじゃないよ。『オイディプス王』を知っていたら、『オイディプス村長』を楽しむことができないというのなら、問題は人物の名前じゃなくて……ことはもっと深いところにあるんだよ。

ホルヘ・アリー　さっき言ったことに関して、少し付け加えたいことがあるんです。『ハムレット』は、筋がわかっているのに、何度でも見にいきますよね。先ほどは単純化を避けたかったので、わざと矛盾したことを言ったんです。子供はピノッキオの話を読み、聞き、芝居になったものを見にいきます。結末がわかっているのに、繰り返し見たり、聞いたりしても飽きないのは、そのプロセスを楽しんでいるからだと思うんです。それに、自分の思っている通りにストーリーが進んでいくのを見て満足します。『オセロー』を見にいった場合、最後のシーンで彼がデスデモーナの首を絞めて殺すことをあらかじめ知っています。だけど、そんなことはどうでもいいんで、事件がどんな風に展開し、俳優たちがどういう行動をとり、舞台にどのような新しい要素が組み入れられているのかを知りたいんです……。

ガボ　子供を相手にする時は、ほかの話を聞くように仕向けるのがいちばんむずかしいんだ。子供たちに『赤ずきんちゃん』を話して聞かせたり、レコードをかけたり、ビデオを見せたりする。そして次の日に、たとえば『白雪姫』、あるいは『長靴をはいた猫』を聞かせる。すると、子供はいやがって、もう一度『赤ずきんちゃん』の話をしてくれとせがむんだ。すると、その子を喜ばせてやるか、あるいはもとの話に少し変更を加えてうまくだまさなければならない。ただし、その場合はそこは間違えているよと言って、たえず変えた箇所を訂正させられる危険がある。お話がフィクションの世界に属していて、その世界へは実にさまざまな方法で辿り着くことができるんだと、子供にわからせることができれば大成功だ。つまり、どのドアを通ってもそこへ行けるということだ。フィクションの世界の空間はすべて魔法の世界であり、それを知るだけの価値があるんだから、何もたったひとつの空間に閉じこもっていることはないんだよ。

ホルヘ・アリー　加えて、子供はある特定の文章、特定の場面が好きで、そこから離れないでできるだけ長くそこにとどまっていたいと思うんです。

ガブリエラ　それが神話の特徴なのよ、反復が喜びをもたらすの。神話は儀礼を通してたえずよみがえってくる。そして、儀礼というのは、神秘、未知なものの前に並べられた記号の集積でしかないんだけど、それはすぐにわたしたちを日常世界の領域に引き戻すの。わたしの言いたいことが伝わったかしら。いずれにしても、不安定な揺れうごく瞬間があるんだけど、それはすぐに安定した状態に戻ってしまう。だけど、人はその遊びの中にちょうどジェットコースターに乗ってめまいを覚えるような喜びを覚えるのよ。

ガボ　一九四九年に『オイディプス王』を読んでいちばん感動したのは、コロンビアの置かれた状況とそっくりだということだったんだ。その後、年がたつにつれて、これはコロンビアではなく、人生そのものに似ていて、世界のどこで起こってもおかしくないと考えるようになった。しかし、われわれのテーマにもどろう。で、もし映画の登場人物に名前がついてなくて、キャラクターだけで特徴づけられるとしたら、どうなるんだろう？

イグナシオ　ぼくはよく劇場へ行って、『ハムレット』や『ベルナルダ・アルバの家』〔前出ガルシア＝ロルカの戯曲〕を見たんですけど、その時は作品がどんな風に再演されるのか、前の芝居と今度の芝居とではどこがどう違うんだろうといったことを見にいったんです。だけど、映画の場合は事情がちがうと思うんです。人が映画館へ行くのは驚きを感じたいからなんです。原典では、オイディプスが母親と寝ることになっていますけど、映画では変えたほうがいいんじゃないですか。

ガボ　脚本ではそうなっているけど、ソフォクレスはそう書いていない。ソフォクレスの作品では、すべてが過ぎ去ったことなんだ。

イグナシオ　ぼくは近親相姦があると知った上で映画を見にいくわけですけど、それでも画面には出さないほうがいいと思うんです。オイディプスが召使と寝るのなら……。

グト　その方向で話を進めると、結末は小学生がノートに「ハエは近親相姦である」と書くようにわかり切ったものになるんじゃないかな。

マノーロ　ぼくは脚本を読み終えて、「これはオイディプスなのだろうか、それともオイディプスの自由な翻案なのだろうか？」と考えたんです。というのも、登場人物の名前を変えることもできるし、映画のタイトルにしてもたとえば『ゲリラをからかった男』という風にできるはずなのに、どうしてオイディプスをもとにしていることを隠そうとしないのだろうと……。

ガボ　どうすればいいんだ、隠すのかい？

マノーロ　このストーリーは最後のところでバランスが崩れているように思うんです。テイレシアスが登場しますけど……。

ガボ　結末はソフォクレスのままで、変えていないよ。

マノーロ　あそこまで悲劇的な結末になるとは思っていなかったんです。

ガボ　わたしの聞き違いでなければ、君だったらもっと違った映画が作れるということだな。

マノーロ　いや、それはわかりません。

ガボ　自分の好きに考えていいんだ。こういう議論のいいところは、映画人の典型的な議論だということなんだ。誰かが脚本を提示すると、分析したりしないで、それぞれが自分なら別のやり方をするということを口にするか、相手に納得させればいい。これが監督相手だとそうはいかない。ホルヘ・アリーがこの脚本を映画化したくないと言えば、わたしはやってくれそうな別の監督十人ばかりにあたらなければならない。しかし、それぞれが自分なりのやり方をするだろうから、だれが作っても違ったものになってしまうんだ。理由は簡単だよ。ほとんどの監督は何年ものあいだ自分の映画、自分が夢見ている映画を作りたいと考えているんだが、実際はせいぜいのところ会社とマーケットが要求するものしか作れない……。だからこういう企画が舞い込むと、自分の夢を実現しようとして、こう言い出すんだ。「これはこれでいいんですが、こんな風に変えたほうが面白いんじゃないですかね」、あるいは「ここはこうするかわりに、こんな風にしたらどうでしょう?」。で、結局ストーリーはまったく違ったものになってしまう。あまり違うんで、できあがった映画を見ても自分の脚本をもとに作ったものだとは思えず、「これが自分の書いたものだったんだろうか?」と考えざるを得なくなるんだ。

エリザベス　あの脚本でひとつ気になったのは、長い台詞や議論を通してコロンビアの政治抗争を伝えようとしている点なんです。ほとんどが司祭と村長の会話で進行し、司祭は軍を擁護するグループのかかえる問題を説明していますけど、あれはどうしてなんですか。映像を通してそういう情報を伝えることができなかったんですか？

ガボ　対話だといけない理由があるのかい？

エリザベス　対話が必ずしもいちばんいい方法だとは思えないんです。

ガボ　たしかに戯曲の影響を受けているね。脚本を書きはじめた時は、何か言い忘れたことがあるんじゃないか、必要なことを語っていないんじゃないかという不安を感じるものなんだ。で、つい登場人物に余計なことまでしゃべらせることになる。その後、ストーリーがスムーズに流れはじめ、言うべきことは言ったとわかった時点で、対話にもう一度目を通さなければならないんだが、今回は面倒くさかったのか、対話を楽しみすぎたのかはわからないが、やってないんだ。その結果、冗長になっている。それに全体として解説的になりすぎている。それがわかって、手遅れになる前に修正できるのはありがたいよ。で、今回の『オイディプス』だけど、たしかにこの作品では対話を楽しみ、それに浸っているね。意図的すぎるんだ。ホルヘ・アリーと話し合って、映画を演劇的なものにしようということにしたんだが、むろん今回のが映画であることはわかっている。ただ、その血筋、というか演劇的なへその緒を否定するわけにはいかない。偉大な作品が中核になっているのに、それを無視するわけにはいかないからね。はっきり言って、「ソフォクレス」をこちらの好きに変更することなどできないんだから、むしろ彼に従うほうがいいと考えたんだ。

ホルヘ・アリー ぼくが心配しているのは、映画が現実という危うい刃先の上にうまく乗っかってくれるだろうかということなんだ。つまり、「現実的な」雰囲気というのがあるわけだが、映画はどうしても自然主義的なものにできない、「距離をおいた」描き方しかできないんだ。

ガボ 脚本では、テイレシアスが登場するところでそういうことが起こるんじゃないのかな。テイレシアスのせいで、われわれは現実から一歩向こうに踏み出すことになるんだ。彼が年老いているうえに、アンデス地方出身の男か黒人で、しかも長いチュニックを着ているというのは悪くないと思う……。

ガブリエラ 脚本のなかにコロンビアの状況を入れておられますけど、何カ所かむりがあるように感じたんです。ひとつのストーリーの流れがもうひとつのストーリーの流れと齟齬をきたしている、というか異なった前提から出発しているせいで、あるところで連続性が断たれるんです。それに宙ぶらりんになっているところもありますね。たとえば、デヤネラがそうです。彼女は町に住んでいるのに、状況、というか流れがわかっていないので、結局自分をコントロールできなくなって、思いがけない行動に出ます……。オイディプスが突然イオカステを愛するところもそうです。最初オイディプスは彼女に対して冷淡というか、挑戦的な態度を取りますよね。そのあと彼女の腕に抱かれるんですが、あの誘惑を描いたシークエンスで情熱がはじけ、押し止めようがないほど激しく噴出しますね。

イグナシオ　脚本には手本にしたいようなすばらしい対話が出てきますが、三十年間愛し合ったことも、だれとも寝たことのない女性が突然不可解な態度を取る、もっと正確に言うと、恥も外聞も捨ててあのような行動に走るというのがよく理解できないんです。何が彼女を駆り立てたのか、動機が何なのかが読み取れないいんです。

ガボ　君は愛を信じてもいないし、近親相姦のもつ悪魔的な力も信じていないんだな。

エリザベス　二人の引き合う力は同じじゃなくて、イオカステがオイディプスに引かれる力のほうが強くて、その逆ではないいんです。言い換えると、実際にはイオカステがオイディプスを求めるんです。

ガボ　その通りだ。オイディプスはその方向に向かって一歩も踏み出していない。近親相姦に向かって大胆に歩み出すのは彼女のほうなんだが、それは彼女自身の性格、人物が見せてきた生き方とかかわっている。それに、映画には映画特有の時間があって、二人の情熱の炎が燃え上がっていくところを十シーンも撮るわけにはいかない。だから二人のうちの一人を省略して、彼女にそうさせざるを得なかったんだ。彼女のような性格の女性があいった状況に置かれ、しかも長いあいだあのような結末を待ち受けていた……となれば、ああいう行動に出るしかなかったのもむりはないんだ。

モニカ　彼女が激しく燃えて、実際に裸になって家の中を歩きまわるところがありますね。

イグナシオ　さっきも話に出たけど、彼女は三十年間待ちつづけたんだから。我慢できなくなったのもむりはない。

ガボ　いや、それは違う。その時が来たということなんだ。彼女は、起こるべきことは必ず起こるということを知っているんだよ。

ガブリエラ　だけど、そのせいでコロンビアの状況とコロンビアが抱える問題から離れてしまいますね。彼は情熱に導かれて個人的なドラマにのめり込み、それ以外のことを忘れてしまいます。一方で複雑に入り組んだ困難な状況に立ち向かう勇敢な人物でありながら、もう一方では自分の弱点を克服できないあわれな男になってしまいます。

ガボ　彼は勇敢なのか、それともそうなるように強いられているのかわからないよ。

ガブリエラ　そうですね。町にいる時に、「その態度を崩さないように、さもないといろいろな問題が生じてきますから」と言われますよね。

ガボ　ちょっと待ってくれ、話の筋を見失わないようにしよう。たぶん満足のいくような形で表現できなかったと思うけど、この作品にはキーになる要素があるんだ。文学史の中でもっとも重要な、とまでは言わないけれども、この作品でもっとも重要な要素がファトゥム、つまり運命なんだ。彼らがあのような行動を取るのは、そう運命づけられているからなんだ。宿命が彼らの人生の一部を形成しているのに、君たちは動機だの、論理的なつながりだの、現実的な解決だのと言っているんだよ……。われわれはファトゥム、つまり一切を支配する力に基づいて作品を作ろうと考えたんだ。すでに書かれていることが現実のものになるように働く力がそれなんだ。

イグナシオ　自由翻案なら、いろいろな選択肢が考えられるんじゃないですか……。

ガボ　しかし、これはオイディプスの話だ。コンテクストはちがっても、主人公は彼なんだよ。このストーリーの中核になっているものを忘れてはいけない。テーバイの町に疫病が流行った。テーバイのオイディプス王は、預言者のもとへ行って、疫病を追い払うにはどうすればいいか尋ねる。預言者は「ライオス王を殺したものが見つかった日に、疫病は終息するだろう」と言う。王を殺したのはオイディプス自身だったわけだろう、それこそがファトゥムのなせる業なんだ。オイディプスは何も知らずに実の母親と寝て、子供までもうける。しかし、ソフォクレスの作品ではそれがすべて過去の出来事になっている。オイディプスは自分が国王を殺した犯人だと知るが、もはやどうしようもない。このストーリーをそっくりそのまま使うのなら、問題はない。しかし、多少手を加えるにしても、基本的な骨組みを変えるわけにはいかないんだ。その場合は、論理的、説明的でないほうがいい。ストーリーの背後には、自然主義やアリストテレス的な論理をはるかに越えた力、すなわちファトゥムが働いているんだよ。

ガブリエラ　それはそうですが、だからといってある人物がドラマの中でしっかりした存在感をもっている、つまり、より現実的な感じがするということとは別に矛盾しないんじゃないですか？　この人物が、一方で現在のコロンビアの歴史を体現していて、もう一方でフアトゥムと結びついているという意味で分裂しているわけですが、そこからいろいろな問題が生じてきていると思うんです。

ガボ　誰かが、このストーリーはファトゥムの物語、登場人物たちが追い払おうとしている疫病の物語なんだと言ってくれると助かるんだけどな。

ホルヘ・アリー　この場合疫病は暴力なんです。ここでオイディプスは村長として、平和を実現するためにライオスを殺した犯人を見つけ出さなければならないでしょう。

マノーロ　そうだな。ライオスの死後、いっそう危機感が高まるんだから。

ガボ　つまり、生命と財産の主であるライオス、彼の復讐だけはどうしてもやり遂げなければならない。

ガブリエラ　しかし、暴力はライオスの死以前からすでにあったわけでしょう。

マノーロ　そのことによってオイディプスの存在が正当化されるんだよ。

ガボ　それが国境も境界もない暴力だという点が大きな問題なんだ……。誰が暴力をはびこらせているのか？　どこに原因があるのか？　それがファトゥム、疫病なんだ……。

ガブリエラ　いずれにしても、戯曲と脚本とでは違っているところがありますね。つまり、戯曲ではすべてのことが「以前」に起こっている、すなわち一切は先行しているんです。それにひきかえ、脚本ではすべてのことが今、ここで起こっている、もっと正確に言うと、わたしたちの目の前で起こりつつあるわけです。

ガボ　信じるに足る話なら、どんなことを書いてもいいんだ。言い換えれば、こちらが語る話をだれも信じてくれなかったら、それは存在しないということだ。もちろんすべての人が信じてはくれないだろうが、できるだけ大勢の人に信じてもらえるよう努力しなければならない。それができなければ、さっさとやめてしまえばいい。

エリザベス　仕事に関してなんですけど、創造のプロセスの中でアイデアはどんな風にして生まれてくるんですか？　コロンビアの状況を見て、これを語るにはオイディプスのストーリーがぴったりだとお考えになったのか、それともオイディプスの物語を映画化しようとした時に、コロンビアの状況と見えないところでつながっていることに気づかれたのか、そのどちらなんですか？

ガボ　さっきも言ったように、四十年前の二十二歳の時に『オイディプス王』を読んだんだが、その時にこの作品の状況がコロンビアのそれと驚くほど似通っていることに何よりも驚いたんだ。当時の状況はむろん今と同じじゃないが、かなりよく似ていてね。そしてその表面を少し剝がしてやると、すぐにそれが昨日の状況、一昨日の状況、これまでずっとつづいてきた状況にそっくりだということに気づくはずだよ……。人前では二度と言わないつもりだが、コロンビアの状況はつねに同じでありつづけるだろうと考えている。たしか宿命《ファトゥム》の話をしていたんだな。それなら、それはそこにあるんだ。その神秘にわたしは魅せられている。といっても、先ほども言ったようによく見ると、似たような状況はコロンビアに限ったことではなくて、人間そのものにかかわっているんだ。というのも、みんなも知っているように、どのような時代も「すべて」危機的なんだ。しかし、君たちがどうしても地理的な枠組みをはっきりさせてほしいと言うのなら、これはラテンアメリカの話だと言ってもいい。というのも、ここ、つまりわれわれが毎日目にしているこの世界では、人間をつねに危機的な状況に追いやるような要因がすべて揃っているからね。あの脚本のどこを見ても、場所は特定されていない。映画のストーリーは象徴的な空間、ホルヘ・アリーの言葉を借りれば、ナイフの刃先の上で展開していくんだ。

イグナシオ　しかし、略名が使われていますし……いくつかのグループに関する言及も……。

ホルヘ・アリー　あれは架空のものだよ。

ガボ　コロンビアの人間は、あれはこのことで、これはあのことなんだと憶測をたくましくして、一つ一つのケースをさぐりあてたつもりになっているが、所詮単なる憶測でしかない。

エリザベス　ですが、コロンビア人のモニカが昨日一連のキーになる情報を教えてくれたんです……。

ガボ　だから、今その話をしているんだよ。

モニカ　わたしにとってあの作品はフィクションじゃないんです。ああしたことは新聞に出ていますし、毎日のように目にしています。

ガボ　ひとつ言わせてもらっていいかな。『百年の孤独』は最初の一ページから最後の一ページまですべてフィクションなんだ。だけど、何年も前から文学の先生やツーリスト、それにかなりの数の読者がわたしの生まれた町であるアラカタカへ行って、マコンドがどういうところか自分の目で確かめようとするようになった。彼らは鵜の目鷹の目で町中を探し回って、アウレリアーノ・ブエンディーア大佐が縛られた木や、レメディオスが昇天した庭がどこにあるかを見つけ出している。しかし、時はどんどん過ぎていく。そして、今ではあの小説が出版された時にはまだ生まれてもいなかった子供たちが町にいる。その子たちはもちろんあの小説を読んでいないんだが、町を訪れた人たちや近所の人があの本の話をするのを聞きかじって……。その子たちがまことに見上げた熱情に駆られて家を飛び出し、アラカタカのバス停に行くと、ツーリスト狩りをするんだ。「レメディオスの家を見学される方はこちらです」とか、「ブエンディーア大佐が縛られていた木へ案内します」……と言うんだ。わたしの子供の頃にあった家や木々はもうなくなってしまっているんだが、有名税のようなものだから仕方がないんだろうな。それよりももっとひどい例がある。それがバナナ会社の大虐殺のエピソードだよ。大勢の人が広場に集まって、軍の最後通牒をはねつけるところだけど……あの事件はわたしが生まれた年に起こったんだ。小さい頃からドラマティックなあの事件のことを聞かされて育ったので、知らないうちに頭の中で事件の全体像ができあがっていた……で、ある日、小説を書くためにあらためて調べてみたんだが、証拠として使えるような情報や信じるに足るような資料がまったくないことがわかったんだ。自分なりにいろいろ調べた結果、「あの時死んだのは三人、あるいは七人ではなかったのか？」という疑問だけが残ったんだ。労働者が集まっていたあの小さな広場を実際に目にし、あの町くらいのところで当時行なわれていた組合活動を考えると、亡くなった人の数は三人か七人がいいところなんだ。しかし、その時にはすでに小説の三分の二ができあがっていた。人間が天上へのぼっていったりする出来事が起こる物語の中で、小さな広場に「七十人」ばかりの人間が集まって、そのうちの三人が殺されるというようなストーリーでは意味がないと考えたんだ。で、大きな広場を人でいっぱいにし、その群衆に向かって銃を乱射させて「三千人」の死者が出るという大虐殺にしようと考えたんだが、小説の流れからしてそうせざるを得なかった。さらに、毒を食らわば皿までということになった。というのも、無数の貨車をひっぱっている昔のバナナ列車の話をその前のところでしていたんだ。あまりにも長いものだから、先頭の機関車で貨車をひっぱり、さらに最後尾の機関車で後ろから押さないことには、収穫したバナナをすべて港まで運ぶことができないというものだ。そうした列車が通過するのに何時間もかかったんだ。ああいう列車のことは今もはっきりと覚えている。町に鉄道の線路で分断された地区があって、そこまで行った時に列車が来ると、地面に腰を下ろして辛抱強く待たなければならない……。四十両くらいつづいていたから、かなりの数だが、小説ではそれを二百両まで増やさなければならなかった。大虐殺の後、腐ったバナナを捨てるように死体を海に捨てなければならない。で、その車両に死体を積み込むことになり、仕方なく広場に大勢人を集めて、少なくとも三千人の人間が銃で撃たれて死ぬという設定にせざるを得なかったんだ。そんな風に話を作り変えることで、バナナ会社が行なった殺戮を立証しようと考えたわけじゃないよ。子供の頃に事件のことを聞かされて大きなショックを受けたんだが、そのショックをそのまま『百年の孤独』の空想的な空間のなかに移し替えたいと思ったんだ。つまり、あの事件に関する集団の記憶がわたしの記憶のなかに移し替えられたんだが、それを思い返した時にまるで自分が実際に体験したように誇張してしまったんだよ。しかし、話はまだ終わっていない。フィクションが現実にとってかわり、作り話がやがて歴史になってしまうんだから、とんでもない話だ。バナナ会社の事件があった後、毎年あの事件を記念する行事が行なわれるようになったんだが、いつだったかあの地方出身の国会議員が国会で演説をして、「三千人もの死者を出したあの悲劇はもとはといえば……」といったことを延々と並べ立てて、あの歴史的な事件の日付が不当にも軽視されているといって抗議したんだ。わたしは新聞でその記事を読んで、「何てことだ」と思わずひとりごちたよ。さて、われわれのテーマにもどろうか。今問題なのは、もとの作品がソフォクレスのものであるかどうかとか、歴史的な枠組みは現代コロンビアのそれであるかどうかといったことではない。要するに、いかに本当らしく語れるか、観客に話を信じ込ませることができるかどうか、それが問題なんだ……。その点に関して、君たちは率直に自分の意見を述べてくれた。次は、この物語を再現し、映画化するにあたって本当らしく見せるにはどうすればいいかをホルヘ・アリーに話してもらおう。

ホルヘ・アリー　理論から実践の場に移ると、ヴィジュアルな要素の方が重要だということにすぐ気がつくはずだよ。今はテキストを前にしている。だから、言葉や対話、登場人物の内面的な動きといったものが強く前面に出てくるけど、撮影をはじめると、そこにカメラのフレームや風景、ある空間のなかで映像化される神話といったものが付け加わってくる。ニュース映画と同じように、ぼくの頭の中にはこの十年間の自分の国の歴史が映像として記録されている。ゲリラ活動の犠牲になって傷ついた人体や死体が廊下や町の劇場の階段桟敷にごろごろ転がっている……。この十年間に十人以上の友人を失って涙を流したことのないものなど、ひとりもいないよ。こうした精神錯乱は災厄、疫病と同じものなんだ……。だから、ロケーションがきちんと描写されていない文学的なテキストをもとに、そうしたことをオーディオ・ヴィジュアル的な言語に移し替えるというのは、大変なことなんだ……。撮影をはじめると、当然そこに物理的な存在、具体的な映像が出てきて、それが疫病の進行の枠組みになっていくんだ。

ガボ　たしかにあるシーンを「描く」ということは、それを「描写する」ということとはちがうね。しかし、書き手の頭の中には、そのシーンが映像としてあるんだ。で、撮影のプロセスになじんでいくうちに、カメラのフレーミングや動きでそのシーンをイメージ化し、登場人物の出入りを思い描けるようになるということはあり得るよ……。

ホルヘ・アリー　脚本家はそこまでしなくてもいいんじゃないですか。

ガボ　これまで何本も脚本を書いてきたけど、自分がイメージしていたフレーミングで撮ってもらった映画なんて一本もなかったな。若い脚本家や脚本家志望の人たちに言っておくけど、自分の脚本が映画化されたのを見ても、腰を抜かさないことだ。

ガブリエラ　ですから、わたしは撮影に立ち合うんです。何かアイデアが得られるかもしれないし……。

ガボ　わたしは立ち合わない。なぜかって？　監督が嫌がるからだよ。ルイ・ゲーラが言っていたんだが、セットの中を嗅ぎまわる脚本家はどうも好きになれない、というのも、口を差しはさみたいのをこらえてはいるんだろうけど、監督としては首筋に相手の視線を痛いほど感じているし、自分をじっと見つめて、採点をしているように感じるそうだよ。「ぼくの好きな作家は二人いる。ひとりはシェイクスピアで、もうひとりはガボだ。というのも、シェイクスピアはすでに死んでいるし、ガボは死んだふりをしてくれるからだ」とルイが言っているのもそういうことなんだ。わたしはラッシュ〔未編集の試写用映画フィルム〕ができあがるか、最初のカットを見るまでは、自分の意見を一切口にしないんだ。

エリザベス　できあがったものを見て、失望されることもあるでしょうけど、期待していた以上のものが生まれてくることもあるんでしょう。

ガボ　ラッシュを見ていると、どうしても脚本のことを思い出してしまうんだが、映画に従属する、より正確にはその中に吸収されてしまうのが脚本の運命だということは、プロならだれでも知っていることだよ。わたしはラッシュを見るのが、とりわけムーヴィオラを見るのが好きなんだ。というのも、それが真実の瞬間なんだよ。その瞬間にはすべてができあがっているが、にもかかわらずすべてはまだ決定されていない、まだ修正することも、もっとよくすることも、さらにはそれまで考えもしなかったことをサジェストしたり、あるシークエンス全体に別の意味を与えることもできる瞬間なんだ。創造性という意味からすれば、モンタージュというのは奇跡だよ。

ガブリエラ　大勢の人がより高い目的のために自分のエネルギーと才能のすべてを注ぎこんでいるというのは、すばらしいことだと思うんです……。

ガボ　わたしも別に愚痴を並べているわけじゃない。それどころか、君と同じ意見なんだ。小説を書いている時は、日常生活の時間と空間のなかで小説が展開していくのが目に見えるんだ。けれども、脚本を書いていると、つまりあるシーンを描写していると、カメラ・アイを通して見るようにそのシーンがフレームの中に収まって見えるんだ。カメラの位置や動きのことを言っているんじゃなくて、映画のシーンとかモンタージュを通してしかストーリーを考えられないいんだ。映画を見すぎたせいで、すれっからしになっているんだろうな。わたしは『オイディプス王』を君たちだけでなく、ホルヘ・アリーとともまったくちがう読み方をしていると思う。というのも、ホルヘ・アリーはまだ撮影をはじめていないし、わたしのほうは自分の脚本をすでに頭のなかで「映画化」しているからね。

ホルヘ・アリー　小説の読者にも同じようなことが起こっていると思うんです。一人ひとりが、自分自身の経験や性格、好みにしたがって読んでいる物語を想像しているわけですから、読者というのは一種の監督なんですよ……。

セネル　想像は自由にできるんだけれども、現実が後でそれを修正することになる。たとえば、『苺とチョコレート』の中で、ディエゴとナンシーが暮らしている建物は、手動で開け閉めする鉄格子の扉がついた鳥籠のような古いエレベーターのある建物にする予定だったんだ。ティトンに話すと、彼もそれはいいと言ってくれた。で、ハバナ中さがしまわったんだけど、どれもこれも壊れていて動くエレベーターが一台もなかった。それで、結局二人には階段のところで対話をさせたんだが、そうなるとまたちがったものになるんだよ。

ガボ　ところで、オイディプス役には『苺とチョコレート』でディエゴ役をやったホルヘ・ペルゴリーア〔キューバの俳優〕はどうだろう？

ホルヘ・アリー　イオカステはチャロ・ロペスなんかどうでしょう、彼女のことはみんなも知っているだろう？

イグナシオ　彼女は存在感がありますね。

ガブリエラ　ラテンアメリカの俳優でいくのね。
ガボ　貴族たるものの務め《ノブレス・オブリージュ》、つまり、制作上の務めだよ。君は、リプステイン〔メキシコの映画監督〕の映画『死の時』を見たかね？
ガブリエラ　たしかホルヘ・アリーが……。
ガボ　ああ、ホルヘ・アリーはカラーであの映画を撮り直したけど、最初モノクロで撮ったのはリプステインなんだ。
ホルヘ・アリー　外国人の役をした俳優のホルヘ・マルティネス・デ・オヨス〔メキシコ出身の俳優〕なら、『オイディプス』の司祭をやれるんじゃないかなと考えていたんです。
ガボ　ホルヘはすばらしい俳優だ。彼なら申し分ないよ。
ガブリエラ　いかにもスペイン人らしい司祭なんですか？
ホルヘ・アリー　その点はこだわらなくていいよ。
ガボ　モデルになった実在の人物は、サン・サルバドルの大司教アルヌルフォ・ロメーロ猊下なんだ。
ホルヘ・アリー　ぼくの知っているフィレンツェの高位の聖職者がその人に似ているんです。
ガブリエラ　あの人物はもっと浅黒い、肌の色がもっと黒い感じの人かと思っていたわ……。

ガボ　映画というのはすばらしいね。これが脚本でなく小説を読んでいるのなら、だれもあの人物の色、つまり肌の色なんて考えたりはしなかっただろう。

ガブリエラ　どうしてなんですか？　貧しい人たちと一緒に解放運動を行なっている司祭だったら……。

ホルヘ・アリー　ぼくは逆に白人というイメージがあるんだ。フィレンツェで知り合ったあの猊下はゲリラと親密な関係にあるんだけど、どうしてもその人を思い浮かべてしまうんだな。

ピトゥーカ　司祭はあまり気にしなくていいと思うの。それよりもテイレシアスなんだけど、とても重要な人物なのに、どうしてあんなに少ししか登場しないの？

グト　ほんとうだね。オイディプスとはじめてすれ違った時は犬を連れていて、彼の方へ近づいて話しかける。それなのに、二度目の時は遠くからあとをつけていって……「まるで彼の姿が見えないような」感じなんだ。どうして立ち止まって、彼に挨拶しないのかな。そうすれば、「この人は目が見えないのに、どうしてわたしだとわかったんだろうか？」と考えてオイディプスが当惑すると思うんだけど。

ホルヘ・アリー　視覚なのか嗅覚なのかをはっきりさせないで、彼だとわかったという表情をカメラで強調することはできるよ。

ガボ　ホルヘ・アリー、テイレシアスが犬の目でまわりを「見ている」ということをはっきり表に出してほしいんだ。そこをはずすと、あの人物は死んでしまうからね。

エリザベス　最初のところに戻るんですが、あそこでテイレシアスが理由もなく姿を消すような感じがするんです。謎が解き明かされていきますが、どうしてその時に彼の予言をオイディプスの運命と結びつけないんですか？　オイディプスは自分の身に予言通りのことが起こるとは考えませんね。そうなると、テイレシアスを思い起こさせるような何かを入れる必要があるんじゃないですか。

ガボ　オイディプスは予言と自分の運命とを結びつけて考えないが、観客は結びつけるはずだよ。

エリザベス　そうですか。わたしにはそう思えないんですけど。

ガボ　ここだけの話だが、テイレシアスをあんな風に登場させているのは、意図があってのことなんだ。ソフォクレスの作品を見ると、あの人物があまりにも魅力的なので、おいしいところをみんな取ってしまっている。実を言うと、わたしも自分が食われるんじゃないかと心配になって、いっそのことはずしてしまおうかと考えたくらいだ。それがここにきてみんなからあの人物にもっと重要な役どころを与えたらどうだと言われているんだからね。

マノーロ　さっきテイレシアスは黒人にすべきだとおっしゃいましたけど、白人だといけないんですか？

ガボ　黒人でも、インディオでも、白人でもかまわない。ただ、非常に存在感のある人物でなければならない。

ガブリエラ　それと、オイディプスが謎を解き明かしていく時に力を貸すところも出さないといけませんね。

ガボ　そこが泣き所なんだ。というのも、わたしは昔から推理小説のファンなんだ。推理小説の謎を組み立てるのはとても簡単なんだが、それを解体する、つまり謎を解き明かすのはひどくむずかしくてね。どうやっても期待していたほど面白いものにならないんだ。『予告された殺人の記録』を書いた時も、同じ問題に直面してね。第一章を書き終えたところで、思わずこうつぶやいたよ。「うーん、推理小説になってしまったな」。というのも、あるところまで読んだ人は、この人物はいずれ殺されるだろうと考える。すると、次はもし殺されるとしたらとか、もし殺されない場合はといった疑問が湧いてくる……。で、わたしは考えたんだ。「読者の中にはあの人物が殺されるのか、殺されないのかを知りたいと思って何章も飛ばすものもいるだろう。それなら、いっそ、ことをはっきりさせて、彼が殺されることにしよう。そうすれば、読者はどんな風にして殺されるのかを知りたいと思って、本を全部読んでくれるだろう」とね。

ガブリエラ　脚本にテイレシアスはほとんど登場しないんですけど、とても重要な人物に思えます。ですが、ふっといなくなるんです。たぶん連続性がないせいで……。

ガボ　映画だとそういう印象を与えないはずだよ。君が魅力的だと思うということは、忘れられないということだよ。

ガブリエラ　それにライオスに関してなんですけど、町中の人が何が起こるのか知っているのに、わたしたちは知らないんです。彼が見た夢の内容も知りませんし、誰がどういう風にしてそのことを知ったのかもわかりません。それなのに突然会話の中に、「町中の人間がわたしに言ったんだ……」という言葉が出てきますよね。町中というのはどういうことなんですか？　観客やオイディプスはどうなるんでしょう？

ホルヘ・アリー　表面的にはオイディプスはそのことを知らないんだ。もっと正確に言うと、意識的に知るまいとしているんだけど、心の底では気づいている。ほかの人たちにそうじゃないって言ってもらいたいと思っている、そこに彼の悲劇があるんだ。

ガボ　みんなからそうじゃないって言ってもらいたい反面、そう言ってもらいたくないとも思っているんだ。しかし、すでに予言はなされている。だから、彼女自身が「あなたの頭の中には妄想が詰まっているのね」と言うんだ。彼は知っている、つまりずっと以前からはっきりわかっていた。しかし、現実は学校で教えてくれるよりもはるかに豊かなんだ。彼はなぜ町に帰ろうと決心したんだろう？　自分はあの町で生まれたし、父は軍の司令官をしていたと言って、何とか自分を納得させようとする……。しかし、彼があそこに戻るのは宿命《ファトウム》なんだ。その悲劇的な側面に気づかなければ、運命を前にした人間は単なる操り人形でしかなく、したがって……。

ホルヘ・アリー　ちょっと待ってください、ガボ、脚本の中ではそのことをはっきり書いておられませんね。

ガボ　何が？

ホルヘ・アリー　彼が自分の意志であの町へ行くということです。

ガボ　だから、今その説明をしているんだ。

ホルヘ・アリー　そこはやはり脚本に書かれたほうがいいんじゃないですか？

マノーロ　彼は何度か「あそこへは行くな」と言われるんだけど、耳を貸そうとしませんね。

ガボ　その通りだ。詩というのは説明するものじゃない。メタファーは説明すると、干からびてしまうんだ。詩は以心伝心で伝わる……それで十分なんだ。問題の根底にあるものを理解できるようにする雰囲気、感じ、思いはうまく伝える必要がある。

イグナシオ　だけど操り人形と自由意志を具えた人間というふたつの条件がわれわれに具わっているわけですから、その両者の間を揺れ動くということはあり得るわけですね……。イオカステに心を奪われたオイディプスは彼女の意のままに動くだけですが、ある時彼は、あなたを失うのが怖い、と言いますね……これは彼の意志が働くこともあり得るということなんですか？

ガボ　オイディプスは予言を知らないんだ。

イグナシオ　だったら、彼はどうして彼女を愛したんです？　単に好きになったということなんですか？　彼はもともとある意図があって……。

ガブリエラ　その選択も、つまり彼女に引きずられていくという選択も運命の一部なのよ。

ホルヘ・アリー　彼が彼女に会いにいくというような別の選択もあり得るね……。みんなも覚えていると思うけど、彼はひとりでジープに乗っていくだろう。あそこで車を停車させて、しばらくのあいだ降りるようにしてもいいな……。観客は「自殺する」んだろうかと考えるだろう。彼はその時遠くをいくクレオンの軍隊を目にするけれども、もはや自分の問題ではなくなったので、興味を掻き立てられない。武装したグループが通過していく、つまり世界は休むことなく動いているんだ……。

ガブリエラ　それもひとつの可能性ね。脚本の内容を変えることも考えられるんじゃないかしら。「紙の上ではどのようなことでもできる」というのがわたしの信条なの。

ガボ　それで飯を食っているわたしに教えようというのかね？

グト　まだ時間が残っているようですね。ガボ、周期的に訪れるという例のオブセッションについて話していただけませんか？

マノーロ　それも言うなら間歇的にだろう。

4

紙包み、陰謀、ピアノ、ボレロ……

Un paquete, un complot, un piano, un bolero...

ガボ　今日は目覚めがよかったので、時間外の仕事をしようと思って声をかけたんだ。君たちはあまり寝ていないんだろう？　さあ、気合いを入れてやろう。やる気のないものは出ていってくれ。シナリオ教室というのはゲリラのようなもので、むりに行軍するわけにはいかない。だから、いちばん足の遅いものにあわせて進むより仕方ないんだ。で、今日はだれが口火を切るんだ？

ピトゥーカ　まだ完全にできあがっていないんですが、受けて立ちます、ドン・ガブリエル。主人公は三十歳前の若い女性で、新聞記者をしています。八〇年代末に祖国のパナマに帰るんですが、その時に二年間会っていない姉が自殺したと知らされます。なぜ自殺したのか理由はわかりません。姉とはとても仲がよく、何カ月も前から再会できるのを心待ちにしていたので、大きなショックを受けます……。だれもいない姉の部屋で写真のアルバムを繰りながら、思い出にひたるんですが、その時に少女時代に二人で髪の毛や模造品の宝石をしまっておいた箱を開けます。と、中に自分に宛てた姉の手紙があるのに気がつきます。そこには、自分の身に何かあれば、つまり自殺するようなことがあれば、あなたのよく知っている場所に紙包みが入っているので、それを開封せずにこれこれのところに住んでいるホアキンという人に渡してほしい、と書いてあります。手紙には、あなたの身に危険がおよぶかもしれないので開封しないように、と説明してありました。で、彼女は台所の隠し場所へ行って包みを見つけると、その後ひそかにホアキンの居場所を探り出します。この人物は極秘裏に反政府運動を行なっているグループのリーダーなんです。実を言うと、姉は自殺したことになっていますが、ホアキンの調査で本当は殺されたのだということが判明します。

ガボ　すると、ストーリーは女性新聞記者とホアキンの活動を中心に展開していくわけだね。

ピトゥーカ　政治的陰謀にスパイ活動が絡んでくるんです。というのも、ある外国の政府がパナマに内政干渉しようとして……。

ガボ　ある外国か……。

ピトゥーカ　……で、あの二人、つまり彼女とホアキンはそれを阻止しようとします。最後に、内政干渉しようとしている連中と、彼らと結託している軍事体制下の政治家たちが、自分たちの計画にとって邪魔になるというので、あの二人を抹殺しようとするんです……。

ガボ　あの包みには何が入っていたんだ？

ピトゥーカ　書類です。いろいろなことを証拠立てる文書が入っていて……。自殺したことになっている姉は政府高官の秘書をしていたものですから、そうした書類を手に入れることができたんです。

ガボ　ストーリーの出だしはいいんだが、どうして書類の包みがそういう形で出てくるんだ？　もっと後でもいいだろう。最初から出てくると、期待感がそこなわれる……。包みの中身にしても、もっと妙なもの……たとえば、バレリーナの操り人形といったようなものだといけないのかい？

ピトゥーカ　実は、書類というのはさっき思いついたんです。

ガボ　そのシーンを思い浮かべてみるといい。ホアキンが包みを開けると、中から束になった書類が出てくる。その後、アップでそれが映し出されるんだろうけど、それだけのことだ。逆に、中からバレリーナの操り人形、あるいはコプトのキリストの磔刑像が出てきたりしたら……。

ピトゥーカ　そうですね。もう少し考えてみる必要がありますね。

ガボ　マノーロ、君はどうだ？　ミュージシャンの話はもうできたかい？

マノーロ　今まとめているところです。

ガボ　まだか。まあ、ゆっくりやればいい……モニカ、君は意欲満々なんだろう？

モニカ　以前から考えていたストーリーなので、ほぼできあがっています。一九四八年のボゴタが舞台なんです。

ガボ　すると、ボゴタ騒動のあった四月九日だな。

モニカ　その時に終わるんです。十歳のユダヤ人の少女が主人公で、彼女の家族はポーランドから逃げてきて、四、五年前にボゴタにやってきたんですが、その時はまだ戦争が終わっていませんでした。

ガボ　ということは、当時少女は五、六歳で、スペイン語はまだ話せなくて、ポーランド語かドイツ語を使っていたんだな。

モニカ　ですが、今では完全にマスターしています。でも、両親はスペイン語がだめで、片言しかしゃべれないんです……。ヒトラーのことが忘れられないというのが、少女の抱えている問題なんです。家族のものが何度もヒトラーはもう死んだと言って聞かせるんですが、彼女は生きていると言って、聞き入れようとしないんです。

ガボ　戦争の思い出がトラウマになっているわけか。自身が体験したことと話で聞かされたことが原因なんだな。モニカ、つづけてくれ。神様がお命じになっているように、「昔々ユダヤ人の少女がいて……」といった調子で話してほしいんだ。アンネ・フランクの話とは関係ないだろう？

モニカ　ボゴタ騒動の起こる一カ月前の、一九四八年のはじめのボゴタが舞台です。市の中心にユダヤ人の一家が住んでいるんですが、彼らのうちの何人かは捕虜収容所に入れられた経験があるんです。十歳の少女は末っ子なんですが、彼女はヒトラーの影におびえ、それがトラウマになって苦しんでいます。タイトルは『ヒトラーを殺すための陰謀』です。
ガボ　ボゴタの中心で「ヒトラーを殺すために……」というのは奇妙なメタファーだな。
モニカ　少女は自分の殻に閉じこもって、感情的な面で人と心を通わせることができません。友達はほとんどいないんです。近所の人たちや同級生の父兄がそのことに気づいて、自分の子供たちにあの子と遊んでやりなさいとか、散歩に誘ってあげたらと言うんですが、あまり効果はないんです。ある日、学校の友達が彼女の家に遊びにいくんですが、部屋に入ると、彼女はおびえて部屋の隅に逃げ込んでしまい、ここに来るのをヒトラーに見られなかったかと訊きます。「その人がもしわたしのことを尋ねたら、そんな子は知らないと言ってね。お願いだから、わたしがここに住んでいることを教えないで……」と言うんです。
ガボ　学校の友達が部屋の中をのぞいた時、少女は何をしているんだ？
モニカ　人形で遊んでいます。ぬいぐるみの人形を持っていて、それとお話をしたり、叱ったりして遊んでいるんです……自分だけの閉じられた世界なんです。
ガボ　そのストーリーは啓示的なものになるかもしれないな。
モニカ　少女は学校へ行くのをいやがるだけでなく、時には外に出ることさえ怖がるんです。
ガボ　で、両親は心配して、二輪車や子供用のスクーターを買ってやる……。

モニカ　でも効果はありません。家の外のどこかにヒトラーという名前の男がいて、自分を殺そうとしていると思い込んでいます。

ガボ　彼女はヒトラーをどんな人間だと想像しているんだ？

モニカ　彼女からヒトラーの話を聞かされた友人たちは、どんな人物か調べようとします。彼らは親に尋ねるかわりに、おしゃべりで迷信深い年老いたお手伝いさんに訊くんですが、子供たちがおびえたような顔をしているのを見て、その男は髪の毛も口ひげも黒い男で、といった具合に思いついたままをしゃべります……。

ガボ　子供たちに本当のことを教えたり、雑誌にのった写真を見せたり、戦争の話をしてやる人間はいないのかい？

モニカ　そこのところはひと工夫いると思うんです。ヒトラーに関して当時何らかの情報が入っていたかどうかというのは、このコンテクストが説得力を持つかどうかの決め手になるでしょうね。

ガボ　奇妙なことだけど、子供たちが親に尋ねたとしても、判で押したように、あれはとても悪い男で……云々、といったように同じ答えが返ってくるだろうな。相手が子供だと、親は何か訊かれてもうるさく思うだけだからね。

モニカ　あの男はドイツ人だったと教えた人間がいるかもしれませんね。子供たちはユダヤ人、たとえば少女の両親がイディッシュ、あるいはドイツ語を話すのを聞いたことがあるんです。

ガボ　ポーランド語かもしれないよ。彼らにとってはその三つの言葉はどれも同じで、どれを聞いてもちんぷんかんぷんだからな。

モニカ　ひとつ忘れてならないことがあります。数年前からボゴタにひとりのオーストリア人が住んでいて、薬局を経営しているんですが、髪も髭も真っ黒で、ひどく感じの悪いその男がある時子供たちの前でドイツ語をしゃべるんです。子供たちはそれを聞いて、この男が自分たちの探しているヒトラーにちがいないと考える、というかそう思い込みます。

マノーロ　当時でもヒトラーはまだ死んでいないと考えられていたんですか？

ガボ　場所によってはその可能性はあるな……それに、彼の死体は黒こげになっていてヒトラー本人かどうかわからなかったんだ。

マノーロ　少女はいろいろな噂を耳にしていた……だから、子供たちはヒトラーはまだ生きていて、名前と姿を変えてボゴタにやって来て、どこかに身をひそめていると信じています。

ガボ　ひそんでいる可能性もあるけど……少女を追ってきた可能性もあるよ。大人は子供たちに向かって、その通りだ、ヒトラーというのは化け物で、何の痕跡も残さずドイツから姿を消したんだと言って、恐怖心をあおり立てるだろうな。これで子供たちが回国の騎士になる条件がそろったわけだ。

モニカ　そしてある日、その「化け物」が陰気で気味の悪い薬剤師に姿を変え、しかもドイツ語でしゃべり……。

ガボ　男が薬剤師でなければならない何か特別な理由があるのかい？　毒薬を調合して、子供たちにますますあやしいと思われるとか。

モニカ　実はあの男は人妻と不倫の関係にあるんですが、夫の方は相手が薬剤師とも知らずに、何とか相手の男を見つけ出そうとします……。

ガボ　話が込み入ってきたね。そのこととあの男が薬剤師だということとは何か関係があるの？

モニカ　薬局というのは人目を忍ぶ密会の場所としてはもってこいだと思うんです。その女性が中に入って、注射を打ってもらったり、薬を調合してもらうためにしばらく待っていてもおかしくないわけですから、薬剤師というのはよく医者がわりに簡単な治療をしますよね。

ガボ　なるほど。で、子供たちはついに本物のヒトラーを発見したと思って、あの男を殺すことにする。

モニカ　どうして本物なんですか？

ガボ　言うまでもないだろうと思って黙っていたんだけど、神経症気味でパラノイアックになっている子供たちは、ヒトラーと思われる人間をすでに何人か見つけていたんだけど、どれもちがうということがわかった……そこにすべての条件を満たす薬剤師が現れるんだ。

モニカ　子供たちはヒトラーの写真を見たことがあるんでしょうね。だけど、ヒトラーは自らのおそろしい使命を果たすために変装しているにちがいない、と推測する。

グト　それで薬剤師に変装したわけだ。

ガボ　ヒトラーがあのような状況に置かれたら、真っ先に口ひげをそり落とし、髪の毛をカールするだろうな。ここでは、子供たちがついにあの男を発見したと思い込むことが大切なんだ。彼らがあの薬剤師はヒトラーにちがいないと言えば、その人物はヒトラーになる。それ以上考える必要はないよ。

マノーロ　『チャップリンの独裁者』〔一九四〇。アメリカ映画〕に登場する理髪師のようにヒトラーに似ていれば申し分ないでしょうね。

モニカ　ときどきこんな風に考えるんです。ある日、子供たちは酔っぱらってぐっすり眠っている薬剤師のところに忍び込み、口ひげをつけるんです。さらに、子供たちがあの男かどうか確かめようとしたり、処刑のまねごとをしたり、むろん失敗に終わるんですけれども襲ったりもします。そんな風に考えても面白いと思うんです。

ガボ　ひとつ確かめたいんだが、君のストーリーはヒトラーにとりつかれた女の子の話なのか、ヒトラーを何としても見つけ出して殺そうとする子供たちの話なのか、どちらなんだ？

モニカ　そのふたつが絡み合ってはだめですか？　それにもうひとつ、寝取られ亭主の話も出てきます……。ですが、映画全体としては二組の人間が一人の男を殺そうとするというストーリーになると思うんです。

ガボ　ひとまず不倫の話を忘れて、子供たちに集中しよう。あの女の子はどうして後景に退いてしまうんだ。

モニカ　子供たちは女の子のために一生懸命頑張るじゃないですか。

ガボ　しかし、女の子自身は単に名前だけの存在になっているだろう。

マノーロ　不在の存在というわけですね。

ガボ　まあ、いいだろう。そこはそのままにしておいて、必要になったら登場させればいい。

モニカ　子供たちはとうとうヒトラーを見つけたと考えて、年取ったお手伝いさんに毒薬、つまりヒキガエルの頭を三つ、蜘蛛の脚を五本、それにトカゲの尻尾を一本使って作る悪魔の煎じ薬を作ってほしいと頼むんです。

ガボ　その老婆というのは君の祖母の世話をしていたお手伝いさんで、毛穴から火を噴いていたんじゃないのかい。

モニカ　まさか、そんなことはありません。

ガボ　ストーリーはとてもよくできているよ。内容的にも重いものをはらんでいるし、いいものだ。

モニカ　気になることがふたつあるんです。ひとつはこの映画を作る意味があるんだろうかということ、もうひとつは、子供たちが計画を練り、寝取られ亭主が復讐するといった状況が実際にあり得るように思えるかどうかということなんです。
ガブリエラ　でも、子供たちは計画を本当に実行に移すの？
モニカ　ええ、そうよ。でも、彼らは気づいていないけど、すべては単なる儀礼的な行為でしかないの。カエルの目を三つにトカゲの尻尾を一本、それに女の髪の毛を四本使って薬を作るというのは、彼らにとっては決して遊びではないんだけど、観客から見ればお遊びでしかない。で、子供たちが自分たちの計画を実行に移した時に、寝取られ亭主が……。
マノーロ　そのテープレコーダーで何をするつもりだい？
モニカ　よく聞いてみて。
ガボ　ドイツ語だな。これはヒトラーの声じゃないか。
マノーロ　サン・アントニオ・デ・ロス・バーニョス映画テレビ国際学園でヒトラーか……驚いたな。
モニカ　たぶん寝取られ亭主も声の主を追っているのよ。よく聞いて。そして、ついに声の主であるあの薬剤師を見つけ出すの。
ガボ　われわれに黙って、ふたつの話を語っていたんだな。
モニカ　ふたつのストーリーは四月九日にひとつになるんです。その日、子供たちは薬剤師に例の薬を、少なくともスプーンに一杯飲ませることに成功し、寝取られ亭主の方はその薬剤師が妻と密会しているところを見つけた後、殺害します。しかし、町で暴動が起こり、あの哀れな男の死体が発見されるんですが、暴動の犠牲になったと考えられるんです。

マノーロ　ヒトラーは死に、罪に問われるものはいないってわけだ。

モニカ　子供たちは大喜びで少女のところへ行くと、「もう隠れていなくていいよ。ヒトラーはぼくたちが始末したから、君には手を出せないよ」と伝える。

ガボ　ストーリーは気に入ったけど、詰めが少し甘いような感じがするな。子供たちは少女を救う「ため」に行動を起こすわけだけど、彼ら自身は危険な目に遭わないんだろう。そのあたりでストーリーが甘くなってしまうんじゃないかな。

マノーロ　大人の登場人物、大人の観客もその中に含まれていいと思うんですが、何人かの大人も子供たちと同じように、あの薬剤師をヒトラーだと思い込むように作ったら面白いかもしれませんね。ヒトラーはたしかオーストリア人でしたね？

ガボ　これが子供たちのストーリーだということを忘れちゃいけない。子供たちの世界から外に出てはいけないんだ。そこに大人が入り込むと、ストーリーが崩壊してしまう。カメラはしたがって子供たちの目、つまりわれわれの腰の高さあたりに設定しておく必要がある。

ガブリエラ　子供たちが薬剤師を見上げるところを強調する時は、とくに気をつけないと。

ガボ　だからそこに大人が割り込んでくると、ぶちこわしになるんだ。子供たちは無防備なままで空想、創造性、予感に身をゆだねる……彼らにとってヒトラーというのは……軍人、力のあるよこしまな人間であり、友達の少女を救うためにその悪党をやっつけようとする。

ピトゥーカ　子供たちの計画が進行していくにつれて、女の子は自閉症的な状態から徐々に抜け出して、行動的になっていくのね。

ガボ　今のままではまだ足りないところがあるな。あの女の子の性格を描き出していく必要があるよ。心の葛藤からくだんの悪党に関する情報を得るまでがこのストーリーの起爆剤になるところだから、彼女を中心に据えないといけない。

ガブリエラ　あの薬剤師が自分でも気づかないうちに、ヒトラーに自分を重ね合わせていくという風にする必要があるんじゃないですか。子供たちはあの人物が無意識のうちにとるさまざまな言動を通して、この男はヒトラーにちがいないと考えるようになるんです。

マノーロ　脚本家の腕の見せどころだな。

グト　監督や役者にとってもそうだよ。というか、映画作りに携わる人間にとっても腕の見せどころになるよ。

ガブリエラ　ある日、子供たちは薬局、あるいは男の家でブーツを片方発見するの。それがどうも軍靴らしいので、写真で見たことのある軍靴と結びついてどんどんイメージが膨らんでいく。そして、「やはりあの男にちがいない」と言い合うの。

ガボ　彼らはヒトラーを捜している時に、あやしいと思われる人物がいると、あの少女のところへ行って、その男の様子を話して聞かせる。すると少女は、「ちがうわ。だってあの男とちがうところが沢山あるもの……」と答える。ところが、あの薬剤師の場合はすべてがぴったり符合するわけだ。

マノーロ　少女は自分の目で確かめようとしないんですか？

ガボ　そりゃあできないだろう。彼女が信じているように、もしあの男がヒトラーなら、死体を見るくらいしかできないよ。

ガブリエラ　子供たちがあの男を殺すんじゃないってことははっきりさせておく必要はあるでしょうね。

モニカ　その必要はないわ。彼らは自分たちが殺したと信じているのよ。

ピトゥーカ　男が死ぬことはまちがいないわ。不倫がばれて。

ガボ　話の流れをゆがめずに、筋道をしっかり押さえておかないといけないよ。ちょうど川に飛び込むように、ストーリーの流れに身をゆだねなければならない。ヒトラーが少女の空想の中にしか存在しないのなら、ヒトラーがだれで、どういう人間かを知っているのは彼女しかいないということになる。だから、あの男を見分けられるのは彼女しかいないわけだ。しかし、ひとつ問題がある。子供たちが「見にいこう」と言ったとしても、少女は「だめよ。見つかれば捕まってしまうわ」と答えるだろう。この話はとてもよくできていて、しかもぞっとするような童話だから、ぜひそこのところをしっかり押さえて崩さないようにしないといけない。で、だれがアイデアを出して話を先へ進めてくれるんだ。

グト　ヒトラーの影におびえているのは何も彼女ひとりでなくてもいいんでしょう。もしヒトラーが本当に悪い人間なら、子供たち全員にとって危険な人間なわけですよね。だったら、少女が友人たちとしゃべっている時に、あの男がもしわたしを殺すようなことがあれば、あなたたちも殺されるかもしれないわ、と言うんじゃないですか？

マノーロ　共犯者だからな。

ガボ　まさか『ハメルーンの笛吹き男』の自由翻案のようなものになるんじゃないだろうな。

グト　彼の言うとおり、そもそも間違いの原因を作ったのが薬剤師本人だということもあり得ますね。

ガボ　だれだい、そんなことを言ったのは？

グト　マノーロがぼくに小さい声で言ったんです。どういうことかと言うと、ある日あの男が酔っぱらって帰ってきた時に、子供たちのひとりが挨拶するんです。すると彼は冗談なのか、無意識にそうしたのかはわからないんですが、片方の腕を上げてナチスの敬礼を思わせるジェスチャーをして、ドイツ語で何か言うんです。

マノーロ　頼むからそこで「ハイル・ヒトラー」なんて言わないでくれよ。

ガボ　少年の方がそういう敬礼をしたら、男はおそらく「たとえ冗談でもそういうことをしてはいかん。悪いことなんだよ、それは……」と言ってたしなめるだろうな。

グト　その子はナチス式の敬礼をしたりしません。ですが、男の方は酔っぱらっていますから……。

モニカ　そういう間違いや行き違いがあると、いかにもゲームという感じがしていいわね。子供たちの物語でわたしが……。

ガボ　子供というのは予測できないところがあるから、気をつけたほうがいい。こちらが考えてもいないところまでいってしまうんだ……。

ガブリエラ　だけど、モニカは子供たちがやりたがっていることと、あえてやろうとしていることとをきちんと区別して、分けて考えていると思うんです。これはわたしの考えなんですけど、子供たちはあの計画を実行に移すべきじゃないと思うんです。

マノーロ　どういうこと？　薬剤師は結局あの魔法の煎じ薬を飲まないの？

ガブリエラ　あるいは、子供たちがあの薬を渡さないとしてもいいわね。

グト　ある日、子供たちがあの男の部屋に忍び込んで、いつも薬をおいてあるナイトテーブルのところへ行って薬を取り替えようとするけど、その時に彼の死体を発見するんだ。

モニカ　それが四月九日なの。

ガブリエラ　あるいは、その前日の夜でもいいわね。

ガボ　モニカ、ボゴタ騒動の日でなくてもいいんじゃないのかい？

モニカ　えっ、どうしてですか？

マノーロ　ボゴタ騒動というのはいいアイデアだと思うんですけどね。

ガボ　少し考えさせてくれ。家の外で起こっている出来事はヒトラーの仕業だと、少女が考えるというのは少し残酷な感じがするんだ。市の中心に住んでいる家族は今の家を引き払って、安心して暮らせる場所を探さざるを得なくなるんじゃないのかな。あの雰囲気を出すためには、つまり暴力と破壊が町を荒廃させるシーンを撮ろうとすると、ひどく金がかかると思うよ。モンタージュの中で、資料室にあるドキュメンタリーものの映像や写真を使うとなると、モノクロで撮らないといけない……。今、声に出してものを考えているんだ。わたしが心配しているのは、ストーリーがいくつもの方向に分岐して、手から水が漏れるように大事なものを逃してしまうんじゃないかということなんだ。

モニカ　わたしにとって重要な問題はヒトラーなんです。というのも、子供たちがあの男がヒトラーだと決めつけるわけですからね。

ガボ　その場合、彼らがヒトラーと間違える人間が少なくとも二人は必要だよ。そうすれば、三番目の男は「これこれ、こういう男なんだ」という説明を聞いて、少女がその男にちがいないわと言う言葉に重みが出てくるよ。「本物の」男にたどり着く前に、ヒトラーの偽物が二人いるんだ。全部で三人だとちょうどいい。二人目で見つかると、少ない感じがするし、四人目では多すぎるからね。

ガブリエラ　その人たちはそれぞれちがった仕事についているんでしょう。

ガボ　しかし、その中に画家は含まれていないよ。
マノーロ　理髪師も含まれませんね。
グト　子供たちのひとりが偶然あの薬剤師を見つける。母親に言われて薬局へ石けんを買いにいくんだけど、その時に薬剤師が獣脂の匂いのする包装していない石けんを渡して「これがいちばんいいものだ」と言う。
モニカ　面白くも何ともないわ。
マノーロ　残酷な冗談なんだ。
グト　ぼくが言いたいのは、子供たちは事情がのみこめていないということじゃなくて、いろいろな話を聞かされて……その子は石けんのにおいを嗅ぎ、ほかの子供たちのところへ行って、あの薬剤師はどうもあやしいと言うんだ。
ガボ　悪魔はそのままで悪魔なんだから、カリカチュアライズする必要はない。あの子が石けんを持って帰る前に、薬剤師は容器の蓋を開けて、キャラメルを持たせるんだ。
グト　それをもらうんですか？
ガボ　ああ、だが自分は食べないで猫に食わせるんだ。
グト　猫は匂いを嗅いで、向こうへ行ってしまう。
ガブリエラ　あるいは、それを舐めたとたんに死んでしまう。
ガボ　子供たちのひとりが勇気を出してキャラメルを食べる、としたらどうだろう。しかし、何も起こらない。そのせいで、あの薬剤師がヒトラーでないことが証明される。わたしは今、子供の論理を追究していくことで、議論の種を提供しようとしているんだよ。

グト　子供たちのひとりが悪魔の用いる奸計についていろいろな話を聞かされていて、これはきっと自分たちを惑わせるための手だと説明するんです。

ガブリエラ　そういう状況なら、毒薬が出てきてもおかしくないわね。

マノーロ　魔法についての知恵を授けるお手伝いがそこで登場して来るってわけだ。

ガボ　あの子たちは天使じゃない。悪魔以上に悪魔的なんだ。ひょっとしてナイフを持ち出して、あのあわれな男の脳天に穴を開けるかもしれないし、猟銃を手に入れて、路上で出会ったら散弾を食らわせるかもしれない。子供たちのストーリーの場合は、どんなばかげたことでもやりかねないところに利点があるんだ。大人の場合は、本能で行動していると思われたくないので、隠そうとするけれども、その点子供は……。このプロットでつづけてくれ、モニカ、きっといいものができるよ。

モニカ　あなたの脚本『ピアノ』と同じようなことにならないよう祈っています……。

ガボ　その話をしたんだっけ？

グト　すみません、どういう話なんですか？

ガブリエラ　あら、あら……このシナリオ教室に秘密があるんですか。

ガボ　一台のピアノにまつわるストーリーなんだ。ジェーン・カンピオン〔ニュージーランド出身の映画監督）の映画『ピアノ（・レッスン）』ができるよりもずっと以前に脚本はできあがっていたんだ。モニカ、もう一度同じ話を聞きたくはないだろう？　何なら外に出て、休んでいいよ。

モニカ　いいえ、ここにいます。

ガボ　君の知っている話だよ……後で、やはり同じだったわなんて言わないでくれよ。

モニカ　グティエレス・アレアが監督をするはずだったんでしょう？

ガボ　そうだ。だけど、プロデューサーを捜しているうちに時間がたってしまってね……というか、ティトンがプロデューサーとひと悶着起こしたんだ。そこへ突然、カンピオンの『ピアノ』が出てきて、世界的な成功を収めたんだ。われわれの脚本の方が先にできていたと言っても、だれも信じてはくれないよね。ストーリーは登録してあるんだ。

マノーロ　その映画も『ピアノ』というタイトルなんですか？

ガボ　タイトルはとりあえず、ベートーベンに捧げるささやかなオマージュとして『エリーサのために』としたんだけどね。実を言うと、ふたつのストーリーで共通しているのは、異常な状況下におかれたピアノにまつわる話という点だけなんだ。

モニカ　こちらのストーリーでは、ゲリラが支配しているコロンビアの敵地が舞台になっているの。

ガボ　時代は二十世紀の三〇年代なんだ。ボゴタの大政治家カンプサーノ氏は、娘の誕生祝いにピアノを贈り物にしようと考える。娘はエリーサという名前で、とても七歳には見えないほどおませな子なんだが、父親は目の中に入れても痛くないほどかわいがっている。ウィーンかベルリンから取り寄せたピアノがカルタヘナの港に陸揚げされたという知らせが届くが、マグダレナ川一帯はゲリラに支配されているので、オリノコ川を通ってボゴタまで運ぶより仕方がない。カンプサーノ氏が大統領に相談すると、大統領は直ちに防衛大臣を呼びつけてこう言うんだ。「将軍、何としてもピアノを約束の日までにここに運んできてもらいたい。そう約束したんでな」。すると大臣は、「閣下、どうかご心配なく。必ずおっしゃる通りにいたします」。大臣の娘は翌日若い士官と結婚することになっていたが、今回のことは娘婿にとってこの上ないチャンスになるだろうと考えたのだ。大臣は士官を呼んで、「結婚式を延期するのだ。無事戻ってくれれば、昇進はまちがいないし、うまくいけば勲章ものだ。そうなれば、錦上華を添えることになるだろう」と言う。若い士官はふたつ返事で引き受ける。その日のうちに戦闘要員の兵隊と武器弾薬を集め、ピアノを受け取りにいく。こうしてピアノの輸送がはじまるんだ。ゲリラ兵士たちはとてつもなく大きい梱包を運ぶために大勢の兵隊が動員され、武器弾薬まで調達されたと知って、よほど重要なものを運ぶのだろうと考えて、阻止しようとする。以上が映画の内容なんだ。ストーリーはあの大きな梱包が通行不可能な敵地をゆっくり時間をかけ、大変な労力と苦労の末に少しずつ運ばれていくというものなんだ……。ある日、その梱包の蓋が開いて、兵士たちは中にピアノが入っていることに気がつく。さらに、別の日にはもう少しのところで川に流されそうになる……。

エリザベス　その間ずっと梱包されたままなんですね。

ガボ　いや、ある時崖から落ちて蓋が開き、中のピアノがむき出しになるんだ。幸い傷はつかなかったがね。というか、脚が一本取れるんだが、すぐ元通りに取りつけるんだよ。

グト　その間ゲリラ側は何をしていたんですか？

ガボ　待ち伏せをしたり、ちょっとした攻撃を仕掛けたり、戦闘に持ち込んだりする……つまり、ゲリラ側は休みなく、息もつかさず攻め立てるんだ。そんな中、ピアノは大地を荒廃させ、多くの死体を後に残しながら運ばれていく……反政府勢力は首都でも大きな力を持っているので、軍隊がボゴタに入城すると、カンプサーノ家の屋敷に梱包を運び込ませまいとして民衆が決起する。屋敷の窓からは燃えさかる火事の炎が見え、すさまじい銃声が聞こえてくる……。しかし、若い士官と兵隊たちは銃を使って血路を切り開き、誕生会の開かれる数分前に豪華なサロンに無事ピアノを運び込む。王女のように着飾ったエリーサはサロンに入ると、父親や招待されている身分の高い人たちに向かって深々とお辞儀をし、優雅にピアノの前に腰をおろして、演奏をはじめる、「ティラ・ティタティン、タリ・タテティン……」。どうだい、なかなかいいだろう。

マノーロ　何を気にしておられるんです？　『ピアノ』と全然似てないじゃないですか。

ガボ　そうだな。いつか機会があれば、何とかして映画化するつもりだ。それに、脚本としても登録してあるんだ。脚本はリチ・ディエゴの名前になっているが、ティトンとわたしも加わっている……。できればあれを書き直して、もっと単純なものにしたいと思っているんだ……。リチがあそこに伝書鳩やいろいろなものを詰め込んでいるからね……。

モニカ　苦い味のするメタファーがこめられているように感じますね。

ガボ　そうだろう。あれはコロンビアを映し出した本物の透視図だよ。あの中には等身大のコロンビアがあるんだ。

エリザベス　あんなに単純な物語なのに、風刺や、冒険映画、悲喜劇など、あらゆるジャンルが混ざり合っていて、奇妙な感じがします。

ガボ　ところで、マノーロ、もうアイデアは固まったかい？

マノーロ　ぼくのは少し込み入ったストーリーなんです。何とかしてボレロの作曲家として売り出したいと願っている男の物語です。男はかなりの年で、ハバナの旧市街で狭い部屋を借りて住んでいます。これまでに、そうですね、五千曲から六千曲くらいボレロを作曲しているんですが、まだ一曲もうたってもらったことがないんです。無名の作曲家というわけです。時々、自分でベニー・モレー風にうたったり、オルガ・ギリョット〔キューバの歌手〕の歌真似をする近所の女性の声で自作の曲をテープに吹き込んで、歌手が興味を示してくれないかと思ってラジオ局や音楽関係のエージェントに持っていくんですが、運がないのか、相手にされないんです……。男には定職がなく、アルバイトで車のパーキング係をしたりしています。

グト　イグナシオだったら、駐車場係と言うだろうな。

エリザベス　彼は働いていたの？

マノーロ　……高級レストランや、《アリー・バル》といったキャバレーで働いていたんだけど、実を言うとあの店では彼のあこがれの歌手であるベニーが長いあいだうたっていたんだ。ともかく、今はそこで仕事をすることはないんだけど、これまでの習慣でよく足を向けるんだ。

ガボ　日頃の習慣には勝てないってわけだ。

マノーロ　彼が住んでいる共同住宅――つまり長屋と言っていいんだろう、グト？　そこに住んでいるんだけど、同じ長屋の住民は、彼がホリンやペレス・プラード、ラ・リヴァーサイドなどの曲をラジオでがんがん鳴らす上に、めかし込んだやくざっぽい連中がうろつくようになったとこぼすようになったんだ。

グト　近所の人たちは音楽が好きなの？

マノーロ　たぶんラップのほうがいいと思っているでしょうね。

ガボ　登場人物の彼はボレロを聞かないの？

マノーロ　彼はダンス音楽も好きなんですが、本当に聞きたいのは、《片時も君のそばから離れない……》といったような曲です。

ガボ　《遠く離れていてもぼくはいつも君のそばに……》といった五〇年代の音楽にひたっているんだ、そうだろう？

マノーロ　そうなんです。ある夜、男は楽団の指揮者か歌手に会って、最近作った自分の曲をうたってもらえないかと頼もうと《アリー・バル》に出かけていくんですが、キャバレーは閉まっていて、入り口に警官が何人か立っています。何があったのか尋ねようと思ってそばに行くと、警官から後ろに下がるんだと注意されるんです。ちょうどその時中からバー・マンのガユシが出てきます……。

グト　古くからの友人だね……。

マノーロ　……ガユシは彼に、ベニー・モレーの帽子とステッキを盗もうとしたやつがいるんだ、と説明する。

グト　キャバレーに置いてあったの？

マノーロ　よき時代の思い出にというので、骨壺に入れてあるんだ。

ガボ　それで、ベニーの熱狂的なファンか酔っぱらいが……。

マノーロ　これで二度目なんです。守衛が二度ともあやしい人物が中から出てくるのを目にしたが、ベニーにそっくりの男だった——事実、最初の証言で彼はあれはベニーだと証言しているんです。ベニーはもう死んでいると教えられて、証言を撤回したんですが、いずれにしてもその男は夜の闇の中に姿を消す前に自分の方をじっと見つめたと言っています。

グト　バー・マンがそう言っているんだな。で、あのミュージシャン……彼は何という名前だい？

マノーロ　作曲家のことかい？　これまでさんざん《マンボの王様》だの《歌謡界のプリンス》だのといったご大層な形容詞を耳にしてきたせいで、彼は自分のことを《ボレロのサルタン》と呼ぶことにしたんだ。

グト　それじゃあ、彼を「サルタン」と呼ぶことにしよう……。

マノーロ　いや、サルタンというのはここでは犬の名前なんだ。よかったら、彼をファンと呼ぶことにしよう。で、バー・マンがファンに、実は先ほどまで映画だかテレビだかに関係している人たちがここにいて、あんたのことを尋ねていたよ、だからあんたの住所を教えて、たいてい家にいるから、そこへ行けばきっと会えるはずだと言っておいたんだと言う。それを聞いてファンが大急ぎで家にとって返すと、撮影チームがインタヴューを撮ろうというので彼の帰りを待ち受けていて、長屋中大騒ぎになっている。どうしてかって？　ベニーとポピュラー・ミュージックに関するドキュメンタリーを撮ろうと準備している時に、一枚の写真が見つかったんだ。そこには、当時《リズムの荒武者》と呼ばれていたベニーがファンの方に体を傾けて、いかにも打ち解けた様子で彼の耳もとに何かささやきかけているところが写っていたんだ。ベニーの人気の秘密は彼が《リズムの荒武者》と呼ばれるようなミュージシャンとしての資質だけでなく、彼自身の気質、つまり本物の大スターであるにもかかわらず、謙虚で気さくなところがあり、傲慢さはみじんも感じられなかったという彼の性格と密接に結びついている、その点を浮かび上がらせるのがあのドキュメンタリーの狙いなんだ……。偉大なベニーが貧しい車のパーキング係に何か親しげに語りかけている……写真というのは、そのことを映像で証明する何よりの証拠というわけだ。そこで、早速、用意、スタートの声で撮影がはじまり、ファンにお決まりの質問が投げかけられる。「この写真の中で、ベニー・モレーはあなたに何と言っているんですか？」。ファンはあの時ベニーが何と言ったのかまったく覚えていないんだが、直感的にこういうチャンスを逃す手はないと感じて、実は偉大な友人である《リズムの荒武者》はあの時、君のボレロのひとつを明日うたわせてもらうよと言ってくれたんです。というのも、――そこでファンはカメラの方を向いて――わたしは作曲家で、ベニーは歌手としての経験から……。その時、監督が「カット」と大声で言う。次にどんな話が出てくるか予測できたので、監督は音声の具合がおかしいので、来週もう一度撮り直しをしますから……と適当な口実を設けると、すぐに片づけろと命令する。撮影チームはその声を待っていたかのようにカメラとマイクを片づけ、あっという間に姿を消す……。ああ、すごく緊張するな。見てくれ、この汗！　まだ、何か言い足りないことがあるかい？

セネル　今の君に足りないのは、トランキライザーか煎じ薬だよ。

ガボ　少し落ち着くんだ……。あの年寄りの身に何が起こるのか冷静に話してくれないか。

「ここに登場するのは、車の番をしながら、ボレロを作曲している不幸な老人で、ある日彼が……」といった調子で、はじめから終わりまで筋道立てて話してほしいんだ。「昔々あるところにひとりの召使いがいた。ある日、その召使いが主人の家に戻ってきてこう言った。「ご主人様、市場で死神を見かけたところ、やつはわたしに脅すような身振りをしました」。それを聞いて主人はこう言う。「この馬とこの金を持ってすぐサマーラへ逃げるんだ」。召使いは言われた通りにする。それからしばらくして、主人が市場で死神を見かけたので、こう尋ねる。「どうしてうちの召使いに脅すようなことをしたんだね？」。すると、死神はこう答える。「いや、脅したんではない。びっくりさせてやったんだ。今日の午後あの男をサマーラで捕まえるはずだったのに、サマーラから遠く離れたここで見かけたものだから、こちらが驚いたもんでね」。こんな風に神様がお命じになったとおり、話してもらいたいんだ。あるストーリーがうまく要約できないようなら、何かが欠けているか、余計なものが混じっているせいだ。一歩一歩進めないといけない、マノーロ。君が話したいと思っているストーリーは正確にはどういうものなんだ？

マノーロ　そうですね、あの老人は永遠の挫折者という感じなんです、というのも……。

ガボ　話の腰を折るようで悪いんだが、君の抱えている問題がどういうものか言ってもいいかな。

マノーロ　ええ。

ガボ　人物はいるんだが、その人物をはめこむプロットが欠けているんだ。これはふつうに信じられているよりもしばしば直面する問題なんだけど、さいわい解決法はある。

マノーロ　ストーリーはちゃんとあるんですけど、緊張してしまってうまく説明できないんです。

ガボ　いや、そんなことはない。もしストーリーができていれば、細部にこだわったりしないはずだ。たとえばこんな風に語れるんじゃないかな。ずっと作曲家になりたいと思いつづけてきた老人がある日、かつて自分があこがれていた歌手がうたっていたキャバレーへ行く。そこであこがれのスターの思い出の品を盗もうとした人間がいたこと、またインタヴューを撮りたいというので、自分を捜しているという話を聞かされる……。思いついたままをしゃべっているので、ストーリーに連続性があるかどうかはわからないけどね。

マノーロ　ぼくが話したのと……大体同じじゃないんですか？

ガボ　イノシシに気を取られて、山を見失ってはいけないよ。サマーラの死の話では、召使いが市場へ何をしに行ったのか明らかじゃないし、召使いから話を聞きながら主人は、頭を掻いたりもしないし、その時にカナリアが鳴いたりもしないだろう……。

マノーロ　だけど、ぼくの思い違いでなければ『ラテン語の授業』の中であなたは、弁護士がチョッキのボタンをかけたり、秘書が彼に向かってコーヒーで乾杯するという話をしていらっしゃったじゃないですか……。

ガボ　あの場合は、頭の中でストーリーがきちんと組み立ててあったから、そうした細かな点まで話すことができたんだ。そういう点を見落とすと、ストーリーが前へ進まなくなるんだ。

マノーロ　わかりました。じゃあ、疑問点を挙げてください。

ガボ　あの老人はキャバレーへ何をしに行くんだ？

マノーロ　言いませんでした？　あそこで演奏しているミュージシャンたちにカセットを届けるつもりなんです。

ガボ　しかし、毎日行くわけじゃないだろう……。その日は何か大きな事件が起こりそうだから行くわけだよね。

マノーロ　窃盗です。盗みを働こうとした人間がいた、それも「二度目」なんです。

ガボ　彼はその事件と何か関係があるの？

マノーロ　窃盗事件を通して、彼はベニーの関心を引こうとしたんです。

ガボ　ちょっと待ってくれ……ベニーは死んだと言ったんじゃなかったのかい？

マノーロ　ファアンは過去の状況を再現しようとしている、つまり、過去を「蘇らせ」ようとしているんです。

ガボ　そういうことか。つまり、ストーリーはある時代の中で展開するんだけど、それは別の時代、この場合は五〇年代だけど、それと関連しているわけだ。ファアンは、いつかあこがれの歌手であるベニー・モレーに自分の作ったボレロをうたってもらいたいと思いつづけてきた。で、彼は車の駐車係をしていたので、ベニーの車のグローブ・ボックスにカセットを入れる……待ってくれ、当時はカセットなんてなかっただろう？

マノーロ　自分の作曲した歌の歌詞、つまり、紙切れを入れていたんです。だけど、ベニーは気づかないふりをしていました。ですから、今回守衛の話を聞いて、ファンは……。

ガボ　……まだだれにもうたってもらったことのない自分の歌を、あこがれの大歌手がラム酒のグラスを前にしてうたってくれるかもしれないという期待を抱くようになる。長年の夢がついに正夢になるかもしれない、君が語りたいと思っているのはそういう話なんだろう、マノーロ？

マノーロ　まあ、そんなところです。

ガボ　で、あの男は目的を達成するのかい？

マノーロ　窃盗事件や守衛があやしい男を見かけたという話を聞いて……ファンは思いついたんです。加えて、ベニーが彼の耳もとで何か語りかけている写真もありますし……。

ガボ　ほら、また別の話が出てきたろう。さっきまであの老人の計画を話していたじゃないか。彼はどうやってベニーを自分の家へ連れていくんだ？

グト　ベニーの「亡霊」じゃないんですか？

ガボ　見方によるだろうな。映画の中には現在しかないんだ。老人がこれこれのことが起こると空想すれば、それは起こるということなんだ。

マノーロ　ここでファンは、帽子を餌にしてベニーを釣り上げようとするんです。それがほしければ……とベニーに伝える。

ガボ　ちょっとした脅しをかけるわけだ。彼の帽子を家に持って帰り、それがほしければだろう……。

マノーロ　そうなんです。彼が入っていくと、ファンはその顔を見てびっくりします。というのも、今になってようやくベニーがあの時耳もとで言った「下らないボレロでこれ以上悩ませないでくれ。さもないと、君をあそこから追い出すぞ」という言葉を思い出したからなんです。

セネル　あの歌手はそんなに怒りっぽかったのかい？

マノーロ　このストーリーではそうなんだ。そうそう、言い忘れていたけど、ファンはそれまでに二回ベニーがあの時何と言ったか思い出そうとした。けれども、どうしても思い出せない。そのベニーが「おい、帽子を取り戻しに来たんだ！」と叫ぶのを聞いて、彼はびっくりする……。しかし、ベニーは突然口をぽかんと開ける。というのも、壁に貼ってある写真を目にするんだが、そこに写っている映像がトランキライザーの働きをしたようなのだ。彼はにっこりほほえむ。ファンはそれを見て、ここに腰をおろして、一杯やりませんかと言う……。予測に反して、ベニーはそこに座ると、ラム酒を一杯やる。さらにもう一杯、またもう一杯……酒を飲んでいるうちに、彼は《アリー・バル》のバー・マン、ガユシのことやあのあたりでいつも遅くまで飲み歩いている知り合いのことを話題にする……。そして、すっかり打ち解けた雰囲気になったところで、ベニーの口からごく自然に、君の作った歌をうたわせてもらいたいんだと伝える。それまでずっとこういうチャンスを待ちつづけてきたファンは、ポケットから一枚の紙を取り出すと、彼の前で広げ、ベニーがうたいやすいようにとそのメロディーを口ずさむ。と、突然ベニーがうたいはじめ、ファンは泣いて、泣いて、泣き崩れる。あのあわれな男は幸福感に酔いしれて、涙をこらえることができない。

セネル　そこは、「感極まって泣く」と言うんだろう。

ガボ　とても効果的な修辞だな。

エリザベス　結局ファンは作曲家として名を知られるようになって、ハッピーエンドで終わるんだなってふと思ったんだけど。

ガボ　ここまでを整理してみよう。ファンは年取ったボレロの作曲家だが、彼の作った歌をうたうものはひとりもいない。車の番をしながら、折を見ては自分の作った曲を有名な歌手の車の中にそっとしのばせておくが、知らん顔をされるので、せっかくの苦労も実らなかった。こうなれば後は気のおけない雰囲気の中で、つまり自分の家で曲を見せて彼の関心を引くしかないという結論に達する。

セネル　家というよりも、むしろ部屋ですね。

マノーロ　そうなんだ。だから、彼は何とかしてあの歌手を自分の部屋に連れこもうとする。そうすれば例の写真も見せられるしね。その写真はある夜、《アリー・バル》のカメラマンが撮ったものなんだけど、車を駐車場に入れてもらうためにファアンに車のキーを渡しているベニーが写っている……ベニーはその時にさっき話に出たようなことを彼の耳もとでささやく。

ガボ　完璧だ。さて、少し後にもどろう。この人物は駐車係をしながら、ボレロを作曲している。彼にとって人生最大の願いは、有名な歌手のベニー・モレーに自分の歌を知ってもらい、それをうたってもらうことだ……。ファアンはおそらくあこがれの歌手に向かって、自分の作った歌に目を通してほしいと言ったにちがいないし、ベニーの方もたぶん、「ああ、いいとも、そのうち見せてもらおう……」と安請け合いしたはずだ。しかしベニーがいっこうに約束を果たしてくれないものだから、ファアンは車のグローブ・ボックスに楽譜をそっと忍ばせるんだが、何の反応もない。ある日、ベニーが自分に向かって何か話しかけているところをカメラマンが写真に撮ったのに気づいて、カメラマンから焼き増ししたものを一枚手に入れて、部屋の壁に貼りつける。いつまでたってもベニーが何も言ってくれないものだから、ファアンはその状況を打開する方法を模索しはじめる。そして、とうとうステッキと帽子を……。

マノーロ　窃盗事件が起こるのは現在ですが、彼がベニーを追い回したのは過去のことなので、その点は忘れないようにしてください。

ガボ　わたしは順を追ってストーリーを組み立てようとしているんだ……。彼は結局ベニーの関心を引くことができない。そんなところに今回の窃盗事件が起こり、彼はベニーのところに人をやって、「それらのものを取り返したければ、わたしに会いに来てください」と伝える。

セネル　だけど、ベニーがすでに死んでいるんだったら、ファンはだれにその伝言を頼むんです？　降霊術師ですか？

ガボ　守衛だよ。ファンは、守衛がもう一度ベニーに会うはずだと、信じ込んでいるんだ。マノーロ、ひとつ訊きたいんだが、この映画はいつの時代が背景になっているんだ？

マノーロ　現代です。

ガボ　ベニーはいつ死んだんだ？

マノーロ　一九六三年です。その後もずっとあの老人は自分のボレロを売り込もうとしてきたんです。アダルベルトやフォルメルといった歌手やオーケストラの指揮者に会いにいっては、カセットを渡すんですが、色好い返事がかえってこないんです。

エリザベス　歴史は繰り返されるわけね。

セネル　またしても宿命《ファトゥム》が出てくるんだな。老人は世に知られることなく死んでいくべく運命づけられているんだ。

マノーロ　しかし、時代をはっきりさせておく必要があるよ。昔はあの老人も若かったんだからね。

ガボ　要するに、ストーリーは次のようなものになるだろう。ある男が何とかして自分の作曲した歌をうたってもらおうとする。ある夜、有名な歌手の帽子とステッキが思い出の品として残されているキャバレーへ行ったところ、それらが盗まれそうになったという話を耳にする……。

マノーロ　それが二度目なんです。

ガボ　……で、そこの守衛が、盗みに入ったのは歌手本人にまちがいないと断言する。といっても、ファンも知っているようにその歌手はすでに死んでいるんだ。それを聞いて、ファンは、あの遺品を自分のものにすれば、亡くなった歌手としてはこの家まで取りにこざるを得ないだろうと考える……そうだろう？

マノーロ　そうです。

ガボ　よし、じゃあ話をつづけよう。そこでファンは考えるんだ。ベニーがもし生きていれば、ここ、つまり自分の薄汚い部屋に招こうと考えたりしないが、彼は今煉獄に堕ちて、愛用の帽子とステッキを探しているはずだ。永遠の世界で生きていくとなると、このふたつのものがないと寂しいにちがいない、だから、必ず取りに来る……。そして、実際その夜ドアをノックする音が聞こえ、ファンが開けると……そ《ヴ》こに彼が《ア》いるんだ《ラ》！　後は君たちも知っている通りだ。二人は酔っぱらい、ベニーはファンの好きなボレロをうたう……で、めでたし、めでたし、というわけだ。マノーロ、以上がストーリーで、わたしは気に入っているんだが、君はどう思う？

マノーロ　写真のエピソードはキーになるところなんで、必要だと思うんです。それに、インタヴューのところもそうですね。

ガボ　ちょっと待ってくれ、今ここでわれわれに必要なのは忍耐力だ。もう一度全体を見ていくことにしよう。この人物はキャバレーで車の番をしている老人で、ボレロを作曲している。本人はすばらしい曲だと思っているが、誰もうたってくれない。男はある有名な歌手、むろんベニー・モレーのことだが、聴衆の前に出る時は必ず帽子をかぶり、ステッキを持っているあの歌手に、自分の作った曲に目を通し、歌を聴いてもらいたい、そうすればみんなはきっと感動するにちがいないと信じ切っている。だからファンはベニーの車を駐車場に入れるたびに、こっそり自分の作った曲をグローブ・ボックスに入れておくんだけど、何の反応もない。ベニーはまったく取り合ってくれないんだ。ある日、ファンが車を駐車場に入れようとした時に、ベニーは車の鍵とチップを渡すんだが、その時に耳もとで何かささやく。たまたま通りかかったカメラマンがその瞬間をフィルムに収める。ファンはその写真を本物のトロフィーのように大切にしまっている。ベニーは亡くなるが、ファンはそれからも何とか人に知られるようになりたいと思って頑張る。しかし、結果は伴わない。ある夜のキャバレー、そこには現在ベニーの帽子とステッキが博物館の展示品のように大切に保存されているんだが、そこを訪れた時に、窃盗事件があったと教えられる。古くからの友人である守衛は彼を捕まえてこう言う。「あれはベニーだよ、ファン、誓ってもいい。自分の帽子とステッキを取りに来たんだ。わしはこの目でちゃんと見たんだ」。それを聞いてファンは「これは使えるぞ」と考える。その夜、早速帽子とステッキを盗み出して大急ぎで部屋にとってかえすと、心静かにベニーがやって来るのを待つ。というのも、あの世にいるベニーは帽子とステッキがなくて困っているとわかっているからなんだ。事実、ベニーはやってきて、壁に貼ってある写真を見る……後は君たちの知っている通りだ。

マノーロ　インタヴューが抜けています。

ガボ　ほかにも抜けているものがたくさんあるが、プロットの中軸はもうできあがっている。始まりから終わりまでストーリーはきちんとできているよ。後は好きにしていい。ひっくり返そうが、フラッシュ・バックを挿入しようが、好きなようにしていい……。いったん家畜を柵の中に追い込んだら、外へ逃げ出す心配はない。その群を殺すのか、蹄鉄をつけるのか、それをいつ、どのようにしてやるのかは君が決めることだ……。どのようなストーリーが語られているのかさえわかれば、後は自然にできあがるよ。

グト　ところで、亡霊との対話を語ったこの映画のタイトルはどうなるんです？

マノーロ　『ボレロのサルタン』がいいんじゃないかな。

『苺とチョコレート』の奇跡

El milagro de Fresa y chocolate

ガボ　セネル、今日は『苺とチョコレート』の脚本を書いた時のことを話してくれるんだな。あのプロットのもとになっている物語はなんというタイトルだった?

セネル　『森と狼と新しい人間』です。一九九〇年に書いたものなんです。いくつかの短編に登場するダビドが、短編と映画をつなぐ役割を果たしてくれたんですが、アイデアはディエゴという人物を通して生まれてきました。

ガボ　実在のモデルがいたんだろう?

セネル　ひとりじゃなくて、何人かいましたね。最近になって、町の通りを大勢のディエゴがぶらついていることに気づいたんですが……そのうちの何人かと実際に会って話したことがあります。今でも、最初に出会ったディエゴのことはよく覚えています。ぼくは田舎、つまり内陸部の村で生まれたんです。ですから、ハバナっ子にとってぼくは「田舎者」なわけです。七〇年代に、給費生としてハバナの大学でジャーナリズムの勉強をするために田舎から出てきたんですが、ハバナに来たのはそれが初めてでした。ここで四年間過ごし、課程を終えると地方都市で社会奉仕をしました。その後ハバナに戻ったんですが、その時に大学時代に知り合った若い男と劇場でばったり出会ったんです。彼はぼくがものを書いていると知って、とても面白がっていました。というのもハバナっ子にとってぼくのような田舎者が短編小説を書くというのが何ともおかしかったんでしょうね。彼はホモだったんですが、深刻な問題を引き起こして、大学を追われました。彼はぼくの顔を見て、こう言ったんです。「やあ、セネル、どう、元気？ ハバナに戻ってきたの？」。彼はぼくの知らない若い男と一緒だったんですが、その若い男がそばに寄ってくると、ぼくの履歴を朗唱しはじめたんです。「セネル・パス、『あの少年』の著者」で、これこれの作品を書き、社会奉仕をし、まだ出版されていない先ほどの本の中にはこれこれの短編が収められている、としゃべりはじめたんです。こちらは呆気にとられて口をぽかんと開けていました。ぼくよりもぼくのことをよく知っていたんですからね。その若い男も、むろん気に入りました。というのも、屈託のない、魅力的な話し方で……。

ガブリエラ　その若い男性からディエゴの生き生きしたイメージが生まれたのね。

セネル　まあ、そうだね。おしゃべりが上手だったし、人当たりもよかったしね。あの時彼は突然こう言ったんだ。「よかったらうちへ来ない？ ただ、もう気がついていると思うけど、わたし、ホモなの、そのせいでいろいろな問題を抱えているのよ……だから、もし来るんだったら、覚悟しておいてね」。そんな風にはっきり言ってくれたのが気に入ったんだ。当時はまだ気づいていなかったけど、あの瞬間にディエゴという人物が生まれたんだと思う。

ガブリエラ　そうだろうと思っていたのよ。あの映画を見た時に、ディエゴには実在のモデルがいるなって感じたの。

ガボ　というか、実在の人物からインスピレーションを得たと言うべきだろうな。

セネル　短編もむろんそうなんですが、映画の場合はインスピレーションを受ける度合いがいっそう強くなりますね。先ほども言いましたが、ハバナでは奇妙なことにあの人物は一種の典型なんです……たくさんの人がそばに来て、ぼくにこう言うんです。「ねえ、セネル、本当のことを教えて。ディエゴってあたしよね。でも、いいこと、あたしはこの国から逃げ出したりしないわ」。あるいは、別の人が来てこう言ったりもします。「なあ、ディエゴってこれこれの男のことだろう、同じだもんな……」。あの有名な「隠れ家」、つまりディエゴの家に関しても似たようなことがありました。何十人もの人が、隠れ家というのは自分たちが暮らしているアパートのことだと言い張るんです。ですが、ぼくは現実に存在している場所のことなど考えていませんでした。

マノーロ　ディエゴはキューバの文化に対して強い愛情を抱いているけど、実在のモデルもそうなのかい？

セネル　君も知ってのとおり、この国にはキューバの伝統に強い愛着を抱いている人が大勢いる。一時期、ぼくも『忍耐の鏡』〔植民地時代のキューバの詩人シルベストレ・デ・バルボア〈一五六四―一六三四〉の叙事詩〕から現代までのキューバ文学を読む、あるいは読み直そうと考えたことがある。当時はレサーマ〔ホセ・レサーマ＝リマ〈一九一二―七六〉。キューバの代表的詩人〕熱、というかレサーマ・ブームのようなものが雰囲気としてあったんだ。若い人たちは全員、レサーマを一種の神、指導者、あの時代の嵐に吹き飛ばされないための頼みの綱と考えていた。そんな若者たちのことを考えて、ぼくはもう一度彼の『天国』を読み返したんだ……。

エリザベス　テーマなんだけど、あれはどうして生まれてきたの？　ストーリーからすると、かなりホットな問題だったはずね……。

セネル　そうだな、あの時はテーマがどういったものなのか、ホモセクシュアルなのか、それとも何らかの利害関係がある二人のまったくちがった人間同士の友情なんだろうかといったことを真剣に考えなければならなかったんだ。ぼくはそのあいだも、そのふたつはより包括的な別のテーマ、つまり寛容というテーマに溶け込んでいくと考えていたけどね。正直言って、ぼくは勝利者を登場人物にしたくないんだ。そういう人たちよりも、生活の片隅に追いやられている人たちの方が好きなんだ……映画に登場する三人の主人公はともに社会の枠組みからはみだしたところがあるだろう。ナンシーは売春婦でビスネーラ、つまりブラック・マーケットでいろいろなものを売っている売り子だし、ディエゴはホモセクシュアルで、ダビドは気が小さくて、おどおどしている……。ぼくの最初の映画『ダビドにとっての恋人』の主人公オフェリアにも似たようなところがある。彼女は太っているんだけど、それだけのことで何となく嫌われているように感じている。要するに、ぼくの人物は歴史の中心に身を置いていないんだ。それにぼくたちのような国では、声の大きい人間が社会の中心に居座っているわけだけど、そうでない人たちの視点のほうがぼくにとってより魅力的だし、しかもそこからさまざまなテーマにアプローチできるように思えるんだ。

マノーロ　ストーリーを脚本にしてみようというアイデアはいつ生まれてくるんだい？

セネル　前々から、短編をもとにすれば映画ができるんじゃないかと思っていたんだ。だけど、ぼくの方から監督に一緒に仕事をしませんかと声をかけるのがいやで、向こうから言って来るのを待っていたんだ。それだと、監督は自分が何を望んでいるかよくわかっているはずだし、向こうから具体的な案を出してくる可能性が高いからね。他人になり切って、その人の頭でものを考えるという点にかけては、映画人よりも作家の方がすぐれている。ぼくたちは自分が思っている以上にしなやかで柔軟な存在なんだよ。いずれにしても、自分が本当に何を求めているかわからずに、人にあれこれ注文をつける監督を相手に悶着を起こしたくないというのが本音なんだ。ティトンに——あの頃はグティエレス・アレアと言っていたんだけど——短編を送ったんだ。むろん、そこにはいずれ彼が興味を持ってくれるだろうという下心もあったけどね。ティトンはぼくが高く買っている監督で、以前から一緒に仕事をしたいと思っていた。それまでに書いた三本の脚本は、駆け出しの監督のために書いたんだけど、今回は経験のある監督、こちらも勉強させてもらえるような監督と一緒に仕事をしたかったんだ。ぼくは運が良かったんだよ。ティトンは短編を受け取った二時間後に電話をかけてきて、あの短編を映画化したいと言ってきたんだ。ぼくを説き伏せようとしてしゃべっているのをわざととぼけてじっと聞いていたんだ。

ガブリエラ　つまり、短編がシナリオの役割を果たして、そこから直接脚本を書きはじめたわけね。

セネル　ぼくがいくつかのシーンを書いて、それをティトンのところへ持っていくと、彼がそれにコメントを加え、必要な場合はぼくがもう一度手を入れた。といっても、彼が何かほのめかしたり、注文をつけたのはそう多くないけどね。というのも、彼はストーリーが気に入っていたし、ぼくの手足を縛りたくないと思っていたんだ。また、監督がよく用いる、何とも腹立たしい戦術もそこには働いていたんだ。つまり、こんな風に言うんだ、「なんでもいいから思いついたことをどんどん書いてくれ。編集はこちらでやるから」ってね。

ガブリエラ　監督って、脚本を編集するのが好きよね。

セネル　監督が脚本家と共同作業をしない場合は、われわれを方向づけ、刺激を与えるのがその仕事だとぼくは思っている。俳優に対してもこれと同じことをするよね。脚本家からもっといいものが引き出せる、つまり、まだ可能性をすべて出し切っていないと判断した場合、監督は脚本家が書いたシーンを受け入れてはだめなんだ。

マノーロ　しかし、だめだと言われるとうんざりするだろう。というのも、監督が夢中になって……。

セネル　待ってくれ。映画というのは何度も繰り返して作るものじゃないのかい。これは書くという行為についても言えることだと思うんだ。ぼくに対するティトンの仕事というのがまさにそれだったんだ。つまり、ぼくから最高のものを引き出すことだよ。

ガブリエラ　彼が対話、あるいはシークエンスを書き換えたんじゃないの?

セネル　コンクールで賞を取ったヴァージョンは、彼が自分の責任でやったものなんだ。映画化するためのヴァージョンはぼくと共同で作ったものにしたいと言ってくれたんだ。だけど、さっきガブリエラが言ったように、テキストを編集したのは彼だからね。いくつかカットするところがあったんで、ほころびが出ないようシーンに手を加えたり、対話の部分を書き直したりしたんだ。

ガボ　彼の助言を素直に聞き入れたわけだ……。

セネル　いつもそうだったわけじゃないんですけど、たいていはそうでしたね。ぼくはティトンを尊敬しているので、できるだけ彼の意向に添いたかったんです……。時には、それとなくほのめかされただけで、それに応えたこともあります。たとえば、ある日ティトンが前世紀のキューバを代表する二人の偉大な作曲家イグナシオ・セルバンテスとマヌエル・サウメルのダンス音楽を一緒に聴こうと言ったんです。彼としてはそれを映画で使いたかったんでしょうね。その後ぼくは家に帰ると、早速ディエゴとダビドがセルバンテスの『さらばキューバ』を聴くシーンを書いたんです。ティトンからあのシーンを入れてくれと「頼まれた」わけじゃないんですが、きっかけにはなりました。つまり、彼が必要としているんだなと感じたんです。

エリザベス　自分の意見にこだわりたいと思ったことはないの……。

セネル　不必要な議論を避けたかったんだ。それに、こちらが何か提案してもティトンがうんと言わないことがあるけど、そんな時は好きに別の選択肢を選ばせてくれたんだ。その意味で、彼と一緒に仕事をするというのはぼくにとってすばらしい経験だったよ。

エリザベス　それでわかったわ。譲り合いの問題ではなくて、相互信頼なのね。

セネル　それと、相手を受け入れる受容の問題でもあるね。ぼくはこのシナリオ教室で最初の編集に加わったんだけど、その時にここで「師匠」から学んだのは……。

ガボ　話の腰を折るようで悪いんだが、このキューバで「師匠」と言われるのは何とも妙な感じがするんだ……。

セネル　本心からそう言っているんです。いろいろ学ばせていただきましたが、とりわけしなやかな感性が必要で、予期しないことに対していつも開かれていなければならないといったことを学びました。いつだったか、あなたが前提というのは危険な代物だから、十分用心しなければならない、というのもある前提から出発すると、最終的にストーリーを証明せざるを得なくなる場合が多いが、そうなると悲惨な結果に終わるとおっしゃった言葉は、今でもよく覚えています。

マノーロ　プロクルステス〔ギリシア神話の強盗。とらえた人をベッドに寝かせて、そこからはみ出した部分を切り捨てたり、短いと無理やり引き延ばしたと伝えられる〕のベッドやそのほかのことから考えて……。

セネル　ストーリーの流れにまかせる、自分の言いたいことを伝えようとしてストーリーをゆがめたりせず、その向かう先をしっかり見届けるのが賢いやり方なんだ。言い換えると、教訓を与えたいのであれば、ストーリーそのものが最終的に教訓になっていればいい。そのために無理をする必要はない。ぼくたちのおじいさんがよく言っていたように、この旅には鞍袋など必要ないんだ。ストーリーを自然な流れにのせる、そうしてはじめて目標がはっきり設定できるんだ。そう考えると、ぼくたちの仕事というのは、できるだけいい形でその目標を達成できるようにすることなんだ。

マノーロ　まさにその通りだ。

エリザベス　あなたたちがとった方式がそれだったわけ?

セネル　言うまでもないけど、あの短編からいろいろなテーマやサブテーマを、そうだな、たとえば、ホモセクシュアル同士の、あるいはホモセクシュアルとヘテロセクシュアルの間の友情といったテーマや、ダビドがディエゴを密告して、それが功績として認められるわけだから、密告というテーマもある。また、ぼくにはこれが中心的なものに思えるんだけど、不寛容の問題もある。つまり、異質なものをすべて排除し、ノーマルなものの枠内に収まらないものをすべてアブノーマルと決めつける考え方、そういったテーマ、サブテーマを発展させることも可能だったんだ。そんな中でティトンとぼくがやったのは、いちばん面白いと思えるテーマに絞り込むこと、つまりぼくたちをあらぬ方向へ導いていって、全体が拡散してしまうようなテーマを排除することだったんだ。

ガブリエラ　でも、そのテーマは短編の中に内包されていたんじゃないの？

セネル　たしかにそうだけど、映画にする場合はもっとはっきりした形で打ち出す必要があったんだ。ストーリーはダビドの視点から、過去を振り返るという形で語られている。つまり、あれはモノローグだろう、だからディエゴという人物はその場にいるのではなく、別の人物の意識のフィルターを通して浮かび上がってくるんだ。ディエゴ自身は声をもたないから、別の人物が彼のことを語ることになる。だから、ぼくはあの短編を映画化するんじゃなくて、ストーリーをもとに脚本としてもう一度書き直させてほしいと申し出たんだ。短編のテキストを「大切にしたい」という気持ちはまったくなかった。それよりも、映画化された場合どうなるのかを見たい、そしてそれを残したいという気持ちの方が強かったんだ。ダビドというのは内省的で、決断力がなく、行動するよりも何かを観察したり、考えたり、感情に押し流されたりする方が好きな、あまり行動的でない人物だろう、だから作劇法上からみてもあまり魅力的な人物とは言えないんだ。これは認めざるを得なかった。脚本の最初のヴァージョンでは過去を振り返るという筋立を——つまり、物語全体は十五年前に起こったことで、それをダビドが思い返しているわけだよね——それをそのまま残そうとしたんだ。ダビドが現在作家になっている……ということはつまり、最終的に彼とディエゴのむずかしい友情が実を結んだということなんだ。ティトンはそういった焦点の当て方がすごくいいと言ってくれたんだ。

ガブリエラ　だったらどうしてその案を捨てたの？

セネル　そうすると、あのストーリーがはっきりとふたつの部分に分かれてしまうからなんだ。「それ以前」と「それ以後」が生じるだろう。それに、ディエゴは祖国を出てしまっているから、二人の友情が過去のものになっていることがすぐにわかってしまうじゃないか……。回顧というのは、期待感を裏切るものだよ。そこで、現在形で線的にストーリーを語っていくことにしたんだ。

モニカ　それはあなたが決めたことなの、それとも監督の意見を受け容れたの？

セネル　映画の場合、その点をはっきりさせるのはむずかしいな。作家というのは、ストーリーをどんな風に語るのか、どういう視点に立って語るのか、といった技法上の問題によりこだわるものなんだ……。われわれにとっては、物語と結びついたこういった問題のほうが刺激的なんだね。これはぼくの考えなんだけど、監督の抱いている美学、テンポといったスタイルはストーリーの一部、いやそれどころか、脚本を書くという行為、この場合は書き直す行為というべきだけど、その一部を形成しているんだ。ぼくはこの脚本を書きはじめる前に、ティトンの映画をもう一度全部見直したんだ。とくに、彼の内的なテンポ、常数を発見したいと思ってね……。しばらく前に、ある女友達と話していたんだが、その時にぼくは彼女にこう言ったんだ。『苺とチョコレート』の中のすべて、というかほとんどすべての部分、つまりプロットや人物の造型、対話といったものは、みんなぼくのものなんだ。けれども、そうしたものすべてをぼくはティトンの「ために」書いたんだ。言い換えれば、彼のために書いたんでなければ、ああいう形で脚本を書かなかっただろうなってね。

エリザベス　彼の映画を分析して、何が明らかになったの？

セネル　スタイルを構成しているいくつかの要素がテンポを通して浮かび上がってくるんだけど、そういう要素が失われないようにするということかな……。ティトンのいちばんいい映画を見ると、人物――ダビドは『低開発の記憶』の主人公セルヒオと密接に結びついているんだ――の扱いがゆったりしている、つまり時間をかけるんだよ。それと同時に、ドキュメンタリー映画の言語と結びついたある種の探求が見られる……。脚本でぼくはそういった特徴を強調しようとしたんだけど、そのすべてが映画に取り入れられたわけじゃないよ。

モニカ　そういった相違点、脚本とできあがった作品とのちがいについて少し説明してくれない？

セネル　たとえば、ぼくたちはダビドが異性愛者だということをはっきりさせる必要があると考えていたんだ。彼とディエゴはちがうタイプの人間、少なくとも、性的な嗜好はちがうわけだよね、それをはっきり打ち出したかったし、そこからさらにタイプのちがう人間同士でも一緒に暮らしたり、互いに尊敬し合ったり、気持ちを通じ合うことができるんだということを伝えたかった……。そこから最初のサブプロットが生まれてきた。ダビドと彼の恋人——彼女はぼくの短編『彼女に愛していると言ってはいけない』に登場する人物と関係があるんだけどね——、彼女の話が長くなって、三十分ばかりかかりそうになったんだ。つまり、映画はあるラブ・ストーリー、ある青年、つまりダビドのラブ・ストーリーではじまるはずだった。彼は恋人のビビアンとどうしても寝ることができない。観客が映画の中心になるストーリーはこれだなと考えたところで、ディエゴが登場してくる。そこからストーリーの流れが変わり、その後次から次へと変わっていく……。ちょうど通りを歩いていて、街角に着くたびに曲がるようなものなんだ。ダビドが異性愛者だということをはっきりさせるために、最初にビビアンを、ついでナンシーを登場させた。ナンシーはまた別の役割を担うことになる。つまりディエゴの話し相手になるんだ。ディエゴに自分の考えを語らせ、いろいろな話をさせ、ダビドを相手にしゃべっているだけではなかなか伝えられない情報を観客に伝える必要があった……。最初ディエゴの話し相手に同じ同性愛者のヘルマンを使おうかと思ったんだけど、楽しいけれど軽い作品になってしまうんじゃないかと心配になってね。その時、まるで天上から降りてきたように、ナンシーという人物が現れたんだ。実を言うと彼女は天上から来たんではなくて、ヘラルド・チホーナが監督したぼくの二作目の映画『崇拝に価する嘘』に出てきたんだけどね。彼女のおかげでダビドの助けを借りずにディエゴにしゃべらせることができたんだ。

エリザベス　ナンシーはあの短編には登場しないわね。後になって出てくるんでしょう。

セネル　そうなんだ。ミルタ・イバーラがあの役をやってくれたんだ。彼女はティトンの奥さんで、『崇拝に価する嘘』にも出ていたね。ダビドの方はぼくの最初の映画の人物だし……あそこにはたしかミゲルも出てくるけど、『苺とチョコレート』でミゲル役をしている俳優があそこでも同じ役をしていたんだ……これで俳優と人物の関係がわかるだろう。

マノーロ　つまり、君はかなり近親相姦的な色合いの強い世界の中で仕事をしているわけだ。

モニカ　あなたは自分が創造した人物をあちこちで使っているけど、そうすると監督との関係がむずかしくならない？

セネル　ぼくはいろいろな作品で同じ人物を使うきらいがあるんだけど、最初はそのことに気がつかなかった……。言われてみると、監督とはかなり張りつめた関係にあったし、それがしばしばこちらが思っているよりも長くつづいたんだ。これはぼくの考えだけど、キューバの監督はほとんどの人が何かを語るよりも「おしゃべり」をすることに情熱を燃やしている。現実やいろいろなことについて自分の考えを延々とぶつのが好きなんだ……。ぼくはその逆だ。ぼくがやりたいのは「語る」ことなんだ。おこがましい言い方だけど、「師匠」と同じだよ。もっとも、本人は「師匠」と呼ばれるのをいやがっておられるけどね。だからといって、政治やきわめて重要なテーマ、あるいは日常的な諍いなどを無視していいわけじゃない。というのも、われわれの現実には諍いがつきものだし、政治から逃れることができないから、いやでも作品の中にそうした問題を取り込まざるを得ない。時にはある状況なり対話にこだわるあまり、貴重な時間をむだにしたうえ、最終的には疲労か、相手に説得されて向こうの意見に従うことになる。たとえば、『森……』の中でディエゴがダビドを捕まえて、自分がどのようにしてオカマになったか――より正確に言えば、幼い頃にオカマとしての資質を具えていることにどうして目覚めたかを語るくだりがある。ある日、彼は学校の寮にあるシャワールームに入っていき、そこで全身石けんの泡に包まれたバスケットボールの選手がどこから入ってくるのかわからない光に照らし出されているのを目にするんだけど、これは『天国』に出てくるエピソードと関係があるんだ。あのシーンはいかにも映画的な感じがしたので、ぜひ入れてほしいと言ったんだ。奇妙な話だけど、ストーリーの中では「映画的に思えるところ」が、いざ脚本に移したり、映画の場面として考えてみると、まったく使いものにならないことに気がつくことがある。それに似たことが、晩餐のシークエンスでも起こってね。そのシークエンスは撮ったんだけど、ぼくの考えでは、出来はよくなかったな。レサーマ風の豪華な晩餐で、『天国』の中でもいちばん贅を尽くしたところなんだが、『苺とチョコレート』の中にある数少ないぼくの嫌いなシークエンスのひとつになっている。何よりも、ダビドの視点からとらえていないせいで、期待していたよりもはるかに出来が悪かったような気がするんだ。あの物語には、ディエゴが褒めてしかるべき分類学的な熱情に駆られてホモセクシュアルをいくつかのグループに分けるところがある。そのモノローグは脚本で二頁分くらい占めるんだけど、ティトンもぼくもそこが大いに気に入ったんだ……だけど、長すぎてどうしても映画に収まりきらなかったんだ。時には笑いを、ユーモラスな状況を入れようと思って何週間、いや何カ月も苦労したあげく、最後の最後になって捨てざるを得なくなることもある。また、「隠れ家」でディエゴが本棚から本を一冊取り出して、ダビドに向かって学者ぶった口調でこう説明するシーンがある。「人間の性生活を研究したこのマルクス主義的な論文を見ると、男性の七十パーセントが一生のうち一度は同性愛的な経験をするんだけど、その影響を受けることはない……って書いてあるの」。その後すぐにまた同じ本を取り出して、こう言うんだ。「性生活に関するマルクス主義的なこの研究の中で、男性の八十パーセントは同性愛的な……」。さらに三度目は、「男性の九十パーセントは……」と言うんだ。ウィスキーにまつわる別のエピソードもあったな。そこは完全な形で撮ったんだけど、ムーヴィオラで短くしてしまったんだ。ディエゴは見栄を張って、ありふれた安物のラム酒の瓶にウィスキーのラベルを貼るんだ……。あの頃、つまり七〇年代だと、若い人はほとんどウィスキーの瓶など見たことがなかった。で、若い連中が家にやって来ると、それを見せびらかして乾杯したんだけど、それで彼の評価が自動的に高まったんだ。ダビドはウィスキーなど飲んだことがなかったけれども、ウィスキーというのは資本主義の象徴と信じ切っていた。ディエゴは彼を怒らせたくなかったので、本当のことを教える……。そのシークエンスはフィルムに収めたけど、少し長すぎて、物語のリズムを崩している……。たぶんこんな風に言うほうがいいだろうな。つまり、ファン・カルロス・タビオが共同監督として加わってはじめて、映画がリズムをもつようになった、とね。

モニカ　その変化はどういうものなの?

セネル　最初、ぼくにとっては本当にトラウマだったね。だけど、そのうち情熱をかき立てる経験に変わっていったんだ。もしティトンが最初から最後まであの映画を撮り続けていたら、いくつかのシークエンスはちがったリズムになっていただろう。それに、ムーヴィオラであの映画をまたちがった作品にしていたはずだよ。ぼくは脚本に絶対忠実でなければならないと言っているんじゃない、そんなことはあり得ないからね……。それに、忠実で「ない」方が魅力的な場合もあるんだ。というのも、モンタージュをしている時にムーヴィオラを使うと、脚本家が予想もしないような可能性が見つかることがあるからね。たとえば、リズムの問題を取り上げてみると、手紙のシークエンスで一カ所カットが入るんだけど、これが実に効果的なんだ。ディエゴが手紙を書くところなんだけど、それを聞いてダビドがあわてて頼むから書かないでくれと言う。ディエゴはそんな彼をじっと見つめて、「どうして手紙を書いてはいけないの?」と尋ねるんだけど、観客は暗黙のうちに「どうして〈わたしが〉手紙を書いてはいけないの?」という意味に理解するんだ。すばらしいカットだろう。物語のリズムがいっそう早くなるだけでなく、映画のテーマとも絡んでくる……。別の例を挙げると、最後の長い台詞を俳優がしゃべる時に、カメラに背を向けさせたんだ。これはすばらしい思いつきだよ。ぼくにはとても考えつかなかったな。

エリザベス　すると、あなたは自分の脚本が映画化されたのを見ても、失望したり、困惑したりしないのね?

セネル　そうだな、『苺とチョコレート』に関してはとても満足していると答えなければならないだろうな。映画は短編と脚本の精神を本質的に忠実に伝えているね。だけど撮影中にファン・カルロスが加わったせいで、むずかしい状況が生じてきたんだ。さっきも言ったけど、ぼくははっきり言ってティトンのためにあの脚本を書いた……。監督が変わるということは、別の美学、別のリズム、別の語り口が必要になるということだ……映画はファン・カルロスのおかげでできあがった、これは疑いのないことだよ。ぼくはあの監督を敬愛しているし、できれば一緒に仕事をしたいと思っている。だけど、もし彼のためだったら、「あの」脚本は書かなかったよ。たぶんちがったストーリーを語っただろうし、状況も人物もちがったものになったはずだ……。

モニカ　どういうことか詳しく説明してくれない？

セネル　たとえば登場人物がそうだ……。ダビドについて考えてみよう。口数が少なくて内省的なあの人物はティトンにとって理想的な人物なんだ……。ファン・カルロスの全作品を見ると、そういう人物はひとりもいない。ぼくが脚本家としてあの映画に注文をつけるとしたら、ダビドを悪役にして、ディエゴの線で押すべきだと言っただろうな。だけど、作品をよく見れば、あれはやはり最上の出来だよ。結果を見ると、たしかにそうだからね。だけどぼくが言いたいのは、脚本では本当の主人公はダビドだということなんだ。観客は彼を通して現実を知ることになるはずだ。映画を織り上げていくのは彼の視線なんだ。たしかに、ある瞬間にディエゴが彼自身の内的なダイナミズムから独り立ちしはじめるんだけど、あえて言わせてもらえば、あれはファン・カルロスの手が入ったからなんだ。

エリザベス　たしかにキャスティングも影響するでしょうね。ディエゴ役をやった俳優はダビドの役をした人よりもカリスマ的なんでしょう？

セネル　みんなその点を心配していたんだ。ダビドのイメージにぴったりの俳優は何人かいたんだけど、ディエゴとなると適当な人がいなくてね。ある日、ティトンがホルヘ・ペルゴリーアはどうだろうと言い出したんだ……さすがにあの時は天を仰いだね。それまでテレビと舞台で芝居をしているのを見たことがあったんだけど、役者というよりも単なる二枚目という感じの俳優だと思っていたんだ。こちらに偏見があったんだろうな……。別の候補者もいたんだ。ただ、俳優の選定というのはデリケートな問題だから、決定は監督にゆだねるべきだと考えていたので、ぼくとしては首を突っ込みたくなかったけど、もし投票するようなことになれば、彼には入れないでおこうと考えていた。ある日ティトンから君の意見を聞きたいからと言って、最終試験に招かれたんだ。その時にホルへの演技を見て、考えが百八十度変わったんだ。信じてもらえないだろうけど、歩く時に膝を曲げる仕草やいくつかのジェスチャーからうかがえるそれとわからないほどの繊細さを見て、彼に決めたんだ。体中の毛穴からオカマの匂いを発散させていたんだ……そんなに笑うなよ。彼の俳優としての才能を褒めているんだから。ホルへはハバナでももっとも男性的なタイプだということはよく知られているから、彼の才能はすばらしいものなんだ。もともとディエゴというのはおしゃべりに特徴があるんだけど、彼はそれをジェスチャーに変えたんだ。それに物真似も実にうまい。彼と一緒にあの登場人物とつきあいのあった友人、知人を訪れたけど、その時彼はスポンジみたいにどんどん吸収していった。ダビド役をやったウラジミール・クルスというのはまたちがうタイプなんだ。ぼくと同じ田舎者で、地方の演劇グループに属していた。ホルへのようにひと目でそれとわかるようなカリスマ性を持ち合わせていなかったけど、一種独特の魅力があってそれが徐々に現れてくるタイプなんだ。ぼくはディエゴがダビドの魅力を引き出してくれるだろうと考えていたんだ。というのも、あの若者はシャツの色を変え、髪型を変えると、とても輝いて見えるんだ。ウラジミールは頬骨が高いせいで、写真うつりがよくない。だけど、決まった時は、エネルギッシュで神秘的な顔立ちが内面の豊かさを物語って、実にいい感じなんだ……。セットでは一分の狂いもない演技をするんだが、これが逆説的な言い方になるけど、かえって災いしている。ホルヘは演技をしていく中でいろいろな可能性を探っていくタイプで、疲れるということを知らない。二十時間休憩なしで芝居ができるし、監督から「君はそのまま演技をつづけてくれ、後はこちらで適当にカットするから」とおきまりの言葉を言われると、これで何シーンも撮ってもらえるし、後でムーヴィオラでいいところを選び出してもらえる可能性があると考えて大喜びするんだ。ウラジミールはその逆だ。「そのグラスを灰皿から一ミリのところに置いてくれ」と言われると、何百回同じシーンを撮っても、つねに灰皿から一ミリ離れたところにグラスを置くタイプだ。だから、編集室に入ると、ダビドのシーンがひとつしかないのに対して、ディエゴの登場するシーンは十あるんだ……。ほかにもいろいろな理由があって、全体的な見通しが変わってしまった。つまり、ダビドがあまり重要な人物でなくなっていったんだけど、それは役者のせいではなくて、状況のなせるわざだった。そして、ディエゴが中心的な役割を果たすようになったんだ。だけど、あのストーリーで起こる出来事はすべてダビドの身に起こるという意味で、重要なんだとぼくは考えていた。

ガブリエラ　ダビドが鏡に向かって話しかけるシーンがあるでしょう……あそこはいずれ

また出てくるんだろうなと思っていたのよ。

セネル　そのアイデアもあったんだが、映画のリズムが変わってしまったせいでどこかに消えてしまった。おそらくそうするほうがよかったんだろうな。だけど、脚本家として言わせてもらうと、あれは映画を作っていく過程で起こったことで、予測できなかったんだ。

マノーロ　晩餐のシーンでも似たようなことがあったんだろう？　君はさっき、ダビドの視点からあのシーンを想像していたと言ったよね。

セネル　晩餐に関してもいろいろ問題があったんだ。脚本段階では「隠れ家」はつねにひとつの空間、つまり居間兼食堂をイメージしていたんだけど、いざ撮影がはじまると、片側が居間で、もう一方が食堂という間取りになっていてね。また、晩餐のシーンでは、奥に祭壇をしつらえて居間に神秘的な雰囲気を持たせるはずだったんだけど、部屋がふたつに分かれていたために、晩餐が流れから孤立して、視覚的な豊かさが失われてしまったんだ。これはぼくの考えなんだけど、四角いテーブルを使ったのもまずかったね。映画の場合は四角いテーブルじゃなくて、長方形のテーブルにすべきなんだ。食事は長方形のテーブルですべきだと言おうと思ったんだけどね。

マノーロ　ぼくも、あの晩餐は期待を……少なくともレサーマ・ファンやあの短編を知っている人たちの期待を裏切っているように思えたね。

セネル　脚本でぼくは、ディエゴを種にこっそりふざけてみたんだ。というのは、晩餐の後ナンシーと一緒にいたダビドが裸のまま下に降りてきて、テーブルの上にある瓶をきちんと並べ直し、タバコを一本とり、レサーマ、いつも手放したことのないタバコをくわえているレサーマの写真なんだけど、そのレサーマに向かってぼくは共犯者ですよという合図を送り、皿の上のものをつまんで口に入れると、また上にのぼっていくところがある。観客、つまりディエゴをのぞいたすべての人は、そこで裸のダビドを見ることになるという風にしたら、面白いだろうなと考えたんだ。しかし、そのシーンは撮らなかった。

エリザベス 脚本にあるのに映画にならなかった箇所はほかにもあるの?

セネル 笑い話がいくつかあったんだけど、結局撮影までいかないか、話の流れが悪くなるという理由でムーヴィオラのところでカットされたよ。今でも覚えている笑い話に、登場人物のミゲルとかかわっているところがひとつあるな。ダビドはディエゴからバレーの公演の招待券をもらうんだけど、ああいうものに対して偏見を抱いているせいで行く気になれない。けれども、ミゲルは警官という立場上、ぜひ一緒に行って、ディエゴが誰なのか教えてもらいたいと言う……。ダビドはヘルマンを指さして、あれがディエゴだと教える……そのヘルマンとミゲルがトイレで顔を合わせるシーンがあるんだけど、あそこは面白かったな。ぼくとしては、ダビドをハバナ大劇場に行かせて、そこのカーテンやさまざまな装飾、照明器具、天上のフレスコ画などを通して文化の世界の華やかな側面と触れ、そうしたものを呆然と見つめるところを撮りたかったんだ……。で、ここでも笑い話があるんだ。というのも、幕が開くと、間もなくアリシア・アロンソが舞台に登場するというので、観客は割れんばかりの拍手を送る……。しかし、ミゲルはとまどったような表情を浮かべてダビドの方に向き直るとこう尋ねるんだ、「フィデル〔キューバの首相フィデル・カストロ〕が来たのかい？」。こんなシーンもあったな。ディエゴはダビドがまだ童貞だと知って、女性のどういうところが好きなのと尋ねる。ダビドは困惑して、「何よりも革命的な女性が好きなのと尋ねる。ディエゴはまじまじと彼の顔を見つめてこう言う。「そうね、でもお尻に穴のあいている女革命家もいれば、穴のあいていない女革命家もいるわよ」。ティトンはこのシーンがひどく気に入って、何とか残そうとしたんだけど、ムーヴィオラのところで使えないということになってしまったんだ。

モニカ　脚本家として厖大な時間と労力を使って考えたものが使ってもらえないというのはつらいわね。それに、ああ、これはだめだろうなってわかっているところもあるんでしょう？

セネル　ティトンがレイナルド・アレーナスの自伝的な小説『夜になるまえに』を読んだ後、スペインでディエゴのモデルにぴったりの人物と知り合ったんだけど、その時点で脚本はほとんどできあがっていたんだ。その人がアレーナスの描いている建物、奇妙な冒険に満ちた正真正銘の蜂の巣のような世界なんだけど、そこに長年住んでいたことがわかったんだ。で、ティトンがぼくのところにやって来て、こう言うんだ。「どう？　あの建物をぜひ映画に入れたいと思わないかい?」。そこでぼくはビルがたくさん出てくるシークエンスを書きはじめたんだ。そうしたビルからひとりの男がウサギを持って出てきて、別の男が豚を抱いて階段を上っていくだろう、あのビルがそうだよ。ビルを入れようとして苦労したけど、残ったのはそれだけだったね。

モニカ　わたしも田舎の市場をいくつか知っているけど、そういうところでは羊から鶏まで何でも売っているわ。

ガボ　以前ホテル・リヴィエラに泊まっている時に、突然雄鳥の鬨の声だか牛の鳴き声が聞こえてきたんだけど、今の話で納得がいったよ。きっとそういうビルが近くにあったんだな。

セネル　ティトンにいやというほどこき使われたので、仕返しに時々いたずらをしてやったんです。たとえば、ビルの屋上に雌牛がいるシーンを書くんです。牛をそんなところまで上げるには、クレーンがいりますからね……。

マノーロ　だけど、そういうシーンは撮らないだろうと内心思っていたんだろう?

ガボ　で、ティトンはなんて言った?

セネル　何も言いませんでした。好きにさせてくれたんです。

ガボ　議論はしなかったの?　深刻な対立が生まれた場合……。

セネル　いまだかつて議論で相手を説き伏せたことがないんです。ですから、深刻な意見の相違が生まれると、自分の考えを文章にして渡すようにしています。あの時は手紙を書いたんですが、そのせいでひどく悩んで、眠れなくなったと言っていました。

ガボ　で、彼を説得したことはあるの？

セネル　ええ、あります。ディエゴの意見として出したんですけど、たとえばレサーマをキューバ文学最高の作家として崇めるといった重要な点なんかがそうですね。もとの短編がそうなっているんです。ですが、ティトンとファン・カルロスがレサーマじゃなくて、フェルナンド・オルティス〔一八八一―一九六九。社会学、言語学、歴史学など多方面にわたる著作を残した文筆家〕にしたらどうだろうと言い出したんです。オルティスはたしかに今世紀のキューバ文化を象徴する偉大な人物です。彼がコロンブスとフンボルトについで「キューバ第三の発見者」と呼ばれるのにはそれなりの理由があるんですが、オルティスは賢者、学者であって、映画向きじゃないんです。

ガボ　オルティスは神話でもあるんだけど、質的にちがうね。ディエゴは社会学よりも詩により近いところにいるんだ。

セネル　最初あの脚本に『敵意に満ちた噂』というタイトルをつけたんですが、思いつきでつけたんではなく、レサーマの言葉からとって、とりあえずこれでいこうと決めたんです。

ガブリエラ　セネル、ひとつ訊きたいんだけど、最後に大いなる抱擁のシーンが出てくるでしょう、あそこは気に入っているの？

セネル　うん、いいと思うよ。ほかにもいろいろな可能性が考えられるけど、あそこはあれしかなかったんだ。『崇拝に価する嘘』でつらい経験をして、いろいろ考えさせられたからね。あの結末は苦いものになっている、少なくともコメディーとしてはね。そのせいでお客さんはがっかりして帰っていったんだ。ぼくとしては映画を見たお客さんが感動するか、元気を取り戻して映画館から出ていってもらいたいんだ……。結局人が映画館へ行くのは生きる気力を失うためじゃなくて、泣いたり、笑ったりするためなんだ。

エリザベス　これはわたしの考えなんだけど、あの映画に出てくる画家だか彫刻家をもっと生かしてほしかった、その点だけが物足りなかったわ……何という名前だったかしら？

セネル　ヘルマンだよ。

エリザベス　あの人物は永遠に見捨てられた人、あらゆる組織の犠牲者で、ディエゴはあの人のために戦おうとするんでしょう……それなのに、急にいなくなって、その後もほとんど登場しないのよね。

セネル　たしかに君の言うとおりだけど、ヘルマンのストーリーはまた別でね。そちらの方へ向かうと話が拡散してしまう恐れがあったんだ。

エリザベス　別のストーリーであると同時に同じストーリーでもあるのよ。ディエゴととても強く結びついているんだもの。

ガブリエラ　それに、造形芸術にも市場があるってことも見落としているわ。芸術家は作品を売ったからといって、自分を裏切ったことにはならない。売るために作品を作ると、自分を裏切ることになるの。だから、ヘルマンはディエゴにこう言えばよかったのよ、「ぼくは芸術を売っても、自分は売らないんだ」って。

セネル　ヘルマンの一連の行動がうまく伝わらないんじゃないかと心配なんだ。だけど、あの時は十分伝わっている、というかわかってもらえると思ったんだ。ヘルマンは展覧会に同行してメキシコへ行く目的で譲歩したんだ。それ自体がひとつのドラマを内包しているんだけど、この作品ではまったく触れていない。ヘルマン役をやってくれたジョエル・アンヘリーノはいい味を出していたよ。彫刻が壊されるシーンがあるんだけど、彼のおかげで脚本段階では予測していなかったドラマティックな雰囲気が出ているんだ。

エリザベス　もとの短編でも、ディエゴは国を出ていくの?

セネル　そうなんだ。その点に関しては少し説明がいるね。革命という視点から見れば、国を出ていった人間はすべて悪いキューバ人であり、裏切り者と言われても仕方ない。しかし、その問題に関して革命が負うべき責任については誰も問おうとしない。国を出ていった人間にも、いろいろ事情があるんだ。革命に対してあからさまに反対している人もいれば、日常生活の緊張に耐えられなくなった人たち、世界中のあらゆる移民がそうなんだけど、生活水準を上げたいと思っている人たち、信じてもいない大義のために自分を犠牲にするのに嫌気がさした人たち、大義を信じているふりをしていたんだけど、その演技をつづける理由を見いだせなくなった人たち……。その中には、過激主義や偏見、愚かしさ、不寛容といったもののせいで国を捨てざるを得なかったけれども、そういったことがなければ決して国を出ていかなかった人たちも含まれている……。そういう場合、われわれはモラルとして、「いったい悪いのは誰なんだ?」と問いかけなければならない。国を出ていった人たちにすべての罪を押しつけるのは簡単だけれども、それは問題を単純化しているにすぎないんだ。

ガブリエラ　映画に話をもどしましょう。あなたたちはその大前提に基づいて映画作りをしたんでしょう?

セネル　その点に関して、ティトンとぼくは意見が一致していたんだ。

ガブリエラ　でも、幸いなことに問題提起するような映画を作らなかったわけね。

ガボ　ひとつ訊きたいんだが、脚本の最初のヴァージョンができあがったのはいつなんだ?

セネル　一九九一年です。ハバナのフェスティバルで、未発表脚本コンクールがあって、そこに出したんです。さっきも言いましたが、当時は『敵意に満ちた噂』というタイトルだったんですが、最終選考まで残りましてね。だけど、あのヴァージョンは長すぎて、話が広がってしまい、結末が少しあわただしい感じなんです。ですが、決定稿の八十パーセントはあそこに含まれていると思います。いや、あのストーリーは間違えて長く書きすぎたので、一二〇パーセントと言うべきでしょうね。

マノーロ　賞を取ったのは翌年じゃなかった？

セネル　そう、一九九二年というのはすごく忙しくて、落ち着かなかった。というのも、ティトンが手術を受けるためにニューヨークへ行くことになり、その結果がどうなるかわからなかった。そのころに作劇法の研究をしている仲間のヒルダ・サンターナがぼくたちと一緒に仕事をすることになったんだけど、彼女のおかげで距離をおいて、批評家の目で作品を見ることができるようになった。ぼくたちはあまりにもどっぷり自分たちの世界にひたっていたものだから、外から揺さぶってもらう必要があったんだ。

ガボ　で、賞をもらった時点で、ティトンの手術は無事終わっていたのかい？

セネル　ええ。ぼくはそれまでに脚本を一二〇頁までつづめたんです。ティトンは手術がうまくいって元気になっていましたし、賞をもらったおかげで財政的な支援も受けられることになって、映画が作れるようになったんです。

ガボ　お手本にしたいような見上げた態度だよ。そういう条件下で仕事をするのは、並大抵の精神力ではできないよ。あの時点でティトンが映画を作れるようになるとは誰も思っていなかったからね。

セネル　病名は肺癌だったんですが、それを教えられた時は、目の前が真っ暗になりました。だけど、ティトンとしてはその計画をどうしても実現するんだと考えるしかなかったんです。

ガボ　彼にしてみれば、それが心の支えになっていたんだな。

セネル　ぼくにとっても、ぼくの個人的な計画にとっても、あれはきつかったですね。最初ティトンはこう言ったんです。「心配しなくていい、ストーリー、プロットができているから、ふた月もあれば脚本は完成する……楽なもんだよ」。ところが机の前に座って書きはじめたとたんに、最低六カ月はかかるということに気づいたんです。

マノーロ　で、結局一年かかったわけだ。

セネル　あれやこれやでね……。ちょうど小説を書きかけているところだったので、早くそちらに戻ろうと思って躍起になって脚本を完成させようとした。一方、絶望的になっていたティトンはぼくにプレッシャーをかけてくる……。とにかく、旅行はだめ、週末の外出もだめだと言い出して……。そんな中で最初の手術が……。

ガボ　「最初」だって？　何度か手術をしたの？

セネル　ええ。ティトンは最初の手術を終えてニューヨークから戻ってくると、早く仕事に取りかかろうとして、役者を選び、カメラ・リハーサルをし、小型カメラをもって市内を駆け回って写真を撮ったんです……。そして、撮影がはじまったんです。だけど、病院で定期検診を受けた時に、赤信号が出て、ここ、ハバナで再手術することになったんです。ティトンはぼくに……うまく説明できないんですが、ともかくどこへでも好きなところへ遊びにいっていいよと言ってくれたんです。で、戻ると、ぼくを捕まえて、これ以上撮影も、手術も先に延ばすわけにいかないんで、ファン・カルロスを呼ぶことにしたと言ったんです。

ガボ　あの二人は強い友情で結ばれているんだろう？

セネル　ファン・カルロスは友人であるというだけでなく、彼の愛弟子のひとりなんです。ティトンは彼の芸術的才能を高く買っていただけでなく、人間的にも信頼していました。というのも、みんなも知っているように、当時ファン・カルロスは映画の編集をしていたんですが、ティトンはそれを中止して、共同監督として『苺……』の制作に加わってくれないかと頼んだんです。よほど強い信頼関係があったということでしょうね。ファン・カルロスはぼくたちのチームに加わって、この上ない友情と寛大さを示してくれました。こうしてぼくたちはその実験に乗り出したんですが、もちろんぼくもそこに加わりました。ティトンとファン・カルロスはぼくに、デスクワークを一緒にしたい、また定期的に撮影現場に立ちあってほしいと言ったんです。

ガボ　脚本家に撮影現場に立ちあってもいいという監督にはめったにお目にかかれないよ。そうすると、どうしても現場に影響が出るからね。

セネル　あの映画は奇跡のようなものです。制作された形式もそうですし、三人の感性がひとつになっているという点でもそうです。

エリザベス　アレアはいくつかのシークエンスを一人で撮ったんでしょう？

セネル　二週間くらいは彼が責任を持ってやったと思うよ。ダビドがディエゴと出会うアイスクリーム店のコッペリアのシークエンスは彼がひとりで撮ったんだ。あそこは今でも大好きなところなんだ。

ガボ　わたしもいいと思ったな。あの映画の起爆剤になるところだ。

セネル　ぼくはちがったイメージを持っていたんです。

ガボ　むろんそうだろう。だけど、あのシーンを見たら、席を立って帰れないよ。

セネル　二人の監督の友情だけでなく、ビデオがなければ、あの映画は誕生しなかったでしょうね。フアン・カルロスはリハーサルしたところ、あるいは撮影したところをビデオに撮って、ティトンに見せ、そこから後をどうつづけるかで議論を戦わせたんです。

ガボ　すばらしい共同作業だな。

セネル　フアン・カルロスは彼に、「これこれのアイデアが浮かんだんですが、どうでしょう？」と尋ねるんです。二度目の手術を受けて体が回復すると、午前中にティトンはふたたびセットに足を向けるようになりました。そのせいで、俳優と話し合ったり、フアン・カルロスと撮影したシーンやフレーミングのことで相談できるようになって……。

ガボ　君の言うとおり、まさに奇跡だ。得難い経験だよ。その撮影の様子を日記に書いておくべきだったな。

マノーロ　レベッカ・チャベスの撮った証言映画があります。『苺とチョコレート』撮影中につき、静粛に』というタイトルのドキュメンタリーです。

ガボ　それはぜひ見たいな。ところで、ビデオのことだけど、映画のほとんどがクローズアップで撮影されているというのも奇妙な話だな。雰囲気とか現場に関する情報ではなくて、人物の紹介や彼ら同士の関係、対話のことなんだけどね……。すべてがクローズアップだろう。いい意味で、テレビでは……。

エリザベス　そこから作劇法に関する話もできますね。

ガボ　TVドラマに関する話もね。あの映画では空間も重要な意味を持っているけど、ベースになっているのはさまざまな性格の探求だよ……。心理学的な鋭い洞察が見られるんだけど、あれは監督が俳優をうまくリードし、俳優の方も監督の目指しているものに応えることのできる一流どころがそろっていたからこそできたことなんだ。わたしはすべてがわかった上でそう言っているんだよ。あの映画を三回見たんだけど、三回目はシークエンスごとにムーヴィオラで編集しているようなつもりで見たんだ。

セネル　ティトンは俳優に全幅の信頼を置いていたんですが、それがいい刺激になって、彼らは監督を失望させまいとしたんですね。

ガボ　紅茶の儀式のところがとても面白かったな。一種の荘厳さ、儀礼的な雰囲気が実によく出ているんだ。おそらくあそこに登場している人物たちよりも、カントリー・ハウスに出入りしている貴婦人を出した方がぴったりするんだろうけどね。ああいったシークエンスを見れば、俳優たちの直感がいかにすばらしいかがよくわかるはずだよ。

セネル　紅茶ではひどい目に遭いましてね。というのも、ディエゴがダビドのシャツに紅茶をわざとこぼし、彼のシャツを脱がして、バルコニーにトロフィーのように飾るはずだったんです……。ところが、ディエゴがシャツを持ってバルコニーに出て、部屋にもどってくるまでの間が短すぎて、洗っている時間がなかったんです……。幸い、観客はそのことに気づいてないようですけど。

ガブリエラ　わたしは気づいたわ。だけど、ディエゴはしみを落としただけなのねと思ったのよ。

ガボ　実のところ、あの映画は脚本がよくて監督がいい、その上俳優がよくて、撮影技術もすばらしい……。本当に楽しませてもらったよ。友人たちが電話をかけてきて、ティトンの体のことや撮影の進み具合を教えてくれたんだが、そのうちの何人かはわたしも手術を受けて、療養中だということを知らなかったんだ。

セネル　ティトンにとっていちばんの薬、治療は映画だったんです。映画ができあがるまでは、死ぬなんて贅沢なことは言ってられないよ、と息巻いていましたからね。

ガボ　で、言った通りやってのけたわけだ。

セネル　また悪い癖が出て、ファン・カルロスと映画を作ろうとしているんです……。『グァンタナメーラ』というタイトルの、官僚制を揶揄したコメディーを作るみたいですよ。

ガボ　それだよ、仕事をつづけることが大事なんだ。それにしても、人生というのはつまずいてばかりで、どうしてうまくいかないんだろうな？　監督というのは不死の存在であるべきなんだ……。おい、君たち、どうしたんだ？

マノーロ　何でもありません。ただ、これでお別れかと思うとつらいんです。

ガボ　わたしは決して別れの言葉を口にしないんだ。そうした言葉を口にすると、二度と戻ってこられないからね。君たちがこのシナリオ教室でどのような思いを抱いたか知らないけど、わたしは楽しませてもらったよ。仕事はきつかったけど、それが大切なんだ。この幸せなマニアにとりつかれているわれわれは、立ち止まってはいけない。立ち止まったとたんに、悪魔にさらわれてしまうんだ。人生というのはレモンみたいなもので、絞りかすになるまでいけばおしまいだ。しかし、君たちの人生はまだはじまったばかりだから、その点は心配しなくていい。

訳者あとがき

二十世紀の半ばごろから中南米諸国では、アルゼンチンのホルヘ・ルイス・ボルヘスをはじめ数多くの作家、詩人がすぐれた作品を次々に発表して世界の注目を集めた。〈ラテンアメリカ文学ブーム〉の名で知られるこの時期に登場してきた作家たちが、沈滞気味だった世界文学に新しい息吹を吹き込んだことはよく知られているが、中でもブエンディーア一族にまつわる破天荒な歴史を綴ったコロンビアのガブリエル・ガルシア＝マルケスの小説『百年の孤独』(鼓直訳、新潮社)をはじめとする作品が世界中の読者を魅了したことはよく知られている。

この時期を代表するラテンアメリカの作家たちの中には映画に魅せられた人たちが大勢いた。ガルシア＝マルケスもそのひとりで、若いころ新聞社の特派員としてヨーロッパで数年過ごしたときは、現地にあるシナリオ教室で学んだり、映画製作の技術を身につけるために専門の学校に通ったりもした。彼自身映画好きだったこともあるが、世界のどの国でも筆一本で生計を立ててゆくのは至難の業なので、作家として独り立ちできなければ、いずれは大好きな映画制作の世界に身を投じてもいいと彼自身考えていたにちがいない。

数年間、特派員としてヨーロッパに滞在したあと、ラテンアメリカに戻る。しかし、祖国は中南米諸国の中でもとりわけ治安が悪く、新聞記者がしばしば暗殺の対象になったので、彼は祖国に戻らず比較的治安のいいメキシコで暮らし、ジャーナリストとしての仕事を続けつつ、創作を行うことにした。一九六七年、かねてから構想していた小説『百年の孤独』をついに完成させた。真っ先にこの作品に目を通した編集者は欣喜雀躍し、業界では出版前から大評判になり、発売されるや否や驚異的な売れ行きを見せた。外国語の翻訳も次々に出て、ガルシア＝マルケスの名前は中南米諸国だけでなく、ヨーロッパ、アメリカをはじめ全世界に知れわたるようになった。

彼はその後も、『族長の秋』(鼓直訳、新潮社)、『コレラの時代の愛』(新潮社)、『迷宮の将軍』(新潮社)などのすぐれた作品を次々に発表し、二十世紀の世界文学を代表する作家のひとりとして高い評価を受けるようになる。評価も定まり、安定した収入が得られるようになった彼は、開発途上国として厳しい生活を強いられている新大陸の人びとのために何か貢献できることはないかと考えた末、若い人たちと一緒に映画やTVドラマのシナリオを作れば、彼らにとっていい勉強になるだろうし、外貨を稼ぐ一助になるかもしれないと考えた。当時彼は、キューバの指導者フィデル・カストロと親交があったので、その話を持ち掛けると、企画が一気に動き出した。まず、キューバで立ち上げられた〈ラテンアメリカの新しい映画のための基金(FNCL)〉の会長に選出され、さらに映画人の育成を目指して創設されたキューバの「サン・アントニオ・デ・ロス・バーニョス映画テレビ国際学園(E.I.C.T.V.)」の活動にも力を注ぎ、そこで若い脚本家たちと一緒になって脚本づくりに汗を流した。この学園で彼は若い映画人と共同作業で脚本作りのための討論を行なっていたが、それが本の形になって、『お話をどう語るか』(*Cómo se cuenta un cuento*, Ollero & Ramos, Editores, S.L., 1996)、『わたしは夢見るために部屋を借ります』(*Me alquilo para soñar*, Ollero & Ramos, Editores, S.L., 1997)、『語るという幸せなマニア』(*La bendita manía de contar*, Ollero & Ramos, Editores, S.L., 1998)というタイトルで三冊出版されている。

ここに訳出したのはそのうちの、『お話をどう語るか』と『語るという幸せなマニア』の二冊である。単行本版の初校があがる前に、編集部の入谷氏からこの二冊を一冊にまとめて、邦訳のタイトルを『物語の作り方』としたらどうでしょうと相談された。そう言えば、ガルシア＝マルケスが『語るという幸せなマニア』の冒頭で、「ここで学ばなければならないのは、どうやって物語を組み立て、どんな風に語るかということだ」と述べていたのを思い出して、それでいきましょうということになった。

ここに紹介したのは、ガルシア＝マルケスがラテンアメリカの若い脚本家やＴＶドラマのシナリオ作りに携わっている人たちと、どうすれば観客や視聴者の心を捕らえられるようなドラマを制作できるかについて、互いに忌憚のない意見を交換し合った討論集で、当然のことながらドラマづくりの舞台裏や映画やＴＶドラマの制作についてはもちろん、ラテンアメリカで作られ、スペインでも大評判を呼んだ連続テレビ小説にまつわるさまざまなエピソードなどがふんだんに盛り込まれており、その意味でも大変興味深い。

それ以上に面白いのは、随所に出てくるガルシア＝マルケスの発言である。小説家としての体験や小説作法、物語、あるいは語るという行為について彼が語りはじめると、とたんに言葉が立ち上がると言っても過言でないほど生彩を帯びてくるし、内容も刺激的で思わず引き込まれてしまう。また、議論が停滞したり、袋小路に入り込んだりすると、相手をからかったり、さりげなくヒントを与えたり、別の人間に話を振ったりする。かと思えば、自分の体験や物語についての考えを率直に述べたり、時にはおやっと思うほど過激な意見を口にすることで、議論を巧みに活性化して流れを取り戻したりする。そのあたりの呼吸は天成のものなのだろうが、みごとというほかない。

議論の対象になっているのは主として三十分もののTVドラマだが、ガルシア＝マルケスの言葉から、彼がテレビや映画のために制作する物語と、言語を通して語る小説、短編とを明確に区別していることが読み取れる。彼にとっては、映画、テレビが映像を通して語る物語だとすれば、小説、短編は同じ物語でも、言語という媒体を通して語るものであり、それぞれに可能性と限界、長所と欠点を具えており、その点をわきまえた上で物語を語るべきだという姿勢がはっきり見て取れる。一方で彼にはまた映像を通して、言語という媒体にこだわることなくとにかく語りたいという止みがたい欲求があり、そのための手段としての映画、

TVドラマであり、文学作品なのである。そのことは、「わたしにとって何よりも大切なことは、創作のプロセスなんだ。人にいろいろな話を語って聞かせたいという気持ちがひとつの情熱に変わり、そのためなら、つまり目で見、手で触れることのできないことをするためなら、空腹や寒さ、理由は何であれ、その情熱のために死んでもいいとまで人に思わせるのは、いったいどういう神秘によるものなんだろう？　しかも、その情熱なるものはつぶさにみると、何の役にも立たないものなんだよ」という一文にもはっきりうかがえる。

ただ、たとえばテロ事件の犠牲になったスペインの首相カレーロ・ブランコやド・ゴール大統領の暗殺未遂事件、あるいは『百年の孤独』で語られているバナナ農園のストがもとで起こった大虐殺にまつわる話などを読んでいると、この人にとって現実というのはいったい何なんだろうかと不思議に思えてくる。おそらく現実の出来事というのは、フィクションの世界を作り上げるうえでの素材なのだろうが、それはいかようにでも撓め、歪めうるものであり、そこで求められるのはフィクションの世界における整合性と真実なのだろう。というか、言語、あるいは映像を通していかに真実らしい物語に変えるかという点こそがもっとも重要なのだと考えているからにちがいない。

ここに、ルーマニアの宗教学者ミルチャ・エリアーデが伝える面白い話がある。ルーマニアのある民俗学者が地方の村で、ひとつの譚歌《バラード》を採取する。山の妖精に魔法をかけられた若者が、結婚式の数日前に嫉妬に駆られた妖精の手で岩山のてっぺんから突き落とされる。翌日、牧人たちが木陰に彼の帽子と死体を見つける。彼らが若者の死骸を村まで運ぶと、婚約者だった娘がやってきて、若者の死体を見、神秘的な隠喩に満ちた葬儀の哀歌をうたうという内容で、村の人たちはこれは大昔に起こった出来事だと説明する。ところが、調査を進めていくうちに、その事件はたかだか四十年ほど前に起こった出来事で、婚約者だった女性は今も生きているということがわかる。その女性に話を聞いてみると、彼女の婚約者はある晩うっかりして足を滑らせて谷底に転落し、大けがをした後亡くなる。葬儀が営まれ、彼女もほかの女性と一緒に儀礼的な葬送の歌をうたったが、山の妖精には一言も触れなかったという。このエピソードを紹介した後、エリアーデは次のように述べている。

このように、歴史上実際に起ったでき事が消し去られ、それが伝説上の物語（嫉妬深い妖精、婚約者の殺害、死体の発見、嘆きなど、「許嫁の神話」のテーマに富んだ物語）に変貌をとげるには、たとえ主要な証人が生き残っている場合でさえ、ほんの数年で充分なのである。この村のほぼ全員が、この歴史上の事件が起った時に生きていた。しかし、その事実は、それだけでは彼らを満足させなかった。結婚式の前日における婚約者の悲劇的な死は、何か、単なる事故死以上のものであったのだ。それは何か神秘的な意味をもっていて、その意味は、神話的カテゴリーに統合されない限りは顕わにならないものだったのだ。この事故の「神話化」は、譚歌《バラード》の作品に限られていたのではない。人々は、この婚約者の死について自由に散文的に話す時でさえ、嫉妬深い妖精の話を語っていたのだ。民俗学者が事実通りの話を村人たちに指摘すると、彼らは、その老婆が記憶を失っているのであり、彼女はあまりの苦しみのせいでほとんど気が狂ってしまったのだと答えた。真実を語っているのは神話であり、現実の歴史はもはや虚偽にすぎない。神話は歴史に、より深くより豊かな響きを与え、そこに一つの悲劇的な運命を顕わしているのだから、神話こそが最も真実なものではないか、と彼らは答えたのである。

（エリアーデ著作集　第十三巻『宗教学と芸術』中村恭子編訳、せりか書房）

エリアーデの引用によれば、ルーマニアの寒村に住む人たちはさほど珍しいとは言えない転落事故による不幸な死を人々の記憶に止どめるために、山の妖精という虚構を織り込んだ。そして、この嘘を通して事件を神話的な譚歌、あるいは物語にまで高めたと言っていいだろう。そこで思い出されるのが、ガルシア＝マルケスがド・ゴール将軍の死に関して語っている一文である。その中で彼はこう言っている。「田舎に引きこもったあの将軍(ド・ゴール)がテレビを見ている時に亡くなったことは誰でも知っている。ただ、ああいう死に方は人々の記憶に残らないんだ。暗殺されたとなると、話は別だ。そうなると、将来子供たちが学校で、ド・ゴール将軍は孤独な殺し屋の手で暗殺されたと教えられる可能性もあるわけだ。そこが文学のいいところで、現実よりも真実味がある……」。

ガルシア＝マルケスもまた実際に起こった出来事の中から人々の記憶に残るような物語を紡ぎ出そうとしており、そのために『百年の孤独』に見られるようにさまざまな幻想的なエピソードを作り出し、語っているのだが、それがガルシア＝マルケスにとっての山の妖精、すなわち虚構、嘘なのである。ただ、非現実的な要素を加えてひとつの物語を神話化するには条件がいる。つまり、ルーマニアの寒村という条件が物語っているように、非現実的な要素である虚構を許容してくれる共同体的な意識がそれである。彼の凄みは、それを共同体が消滅した現代において実現していることだが、彼が共同体的な世界に対して抜きがたい郷愁を抱いていることは、若い脚本家たちを前にして、「実を言うと、こうしてみんなと一緒にシナリオ教室で仕事をするのが一種の悪癖になってしまったんだ」といっている言葉からもうかがえるだろう。

ある判断を表明するためにいずれ口にせざるを得ない抽象的な言葉が「腐れ茸《きのこ》のように口のなかで崩れてしまう」(檜山哲彦訳)と語るホフマンスタールの描くチャンドス卿の言葉、あるいはカフカがヤノーホに向かって「大衆はせき込み、走り、時代のなかを疾駆して行く。どこへ行くのか。どこから彼らは来るのか。誰も知らないのです。それは進めば進むほど、目的に到達できなくなる。そして無益にその力を使い果すのです。彼らは自分たちが歩んでいると思っている。その際彼らは――、その場に足踏みを続けながら――虚空のなかへ転落するだけです。ただそれだけなのです。人間はここにその家郷を失ったといえましょう」(吉田仙太郎訳）と語る言葉のうちに、共通の言語を、共同体を失った現代人の苦悩が読み取れるはずである。ガルシア＝マルケスの作品が二十世紀文学に大きな影響を与えたとすれば、彼がさまざまな手法、実験を通して失われた共同体的な世界と共通の言語を、山の妖精に象徴される虚構、嘘を文学において、またその延長線上にある映像の世界において何とか復元しようとしたからかもしれない。

二〇二四年九月

木村榮一

本書は二〇〇二年二月、岩波書店より刊行された。岩波現代文庫への収録にあたり、訳文と訳者あとがきに若干の修訂を加えた。

[訳者紹介]

木村榮一

1943年生まれ．スペイン・ラテンアメリカ文学者．神戸市外国語大学名誉教授．著書に『ラテンアメリカ十大小説』(岩波新書)，『謎ときガルシア＝マルケス』(新潮選書)など，訳書にガルシア＝マルケス『迷宮の将軍』『コレラの時代の愛』(以上，新潮社)，ボルヘス『エル・アレフ』(平凡社ライブラリー)，ボルヘス『語るボルヘス』，バルガス＝リョサ『緑の家』，コルタサル『遊戯の終わり』(以上，岩波文庫)，ジェラルド・マーティン『ガブリエル・ガルシア＝マルケス　ある人生』(岩波書店)などがある．

物語の作り方 ガルシア＝マルケスのシナリオ教室

G. ガルシア＝マルケス

2025年3月14日　第1刷発行

訳　者　木村榮一《きむらえいいち》

発行者　坂本政謙

発行所　株式会社 岩波書店

〒101-8002 東京都千代田区一ツ橋2-5-5

案内 03-5210-4000　営業部 03-5210-4111

https://www.iwanami.co.jp/

印刷・精興社　製本・中永製本

ISBN 978-4-00-602367-6　Printed in Japan

岩波現代文庫創刊二〇年に際して

二一世紀が始まってからすでに二〇年が経とうとしています。この間のグローバル化の急激な進行は世界のあり方を大きく変えました。世界規模で経済や情報の結びつきが強まるとともに、国境を越えた人の移動は日常の光景となり、今やどこに住んでいても、私たちの暮らしは世界中の様々な出来事と無関係ではいられません。しかし、グローバル化の中で否応なくもたらされる「他者」との出会いや交流は、新たな文化や価値観だけではなく、摩擦や衝突、そしてしばしば憎悪までをも生み出しています。グローバル化にともなう副作用は、その恩恵を遥かにこえていると言わざるを得ません。

今私たちに求められているのは、国内、国外にかかわらず、異なる歴史や経験、文化を持つ「他者」と向き合い、よりよい関係を結び直してゆくための想像力、構想力ではないでしょうか。

新世紀の到来を目前にした二〇〇〇年一月に創刊された岩波現代文庫は、この二〇年を通して、哲学や歴史、経済、自然科学から、小説やエッセイ、ルポルタージュにいたるまで幅広いジャンルの書目を刊行してきました。一〇〇〇点を超える書目には、人類が直面してきた様々な課題と、試行錯誤の営みが刻まれています。読書を通した過去の「他者」との出会いから得られる知識や経験は、私たちがよりよい社会を作り上げてゆくために大きな示唆を与えてくれるはずです。

一冊の本が世界を変える大きな力を持つことを信じ、岩波現代文庫はこれからもさらなるラインナップの充実をめざしてゆきます。

（二〇二〇年一月）

B328
冬の蕾
―ベアテ・シロタと女性の権利―
樹村みのり

無権利状態にあった日本の女性に、男女平等条項という「蕾」をもたらしたベアテ・シロタの生涯をたどる名作漫画を文庫化。〈解説〉田嶋陽子

B329
青い花
辺見庸

男はただ鉄路を歩く。マスクをつけた人びとが彷徨う世界で「青い花」の幻影を抱え……。災厄の夜に妖しく咲くディストピアの〝愛〟と〝美〟。現代の黙示録。〈解説〉小池昌代

B330
書聖王羲之
―その謎を解く―
魚住和晃

日中の文献を読み解くと同時に、書作品をつぶさに検証。歴史と書法の両面から、知られざる王羲之の実像を解き明かす。

B331
霧の犬
―a dog in the fog―
辺見庸

恐怖党の跋扈する異様な霧の世界を描く表題作ほか、殺人や戦争、歴史と記憶をめぐる終わりの感覚に満ちた中短編四作を収める。終末の風景、滅びの日々。〈解説〉沼野充義

B332
増補 オーウェルのマザー・グース
―歌の力、語りの力―
川端康雄

政治的な含意が強調されるオーウェルの作品群に、伝承童謡や伝統文化、ユーモアの要素を読み解く著者の代表作。関連エッセイ三本を追加した決定版論集。

2025. 3

岩波現代文庫[文芸]

B333
六代目圓生コレクション
寄席育ち
三遊亭圓生

圓生みずから、生い立ち、修業時代、芸談、噺家列伝などをつぶさに語る。綿密な考証も施され、資料としても貴重。〈解説〉延広真治

B334
六代目圓生コレクション
明治の寄席芸人
三遊亭圓生

圓朝、圓遊、圓喬など名人上手から、知られざる芸人まで。一六〇余名の芸と人物像を、六代目圓生がつぶさに語る。〈解説〉田中優子

B335
六代目圓生コレクション
寄席楽屋帳
三遊亭圓生

『寄席育ち』以後、昭和の名人として活躍した日々を語る。思い出の寄席歳時記や風物詩も収録。聞き手・山本進。〈解説〉京須偕充

B336
六代目圓生コレクション
寄席切絵図
三遊亭圓生

寄席が繁盛した時代の記憶を語り下ろす。各地の寄席それぞれの特徴、雰囲気、周辺の街並み、芸談などを綴る。全四巻。〈解説〉寺脇 研

B337
コブのない駱駝
—きたやまおさむ「心」の軌跡—
きたやまおさむ

ミュージシャン、作詞家、精神科医として活躍してきた著者の自伝。波乱に満ちた人生を自ら分析し、生きるヒントを説く。鴻上尚史氏との対談を収録。

岩波現代文庫［文芸］

B338-339
ハルコロ (1)(2)
石坂啓漫画
本多勝一原作
萱野茂監修

一人のアイヌ女性の生涯を軸に、日々の暮らしや祭り、誕生と死にまつわる文化など、アイヌの世界を生き生きと描く物語。〈解説〉本多勝一・萱野茂・中川裕

B340
ドストエフスキーとの旅 ―遍歴する魂の記録―
亀山郁夫

ドストエフスキーの「新訳」で名高い著者が、生涯にわたるドストエフスキーにまつわる体験を綴った自伝的エッセイ。〈解説〉野崎歓

B341
彼らの犯罪
樹村みのり

凄惨な強姦殺人、カルトの洗脳、家庭内暴力と息子殺し……。事件が照射する人間と社会の深淵を描いた短編漫画集。〈解説〉鈴木朋絵

B342
私の日本語雑記
中井久夫

精神科医、エッセイスト、翻訳家でもある著者の、言葉をめぐる多彩な経験を綴ったエッセイ集。独特な知的刺激に満ちた日本語論。〈解説〉小池昌代

B343
ほんとうのリーダーのみつけかた 増補版
梨木香歩

誰かの大きな声に流されることなく、自分自身で考え抜くために。選挙不正を告発した少女をめぐるエッセイを増補。〈解説〉若松英輔

2025. 3

B344
狡智の文化史
―人はなぜ騙すのか―
山本幸司

嘘、偽り、詐欺、謀略……。「狡智」という厄介な知のあり方と人間の本性との関わりについて、古今東西の史書・文学・神話・民話などを素材に考える。

B345
和の思想
―日本人の創造力―
長谷川櫂

和とは、海を越えてもたらされる異なる文化を受容・選択し、この国にふさわしく作り替える創造的な力・運動体である。〈解説〉中村桂子

B346
アジアの孤児
呉濁流

植民統治下の台湾人が生きた矛盾と苦悩を克明に描き、戦後に日本語で発表された、台湾文学の古典的名作。〈解説〉山口守

B347
小説家の四季
1988―2002
佐藤正午

小説家は、日々の暮らしのなかに、なにを見つめているのだろう――。佐世保発の「ライフワーク的エッセイ」、第1期を収録！

B348
小説家の四季
2007―2015
佐藤正午

『アンダーリポート』『身の上話』『鳩の撃退法』、そして……。名作を生む日々の暮らしを軽妙洒脱に綴る「文芸的身辺雑記」、第2期を収録！

B349
増補 もうすぐやってくる尊皇攘夷思想のために
加藤典洋
幕末、戦前、そして現在。三度訪れるナショナリズムの起源としての尊皇攘夷思想に向き合うために。晩年の思索の増補決定版。〈解説〉野口良平

B350
大きな字で書くこと／僕の一〇〇〇と一つの夜
加藤典洋
批評家・加藤典洋が自らを回顧する連載を中心に、発病後も書き続けられた最後のことばたち。没後刊行された私家版の詩集と併録。〈解説〉荒川洋治

B351
母の発達・アケボノノ帯
笙野頼子
縮んで殺された母は五十音に分裂して再生した。母性神話の着ぐるみを脱いで喰らってウンコにした、一読必笑、最強のおかあさん小説が再来。幻の怪作「アケボノノ帯」併収。

B352
日没
桐野夏生
海崖に聳える〈作家収容所〉を舞台に極限の恐怖を描き、日本を震撼させた衝撃作。「その恐ろしさに、読むことを中断するのは絶対に不可能だ」（筒井康隆）。〈解説〉沼野充義

B353
新版 一陽来復 ―中国古典に四季を味わう―
井波律子
巡りゆく季節を彩る花木や風物に、中国古典詩文の鮮やかな情景を重ねて、心伸びやかに生きようとする日常を綴った珠玉の随筆集。〈解説〉井波陵一

2025. 3

B354
未闘病記
―膠原病、「混合性結合組織病」の―
笙野頼子

芥川賞作家が十代から苦しんだ痛みと消耗は十万人に数人の難病だった。病と「同行二人」の半生を描く野間文芸賞受賞作の文庫化。講演録「膠原病を生き抜こう」を併せ収録。

B355
定本 批評メディア論
―戦前期日本の論壇と文壇―
大澤聡

論壇/文壇とは何か。批評はいかにして可能か。日本の言論インフラの基本構造を膨大な資料から解析した注目の書が、大幅な改稿により「定本」として再生する。

B356
さだの辞書
さだまさし

「目が点になる」の『広辞苑 第五版』収録をご縁に27の三題噺で語る。温かな人柄、ユーモアにセンスが溢れ、多芸多才の秘密も見える。〈解説〉春風亭一之輔

B357-358
名誉と恍惚(上・下)
松浦寿輝

戦時下の上海で陰謀に巻き込まれ、すべてを失った日本人警官の数奇な人生。その悲哀を描く著者渾身の一三〇〇枚。谷崎潤一郎賞、ドゥマゴ文学賞受賞作。〈解説〉沢木耕太郎

B359
岸惠子自伝
―卵を割らなければ、オムレツは食べられない―
岸惠子

女優として、作家・ジャーナリストとして、国や文化の軛〈くびき〉を越えて切り拓いていった、万華鏡のように煌〈きら〉めく稀有な人生の軌跡。

岩波現代文庫［文芸］

B360
かなりいいかげんな略歴
―エッセイ・コレクションⅠ 1984-1990―
佐藤正午

デビュー作『永遠の1／2』受賞記念エッセイである表題作、初の映画化をめぐる顚末記「映画が街にやってきた」など、瑞々しく親しみ溢れる初期作品を収録。

B361
佐世保で考えたこと
―エッセイ・コレクションⅡ 1991-1995―
佐藤正午

深刻な水不足に悩む街の様子を綴った表題作のほか、「ありのすさび」「セカンド・ダウン」など代表的な連載エッセイ群を収録。

B362
つまらないものですが。
―エッセイ・コレクションⅢ 1996-2015―
佐藤正午

『Y』から『鳩の撃退法』まで数々の傑作を著した壮年期の、軽妙にして温かな哀感漂うエッセイ群。文庫初収録の随筆・書評等を十四編収める。

B363
母の恋文
―谷川徹三・多喜子の手紙―
谷川俊太郎編

大正十年、多喜子は哲学を学ぶ徹三と出会い、手紙を通して愛を育む。両親の遺品から編んだ、珠玉の書簡集。〈寄稿〉内田也哉子。

B364
子どもの本の森へ
河合隼雄
長田弘

子どもの本の「名作」は、大人にとっても重要な意味がある！　稀代の心理学者と詩人が縦横無尽に語る、児童書・絵本の「名作」ガイドの決定版。〈解説〉河合俊雄

2025. 3

B365
司馬遼太郎の「跫音」
関川夏央
司馬遼太郎とは何者か。歴史小説家として、また文明批評家として、歴史と人間の物語をまなざす作家の本質が浮き彫りになる。

B366
文庫からはじまる
—「解説」的読書案内—
関川夏央
残された時間で、何を読むべきか？　迷ったときには文庫に帰れ！　読むぞ愉しき。「解説の達人」が厳選して贈る恰好の読書案内。

B367
物語の作り方
ガルシア＝マルケスのシナリオ教室
G・ガルシア＝マルケス
木村榮一訳
おもしろい物語はどのようにして作るのか？稀代のストーリーテラー、ガルシア＝マルケスによる実践的〈物語の作り方〉道場！